Über dieses Buch Der dritte Band der Trilogie ›Das Erbe am Rhein‹, ›Der Wolf in der Hürde‹, kennzeichnet sie, stärker noch als der zweite, ›Blick auf die Vogesen‹, als ein politisches Romanwerk. Die Zeit nach dem Ersten Weltkrieg, vor allem die Situation des Elsaß damals ist fixiert, Kampf und Sorge um den deutsch-französischen Ausgleich bestimmen das Geschehen. Im Mittelpunkt stehen äußerst gegensätzliche Gestalten: der Parvenu Silvio Wolf, dessen rücksichtslosen Ehrgeiz Erfolg beschieden ist – Ada, seine Frau, die Tochter Charles Hartmanns und geschiedene Frau des Grafen Breisach – vor allem aber die sich selbst als weltfremd sehende Dichterin Aggie Ruf, deren letztes Lebensjahr dieser »Falschsager« Silvio Wolf bestimmt und deren Ende und Untergang ungelöst bleiben muß, weil, was Menschen wie er sagen, richtig sein mag, es aber durch die Tatsache, daß *sie* es sagen, falsch macht...
»Die ganze Trilogie spielt in der Gegenwart«, bekennt René Schickele 1931, als dieser sie abschließende Band erschien. »Nur habe ich es mit der Gegenwart von jeher so gehalten, daß ich Vergangenheit in sie packte, soviel nur hineinging. Wie sollte man anders die Gegenwart verstehen?«

Der Autor René Schickele, geboren am 4. August 1883 in Obernheim im Elsaß, gestorben am 31. Januar 1940 in Vence bei Nizza, war Sohn eines deutschen Weingutsbesitzers und einer Französin. Nach dem Studium in Straßburg, München, Paris und Berlin und Zeitschriftengründungen mit den Freunden Otto Flake und Ernst Stadler arbeitete er als Verlagslektor, Verlagsleiter und Chefredakteur der ›Neuen Zeitung‹ in Straßburg. Während des Ersten Weltkriegs ging er – ein leidenschaftlicher Pazifist – als Zeitungskorrespondent nach Zürich, gab von 1915–19 die ›Weißen Blätter‹ heraus, wodurch er mit allen jungen Autoren seiner Zeit in Kontakt kam. 1920–1932 lebte René Schickele – wie die mit ihm befreundete Annette Kolb – in Badenweiler. 1932 emigrierte er nach Frankreich, wo er bei Ausbruch des Zweiten Weltkriegs für kurze Zeit interniert wurde.
Im Fischer Taschenbuch Verlag erscheint René Schickeles Trilogie ›Das Erbe am Rhein‹ unter den Nummern 2518 ›Maria Capponi‹, 2519 ›Blick auf die Vogesen‹ und 2520 ›Der Wolf in der Hürde‹.

René Schickele

Der Wolf in der Hürde

Dritter Roman der Trilogie:
Das Erbe am Rhein

Fischer Taschenbuch Verlag

Die Erstausgabe erschien 1931 im S. Fischer Verlag, Berlin

Fischer Taschenbuch Verlag
Juli 1983
Umschlaggestaltung: Jan Buchholz/Reni Hinsch
Umschlagfoto: Klaus D. Francke
Fischer Taschenbuch Verlag GmbH, Frankfurt am Main
Lizenzausgabe mit freundlicher Genehmigung
des Verlages Kiepenheuer & Witsch, Köln

Gesamtherstellung: Hanseatische Druckanstalt GmbH, Hamburg
Printed in Germany
1480-ISBN-3-596-22520-1

ZUR ERINNERUNG AN FRANCINE N.,
URBILD DER AGGIE RUF

Sie verunglückte tödlich
am 28. Mai 1928
unter Umständen, die nicht aufgeklärt
werden konnten

VORBEMERKUNG

Wir waren von jeher Bauern, wenigstens die von uns, die im Lande blieben, statt in Paris ihr Glück zu suchen. (Die Glücks- und Reisläufer der Familie hießen unter uns Wein- und Hopfenbaronen »die Dienstleute« – ein mittelalterliches Wort, das besser klingt, gewissermaßen ehrenhafter, als Schranzen.) Wir wissen, daß wir seit tausend Jahren im Lande wohnen. Darin unterscheiden wir uns aber von den andern Bauern nur durch eine, von Geschlecht zu Geschlecht fortgesetzte Übung des Gedächtnisses.

Ausschließlich in der Absicht, ein so selbstbewußtes Gedächtnis und weitverzweigte Beziehungen glaubhafter zu machen, habe ich in den drei Erzählungen, die das ›Erbe am Rhein‹ bilden, den Adelsschild derer von Breuschheim über die Tür gehängt, obgleich mein Beweisstück an die Wappentiere erinnert, womit ländliche Wirtshäuser Kundschaft anlocken.

Die Spur hinter den Urbildern zweier männlicher Hauptpersonen habe ich besonders umständlich verwischt, weil sie noch lebendig herumlaufen, und sogar von Zeit zu Zeit von sich reden machen... Sollte gegen meinen Willen der eine oder andre, vom Regen der Jahre verwaschene Wegweiser stehngeblieben sein, wird trotzdem niemand zu ihnen finden, mit Ausnahme vielleicht der nächsten Bekannten, und denen erzähle ich nichts Neues.

Im Hinblick auf die eine Person muß ich jedoch an den Leser eine Warnung richten. Keiner, dem meine freundschaftlichen Beziehungen zu Francine N., meine Verehrung für sie bekannt wären, könnte von mir eine (sogenannte) Objektivität in der Schilderung ihres letzten Lebensjahres erwarten, soweit jene Person hineinspielt... Und sie spielt hinein wie ein Dampfhammer. Ich weiß, daß ich sie in wichtigen Punkten schonen wollte, aber nicht in welchem Umfang sich die Absicht verwirklicht hat.

Dem nunmehr aufgeklärten Leser bleibt es unbenommen, mit

seiner eigenen Lebenserfahrung und Einbildungskraft zu Silvio Wolfs Gunsten einzugreifen, sooft er den Eindruck hat, dem von zwei ungewöhnlichen Frauen und sogar einem im Geschäft so harten Mann wie dem Besitzer des ›Royal Rubber‹ umworbenen Zeitgenossen – widerfahre Unrecht.

Claus v. Breuschheim

ERSTER TEIL

NIZZA. ES TAUT

Zerstreue dich, Lügenwolke – die Sonne, unsre Mutter, sei gelobt! Die Erde ist wohlauf und hängt an ihrer Brust ... Aggies zierlicher Körper, obwohl von einem Hotelfenster gehalten, schwebte in den Lüften und war eine Frucht, von Saft erwärmt, dessen Geschmack sie spürte, wenn sie die Lippen aufeinanderdrückte, dessen Farbe sie sah, wenn sie in der einfallenden Sonne die Augen schloß ...
»Also los!« sagte sie laut zu sich selbst. »So was will nicht nur gesehn, sondern auch begangen sein.«
In der Halle ertappte sie sich, wie sie vor sich hin kicherte ... Der Portier, ein alter, als Franzose naturalisierter Neapolitaner, kam auf sie zu, und sie sagte gewohnheitsmäßig:
»Nein, danke, ich kaufe nichts.«
Statt Karten für Tennistourniere, Theater, Konzerte und andre Veranstaltungen bot er ihr nur einen Guten Morgen, das kostete nichts.
»Guten Morgen, Mademoiselle! Ein göttliches Wetter heute!«
Aggie, beschämt über so viel Selbstlosigkeit, blieb stehn und dachte nach, womit sie sich erkenntlich zeigen könnte, und wie stets in solchen Lagen, fand sie das Falsche.
»Ach, Signor Napolitano«, klagte sie, »meine Zimmernachbarn lassen die halben Nächte das Wasser laufen. Man sollte nicht glauben, was für einen Lärm das macht.«
»Die pure Rücksicht, Mademoiselle«, versetzte ernsthaft der Alte. »Es sind Hochzeitsreisende« ... »Das junge Paar will niemand am Schlafen hindern«, fügte er väterlichen Tones hinzu.
Als Mademoiselle noch immer nicht begriff, leuchtete er ihr mit einem anzüglichen Grinsen auf den Weg.
Es dauerte wieder eine Weile, dann, plötzlich, errötete Aggie bis unter den weißen Hut, bis in die weiße Bluse.
»In den Kellern der Moskauer Gefängnisse«, rief sie, »in den Kellern der Moskauer Gefängnisse lassen sie einen Motor laufen, wenn sie Leute erschießen!«

Der Portier prallte ehrlich entsetzt zurück.
»Aber, Mademoiselle! Was für Vergleiche!«
Aggie, nicht minder erschrocken, warf ihm einen Blick zu, der in geheimnisvollen Drohungen schwamm, und verließ das Hotel. Ihre Absätze klapperten.
Vor der Tür trat sie auf Schnee.

In dieser Februarnacht war ein Gewitter über die Riviera gezogen und hatte sie mit Schnee übergossen. Jetzt schien die Sonne... Aber es war nicht wie anderswo, daß unten der Schnee lag und darüber die Sonne, nein, jetzt entdeckte es Aggie, hier lag die Sonne zuunterst, überall auf Straße und Dächern, auch auf den Bäumen, und über, über der allgegenwärtigen Sonne zitterte Schnee, ein leichter, kindlicher Schnee – mit einem rührenden Ausdruck von Vergänglichkeit.
Aggie puderte sich noch einmal, und zwar mehr als sonst, um nicht mit zu heftigen Lebensfarben die geisterhafte Hochzeit von Sonne und Schnee zu stören, und hatte alles vergessen, die Wasserleitung und die Keller der GPU, die Hochzeitsreisenden und den Portier einschließlich seiner weinroten Nase, in der ein Licht anging, wenn er grinste... Ihr Geist sang in der Bläue eines luftigen Raumes, der der Frühling der Welt war. Sie wußte, nun empfinde sie für alle Menschen, gute und böse, so wie die Kirche auch für diejenigen betet, die es selbst nicht tun, überall lag Sonne, darüber leichter Schnee... Während sie ausschritt, fuhr sie in dem Morgengebet fort, das am Fenster ihres Zimmers begonnen hatte, und manchmal blieb sie stehn und beugte sich ein wenig vor, um dem Antwortgemurmel der Gläubigen zu lauschen...
»Seid gepriesen, ihr Goldäpfel im beschneiten Laub, Früchte der Sonne, seid gepriesen! Seid gepriesen, Olivenhänge, Rauschebärte des himmlischen Lichtes! Ich habe heute früh in den Spiegel geguckt, ob mir graue Haare wachsen, ob die Erde erkalte, die Menschen, mein Geschlecht, mein herrliches Geschlecht, bald sterben müssen... Ich konnte nur ein einziges weißes Haar entdecken, das habe ich ausgerupft. So ist es auch mit diesem Winter. Er macht nicht Ernst. Wie sollte er auch! Er spielt mit der Sonne – wie die siamesische Katze des Diamantenhändlers

ten Hoet mit dem Widerschein des Kaminfeuers spielt, das abends angezündet wird, mehr zur Belustigung der Gäste, als weil es kalt wäre... Seid gepriesen, Levkojenhügel und Rosenterrassen! Mein Leben ist mit Sonne, mit Bläue behangen, ein festliches Schiff...«

Und nun muß ich wohl Aggie Ruf beschreiben. Und das ist schwer.

Klein war sie (für eine Frau eigentlich mittelgroß) und schmal wie ein Knabe, mit dunkelblondem Haar und hellen Augen, so trug sie ihre dreißig Jahre vor sich her wie Federn auf der flachen Hand. Lange Zeit fiel ihr die Masse ihres Haares bis auf die Schenkel – als sie es abschneiden konnte, ohne aufzufallen, zögerte sie nicht, es zu tun. Fort mit der Last, die in keinem Verhältnis stand zu der Gestalt, der sie aufgebürdet war, ihr zum Verdruß und niemand zur Freude! Eine feierliche Handlung, bei der sie sich vorgekommen war wie eine Novize, jedoch eine, die nicht Vorkehrungen trifft, für immer ins Kloster zu treten, sondern in ein abenteuerlich gewordenes Leben... Dies Gefühl hielt bis heute an, obgleich nicht das geringste Abenteuer aufgetaucht war. Und sie glaubte sich doch bewaffnet und gewappnet genug, jedem Lindwurm zu begegnen!... Dazu gehörte auch, daß sie Hüte bevorzugte, die die Stirn frei ließen, aber mit zwei Klappen die Schläfen bedeckten. Infolgedessen blinkten die Schläfen bei entblößtem Haupt weiß und zart und seltsam nackt aus dem sonnverbrannten Gesicht, und es fiel ihr auf, daß manche Männer und auch Frauen die Schläfen mit besonderer Neugier betrachteten. Zudem baumelten da zwei scharfe, dünne Locken, Rebmessern vergleichbar, die den Betrachter möglicherweise einluden, von den Früchten des Weinstocks zu schneiden, oder, noch schlimmer, die Locken erinnerten an beidseits gezückte Enterhaken eines Piraten... Von Schläfen und Locken sagten ihre Freunde, sie seien »Aggie Rufs einziger Bluff«.

Um nun auf die kurzen, festanliegenden, gleichsam kriegerischen Hüte zurückzukommen, die sie mit Vorliebe trug, so war es zwar ein Genuß und ein Beweis von Tapferkeit, sie über den Kopf zu stülpen, aber statt ihre Erscheinung mit festeren Umrissen auszustatten, saßen sie ihr recht eigentlich als eine Tarnkappe auf. Sie schien darin erst recht halb

verweht und durchlässig, ein Übergang von Luft zu Mensch. Es kam vor, daß Aggie plötzlich stehn blieb und ratlos auf ihre Füße blickte... Sie waren winzig.
Nur die grauen Augen, die konnten deutlich da sein, wachsam und weitsichtig wie die eines Wiesels. Das konnten sie, ja – aber andre Male war ihre Abwesenheit so fühlbar, daß Aggie einen Entschluß fassen und auf die Suche nach ihnen ausgehn mußte. »Wo habe ich meine Augen«, rief sie dann aus, eine Frage, die sonst nur für die Vergangenheit gestellt wird... Und mehr ist von ihrer äußeren Erscheinung nicht zu sagen. Wieviel Klumpen Worte schon für einen so gewichtlosen Atemzug der Schöpfung!

Wenn ich es mir gut überlege, sollte aber doch noch hinzugefügt werden, daß sie unter allen Umständen helle Farben trug. Als ihr Vater starb und sie Schwarz anlegen sollte, entschloß sie sich lieber gleich zur Farbe der höchsten Trauer, zum Lila, und wählte es möglichst licht. Bei ihren Straßburger Standesgenossen erregte sie damit natürlich Ärgernis. Da fuhr sie, obwohl es erst März und empfindlich kalt war, in einem weißen Sommerfähnchen zur Bahn und zeigte den Bekannten, denen sie begegnete, ein darauf abgestimmtes Gesicht. Am Abend hieß es in den Straßburger »guten Familien«, Aggie Ruf glaube wohl, sich derartige Eigenmächtigkeiten erlauben zu dürfen – vielleicht... übrigens... mit Recht! Der alte Ruf sei ein merkwürdiger Heiliger gewesen, der seine einzige Tochter von Kindesbeinen an gegen jede Pietät abgehärtet habe... Und außerdem würden ihr wohl an die fünfhunderttausend Goldfranken zufallen. So viel dürfte der Doktor vor Ausbruch des Krieges in die Schweiz gebracht haben.
In Wirklichkeit dachte Aggie gar nicht daran, eine Unfreundlichkeit gegen den Toten zu begehen, sie wollte lediglich die Straßburger Gesellschaft strafen, die ihr das Lila mißgönnte. Und die fünfhunderttausend französischen Goldfranken in der Schweiz waren fünfmal übertrieben. Die Erbschaft brachte ihr eine Monatsrente im Wert von drei- bis vierhundert Mark, so daß Aggie, flüchtig und fahrlässig wie sie lebte, zur guten Hälfte auf die »Arbeit ihrer Hände« angewiesen war (ein Ausdruck, den sie sehr liebte). Öfter noch als auf die

Füße blickte sie deshalb auf ihre Hände, und zwar auf beide, als schreibe sie mit beiden Händen zugleich. Das eine Mal empfand sie Stolz, weil sie zart und dennoch stark genug waren, sie zu ernähren, das andre Mal Mitleid – sie schienen so erschöpft, so bedürftig, so ganz abhängig von einer kleinen Rente!

Es läßt sich nicht länger verheimlichen: Aggie Ruf schrieb ein Buch (und es war nicht ihr erstes – aber sie taugte wirklich zu nichts anderem!). Ich gestehe es mit einiger Verlegenheit, die sie selbst nicht geteilt hätte, vielmehr fand sie ihren Beruf überaus wichtig, und so soll denn gleich die volle Wahrheit heraus, damit ich es hinter mir habe.

Aggie war weder imstande, eine Tennismeisterschaft noch den Rekord im Hochsprung zu erringen. Sie spielte Tennis, ungefähr wie sie es schon mit fünfzehn Jahren verstand, und sprang nur, wenn sie allein war. Für einen bürgerlichen Beruf hatte sie sich womöglich noch untauglicher gezeigt, allerhand Studien an drei oder vier Universitäten waren ohne praktisches Ergebnis geblieben. Aber gab es jemand, der die schönen Dinge, auch die unscheinbarsten, mehr liebte als sie? Wer so kräftig liebt, den sollte man wiederlieben, dachte Aggie, weshalb sie sich auch bei gehobener Stimmung von allen Menschen geliebt glaubte und im allgemeinen Auftrag die Schönheit der Welt zelebrierte... Echt war sie und aufrichtig, kämpferisch auf eigene Faust und in einer Art, die sich nicht belohnt macht. So glaubte sie zum Beispiel nicht einmal an den »Fortschritt«, eine Religion, die bekanntlich selbst den Dümmsten und Gleichgültigsten zugänglich ist. Zu nichts taugte sie, zu gar nichts als zum Schreiben von Büchern, genaugenommen, nicht einmal dazu, sie taugte einzig und allein zum Schreiben *ihrer* Bücher. In einer Zeit, die selbst den Heiligen und Propheten nur als Reklamefachmann kennt, ahnte sie nicht, ob ihre Bücher den Forderungen des Tages entsprächen. Sie verlangte bloß unentwegt Vorschuß...

Nun dämmerte sie also wieder, mit Anfällen heller Wachsamkeit, über einem Buch, einem kleinen Buch, fast ohne Handlung. Als Schauplatz hatte sie ein Landstädtchen am Fuß der Vogesen gewählt, die Hauptperson war das elfte Kind eines Straßenwartes. Es blieb ungewiß, ob die Heldin an die Kirche glaubte (in ihrer Heimat glaubte man noch an die Kirche) oder an den Gewerkschaftssekretär, der zweimal im Jahr vorbeikam und eine Versammlung im »Löwen« abhielt, oder einfach an die Polizei, die ständig da war. Dies alles blieb im Dunkel, vielleicht bis auf die Vermutung, daß man in Aggies Welt nicht auf Preisverteilungen nach Abschluß des irdischen Schuljahres zählte. Alles am Buch sollte so simpel sein, daß es mühelos in den Kopf eines Schafhirten einginge, vom Lärm der Welt sollte nichts zu spüren sein, nur der leise Wille eines Wesens, in einem Landstädtchen Frieden zu stiften. Eine Näherin, klein, unscheinbar, fast eine alte Jungfer, sollte das Wunder vollbringen. Sie hatte nie getanzt, kein Mann hatte ihr die Hand gedrückt, von alledem, was man Liebe nennt, wußte sie nichts. Dennoch hing ihr Herz, eine volle, runde Sonne, über dem Städtchen, alle schauten danach aus, aus den alten Kellern kamen sie, aus den Stuben mit den verstaubten Kreuzen im Winkel und der frischen Zeitung auf dem Tisch, jeder, den ein heimliches Leid oder eine Gewissensfrage plagte, rückte schließlich aus der Schattenseite der Gasse in ihren Schein, und ihr Licht, wohin es fiel, wuchs wie Saat auf dem Acker... So ungefähr war das Buch, reich im Innern, von Wärme erfüllt, kühl und armselig nach außen.

Aggies erster Gang jeden Morgen führte zu den Blumen, zu den Fischen...

Auf dem Blumenmarkt war es im ersten Augenblick jedesmal ein Brausen und Schwärmen lustiger Gedanken, das vor ihr aufstieg, und der Frohsinn trug die Namen Mimose, Nelke, Rose, Hyazinthe, Narzisse, Levkoje, Mandelbaum, Goldlack, Ranunkel, Veilchen, Anemone. Dann legte sich der Aufruhr, so daß ein ernsthaftes Gespräch beginnen konnte...

Warum, fragte sich Aggie, ist das Herz meiner Näherin (es sollte eine Näherin sein wegen des langen, demütigen Sitzens, das ihr so viel einfältige Gedanken erlaubte, wie sie täglich Stiche tat), warum ist ihr Herz so rund und so voll und unerschöpflich wie die Sonne? Warum dieses Herz mehr als ein anderes?

Der Morgenruf der Blumen blieb hinter ihr, duftend und standhaft in der Erinnerung wie die Umarmung ihrer Freundin Ada... Ada, wenn Aggie sie im Bademantel überrascht

und umarmt hatte, die taghelle, kühle, auf die draußen die Welt zu warten schien, während sie ihre Wange an die Wange der Freundin lehnte – ach, immer mußte sie Ada der Welt überlassen, nahm nur die Erinnerung an sie mit, duftig und standhaft über Tag und Nacht... Warum?
Sie begann über das Wesen der Freundschaft zu sinnen, wirr und unbeholfen wie stets, wenn sie, statt über Menschen, über Begriffe nachdachte. Und geriet von einem Ding auf das andre, bis ins Weglose, wo sie unversehens wieder auf die Gestalten ihres Buches stieß. Aber von denen wollte sie gerade jetzt nichts wissen, sie machte kehrt: wie verhielt es sich mit Ada Breisach und ihrer Freundschaft? Die Freundin lebte allein, seit vielen Jahren war sie geschieden, sie hatte keine Liebhaber gehabt, und ihre einzige Freundin, Aggie, blieb steif wie ein Stock, verwirrt und – wie gesagt, sie wurde steif, die Scham ließ Aggie erstarren in der Umarmung, Wange an Wange. Die Freundinnen umarmten sich bloß, denn küssen konnte Aggie nicht. Niemand hatte es sie gelehrt. Der Morgenruf der Blumen blieb zurück...
Es geschah, daß Aggie ihrem Vater in Gedanken Vorhaltungen machte, weil er es versäumt hatte, sie das Küssen zu lehren. Die Mutter starb früh, Aggie konnte sich ihrer nicht entsinnen, die Mutter traf keine Schuld. Jedoch den Vater überraschte sie noch am Tag vor seinem plötzlichen Tod, wie er, im Hausflur, eine Dame geradezu brutal an seine Brust zog. Noch an diesem Tage hätte er ihr beiläufig sagen können, wie man küßt. Auf den Mund, nicht nur à la française auf die Backe. Gern hätte sie Ada einmal auf den Mund geküßt!... In seiner urmännlichen Selbstsucht hatte er es versäumt, obwohl er Arzt war, und davon sollte sie nun einen lebenslänglichen Schaden bewahren. Warum aber lebte in dem lustigen, gierigen Mann, den alle gern hatten, kein Herz, das strahlte und wärmte und half, wie das Herz der Näherin, die auch nicht auf den Mund zu küssen verstand, warum nicht? Was machte jene Kraft aus, die Gewalt der großen Liebe, die Entzückung, der auch solche erlagen, die nicht –...
Aggie war im zweiten ihrer Morgengärten angelangt, auf dem Fischmarkt. Weithin über die Brettertische glänzten die Gewächse des Meeres, lauter Blumen, die sich heute nacht noch in der See getummelt hatten. So fein war ihre Zeichnung,

so hauchzart die Farbe, daß Aggie sich tief auf sie herabbükken mußte. Von einem Fisch mit gelben und stahlblauen Zeichnungen in barocker Art, wie man sie auf japanischen Degenblättern findet, ganz fest gezeichnet über einem Orangenschimmer, der kam und ging, ein Atmen der Farbe – konnte sie sich lange nicht trennen. Warum? ging es ihr inzwischen durch den Kopf: warum liebte die Näherin stärker als alle Frauen, die sich Männern hingaben, herrschten und dienten? Warum beglückte sie selbst solche, die – die hungrig waren nach Erde?
Halblaut wiederholte sie die Frage, als sie bald darnach auf einer Bank der Promenade saß, das Meer flirrte weiß, als ob die Bläue siedete und Schaumblasen triebe. Was machte die Einzigartigkeit jenes armseligen Geschöpfes aus, das erschütterte durch seine Stille?
Überreich an Farben, Düften, Klängen, wie Aggie sich heute fühlte, schmückte sie ihre Heldin mit aller inwendigen Schönheit, die Land und Meer unter ihrer Pracht verbargen. Denn die Dinge zeigen nur ihre Hülle und wollen umworben sein, bevor sie sich einem selig witternden Gemüt offenbaren...
Das letzte Geheimnis, das Geheimnis des selbstlosen Herzens, auf ihrer Bank vor dem Meer konnte Aggie es nicht erfahren, so tief sie sich auch hinter ihren weit geöffneten, grauen Augen in sich versenkte.

Eine Männerstimme murrte melodisch:
»Jugendgespielin von den Lianen und Wässerlein im verwunschenen Rheinwald – einmal habe ich Sie mit dem Schneeball in den Nacken getroffen. Sie verabscheuten den Winter...«
Zwischen Aggie Ruf und dem Meer ragte ein Riese. Zwischen Schnee und Bläue dunkelte ein menschlicher Berg. Sie erkannte den Amtsgerichtsrat Bieterle aus Stuttgart.
Um seine Riesenfüße lag Schnee.
Echter Schnee.
Winterschnee.
Schnee mit dem grimmigen Ausdruck jener Hand, die Aggie vor vielen Jahren den Schulweg entlang führte: von der Blauwolkengasse über den Broglieplatz in die Brandgasse, wo der eisige Wind sich ganz klein und freundlich machte, bis er

bei der nächsten Straßenkreuzung unversehens in die gefütterten Überschuhe biß. Der kleine Bieterle dagegen trug genagelte Stiefel, die auf Schnee und Kälte traten. (Für Aggie war das ein Symbol des deutschen Eroberers gewesen.) Aber obwohl die Franzosen inzwischen selbst zu Eroberern aufgerückt und entsprechend genagelt den Bieterle aus dem Elsaß vertrieben hatten, war aller Schnee um seine Füße immer noch elsässisch. Das kam, weil Bieterle außer den vierzig Kilo erlaubten Gepäcks alle Winter seiner Kindheit an den Schuhen durch die Postenkette an der Rheinbrücke geschmuggelt hatte, jetzt entdeckte es Aggie, vielleicht auch die andern Jahreszeiten des Elsasses – aber wo hatte er die untergebracht? ...

»Bieterle, Sie sind ein Berg«, stellte sie fest – »obwohl Sie angeblich abmagern.«

»Du lieber Gott«, widersprach er, »haben Sie je einen Berg mit solchen Hosen gesehn?« Er hob den Fuß und zeigte das Ende des Hosenbeins, wo sich die Falten wie eine beinah geschlossene Ziehharmonika zusammendrängten.

»Gerade«, meinte sie. »Das sind die Ausläufer des Gebirges, dort weiden die Ziegen und Schafe ... Nur nicht den Mut verlieren, Bieterle! Wozu eine Mannshose auch dienen mag, die Ihre erfüllt in überschüssiger Weise ihren Zweck. Sie könnten davon abgeben.«

»Ich danke«, sagte er, und sie lächelte zu ihm hinauf.

Der Amtsgerichtsrat, dessen Eltern nach dem Krieg von 1870 ins Elsaß eingewandert waren, wo sie ihm das Leben geschenkt hatten, begegnete dem Blick in der Haltung eines schwäbischen Reserveoffiziers aus der Zeit der Kaiserfreudigkeit. Er trug einen Winteranzug und einen alten Samthut, und diesen alten Samthut hob er hoch in die Luft, genau wie sein Vater mit dem Hut zum Himmel gefahren war, wenn der Kaiser der Stadt Straßburg seinen Frühlingsbesuch abstattete.

»Ach, Bieterle«, wehrte sie ab, »ich fürchte, Sie grüßen schon wieder in mir die verlorene Heimat. Da sind Sie fehl am Ort, ich muß es Ihnen doch einmal sagen. Ich war seit Jahren nicht mehr daheim, Sie wissen es doch, Haus und Möbel meiner Eltern sind verkauft, und seitdem bin ich heimatlos – übrigens ein wahres Vergnügen. Ich hätte viel mehr Grund, in Ihnen die Heimat zu grüßen! Sie strotzen davon, obwohl Sie immer auf Reisen sind. Einmal traf ich Sie bei den Pyramiden, im Mondschein, wie sich's gehört. Sie schwärmten, auch das gehört sich. Aber wovon schwärmten Sie? Vom Denkmal des Generals Desaix auf der Straße nach Kehl! Und ich – ich kann kaum richtig Dialekt – ja, nun zwingen Sie mich, laut von meiner Schande zu reden.«

»Sie waren als Kind zu vornehm«, erklärte Bieterle. »Dialekt war für Sie etwas wie Krätze. Ich dagegen, dumm und treu, wie Gott uns geschaffen, bin heute noch stolz, daß ein Straßburger Bourgeoismädchen gelegentlich mit einem deutschen Jungen auskniff. Zum Dank versuchte der Junge Ihnen elsässischen Dialekt beizubringen. Eine komische Welt.«

»Ja, das war sie, recht komisch! Bieterle, daß ich es gestehe: ich denke an meine Heimat wie an ein Kasperletheater, es sind immer die gleichen uralten Witze. Aber man lacht... Sagen Sie, Bieterle, sind nicht unsre Leute in letzter Zeit etwas bösartig geworden?«

Er triumphierte: »Die reinen Tiger!«

Sie hatte sich erhoben und traf Anstalten, es den Seefahrern gleichzutun, die in regelmäßigen Zwischenräumen ihren Standpunkt bestimmen, um die Richtigkeit der Fahrt zu prüfen. Von Zeit zu Zeit, manchmal auch nachts, wenn sie nicht schlief, mußte sie mit einmal von ihrem seelischen Organ, das dem Sextanten der Seefahrer entsprach, Gebrauch machen und den Winkel ihres Lebens zum Schicksal errechnen. Statt eines Gestirns als Richtmaß benutzte sie irgendeinen glitzernden Gegenstand, und war es auch nur ein Nagel in der Wand. Es ging schnell. Sie stand da, berührte leise Bieterles Schulter und faßte den Fahnenknopf des Kasinos ins Auge. Mit der anderen Hand löste sie einen Knoten in der langen, dünnen Goldkette, die ihr um den Hals hing. Mit Behagen empfand sie das eigene zarte Wesen, ihr Blick sank auf ihre Füße, sie waren da, und Aggie fühlte sich stark und schmiegsam, tadellos gekleidet, ein wenig töricht, vielleicht hübsch... »Gute Fahrt!« rief sie aus und trat einen Schritt zurück... Ja, ja, gute Fahrt... Hatte sie nicht trotz allem das Leben gemeistert, leichter vielleicht und gewiß erfolgreicher als der Riese?

»Wozu Riesen?« fragte sie laut. »Der erstbeste David wirft sie um.« Und: »Ja, Bieterle«, fuhr sie schnell fort, als spräche sie wirklich nur von sagenhaften Dingen, »eine komische Welt – warum hattet ihr Deutschen eigentlich so viel Hochachtung vor unsrer Bourgeoisie? Es gab sie ja gar nicht, oder falls Sie meinen, daß doch ein paar Exemplare davon vorhanden waren, so übertrafen sie in nichts die Bourgeoisie irgendeines französischen Provinznestes. Eure Nachbarschaft allein machte sie wichtig. Ich muß lachen, wenn ich daran denke, wie Ihre Landsleute mit dem Hut oder der Faust herumfuchtelten vor dem Personal einer Provinzbühne, die unermüdlich den ›Bürger als Edelmann‹ spielte. Wir nahmen uns ja nur so ernst, weil ihr uns ernst nahmt! Aber Sie tun ja auch jetzt, als ob Sie den Scherz des heutigen Schnees für den Winter nähmen, lieber Bieterle – oder ist das noch immer der Winteranzug, mit dem Sie über die Kehler Rheinbrücke marschiert sind?«

»Ich habe nicht das Geld, mir eine Unmenge neuer Anzüge zu kaufen, ich reise«, gab er gutgelaunt Bescheid.

»Daran tun Sie gut, mein Lieber! Reisen bildet Verstand und Gemüt. Und über die Haltbarkeit von Anzügen herrschen die dümmsten Vorurteile. Ein tüchtiger Anzug überlebt seinen Besitzer.«

Aggie spielte die Prinzessin und ließ ihre helle Stimme klingeln. Bieterle, mit seinem Baß, hielt den Gegenpart, er war das große Tier, das aus der Wildnis bricht und erstaunt vor der Prinzessin haltmacht, ein Bär, eine gewaltige, plötzlich verflüchtigte Kraft, unschuldig wie Quelle und Fels, so zeigte er sich der Jugendgespielin von den Lianen und Wässerlein im verwunschenen Rheinwald. Dabei vergaß er aber nicht, daß Haus und Hof ihm von den Franzosen weggenommen worden waren, genau so, als hätte sein Vater sie gestohlen, daß seine Landsleute, in der Ruhr friedlich-kriegerisch beschäftigt, den Rest seines Vermögens in nichtsnutziges Papier verwandelt hatten, worauf endlich in ihm der Entschluß gereift war, sich durch häufige Krankheitsurlaube an Freund und Feind schadlos zu halten … Nur wollte er nicht wieder davon sprechen.

»Geld habe ich auch nicht«, beteuerte die Prinzessin. »Nie! Nie! Deshalb laufe ich auch vor der Heimat davon, wo meinesgleichen noch immer Geld hat – während Sie, Bieterle,

dauernd hinter ihr her sind. Ja, ich erinnere mich, wir trafen uns einmal in den Alpen, mitten im richtigen Winter, und da – da erzählten Sie mir stundenlang von den Vorzügen der verschiedenen Eisbahnen in Straßburg und den kilometerweit gefrorenen Kanälen. Setzen Sie alle Menschen so in Begeisterung für das Elsaß oder nur gute Seelen wie mich?«
»Alle, verehrte Aggie! Darin bilden Sie keine Ausnahme, darin allein nicht.«
»Wie schrecklich! Ermüdet es Sie denn gar nicht?«
»Im Gegenteil. Es erhält mich jung.«
»So sagen Sie mir denn in Gottes Namen, wodurch der Elsässer Belchen sich vor dem Matterhorn auszeichnet... Oder könnten Sie nicht morgens ein wenig turnen, statt –«
»Verehrte, im Ernst! Bilden wir nicht beide, wie wir hier stehn, eine Insel Heimat im Meer der Fremde?«
»Bieterle, Amtsgerichtsrat aus Stuttgart in Schwaben, Sie können mich vereidigen, ich spüre nichts davon.«
»Sie nicht, aber Ihr Genius! Wenn ich recht gehört habe, schreiben Sie an einem neuen Buch, dessen Schauplatz Ihre Heimat ist.«
»Wahrhaftig!« rief die Prinzessin. »Es ist eine Geschichte von drüben, daran hatte ich gar nicht gedacht... Das haben Sie mir eingebrockt, Bieterle! Weil Sie mir mahnend an allen Enden der Welt erscheinen! Zu Ihrer Strafe werde ich den Schauplatz meiner Geschichte nach Schwaben verlegen.«
Plötzlich veränderte sich ihr Gesicht. Der schmale Mund, die schmale gerade Nase atmeten gierig, weitauf standen die Augen.
Ein uraltes Männchen, ein Zittergreis von verschollener Eleganz, kam in Begleitung eines Dämchens die Promenade herab. Das Dämchen, in dessen Gesicht die Schminke dicke Jahresringe angesetzt, trug ein Hündchen im Arm, damit war es ihrem Galan immer einen Schritt voraus. Er indes nahm sich Zeit und erfreute sich teils an den Frauen, die seinen Weg kreuzten, teils am pelzverbrämten Glockenkleid seiner Dame, das ihr um die rosa Beine schaukelte. Das Kleid gehörte einer vergangenen Mode an, ganz wie er selbst. Das Märchen von der Prinzessin und dem Bären erweiterte seinen Personenkreis um zwei Stinktiere.
Schnell schaute Aggie sich nach dem Amtsgerichtsrat um. Er

stand noch da, erstaunlich, und hatte ein wildes, hübsches Riesengesicht, den Schnauzbart rotborstig, kurz geschoren, die Nase gerade und beinahe zart gesattelt unter der Stirn – selbst den Hünen unter Aggies Freunden fehlte es nicht an Anmut! Sie waren sauber. Sie atmeten Gesundheit. Aggie stand unter ihrem Schutz... Jedoch der andre, der zerschlissene, völlig verworfene Elegant, mit weniger als einem Schritt trat er auf sie zu und, die Hand am Mund:
»Voyez, comme elle a faim, la poule! Sie riecht das Mittagessen in den Hotels.«
Ins Ohr flüsterte er es ihr, hinter der vorgehaltenen Hand, und er schwitzte vor Schadenfreude. Der Schweiß stand ihm in dicken Tropfen auf der Stirn vor Haß. Ins Ohr flüsterte er es ihr, lächelte verzerrt, nickte, weitertrippelnd, noch einmal zurück.
Aggie preßte die Hände mitsamt der dünnen Kette gegen die Brust, als bedeckte sie krampfhaft eine Blöße. Eine furchtbare Angst klaffte in ihr, und aus der Angst flammte Haß, der wiederum nur Angst war, wie der Haß jenes Alten. Als der Schreck sich verzogen hatte, blieb ein seltsamer Geschmack auf ihren Lippen, sie genoß ihn, Bieterle sah, wie ein Lächeln langsam ihre Züge erhellte. Die glückhafte Flut stieg ihr bis in die Augen, und der Amtsgerichtsrat erschrak vor dem Liebesblick, der ihn traf und von dem er mit Bestimmtheit wußte, ihm gelte er nicht. Aber wem dann?... Ohne ein Wort bewegte sie den Mund, in der Luft berührte sie, schmeckte sie den Flaum einer unsichtbaren Frucht, die außen kühl war, doch von der warmen, schneeigen Sonne ihres Innern geschwellt. Und auf einmal traf auch den Bieterle ein lebenweckender Hauch aus der Tiefe, so daß er den Sinn der Worte erriet, die undeutlich von Aggies Lippen fielen:
»Nur wer keusch bleibt, kann endlos lieben,... unerschöpflich bei aller Verschwendung... Im höchsten Königreich der Leidenschaft wohnt das jungfräuliche Licht. Der Edle liebt, wie Heilige sich zum Sterben bereiten...«
Als spränge sie mit Bläue, mit Sonne behangen von einem Schiff an Land, erklärte sie unvermittelt:
»Ich rede von meiner Näherin, dem dürftigen Mädchen, Sie wissen, in meinem Buch, das ich aus Bosheit nun also nach Schwaben verlege.« Sie nahm seinen Arm, die Goldkette

baumelte, Aggie ballte lachend die Faust. »Ach, Bieterle, ich will euch Männern ein Hoheslied der Jungfräulichkeit singen, daß ihr erblaßt vor so viel Glut! Keine noch so berühmte Liebhaberin soll an mein Mädchen heranreichen in allem, was Liebe je war und je sein wird, und... und... es soll Agnes Maienstock heißen.« Bieterle schwieg voller Achtung, die Dichterin verfiel in grimmiges Sinnen.

Einmal, bei einem Seitenblick, fiel ihm die Schärfe ihres Mundes auf, der leidenschaftliche Ausdruck ihres um die Lippen gesammelten Hauptes – gebäumt stand es im Luftzug. Endlich sagte er: »Maienstock heißt bestimmt nur ein elsässisches Mädchen.« Da fuhren sie aber schon im Auto über Nizza hinaus, fort von der Himmelsküste, dem Felsenstädtchen Tourette entgegen, wo Freunde sie zu Mittag erwarteten.

Hinter St. Paul lagen die steilen Nordhänge unberührt unter dem Schnee, daß der Wagen die Straße aus ihrer Flanke reißen mußte. Im Himmel über ihnen türmten sich Ortschaften, die mit Mauern und Wällen aus den Felsen sprangen... »Ein Land voller Gralsburgen«, lenkte der Amtsgerichtsrat ein, als er keine Antwort erhielt. Die Sonne wurde wärmer, die Schneedecke dünner.

Aggie hob die Hand, der Ring mit dem Smaragd sprühte Feuer, grün und zärtlich wie die Erde, die schon wieder hie und da an den Südhängen hervorquoll:

»Das ist Tourette«, sagte sie.

Erst nickte er nur, er kannte das Städtchen. Im nächsten Augenblick kniff er die Augen zu und lächelte.

Wie sie es ausgesprochen hatte, war das Wort selbst mit Wall und spitzen Türmen bewehrt und schwebte, eine wohllautende Spiegelung der Stadt in der Höhe, sekundenlang auf ihren Lippen. Entzückt wiederholte er:

»Tourette.«

Und: »Verehrte, liebe Aggie«, sprach er vor sich hin.

Damit dankte Bieterle für die zweite Entdeckung, die er heute an der Dichterin machte. Er, der glaubte, weder ihre Bücher noch ihre Person könnten ein Geheimnis vor ihm hüten, so lange waren sie ihm vertraut, er hatte bei der kurzen Entrückung Aggies auf der Promenade zum erstenmal in die Tiefe ihres Wesens geschaut – und dort, in dieser phantastischen Jungfräulichkeit, den Quell ihres Lebensmutes gefunden! Darauf löste sich ein zweites Rätsel, im gleichen Augenblick, da es vor dem Verblüfften aufstieg, nämlich: daß ihre Kunst durch die Bildkraft eines schier unkörperlichen Zaubers verführte, den er allerdings nur ungefähr mit Musik bezeichnen konnte. Wenn jemand mich fragte, lachte er innerlich, worin das Genie Aggie Rufs bestehe, ich würde den Mund verziehn, ihn schmal und kühl machen mit einem Zitterschimmer darüber und »Tourette« sagen ... Ich würde es wenigstens versuchen! »Tourette.« Schien es nicht, als ob beides zugleich und jetzt erst von ihr erschaffen worden sei, das Wort und die Sache? ...

Das Wort, flüchtig wie Schnee auf Sonne, verging auf ihren Lippen.

Dafür sprach es jetzt um so deutlicher aus den Türmen im Himmel.

Bieterle duckte das Hühnenhaupt in die Schultern und dachte an Liebe, in der großen Art, die ihm entsprach, mit einem, hundert glitzernde Blasen treibenden Überschwall, wie nur gesottene Junggesellen ihn kennen.

Um auch dies vorwegzunehmen: aus der Geschichte mit Bieterle und Aggie wird nichts. Als Aggie mich später einmal, in Breuschheim, mit dem Stoßseufzer überraschte: »Claus, ich meine fast, ich hätte den Bieterle heiraten sollen, am Ende hätte er einen bewohnbaren Mond aus mir gemacht!«, war es noch immer Unsinn, was sie sagte, und außerdem längst für jeden Unsinn zu spät.

Dagegen beginnt hier eine andre Geschichte. Bei der geht es hauptsächlich um Geld, persönliche Freiheit und Macht, aber auch um andre gute Dinge, wie den Besitz einer Frau, die Eroberung, den Genuß, die hemmungslose Ausbeutung einer Frau, weshalb die Geschichte üblicher Weise die Bezeichnung einer Liebesgeschichte verdient. Erobert, genossen, ausgebeutet wird – das soll sich erst zeigen. Jedenfalls kann sich das Opfer ebensowenig dagegen wehren wie ein Skiläufer gegen die Lawine, die jemand (vielleicht er selbst) mit einem Ruf, einem Hauch nur in dem gewaltigen Raum entfesselt.

Der Held oder Bandit, wie man es nennen will, heißt Silvio Wolf, gebürtig aus dem Münstertal, Oberelsaß, jetzt: Dé-

partement du Haut-Rhin, Familie unbekannt, langjähriger Sekretär Sir Ronald Gurdons.
Freunden wie Feinden unsrer Familie, der Familie Breuschheim aus Breuschheim (Unterelsaß, jetzt: Département du Bas-Rhin), sind Ada Breisach und Ronald Gurdon schon begegnet. Den Silvio Wolf haben sie bisher nicht gekannt. Hier ist er.
Er sitzt mit Ada Breisach auf der Terrasse des Wirtshauses von Tourette, fast geblendet trotz der farbigen Brillen, denn die Sonne hier oben ist eine einzige Glut.
Vor ihnen, rund um den Marktplatz, wachsen schmale Häuser aus dem Kalkfelsen, der das uralte Städtchen trägt. Die Häuser sind nicht mit den Grundmauern auf den Stein gesetzt, sie kriechen aus Höhlen hervor, kleben an Felswänden, klettern schmal mit einer Zacke des Gesteins empor und werfen von dort eine Terrasse zu einer andern Felszacke, ohne sie ganz zu erreichen, so daß eine Spitze des Urgesteins wie ein Blitzableiter oder ein Götzenbild hervorragt. Zumal unter dem tauenden Schnee macht das Städtchen den Eindruck eines unbändigen, schier pflanzlichen Wachstums, gegen das der Maurer und der Zimmermann es nur ungenügend schützen konnten. Die Sonne ist eine einzige Glut. In Strömen läuft der Schnee von den Dächern.
Silvio und Ada stützen die Ellbogen auf den Tisch und dösen, wie es scheint, in mittäglicher Trägheit dahin.
Bald sehen sie schweigend Sir Ronald Gurdon zu, dem englischen Kautschukmagnaten, der unten auf und ab spaziert, bald beugen sie die Köpfe (und zwar geschieht dies, sooft Silvio das Wort nimmt) und legen die Brillen ab, schauen sich beim Reden in die Augen und blinzeln zwischendurch in die Sonne. Adas Mund ist hochmütig gespannt. Ihre Augen entsenden eine helle Wolke, worin Goldstäubchen tanzen, – und dann bleibt ihr Blick, vom vollen Licht getroffen, erst recht verschleiert... In diese Augen fällt Silvios Auge, geballt und dunkel, in einem jähen, wie zugreifenden Absturz, Ada spürt jedesmal den Stoß bis unter die Brust. »Wie habgierig, wie diebisch!« wehrt sie ab, und: »Noch einmal!« winkt die Wolke aus den blauen Augen.
»Es war, als ich bei Gurdon einzog«, sagt Silvio, »am Tag nach unsrer Begegnung in London... Die Allee, die zu seinem

Hause führte, machte eine Biegung, und dort, vor dem Haus, auf einer Wiese, dort sprangen vier nackte Gestalten an der Sonne. Zwei Jünglinge, zwei Mädchen. Sie sprangen, als griffen sie mit der Hand nach einem fliegenden Ball. Im Augenblick, wo er gerade über sie wegsauste, griffen sie danach, schnellten steil in die Höhe. Es war aber, verehrte Gräfin, gar kein Ball im Spiel, und so konnten sie ihn auch nicht fangen, schließlich liefen sie, den Kopf zurückgeworfen, mit Vogelschreien davon. Alle vier hatten kurzes Haar, alle vier bewegten sich gleich schlank in den Hüften, dennoch waren es zwei Buben, zwei Mädchen.«

Wieder begegnen sich Ada und Silvio im schauersüßen Fall des Blickes, lösen sich, blinzeln in die Sonne ... Gurdon macht unten vor der Terrasse halt: Tête-à-tête einer weißen Angora mit einem schwarzen Dachkater, stellt er für sich fest. Nur ist er noch nicht sicher, ob die Angora ernstlich ja sagen wird ... Er hofft es nicht, er will es nicht wahrhaben, bei Gott, er will es nicht wahrhaben.

Hätte Silvio seinen Herrn in diesem Augenblick überrascht, so wäre ihm die beschwörende, beinah tragische Haltung des Mannes nicht entgangen, der die dicken Brillengläser eines Kurzsichtigen zu der Terrasse hinauf und wieder abwandte, und er wäre wie immer, wäre auch jetzt noch vor dem Funkeln der Gläser erschrocken. Gurdon setzt sich wieder in Bewegung und schreitet auf eine Gruppe von Männern zu. Von den fünf oder sechs solcher Ansammlungen wählt er die entfernteste.

Die gesamte männliche Bevölkerung, die wegen des Schnees nicht im Feld arbeitet, hält auf dem Marktplatz in weit verstreuten Haufen, von denen jeder vermutlich ein politisches Fähnlein darstellt, raucht Zigaretten und wärmt sich an der Sonne.

Am Brunnen vor dem Wirtshaus waschen die Weiber. Die Arme nackt bis über die Ellbogen, die Schultern entblößt, die Röcke geschürzt über roten und blauen und gelben Wollsokken, die Haare wirr vom Eifer der Arbeit, so stehn sie um den großen runden Trog, reiben mit dem Bimsstein, schlagen mit Handbrettern auf die Wäsche los, schwenken große Leintücher durch die Luft und führen ein großmächtiges Gespräch, von dem der Platz aus allen Ecken widerhallt. Aus vier Röhren sprudelt das Wasser, und in der überschwappenden Brunnenschale herrscht Sturm. Das Ganze wirkt wie eine barbarisch belebte Wasserkunst, die es sich zum Ziel gesetzt hat, das natürliche Werk von Himmel und Erde zu überbieten. Hinter den Müttern verschleudern die Kinder die letzten Schneebälle, die sich noch kneten lassen, nur die Kleinsten beeilen sich nicht und geizen mit jedem Ball, es ist der erste Schnee ihres Lebens, eine Kostbarkeit.

Droben fragt Ada, hinter der Schneebrille:

»Was waren das für Kinder in Sir Ronalds Garten, Herr Wolf?«

»Ich hielt sie für Inder«, antwortet er, »und der seidengekleidete, strahlend weiße Lümmel von einem Diener, der mich führte, bestätigte es. ›Ja, indische Kinder, das sollen sie wohl sein‹, meinte er. ›Das heißt, der Herr hält sie für Kinder. Die Kinder des Herrn, so heißen sie im Haus, und das bedeutet, er hält sie wie eigene Kinder.‹ Der Bursche drückte feixend ein Auge zu: ›Dabei sind sie übers Kreuz verheiratet, sozusagen – verstanden?‹ Ich sah ihn scharf an. ›Und Mr. Gurdon weiß es nicht?‹ – ›I wo, da säßen sie längst auf dem Pflaster!‹ – ›Und woher wissen Sie?‹ – ›Dazu hat man seine Augen und vor allem die Ohren! Übrigens, das sage ich Ihnen gleich, es sind die besten im Haus. Ich meine die Ohren.‹ Der Kerl setzte mein Köfferchen ab, hob die Arme wie umgeklappte Wegweiser und zeigte auf seine Ohren. Und dann trug er mir stehenden Fußes ein Bündnis an, ich schlug ein ... Er war die Falschheit in Person, in meinem Leben habe ich nichts Ähnliches getroffen. Je älter er wurde, um so gemeiner, um so scheinheiliger! Heute gilt er als Matador in Gurdons Haus ... Damals fragte ich ihn auch, ob er es nicht für seine Pflicht halte, den Herrn aufzuklären. Er grinste bis hinter die Ohren: I wo! Da sei es gut möglich, daß der Herr, statt ihm zu glauben, ihn gröblich hinauswerfe, so vertrauensselig sei Mr. Gurdon, man müsse ruhig die Stunde abwarten, die Stunde komme immer für den, der zu warten verstehe ... Im Sommer darauf ereignete sich etwas Furchtbares. Die ›Kinder des Herrn‹, liebe Gräfin, zwei reizende Buben, zwei bildhübsche Mädel, wurden gepeitscht und mit nichts als dem Schal, der ihnen als Kleid diente, vor die Tür gesetzt. Es war Sir Ronald, der sie auspeitschte, und zwar im Gartensaal, der groß und licht war, damit man sehn sollte, wie die Menschen sich als freie Wesen bewegten‹ – so hatte er mir einmal erklärt ... Die Kinder gaben, solange sie geschlagen wurden, keinen Laut von sich. Ich kam zufällig hinzu. ›Ich wollte nicht, daß ein andrer sie strafe‹, sagte Gurdon, als er die Peitsche fortwarf ... Jedes der Kinder hob sein Tuch auf und lief, so wie es von der Peitsche loskam, mit kleinen Schritten zur Tür. Sie wimmerten, ihre Rücken waren demütig gebeugt. Hinter der Tür wartete der Seidenlümmel, um sie aus dem Haus zu führen. Bekümmerten Gesichts verließ Gurdon den Saal. Er wagte nicht, mich anzusehn ... ›Habe ich Ihnen nicht gesagt, man brauche nur auf eine Stunde zu warten?‹ flüsterte der Seidenlümmel mir zu, als ich ihm später auf der Treppe begegnete ...«

Diesmal ist es Silvio allein, der die Brille absetzt. Unangenehm berührt, daß die Huldigung ihrer Augen ausbleibt, hebt er die Brauen, er sieht sich gleichsam im Spiegel, wie die breiten, geschwungenen Flügel über seinen Nachtaugen auffliegen mit einem Ruck, und er lacht, selbstbewußt wie ein Junge. Das Lachen kann alles mögliche bedeuten, und jedenfalls klingt es reichlich überlegen. Als er merkt, wie Adas Brauen auf den Flug der seinen antworten, indem sie sich hinter die Brille verziehn, hält er es für geraten, seiner Kühnheit eine andere Richtung zu geben:

»Da hinten steckt Gurdon wie ein Pfahl im Boden«, ruft er. »Erst hat er Zigaretten unter die Leute verteilt, jetzt spioniert er mit aller Kraft seiner Gläser zu uns herüber und überlegt, ob ich ihm durchgehe oder nicht, ob mit der Gräfin Breisach oder allein ... Sein Schiffchen im Hafen von Villefranche liegt unter Dampf, jawohl: winke, winke, guter alter Gurdon, adieu! Diesmal ist es aus zwischen uns. Haha! Er glaubt, auf solch eine Entfernung sei ein Späherauge hinter der Brille so unsichtbar wie hinter einem Busch. Ich kenne dich, Alter!«

Silvio springt auf, zieht das Taschentuch und beginnt, über den Platz zu winken:

»Ein ›merci‹, dick und laut wie ein Hurra«, schreit er (der andre steht ja viel zu entfernt, als daß er ihn hören könnte), »und lebe wohl, for ever!«

Er fällt auf den Stuhl, schlägt sich lachend auf die Schenkel. Wie ordinär ein so gepflegter Mann auf einmal sein kann! Ada

nimmt sich vor, es ihm später einmal zu sagen: niemals dürfe er sich gehn lassen, er habe sich jederzeit im Auge zu behalten... Doch, sie muß es ihm sagen, sonst geht es nicht.
»Da haben Sie's, Gräfin! Ich schwöre Ihnen, der Chef tut schon wieder, als hätte er mich mißverstanden, geht zum Auto und läßt den Chauffeur den Frühstückskorb bringen. Ich soll aus dem Magen gewinkt haben! Soll gar keine andern Sorgen kennen als die Stillung von Hunger und Durst – und ein kleines Bankkonto... Sogar der Chauffeur scheint heute ein halb befreiter Sklave und trägt, plötzlich ins Erhabene befördert, die Livree des Mittags: Weiß und Gold. Sonst fand ich, in seinem weißen Kittel sehe er aus wie eine Köchin, die sich die Mütze eines Marineoffiziers aufgesetzt hat.«
Ada denkt: Sicher glaubt er, er halte sich weltmännisch, dabei ist er steif wie ein Hampelmann, und es ist klar, daß er sich fürchtet... Da sagt er zu ihrer Überraschung:
»Und ich? Sagen Sie selbst, Ada, was unterscheidet mich von allen Privatsekretären des Vereinigten Königreichs? Ich darf nicht einmal eine Orange von den Bäumen stehlen. Keine Macht der Welt, keine Sonne kann mich verwandeln. Meine Livree ist gelblichgrau wie der Londoner Nebel und sitzt innen – innen, Ada, innen!« Damit vergräbt er das Gesicht in die Hände.
Sie fragt:
»Hören Sie – jener Diener, der Ihnen ein Bündnis antrug?... Sie zögerten nicht, Herr Wolf? Sie traten sofort auf gleichen Fuß mit ihm? Sie schlugen ein, nahmen die schmutzige Hand, sicher das schmutzigste, was es im Hause gab – in die Ihre?«
Ohne die Haltung zu ändern, sagt er:
»Ja.«
»Schade. Ich verstehe jetzt, warum Sir Ronald nicht mehr aus Ihnen gemacht hat.«
Er nickt, den Kopf noch immer in den Händen:
»Ich fühlte mich schwach. Damals fürchtete ich Gurdon. Damals und noch lange Zeit nachher.«
»Bis zu dem Tag, als er die Kinder auspeitschte?« fragt sie unerbittlich... »Haben Sie später mit ihm darüber gesprochen?«
Langsam taucht Silvios Gesicht auf, glatt und still, und als der

Mund zum Vorschein kommt, kann Ada sehn, daß er lächelt. Ein Lächeln voll verschämter Listigkeit ringelt sich um die Mundwinkel, es hat etwas ausgesprochen Kindliches, dieses Lächeln. Ein Junge, denkt sie, ein Junge, der nichts von Gut und Böse weiß, ich muß ihm helfen ... Sie nimmt die Brille ab, um nicht hinter einer Halbmaske zu sitzen im Augenblick, da er sich zu Geständnissen anschickt, vielleicht auch, um ihn mit ihrem bloßen Gesicht zu zwingen, wahrhaftig zu sein. Der Ausdruck Silvios verrät eine Unschuld, gegen die es keine Beschwörung gibt.

Sie beugt sich vor, begierig, ein Wort zu hören, das ihn von all dem Häßlichen lossprechen könnte, womit er sich vor ihr, vor ihr gerade großtut. Mit Leib und Seele lauscht sie. Sie lauscht, wie der von Nebel überraschte Fischer nach einem Geräusch hinhorcht, das ihm die Nähe der Brandung und des Landes verrät. Er weiß nicht, daß sie ihn liebt – woher auch? Weiß sie es selbst? Er ist fast schön, er ist heiß und kalt, darin vielleicht ihr ähnlich, er versteht eine Unsumme Dinge, kennt die Welt besser als sie. (Nur wer von unten kommt, kennt sie richtig.) Ada horcht nach einem Ton hin, der ihr die neue Sprache ihres Lebens verraten könnte, verwandelt, wie es morgen oder übermorgen sein wird, in seinem Zeichen. Wie sollte sie sonst etwas über dieses Leben erfahren? Auf Silvios tiefste Stimme lauscht sie, sie erwartet sein Morgengeschenk, seine Stimme für Ada. Starr sitzt sie da.

Fühlt er die Prüfung?

»Niemals haben wir darüber gesprochen, Gräfin«, sagt er mit einem Anflug von Trotz. »Nie. Aber hundertmal, wenn wir uns gespannt gegenüberstanden, Sir Ronald und sein Privatsekretär, da brauchte ich ihm nur auf eine bestimmte Art in die Augen zu sehn, so, sehen Sie: so – und er verstand sofort, woran ich ihn erinnerte, und es fiel kein Wort mehr. Halt. Kehrtum! Und siehe da, der Honigmond unsrer Freundschaft stand wieder am Himmel.«

Auf einmal findet Silvio nicht mehr die Kraft, auch nur sein Lächeln festzuhalten, den kindlichen Schild, der stärker war als Erz – oder er wagt das Letzte und wirft ihn weg. Jedenfalls sinkt er zusammen, versucht, ihre Hand zu fassen, versucht, durch die helle Wolke in ihr Auge zu dringen. Es gelingt ihm nicht. Er fühlt sich gedemütigt und wird blaß, ganz weiß wird

er unter der braunen Haut, die Augen öffnen sich, eine innere Gewalt drückt sie auf, weitet sie, verdunkelt, vertieft sie. »Ich liebe Sie«, stößt er hervor, und dann singt eine Stimme, es ist eine fremde Stimme, sie greift Ada an, daß sie schauert, leise, singt wie für sich, und er spricht taumelnd weiter, ohne daß er sich zu rühren glaubt, lauter, lauter, hört es nicht. »Liebe Ada... Ich schwöre... Ada, ich liebe Sie... Geliebte... Liebe... Ada...«
Zuletzt unterbricht sie ihn:
»Silvio, Sie sind viel schlechter, als ich glaubte. Sie können nicht anders, es ist stärker als Sie. Hoffnungsloser Fall, mein Lieber! Ein Gurdon, selbst wenn er Kinder schlägt – er hatte sie gern, vielleicht liebte er sie, obwohl er sie schlug! Verstehn Sie das? Das schlimmste aber, mein Freund, Sie sind feig.«
Er versetzt ruhig:
»Wenn von Feigheit gesprochen werden soll, so sind Sie damit gewappnet vom Kopf zu den Füßen – Ada! Sie streiten gegen mich. Sie spähen nach den Stellen, wo ich am verwundbarsten bin. Sie verschmähen es nicht, mich dort, gerade dort zu treffen, obwohl ich es bin, der sie Ihnen zeigt, ich, der Sie durch mein Vertrauen dazu anstiftet, ich, der Ihnen die Hand führt, ich, ich und kein andrer... Niemand auf der Welt habe ich mich so ausgeliefert wie Ihnen, niemand kennt mich wie Sie, ich beichte, und Sie schlagen zu. Nur um Ihre Niederlage hinauszuzögern, sprechen Sie Beleidigungen aus. Ich vergesse sie nie!«
»Silvio«, sagt sie. »Selbst wenn das einträfe, was Sie meine Niederlage nennen, es würde nichts ändern, weder an Ihnen noch an mir. Ob Sie sich etwas mehr oder weniger an mir rächen, macht nicht viel aus.«
»Sie fürchten mich so, wie *ich* Sir Ronald gefürchtet habe.«
»Mehr!«
»Sie fürchten sich vor dem Schicksal.«
»Finden Sie das Wort nicht sündhaft übertrieben – im Hinblick auf uns?«
»O nein. Nicht im geringsten. Sie lieben mich! Ich dagegen«, seine Stimme stockt, sinkt, wird merkwürdig zärtlich: »habe Sir Ronald nie geliebt.«
In Scham und Leidenschaft getaucht, bemerken sie, wie ihre vier Hände, die still vor ihnen auf dem Tisch liegen, ins

Zittern geraten, und hören, wie ihre Stimmen austrocknen. Sie wollen nicht mehr auf die Hände hinsehn und überlassen die Laute von ihren Lippen sich selbst.
»Sie lieben mich?« sagt sie ... »Nein. Und – ob Sie mich lieben oder nicht, auch das ändert nichts, wenn es sein soll ... Silvio, ich will es nicht, weder für Sie noch für mich!«
»Ich habe nichts zu verlieren«, stößt er hervor.
Sie hebt die Achsel, eine kleine, strenge Falte tritt zwischen ihre Augen.
»Möglich, Silvio. Aber ich.« Sie fährt fort: »Ich liebe Sie nicht, wie sollte ich Sie lieben? Ich könnte Sie nur quälen. Bestenfalls spielen wir ja nur die Verliebten, hinter unsern Brillen. Meinen Sie nicht, es wäre an der Zeit, daß wir aufhörten?«
Ein Schweigen tritt ein, worin eine allzu große Sonne braust.
Sie sitzen einander gegenüber, forschen hinter den farbigen Gläsern in ihren Zügen und quälen sich, starr und stumm. Adas Mund legt nichts von seinem natürlichen Hochmut ab, Silvio hat eben noch geglaubt, sie zu lieben, nun aber haßt er sie. Vielleicht sind es zwei Gefühle in einem, das sich dreht? Vielleicht liegen sie weit auseinander, und er hat sich noch zu keinem von ihnen entschlossen? Oder er wartet einfach ab, wozu sie sich entscheidet.
Nach einiger Zeit streckt er die Finger der rechten Hand, bis sie flach auf dem Tisch liegen, und ballt sie langsam zur Faust:
»Ada. Ich komme von weit her. Ich muß weiter!«
An Offenheit fehlt es ihm nicht, denkt sie. Er ist fast schön. Heiß und kalt. Hier oben ist die Sonne eine einzige Glut.
Es taut. Die Erde wandelt sich. Jede Minute verändert die Welt. Ada wird tun können, was sie will, Jahre lang, ein Leben lang, ihn wird sie nicht ändern.
Und auch sie kann sich nicht ändern. Jetzt weiß sie es, mit der größten Gewißheit. Denn jetzt kennt sie ihn. Sie ist hart und will es bleiben.
Es taut.

Als Gurdons Chauffeur auf der Terrasse den Frühstückskorb auspackte, hörten die Weiber am Brunnen auf zu waschen, setzten sich die Männer in Bewegung, die Kinder liefen als Boten in alle vier Richtungen voraus, dann erst schlug eine Uhr hastig Mittag, die Gespensterstunde des Südens. Gurdon schaute sich vergebens nach ihr um, er konnte nicht erraten, in welchem der tauenden Türme sich dies angstvolle Herz verbarg.

Vor dem Wirtshaus traf er mit Aggie Ruf und Bieterle zusammen, die ihrem Taxameter entstiegen. »Ada! Endlich werden wir es warm haben im Leben«, rief die Dichterin zur Terrasse hinauf. Sie begrüßte Gurdon mit lustiger Schwärmerei, wozu sie errötete und mit den Schultern tänzelte, die noch immer die zerbrechlichen Schultern einer Fünfzehnjährigen waren.

»Oh, le fond de l'air est frais«, kam Antwort von Ada, was ungefähr hieß: bis auf den Grund der Augen dringe die Sonne nicht oder: selbst glühende Zeichen können trügen oder: der schmelzende Schnee noch kühle den Mittag. Jedenfalls bezog es Aggie auf Silvio, von dem Bieterle gerade behauptet hatte, er sei ein rasierter und ausgebügelter Landsknecht (»schlechte Instinkte, guter Schneider«), was aber leider nicht hindere, daß die Augen der Gräfin Breisach erschreckend ausdrucksvoll würden, sobald er mit schlenkernden Armen auftrete, und sie gedachte, dem strebsamen Herren »eine Lektion zu erteilen«, indem sie ihm die Hand über die Achsel reichte. Damit sollte er auf den gebührenden Platz gewiesen sein, den Platz hinter Sir Ronald, den Platz hinter ihnen allen. Ja, sie wollte die vermeintliche »abkühlende Wirkung« des Herrn ausdrücklich bekräftigen, der nun einmal kein »Monsieur« war nach ihren Begriffen, sondern nur in alle Ewigkeit der mißglückte Versuch Sir Ronalds, »auf einen Kommis einen Edelmann zu pfropfen«.

Silvio Wolf (»schlau wie alle Teufel«, sagte sie sich auf der Stelle) begriff den Zusammenhang. Er hielt ihre Hand fest und trat vor sie hin.

»Sie erraten viel wie alle Dichter, Fräulein Ruf. Jedoch wie

alle Dichter raten sie manchmal falsch, weil die Phantasie eines Dichters so viel Möglichkeiten findet, sich zu entfalten, wie die Dinge Zeichen enthalten.« Wort und Haltung waren aus einem Guß, stolz und demütig zugleich. Er hatte herrliche braune Augen. Alles an ihm, sie erkannte es ohne Widerwillen, sollte ihr schmeicheln. »Ich habe mich selbst gelegentlich geübt, in der Phantasie, in der Dichtung. Eine Jugendgeschichte aus dem Balkan ist mir leidlich gelungen.«
»Aus dem Balkan?« fragte Aggie.
Er stieß ein übermütiges Knabenlachen aus.
»Offen gestanden, ich habe einmal den Balkan bereist, Fräulein Ruf. Es ist lange her, ich reiste für eine deutsche Fabrik von Sterilisierapparaten. Meine Leute zu Hause hatten mich aufs trockene gesetzt. Es war sehr trocken.« Er bot ihr den Platz neben sich an, so daß er nun während der Mahlzeit zwischen ihr und Ada saß. Bieterle setzte sich mit einer Amtsmiene an das Ende des Tisches.
»Damals kam ich zum ersten Mal mit Diplomaten zusammen.«
»Als Geschäftsreisender auf dem Balkan?«
»Sie sagen es selbst: auf dem Balkan! Es gibt da gewisse verschwiegene, hochkultivierte Hotels...«
»Ach so!« unterbrach sie ihn und ließ tief errötend den Blick über den leeren Marktplatz schweifen. Der Portier ihres Hotels fiel ihr ein, die Hochzeitsreisenden, die Keller der G.P.U. Sie war verstimmt und neugierig.
Doch je mehr er sich ihr widmete, um so deutlicher fühlte sie das Einverständnis Adas mit seinen Bemühungen. Was konnte das bedeuten? Bisher hatte er sie zu Gunsten der Freundin vernachlässigt, und diese war es zufrieden gewesen. Es konnte das Wichtigste bedeuten oder eine Laune. Ada ist müde, dachte sie schließlich, und freut sich, daß ich ihr den Kavalier abnehme.
Von Politik schien er übrigens einiges zu verstehn, und zwar gerade von der Art Politik, die sie wie einen Leckerbissen zu schätzen wußte. Da wimmelte es von Rittern und schönen Damen, von Liebes- und Geldgeschichten, von Intrigen, die Staatsmännern und Botschaftern den Schlaf raubten, es gab Abenteuer zwischen zwei Betten, über die man nachsichtig

urteilen mußte, weil sie Kriege verhüteten oder einen hochherzigen Kardinal vor Schande bewahrten. Diese ganze Welt kam hoch zu Roß daher, und bei jeder Anekdote sah man einen halben Spion und einen halben Snob vom Pferde sinken. Auf dem Boden angelangt, fügten sie sich wieder zu einem vorzeitig pensionierten Botschaftsrat zusammen. Die Weltpolitik erschien als ein einziger Salon, und der dramatische Fasching seiner »Habitués« dauerte elf Monate, wie der Karneval in der Spätzeit der venezianischen Republik.

Ohne ihr Urteil über den Herrn, der kein Monsieur war, zu ändern, klärte Aggie den Amtsgerichtsrat durch einen Augenwink dahin auf, daß zumindest der Politiker im Landsknecht unterschätzt worden sei, und flüchtig beneidete sie Ada um die Plauderstunden, die sie mit ihm allein verbrachte. Wer weiß, ihr erzählte er vielleicht Näheres von den verschwiegenen, hochkultivierten Hotels, unheimliche Dinge, die er aber so diskret vorbrachte, daß eine Dame sie anhören konnte.

Da trat auch Bieterle aus seinem Schmollwinkel und begann den »Landsmann« Wolf über die elsässische Politik der Nachkriegszeit aufzuklären. Der Landsmann scherte sich den Teufel um die Belehrungen des Dicken. Ihm lag viel daran, so versicherte er Aggie gedämpften Tones, daß gerade sie im Bilde sei, im richtigen Bild, dem Bild dieses strahlenden Mittags, unter dem der Schnee weglaufe wie die Sünde. Als Marias Fuß auf die Schlange trat, Aggie Ruf, da war es ein Mittag wie heute! Und von der Kühle der Schlangenhaut allein sollte vorhin die Rede Ada Breisachs etwas andeuten, von einem Rest des Gemeinen. Le fond de l'air est frais ... In einem ihrer Bücher habe Aggie unvergleichlich geschildert, wie bei großen Gelegenheiten das Böse in der Welt sich auflöse, sich verflüchtige unter dem unbekümmerten Schritt des Guten ... Aggie glaubte an Gut und Böse – Silvio auch. An das Gute, das Böse in sich und den andern ... Sie wünschte, alles Gute solle zusammenhalten gegen das Böse in aller Welt. Silvio auch. Sir Ronald spreche in solchen Fällen vom Kampfe Vischnus, des Erhalters, gegen den zerstörenden Schiwa ... Sir Ronald hielt es mit Vischnu. Seine Dampfjacht, die im Hafen von Villefranche unter Dampf lag, hieß Vischnu. Während des Krieges hatte sie dazu gedient, nach deutschen Minen zu suchen ...

Spitzbübisch schielte er über die Schulter zu Aggie. »Ob Vischnu recht tat, am Kriege teilzunehmen – wenn auch nur als Minensucher? Es schmeckt ein wenig nach Heuchelei, wie? ... Sonst aber«, fuhr er mit erhobener Stimme fort, »waren wir immer gegen den Krieg, Sir Ronald und meine Wenigkeit. Fast ebenso wie Sie, Fräulein Ruf. Deshalb wurde Mr. Gurdon auch nach dem Kriege geadelt. Er muß es verdient haben, meinen Sie nicht auch?«

Hier aber wollte der Amtsgerichtsrat unbedingt einen Traum erzählen, mit erhobener Stimme bestand er darauf – einen Traum, den er in der Nacht nach seiner Ausweisung gehabt hatte. Zwar stellte Silvio fest, daß niemand sich im geringsten für Träume interessiere, Aggie jedoch gebot ihm Schweigen: »Mein Freund Bieterle hat das Wort. Mich interessieren Träume, ich lebe nämlich gewissermaßen davon. Also los, Bieterle!«

Ich stand an einem Fenster des Rohanschlosses in Straßburg, begann sogleich der Schwabe, stand und blickte gespannt auf das Münster ... Im Traum, versteht sich ... Vor dem Südportal warteten Touristen, daß es Mittag würde und sie Zutritt zur astronomischen Uhr bekämen ... Dies war es aber nicht, versicherte Bieterle, worauf er an seinem Fenster spannte, die Touristen gingen ihn nichts an – was dann konnte es sein, was ihn so erwartungsvoll bewegte? Das Portal öffnete sich, die Touristen verschwanden im Innern. Eine Weile blieb die Türöffnung leer. Als aber die Münsterglocke Mittag läutete, trat ein Zug steifer Gestalten aus dem Dunkel und bewegte sich die Treppe hinab über den leeren, sonnigen Platz. Alle trugen Krone, Reichsapfel und Zepter. Alle schienen von innen erleuchtet, genau so, wie sie auf den Glasfenstern des Münsters geleuchtet hatten, ihren Lichtgräbern und feurigen Thronen, von denen sie herabgestiegen waren. Ja, Aggie, sie waren es – sie, die Großen ... Die Edelsteine, mit denen die Gewänder übersät waren, und das Gold der Kronen und Zepter und Schwerter verbreiteten einen dichten, bunt durchblitzten Glanz, und der Zug schritt in einem Odem von Macht und Schönheit daher. So verließen die achtundzwanzig deutschen Kaiser und Könige Straßburg, Münster und Stadt. Und Bieterle behauptete, jeden von ihnen deutlich erkannt zu haben.

Nun konnte er, fuhr er fort, von seinem Platz nur die südliche Fassade des Münsters überblicken. Doch als er nach Westen sah, stand da ohne weiteres die Tornische mit den klugen und törichten Jungfrauen vor ihm – als habe das ganze Münster sich gedreht... Die Törinnen befanden sich in großer Erregung. Sie hatten die Lampen fallen lassen und drehten die Hüften und geilten mit Augen und Mund zum »Fürsten der Welt«, der den Paradiesapfel in seiner erhobenen Hand rollte, und auf einmal ließ er ihn einer der Jungfrauen in die ausgestreckte Hand springen. Sie berührte die Frucht mit den Lippen, drückte sie an die Brust und warf sie einer ihrer Schwestern zu, und diese tat das gleiche, und so weiter, und der Fürst der Welt klatschte mit den Händen den Takt zu dem Tanz des Apfels. Da – stiegen die klugen Schwestern gegenüber von den Postamenten und verließen in einem Zug wie die Kaiser, doch still in ihrer Scham und ohne Glanz Straßburg, Münster und Stadt.
Noch einmal drehte sich das Münster, und der Blick des Betrachters suchte und fand das Zeichen eines künftigen Tages: den Adler im Steinfries, der seine Jungen lehrt, in die Sonne zu blicken, dem einen legte er vorsorglich die Kralle in den Rücken, damit er sich steif halte im Ansturm des großen Feuers. Der rote Sandstein zuckte von Leben, im nächsten Augenblick mußten sie auffliegen, der Alte und die Jungen, im leichten Spiel ihrer Kräfte... »Entschuldigen Sie das Pathos«, schloß er, »ich bin jedesmal außer mir, wenn ich den Traum erzähle. Ein Traum, der ein Leben wert ist, ich kann mir nicht helfen!«
Aggie nickte:
»Der Traum eines vertriebenen Deutschen – ich hoffe nur, Bieterle, Sie haben sich nicht in der Nationalität Ihrer Adler getäuscht. Und, sagen Sie, ist es denn nicht ein Pelikan, der seine Brut mit seinem Herzblut nährt, und gar kein Adler, wie Sie glaubten? Erinnern Sie sich an den Fries, Herr Wolf?«
Silvio schüttelte nur den Kopf. Seine Gedanken marschierten anderswo. Während Bieterles Erzählung hatte sich mit eins das schwüle Dickicht dieser Stunde gelichtet, eine Straße hatte geblendet, ein Wind war aufgekommen. Silvio sah seinen Weg, seinen neuen Weg.
Elsaß! Politik! Abgeordneter! Minister!

Das war der Weg, der Weg hinauf.
Rot und weiß, in den Landesfarben geflaggt.
Er hatte nicht geglaubt, daß er Bieterle zuhörte, als der von der politischen Lage im Elsaß sprach, und doch hatte er von ihm das Stichwort empfangen. »Im Elsaß werden nur noch Autonomisten gewählt«, hatte der Schwabe gesagt. Das war es. Um so besser, wenn nicht für das Elsaß, dann für ihn! Es hatte wildere Revolutionäre gegeben, die über Nacht Minister wurden – nicht einen Augenblick zweifelte Wolf an der Richtigkeit seiner Eingebung. Schön hatte Gott die Welt geschaffen, schön und vernünftig... Alter Gurdon, nun bist du besiegt!
Einmal sah er die Straße feucht in der Ebene schimmern, zwischen üppigen Wiesen, an einem Weinberg, dann, als sie stieg, wurde es trocken und rauh, ein zweites Stück von ihr, mit einer Telegraphenstange und verschwärmt leuchtenden Kupferdrähten, hing hoch über dem Münstertal, seiner Heimat, zuletzt fuhr er im Auto durch den Straßentunnel der »Schlucht«, der Paßhöhe über dem Münstertal, mitten in den französischen Himmel. War nicht in Frankreich ein Abgeordneter etwas wie ein Prokonsul?... Und los von Gurdon und seinen tiefgeschliffenen Brillengläsern, heute oder nie – also heute!...
Tiere, die lange lauern, springen um so heftiger zu. Glatt und hell trotz der schwarzen Haare hing er mit den Augen an Gurdons Zügen, einem aufgewühlten, ackerhaft irdischen Gesicht, das feierlich ernst blieb und ein wenig traurig, das lebendige Bild seines Schweigens. Er hängte sich daran, als müsse er vor dem Angriff noch einmal das Gelände erforschen, er schien abwechselnd zu bitten und zu drohen, und dann gab er sich einen Ruck und fragte, ob Sir Ronald sich des Tages erinnere, da der lange Weg nach Tipperary unwahrscheinlicherweise sein Ende gefunden:
»Ja, nicht wahr, Sir Ronald? Wir brauchten nicht von Adlern zu träumen wie die Deutschen, wir hatten es saftig, wir waren die Adler, die Sieger! Und kehrtum, alle waffentragenden Männer des Vereinigten Königreichs marschieren singend in die Arme ihrer Frauen. Und auch die Gefangenen erhalten die Freiheit zurück. Nur Silvio Wolf nicht! Er nicht. Denn er ist ja nur der Gefangene des Friedens, nicht des Krieges... Der mächtige R. P. Gurdon hatte dafür gesorgt, daß er nicht in

den Krieg mußte ... So, verehrte Ladies und Gentlemen, hingen die Dinge zusammen. Man sagte, überall sagte man, der Sieg habe dem Land und jedem Engländer die Freiheit wiedergegeben. Jeder Engländer, hieß es, könne jetzt wieder machen, was er wolle, auf den Inseln und draußen in der Welt ... Und die Toten? fragte ich. Ach so! Alle Toten der Alliierten waren im Himmel. Es ging ihnen gut. R. P. Gurdon wurden vom König geadelt ...«
»Und Sie? Wo standen Sie mit ihrem Herzen während des Krieges?« fragte Aggie.
»Mein Herz stand in Diensten R. P. Gurdons.« Er lachte hellauf: »Wo sonst hätte es stehen sollen?« (Und dachte: Sicher wird er mich für meine Treue entschädigen, acht Jahre nur Taschengeld, sicherlich – was auch geschehe!) »Im Parlament ging es drunter und drüber, Frau Gräfin, die guten, alten soliden Parteien waren nicht wiederzuerkennen. Die Sozialisten kämpften für das Vaterland, die Konservativen wurden international, man hörte von Generälen, die ein verständiges Wort für die Deutschen einlegten, die Pastoren aber, denen die Liebe Sir Ronalds gehörte, die Männer, die für Herstellung und Unterhaltung des Seelenfriedens bezahlt werden, nicht zuletzt von Sir Ronald, die zeigten sich verstockter als ein montenegrinischer Esel. Fuhren fort, mit der Bibel nach den Hunnen zu werfen, im Ausweis der Bank von England entdeckten sie Gottes Hand ... Denn, verehrte Ladies und Gentlemen, das schöne Geld war auch nicht mehr, was es gewesen. Man hatte, so schien es, doch nicht genug Deutsche gekillt. Auf dem Kontinent ging das Geld vollends zum Teufel. Die Soldaten der Mittelmächte, darüber konnte kein Zweifel bestehen, hatten bestimmt nicht fleißig genug gearbeitet. Man erkannte es an ihrem schlechten Geld ... Statt Briefmarken sammelten die englischen Kinder deutsche Millionen, Milliarden, Billionen. Schließlich verkauften die Lumpenhändler von Whitechapel das deutsche Geld sackweise. Einige Stücke nahm ihnen Sir Ronald ab und erwarb damit ein paar Kleinigkeiten in Deutschland, allerhand, was nicht aus Notenpapier gemacht war.«
Gurdon rührte sich nicht. Aggie starrte ihn an, er wurde doch – wurde er nicht hier dauernd in unflätig tückischer Weise beleidigt? Oder bildete sie sich das nur ein?

»Ich will wissen, wo Herr Wolf stand«, rief sie, und ohne eine Antwort abzuwarten, brach sie aus: »Ich nahm von 1917 an fanatisch Partei für Deutschland. Vorher mußte ich mein Herz teilen, ich mußte, und ich hatte mir etwas ausgedacht, wie sie beide siegen könnten. Deutschland und Frankreich. Während sie einander zerfleischten, zitterte ich, sie könnten sich auf ewig verfeinden. So dumm war ich.«
»So treu waren Sie«, sprach Gurdon, »herzhaft treu.«
Es war sein erstes Wort.
»Als ich aber die Tiefe des Abgrundes ermessen konnte, in den Deutschland stürzte«, wollte Aggie fortfahren, da geriet sie ins Stammeln. Jemand hatte ihr das größte Kompliment gemacht, man beachtete es nicht. Herr Wolf und Ada zeigten gelb und blau bebrillte Masken her, fast hätte sie es selbst nicht bemerkt, wie jemand etwas zu ihr sagte, was wie ein Segen klang über die Zeit ihrer Verdammnis. »Sir Ronald!« Schnell hob sie sich ein wenig vom Stuhl, drückte seine Hand.
Und schon schämte sie sich, errötete, fühlte es, errötete doppelt, suchte nach einer scherzhaften Wendung, einem Rettungsseil, fand nichts. »Keiner will Sie hier reden lassen, Sir Ronald!« rief sie clownhaft blöde, mit verängstigter Miene, komisch verdrehtem Mund, so daß ihr Unternehmen zuletzt doch glückte und Herr Wolf und Ada in Gelächter ausbrachen. Endlich wurde einmal gelacht!
Sogar Gurdon lachte kurz auf, und in seinem Gesicht dauerte das vergnügte Durcheinander noch eine Weile an, ein Durcheinander wie von einem verzwickten Feuerwerk, das von den tiefgeschliffenen Brillengläsern ausging.
»So habe ich Sir Ronald nur ein einziges Mal lachen sehn!« behauptete Silvio.
Auch er schien entwaffnet.
Arglos begann er die Erstürmung eines französichen Dorfes durch ein Bataillon Amerikaner zu schildern, der Gurdon und er bei ihrem einzigen Besuch des Kriegsschauplatzes beigewohnt hatten. Der Sturm setzte ein, als ein Mädchen über die Straße lief und in einem der niedrigen Bauernhäuser verschwand. In diesem Augenblick fiel den Amerikanern, die im Dampf von Schweiß und Alkohol durch die Sonnenhitze marschierten, und zwar allen zugleich, etwas ein. Man hatte

ihnen zu Hause erzählt, in Frankreich könnten sie alle Frauen haben, das fiel ihnen ein, in der Wolke von Schweiß und Alkohol, worin sie marschierten, und die Nächsten stürzten wie auf ein Zeichen hinter der verschwundenen Erscheinung her, während die andern sich stürmender Hand auf die übrigen Häuser verteilten.

Sei es, daß die alten Männer, Greisinnen und Kinder, aus denen die Bevölkerung des Dorfes bestand, sich tapfer genug zur Wehr setzten oder daß die Masse der Eindringenden Türen und Gänge verstopfte und sich selbst in die Haare geriet, jedenfalls war noch kein einziger vom ganzen Bataillon an das Ziel seiner Wünsche gelangt, als ein Kraftwagen mit einem Häuflein amerikanischer Heerespolizisten in rasender Fahrt herankam. Herrschaften, welch ein Anblick! Im Nu waren die paar Polizisten über dem Dorf und arbeiteten paarweise mit Gummiknüppeln. Dabei war die Unsumme Hiebe, die in kürzester Zeit fielen, weniger erstaunlich als die Selbstverständlichkeit, mit der die Soldaten sie einsteckten. Nicht ein einziger setzte sich zur Wehr. Zwei oder drei Verwundete wurden auf das Auto gehoben, das Bataillon marschierte weiter, argwöhnisch gefolgt von dem Wagen der kurz angebundenen Feuerwehr. Es standen nämlich noch mehr bewohnte Dörfer auf dem Wege zur Front.

»Sir Ronald lachte herzhaft«, wiederholte Wolf. »Das ist das Wort: herzhaft. So wie eben. Wahrscheinlich erheiterte es ihn zu sehen, wie freie Bürger der USA, die außerdem bis an die Zähne bewaffnet waren, sich widerstandslos abseifen ließen.«

»Ich entsinne mich nicht, gelacht zu haben – wirklich nicht«, sagte Gurdon bedauernd.

Silvio ließ eine Pause eintreten und schlug die Augen nieder. Dann hob er sie langsam und betrachtete Gurdon mit der Aufmerksamkeit eines Hundes.

»Aber an die Prügel erinnern Sie sich?« fragte er.

»Gewiß, mein Freund.«

Der Mund Silvios gaukelte mit einem Lächeln ...

Aggie war unheimlich zumut. Für sie gab es keinen Zweifel, daß Wolf log, und zwar absichtlich log, wenn er behauptete, der ernste, strenge Mann da habe zu jenem Schauspiel gelacht. Worauf aber zielte die Absicht? Sie fühlte, »der Landsknecht

halte mit einem Messer hinter dem Rücken«, er bedrohe den alten Herrn – ohne daß es ihr gelingen wollte, die Art und die Umstände der Grausamkeit zu erfassen. Sie erkannte, wie auch Ada von Unruhe befallen wurde, und beschloß bereits, die Unterhaltung an sich zu reißen, um dem Ränkespiel ein Ende zu machen, als Wolf, die Wimpern schimmernd vor Freude, mit feuchten, weißen Zähnen, mit Händen, die Luft webten und darüber hinstrichen, unvermittelt anfing, seinem Herrn Erinnerungen aus der ersten Zeit ihres Zusammenlebens darzureichen. Es war, als nähme sein Gemüt die Farbe Gurdons an und erhelle sie bis zum Leuchten, als umhüllte er ihn mit einer Zärtlichkeit, die er gleichsam aus einem Untergrund von Wehmut ans Licht zog. Eine Artigkeit gebar die andere, jede köstlicher als die vorhergegangene.
Halb entsetzt, halb hingerissen, folgte Aggie dem blendenden Spiel der Anmut. Keine Frau hätte ihn übertroffen. Ihr fiel das Wort ein, womit die Franzosen eine besonders feine Art von weiblicher Handarbeit bezeichnen: »Frivolitäten!« ... Gleich danach jedoch sah sie: nichts war ausgesprochen weiblich an ihm, keine Bewegung, kein Blick, nicht die Stimme, so glatt und hell sie klang, er war und blieb ein Mann. Nur hatte sich der Mann in jenes Alter zurückbegeben, in dem frühmorgens ein Knabe aus einem Walde treten und, die zweieinige Gottheit der Fruchtbarkeit in Person, zwischen den aufstrebenden Gräsern vor der Sonne tanzen kann, indem er einfach seines Weges geht ...
Aggie verschlang diesen Anblick, sie nahm ihn auf in ihr zuerst nur gelockertes, dann unmerklich geöffnetes Wesen, er drang bis in ihre Tiefe, und bald begann dort ein Strahlen.
Und plötzlich schrak sie auf, daß es ihr durch den ganzen Körper fuhr.
»Seien Sie still«, rief sie.
Vier köpfe schauten zu ihr hin, teils unwillig, teils verblüfft, aber Gurdon sagte:
»Ja, Silvio, seien Sie still ... Wie alt muß unsere Freundschaft geworden sein, daß Sie nur noch von ihrer Kindheit erzählen!«
Nachdenklich wiederholte Wolf, den Blick noch immer auf Aggie gerichtet:
»Kindheit ... Ja, nun bin ich auch beim Tag angelangt, als ein

weißseidener Diener mich durch den Garten dem Haus meines Wohltäters zuführte. Ich sah es weiß und breit hinter den Bäumen liegen. Der Diener trug meinen Koffer. Auf dem nackten Rasen sprangen vier Kinder, zwei Buben, zwei Mädel. Sie waren schön.«

Was nun folgte, das nannten sie später mit absichtlich milderndem Ausdruck den »Streit von Tourette«. Er entschied über das Schicksal aller Beteiligten und umfaßte daneben einen seelischen Totschlag. Von der Schwere des Verbrechens machten sich allerdings nur zwei den rechten Begriff, Silvio, der es beging, und Gurdon, das Opfer. Es war das Werk weniger Sekunden.

Silvio, der immer mehr in ein seltsames Flattern und Funkeln geriet, obwohl er nicht ein einziges Mal das Glas mit dem dunkelroten, beinahe schwarzen Landwein berührte, Silvio lehnte sich über den Tisch, ergriff die Tatze Bieterles, ähnlich wie Aggie es mit Gurdon getan hatte, und versicherte ihm: jetzt, wo »der Junge hinten aus dem Münstertal« ein Mann geworden und im Begriff sei heimzukehren, solle sich bald einiges im »Ländle« ändern. »Und im Ländle halten wir die Wage Europas. Es liegt gut, unser Ländle!«

»Sie wollen Froschkönig bei uns werden?« fragte Aggie, erfreut, daß man bei einem harmlosen Thema angelangt war. »Wie töricht! Warum nicht Member of Parliament? Gouverneur einer englischen Kolonie? Sie brauchen doch nur ein Wörtlein mit Sir Ronald zu reden!«

Sie meinte es ernst und wandte sich Beifall heischend an Gurdon. Dem sprang ein Lächeln von den festgeschlossenen Lippen und blieb schon im Mundwinkel stecken, ein recht mühsames Lächeln, das sich denn auch nicht als lebensfähig erwies. Doch er nickte, wiederholt nickte er, und dabei ließ er seinen Sekretär nicht aus den Augen.

»Nein, Fräulein Ruf, so was ginge frühestens bei meinem Sohn. Und für einen Sohn von mir interessiert sich mein Wohltäter«, er verbeugte sich vor Sir Ronald, »nicht im geringsten. Für mich langt es keinesfalls. Betrachten Sie, bitte, Sir Ronalds mächtiges und allwissendes Antlitz, da steht es geschrieben: Bei mir reicht es höchstens zum Froschkönig im Elsaß. Da steht: Gaukler wie ich verstehen sich nur auf die kleinen Kartenkunststücke, wie sie im Familienkreise geübt

werden. Ich bin ein Parasit, und ein Parasit bedarf bekanntlich eines andern, um sich zu ernähren – ein harmloses Tier, wenn es in einem Format auftritt, ein Räuber, nicht größer als ein Stecknadelkopf... Etwas wie der Kautschuktrust wäre mir zum Beispiel nie und nimmer gelungen.«
Gurdon zog die Uhr und sagte freundlich:
»In drei Stunden fährt unser Schiff. Sie wissen, mein Lieber, wir müssen noch auf einen Sprung ins Hotel. Wenn die Damen erlauben, brechen wir auf.«
Er gab dem Chauffeur einen Wink.
Niemand erhob sich. Alle verblieben, während die Tafel abgeräumt wurde, in einer bedrückten, ja ängstlichen Haltung, als erwarteten sie ein Urteil, das einzig und allein hier an diesem Tisch gefällt werden konnte... Von wem? Fragend blickten sie von einem zum andern. Ada allein verharrte in ihrer Unbeweglichkeit.
Sie allein auch hatte während der Mahlzeit die Sonnenbrille nicht abgelegt. Und so, von außen betrachtet, spielte sich der »Streit von Tourette« lange Zeit zwischen den harten, blitzenden, überhellen, breithin sprühenden Brillengläsern Gurdons und den Blicken Silvios ab. Mit dem Eigensinn einer Wespe vor der Scheibe wirbelten seine Blicke gegen die Gläser des andern, stießen sich, fielen ab und schossen wieder darauf los.
Endlich war der Chauffeur fertig, er hatte auch den Wein und das Brot bezahlt, sich bei der Wirtin bedankt und stieg nun, den Frühstückskorb an der Hand, steif und ernst »in der Livree des Mittags« die Treppe hinab.
»Lieber, guter Sir Ronald«, begann Aggie, als er außer Hörweite war. Sie wußte noch immer nicht, was vorging, spürte die Bedrückung wie eine wachsende Last und wollte sich beim Stärksten unter ihnen Rat holen. Nein, sie erhoffte mehr. Der alte Mann sollte sie alle hier von dem gespenstischen Alp befreien, jedem seine Natur wiedergeben, die Schafe von den Böcken trennen mit seinem weisen und mächtigen Wort, er sollte zeigen, wer er war! Warum zögerten immer gerade die Guten, ihre Macht zu gebrauchen?
»Ich glaube, Silvio wartet, daß die Damen sich erheben«, äußerte Gurdon.
Da öffnete Wolf den Mund. Eine glasige Stille war um sein

Gesicht. Wie von den Lippen eines Mediums fielen die Worte:

»Lieber Sir Ronald!« sagen Sie?... Er hat die Kinder gepeitscht, die schönsten der Welt, zwei Buben, zwei Mädel. Und schauen Sie nur, mit seinen dicken Gläsern spuckt er mir ins Gesicht.«

Ada Breisach senkte die Stirn, ihr Atem ging hörbar über den Tisch zu Gurdon hinüber, hart und schnell. Aggie und Bieterle waren sprachlos.

Nach einer Pause stand der alte Mann auf. Aggie folgte ihm sofort, als habe sie nur darauf gewartet, um in Lebensgröße Partei zu ergreifen. Hinter ihr schob Bieterle seine Hünengestalt in die schwirrende Luft.

Silvio und Ada rührten sich nicht.

»Unnötig, Silvio«, sagte Gurdon, und er streckte ihm die Hand über den Tisch hin.

Zu der Hand sprach Silvio, sprach wie im Schlaf:

»Mich schlägst du nicht, mich nicht.«

»Niemals«, sagte leise Gurdon.

Es war eine große, weiß behaarte Hand. Alle blickten auf sie, die große, weiß behaarte Hand.

Sie zuckte ein einziges Mal.

»Leben Sie wohl, mein Lieber«, sagte der Greis.

Silvio antwortete:

»Auf immer. O bitte, Sir Ronald, auf immer!«

»Auf immer, Silvio.«

Die Furchen in dem erdhaften Antlitz waren ein einziges Grab von Schatten, schauerlich umflossen vom Glanz des Tages. Grau und aufgewühlt hing es in der Luft, diesem Hauch der Himmelsbläue, darin der lichte Schweiß der Erde perlte. Es war die schwere, die tödliche Wunde und später das Grab. Es war, für einen Augenblick, jetzt schon beides zugleich – tief und dunkel, von feindlichem Glanz umflossen.

»Kommen Sie, Sir Ronald«, drängte Aggie. »Ich fahre mit Ihnen. Bieterle und ich fahren mit Ihnen.«

Sie beugte sich vor, um ihm ins Gesicht zu schauen, ein Gesicht, wie ihr noch keines begegnet war – »noch keines auf Erden«, formten ehrfürchtig ihre lautlos bebenden Lippen. Er wandte ein wenig den Kopf zu ihr:

»Ich muß ihm danken, bevor ich gehe.« Darauf blickte er zum letztenmal auf Silvio.
Über die Furchen seiner Stirn flutete Licht. In Strömen kam es daher. Unaufhaltsam stieg es herab, aus dem Innern quellend und füllte seine Züge und vermählte sich mit dem Licht von außen, dem Hauch der Bläue, darin der Schweiß der Erde perlte, bis keine Spur mehr blieb von einem Schatten. Alles Licht stand atmend im Acker des Gesichtes, und der klare Strahl der Augen schien in diesem Augenblick vom Himmel gestiegen.
Dann sah Silvio Wolf ihn zwischen Aggie und dem Schwaben, gleichsam unter Ehrengeleit, den nackten, von der Sonne erschlagenen Platz überqueren.

»Hier, Herr Wolf. Dies soll ich Ihnen in seinem Auftrag einhändigen.«
Aggie hatte sich in der Hotelhalle von einem Sessel erhoben und war Silvio entgegengetreten, der Schwung, mit dem sie es tat, veranlaßte ihn, sie unter seiner Verbeugung als die »lieblichste aller Rachegöttinnen« zu begrüßen.
»Es wird ein Scheck sein«, meinte er und öffnete, von Aggie zu Ada, von Ada zu Aggie lächelnd, den Brief.
Der Brief enthielt einen Scheck, sonst nichts.
Er warf einen Blick darauf, murmelte: »8000 Pfund« und zerriß ihn, während er weiter lächelte von Ada zu Aggie, von Aggie zu Ada, riß das Papier in kleine Stücke und ließ die Schnitzel auf eine Azalee niederschneien.
Die Azalee blühte rot.
Er schüttelte sie ein wenig, damit die Papierschnitzel im Laub verschwänden: »Der letzte Schnee im Jahr...«
Ein vollendeter Kommödiant sagte sich Aggie, wie eine Magnetnadel schwankend zwischen Bewunderung und Haß. Sie hatte ausgerechnet, daß 8000 Pfund 160 000 Mark waren.
Er nahm Ada vertraulich am Arm und sagte zur andern: »Ich muß ihm winken, wenn die Dampfjacht ›Vischnu‹ sich auflöst, sich verflüchtigt unter dem himmelweiten Schritt des Bösen, liebe Aggie.« Er lächelte noch immer. Er küßte ihr die Hand. Strich mit dem Zeigefinger hart und doch zärtlich über das Gelenk, nahm es zwischen Daumen und Zeigefinger und drückte es, prüfte seine Stärke, bis sie es ihm entzog.

»Und du, Ada?« fragte sie.
»Ich habe ihm versprochen, dabei zu sein.«
»Dabei zu sein?« Und sie betonte »dabei«, denn, nicht wahr, es war doch eine Schmach für eine Frau wie Ada, einem so offenbaren und auch noch durch Hohn erhöhten Triumph des Bösen ihre Gegenwart zu schenken...
Flammenden Hauptes zwang sie sich, das Paar bis zum Windfang zu begleiten, und sah hinter den Scheiben, wie es davonfuhr.
»Ihm«... wiederholte sie: »einfach ›ihm‹... hat sie es versprochen! Es gibt keinen Herrn Wolf mehr, es gibt nur noch ihn.«
Bieterle stand schon eine Weile neben ihr, sie tat, als bemerkte sie es nicht. Mit geschlossenen Augen nahm sie sich zusammen, drehte sich traumhaft wie um sich selbst, entschlüpfte sich, floh, floh. Jetzt war sie im Freien, aber sie nahm ihre Umgebung nicht wahr. Sie wandelte, halb fremd, halb vertraut, wandelte geschwisterlich in weiter Ferne... Gleich darauf wurde alles deutlicher. Sie sah sich lachen, laut und hell, herzhaft sah sie sich lachen, ihr helles Haar lachte, die Schultern bebten wie im Tanz, und der Fürst der Welt warf ihr den Apfel zu. Lachend fing sie ihn auf, biß hinein, daß der warme Saft an ihren Mundwinkeln herabfloß, und gab ihn Ada, die ebenfalls hineinbiß und dann zurückwarf. So aßen sie beide den Apfel, lachend, im Tanz, und noch nie war die Schöne so schön, die Lockende so verlockend gewesen. Unaufhörlich sank Fieberröte und schmolz auf dem Marmorschein ihres Körpers, den Aggie durch eine Öffnung im Bademantel erblickte...
Als ein heftiger Schmerz sie weckte, fand sie sich wieder, wie sie auf dem Sofa ihres Hotelzimmers hockte. Bieterle war unten an der Tür stehengeblieben. Mit der vollen Wucht des Körpers quetschte sie sich die Hand, die Silvio mit Mund und Finger liebkosend berührt hatte. Sie bog sie im Gelenk und lehnte sich mit ihrem ganzen Gewicht dageben und haßte die Hand. War nicht das Gelenk die Stelle, wo man früher einmal Törinnen die Hand abhackte – und sie ins Feuer warf, weil Feuer allein den unersättlichen Fraß und Schmutz der Vergiftung tilgen konnte?
Aggie haßte. Die Magnetnadel stand still.

Heiß und wirr sann sie auf Rache. Und konnte keinen Ausweg finden, nicht die geringste Möglichkeit, den Schleier von Anmut und Zuversicht zu zerreißen, von dem sie annahm, daß Ada ihn über Silvio Wolf gebreitet halte durch ihre eigene, entzündete Schönheit, und worin er nur schreiten und walten konnte, frei und alles auf seinem Wege erhellend, das Gute, das Böse, wie früher jene Knaben, die ein Gott geküßt hatte. Aggie selbst blieb, dumpf und geblendet, im Schleier gefangen! Aufstöhnend packte sie das blaue Notizbuch in die Tasche. Sie schleppte sich über die Promenade, an deren Ende ihr Arbeitsplatz lag: das »Dancing« des Hotelpalastes Negresco.
Unbemerkt folgte der Amtsgerichtsrat.
Er fand sie prachtvoll, wie sie mit dem starren Kopf eines Denkmals, von all den Schultern und Hüften geschoben, die sich suchten oder mieden und im ganzen bekriegten, in die Hotelhalle geschleudert wurde und nun königlichen Ganges, den Schirm diebisch in die Rockfalten gedrückt, an den Garderobefrauen vorbei in den Tanzsaal schritt.
Er selbst nahm an einem entfernten Tischchen Platz, wo er ein Auge auf sie haben konnte. Ohne sie hätte er es keine zwei Minuten ausgehalten. Der Saal war ein einziger Hexensabbat, mit Blocksbergmusik, und obwohl alles frisch und gepflegt schien, besonders die Frauen und Blumen, roch es süßlich nach Fäulnis. Das kam von der Hitze, die jede Pore auspreßte ... Jedoch, sollte sich wundern, wer wollte: aus solchem Hexensabbat, aus solcher Blocksbergmusik stiegen die Gestalten der Dichterin, und siehe, es waren einfache, keusche Wesen, deren Leben sich so fern hielt von den Gästen eines »Palace«, wie Aggie ihren Zimmernachbarn in den Luxushotels fremd blieb – wo sie dennoch abstieg, nicht gerade in den teuersten, und auch in den »zweitklassigen« nahm sie nur ein Nordzimmer, aber ein Kirmeshotel mußte es sein, bunt und weitläufig. Zum Arbeiten aber suchte sie unweigerlich das beste Hotel auf, sie behauptete: die beste Musik.
Mochte sie auch oft eine traurige Figur auf dem Jahrmarkt abgeben, ihr war es gleich – ja, Bieterle meinte, sie suche die Demütigung auf, sie müsse sich immer wieder tief bücken, nicht anders wußte er es zu erklären, tief bücken, sich

auslöschen, wie arme Verwandte bei der Hochzeit des Reichen, um so dazustehn, wenn der Genius ihr Schiff auf die hohe See hinaustrieb. Sie selbst glaubte, es täte ihr weh und koste sie eine ungeheure Selbstüberwindung, und in der Tat litt sie oft bis über ihre Kraft. Bieterle wußte es, obwohl ihre Leidensfähigkeit, ihr Trotz, die Zähigkeit ihres Willens sogar ein ungewöhnliches Maß überstiegen. Aber vielleicht rührten ihre Schmerzen von ganz etwas anderm her als von dem vermeintlichen Zwang, mit der Verdorbenheit zu hausen und im Schwarm mitzujagen, der tagaus, tagein und in allen Zonen hinter einem sagenhaften Wild hersetzte. Vielleicht – doch warum in solchen Vermutungen wühlen, solange niemand wortwörtlich wissen konnte, wie nun eigentlich die Peitsche hieß, die den Menschenkreisel Aggie Ruf an den Türen von so viel Schlafzimmern, Sterbekammern und Festsälen vorbeitrieb! Er sang, er tönte und sang, und Bieterle hätte alles hingegeben, nur um in geziemender Entfernung, so wie jetzt, dies immer glühende und erblassende Leben zu teilen, dies Leben am Rande des Traumes, der in Sturzwellen herüberschlug, dies irrlichternde Leben am Rande des Todes.

Währenddessen lehnten Silvio und Ada über einem blauen Abgrund. Der blaue Abgrund war ein Land mit Städten, Straßen, Felsen, Meer und Himmel. In seiner spiegelnden Tiefe glänzte ein Ding, ein Spielzeug von einem Schiffchen, die Dampfjacht ›Vischnu‹. Die leere Bucht von Villefranche und der Himmel darüber umschlossen das Schiff wie ein Block von Bläue, es schien in der Luft vereist, und nur der Rauchfaden aus dem Schornstein zeigte an, daß man am Werke war, das Insekt aus der durchsichtigen Umklammerung zu lösen.

Auf dem Höhenweg über Villefranche angelangt, hatte Silvio Ada gebeten, ihren Wagen, einen weißen, lautlosen Amerikaner, zu entlassen, ohne den Heimweg nach Nizza zu bedenken, oder vielmehr er dachte daran, wie an etwas, was jenseits dieses Lebens lag, das noch klopft und bangt, an etwas unendlich Fremdes, das ergreifend wäre wie die Rückkehr in das Land seiner Kindheit. Jener Weg war in den Sternen vorgezeichnet, doch erst mußten die Sterne am Himmel erscheinen, bevor der Weg auf Erden deutlich würde! Bis dahin, bis zur Gewißheit – herrschten Hoffart des Abenteuers und verstecktes Leid. Langsam verließ ihn der Überschwang und bald auch sein Selbstbewußtsein. Warum hatte er nicht den Scheck auf seinem Zimmer verwahrt, um dann bei der Rückkehr in die Halle zu erklären, er habe ihn zerrissen? Und das viele Geld im Rücken behalten, für den Fall –. Er war Adas gar nicht mehr sicher. Zum hundertstenmal fühlte er die abweisende Fremdheit dieser Frau, die ihm scheinbar so willig folgte. Was nützte es ihm, wenn er sich ein Land unterwarf, und er konnte es nicht in seiner Macht behalten? Alles, was er von ihr wußte und ahnte, konnte ihm höchstens ihre Liebe versprechen ... Es war zu wenig! Er schwor sich, sie unter keinen Umständen zu seiner Geliebten zu machen – er brauchte sie zur Frau. Hätte er nur nicht den Scheck zerrissen! Hoffart des Abenteuers und verstecktes Leid ...

Von der Straße waren sie eine kleine Treppe hinabgestiegen und standen, nebeneinander auf eine Mauer gestützt, in einem Garten. Er enthielt nichts als das verrostete Eisengerüst einer Weinlaube, von den Knoten alter Rebstöcke umschlungen, und zwei Steinbänke. Wahrscheinlich gehörte der Garten zu einem weiter unten liegenden Haus, das ebenfalls im Verfall war. Rote und weiße Federnelken hatten sich ausgesät, sie blühten auf der Mauer, zwischen den Treppenstufen, sogar in den Fugen der Steinbänke. Aller Schnee war fort. Hätte er nur den Scheck nicht zerrissen! Aber – was tat zum Beispiel jemand, der einen Scheck verlor oder irrtümlich vernichtete? Da konnte doch das Geld nicht verloren sein, es war ja da, man mußte auch in diesem Fall an das Geld herankönnen. Er beschloß, den Scheck bei Gurdons Bank als irrtümlich vernichtet anzumelden, und atmete auf ...

Hier wird er mich küssen, dachte Ada und schaute sich um, als suchte sie in der Runde die heimlichen Zeichen einer Verschwörung. Er wird mich an sich reißen. Ich werde mich nicht wehren. Er wird mich küssen, soviel er mag. Ich werde die Augen schließen und kein Wort hervorbringen. Und nachher, wenn er mich losläßt, werde ich ihn um nichts mehr lieben als vorher. Vielleicht bin ich dann verlobt, und wir heiraten schnell, damit es keinen Aufschub gibt in seiner Laufbahn als elsässischer Notabler und Politiker. Seitdem er in Tourette vom »Ländle« sprach, weiß ich Bescheid. Ich werde Claus Breuschheim das Schloß Unterhügeln abkaufen und es ihm schenken...

»Jetzt bin ich wieder so frei und arm wie damals, als Sir Ronald mich auflas«, hörte sie ihn sagen. Sie hörte auch, wie er die Qual einer mehr als zehnjährigen Gefangenschaft schilderte, er sprach kühn, ein wenig hitzig. Nichts mehr von Hohn, er sprach von Gurdon wie von einem Toten. »Ich hab's gewagt, Ada, ich hab's gewagt.« Wahrlich, meinte er, kein Wanderfalke, der nur gegen den Wind fliegt, hätte sich in seiner Luxusvoliere unglücklicher fühlen können als er in dieser Freundschaft. Es war ein Vogelhaus von edelstem Material, die Jahreszeiten färbten es mit ihrer Pracht. Und in seinem Innern kochte die Hölle. Eine Frau wäre vielleicht selig gewesen, er nicht. Er war ein Raubtier, er wollte jagen, kämpfen, rauben, wie ein Falke brauchte er Gegenwind, um zu fliegen!...

Das Bild vom Falken gab ihr zu denken. Ohne daß sie seiner Erzählung besondere Aufmerksamkeit schenkte, drängte sich ihrem Gefühl ein Tonfall, ein Bild auf, und ihre Phantasie spielte darauf weiter... War es nicht so, daß ihr wacher, kühler Geist verfinstert wurde, sobald sie diesen Mann berührte? Bekam dann nicht ihr Geist eine purpurne Haube übergezogen? Kaum aber verliefen sich Strömung und Strudel, wie seine Berührung sie zutiefst in ihr aufrührten, da flog ihr Geist auf, so klar, so kühl wie je, und nichts blieb zurück als Neugier und etwas wie Dankbarkeit für die Macht seines Körpers über den ihren.

Im Anfang hatte die Übereinstimmung ihrer Nerven bei den ersten, unwillkürlichen Berührungen sie überrascht, wie man durch den Schlag aus einem elektrischen Kontakt überrascht wird. Dem Schlag war ein Wohlgefühl gefolgt, Sättigung, worin neue Begierde sich regte, freilich mit Angst vermischt, Angst wohl vor irgendwelchem Überschwang des Gemüts, das sich, einen Augenblick, zu allem bereit zeigte. Jedesmal geschah ein Anlauf zu einem Sprung ins Dunkel. Es gab eine fremde Macht in ihr, die sich der Aufsicht entzog, die, wenn man sie völlig sich selbst überließ, einen Menschen entwurzeln und ihn sich selbst entfremden konnte und mit ihm umging wie der Sturm mit dem Wald.

Ada hatte ihren Gatten geliebt und ihm zwei Kinder geboren, und doch war ihre Sinnlichkeit verschwiegen und eigensinnig geblieben wie die eines jungen Mädchens. Nun genügte offenbar schon eine Berührung, um einen Mann in sie einbrechen zu lassen bis dorthin, wo sie immer allein gewesen, und die verborgene Quelle wurde zum Strom, der sie nahm und forttrug, und sie erschauerte unter dem überwältigenden Ausblick auf die Gewalt des Lebens. Um zu wissen, wie weit sie ihren Sinnen trauen sollte, führte sie selbst solche Berührungen herbei, und schließlich verlangte sie danach wie nach dem täglichen Brot, während die wachsende Scham sie vor jedem weiteren Versuch zurückhielt. Da begann ihre Einbildungskraft von Silvio Besitz zu ergreifen. In der Art, wie ein Baum dastand, schlank aufsteigend, alle Äste um sich gesammelt im Dunkel seines Laubes, das von einem einzigen, grell beleuchteten Zweig erglühte, in der Biegung einer Straße, im zurückgeworfenen, schäumenden Kamm einer Meereswelle sah sie ihn, in allem, was sich ihrem erstaunten und entzückten Blick darbot, und in der stillen Rührung ihrer Eingeweide vernahm sie den schon nicht mehr körperlichen Nachhall seiner Stimme ... Ihr Verstand blieb unberührt. Sie hielt den Geliebten nicht für besser, als er war – eher, glaubte sie, für schlechter. Und es bereitete ihr eine gleichsam mütterliche Genugtuung, jemand zu lieben, der weder innerlich noch äußerlich ihrer Welt angehörte, der, wie Aggie sagte, nicht einmal ein »Monsieur« war und im Grund hilflos ihr gegenüber wie ein Kind.

Hier wird er mich küssen, wiederholte sie und fühlte, wie er ihr näher und näher kam, obwohl sie still nebeneinander auf die Mauer gestützt blieben und die Bucht von Villefranche beobachteten. Er hatte schon lange aufgehört zu sprechen.

Da sagte er: »Ich sehe mein ganzes Leben.«

Sie antwortete: »Ich auch ... Nicht sehr erfreulich, wie?«

Jetzt aber setzte sich drunten in der Bucht Gurdons Jacht lautlos in Bewegung. Es war, als ob ein in blauem Gletschereis eingeschlossenes Insekt plötzlich ins Laufen käme. Das Schiff hinterließ eine weiße Spur, und dieser Schaumstreifen verharrte, gleichsam gefroren, in dem unerbittlichen Block von Bläue, auch als Silvio und Ada die Jacht nicht mehr unterscheiden konnten. Es war herzbeklemmend, ein Gewitter

von Stille stieg aus der reglosen Bucht, zerrte an ihnen und drückte glashell auf ihre Schultern. Sie wagten nicht, den Blick zu wenden, aus Angst vor einer Entladung.
Langsam wurde es dunkel vor ihren Augen, die Bläue überwältigte sie, mit großen, dunklen Trichtern wuchs sie bei noch hellem Tag in die Höhe, bis alles vor ihnen fast schwarz war, und die Fahrrinne des Schiffes glomm darin wie die Lichtspur eines im Meere wandelnden Mondes.
Im Gefühl des Bedrohtseins lehnten sie die Schultern aneinander und auch, um nicht getrennt zu sein, jeder auf sich selbst gestellt, wenn die Gefahr endlich vorbei wäre. Wie hätten sie sonst je wieder zueinander gefunden!... Die Sonne ging unter, flach und rund wie eine Mitternachtssonne. Es dämmerte. Und erst aus der Nacht kam wieder Licht zu ihnen. Vorsichtig wandten sie den Kopf und blickten sich in das schimmernde Gesicht.
Da, plötzlich, schlug Ada den Arm um seinen Hals: »Silvio!« rief sie. Da, plötzlich, hielten sie sich umschlungen und taumelten, gewaltsam emporgehoben und auf diesen Platz gegeneinandergeschleudert. Sie sahn sich an, suchten sich deutlicher zu erkennen, indem sie ihre Blicke von ihren verwirrenden Gesichtern abschweifen ließen, sie auf Kundschaft schickten nach einem Knoten des alten Weinstocks, einem Busch Nelken auf der Mauer und alles wiederfanden, wie es vorhin gewesen, die Hänge mit den Häusern, die mit ihren aufgesteckten Lichtern in die Nacht eingingen, und endlich das Meer – das Meer, das über die ganze Haut erzitterte, weil es den Strahl des Abendsterns empfing.
»Ada«, sagte er kleinlaut.
Ada rief in die Nacht hinaus. »Sir Ronald!« rief sie, »Sir Ronald...« Auf Silvios Wange glänzte eine Träne. Vielleicht war es nur ein Tropfen vom Schweiß des Tages, der auf seiner Wange zurückgeblieben war, seine Augen blickten heiß und trocken, vielleicht nur der Nachttau, Speise der erschöpften Erde. Dennoch war es das lebenswahre Abbild einer Träne, ein Schatz, und Ada rief den verratenen, alten Mann zum Zeugen an für diese einzige Träne, sie zeigte ihm die Kostbarkeit über Zeit und Raum hinweg. Langsam hob sie sich auf den Fußspitzen und betrachtete die Träne, wie eine Mutter ein Kind betrachtet, bevor sie es in einem Ansturm von

Zärtlichkeit an ihr Herz drückt. Sie hielt den Atem an und nahm den Tropfen zwischen die Lippen. Er schmeckte salzig, wie echte Tränen schmecken. Mit seinem Geschmack netzte sie ihren Gaumen, ihre Kehle.
Der Geliebte küßte sie nicht. Riß sie nicht in seine Arme. Als ihr Kopf an seine Schulter sank, ergriff er ihre Hand:
»Ich will Sie nicht überrumpeln, Ada, nicht Ihrem Gefühl Gewalt antun.«
»Ich habe dich zuerst geküßt«, sagte sie.
»Schauen Sie mich an. Ada! So. Ja, so. Ihr Vater hieß einmal der ungekrönte König des Elsaß, wir wußten es schon auf der Schule. Offen gestanden, ich will sein Nachfolger werden.« Er versuchte zu lächeln. »Ist es da nicht natürlich, wenn ich seine Tochter zur Frau nehme?«
»Auch das«, antwortete sie lachend. »Die Legitimität hat ihre Reize.«
Die Ironie ärgerte ihn, sie war zu stark betont.
»Und ihre Vorteile«, überbot er. Und dann drückte er sie an sich, preßte sie in sich hinein und sah sie dabei unverwandt an. Ihre Augen entließen eine Fülle silbergrauen Lichtes, er trocknete sie aus mit seinem Blick, er wartete, daß sie starr wurden unter seinem Blick, wartete, bis ihr Lächeln in den nach unten geritzten Winkeln ihres Mundes, der breit und sehr hochmütig war, gleichsam gefror, er legte ihr die Hand auf die Stirn, bog ihren Kopf zurück, es fiel ihm auf, daß die Oberlippe in der Mitte wie in einer natürlichen Schwellung ein wenig nach oben verlief. Dorthin, wo der Mund zu rot war in dem nachtblassen Gesicht, als sei ihr das Herz auf die Lippen getreten, dorthin küßte er sie.

Als sie den Heimweg antraten, wehte ein goldener und blauer Mondschein und beflügelte die Erde. Sie schritten schnell, sehr schnell, indem sie sich suchten und mieden. Wenn sie vor einem Auto auf die Seite der Straße traten, nahmen sie sich bei der Hand. Silvio blickte in das Licht des Scheinwerfers, sie hielt abgewandt den Kopf über seine Schulter.
»Ich bin eine Jungfrau«, sagte sie, leise in sich hineinlachend. »Ich bin eine Braut... Ich frage mich, wo ich meine Kinder herhabe... Wahrscheinlich, Silvio, von dir!«
Ihn jedoch drängte es, auf der Stelle zu erfahren, warum sie

nach der Scheidung den Titel ihres Mannes beibehalten habe, eine Hartmann sei doch in Frankreich viel mehr als eine Gräfin Breisach ... Weil sie denselben Namen tragen wollte wie ihre beiden Mädchen, klärte sie ihn auf, doch damit – damit war es ja nun vorbei:
»Ich werde Frau Silvio Wolf heißen!«
In Adas Freude noch strömte es dunkel. Der Name Silvio Wolf erhielt einen Klang von Sage und Ferne. Ihr Geflüster bewegte sich weiter um seinen Namen, breit dahinwogend wie ein Strom in der Nacht und wankend vor Glück – ein Strom in der Nacht, den die kleinste Wolke in einen Abgrund von Schwermut verwandeln kann. Immer wieder berührten sich die Worte »Frau Silvio Wolf« mit einem Knistern von Licht und Wasser, wie wenn zwei, drei Wellen über einem Mondstrahl zusammenschlagen ... Dann begann es in ihren Worten zu tagen, die Sonne ging auf und überschüttete die himmlische Küste mit dem Feuer seines Namens:
»Frau Silvio Wolf! Und ... ich werde mit allem vermählt sein, den Bäumen, dem Meer, dem Wind, den steilen Hügeln und den Wegen an den Hügeln, die alle, Silvio, alle aus deinen Rippen geschnitten sind ... Warum sagst du nichts?«
Ja, warum sagt er nichts! Er geht mit verzagtem Lächeln neben ihr und sieht sich vergeblich nach einem Wort um, das ihr gewachsen wäre. Ihre Liebe macht ihn schwach, er fühlt sich leer. Er ist auf keinen Widerstand gestoßen – man hat ihn um die Siegespalme betrogen. Zwar versucht er, am Anblick ihres Mundes zu wachsen, der solche Gebete formt, er will sich in ihrem geflügelten Schritt bewundern, seine Macht spiegeln in ihrer hohen Gestalt, er will sie mit einem Wort, einer Gebärde unterwerfen ... Sie bleibt unangreifbar. Vorher schon war sie größer als er, nun ragt ihr Haupt in die Sterne. »Silvio!« ruft sie, er antwortet: »Ada!« Sie bleibt unerreichbar.
So vollzieht sich der Heimweg nach Nizza anders, als er ihn sich ausgemalt. Es ist ein Sternenweg für Ada. Er wandelt ihn als der Knecht seines Ehrgeizes, der an sein Glück noch nicht glauben kann ...
In der Halle des Hotels verläßt er sie.
Bisher hat er sie unbedenklich bis auf ihr Zimmer begleitet. Seitdem er aber mit der Tochter Charles Hartmanns verlobt

ist, legt er (schon unterwegs, im Dunkel!) eine Förmlichkeit an den Tag, die Ada insgeheim belustigt: ach, das wichtigtuerische Gebaren ein Kindes! Zuletzt bittet er sie, die Verlobung vor Aggie vorläufig noch geheim zu halten, er müsse Zeit haben, die »einflußreiche Person« für »ihre« Sache zu gewinnen.

»Unsere Sache?« fragte sie.

Er antwortet:

»Das Elsaß.«

Sie steht im Lift hinter dem Gitter. Er verneigt sich, sie hebt die Hand: »Es lebe Seine Majestät der König aller Frösche zwischen Rhein und Vogesen!«

Der Lift saust in die Höhe.

Silvio Wolf beißt sich auf die Lippe.

WILDOST

Aggie Ruf schrieb nach Breuschheim und fragte mich alles mögliche, und erst die Nachschrift brachte den Namen Silvio Wolf ans Licht. »Daß ich am Ende erwähne«, sagte sie, »was, meiner Absicht entsprechend, an den Anfang des Briefes gehört, soll Ihnen nichts anderes verraten als meine tiefe und überlegte Abneigung gegen Herrn Wolf.«

Danach schien mir ihr Interesse für Silvio Wolf weniger zweifelhaft als ihre Abneigung.

Ich antwortete:

Aus Breuschheim gibt es wenig zu berichten. Der Kalender verzeichnet mühevolle Arbeit, naßkaltes Wetter. Mit der Landwirtschaft geht es noch, aber was aus der Autofabrik werden soll, wissen wir nicht. Der Serienwagen hat gesiegt, zur Umstellung auf Luxuswagen fehlt uns das Kapital. Wir haben die deutschen Verkaufsläden für unsere »Alsatia«-Wagen aufgegeben, weil die Deutschen bald billiger liefern als wir, und stehen arg in der Klemme zwischen den Amerikanern, die alles auffressen, und den letzten Franzosen, die sich noch wehren können.

Die Politik wird täglich dümmer und überdies tatsächlich

eine »Krankheit«, wie meine Mutter sagte, und was für eine! Nur die Kinder gedeihen. Jacquot konspiriert über den Rhein hinüber mit der ältesten Tochter Adas, ohne mich aufzuklären, was da eigentlich spielt, seine kleine Schwester Annette lernt laufen. Dafür rührt Vater Balthasar sich kaum noch aus dem Sessel, er lobt den Sessel und die Zeit, da brave Männer ruhig sitzen und die Schöpfung überdenken konnten. Er trägt eine Lesebrille aus Horn, die Hände ruhn auf dem Bäuchlein und halten bald den Livius, bald den Ovid.
Ich zweifle an Ihrem Interesse für meine Chronik, wenigstens in diesem Augenblick. Sie wünschen ungeduldig, liebe Aggie, unser interessantes Tier aus der Höhle schlüpfen zu sehn. Sie wollen erfahren, was ich von meinem Mitschüler Wolf weiß, und zwar »alles ausführlich und genau«. Mit der Genauigkeit wird es hapern. Sie sollen bald sehn, warum. Die beiden andern Forderungen kann ich erfüllen...
Als ich Ihren Brief las, witterte ich gleich den Geruch eines fernen Septembermorgens. Hauchnasse Bäume im Schulhof, es hat die Nacht geregnet, Duft (jawohl, für uns war es ein Duft) von Öl und Terpentin, allerhand ist frisch gestrichen, dazu Weihrauch aus der romanischen Kapelle, deren Tür immer bis zur ersten Pause aufsteht, damit Luft hineinkommt, und zuletzt und am stärksten: Veilchenparfüm...
Und hier, verehrte Freundin, stehn wir bereits bei Silvio Wolf. Durch das große, mit Blech beschlagene Eisentor des Bischöflichen Gymnasiums an St. Stephan ist ein Jüngling getreten und schaut sich, nach einigen raschen Schritten auf dem Kies, vorsichtig im Hofe um. Es ist kurz vor Beginn der ersten Unterrichtsstunde im neuen Schuljahr. Die Glocke hat geläutet, der Hof liegt leer. Aus dem Schatten des Kreuzgangs lösen sich die Gestalten der Lehrer.
Hubert Adam und ich verweilen noch in der Tür des Klassenzimmers. Mein andrer Freund, der schöne François Kern, rüstet sich für das neue Schuljahr, indem er ausnahmsweise bereits auf seinem Platze sitzt und in einen runden Taschenspiegel äugt. Er zieht die Augenbrauen hoch, fletscht prüfend die Zähne. Ein Windstoß fährt über den Hof und schüttelt den Rest des Regens von den Kastanienbäumen. Barhäuptig, in fliegender Soutane, eilt unser Ordinarius durch den unerwarteten Schauer.

Wie von unsrer Aufmerksamkeit angezogen, setzt sich gleichzeitig der Neuling in Bewegung. Beim Anblick des langen, dürren Abbés beschleunigt er den Schritt. Wir machen ihm Platz, er verbeugt sich höflich, verbeugt sich nochmals vor der Klasse, setzt sich auf den Eckplatz der vordersten Bank. Auf einmal roch es dumpf, roch es unterirdisch nach Veilchen...

»Ein Kerl, wie gemacht für unsern Abbé«, flüsterte Adam. Mein kurzbeiniger Freund hatte eine Abneigung gegen »elegante Erscheinungen« (auch unser Ordinarius gehörte dazu), und in der Tat konnte man sich keinen größeren Gegensatz denken als zwischen dem Bauernsprößling Hubert Adam und dem jungen Herrn, der da, an uns vorbei, vor einen Haufen feindlich gesinnter Lümmel getreten war und sich, ohne zu stolpern, ja, mit einem zarten Schwung, einer leisen, einschmeichelnden Schüchternheit auf die Bank setzte, nachdem er die Klasse mit seiner Verbeugung verblüfft hatte.

»Heda«, schrie Adam in die Klasse, »heda! Wer von euch stinkt denn nach Veilchen?«

Es wurde still. Fünfunddreißig Nasen schnupperten in die Luft.

»Ich möchte schwören«, ergriff Hubert Adam wieder das Wort, »solang das Bischöfliche Gymnasium an St. Stephan steht, noch nie hat es darin nach Veilchen gerochen!« Brüllendes Gelächter belohnte den Primus.

Ohne sich um den Nachhall des Lärms zu kümmern, klappte der Ordinarius das Klassenbuch auf und begann uns in alphabetischer Reihenfolge aufzurufen.

»Hubert Adam.«

»Hier!«

Der Lehrer unterbrach sich und sagte, zu dem Ankömmling gewendet:

»Ich will doch lieber erst Ihre Personalien aufnehmen. Wie war Ihr Name bitte?«

»Silvio Wolf«, antwortete, sich schwungvoll aufrichtend, die elegante Erscheinung. Aber schon auf die Frage nach Name und Stand des Vaters erfolgte keine Antwort.

Der Lehrer hob den Kopf, der neue Schüler bog ein wenig die Schultern, die Klasse hielt den Atem an. Und von den

unsichtbaren Lippen, in deren Richtung alle starrten, kam es leise:
»Ich möchte bitten, meine Personalien dem Herrn Professor nach der Stunde mitteilen zu dürfen.«
»Selbstverständlich», beeilte sich der Abbé ebenso leise zu erwidern.
Nach Schluß der Stunde holte ich François Kern auf die Seite und verabredete mit ihm, dem Neuling gegen Adam die Stange zu halten. »Mir gefällt er«, sagte ich. – »Mir auch«, sagte Kern, »obwohl der Vater so was wie Latrinenputzer sein muß – wenn er überhaupt einen hat.«
Adam trat zu uns und behielt die Tür des Klassenzimmers im Auge, in dem Wolf mit dem Lehrer zurückgeblieben war. Auf einmal schlug er sich gegen die Stirn:
»Ich hab's! Dachtet ihr nicht auch, es habe einer zum Jux eine Parfümflasche in den Ofen geleert? Irrtum! Der Kerl ist parfümiert, die elegante Erscheinung! Er stinkt nach Veilchen, der Ofen ist unschuldig.« Ich behauptete, das hätte ich gleich gemerkt. Adam starrte sprachlos auf die Klassentür.
Sowie der Junge auftauchte, marschierten Kern und ich auf ihn los und begannen mit ihm über den Hof zu schlendern. Seine Begrüßung: »Darf ich mich mit den Herrn bekannt machen?« hatten wir überhört, wir sagten »Du« zu ihm, nahmen in zwischen uns und begannen ohne Umschweife ein freimütiges Gespräch. Nach einigen Minuten brachten wir ihn vor Adam, der noch immer auf der Stelle hielt, wo wir ihn verlassen hatten.
»Das Geheimnis besteht darin«, sagte ich lachend, wobei ich die Hand unter Silvios Arm schob ... »Nun rate mal!« rief Kern, und er nahm den Arm Hubert Adams.
»Er ist mit einer jungen Dame gereist«, flüsterte ich so wichtigtuerisch wie möglich. »Es ist ihr Parfüm, verstehst du? Semper aliquid haeret.«
»Gut, gut«, knurrte Adam, und er reckte sich lächelnd, als müsse er selbst an ähnliche Reisen denken. Seine Art, wie er Wolf dabei ansah, ließ auf einen Rest von kritischen Vorbehalten, aber auch auf Achtung, wenn nicht auf Wohlwollen schließen. Den Jungen über seine »Personalien« auszufragen, daran dachte nicht einmal Hubert Adam. Nach einigen Tagen meldete François Kern:

»Der Mann hat eine Geschichte...«
Silvio und er hatten denselben Schulweg, doch selbst Kern, dem er so viel Vertrauen schenkte, kannte nur das Haus, worin er nach einem freundlichen »Salü« zu verschwinden pflegte. Bei welcher der Parteien im Haus er wohnte, konnte Kern nicht erfahren. Manchmal wechselte er sogar das Haus. Und dies war bei weitem nicht das einzige Dunkel, womit der glitzernde Kamerad sich umgab. Seine Geschichte aber, die erfuhren wir. Stückweise lieferte er sie uns aus. Zwar behauptete Adam unermüdlich, die elegante Erscheinung lüge wie verrückt, zeigte sich dagegen Kern oder gar ich mich mißtrauisch, so bewies uns Adam wieder haarscharf die Wahrhaftigkeit, die schamhaft verdrehte, aber echte Wahrhaftigkeit des Erzählers. »Übrigens«, schloß er dann, »kann er gerade so gut wortwörtlich die Wahrheit reden, nicht nur indirekt. Was weiß ein Mensch vom andern!« Immerhin wußten wir jetzt, daß er sich tatsächlich parfümierte, wenn auch bei weitem nicht so stark wie das erstemal.
Sonst aber wußten wir von ihm nichts, als daß er ein gut gewachsener Junge war, schwarzhaarig und doch hell, ein wenig schwermütig und doch leicht beschwingt, mit olivenfarbenem Gesicht, mit Augen, die er, wie Kern sich ausdrückte, »seiner Schwester oder sonst einem Mädchen gestohlen«, die Wimpern waren lang und gerade und schienen immer ein wenig feucht.
Und mehr, verehrte Aggie, haben wir im Grunde nie erfahren.
Doch fragte unser kurzbeiniger Scharfrichter eines Tages: »Wißt ihr schon? Er hat eine Großmutter hinten im Münstertal, die sorgt für ihn.«
Hubert Adam hatte es auf eigene Faust herausgebracht. Unserm Silvio lebte eine alte Großmutter im Münstertal, die sorgte für ihn, und der Pfarrer hatte ihn auf die Unterprima vorbereitet. Von Eltern oder Geschwistern keine Spur. Vielleicht waren sie tot. Die Alte, hinten im Münstertal, betrieb ein Käsegeschäft.
»Und darin«, sagte Adam, »erkenne ich als Psychologe den Grund, warum er sich parfümiert.« Die Stirnfalten unter die kurzgeschnittenen Haare geschoben, verwies er uns streng das Lachen...

Es folgt, verehrte Aggie Ruf, die »Geschichte«, die »der Mann hatte«, auch sie ist reichlich dunkel. Kern und ich dachten oft, die Sache sei einfach: Silvio überbiete die mager gewordenen Reste unsers Karl-May-Wildwestens mit der Fülle seines eigenen Wildostens, er suche sich als Schauplatz den Balkan aus, weil er nicht gut behaupten könne, in den Prärien auf Büffel und Apachen gejagt zu haben. Der Balkan lag in Europa, gleich hinter Venedig, bis wohin ich selbst nachweislich vorgedrungen war. Und er fing auch mit dem Balkan erst an, nachdem ich von Venedig erzählt hatte.

Andrerseits enthält die Geschichte eine Menge gut beobachteter Züge, und lebenswahr sind zumindest die Erfahrungen, die Silvio aus den fragwürdigen Ereignissen zog. In diesem Sinne hatte Hubert Adam recht, wenn er von »verdrehter Wahrhaftigkeit« sprach (wobei ich die ebenfalls von ihm berufene »Scham« außer acht lasse).

Die erste Strecke von Silvios Weg also führte von einem Dorf der rumelischen Steppe zum Schwarzen Meer, eine unglückselige Strecke, das sollten wir ihm nur glauben, mit Pech an jedem Pfosten, Hunger und Angst und voller Fallgruben, dort, wo Menschen wohnten, wahrlich, eine schier übermenschlich schwere Strecke Weges für einen Dreizehnjährigen. Er brachte sie hinter sich, es gelang. Am Schwarzen Meer geriet er in eine Stadt. Es war ein geringer Ort, dem Jungen schien er riesig.

Erhobenen Hauptes und nachlässig vor sich hinpfeifend, um niemand merken zu lassen, daß er hier fremd war, stapfte er durch die gepflasterten Straßen und erkannte dabei aus den Augenwinkeln jene »Welt«, den »Westen«, die »Menschheit«, von der die Tante erzählt hatte, eine blinde, gelähmte Frau, die in ihrer Jugend eine Zeitlang »der Sonne nachgegangen« war. Auf einmal wurde es zuviel, er hatte ein großes bewegtes Wasser gesichtet, laut rief er: »Das Meer!«, ließ alles fahren und begann zu laufen. Er zweifelte nicht, daß er die Stadt und das Meer der Tante entdeckt hatte, die Menschheit, die Welt, den Westen. Er lief gleich bis zum Leuchtturm am Ende der Mole und beobachtete, wie da ein verkümmertes Männchen saß und aufpaßte, daß die Schiffe richtig hereinkamen. Der Junge lachte, grüßte mit tiefen Verbeugungen und wollte seinen Spaß mit ihm haben, denn er sah, daß der andre

betrunken war. Das Männchen warf ihm einen giftigen Blick zu und zeigte ihm den Rücken.
Dort, in der Stadt am Schwarzen Meer, half er beim Löschen eines englischen Baumwollschiffes, bekam Essen sowie ein gediegenes Nachtlager und lernte obendrein seine ersten Brocken Englisch. Nette Leute, die Matrosen, reizende Kerle. Eines Abends, als ihr rothaariger Anführer den Kleinen auf die Knie nahm, vertraute Silvio ihnen an: Gemäß einer mündlichen Überlieferung seiner Familie lebte noch weiter im Westen eine Großmutter, die sei Millionärin, und er, ihr Enkel, hege den Wunsch, sich bis zu ihr durchzuschlagen und ihr Grüße von der Heimat und einer zahlreichen Familie zu überbringen. Dies alles erzählte er mit Unbefangenheit, nur etwas behindert durch mangelhafte Kenntnis der Sprache.
Großartige Kerle, die Matrosen, sie lachten, und einer rief: »Komm doch mit, wir helfen dir die Großmutter suchen.« Ein Zweiter fiel ein: »Einfache Sache in London! Man fragt den nächsten Policeman, und der nimmt dich an die Hand und führt dich zur Großmutter.«
»Elsaß heißt das Land, wo sie wohnt«, sagte Silvio.
»Kann nur ein Sprung von London entfernt sein.«
Als es aber ans Klarmachen ging, hatten sie von nichts mehr wissen wollen, weder vom Policeman, der ihn zur Großmutter führen sollte, noch überhaupt von einer Aufforderung, mit ihnen zu reisen. Da versteckte er sich im Laderaum. Es ging los. Es war toll, wie es losging. Die Erde selbst kam ins Rollen, mit Klappern und Getöse, scharenweise fegten die Ratten über ihn hinweg, die Erde rollte, sie flog, hin zur Großmutter im sternenfernen Elsaß, und taumelnd eilte er an Deck, um die Bahn zu sehen, die der wild gewordene Erdball beschrieb. Das brachte ihm Unglück.
»Wissen die Jungens in der rumelischen Steppe«, fragte Adam, »daß die Erde rund ist und sich bewegt? ... Sie wußten es. »Hattet ihr Schulmeister?« Sie hatten bessere als wir. Adam feixte.
Und »Aha, da steckst du?« riefen die Matrosen, erzählte Silvio unbeirrt weiter, und der Junge bemerkte zu seinem Schreck, daß das Schiff noch im Hafen herumschob, denn nun, fürchtete er, würden sie wieder anlegen und ihn absetzen. »Jawohl, da steckt er, der Millionärsenkel. Gerade haben

wir dich gesucht.« Und derselbe, der ihn auf die Knie genommen und ihm das Haar gestreichelt hatte, ergriff ihn an den Hüften, hob ihn lachend hoch und warf ihn über Bord. Eine dumme Sache, so über Bord zu gehen, wenn man nicht schwimmen kann. Wohl strengte sich der kleine Silvio an, es auf der Stelle zu lernen, aber ganz glückte es doch nicht, man mußte ihm helfen, und die Schwimmstunde endete, wie sie vernünftigerweise hätte beginnen sollen, an einem Bootshaken.

Sein Retter aber war der Trunkenbold, der Leuchtturmwächter. Das verkümmerte Männchen zog ihn mit einer Stange an Land, und nachdem er Silvio ein paar Ohrfeigen gehauen hatte, stellte er sich vor ihn und fragte, ob es nun stimme oder nicht, ob er, der Mann des Meeres, dem Landwurm da nun auch richtig das Leben gerettet habe oder nicht, und nach erfolgter Bejahung erklärte er, also stimme es, und es sei gut. Silvio könne als Sklave bei ihm bleiben, bis der Allmächtige einen von ihnen abberufe.

Drei Monate behielt ihn der Wächter. Der Turm war nicht mehr als ein enger Keller, darin wohnten die beiden, und oft schlief Silvio zur Strafe zusammengekrümmt in dem höher gelegenen, noch engeren Raum, wo die gewaltige Laterne brannte. Es war die Hölle.

Was bedeutete indes Keller und Laterne neben der Angst, die er ausstand! Und draußen herrschte der Schrecken noch viel ärger als im Turm. Zwang ihn doch sein Quälgeist, sich in Kneipen und schmutzigen Gasthäusern herumzutreiben und Dinge zu tun, die ihm alle ehrbaren Menschen zu Feinden machten. Er wachte und schlief zwischen Galgen, und die Sprache des schweren Zwerges erinnerte an das Krächzen der Raben. Jeder Unbekannte, der auf der Mole auftauchte, war der Henker, aus den Sturmwolken am Himmel streckte Gott den glühenden Arm gegen den Knaben.

Es kam, wie es kommen mußte. Eines Nachts, als der Zwerg wunderbarerweise nüchtern war, so daß er eine ganze Stunde aufrecht gehen konnte, führte er Silvio hinaus vor die Stadt und versetzte ihm einen Fußtritt. »Lauf«, krächzte er, »lauf, so schnell du kannst. Die Polizei!«

Silvio lief ...

Nächster Halt: eine Landschenke an der serbischen Grenze.

Hier gab es einen in allen Farben blühenden Hühnerhof, herrliche Schweine, in den Obstbäumen sangen Vögel, und Silvio lachte. Wenn er in aller Frühe Brot gebacken hatte, durfte er den Vögeln zuhören, er durfte die Schweine füttern, bei den Hühnern verweilen und den sauberen Eroberer Hahn bewundern. Ein Bach floß am Haus vorbei. Silvio badete morgens und abends, bald war er so weit, daß er Wettschwimmen mit den Enten veranstaltete. Seine Brust wurde breit und wölbte sich. Er schlug sich auf die Brust und lachte ... »Na, na«, meinte Adam, »wenn ich mir so deine Brust betrachte –« Er wurde gleich still, weil Silvio erklärte:
»Das Schönste jedoch war die Kuh.«
Eine Heilige! Ein einziges, mächtiges, weiches Stück Sanftmut und ein Berg von Treue, der Junge wurde nicht müde, sie zu streicheln, minutenlang schaute er ihr in die Augen. Wenn er sich richtig stellte, sah er sogar sich selbst in den Augen: ganz klein zwischen Stücken Wiese, Strauch und Himmel. Dann dachte er, so müßten die farbigen Kirchenfenster mit den Heiligen darauf sein, von denen die Tante erzählt hatte – bei den Menschen, in der Welt, noch weiter im Westen. Er liebte die Kuh, und die Kuh liebte ihn. Wenn die Frau sie melkte, stand er dabei und atmete tief den Duft der warmen Milch. Die Milch erschien ihm als das allerkostbarste Gut, Sternenschein, den man an die Lippen nehmen und trinken konnte, Honig, der aus einem warmen Bauche floß, sie perlte und schäumte, und wenn sie im Topf auf der Mitte des Tisches stand, schob man sich bangen Herzens dazu, möglichst nahe, wie zu einer Frau mit freundlichen, dicken Brüsten. Hier hätte er bleiben sollen. Silvio entsann sich nicht, was ihn vertrieb.
Wiederum Wald und Steppe, Hochebene, Seen, Berg und Tal, große und kleine Flüsse, eine einzige Öde, darin Menschen und Tiere, verloren und von der Vorsehung selbst vergessen, und endlich: die Städte. Balkanstädte, Städte der Städte! Wuselnde, zirpende, schleimende, krähende, stinkende, strahlende Häuserhaufen am Rande der Urerde! Hütten, Trümmer von Hütten zwischen vergoldeten Palästen. Die Autos weichen Eseln, Gänsen, Schafen und Schweinen aus, die Leute aber müssen vor ihnen zur Seite springen.
Frauen groß, üppig, gewaschen, schreiten funkelnd auf einem

Meer von Schmutz, über Abgründe von Armut, schreiten aufrecht und sicher wie Petrus auf dem See Genezareth. Doch viele der zerlumpten Mädchen, die ihnen ehrfürchtig aus dem Wege gehen, sind viel schöner als sie – mit ihren schmalen Schultern, den zarten Gelenken, dem Hungermäulchen, das in den Tag schwätzt, wie die Spatzen zwischen den Roßäpfeln picken. Manchmal schießt die Polizei oder das Militär in die Menge. Eine Welt in Hitze, eine Welt in Empörung. Und Silvio macht Ernst mit dem Leben.
Er lernt die Frommen schätzen, denen er bei Umzügen hilft (sie geben ihm wenigstens freundliche Ratschläge, wenn sie ihn betrügen), wird Sakristan, fliegt hinaus, weil er vom Meßwein genascht hat. Er befreit sich von den Fesseln der Kirche, arbeitet als Friseur, Hausierer, politischer Agent einer Partei, die bei den Wahlen gewinnt, und erwacht daraufhin als Botenjunge in einem staatlichen Amt. Fliegt hinaus, führt seine Lästerzunge spazieren, prügelt sich, trauert hungernd vor Pfarrhäusern und Suppenküchen. Endlich erhebt er wieder den Kopf als Zuschlepper für Gemischtbetriebe, die sich Hotels nennen. (»Gemischtbetriebe«: fabelhaftes Wort, wir hatten es nie gehört, verstanden es aber sofort.) Dabei erweitert er seine Sprachkenntnisse.
Ein älterer Freund arbeitet in einer Zeitungsdruckerei. »Warum widmest du dich nicht auch der schwarzen Kunst?« wird Silvio gefragt. »Es sind allemal die Gewecktesten von uns, die das tun«, und als Silvio ihm dankbar um den Hals fällt, verspricht er ihm ein Plätzchen am Letternkasten für die Anzeigen. Der Freund selbst thront vor der Setzmaschine! Silvio wohnt bei ihm, ißt mit ihm, schläft mit ihm im selben Bett. Ein wahrer Freund ist eine Ahnung Gottes.
Silvio zieht köstliche Gerüche durch die Nase, Tinte, nasses Papier, frischgegossenes Blei. Die schwarze Kunst: o ja, etwas von Zauberei muß wohl dabei sein, aber eine Kunst ist es auch, beim Handsatz aus dem Haufen wirrer Buchstaben eine kleine Anzeige hübsch viereckig zusammenzufügen, daß Tausende von Leuten sie so deutlich lesen können, als stünde sie in ihrem Kopf.
Morgens erwartet er mit Herzklopfen die neunte Stunde. Dann beginnt ein Sausen und Beben in den Mauern des Hauses gleich dem Atem der Schöpfungstage. Das Sausen

schwillt an. Fünf, sechs Augenblicke lang verweilt es in der gleichen höchsten Tonstärke, worauf das tiefe Donnern der Druckmaschine sich loslöst. Nun wohnt der Donner selbst im Haus, genau vierzig Minuten lang. Ein Donner, so kraftvoll und ruhig wie die Sonne, wenn sie über der Steppe aufgeht. Zahllose Menschen, über das ganze Land verstreut, erwarten die Botschaft. Und Silvios Herz geht stolz und ruhig, es ist das Herz eines Generals, der sein Heer in gewaltiger Ordnung aufmarschieren sieht... Leider gerät etwas schief. Er soll im Redaktionszimmer ein Buch gestohlen haben oder etwas Ähnliches. Der Freund schreit: »Ein klassenbewußter Arbeiter stiehlt nicht, du Hund!« und schlägt ihn zuschanden, ohne daß Silvio sich wehrt. Er kreischt nur und weint wie ein Kater. Hinaus!

Kam wieder eine Zeit großen Hungers, zwischen Hoffnung und Angst. Hatte er geglaubt, den Hunger zu kennen von Kindheit an und ihn nicht gar so sehr gefürchtet, jetzt wird er eines Bessern belehrt! Jetzt erst ist es Hunger, der toll macht und seinen Mann zu Boden schlägt, als träte ein Kind vor einen Stier und schmisse ihn um mit einem Schlag der flachen Hand auf die Nüstern...

(Hier fragte Kern: »Und die Frauen, Silvio, die Frauen?«

»Offen gestanden, nur herrschaftliche Dienstmädchen, mein Lieber, mit weißen Schürzen – verstanden?« Aha! Liebesgöttinnen, noch mit Meerschaum auf dem Leib, sagte ich. Er nickte mir zu: »Oh, ich hätte regelrechte Einbrüche begangen, um ihrer nachts habhaft zu werden, ich bekam sie aber immer nur zwischen Tür und Angel zu fassen.«

»Auch in der Hungerszeit?«

»Gerade. Hunger macht scharf.«

»So?« meinte Kern, der nie gehungert hatte, mißtrauisch.)

Kam der Tag, wo Silvio aus einer Wolke von Fieberträumen an ein ungeheures, fremdes Gesicht herantrat und um Essen bat. Nach einem erschrockenen Blick warf man ihm etwas hin und ging rasch weiter. Es war eine Frau. Auf allen vieren suchte er nach dem Geldstück... »Es war eine Frau«, betonte Silvio. »Ihr müßt euch immer an die Frauen halten!«

Kam der Tag, da er auf Stelzen wandelte, ohne Schwere, ein kühner Gesang loderte ihm in der Brust, die Wolken streiften sein Haar. Bis er stolperte und plötzlich in Nacht versank.

Nun erst wird's recht. Silvio kommt auf das richtige Geleis. Ein Uhrmacher nimmt ihn auf.
Der Uhrmacher ist ein Mann, der aufrecht durch seinen Laden schreitet oder, die Lupe vors Auge geklemmt, auf einem Holzschemel sitzt und Wunder verrichtet. Er wird Meister genannt und braucht niemand zu gehorchen. Die Herrschaften, die in seinen Laden kommen, behandeln ihn wie ihresgleichen, sie reichen ihm die Hand. In der Druckerei hatte man nie reiche Leute gesehn ... Wenn der Meister einer vornehmen Frau die Uhr in Seidenpapier einwickelt, darf er ein Scherzchen von den Fingern schnippen. Sie reicht ihm die Hand ... »Darauf kommt es an«, belehrte uns Silvio: »Ihr müßt so gestellt sein, daß die reichsten Leute euch die Hand reichen.« Und was die Kunst anlangt, die der Meister ausübt, so übertrifft sie bei weitem das Tippen auf der Setzmaschine. Die Entdeckung, daß fünfzig verschiedene Dinge, die man zusammensetzt, auf einmal klingend miteinander mahlen, Zeit und Geld, alle fünfzig miteinander, auf lustige und nützliche Weise, diese Erfahrung oder Entdeckung öffnet Silvio einen Fernblick ... Silvio ist auf den Wert der Intelligenz gestoßen: es gibt Arbeit, die mehr abwirft, als nur das Geld für das Essen, Trinken und Übernachten, Arbeit, die bereichert, nach innen und von außen ... Eine solche Arbeit bringt außerdem Ehre.
Endlich kommt das Haupt bei ihm hoch und fest zu sitzen, wie menschliche Köpfe sitzen sollen. Man ist wer, und wenig hindert einen, mehr zu werden. Ringsum steigen Leitern in den Himmel. Schön hat Gott die Welt geschaffen, schön und vernünftig.
Und nun, da die Schöpfung ihn derart anlachte, fand sich auch bald ...
»Eine Frau«, riefen wir alle drei. Und: »Endlich!« stieß Adam nach.
Jawohl, eine richtige Frau, was denn sonst! Maria hieß sie und war die Tochter eines Gastwirts, der geringe Gastwirt saß im Kirchenrat der römisch-katholischen Gemeinde, und außer Maria hatte er noch zehn andere Töchter ans Licht gezogen. Ein braver Mann.
Während Silvio sich auf die Gesellenprüfung als Uhrmacher vorbereitete, erlernte Maria das Milch- und Käsegeschäft.

Das Milchgeschäft war ein heiliges und, wie der Schwiegervater bestätigen konnte, einträgliches Gewerbe, ein Gewerbe, das vieles vor Gott gutmachte, was die Menschen sonst in Geschäften sündigten.
»Halt, Silvio!« befahl Kern, »Wie alt bist du? Achtzehn, also warst du damals – sagen wir sechzehn ... gut, sechzehneinhalb. Wenn du jetzt erzählst, du hättest mit deinen sechzehneinhalb Jahren das Mädel geheiratet, so schlage ich dir den Schädel ein.«
Silvio lächelte liebenswürdig auf ihn herab.
»Wie du wünscht. Ich schwöre dir, sie liebte mich genug, um mir auch ohne Segen zu folgen. Jedenfalls folgte sie mir, verheiratet oder nicht – du siehst, François, ich will dich nicht ärgern. Ich darf aber doch bemerken, daß sechzehnjährige Ehemänner im Balkan keine Seltenheit sind?« – »Väter«, verbesserte Kern mit zynischem Nachdruck. – »Nein, Ehemänner.«
»Von den Tropen weiß ich's bestimmt«, knurrte Adam, den das Auftauchen eines Milch- und Käsegeschäftes in der Erzählung gnädig gestimmt hatte. Jedenfalls begab Silvio sich eines Maimorgens von neuem über Land. Und diesmal murmelte eine junge, zärtliche Frau, verheiratet oder nicht, neben ihm das »Gebet vor einer Reise«, und in Eilmärschen ging es diesmal streng geradeaus. Jedes von ihnen trug ein Bündel, es war nicht mehr wie früher, da Silvio auf seine Reisen nichts mitnahm als nur die Hände in den Hosentaschen. Das Ziel war Konstantinopel. Eine schöne Reise. Eine Reise voll Würde und Tapferkeit. Er arbeitete sich von Stadt zu Stadt, und in Konstantinopel angelangt, setzte er seine grundlegende Erfahrung in die Tat um.
Er suchte und fand Geschäfte, die ließen sich, im groben, zusammensetzen wie eine Uhr, und wenn sie nur recht abgepaßt waren, so mahlten sie hell klingend, alle miteinander, Zeit und Geld. Zwei, drei Geschäfte fand er so und fügte sie zusammen und setzte noch allerhand kleine Hilfsrädchen ein. Er frisierte, erst türkische Herren, dann aber ausschließlich christliche Damen. Abends handelte er Teppiche, die er auf der Schulter und über dem Arm trug, und, aus dem Ärmel, Kokain. »Kokain, was ist das?« fragten wir und – bekamen es erklärt. Gegen Mitternacht zog er einen Frack an und begab

sich in den Spielklub, wo er auf Falschspieler aufpassen mußte, und dies war das beste Stück des Uhrwerks.
(»Frack!« feixte Adam. »Frack hat sie gesagt, die elegante Erscheinung!«
Silvio schnauzte ihn an:
»Dummkopf! Der Frack regiert die Welt. Ohne Frack kommst du zu gar nichts in der Welt.«)
Viele Damen der Klubmitglieder ließen sich bei ihm frisieren, von seiner Frau bezogen sie die Milch für die Kinder, auch sonst war Frau Wolf den Damen gelegentlich von Nutzen. Und wenn eine von ihnen um ein würdiges Geschenk verlegen war, so fand sie bei Silvio einen Teppich um die Hälfte des Preises oder das letzte Pariser Parfüm sowie erprobte Schönheitsmittel. Das Kokain gab er nur auf schriftliche, mit vollem Namen unterzeichnete Empfehlung.
Wir wurden ungeduldig. Schon wieder das Kokain! »Nun ja, Kokain«, belehrte er uns, »das ist etwas anderes als Karl Mays Henrystutzen und Storms Gedichte. Damit verdient ihr wie ein Bankier.«
Es war die Gattin des französischen Botschafters, die ihm riet: »Silvio! Gehn Sie nach Europa! Sie sind die Geschicklichkeit in Person und ein Sprachgenie dazu. In Europa machen Sie Ihr Glück.«
Silvio hatte nur auf ein solches Wort gewartet. »Abgemacht!« sprach er leise, fast grimmig vor Entschlossenheit, und kurze Zeit darauf schiffte er sich nach Marseille ein. Die Dame hatte ihm Empfehlungen versprochen.
Umsonst läutete die Glocke des Dampfers, die Sirene heulte vergebliche Mahnung, Silvio und Maria verrenkten sich die Hälse, kein Bote, aus vollen Halse schreiend: »Monsieur Wolf! Monsieur Wolf!« stürzte mit Empfehlungen herbei – nichts, und die Liebenden verdarben mit ihrem Spähen und Ohrenspitzen und Bereden des Mißgeschicks die unwiederbringliche Stunde.
Als das Schiff hinausfuhr, brach Maria, die Gute, schluchzend auf einem Haufen leerer Säcke zusammen, und ihr roter Hut rollte und rollte und fiel über die Mauer ins Meer...

Wir gingen in der Meisengasse, als Silvio Wolf uns seine Abfahrt von Konstantinopel schilderte. Das Fest des neuen Jahres, Ostern, das Fest der berauschenden Luft stand vor der Tür. Noch drei Tage trennten uns von den Ferien. Wir sahn den roten Hut Marias, der Guten, ins Rollen geraten, er fiel über die Kaimauer ins Meer. Auch am Bosporus war es nicht mehr lange bis Ostern.
»Und jetzt büffelst du auf der Unterprima des Bischöflichen Gymnasiums an St. Stephan?« entrüstete sich François Kern. Seine dunklen Augen waren geweitet von den Abenteuern des andern.
»Lebt wohl«, flüsterte Silvio.
Wir verstanden nicht, was er meinte.
»Was soll das heißen?« fuhr Adam ihn an.
Als einzige Antwort schüttelte er den Kopf. Eine Träne stand ihm im Auge. Schweigend setzten wir unsern Weg fort. Der Vorfrühlingstag hielt die Menschenmenge auf der Meisengasse versammelt, diesem Korso und Wandertheater der komödienfrohen Stadt Straßburg. Unter Summen, Kichern und Scharren vollzog sich, fast feierlich, das Wiedersehn nach dem Winter, mit Hurra und Grüßetauschen nahm die Bevölkerung Besitz von sich, der Straße und der Stadt, einer Dreieinigkeit, der sie in Wirklichkeit niemals untreu gewesen. Wir wurden oft getrennt, und jedesmal, wenn wir uns wiederfanden, erwarteten wir eine Erklärung Silvios, was dieses »Lebt wohl« zu bedeuten habe. Keiner wollte ausdrücklich fragen. Als ihn jedoch Hubert Adam kräftig kitzelte, sagte er: »Ich habe nicht nur ein Privatleben, ich habe eine Mission.« Darauf konnte Adam nur verächtlich die Achsel zucken.
Kurz vor dem Broglieplatz kam uns eine junge Dame entgegen, wir erblickten sie alle zugleich. Unwillkürlich mäßigten wir den Schritt. Sie hatte ein fremdländisches Aussehn. Alle vier starrten wir in ihr Gesicht. Sie trug einen roten Hut!
Da, aus der Blauwolkengasse fuhr ein Windstoß, ein Schrei, der unter dem schweren, roten Mund, den wir anstaunten, blitzend weiße Zähne enthüllte, und der Hut flog, über Silvios Schulter hinweg, auf den Fahrdamm.
Mit einem Ruck machte Silvio kehrt. Kern ergriff seinen Arm:
»Ist es Maria?« stieß er hervor.

Silvio riß sich los und tauchte im Gedränge unter.
Inzwischen war Adam dem Hut nachgesprungen, wir sahn, wie er ihn der Dame überreichte und ein paar Worte mit ihr wechselte.
Als er wieder zu uns stieß, riefen Kern und ich: »Maria«, und François teilte ihm mit, Silvio sei vor ihr geflohen.
»Unsinn«, brummte er. »Ich kenne das Mädel. Sie ist Verkäuferin im Warenhaus Knopf.«
»Du gönnst sie ihm nicht«, widersprach Kern, und hastig sah er sich um, der rote Hut war verschwunden. In heller Entrüstung fuhr er fort: »Jetzt, wo es ernst wird, willst du es nicht wahrhaben. So bist du, du gönnst keinem etwas, was nicht von dir kommt.«
»Gebt acht!« sagte ich. »Wir sehn Silvio nicht wieder.« Ich nahm an, er würde die junge Dame irgendwo treffen und mit ihr durchbrennen.
Ich hatte wenigstens zum Teil richtig prophezeit.
Am andern Morgen eröffnete uns der Abbé, Silvio Wolf habe gestern sein Zeugnis abgeholt: Familienverhältnisse veranlaßten ihn, die Anstalt zu verlassen und sogar das Studium aufzugeben. »Schade«, setzte der Abbé hinzu, »ein ungewöhnlich begabter Mensch!« Er ließ den Blick über die Klasse schweifen, als wollte er feststellen, wieweit sein Bedauern geteilt werde.
Also mußte Silvio gleich nach der Begegnung in der Meisengasse zur Schule geeilt sein, um sich abzumelden! François Kern stellte es fest, und Adam konnte es nicht bestreiten, ebensowenig wie den Umstand, daß Silvio niemals die Absicht geäußert hatte, uns zu verlassen. Im Auftrag meiner Freunde unternahm ich einen persönlichen Schritt beim Ordinarius, um den Grund von Silvios Abgang zu erfahren. »Familienverhältnisse«, wiederholte der Abbé, und mehr, als daß der Junge sich nicht bei seiner Großmutter aufhalte, konnte auch Hubert Adam nicht herausbringen.
Die Bestürzung bei uns dreien, die das Abenteuer ratlos zurückließ, war groß. Adam gab zu, er könne sich geirrt haben, die Ähnlichkeit der Dame mit einer gewissen Verkäuferin des Warenhauses Knopf sei viel geringer, als es im ersten Augenblick geschienen habe. Wir durchstreiften die Stadt auf der Suche nach dem roten Hut. Er blieb unauffindbar.

Wir vergaßen den Hut.
Wir vergaßen Silvio Wolf.
Ich war von meiner eigenen Maria erfüllt, Maria Capponi, der »goldhäutigen Königin des Südens«, Adam glaubte nicht mehr an einen persönlichen Gott, und in Kern »flammte«, seitdem es richtig Frühling war, »das leibhaftige Leben«. Er schrieb abwechselnd Liebesgedichte und Satiren auf die deutsche Regierung. Die Liebesgedichte wie die Satiren wurden von ihm hektographiert und samstags in der Klasse verteilt...
Erst durch Ihren Brief, verehrte Freundin, habe ich erfahren, daß Silvio Wolf während des Krieges in einem Londoner Park »ausgehoben« wurde (nach dem, was Sie mir schreiben, müßte es eher heißen: »emporgehoben«), und zwar von Gurdon. Ich bin Sir Ronald in Paris begegnet, erinnere mich auch, daß er in der Unterhaltung seinen Privatsekretär erwähnte, den er leider zu Hause habe lassen müssen, ahnte aber nicht, daß es sich um unsern alten Wolf handle, im Balkan Lupescu genannt. Grüßen Sie ihn, wenn es Ihnen Spaß macht,

von ihrem ergebenen
Claus Breuschheim

DAS GESICHT DER REVOLUTION

Die Riviera-Elsässer, wie Ada sagte, wohnten alle vier in verschiedenen Häusern, die beiden Damen und Silvio an der Strandpromenade, Bieterle im Innern der Stadt. Um zehn Uhr morgens pflegten sie sich auf der Promenade des Anglais zu treffen. Schon um neun wachte Bieterle auf dem Strandweg gegenüber Aggies Quartier. Er ging auf und ab und führte die Brandung wie einen großen Hund an der Leine spazieren. Punkt zehn ließ er ihn laufen, stellte sich kerzengrade auf und behielt das Portal des Hotels im Auge. Und das Portal hatte keinen andern Sinn mehr in der Welt, als Aggie Ruf durchschlüpfen zu lassen, Aggie mit ihren kleinen, hastigen Bewegungen, Puderdose und Quaste in erhobenen Händen.

Gleichzeitig beaufsichtigte er den Fahrdamm, denn er fürchtete immer, sie könne überfahren werden, während sie im aufwärtsgewandten Gesicht herumpuderte. Sobald sie in der Tür erschien, setzte er sich rücksichtlos in Bewegung und zwang mit erhobener Hand die Autos, ihre Fahrt zu mäßigen. Die meisten Chauffeure kannten ihn und hielten ihn für eine amtliche Persönlichkeit, die den Sicherheitsdienst für eine ausländische Hoheit versah.

Als Aggie diesmal unvermittelt mitteilte (sie warf das Puderdöschen in die Tasche und blickte erwachend an ihm hinauf), der Herr, der kein Monsieur sei, wäre als ein Junge entlarvt, der Märchen erzähle und fest daran glaube, als ein köstlicher Knabe, hörte der Schwabe erst mit der gewohnten Achtung zu, meinte aber dann:

»Sie wollen sagen: er lügt. Weiß ich schon lange.«

»Was wissen Sie schon lange? Nennen Sie mir eine einzige Lüge von ihm!« Und gleich wiederholte sie lachend und ergriff seinen Arm: »Ein Junge! Geben Sie nur mal acht, in dem helldunkeln Burschen galoppiert ein Knabe über die Wiese, eine Balkanwiese oder sonst eine Wiese, aber etwas Grünes ist es bestimmt.«

Sie sahn Silvio und Ada auf sich zukommen, da murrte ein verrostetes Glockenspiel über ihr: »Das hat mit seinem Singen der Silvio Wolf getan.«

»Welch ein Kompliment für den Herrn!« versetzte sie noch schnell, und: Du bist ja ein Junge, blinkerte es in ihren Augen, als sie bei Silvio stand und ihn aufmerksam musterte. Sie glaubte zwar, sie beachte ihn nicht mehr als sonst, eher weniger, denn sie umarmte ja die Freundin, sprang sie geradezu an, wich ihr nicht von der Seite und plauderte nur so aus der Entfernung:

»Herr Wolf, wie ist das mit der Kuh, der heiligen Kuh? Sie waren doch einmal mit einer Kuh befreundet, einem gewaltigen Stück Sanftmut, sie hatte einen warmen Bauch, daraus lief Honig, wenn man sie melkte, weißer Honig. Ada, befiehl ihm, von der Kuh zu erzählen!«

Darauf begann ein regelrechtes Blindekuhspiel. Herr Wolf tappte blind umher und zeigte sich haarsträubend unfähig, in seinem Leben die geringste Spur einer Kuh zu entdecken. Aggie mußte verraten, daß ihr Freund Claus Breuschheim auf

Anfrage einiges aus Monsieurs Jugend preisgegeben habe, darunter die heilige Kuh. Endlich dämmerte ihm etwas von der Kuh. Sie hatte seiner Großmutter hinten im Münstertal gehört, und wenn er nicht irrte – er dachte nach: war sie nicht groß und weiß, auffallend weiß?... Er beugte sich und lächelte Aggie spitzbübisch ins Gesicht: ja, es käme ihm vor, als seien wenigstens die Hörner weiß, blendend weiß gewesen. Die Leute wallfahrteten heran, um die Kuh zu sehn und von ihrer Milch zu trinken, die Großmutter machte ein nettes Geschäft... Er legte Aggie leicht die Hand auf die Schulter: und einmal zu Pfingsten hatte er die Hörner mit flüssiger Bronze vergoldet! Nun erinnerte er sich ziemlich genau...

An diesem luftig blauen, sonnig verspielten Morgen empfanden Silvio und Aggie zum erstenmal in aller Klarheit etwas wie Freundschaft füreinander. Sie trieben viel Spaß, und ein ganz klein wenig Ernst fuhr mit auf der Schaukel.

Besonderen Eindruck machte es auf Aggie, als er sich unvermutet zum Kommunismus bekannte. Sie hatte einmal gesehn, wie ein Kriminalbeamter im Tanzraum eines Hotels an einen Herrn herantrat und, rasch den Rock öffnend, auf eine Messingmarke wies, worauf der Herr sich wortlos erhob und dem Beamten folgte. Ähnlich drohend und feierlich wirkte Silvios Enthüllung, nur konnte sie im Augenblick nicht unterscheiden, wer von ihnen beiden den Kriminalbeamten und wer den Verbrecher darstellte.

»Ich weiß zu wenig davon«, sagte sie ausweichend. Er schlug ihr vor, sie in seinem Lieblingsfach zu unterrichten. Das Lieblingsfach, stellte sich heraus, war die Revolution einschließlich der Schüsse in den Kellern der GPU. »Diese Schüsse«, meinte er, »werden Ihnen anders in die Ohren klingen, wenn Sie erst verstehn, worum es geht.« Sie widersprach: »Jedenfalls um Mord, und zweitens hört man die Schüsse ja gar nicht, die Herren lassen einen Motor laufen, um niemand zu stören.« – »Ach, Unsinn!« gab er zur Antwort. Sie versuchte, das Gespräch ins Scherzhafte hinüberzuführen und so die Schaukel des schönen Tages wieder in Gang zu setzen, fand aber bei niemand Gefolgschaft.

Da schickte sie die Herren vor, um »Ada endlich für sich zu haben«. Sie erzählte ihr von dem Brief aus Breuschheim, erläuterte ihn, schmückte ihn aus, ihre Phantasie sprang wie ein Wiesel. Ada freute sich, die alte Aggie wieder an ihrer Seite zu haben, und beide wärmten sich am gleichen Feuer, wie es unsichtbar vor ihnen schwankte, dicht an ihrer Brust.

An einem trüben Tag (Aggie vergaß diesen Tag nie, so unscheinbar er sich auch anließ) speisten sie zusammen im Grillraum des Negresco, leider ohne den Schwaben, der behauptet hatte, sein schlapp hängender Anzug untersage ihm solchen Aufwand. Hier beschlossen Silvio und Aggie eine Arbeitsgemeinschaft einzugehn. Silvio hatte schon wiederholt den Vorschlag gemacht, ohne Aggies Geneigtheit zu erfahren. Jetzt also fand der Vorschlag begeisterte Annahme. Von nun an frischte sie täglich seine französischen Sprachkenntnisse auf (denen es freilich mehr an den Wurzeln fehlte als am Blattwerk), wogegen er sie in sein Lieblingsfach, die Revolution, einführte.
Als erste Aufgabe mußte er die Stelle aus dem Breuschheimer Brief übersetzen, die von der Kuh im Balkan handelte. Das Wort »Balkan«, das an dieser Stelle im Text fehlte, hatte sie eingeschmuggelt. Als sie ihn verbesserte, der Balkan heiße französisch die Balkane, les Balkans, und danach eine erwartungsvolle Pause einlegte, um ihm Gelegenheit zu geben, den Balkan aus freien Stücken durch das Münstertal zu ersetzen, dankte er und neigte ihr dasselbe Lächeln zu, unter dem die pfingstliche Vergoldung der Kuhhörner erfolgt war. Vielleicht, meinte sie, deute die Mehrzahl darauf hin, daß es ursprünglich verschiedene Balkane gegeben? ... Da platzten sie beide aus und brauchten eine Zeit, bis sie wieder ernstlich an die Arbeit gingen.
Die Frage blieb offen: neckte s i e ihn mit der Gaukelei seiner Lügen, oder hielt e r sie zum Narren, weil sie, unter dem Schutz seines zweideutigen Lächelns, Tatsachen für Erfindungen ansah? Einer Spinne gleich saß er in der Mitte seines Gewebes, ob es nun aus Lüge oder Wahrheit bestand oder aus beidem zusammen, und wie eine Spinne, die sich unsichtbar machen will, schaukelte er sich in dem weitgespannten Netz und verschwand schier im Wogen und Schillern der Fäden.
Auf Tatsachen aber, das zeigte sich immer mehr, legte er den größten Wert, auf Tatsachen war er versessen. Nach einer

Prüfung, wobei der Lehrer den kürzeren zog und deshalb die Befragung bald einstellte (er nahm immer an, der andre lüge), gab er zu, daß sie über allgemeine Geschichte Bescheid wisse, vermutlich also wirklich Geschichte studiert habe. Sie sei aber nicht bis zu dem Triebwerk aller Geschichte vorgedrungen, nämlich der ökonomischen Notwendigkeit, der Nötigung der Ideen durch die Wirtschaft. Er zitierte ein Wort von Marx: »Die Idee blamierte sich immer, soweit sie von dem Interesse unterschieden war.« Den Schlüssel der Welt, den Sozialismus, insbesondere den Marxismus, habe sie übersehn, geblendet natürlich von den Prachtkulissen der bürgerlichen Ideologie.
Gehorsam nahm sie sein Urteil entgegen. Wenn es einen solchen Schlüssel gab, so hatte sie ihn freilich übersehn. Zu ihrem Erstaunen stimmte diese Unterwerfung, dazu noch mit seinen eigenen Worten, Silvio nicht etwa gnädig, sie machte ihn wild.
»Übersehn?« lachte er höhnisch. »Geradesogut könnten Sie behaupten, den Himmel zu übersehn. Nein, Sie haben den Himmel keineswegs übersehn, Sie haben nur den lieben Gott darin gesucht.« Worauf Aggie für sich feststellte: das halte der grobe Kerl nun für Ironie, eine Feststellung, die glücklicherweise nur die Form eines Seufzers annahm.
Nach längerer mündlicher Vorbereitung, die ihn zuweilen sichtlich langweilte, drückte er ihr ein Buch über Karl Marx in die Hand. Das heißt, er überreichte ihr den Gegenstand mit einer Gebärde, als handle es sich um einen Fernzünder, womit sie von ihrem Platz New York in die Luft sprengen könnte. Dementsprechend trug sie ihn vorsichtig nach Hause, während er mit Ada im Auto losfuhr. Sie fand in dem Buch die Mehrzahl seiner Zitate, auch das über die schlechte Ehe von Interesse und Idee. Es war ein gutes Buch, klar und zwingend in seinen Gedankengängen, dabei voller Spannung wie ein Kriminalroman. Je mehr sie von dem Tische aß, desto hungriger wurde sie, und Silvio gestand Ada, er fange an, sich vor dem Appetit seiner Schülerin zu fürchten. Um sich den »Tiger, der Blut geleckt hatte«, vom Halse zu schaffen, betraute er Aggie mit der Aufgabe, einen »Querschnitt durch die französische Marx-Literatur« herzustellen, einem gewichtigen Stück Arbeit. Sie verbrachte viele Stunden auf

der Stadtbibliothek und arbeitete halbe Nächte hindurch. Er indes, glücklich, sie für sich beschäftigt zu wissen, rollte im Auto der Gräfin Breisach (früher saß Aggie darin) und schnitt, wie er fröhlich sagte, Kuchenstücke aus der festlichen Landschaft. Monsieur hatte ebendies alles schon hinter sich, was Aggie mühsam erarbeiten mußte. Trotzdem, gab sie zu, erdrückte er sie nicht mit seiner Überlegenheit. Wenn er zum französischen Unterricht im Salon erschien, den Ada ihnen zur Verfügung stellte, versäumte er nie, sie zu holen und mit dem Grafen Saint-Simon auszurufen: »Man muß begeistert sein, um Großes zu vollbringen!« Und begeistert war sie.

Im Sturmschritt nahte sie den Empörern der letzten hundert Jahre. Zwar blätterte sie nur in ihren Schriften, besonders, wenn sie sich als wenig zugänglich für ihren Sturmschritt erwiesen (»sicher auch von Silvio überschlagen«, tröstete sie sich, »vorausgesetzt, er hat das Buch überhaupt in der Hand gehabt!«), dafür aber las sie um so gründlicher alles Erreichbare über das Leben und die Werke der Großen und sammelte ihre Bildnisse. Aus dem Widerspruch der Urteile entstand eine Vorstellung, die sich mit dem körperlichen Bild verband, und daran glaubte sie mit Selbstverständlichkeit, was weiter nicht zu verwundern braucht, wenn man bedenkt, daß die Einfühlung in einen Menschen, das Erraten höherer Art, ein Leben lang geübt, Aggies einziges brauchbares Fuhrwerk durchs Leben war. Sie hielt sich den aufgerufenen Gestalten mit allen ihren suchenden und vergleichenden, ihren inständig werbenden Gedanken zugewandt, bis die Bilder Leben gewannen. So geschah es, daß aus Gesichten Gesichter wurden und die Züge eines Lassalle, eines Engels, eines Marx, eines Lenin sie ansprachen und Aggie die Toten als faszinierende, gefährliche Freunde um sich versammeln konnte. Die Schüsse in den Kellern der GPU verloren allmählich für sie ihre Schrecken. Die Wissenschaft übernahm die Rolle des Motors und erstickte die Todesschreie mit dem Geräusch ihrer Dialektik.

In ihren Unterhaltungen kam nun das Wort Dialektik ebenso oft vor wie früher die Worte Wahrheit, Gerechtigkeit, Freiheit, Herz, Güte, Geduld zusammengenommen.

Silvio lachte über die »dichterische Freiheit« von Aggies »Forschungsmethode«. Er hörte nicht auf, Ada im rollenden

Wagen davon zu erzählen, und die Methode war in der Tat denkbar naiv, »phantastisch« naiv, hätte Bieterle gesagt. Ada verteidigte die Freundin und bestritt, daß Aggies Methode naiver sei als die Berichte über die Helden der Geschichte. »Was weißt du denn von ihnen, als was andre oft nach ihrem Tod, oft nach Jahrhunderten erzählt haben? Spotte nicht über Aggie... Küsse mich!« Und die Glücklichen küßten sich, und nicht nur das, sie küßten sich wortwörtlich im Himmel: der Wagen überfuhr den Berg, auf dem Tourette lag, und verdeckte ihnen für Augenblicke die Erde...
Gute Aggie, die du begonnen hast, wie eine Sklavin für deinen plötzlich erwählten Herrn zu arbeiten – wäre zu deinen Gunsten nicht auch noch der Hinweis am Platz, daß die geistigen Werkzeuge, die wir im Umgang mit den Lebenden benutzen, ebenso grobkörnig sind wie die deiner »Forschung«? Und führt nicht die Anwendung der wissenschaftlichen Methode auf allen Gebieten oft genug zu ebensovielen Ergebnissen, wie Gelehrte sind, die sie unfehlbar anwenden? Du wenigstens denkst bescheiden über deine Hilfsquellen und schiebst alles Verdienst auf die vom Grafen Saint-Simon geforderte Begeisterung!

Jedoch die wilde Welt der Empörer konnte ebenso blenden wie die Prachtkulissen der Bourgeoisie, nein, mehr noch, heftiger, abenteuerlicher. Es geschah, daß sie sogar zündete und die kleine Aggie gleich einer Brandfackel daherfuhr, bereit, den Sprung ins Dunkel zu wagen, alles zu opfern, selbst das Leben, nur um von Herzen zu leuchten und alles um sich mit dem neuen Licht zu erhellen. Sie war dann so verwandelt, daß Ada die Geduld verlor und darauf hinwies: wenn Silvio ein Revolutionär sei, so mache er die Revolution vorläufig noch in ihrem Rolls Royce. Und ihr persönlich sei dies auch die angenehmste Art, ihre Klasse zu stürzen, und sie hoffe, daß es dabei bleiben werde... Ein bourgeoiser Maßstab, den die andern in hitzigem Zwiegesang bekämpften.
Was aber gab es an einem Standpunkt zu widerlegen, den Ada ungefähr in die Worte faßte: ich will bleiben, was ich bin, gut oder schlecht, es ist meine Welt, und wenn man mich angreift, will ich mich wehren, jawohl, genau wie der Arbeiter sich zu seiner Klasse bekennt und für sie kämpft. Ich sehe

keinen triftigen Grund, jemand behilflich zu sein, der mir ans Leben will, und bin der Ansicht eures Marx, daß die Idee sich blamiert, wenn sie das Interesse gegen sich hat. Warum verlangt ihr von mir, ich solle mich blamieren? Soviel ich begreife, spielt da eine Schicksalstragödie, deren Schauplatz die Welt ist. Handle ich nicht am ehrlichsten, wenn ich den Platz einnehme, der meiner Abstammung, meinen Neigungen und Fähigkeiten, meiner Überzeugung, kurz, allem entspricht, wovon und wofür ich lebe?

»Du bist ein Ungeheuer an Egoismus«, entschied Aggie.

Silvio widersprach. Egoismus sei die schönste Sache der Welt, unter der Bedingung, daß er zum Ziel führe. »Aus dem Marxschen Armeebefehl an das Proletariat spricht die ungeheuerlichste Selbstsucht, wie aus jedem Kampfruf, wenn es auf Leben und Tod geht, aber es kommt auf den Sieg an und das, was dahinter liegt, auf die neue Welt, die der Sieg erschließt.«

»Was das anlangt, Silvio«, bemerkte Ada ... »Ich habe einige Siege erlebt und auch, was dahinter lag. Es war ganz und gar nicht, was man uns versprochen hatte.«

Aggie begann, ihr schulgerecht den Unterschied zwischen einem imperialistischen Raubkrieg und einem proletarischen Befreiungskrieg auseinanderzusetzen. Silvio faßte sich kürzer. Er murmelte: »Unsinn!«

Ihre Bundesgenossenschaft umschloß Aggie und Silvio wie mit Wall und Graben, Ada stand draußen. Die Blicke der beiden schossen siegesgewiß aufeinander zu, heiß und blitzend, fast waren es Liebesblicke. Ada blickte lächelnd zur Seite.

»Ein Pazifist von 1914 und 15 ist heute Kommunist«, erklärte Aggie. »Oder ein Zeitgenosse a. D.«

»Puh, Pazifist!« Silvio sprach das Wort mit Ekel aus.

»Ich weiß, ich weiß«, sagte Ada ... »Habt ihr euch einmal mit dem Leben der Termiten befaßt?«

»Aber Ada! Was kümmern uns die Termiten!«

»Sie sind älter als die Menschen, Aggie. Und sie scheinen die klassenlose Gesellschaft in ihrer höchsten und, was wichtiger, in ihrer bewährtesten Form. Ein ebenso vernünftiges wie grausames Geschlecht.«

»Da haben wir's«, höhnte Silvio. »Die Termiten lehren uns

die Verderblichkeit des Kommunismus. Man sollte nicht glauben, liebe Gräfin, daß Sie die vernunftbegabte Tochter eines Tatsachenmenschen wie Charles Hartmann sind ...«
Nach solchen Wortgefechten, wobei die Worte vielleicht nur die Reiterei abgaben, die das Manövrieren der Hauptmacht, nämlich der Gefühle, verschleierten, empfand Aggie Ruf eine wohlige Müdigkeit und ein klein wenig Verdruß. Und wenn sie dem Stachel des Verdrusses nachging, entdeckte sie errötend in sich das Verlangen, wieder und wieder an Silvios Seite im Worte glücklich zu sein, und »glücklich« verstand sie, wie ein Kämpfer, im Sinne von »siegreich«. Es gibt geistige Gemeinschaften, konnte sie sich dann zurufen. Ein Schmutzian allein könnte behaupten, sie seien der groben Sinnlichkeit benachbart, gewissermaßen ein Abstellraum vor dem Schlafzimmer. Ach ja, meine Sinne ... Angenommen, auch ich beherberge etwas von der Inbrunst eines Spatzen, von welchem Giftstoff Wissenschaft und Kirche in seltenem Einklang behaupten, er sei der Mehrzahl der Menschen eingeboren, so stehe ich in der Beziehung nicht einmal auf Piepfuß mit Monsieur, im Gegenteil, was von einem Spatzen in mir sein mag, schwirrt davon und verflüchtigt sich bei seinem Anblick. Dem Himmel sei gedankt ...
Bis jetzt war nur von der Lichtseite die Rede, wo die Welt der empörten Sklaven prächtig gedieh. Hart daran grenzte jedoch die Nachtseite, und hier war es unheimlich wie in nächtlichen Dschungeln, die von den Mord- und Brunstschreien der frei schweifenden Raubtiere und den Todesschreien ihrer Opfer widerhallen. Wenn Aggie dahin verschlagen wurde und das Bild des Gemetzels vor ihr aufstieg, floh sie, so schnell sie konnte, und kam atemlos, den Schrecken noch in den Gliedern, drüben im Lichte an. Dementsprechend wechselte auch ihre Begeisterung die Farbe. Die Begeisterung schillerte von einem apokalyptischen, fast schwarzen Rot bis in ein Rosa-Weiß hinüber, das die Lieblichkeit selbst und wie abgezogen war von ihren gepuderten Wangen.
Zumal nach einem Ausflug auf die Nachtseite der wilden Welt neigte sie zu allerhand Kunstgriffen, die in Silvios Augen keinen andern Zweck verfolgten, als das Bild der Revolution um seine schicksalhafte Strenge zu betrügen. Und dann mußte natürlich ein Mann wie er mit kalter Vernunft eingreifen.

Es ging nicht an, daß Aggie, die gerade im Verein mit ihm auf die bourgeoise Zweifelsucht, dies Ruhekissen der Ausbeuterklasse, losgetrommelt und Ada siegreich in ihre Silberwolke zurückgescheucht hatte (sie sprachen das Wort »Skepsis« mit einem Abscheu aus, als sei es die schlimmste Art widernatürlicher Unzucht), es ging nicht an, daß die Studentin der Sozialwissenschaften auf einmal kopfüber in die Theologie kollerte, auf einmal, hast du gesehn, mit wehendem Röckchen die Nebelberge der Mystik erkletterte und, droben angelangt, die profane Versicherung abwarf: »All das sind herrliche Märchen!«

Erst versuchte er, sie sanft auf den rechten Weg zurückzuführen:

»Bitte, Fräulein Ruf, es sind Tatsachen, wovon wir sprechen, Tatsachen!«

Sie aber, eingebildet und verstockt wie ein Backfisch, blieb auf einmal dabei, die größten Märchen seien die philosophischen Systeme – nein, verbesserte sie: die zweitgrößten, die größten und ehrwürdigsten seien die Religionen. Jetzt kam die Blütenlawine ins Rollen, die das Gesicht der Revolution unter sich begraben sollte, der Unsinn schwoll zu riesiger Größe. Ein Königreich für ein Pferd, um nicht zu einer Dame grob zu werden!

Dem Geplauder der Jungfer zufolge sollte also die Schöpfung ein Märchen sein, an dem die Menschen unermüdlich weiterdichteten. Und als Beweis führte sie einige Verszeilen Shakespeares an, eines Dichters, der bei all seinem Talent so weltfremd war wie alle Dichter und außerdem lange vor Marx und Darwin lebte. Inzwischen hatte Darwin die Theologie getötet und Marx die Philosophie... Jawohl, und dem Monsieur sein Karl Marx, rief sie triumphierend, sei auch nur ein Märchenerzähler wie ein andrer. Er habe sich nur Mühe gegeben, die Pointe oder Moral seiner Geschichten besonders deutlich herauszuarbeiten. Darin schien er ihr sogar etwas arg gehässig, wenn man auch berücksichtigen müsse, daß alle Märchenerzähler starke Neigung zur Schadenfreude verrieten. Welch ein Jubel diesmal, wenn der Bösewicht sein Fett bekam!... Übrigens gab es auch böse Märchen, Märchen voll urböser Dinge, wo Aggie nicht mitkonnte. Da hatte sie heute gelesen, in Moskau vergnügten sie sich damit, nachts auf den

Roten Platz vor dem Kreml zu ziehn und unter Hohngeschrei eine Ingenieurmütze zu verbrennen. Der neueste Proletsport, dernier cri der eleganten roten Welt, die Snobberei der herrschenden Klasse ... Offenbar genügte es, die herrschende Klasse zu sein, um alsbald zu verdummen. Sie verbrannten allen Ernstes die Mütze der Leute, die ihnen ihre Maschinen bauten, dieselben Maschinen, die sie anbeteten!
»Schau nur, Ada, unser Herr Wolf zieht ein Gesicht, als hätte ich eine Gotteslästerung begangen, zumindest aber eine Majestätsbeleidigung. Das hängt schon wieder mit der herrschenden Klasse zusammen. Offenbar braucht jede herrschende Klasse einen Gott zum Lästern und eine Majestät, die beleidigt werden kann. Was ich aber noch sagen wollte: Der nächtliche Spektakel mit dem Mützen-Autodafé versinnbildlicht den Untergang der Ingenieurkaste – verstanden? Der Teufel wird ›rite‹ mit dem Feuer ausgetrieben, eine richtige Inquisition. Was sagen Sie dazu, Herr Wolf? Rote Kardinäle, rote Henker, Meßbuben, die das Weihrauchfaß schwingen, die untadeligen Parteigenossen, die in der Prozession gehn, und rote Partisanträger, die unserm alten Gott, liebe Ada, auf den Leib rücken und in den Kirchen die abgesetzten Heiligen requirieren, um sie im kunstliebenden Ausland zu Geld zu machen. Ich fürchte nur, wenn die Edelleute und ihre Maschinen erst ganz unter sich sind, werden sie anfangen, einander zu hassen!«
Während sich solchermaßen die Ekstase eines Blaustrumpfes im Gewimmel der Spaziergänger weiter austobte (sicher glaubte das Nichts von einer Dichterin, sie sei allein auf der Promenade), bemerkte Silvio, und er pfiff verächtlich durch die Zähne, wie Ada wiederholt aufatmete, wie sie ein paarmal die Ellenbogen hob, als wollte auch sie, die vernunftbegabte Tochter Charles Hartmanns, auf und davon in die blaue Luft und dort mit den Möwen um die Wette fliegen, er bemerkte, wie ihre wolkige Schönheit zu glänzen und zu funkeln begann und die Person einem weißen Pfauen gleich in Selbstvergötterung einherschritt, der Studentin zu Ehren.
Er fand es unerträglich. Jederzeit war es ihm unerträglich, wenn die beiden zusammenhielten. Gegen wen hätten sie wohl zusammenhalten sollen, wenn nicht gegen ihn? Warum hielten sie zusammen? Um ihn unter ihre Füße zu legen und

mit der freundlichsten Miene ihre Schuhe an ihm abzuputzen ... Sir Ronalds Gespenst erhob sich vor ihm. Für Augenblicke war er wie außer sich vor Anstrengung, nicht in Wut zu fallen. Starr bis in die Knie rang er nach Ruhe. Die Übung war ihm geläufig. Er hielt lange den Atem an, wobei sein Gesicht weiß wurde, atmete schnell aus, begann von neuem. Nach zwei Minuten bückte er sich und zeigte Aggie seinen Zorn mit jener Beherrschung, wie sie wohlerzogene Menschen hauptsächlich in der Öffentlichkeit zur Schau tragen.

»Dicke Tatsachen«, flüsterte er etwas heiser. »Es handelt sich um grobe Wirklichkeit, nicht um den ›Sommernachtstraum‹!«

Sie lachte.

»So sagen Sie doch lieber gleich: Tabu! Das Wort ist kürzer und meint dasselbe. Es handelt sich also um Tabus ... Ich muß aber noch bemerken, daß etwas Tiefsinnigeres als der ›Sommernachtstraum‹ unseres Wissens nie geschrieben wurde.« Sie betonte das »unser«. Er schielte gleich zu Ada hinüber, ihr Gang wob noch immer an ihrem Titaniakleid, und sie lächelte, als ginge sie nicht neben ihm, sondern schwebe durch einen Mondscheinwald. Nun aber schien Aggie zur Welt der dicken Tatsachen zurückkehren zu wollen: »Sagen Sie mir, was Sie eine Tatsache nennen, und ich will sehen, was sich damit anfangen läßt.«

Er antwortete zuvorkommend:

»Wenn ich, verehrte Freundin, kein Geld in der Tasche habe, um mir Essen zu kaufen, und da drüben fährt ein neuer Hispano vorbei, so sind das zwei Tatsachen, die –«

»Nein«, unterbrach sie ihn, »es ist der Anfang eines Märchens. In dem schönen Wagen möchten Sie sitzen, und vielleicht werden Sie sogar allerhand anstellen, um in seinen Besitz zu gelangen, zum Beispiel eine Revolution. Es sei denn, Sie wären überhaupt dagegen, daß man in einem Hispano fährt oder in einem Rolls Royce.«

»Dagegen bin ich natürlich gar nicht, mein Dummchen.«

Sie blieb stehn wie gebannt und starrte ihm ins Gesicht. Dann errötete sie so heftig, daß er meinte, es müsse knallen. Aus ihrem verzweifelten Unwillen heraus versetzte sie, erst stokkend, dann aber fest, und man sah ihr die Mühe an, die sie sich gab, zu überlebensgroßer Grobheit aufzuwachsen: »Es gibt

Ochsen, die glauben einzig und allein an die Wirklichkeit der Hörner, deshalb heißen sie auch Intelligenz- oder Pfingstochsen.« Das Letzte schrie sie fast, und sie war so rot, daß es schien, die ganze Gestalt sei in eine Welle empörten Blutes getaucht. Sie streifte Adas Hand, wie man rasch einen wunderreichen Gegenstand berührt, der von Krankheit heilt, und lief als das Wiesel, das sie in ihrem blinden, ohnmächtigen Zorn noch immer blieb, zwischen den Autos über den Fahrdamm.

Hundert Schritte entfernt stand Bieterle. Er war den dreien ungesehn gefolgt. Seitdem sie ihn bei ihrem Versöhnungs- und Gründungsessen im Negresco schnöde im Stich gelassen, statt mit Rücksicht auf seinen Anzug ein weniger vornehmes Restaurant zu wählen, hielt er sich zurück und zeigte sich nur, wenn Aggie ihn ausdrücklich rief. Als er sie im Zickzack über den Fahrdamm flitzen sah, griff er sich erschrocken zur Kehle, eine Sekunde später überquerte auch er den Damm, diesmal ohne verkehrshemmende Umstände, wie ein Turm fegte er hinüber. Gleich darauf hatte er Aggie eingeholt.

Sie begrüßte ihn, indem sie dicht neben ihn trat und sich auf die Fußspitzen stellte. Vorsichtig berührte sie seine Schulter und blinzelte, den Kopf weit zurückgeworfen, in eine Bogenlampe, die in der Sonne blitzte. Die andre Hand spielte mit der Goldkette. Nachdem sie so ihren Standort auf dem Meere des Lebens bestimmt hatte (»Schlechte Fahrt«), nickte sie dem Schwaben traurig zu und setzte sich in Bewegung. Schweigend begleitete er sie bis an die Tür ihres Hotels. Hier sagte sie:

»Sie müssen wissen, Bieterle – es steckt an. Ich kann schon so grob sein wie er ... Würden Sie sich an meiner Stelle entschuldigen? Eigentlich entschuldigt er sich nie.« Er sah sie groß an.

»Ach so, Sie ahnen ja nicht, was geschehn ist.«

»Doch, doch, verehrte Aggie. Ich kann es mir denken. Deshalb antworte ich nicht.«

»Ich warte jedenfalls bis morgen früh«, sagte sie, als machte sie Bieterle ein Zugeständnis. Er hob die gewaltigen Schultern und wartete hilflos, bis die Drehtüre sie in die Hotelhalle gequirlt hatte. Als er sich zum Gehen wandte, fuhren Silvio und Ada in ihrem weißen Wagen vorbei, Monte Carlo zu. Die Gräfin Breisach sah sich um, erkannte den Amtsgerichtsrat und winkte ihm eine Aufforderung zu, die er wohl verstand

(»Kümmern Sie sich um Aggie, mein Lieber!«), aber leider nicht befolgen konnte.
Wolf, nachlässig in die Ecke gelehnt, sturte vor sich auf die Straße. Jetzt kam die Kurve, die Straße mußte sich durchzwängen zwischen dem eckig vorspringenden Schloßberg und der Stelle, wo der Strand unmittelbar ins Meer abfiel, der Chauffeur gab Signal, und Bieterle kam es vor, als habe der Wagen einen biegsamen Rücken so legte er sich in die Kurve. »Biegsam«, »schmiegsam«, dachte er mit traurigem Neid... Über die Mauer spritzte das Meer seinen Gischt bis auf den Damm. Die Räder wischten darüber. Und Bieterle begriff, daß er ein Statist im Leben war, grobknochig, ungelenk und unsentimental, ein Provinzstatist, verstärkte er, und es ewig bliebe. Und wie es bei ihm zu gehn pflegte, wenn ihn sein zweites Gesicht anfiel, folgte auf die eine Erleuchtung gleich die andre. Er blickte auf die Stelle, wo das Meer nicht gerade Silvios Füße, aber doch die Räder seines Autos geleckt hatte, und erklärte halblaut:
»Der Kerl wird bestimmt noch Minister.«

Am späten Abend hielt Ada einen Brief in der Hand, den Aggie ihr durch einen Boten geschickt hatte. Er enthielt ein Gedicht.

Ich liebe dich –
Das ist wie die Blume,
Die jedes Jahr wiederkommt
In Treue beflissen
Sobald der Specht, klopfend,
Sie an ihr Versprechen gemahnt.

Ich liebe dich –
Das ist wie die Blume,
Die vergeht, wenn der Wind
Ein Bote der Sterne
Die Vögel, ihre Spielgefährten,
Auf einmal entführt.

Darüber stand: »An Ada.«
Sie sank in einen Sessel und blickte lange in das goldgelb verschleierte Licht der Lampe. In diesem Licht hatte ihr Haar

einen blonden Schimmer, sie sah es, als sie endlich aufblickte, im Spiegel, und sie erschrak, wie jung sie war, ein großes Mädchen...

Sie eilte zu Aggie.

Aggie lag schon zu Bett, sie öffnete die Arme, und Ada fiel vor dem Bett auf die Knie und in Aggies Arme. Plötzlich brach Aggie in ein Schluchzen aus, und auch Ada weinte. So lagen sie umschlungen, bis Aggie leise bat: »Geh jetzt, Liebe, geh! Mir ist nicht gut...« und Ada auf den Fußspitzen hinausschlich.

DIE BLÜHENDE MAUER

Eines Morgens, sie hatte sich längst mit Silvio versöhnt, wurde Aggie von einem heftigen Gefühl der Angst aus dem Schlaf geschreckt.

»Ich bin verloren!« hörte sie sich noch flüstern, dann fiel ihr ein, daß sie nur noch zwanzig und einige Franken besaß. Sie lachte auf, es war ein Ton, kurz und schrill wie von einem Vogel. Geld, es haben oder nicht haben, Geld hatte ihr nie Furcht eingejagt. Winzig in dem breiten französischen Bett, warf sie den Haarschopf zurück und tat groß: Ich und das Geld, wir kennen uns, obwohl wir recht schüchterne Liebhaber sind, wir fürchten uns nicht voreinander!

Gleichzeitig vernahm sie einen Laut, der ihr mit eintöniger Hartnäckigkeit zusetzte. Er griff nach ihr, drohend, lockend, im Rhythmus ihres Herzschlages, er war gefährlich wie ein Gespenst, gleich darauf gut wie Freund und Abendwind. Sie riß die Augen, den Mund auf und lauschte. Wie schwer war in letzter Zeit jeder Tag zu beginnen!

Ihr Kopf glühte vor Anstrengung, die dunkelblonde Mähne war gesträubt, wie übersät mit einer Unmenge kurzer Haare, die heller schienen als die andern. Auf der Bettdecke lagen die Hände, gespreizt und reglos und so lebendig, als lauschte sie auch mit den Händen, ja, hauptsächlich mit ihnen, den zehn kurzen, zarten, weißen Fingern ihrer Hände.

Endlich erriet sie, daß es die Brandung sein müsse, die sie da lockte und gleich wieder zurückstieß. An andern Tagen fegten die Autos das Geräusch ins Meer, den ganzen Strand entlang, von Cannes bis Monte Carlo konnte man die Brandung zwar sehn, aber nicht hören. Heute gab es etwas Neues, dies beklemmende Geräusch, die Brandung also – und etwas fehlte. Von der Promenade kam keine Stimme, kein Laut, wie sie sonst zwischen zwei Wagen durchschlüpften in hallender Klarheit, daß man sie selbst im Hinterzimmer verstand. Auch im Hotel regte sich kein Laut, nicht die Ahnung von einer Stimme hinter den Wänden. Sie blickte auf die Uhr. Der Briefträger hatte eine halbe Stunde Verspätung. Argwöhnisch begann Aggie Ruf sich zu prüfen: ihre Gesundheit, den Schlaf voll unbekannter Träume, der hinter ihr lag, die Farbe des heutigen Tages ...

Es regnete in Strömen, und die Brandung gab immer das gleiche unverständliche Versprechen, nahm es immer wieder seufzend zurück. War das die Stimme des heutigen Tages? ...

Welch ein Unglück, ein Nordzimmer zu bewohnen, mit der Aussicht auf eine Mauer, die den tiefen Hof zu einem Erbbegräbnis machte! Glücklicherweise war vergessen worden, die Grabplatte zu schließen, so daß Sonne und Regen, wenn auch in kärglichem Maße, Zutritt behielten. Hatten je in diesem Zimmer junge Menschen gewohnt? Sich geliebt? In solch einem Zimmer konnte man nichts von der Welt verstehen ... Es war ein Zimmer für Verbannte, denen hier das Bild ihres Vaterlandes zu gallenbitterer Bosheit gerann, eine Zelle, wo zuversichtliche Menschen, ehe sie sich's versahen, zu Selbstmördern wurden ... Auf, Aggie, hinaus ins Leben! Sie stürzte sich mit großen Armbewegungen in den Morgenrock, lief, die Hände auf der Brust gefaltet, über den Korridor in das erstbeste Zimmer, dessen Tür offen stand.

Es waren die Zimmer, die auf das Meer hinausgingen. In ihnen wohnte die Sonne oder doch jedenfalls die Weite, das Licht. Hier lebten die Reichen, die Dichter dagegen lagen halberstarrt am Rand von finstern Erbbegräbnissen (die man, vermutlich auf Zuspruch eines gutmütigen Mäzens, noch nicht verschlossen hatte) ...

»Pardon«, rief Aggie dem erschrockenen Stubenmädchen zu – an ihr vorbei jagte sie zum Fenster.

Ach, keine verblühte Frau, die die Nacht durchtanzt hat, konnte so elend sein wie ein verregnetes Meer! Kein abgesetzter Kaiser so sehr Zivilist wie die Palme da unten auf der Promenade. Zudem schlug unaufhörlich die Glocke der nahen Kirche an wie ein Stotterer, dem es nicht gelingen will, in Fluß zu kommen.
Es geht ihr wie mir, dachte Aggie. Das Wort bleibt ihr im Halse stecken. Das Wort des heutigen Tages ...
Sie sagte, ohne sich umzudrehen: »Ein schlimmer Morgen, Fräulein!«
Da bemerkte sie, und das ganze Persönchen zuckte zusammen, die Hand fuhr ihr zum Mund, in der grauen, etwas altertümlichen Gasse, die seitlich auf das Hotel und die Promenade heraufkroch, bemerkte sie einen Priester im Ornat mit einem Jungen, der frech den Weihwasserkessel schwenkte. Suchend gingen sie von Haus zu Haus ... Die letzte Ölung! Aggie Ruf schaute entrückt.
Jedoch die beiden unten in der Gasse fanden die Adresse nicht. An soviel Türen sie auch pochten, keine ward geöffnet. Dafür sprangen alle Fenster der Nachbarhäuser auf, eine große Beratung begann in der Luft und auf der Erde. Priester und Ministrant standen tropfnaß und guckten abwechselnd in die rieselnde Luft hinauf und auf die Straße voller Pfützen.
Jetzt stieg aus dem Keller des letzten Hauses, dort, wo die gute, alte, verwitterte Gasse, ziemlich fassungslos, in die frisch geölte, mittägliche Promenade einbog, stieg aus dem Keller ein Frauenzimmer ans Licht, stemmte die Fäuste in die lotterigen Hüften und nahm, nach längerer Verhandlung, die Diener der Kirche mit sich in das Kellergeschoß. Aggie atmete wieder.
Gleich darauf verstummte die Sterbeglocke.
Aggies Blick flüchtete aufs Meer, und dort wurde ihr erst einmal Gewißheit, der Tote gehöre nicht zu den Fremden, nicht zu ihresgleichen. Diese wurden nachts aus dem Bett gestohlen und im Leintuch zur Seite geschafft, man sah keinen Priester, hörte keine Glocke, sie verschwanden in einem Güterwagen der PLM-Bahn, im Leichenhaus auf dem Friedhof, im Kühlraum des Krematoriums. Viele Fremde starben in Nizza. Begegnete man aber einem Sarg, so konnte

man unbedroht seinen Weg fortsetzen, es war nicht unsersgleichen, der dahinging, sondern ein Eingeborener, dann ein Kerl, der hier viele Jahre in prächtiger Häuslichkeit gelebt hatte, wie der Holländer ten Hoet oder der griechische Tabakhändler und Pazifist droben in Ciemiez, der die Werke seiner Lieblingsautoren in die Haut erschlagener Türken binden ließ (er hatte sich auf Jahre mit solchem Leder versorgt), Kraftmeier, die Wert darauf legten, noch im Tode angestaunt, verflucht und beneidet zu werden ... Aggie warf den Kopf in den Nacken, ihr Gesicht hing blind und grau wie das Meer. Plötzlich leuchteten die Augenlider wie vom Widerschein einer Flamme:
»Silvio«, murmelte sie, als küßte sie ganz leise das Meer mit diesem Wort, es kräuselte kaum ihre Lippen, endlich hatte sie es gefunden, das Wort des heutigen Tages, sie lächelte, lächelte, lief aus dem Zimmer.

Beim Mittagessen, während sie ein Billet an Silvio Wolf schrieb, das von der Schilderung ihres Vormittags hell und dunkel zugleich war, bemerkte Aggie, daß der Regen nachließ. Gewohnt, dem Schicksal die geringste Gunst abzujagen, eilte sie aus dem Hotel.
Ihr Ziel war der Schloßberg, ihre Hoffnung, unterwegs würde ihr etwas einfallen. Denn davon lebte man – nicht gerade, was die richtigen Bücher anlangte, die wuchsen mit ihren Gestalten und ihrer Musik aus der Tiefe (vielleicht aus der Tiefe, wo andre Frauen Kinder empfingen und austrugen?), aber alles, was man für Zeitungen und Zeitschriften schrieb, das mußte auf der Straße gesucht werden, in der Eisenbahn, in den Hotels, kurz, in allen Mülleimern, wie sie draußen in der Welt herumstanden und reisten. Übrigens, streng betrachtet, ging es auch mit den Büchern nicht ohne Streifzüge ... Aggie war es rundum zufrieden und in der Laune, alles zuzugeben, sogar, daß sie von den Gemeinheiten der Welt lebte.
Warum auch nicht? Andere handelten Diamanten, Autos, Grundstücke, Knöpfe und Kanonen, Tabak, Monstranzen, züchteten Rennpferde oder Schweine, plünderten Kranke aus, versteuerten, was Gott wachsen ließ, stahlen das Blaue vom Himmel. Sie, Aggie, streifte mit dem Lumpenhaken

durch das Jahrhundert. Zwanzig französische Franken reichen nicht lange, es sind rund drei Mark. Vorwärts!
Ingrimmig auf Verdienst bedacht, erklomm sie die steile Treppe vom Quai du Midi zum Schloßberg, unter dem Schirm spähte der Kopf hervor, klein und trotzig, mit einem Ausdruck selbstvergessener Gier. Auf einem Absatz der Treppe konnte sie bequem das »Erbbegräbnis«, ihren Hotelhof, überblicken, besser, als von ihrem Zimmer. Und was sie sah und sich bereits anschickte zu hassen – machte sie vor Lust erbeben.
Wie ein langer Geigenstrich wehte Sonnenschein durch den Regen! Das geschah oft an der Riviera, geschah überall in der Welt, und sicher hatte die blonde Erleuchtung einer Regenerde schon manchmal vor ihren Augen gestanden. Und doch hatte das Glück sie noch nie so durchdrungen! Langsam schloß sie den Schirm, nahm den Hut ab, stand strahlend im Regen.
Eine Weile verharrte sie so, gedankenlos, in selig blöder Wehrlosigkeit der Erscheinung geöffnet, als nähme der Heilige Geist von ihr Besitz. Dann schwenkte sie den Schirm, hob ihn so hoch, wie sie konnte, und sie lachte. Herausfordernd stieß sie ihr Lachen, ein Kind von Silvios Lachen, in den Hotelhof, zum Fenster ihres Nordzimmers hinüber. Er liebt mich! Ein fröhlicher Eigensinn bemächtigte sich ihrer, sie hätte Seil springen, mit Ada Ball spielen, einen großen, knallgelben Reifen über einen Parkweg schlagen mögen, so schnell, daß keine ihrer Gespielinnen nachkäme. Nicht Ada liebt er – mich! Kann nichts dafür. Die andre ist eine Gräfin und reich und wandelt abends in Festgewändern, die aus dem Sonnenuntergang geschnitten sind. Ich trage bloß ein altes graues Morgenfähnchen von ihr auf, mein Vermögen besteht heute aus zwanzig Franken, einem lumpigen, blauen Geldschein. Trotzdem liebt er mich, wie schön von ihm! Das Wort des heutigen Tages – ist sein Jawort! Ein Engel spricht es in seiner Vertretung, jener Engel, der herschwebend eine Lilie, eine weiße Lilie in der Hand trägt und dessen Haar vom Leuchten der Taube erglänzt über seinem Kopf. Heißt er nicht Gabriel? Ich kann es ja vorläufig ruhig für mich behalten, aber es ist so, wie ich sage, deshalb nehme ich Ada noch lange nicht den Mann weg. Er sei ihr gegönnt, ich

brauche keinen Mann, ich liebe Ada, sie ist meine Schwester, ich bin es gewohnt, ein geteiltes Herz zu tragen. Ich kann mich mit der Verkündigung begnügen. Wenn Gabriel ein Briefträger wäre, würde ich jetzt den Empfangsschein unterschreiben und den Brief uneröffnet mit mir herumtragen. Ich weiß ja, was er enthält!...
In diesem Augenblick entdeckte sie die blühende Mauer. Die Mauer zog sich hinter dem Hotel hin und bildete das Schaustück für die Nordzimmer. Sie war völlig bewachsen. Die Sonne berührte nur ihren äußersten Rand, jedoch, wohlverstanden, die ganze Mauer blühte, auch im Schatten. Wer hätte gedacht, daß es Blumen gäbe, die im Schatten blühten! Als saugten sie die Sonne aus den Wurzeln! Als wüchse ein verschwiegenes Stück Sonne in ihnen, als bedürften sie, nachdem das Licht, die Lust sie in die dunkle Erde geboren, der Mutter nicht mehr!... Der Regenbogen in Aggies Brust atmete leise.
Hoch oben auf der Mauer, dort, wo die Sonne sie traf, stürzten Kaskaden dunkelroter Geranien, vielfarbiger Nelken, Massen von winzigen weißen Blüten, die Aggie nicht kannte, quoll ein ganzer Blütenschaum hernieder, hoch oben... Hoch oben brodelte in einem unerschöpflichen Guß der dreißig Meter breite Streifen der Sonnenanbeterinnen unter den Blumen. An der Schattengrenze erwartete die Überschäumenden ein Wall von Primeln und Aurikeln mit leisen, freundlichen Ermahnungen zur Mäßigkeit.
Diese vornehmen, wohlkonservierten Stiftsdamen lebten in ihren Mauerfugen wie in Kammern, jenen Kammern, denen der Engel mit der Taube bei seinen überwältigenden Besuchen den Vorzug gab, sie schienen ernst, erträglich fromm, mit einem Anflug von Weltfreudigkeit. Ja, sie hatten sogar etwas merkwürdig Verstecktes, Vielversprechendes, als scheine ganz heimlich die große Sonne in ihnen – konnte man wissen?! Geschah es nicht zuweilen, daß selbst alte Jungfern sich plötzlich entpuppten? Und erstaunt besah man das zerknitterte Futteral, das ein Pfauenauge aus lauter Gold und Himmelsbläue verborgen hatte... Ach, ich mache mich über mich lustig, ein Regenbogen lacht in meiner Brust!...
Der Tag blieb zum Guten gewendet, obwohl die Sonne gleich wieder im Regen verschwand.

Der Park auf dem Schloßberg war leer.
Die Schloßruine glich einem ausgebrannten Keller.
Die Verkäuferinnen der Andenkenbuden, eingewickelt bis an die Nase, machten kaum einen Versuch, die Aufmerksamkeit der einsamen Spaziergängerin auf ihren Trödel zu lenken. Die Seeadler in ihrem Käfig schliefen. Wer in die Teestube trat, wurde behandelt wie ein fremder König, aus Übermaß von Glück ist er an diesem unwirtlichen Gestade gelandet. Genau das war Aggie am heutigen Tag: ein König, aus Übermaß von Glück an einem unwirtlichen Gestade gelandet. Sie trank Tee.
Darauf ging sie und weckte ihre Wappentiere, die Adler. Die Tiere blinzelten den großen König mißmutig an und über ihn hinweg auf das Meer, und dann drehten sie ihm und dem Meer verächtlich den Rücken.
Weiter, Aggie, weiter! Der Weg führte, mit rotem Sand bestreut, zu einem berühmten Friedhof, dem Friedhof der Reichen, der Kraftmeier, der Kerle, die nicht nachts aus ihren Betten gestohlen werden, wenn sie tot sind ... Sieh nur, selbst an ihren Marmorgräbern prallte der Regen ab, ja, er diente den Sonntagsgreisen im Tode, wie alles im Leben ihnen gedient hatte, indem er ihr Denkmal putzte und blank rieb, es immer noch schöner machte. Was für ein achtunggebietender Friedhof! Nicht einmal der Campo santo in Genua konnte sich mit ihm vergleichen, obwohl dort dicke Herren aus Marmor auf ihrem Grabe standen, eine goldene Uhrkette auf dem Bauch, als ließen sie sich in alle Ewigkeit photographieren.
»Weiße Neger«, knurrte Aggie. Sie wollte dem Villenviertel der Toten den Rücken kehren, mit einer Bewegung, die sie den Adlern abgeguckt hatte, da bemerkte sie, daß sie vor dem Grabmal Gambettas stand, der Regen spritzte, sie trat einen Schritt zurück. Und weil Gambetta ein gewaltiger Redner gewesen, pflanzte sie sich vor ihm auf, den Kopf hoch erhoben unter dem Regenschirm, und sprach:
»Du hast viel von den Armen geredet, mein Lieber. Du hast geredet, daß die Meridiane sich bogen, wenigstens die, die durch das südliche Frankreich laufen. Zum Schluß bezogst du ein Grab, wie kein König von Frankreich es besitzt – protzig, Verehrter, teuer, nichts als teuer und niederträchtig ge-

schmacklos. Bei Gott, man könnte an der Republik verzweifeln, wenn man die Gräber ihrer großen Männer sieht ... ten Hoet, der Diamantenhändler, hat wenigstens einen Obelisken für sein Grab bestimmt, weil der bei aufgehender Sonne singt – das heißt: der Grabmalfabrikant hat es ihm versprochen, und ten Hoet hat den Obelisken probeweise in seinem Garten aufgestellt, um festzustellen, ob er mit Lügen übervorteilt werden soll oder ob eine naturwissenschaftlich begründete Merkwürdigkeit vorliegt. Nur kommt er nie bei Sonnenaufgang aus dem Bett, und so wird er den Obelisken ungeprüft auf sich nehmen, wenn er dahingeht. Dumm ist dieser ten Hoet, ich hätte nie gedacht, daß ein saftiger Holländer so ausgetrocknet dumm sein könnte, dumm wie die Wüste ... Sage mir, Gambetta, womit hat er denn seine Millionen gescheffelt, oder, wenn er sie geerbt hat, wie hat er es fertiggebracht, sie bei sich zu behalten? Mir läuft das Geld weg, kaum, daß ich es gesehen habe, ich kann die Faust noch so fest darumhalten. Und doch bin ich – nein, dumm wie ten Hoet bin ich bestimmt nicht ... Gambetta! Gambetta! Wie reich sind die Armen, die mit ihrem Grab unbeachtet im Acker versinken, sie haben teil an der unerschöpflichen Großmut der Erde. Selig, wer mit den Jahreszeiten lebt und in der Wiege versinkt, die jede von ihnen offenhält ... In der ganzen Schöpfung gibt es nur einen einzigen Redner, und das ist der Mensch. Die Vögel singen, und das ist das Gegenteil von einer Rede. Kein Zweifel, an ihren Rednern wird die Menschheit zugrunde gehn – Gambetta!!«

Nachdem Aggie diese Rede gehalten und zum Schluß in einer Vision des letzten Gerichts, zu dem sie blies, mit schauernden Lippen »Gambetta« über den Friedhof gerufen hatte, fühlte sie sich munter genug, nun auch noch vom Villenviertel der Toten zum Villenviertel der Lebenden zu wandern und den Diamantenhändler ten Hoet zu besuchen.

Mit großen Schritten eilte sie den einen Hügel hinab, den andern hinauf.

In der Halle bei ten Hoet saßen vierzehn Herren um einen Tisch und spielten Bakkarat, und als Aggie an der Tür zögerte, erhob sich einer von ihnen, eilte ihr entgegen und küßte ihr die Hand, und sein Name war Wolf.

Sofort brach unter den Spielern ein Streit aus, ob man zu dreizehn weiterspielen solle oder nicht.
Während die Älteren die Erfahrung zahlloser Geschlechter gegen die Zahl Dreizehn ins Feld führten und sich achselzukkend von den Stühlen erhoben, erklärten die Jungen, die moderne Unglückszahl sei nicht mehr Dreizehn, sondern Siebzehn, blieben sitzen und schlugen mit der Faust auf den Tisch. Wenn man ihnen Glauben schenken sollte, hatten sich in den Zimmern Nummer 13 wunderbare Dinge ereignet: Träume von Lotterienummern, auf die das Große Los fiel, von napoleonischen Börsenfeldzügen und einem lange gesuchten Scheidungsgrund, Verjüngungen im Schlaf und die Wiedergewinnung der Jungfräulichkeit dicht vor der Hochzeitsnacht. Schon um die Jahrhundertwende war ein junger Offizier, der sich in Nummer 13 des Negresco erhängen wollte, ganz allein vom Strick gefallen und während des Krieges als General in seinem Bett gestorben. Seit Jahren hatte man am Dreizehnten weder eine Zugentgleisung noch einen Schiffsuntergang beobachtet, die beste Tennisspielerin der Welt war das dreizehnte Kind eines Steinklopfers. Schon gab es in den besseren Hotels mindestens zwei Zimmer Nummer 13 auf jedem Stockwerk ... Dagegen die Siebzehn! Grausam wurde sie mit allem Jammer und Elend beladen, womit die Dreizehn, der Ahasver unter den Zahlen, lange genug von Exil zu Exil geirrt war – jetzt konnte die Siebzehn sehn, was es hieße, eine Unglückszahl zu sein! ... ten Hoet machte dem Zank ein Ende, indem ihm eine Verabredung in der Stadt einfiel.
Während die Anschauungen zweier Generationen solchermaßen aufeinanderplatzten, stand Aggie an der Glastür des Salons und blickte über die Dächer der Stadt. Bei hellem Wetter sah man das Meer und Cap d'Antibes und das Esterel-Gebirge, Aggie, in einem Wirbel der Gefühle, verlangte nach junger Meerbläue, nach der Sichel des Kaps, nach dem Bergrücken, wo die Sonnenuntergänge die letzten Kränze niederlegten, die herbstlichen, unbestrittenen Kränze des Ruhms, indes über dem Meer schon der kalte Abendwind aufstand, sie verlangte nach einem Frühlingstag, der ein ganzes Leben umfaßte – nichts von alledem war zu sehn, Aggie rührte sich nicht, und auch er, der Wolf hieß, blieb still.

Plötzlich spürte sie seinen Atem an den Spitzen der Haare im Nacken ... Wie kam das? Er war doch größer als sie. Bückte er sich, um ihr ausdrücklich in den Nacken zu atmen?
Als er ihre Hand drückte, fuhr sie zusammen. Sie wollte sie an sich ziehn und wagte es nicht. Sie fühlte, wie ihre Hand heiß wurde, die seine blieb kalt.
Draußen der Regen schwankte gleich einem Vorhang, die Fransen schlürften über die Dächer. Hinter Aggie steht – die Siebzehn oder die Dreizehn. Der Ausblick in die Welt ist ihr verschlossen. Was wird er in einer Sekunde tun?
Sie vernahm seine Stimme. Der Atem an der Spitze ihrer Haare im Nacken war Fleisch geworden.
»Aggie«, sprach er leise, »was war das für ein trauriges Briefchen, das Sie mir heute schickten? Warum haben Sie es heute so schwer? Wir haben doch gestern den ganzen Abend gelacht. Gott, waren Sie komisch!«
»Gestern«, antwortete sie, »gestern? ... Gestern wußte ich noch nichts ... Worüber lachten wir denn?«
Er ließ die Hand los, welch eine Befreiung, und trat an ihre Seite. Ein frischer Hauch traf ihr Gesicht, Geruch von Thymian und sonnverbranntem Gras.
»Sie zeigten auf eine wandernde Wolke am Himmel und behaupteten, sie gleiche einem großen Wolf und einem kleinen Lamm, liebe Aggie, einem olivenbraunen Wolf mit rosa Pfoten und weit aufgerissenem Rachen. Erinnern Sie sich? Der Wolf sollte genau meine Gesichtsfarbe haben. Wir gingen auf der Promenade, Bieterle hatte sich verabschiedet. Das Innere des Wolfsrachens leuchtete blau, es war nämlich der Himmel, aus dem das Tier einen Happen herausriß, dem Lamm zu seinen Füßen tat er nichts. Sie aber, Aggie, Sie zeigten auf das Lamm und zeigten auf mich und warnten Ada: ich ginge herum und wüßte schon, welches Opfer ich verschlingen würde. So warnten Sie, in prophetischen Worten! Als wir ausgelacht hatten, Sie lachten am stärksten, Aggie, und wieder hinschauten, war der Wolf in ein Lamm verwandelt, vielmehr das Lamm hatte den Wolf gefressen und sich mit dem Abendhimmel verklärt und war ein Gott geworden, ein himmlisches Meer von einem Gott um die Gestalt eines Lammes. So drückten Sie sich aus, Aggie, und jubelten. Diesmal war ich es, der am lautesten lachte. Das Lamm, das

den Wolf auffrißt, ein Aggie Rufsches Märchen!... Wer zuletzt lacht, sagte ich –«
Endlich, mit aller Anstrengung hob sie den Blick und stieß auf sein grauenhaft entblößtes Gesicht. Es stand dicht vor dem ihren und zeigte jene Grimasse voll weißer, spitzer Zähne, die Ada sein »großes Lächeln« nannte, von dem sie selbst hingegen zu Ada geäußert hatte, es sei das lautlose Lachen eines Tieres. Aber jetzt erst machte sie sich klar, daß es im gleichen Maße schamlos wirkte, kalt und gierig, wie sein wirkliches Lachen Vertrauen erweckte. Dies also hatte er in ihrem Rücken gehalten! Damit hatte er sich zu ihrem Nacken gebeugt!
Ihre Augen brannten, sie starrte, bis sein Mund mit den auseinandergezogenen Lippen sich schloß und sie ihn langsam wiederfand, wie sie wollte, daß er in ihren Gedanken lebe... Und als er sie bat, den Hut abzunehmen, damit er ihre Schläfen sehn könne, für einen Kenner wie ihn heiße das Austern schlürfen – tat sie es, um nicht zimperlich zu erscheinen. »Wie zart!« flüsterte er. »Fast schmerzlich!...«
Mit niedergeschlagenen Augen und zitternden Knien stand sie vor ihm. Bis er gerührt den Hut nahm und ihn ihr wieder aufsetzte.
»Kommen Sie, Aggie«, sagte er freundlich.
Er nahm ihren Arm und zog sie mit sich fort.
»Ich schwöre Ihnen, Aggie, Sie hatten eben einen wahren Schlangenblick, grün in grau und trüb wie das Nachtlicht meiner Großmutter, das die Räuber abhalten sollte, oder aber, ich weiß nicht, vielleicht war es Eva und gar nicht die Schlange, die mich so anstarrte...«
Sie durchquerten zwei Zimmer, er hob das Ende eines Gobelins von der Wand, dahinter war eine Tür, er stieß sie auf, und Aggie trat in einen unbekannten Raum. Er enthielt vier Sofas von der Länge der vier Wände und in der Mitte einen niedrigen, leeren Tisch. Auf den Sofas lag ein buntes Durcheinander von Kissen. An den Wänden hingen Farbenstiche. Aggie konnte nichts weiter von ihnen erkennen, weil das Fenster blendete. Es lag der Tür gegenüber, nahm fast die ganze Breite der Wand ein und reichte bis an die Lehne des unter ihm stehenden Sofas. Aggie eilte darauf zu, in der Erwartung, dahinter eine Welt zu entdecken, neu und ge-

heimnisvoll wie das Zimmer ... Indes fand ihre Neugier keine andere Nahrung als den Garten des Hauses und über den Bäumen den leeren Giebel der Nachbarvilla.

»Sie scheinen bei Herrn ten Hoet wie zu Hause zu sein«, meinte sie mit einer tiefen Stimme, die, ohne zu zittern, ihre Gemütserregung verriet, und als Silvio keine Antwort gab, ging sie und setzte sich auf das Sofa in der nächsten Nähe der Tür. Alle Kraft brauchte sie, ihre tolle Willenskraft und auch ihre Angst, um das Beben, die Schwäche in den Beinen zu verwinden. Wenn ich nachgebe, sprach sie eindringlich zu sich, wenn ich nachgebe, falle ich um, bin verloren.

Er stand am Fenster, auf dem Platz, den sie verlassen hatte, und wandte ihr das Gesicht zu. Sie konnte es nicht erkennen, glaubte aber nicht, daß es noch lächle, nein, es lächelte nicht mehr, der schmale, dunkle Kopf senkte sich, sie konnte es vom Fenster absehen, das einen dunklen Scherenschnitt aus ihm machte, und drohte gefährlich in ihre Richtung, ihre Angst wuchs bis zum Schwindel.

Höher reckte sie sich, mit Hals und Ellenbogen, noch höher, sie saß ganz steif, die Augen schienen gestorben. Niemals war Silvio einem solchen Ausdruck verzweifelter weiblicher Kampfbereitschaft begegnet, einer derat im Feuerofen der Seele gehärteten Verzweiflung. Unaufhörlich liefen Glutwellen über das erstarrte Gesicht, als wäre es wirklich nur eine rätselhafte, vom Leben losgelöste Macht in ihr, die noch atme, ihr Herz aber stände still. Da bewegten sich die Lippen der Maske ...

»Ja, Aggie?« fragte er schnell. »Was sagen Sie?«

Mit einer schmeichelnden Stimme fragte er, einer Stimme, die sich unter die Haut einschmeichelte, tat einen Schritt auf sie zu, weich und zögernd. Es genügte, um Aggie mit Kopf und Schultern an die Wand zu pressen.

Hastig stieß sie hervor:

»Was wollen Sie mit mir in diesem Zimmer?«

Gleich machte er halt.

»Was ich in diesem Zimmer mit Ihnen will, Aggie?«

Er grinste, sie hörte es, sah es, leise grinste er in sich hinein. Wie Bucklige grinsen. Bist du ein heimlicher Krüppel? So sprich doch, sprich! Als er aber sprach, klang es ganz anders, ernst und freundlich klang es.

»Fünf Minuten allein sein mit Ihnen, liebe Freundin, das wollte ich in diesem Zimmer. Sie anschauen. Um Sie herumgehn. Mich an Ihnen freuen – plaudern, in einem Wort, wie neulich im Hotel.«
Ach ja, richtig! Vor einigen Tagen war er mit einem Auftrag Adas in ihr Hotel gekommen, sie hatte ihn unten im Salon empfangen, auch einem Nordzimmer und dem schlimmsten von allen, weil es im Erdgeschoß lag. Er war sehr höflich, sehr aufmerksam gewesen, ja, auf packende Art leise und zartfühlend, viel mehr als nur ein »Monsieur«. Da hatte sie es gefühlt: er war im Begriff, in ihr Leben zu treten, mit der gedämpften Stimme, der Stimme eines höflichen Knaben floß er in ihr Leben, auf breiten, weichen Flügeln überschattete er sie.
»– wie neulich im Hotel«, wiederholte sie und schaute fragend zu ihm auf.
Die Furcht war von ihr gewichen, doch nun mußte sie sich wieder Gewalt antun, um nicht in den Hüften zusammenzusinken vor Scham. Die geballte Hand, mit der sie sich auf das Polster des Sofas stützte, öffnete sich, als brauchte sie alle Finger zum Halt.
Silvio, schmal und dunkel im Fensterausschnitt, hob langsam einen Finger.
»Silvio«, sagte sie, »ich erinnere mich! So standen Sie im Salon des Hotels. Da hoben Sie auch so die Hand und deuteten mit dem langen Finger.«
»Ja, Aggie, ja«, fiel er rasch ein, »ich wollte Sie auf die blühende Mauer aufmerksam machen, Sie beklagten sich über Ihr Hotel. Übrigens, Aggie, warum bleiben Sie dort, wenn Sie sich unglücklich fühlen?«
»Ich nehme seit Jahren immer das gleiche Zimmer im gleichen Hotel... Weil –? Weil ich, wie man es von Verbrechern behauptet, vom schlechten Gewissen getrieben werde. Oder von der Reue, von der Hoffnung, ein versäumtes Glück, ein altes Leid wiederzufinden, lieber Silvio, oder auch eine Freude, die v o r m i r ergraut ist. Und die mir zeigt, wie ich selbst bald ganz und gar sein werde.«
Sie fürchtete, er könnte sie unterbrechen und die Stimme erheben, oh, nicht jene merkwürdig gedämpfte Stimme von neulich, seine Knabenstimme – die hätte sie nicht gefürchtet! Aber die war auch damals gleich von seiner andern

Stimme geschluckt worden, dem erwachsenen, hinterhältigen Männerlaut, und den, gerade den wollte sie jetzt nicht hören.
»Vielleicht auch nur, um mich selbst wiederzufinden, Silvio«, eilte sie weiter, »um mich zu überzeugen, daß ich in der Zwischenzeit nicht verlorengegangen bin, zugleich mit meinen Handtaschen und Strümpfen, es ist eine Schwermut und Traumwandelei bei lichtem Tag. Was ich aber sagen wollte, Silvio – heute habe ich die blühende Mauer gesehn! Vor einer Woche haben Sie sie mir gezeigt, und heute erst habe ich sie gesehn. So schwerfällig bin ich, mein Freund, so lang muß ich fallen, um endlich ans Ziel zu gelangen. Es soll Sterne geben, deren Licht Jahrhunderte braucht, bis es uns erreicht. Zu der Familie gehöre ich, so lange brauche ich ungefähr, um irgendwo anzukommen.«
Weiter! Weiter! Nur nicht aufhören! Sie erzählte, wie sie heute noch der Knabenstimme jenes Tages lausche, ohne sich in Wahrheit zu fragen, wem sie gehöre, und die Stimme, der sie so lausche, sei ja auch niemand zu eigen und führe unbekümmert ihr Leben, nun ja, das meist übersehene, ziemlich unerforschte Leben einer Stimme im Raum. Ob er sich etwas darunter vorstellen könne? Ja? Weiter! Famos, daß Sie mir folgen. Nur nicht aufhören...
Doch allmählich wurde ihre redselige Versonnenheit von einer Gestalt abgelenkt, die sich in ihrer scharfen Magerkeit gegen den Fensterausschnitt abzeichnete und mit einem langen Finger hinausdeutete, und diese Gestalt blieb stumm. Und Aggie wußte, jetzt wußte sie's: auf die Gestalt, genau in der gleichen Haltung, war sie nicht erst heute, nicht erst im Salon des Hotels, nein, schon vor langer Zeit einmal gestoßen.
Behutsam, um den Zauber nicht zu stören, beugte sie sich vor, einem vergessenen Geruch entgegen. Der Geruch durchzog sie mit einem luftigen Gewebe, Schmerz und Wonne, in ihrem Fleische fühlte sie, wie sie sich in einen andern Menschen verkehrte, und dieser Mensch war ein zehnjähriges Mädchen im Sommerkleid. Das Mädchen kam einen bewaldeten Hügel herab, jetzt waren Tannen um Aggie, schwere, dunkle Tannen, gleich darauf grüne Grasstreifen zu seiten eines lehmgelben Pfades, und unter ihr

griff das Licht mit wehenden Händen in die Pfähle eines Weinbergs und rührte einen Harfenklang auf, und dort, am Saum des letzten Rebstückes, stand die Kirche, worin das alte Bild hing, dort in einem Dorfwinkel von Aggies elsässischer Heimat – dort!
Es roch nach Thymian und heißem Gras auf dem Vorplatz, drinnen aber, auf dem Bild, stand der heilige Johannes, mager, bartlos, und zeigte mit einem auffallend langen Finger auf die mystische Rose, die Wunde des Herrn. Ein Alemanne von dreißig Jahren, ein junger Bauersmann hier aus der Gegend, hatte er lange die heißen Länder durchstreift, bis er so geworden war: braungebrannt bis in die Augen, und von Hunger und Märschen geschmeidig bis in die gestreckten Knochenecken seines Körpers, ein abgemagerter Wolf, den die Tiere eines Tages heilig gesprochen ...
Sprach sie noch immer?
Es schien ihr, als sei es still geworden im Zimmer. Die großen Sofas waren mit Schweigen gepolstert. Man hörte nur das Rauschen des Regens hinter dem Fenster.
Nein. Silvio redete. Es war seine glatte erwachsene Stimme, die blitzend in der Luft spielte, bevor sie hinabrauchte ... Wie das Spiel von Delphinen in einem lauen Meer ... Und nun verstand sie ihn auch. Er sprach von der Nachbarvilla. Ada wollte nicht mehr im Hotel wohnen. Ada stand in Unterhandlungen, um jene Villa zu kaufen, deren fensterloser Giebel über die Bäume herüberschaute. Ada. Ada. Nichts als Ada ...
»Dann werden wohl auch Sie in der Villa wohnen?« fragte sie und spähte zum Giebel hinüber, als müßte der wenigstens die Wahrheit sagen.
»Nein, Aggie. Ich möchte, daß Ada Schloß Unterhügeln kauft, wie sie es vorhatte. Aber auf einmal sträubt sie sich gegen das Elsaß. Sie allein, Aggie, können sie überzeugen, daß sie ins Elsaß gehört und nicht hierher, in dieses Allerweltsparadies. Reden Sie ihr zu!«
Aggie erhob sich mit einem Ruck.
»Ich?« rief sie empört.
Nun schlich er, schlich um den Tisch auf sie zu und nahm ihre beiden Hände, beide zugleich, er drückte sie nicht, verwahrte sie nur, indem er selbst ganz still blieb und nur ein wenig den

Kopf drehte, ins Licht, damit sie sehn konnte, wie demütig er sei und wie er sein Leben in ihre Hände gebe.

»Aggie, ich liebe Sie wie mein Glück, ich meine wie etwas, das mir Glück bringt, mit dem mein Glück notwendig verknüpft ist. Kann man mehr lieben? Aggie? Freundin ... Mein Glück steht in den Sternen. Sie aber sind der Dolmetsch. Sie haben mir immer Glück gebracht. Aggie, schon neulich, als wir nach Monte fuhren, um zu spielen, da brauchten sie nur einmal durch den Saal zu gehen, wo ich an der Roulette saß und verlor, gleich wandte sich alles, und ich gewann, in fünf Minuten gewann ich alles zurück, in den nächsten Minuten das Dreifache dazu.«

»Ja, aber«, stieß sie hervor, »ich verlor mein ganzes Geld, bis auf ein paar Groschen.«

»Im Bakkarat, Aggie! Und ich saß nicht bei Ihnen.«

»Nein, Sie saßen bei Ada.«

Er öffnete die Tür, schob Aggie hinaus.

»Kommen Sie, wir wollen spielen!«

Als sie ihm draußen gestand, und in ihr raste die Ungeduld, das Glück zu versuchen, das bittere Glück, das Silvio hieß, als sie mit zusammengekniffenen, grünlich glitzernden Augen ihn lauernd ansah und sagte: ich besitze nur noch zwanzig Franken, da drückte er ihr einige Scheine in die Hand, und unter Silvios Ruf: »Ich bitte um Platz, meine Herren! Ich spiele mit Aggie Ruf«, traten sie in die Halle.

»Es war vorhin an mir, die Bank zu übernehmen, nicht wahr, meine Herren? Ich stand nur eben auf, um unsre Freundin zu begrüßen ... Ich bitte um die Bank.«

»Sie waren im Verlust und drückten sich rechtzeitig«, wurde geantwortet. Man lachte, und Silvio und Aggie lachten übereifrig mit.

»Messieurs, n'insultez pas un galant homme!« rief Silvio, außer sich vor Gier, ins Spiel zu kommen. Aber sie mußten warten.

»Zwei Minuten«, flüsterte Silvio, er beugte sich zu Aggie und bohrte ihr den Blick in die Augen. Da war auch wieder das Flattern und Funkeln um ihn, die mühsam beherrschte Trunkenheit ohne Wein, die sie zum erstenmal beim »Streit von Tourette« beobachtet hatte ...

Sie warf den Kopf zurück, er wog ihr so schwer, und lächelte mühsam. Leise, selbst für ihn kaum verständlich, befahl sie:
»Nehmen Sie, bitte, den Schraubenzieher aus den Augen, Silvio. Es geht auch so. Ich bin stark!«

LIEBESSPIEL

»Monsieur!«
»Cher ami!«
Silvio, also aufgefordert, übernahm die Bank. Aggie setzte sich ihm gegenüber.
Schon nach kurzer Zeit tauschte man verwunderte Blicke. Aggie verlor, es kränkte sie nicht. Selten sah man eine Frau mit so viel Haltung verlieren, Frauen pflegten ihr Mißgeschick beim Spiel recht unartig zu tragen. Aggie genoß eine Art zornige Wollust, ihr Gesicht blieb wie blind auf Silvio gerichtet, er aber flammte in entzückter Gewalttätigkeit auf, wenn sein Blick, für eine Sekunde, den ihren streifte.
Die übrige Zeit schien er von Träumerei umfangen, ruhig, mit einem zarten Lächeln gab er die Karten. Das Geld sammelte sich vor ihm, als folgte es einem Anruf. Er machte sogar eine etwas ängstliche Miene, und Aggie, die der Meinung war, in Wirklichkeit gewinne *sie* und das Geld nehme nur den falschen Weg. Aggie raunte sich zu, so müsse ein Negerhäuptling aussehn, der es zum ersten Male versuche und das Geld anstaune, wie es von überall auf ihn einströme.
Einige, weniger scharfsinnige Herren überlegten, ob man nicht zu Mäßigung raten solle, um der unglücklichen Dichterin Gelegenheit zu geben, »in die zweite Linie zu gehen« und sich womöglich vom Verlust zu erholen. Da setzte sie den letzten Geldschein, der vor ihr lag. Alle warteten gespannt. Als sie verlor und aus dem Spiele ausschied, gab es kein Halten mehr. Als bräche eine Schranke zusammen, so wirkte der Stoß, der das Spiel sogleich in die Höhe riß. Vielleicht erschien ihnen Silvio jetzt schutzlos, vielleicht setzte die unbeschäftigte Wildheit, wie die Frau dasaß, die Männer in

Flammen. Aber alle bildeten sich ein, kalt und überlegen zu sein wie nur je ein Feldherr in voller Schlacht, jedenfalls hatten sie wie er schon keinen mitleidigen Blick mehr für den niedergebrochenen Soldaten übrig.
Aggie widerstand der Versuchung mit ihrem Zwanzigfrankenschein einen letzten Streich zu führen, nur, weil sie es nicht wagte, mit einem so geringen Einsatz hintendrein ins Spiel zu hinken. Wiederholt wollte sie aufstehn, sie ertrug die Spannung nicht mehr, Silvios Gesicht vor ihr begann in unbestimmten Grimassen zu zerfließen. Jedesmal warf ein Ruck seiner Augenbrauen sie auf den Stuhl zurück.
Schließlich stützte sie beide Hände auf den Tisch, hob sich vom Stuhl. Ängstlich, flehend – glückselig, als er unmerklich nickte, zog sie die Hände nach und ging. Schnurstracks, um nicht zu fallen, wie Kinder über einen Balken laufen, eilte sie durch die Zimmer, hob im letzten den Gobelin von der Wand und stieß die Tür auf.
Vor ihr stand eine Frau. Die Frau öffnete die Arme.
Aggie fuhr zurück und legte die Hand aufs Herz. Es klopfte wie rasend. Es klopfte ihr in den Schläfen, in den Flanken – überall.
»Ada«, sprach sie dumpf. »Ja, kennst du denn dieses Zimmer?« Die Freundin ließ die Arme sinken.
»Ada«, wiederholte sie und warf sich ihr zitternd an den Hals, drückte sie an sich. Dann saßen sie eng umschlungen auf dem Sofa unter dem Fenster, und sie begann von neuem:
»Ada! Er hat gewonnen, Tausende und Tausende, ich saß ihm gegenüber, ich schaute ihn an, gewaltig, wie der Erzengel Gabriel – oder der Teufel, und er gewann, gewann, Ada, geliebte Ada. Wußtest du, daß ich ihm Glück bringe?«
In Aggie leuchtete Sonne und Jubel. »Freundin«, sagte sie, unbewußt sprach sie das Wort nach, sprach es genau so, wie Silvio es vor einer Stunde zu ihr gesagt hatte: »Freundin, Ada, du Liebe – bist du glücklich?«
»Natürlich!« sagte die andere kalt und leise. »Warum sollte ich nicht glücklich sein?«
Der Ton verletzte Aggie tief, aber sie wagte nicht, die Umarmung zu lösen.
»Ein hübsches Bild«, rief Silvio, als er eintrat, unbekümmert platzte seine Männerstimme und trennte die Frauen. Er

begrüßte Ada mit vertraulichem Kopfnicken und bot ihr gleich Geld an – ihr, Aggie Ruf! Zweiundsechzigtausend Franken, die Hälfte des Gewinns nach Abzug des geliehenen Spielgeldes.
In ihrer Enttäuschung, ihrem Zorn, erschrocken gar über das viele Geld, das er ihr vor Ada hinhielt, als wäre sie, Aggie Ruf, sein Geschäftsteilhaber und nicht sein »Glück«, ein Geschäftsteilhaber, sonst nichts, nicht einmal eine Frau – sprang sie auf, weigerte sich, die Summe anzunehmen, fuchtelte mit den Armen, beinahe hätte sie geschrien. Als er ihr das Päckchen Scheine in die Hände legte, packte sie es und schob es Ada in den Ausschnitt des Kleides. Hier! Da, nimm! Die Scheine vom Spieltisch, die Schmutzscheine, die wohl schon durch so viele Hände gegangen waren, als es bessere Herren zwischen Cannes und Monte Carlo gab, an Adas nackter Haut. Sie empfand es als eine Schändung, und sie wollte es auch so. Sie wiederholte wie im Rausch: »Hier! Da! Nimm das, es ist von ihm, du Liebe...«
»Pfui«, sagte Ada ruhig und: »Was hast du denn heute?«
Und Aggie, die sich durchschaut glaubte, Aggie stammelte, und sie schämte sich so, daß ihre Augen naß wurden.
»Wie komme ich Bettlerin zu so viel Geld? Pfui, Ada, pfui?... Ein Zwanzigfrankenschein kann schmutzig sein. Zweiundsechzigtausend Franken sind es nicht, Silvio, sagen Sie es ihr.«
Er rief belustigt, mit einem Unterton von Verachtung:
»Falsche Heldin!«
Aufschnellend wandte Aggie ihm ein Gesicht zu, das vor Herausforderung strotzte.
»Falsch? Ich?«
»Ja, falsch«, versetzte er gutgelaunt. »Aber hören Sie zu, liebe Freundin, hören Sie gut zu.« Er wurde ironisch. »Heldenhaft nenne ich nur etwas, was viel Mühe kostet. Und eigentlich ist ein Held jemand, der sich gewohnheitsmäßig überanstrengt. Einer Dichterin kann es unmöglich Mühe kosten, auf so viel Geld zu verzichten – nicht wahr? Sie hat auch zu selten Gelegenheit dazu. Also bestände das wahre Heldentum in diesem Falle –«
Ada hatte das Geld aus dem Ausschnitt hervorgeholt und reichte es Silvio, er nahm es und näherte sich damit Aggie.

Nun ergriff sie die Flucht. Dabei streifte sie Adas Mantel, der über dem niedrigen Tisch lag, er fiel zu Boden. Sie bückte sich, als wollte sie ihn aufheben, richtete sich auf, lächelte armselig vor sich hin:
»Soll man in der Garderobe nicht sehn, daß du im Hause bist?« Auf einmal war sie fort.
Vorsichtig, wie hinter einem Geheimnis, schloß sie die Tür und strich auch noch mit der Hand über den Gobelin.

Auf der Straße stieß sie auf ten Hoet, der schnaufend aus dem Auto kroch. Der Mann hätte ein Athlet sein können, ein Athlet, der zuviel trank. Rothaarig war er auch.
»Ah, da sind Sie wieder!« redete sie ihn an und nahm ihn unter ihren Schirm. »Ich war heute auf dem Friedhof da drüben, dem Friedhof der Kerle wie Sie, die sich's leisten können, für die Ewigkeit vorzusorgen, ohne kleinlich zu sein. Nun fällt mir ein, daß ich mich nach einem guten Platz für ihren Obelisken hätte umsehn können, da ich doch schon auf dem Paradefeld hielt. Nun ja, ein andermal. Unterwegs hierher, ten Hoet, habe ich mir ausgedacht, Sie könnten einmal den Geldschrank in Ihrem Arbeitszimmer öffnen und mir Ihre Diamanten zeigen. Ich würde mir einen aussuchen. Ich verspreche Ihnen, nicht den größten zu wählen.«
»In dem Geldschrank, verehrte Dichterin, fänden Sie meine Zigarren und Schnäpse«, belehrte er sie wichtig, wobei er unter ihren Schirm weg in den Regen trat. »Mein Verhältnis zu den Diamanten besteht ausschließlich in Aktien und Obligationen«, er kam unter den Schirm zurück, »und in einem Schaufenster kann ich einen geschliffenen Rheinkiesel nicht von einem Solitär unterscheiden.«
»Schlimm! Warum bezeichnet man Sie denn mit dem hochtrabenden Namen eines Diamantenhändlers? In meiner Branche wäre so was nicht möglich.« Darauf wußte ten Hoet keine Antwort. »Was hat sie nur?« sprach er laut und glotzte an ihr vorbei in die Luft. Auf einmal stand er wieder draußen im Regen.
Sie wollte ihm zurufen: »Sie Kuppler!«, und gleichzeitig widersprach eine andere Aggie: Weiß er denn, daß sie sich in diesem Zimmer treffen?... Sie hörte sich schreien (und verschloß krampfhaft den Mund): Was bekommen Sie von Silvio dafür, daß Sie ihm Ada verschaffen? Und die innere

Stimme klagte: Unsinn, treffen können sich die beiden geradesogut in ihren Hotels, sie können sogar miteinander schlafen, wenn sie wollen... Die innere Stimme, die sonst deutsch sprach, redete auf einmal französisch, weil es französisch, sie wußte nicht warum, gefährlicher klang, in Fleisch und Blut gebettet, der schrecklichen Wirklichkeit näher: »coucher ensemble, coucher, coucher!«
»Also bekomme ich nie einen Diamanten«, stieß sie hervor.
»Ich bin jetzt naß genug«, meinte er unwillig.
»So darf ich wenigstens Ihren Wagen benutzten?«
Als er mit der Antwort zögerte, sprang sie hinein.
»Ich will Ihnen sagen, was ich habe, ten Hoet. Ich bin die reichen Leute satt, besonders aber solche, die sich Mäzene nennen. Das sind nämlich die launischsten. Heute schicken sie einem für dreihundert Franken Blumen ins Haus, und morgen schneiden sie eine Grimasse, weil man sie um eine Briefmarke bittet. So sind sie, die Mäzene. Und jetzt befehlen Sie, bitte, Ihrem Chauffeur, daß er losfährt. Sonst erklären Sie mir noch, der Wagen sei heute genug gelaufen und bedürfe dringend der Ruhe. Oder Sie küssen mir die Hand: Wollen Sie nicht, verehrte Aggie, Ihrer Gesundheit wegen lieber zu Fuß gehen?... Bitte, darf ich nun fahren? Danke!« Sie klopfte heftig gegen die Scheibe: »En route!« Als der Wagen anfuhr, rief sie ten Hoet durch das Fenster zu: »Nehmen Sie schnell Ihre Erlaubnis zurück! Vorwärts!«
Aggie raste. Gleichzeitig schaute sie sich mit wachsender Neugier zu... Aha, ich rase für Silvio. Weil er mich nicht sehn kann, spiele ich mich immer mächtiger vor ihm auf. Der Wagen rollte den Berg hinab. Auf der Place Masséna schenkte sie ten Hoet einen Teil dessen, was er hätte zurücknehmen können, indem sie ausstieg und den Weg unter dem Schirm fortsetzte... Silvio! In Adas Gegenwart benimmt er sich taktlos, der Spitzbub, wenn wir allein sind, tanzt er wie eine Schlange zu meiner Musik. Ja, wirklich, manchmal spricht er schon ganz wie ich. Mit meinen Ausdrücken... Die Regenböen über dem Meer von Gewißheit in ihrem Gemüt dauerten an, bis sie aus der Festung des Platzes auf die Promenade und vor die Leere des echten Meeres geriet.
Hier trat Stille ein, sie wurde elend, plötzlich, ohne Grund. Mitten im Schritt, wie von einem Lasso gefangen, prallte sie

zurück und versuchte, unter dem Schirm die Handtasche zu öffnen. Es gelang, aber, ein Aufstöhnen, und erst der Schirm, ein Seufzer, und die Tasche schlüpfte zu Boden.
Da war er! Zwischen der Puderbüchse und dem Taschentuch steckte ein Zwanzigfrankenschein das Ohr heraus. Sie ließ ihn liegen. Trüb, ohne Ausdruck schweifte ihr Blick über den Platz, in Wahrheit suchte sie Hilfe. Und richtig: im Eingang des Kasinos stand, die Hände auf dem Rücken, der Amtsgerichtsrat Bieterle und stierte herüber. Aber hinter ihm standen andere Leute, ebenfalls im Trocknen, die lachten sie aus, Aggie wandte entsetzt das Gesicht ab. Sie dachte: Schadenfreude – der schönste Glückschauer des Menschen, und dann bückte sie sich, hob Schirm und Tasche auf und zog mit den Fingerspitzen den Geldschein aus dem Schmutz. Sie beschloß, Tee ohne Gebäck zu nehmen, um mit dem Geld zu reichen. Und der Sturm brach von neuem los, der Sturm für Silvio. Woraus heben denn die andern ihr Geld auf?! Weitereilend, ohne hinzusehen, stopfte sie den Schein in die Tasche. Puderdose und Taschentuch blieben zurück.
Oh, Silvio und Ada verfolgten sie mit ihren Gedanken! Sie empfand es qualvoll, auf der Haut des Gesichts, in den Augen, luftiges Vitriol, von Freundeshand geschleudert. Die höhnischen, mitleidigen, die triumphierenden Gedanken der andern! Jetzt ließen sie auch noch einen Menschen auf sie los. Kurz vor dem Negresco holte Bieterle sie ein, er brachte Dose und Taschentuch.
Mit ängstlich vorgestreckten Fingerspitzen mußte sie abwehren, stieß alle Hilfe zurück, halb lachend, halb weinend, stürmte sie weiter, am Meer entlang, an diesem Meer!... Es schäumte vor Wut, einer kleinbürgerlichen Wut, dieses unheroische, abgründig gemeine, platte, regenbeschmutzte Meer, ein Meer für Krämer, wie sie dastehn und sich lustig machen über ein Leid, das ihnen niemals droht, weil es außerhalb ihrer Welt liegt, ein Meer für die Stubenmädchen in den Hotels, für Lausbuben, die den Weihwasserkessel schwingen, stundenlang die Sterbeglocke anschlagen, als spielten sie Telephon und der Teilnehmer melde sich nicht, ein Meer für Diamantenhändler und Gambettisten. Hatte Ada sie nicht geküßt, bevor Silvio ins Zimmer trat? Ein Meer für geschiedene Gräfinnen, die wie Judas küssen, wenn sie verraten...

Sie war angelangt. Von den Kirchtürmen der noch im Regen hellen Stadt schlug es fünf.
Warum habe ich nie Geld? fragte sie sich, während sie in das Gedränge stürzte, als gelte es das Leben. Ich verdiene viel. Es bleibt nichts bei mir. Ich bin wie ein alter Fischer, der ein schweres Netz an Land zieht und verwundert guckt, wenn all die gefangenen Fischlein mit vier Sprüngen ins Wasser zurückfinden.
Sie wollen nicht, sagt der alte Fischer, in Gottes Namen, sagt er und hebt die paar Silberleiber auf, die genug gekämpft haben und zu Ende sind mit ihrer Lust und da bleiben, wo sie nun einmal sind... So geht es mir, wenn ich Geld bekomme. Das meiste saust gleich wieder weg, und es bleiben die paar Silberlinge, die ich dann um und um drehe und streichle und hüte und ganz langsam, einen nach dem andern, verzehre... Von Haß ergriffen, der leibhaftig in sie fuhr und sie schüttelte, daß ihr Atem ächzte, drohte sie: Wenn ich Geld hätte, Silvio, viel Geld (denn du bist teuer), würde ich dich kaufen und einen großen Mann aus dir machen, einen Gambetta oder so was...
Dann wartete sie, indes sie wegsah und gleichgültigen Gedanken nachging, daß der Leibhaftige sie verließe, wie er gekommen. Er ging, aber er hinterließ einen Schwefelgeruch, den sie freudig einatmete. Er verlieh ihr neue Kraft zur Empörung... Nein, sie konnte es sich nicht leisten, einen Sklaven zu kaufen. Sie mußte selbst arbeiten wie ein Sklave, arbeiten mußte sie, nichts als arbeiten, eine halbe, ging es gut, eine ganze Seite am Tag, verdienen, arbeiten, Zeile um Zeile, Groschen um Groschen, Arbeiten, deshalb drängle ich durch die Menschen hier zum Dancing, dem Stadion der hold Verwesenden, zu den Bettflöhen von Tanznegern, die bis zur Decke springen, wenn eine begüterte Dame es bezahlt, den Kokainheiligen, den Bolschewistinnen mit Akkreditiv beim Crédit Lyonnais, die nur in ein einziges, unerhört kostbares Tuch gehüllt sind, ganz wie die gottseligen Inderinnen, ihre Schwestern, zu gefürsteten Taschendieben und Greisinnen aus USA. Ich weiß, ich weiß, Punkt sechs befiehlt die alte Amerikanerin, den Saal zu verdunkeln, und läßt ihr Gerippe im Licht des Scheinwerfers hüpfen, ein undurchdringlicher Jüngling hält die Knochenfrau im Arm – ha, man tritt mich, man pufft mich, und alle Körper, die auf mich stoßen, mißachten mich...

Trotzdem, Silvio: jetzt werde ich, was ich bin! Ihr alle seid Gras vor meiner Sense und Früchte, die im Laub verdürben, pflückte ich sie nicht, um sie in meiner leisen Hand zu verwahren ... Stoßt nur, tretet, blinzelt euch zu und lacht über meinen erbosten Puppenkopf, der in einem Menschenknäuel dem Windfang der Halle zutreibt, verhöhnt mich, verstoßt mich, ich bin dennoch der Diamant in dem Haufen von Lumpen! Ich, Aggie Ruf, eine Dichterin! Lacht auch über die Dichterin, so gehört sich's, so ist es in der Ordnung. Ich brauche niemand und nichts, weder Beifall noch Hilfe, nichts als mich selbst ... Ich möchte nur wissen, was suche ich hier, in einem Dancing? ...
Mit einem letzten Blick nahm sie Abschied von Himmel und Meer. Das Meer belohnte die Abbitte nicht, die sie ihm leistete, aber der Himmel hing ein rosa Wäscheband aus den Wolken. Im nächsten Augenblick rutschte sie zwischen stoßenden Ellenbogen in die Halle.
Ja, was suche ich hier? ... Sie schmuggelte ihren Regenschirm an den Luchsaugen der Garderobefrauen vorbei und betrat den Tanzraum. Man hatte sie arg gestoßen, mit dem Ellenbogen rieb sie sich die Seite ...
Aggie hätte es sich nie gestanden, gerade dies suchte sie: das Gedränge, die Masse. Aus Scheu vor dem einzelnen suchte sie die Menge, die sie berührte, sie suchte die namenlose Zudringlichkeit, die sie erregte, das Hinsinken fremder Leben an ihre Schulter. Das Bekenntnis zu einem Drang, den sie schwindelnd bejahte. Ihr Flügelschließen am Arm eines Unbekannten, der ein Freund hätte sein können, mild wie Abendwind, sie suchte den Geliebten dort, wo sie alles finden konnte, Tollheit, Leichtsinn, Angst, Dummheit, Wollust, Verbrechen, nur nicht einen Geliebten. Doch was verstand Aggie unter einem Geliebten? Zum mindesten wußte sie es nicht genau. Sie dachte: eine Freundin wie Ada, die ein Mann wäre.
Da hat sie ein winziges Tischchen in einer Ecke erspäht, rennt hin, nimmt Besitz von ihm, indem sie es dicht an die Knie heranzieht und mit aufgestützten Armen festhält. Notizheft und Füllfeder, schon beim Betreten des Saales aus der Tasche gekramt und im Sprung auf die Mitte des Tischtuches gepflanzt, bilden das sichtbare Zeichen der Eroberung.

Sie schließt die Augen.
Die blühende Mauer steigt vor ihr auf, und auf einmal weht Sonnenschein durch den Regen ... Da lag unter dem Regenbogen wie hinter einem Tor, das die Ferne undeutlich einrahmt, ein Vogesenstädtchen am Hang seines Weinberges, es hatte geregnet, die Sonne schien, die Leute kamen aus der Vesper. Die Näherin Agnes Maienstock schlug den Weg in die Reben ein. Wie sie ging, wich die Luft zurück, immer dicht vor ihrem Gesicht, ein dünner, unfaßlicher Stoff, der ein wenig blendete. Keinem Mann kam es in den Sinn, ihr zu folgen, mit Ausnahme des Hirten. Im Städtchen hielten sie ihn, mit Recht oder Unrecht, für einen Kretin, er war im Gesicht und in den Schultern verwachsen und brachte nur kurze, erschreckende Laute hervor. Jedenfalls war er schlau und verschwiegen, das wußten die Mädchen, die sich gelegentlich von dem bocksbeinigen Naturwesen überraschen ließen. Agnes Maienstock ging nach der einen, er nach der andern Seite, und als sie in halber Höhe des Rebberges auf einem Felsen saß, trat er zu ihr. Er trat vor sie hin und schlug ihr die Hände flach auf die Brüste. Ernst und freundlich blickte Agnes in das furchtbare Gesicht, es blieb gierig auf sie gerichtet, bis der Krüppel plötzlich mit einem mißtönenden Schrei die Hände von ihr nahm ... Er hielt die Hände vor die Augen und schnupperte daran ... Sie zeigte auf den Platz neben sich, er kam und schob winselnd das Kinn unter ihre Schulter. Sie sprach zu ihm, da wurde er still. Er verstand sie, er begriff alles, was sie sagte. Sie fühlte, wie der böse Geist in ihm locker wurde, wie er ihn ausstieß mit seinem Atem, und auf einmal lachte er zart und sah das Mädchen an und schien gar nicht mehr häßlich und verwachsen, so klar leuchteten seine Augen ...
Aggie nickte und hob den Kopf.
Der riesige Tanzsaal war oval, der ebenfalls ovale Tanzboden in der Mitte eine Handbreit erhöht. Rundum standen in der größten Enge Tische, dicht besetzt mit »Ladies and Gentlemen«, die sich unter den Gebärden der über Tische und Stühle hinweg bedienenden Kellner wie unter dem Ansturm eines Heuschreckenschwarms duckten. Die Dichterin überschlug schnell noch einmal ihr Vermögen. Zwanzig Franken. Mit dem Kleingeld hatte sie den Tee bei den Adlern bezahlt.

Ein Kellner warf Aggie einen fragenden Blick zu, sie bestellte Tee ohne Gebäck – im Flug schnappte er den Befehl.
Chefkellner im Cutaway flitzten hin und her und trieben ihre Kreaturen zur Eile, denn unaufhaltsam schritt die Zeit. Gleichzeitig überwachten sie das hotelfremde Raubzeug, das ihre Gäste beschlich, und verstanden es, in einer Sekunde zu binden und zu lösen. Wenn sie leise durch die Zähne pfiffen, fuhren trotz des Lärms Frauenköpfe hoch und starrten in die herrischen Augen, die nur einen Herzschlag lang hinblickten, dann erhob sich eine prächtige Dame und verließ den Saal. Die andern, die bleiben durften, senkten aufatmend das unter der Schminke erblaßte Gesicht... Auch die sind hinter der Liebe her! sagte Aggie, um sich weh zu tun... Davor bin ich geschützt, setzte sie schnell hinzu und schlug sich gleichsam mit einer kurzen Lache auf die Finger... Ein neues Gefühl, wohlig erregend, stieg in ihr auf, die Lust an der Arbeit. Der Anblick der weißen Seiten in ihrem Heft ließ sie erschauern, wie die Berührung einer Hand... Und dann schickte sie ihre professionellen, ihre verdienerischen Augen auf die Reise, denn unaufhaltsam schritt die Zeit. Noch einmal lachte sie auf, hinhorchend wie eine Sängerin, die den Ansatz der Stimme prüft. Und warf sich mit allen ihren Sinnen hinein in den Saal, auf der Suche nach einem schönen Gesicht, einer edlen Gestalt, einer Stimme, nach einem jener Blicke, die den Tag spalten, die Nacht zerbrechen und die niemals *ihr* galten und ihr dennoch Flügel liehen, wenn sie zwischen zwei Sätzen von ihrem Notizbuch aufsah, alle waren sie eingegangen in ihr Werk, ach, die schönsten Stellen in ihren Büchern, Aggie verdankte sie ihnen, den Blicken, den Geschenken an andre!
Nichts. Kein Zeichen. Keine Bewegung in der Luft. Lärm.
»Sind Sie je einem Menschen begegnet, dem es ernst gewesen wäre?« hörte sie auf einmal, sehr fern, die Stimme Silvios. Womit denn ernst?... »Mit sich, mit den andern, mit dem, was er glaubt und weiß und was er nicht glaubt, nicht weiß, mit allem...« Wie streng er ausgesehen hatte, als er so sprach! Man mußte annehmen, ihm sei es ernst.
Aggie reckte das Hälschen. Sie, dies stand fest, sie nahm es ernst, mit sich und den andern, mit dem, was sie glaubte, und dem, was sie nicht glaubte, doch, das tat sie. Und darum

reckte sie auch den Hals, und sie schlug sogar mit der Faust auf den Tisch, als der Kellner zum viertenmal ablehnte, das Gebäck wegzunehmen, das er gleichzeitig mit dem Tee hingestellt hatte. Tee o h n e Gebäck war bestellt!
»Ich will nicht!« rief sie. »Ich hab' genug, ich ersticke.«
Schon beugte sich das Römerhaupt eines Chefkellners über sie, und sie wurde höflich belehrt, daß der Tee mit Gebäck oder ohne Gebäck das gleiche koste, nämlich zwanzig Franken.
Nicht anders als die Mädchen, die der Pfiff des Herrn zum Erstarren brachte, blickte Aggie in das machtvoll über ihr schwebende Haupt. Dann warf sie den Geldschein auf das unberührte Gebäck und verließ mit eingezogenen Schultern den Saal. Schlimm! Schlimm! Mit mir ist etwas nicht mehr richtig... Ich spiele mich viel zu viel auf... Ich bin gar nicht mehr mit mir allein...

In der folgenden Zeit wurde Aggie öfter als sonst von Zuständen befallen, die man nicht als Träume bezeichnen kann, denn sie war völlig wach.
Es war so, als verließe ihre Seele ihren Körper und bewege sich weit weg, nur vom Schein eines Körpers bekleidet, der nicht einmal immer der ihre war. Es konnte gerade so gut Ada sein, Adas Körper mit der Seele der kleinen Aggie. Auf einer dieser Seelenwanderungen geschah es, daß sie sich jemand entgegenschreiten sah (es schien ten Hoet zu sein), und als sie dicht vor ihm stand, reichte er ihr ein Bündel Geldscheine. Sie griff zu, da ließ er mit einem launenhaften Tick der Augenbrauen die Hand verschwinden und trat vom blauen Himmel weg in den Regen hinaus... Einmal jedoch entriß Aggie dem Mann das Geld und lief davon. Dafür mußte sie bitter büßen. Silvio Wolf brach bei ihr ein und ermordete sie, um das Geld zu rauben... Sie glaubte, das Hotel widerhalle von ihren Hilferufen doch niemand kam, ihr zu helfen. Und als es längst geschehen und ihr Körper tot war, mußte ihre Seele ewig unter dem Messer weiter betteln um Gnade...
Kurz nachdem der Wachtraum seinen Gipfel erreicht hatte, trat sie, noch ganz verstört, in die Halle ihres Hotels, und Silvio stand leibhaftig vor ihr, Silvio, frisch und duftend, und wollte sie zu einem Spaziergang abholen. Sie wagte nicht, ihn

anzusehn, denn in Erinnerung an die kaum überstandenen Qualen wähnte sie sich häßlich, eine Leiche, zusammengeschrumpft, grau und grün, mit rötlichen Tupfen auf der Stirn. Sie kehrte ihm den Rücken und puderte mit steifen Fingern ihr Gesicht.

»Waren sie heute nacht hier?« fragte sie in ihrer Verwirrung.

»Ich bin immer bei Ihnen«, antwortete er – als nähme er ihr sanft eine Waffe aus der Hand und verzeihe ihr ohne ein Wort. »Außerdem, liebe Aggie, sind Sie heute so schön wie der Tag.«

Durch die offenen Fenster der Halle trieben Wehen von Himmelsbläue, überall gaben Blumen Zeichen der großen Entzückung. Schimmernd in die Bläue entrückte Wesen waren sie, halb schon davongeschwebt, und draußen auf dem Meer jagten sich rasende Schauer von Licht.

Sie blickte zu Boden und dann, mit einem Ruck, auf ihn. Er war frisch und sauber – geschorener Kopf, weiße Wäsche, weiße Jacke, weiße Hose, weiße Schuhe, alles weiß, mit einem rötlichen Schaum, der von der Apfelblütenfarbe von Strumpf und Krawatte herrührte, du lieber Gott, der Anblick erquickte sie wie ein Bad im Freien. Während ihr Herz noch vor Angst bebte, jubelten ihre Augen und überstrahlten den Tag.

Schnell reichte sie ihm die Hand, zu unglaublicher Versöhnung.

Er nahm ihre Hand und hob gleichzeitig den andern Arm – zu traumhafter Umarmung.

Unwillkürlich drehte sie sich ein wenig, bog ihren Rücken dem Arm entgegen. Eine Sekunde lang spürte sie seine Hand auf dem Schulterblatt. Wirre Bilder stiegen in ihr auf... Abwehrend schwankte sie vorwärts, einen überstürzten Schritt an ihm vorbei, und verließ das Hotel.

Er folgte ihr, leicht atmend, und hob die Stirn eines kindlichen Siegers. »Ich habe Ihren Saint-Simon zu Ende gelesen«, sagte sie gleich vor der Tür. »Auch einige Auszüge für Sie gemacht. Ein frischer, sauberer Geist, sehr großmütig.«

Er zitierte zum zwanzigstenmal: »Man muß begeistert sein, um Großes zu vollbringen.« Sie zweifelte nicht, daß dies Wort alles war, was er von dem Autor kannte. »Ja«, sagte sie eifrig.

»Darauf kommt es an. Man kann es nicht oft genug wiederholen...« Sie dachte an etwas ganz anderes...
Auf der Promenade trafen sie Ada. Mitten im Gespräch ließ sie die beiden stehn und begab sich auf das nächste Postamt.

Es war Ende März, als ich in Breuschheim ein Telegramm erhielt, worin Aggie Ruf mich bat, unverzüglich nach Nizza zu kommen. Ich nahm den nächsten Zug.
In Nizza kamen Aggie und Ada auf mich zu, gefolgt von einem sehr gepflegten Herrn, der »Du« zu mir sagte, als hätte er zwanzig Jahre lang dauernd von mir geträumt. Denn gesehen hatte er mich in der Zeit bestimmt nicht. Ich betrachtete ihn. Silvio war ein Mann geworden, also die ausgekochte Form eines Jünglings, er mußte mich enttäuschen.
»Wie gefalle ich dir?« fragte er zuversichtlich.
»Ein englisches Herzchen«, sagte ich. »Nicht mehr ganz frisch.«
»Oh, weißt du, was die Frische anlangt!« Er hob die Schultern und drehte den Hals. Die fast unterwürfige Art, wie die beiden Frauen unserm Wiedersehn beiwohnten, die Art, wie er sich vor uns wiegte, als führte er mir seine duftenden Sklavinnen vor, beleidigte mich. Vielleicht war ich eifersüchtig.
Ich machte mir Vorwürfe über mein voreiliges Wesen und legte mir zur Strafe auf, ihn mit der Auszeichnung zu behandeln, die ich zumindest seinen Damen schuldete. »Bitte um Entschuldigung, Silvio!« sagte ich, als hätte ich meine Gedanken laut geäußert. »Freut mich, Sie – dich wiederzusehn.« Aggie hatte sich in den Arm Adas eingehängt, sie huschte und lächelte wie ein Bündel Lichtstrahlen über der großartigen Schönheit der Freundin. Am liebsten hätte ich sie fest an die Hand genommen, so haltlos kam sie mir vor.
Wir verbrachten einen peinlichen Abend, zu dem auch Bieterle, von Aggie gebieterisch gerufen, sich höflich, doch lustlos einstellte. Ich sah ihn zum erstenmal. Seine Augen wanderten die ganze Zeit zwischen Aggie und mir hin und her und wollten uns zu einem Bündnis zusammenschließen, sie wanderten mit dem schweren, traurigen Gang eines Riesen.
Ada, rosig unter der weißen Haube der Haare, schien mir unverändert. Der ungeschminkte Mund war fast zu rot.

Lächelnd wiederholte sie, und das war fast das einzige, was sie sprach: sie wolle, sie müsse ihre Kinder wiederhaben, ohne ihre Kinder lebe sie wie in einer endlosen Schneeschmelze, der Boden laufe ihr unter den Füßen weg...
Sonst wäre von dem Abend nur noch ein Wortwechsel zwischen Silvio und Bieterle zu berichten. Ich hatte mich nie gefragt, ob Aggie jungfräulich sei oder nicht, doch der Gedanke, daß eine Frau, die so wissende Bücher schrieb, die Liebe nicht bis zum letzten erfahren habe, wäre mir ebensowenig gekommen. Der brave Bieterle wußte es besser, und die Feinheit, wie er es uns zu verstehen gab, verwandelte meine Zuneigung für ihn in Hochachtung. Wir sprachen nämlich von den Wandlungen der Liebe, Aggie machte eine Bemerkung, die in der Tat recht altmodisch klang. »Aber Aggie«, äußerte Silvio ungeduldig, »wie in aller Welt sind Sie denn erzogen worden?«
»Keineswegs in aller Welt«, versetzte sie, »sondern in einem guten, bürgerlichen Haus, und zwar genau wie meine Mutter. Ich benehme mich nur freier.« Ein Geständnis, worüber ein gutgearteter Mensch schlimmstenfalls wohlwollend lächeln konnte. Silvio jedoch murmelte etwas von »Keuchheitsfimmel« und »unzeitgemäßen Hemmungen«, mit denen sogar die Wissenschaft, diese umständliche Nachhut der Propheten, aufgeräumt habe.
»Die ›umständliche Nachhut der Propheten‹«, sagte Aggie, »stammt aus meinem Wortschatz. Ich besitze so wenig, lieber Silvio, daß man mich nicht bestehlen sollte.«
Mit rechthaberisch erhobener Stimme wiederholte er: »Keuschheitsfimmel« und schwätzte weiter. Aggie ließ den Kopf sinken. Nachdem einige Zeit verstrichen war, schützte sie Müdigkeit vor und bat Bieterle, sie nach Hause zu bringen. Er kam bald darauf zurück und stellte nach Worten der Entschuldigung an Ada und mich – Silvio zur Rede.
Silvio redete sich so geschickt heraus, daß Bieterle sich auf das Prinzipielle zurückziehen mußte. Bei den meisten Frauen, erklärte er, sei die Jungfräulichkeit ein Zustand der Erwartung, eine rührende, aber fragwürdige Sache, er gebe es zu. Bei Fräulein Ruf sei es ein Zustand der Erfüllung. Man schone nicht nur Kranke, man schone auch Heilige und Genies, und im Falle, daß sie es nicht vollkommen, sondern nur in der

Anlage wären, bestände diese Pflicht zur Schonung doppelt.
In seiner Verlegenheit sprach er etwas betont lehrhaft. Silvio zuckte die Achsel.
»Offen gestanden«, sagte er, »finde ich Jungfräulichkeit ebenso wertlos oder, wie man es nimmt, ebenso wertvoll wie Mangel an Geld, jedenfalls ist sie ein Mangel und damit das Gegenteil einer Tugend. Außerdem sieht heute kein Mann darauf.«
»Heute«, erboste sich der Schwabe, »legt es auch kein Mann darauf an, eine Frau zu gewinnen, er läßt sich gewinnen oder tut so. Das So-tun ist die letzte Form der aussterbenden Galanterie. Aber sonst, Herr Wolf, zeugt es von einer bedauerlichen Verblendung eines Lesers von Magazinen für die elegante Welt, wenn Sie glauben, Schwankungen der Sitte änderten etwas Wesentliches an einem Urding wie der Liebe. Die Alten hatten ihre Diana, die Katholiken kennen eine unbefleckte Empfängnis, den erhabensten Kompromiß, den je der Geist mit der Materie geschlossen – ja, da lachen Sie, Herr Wolf! Ich bitte um Entschuldigung, daß ich die Herrschaften aufhalte. Gute Nacht, Frau Gräfin, gute Nacht, die Herren!«
Gleich nach ihm stand auch Ada auf. Silvio versuchte noch die eine oder andere scherzhafte Bemerkung, fand aber kein Gehör. Tags darauf unternahm sie mit Silvio einen mehrtägigen Ausflug nach Italien. »Wir wollen dich nämlich mit Aggie allein lassen«, erklärte mir Silvio. »Die gute Kleine braucht Ausspannung.«
Aggie aber gestand naiv: »Claus, ich fürchte, Sie haben nicht den besten Eindruck auf ihn gemacht!«
Es folgten vier Tage, während deren es mir trotz aller Bemühungen nicht gelang, von Aggie zu erfahren, wozu sie mich hatte kommen lassen. Allgemeine Klagen über ihr Leben, das heillos verdorben, ihre Arbeitskraft, die vergiftet, ihren Mut, der berühmte »Lebensmut«, der »zu einer Grimasse zusammengeschrumpft« sei, mehr gab sie nicht preis, und selbst solche Äußerungen entschlüpften ihr nur, wenn nicht ausdrücklich von ihr die Rede war, gewissermaßen als Randglossen zu Gesprächen allgemeinen Inhalts. Meine Bitten um ihr Vertrauen beantwortete sie mit weitschweifigen

Ausflüchten oder einer Verstocktheit, die ich mir bei einem Menschen wie Aggie Ruf nicht erklären konnte. Hätte sie ein uneingestehbares Verbrechen begangen, sie hätte sich nicht anders benommen.
Freilich lachten wir auch zusammen. Es klang nicht sehr echt, aber sie lachte so gern. Was hatten wir früher gelacht! Sie konnte leidenschaftlich lachen. »Aggie«, sagte ich einmal, »wissen Sie was? Ich halte die beiden für verlobt?«
Sie errötete, blickte mir aber voll ins Gesicht: »Claus, ich denke, es ist heute viel feiner, über Nacht zu heiraten, ohne Achtung zu rufen?« Und wir lachten. Ein richtiges Duett lachten wir. Auch ihre Schilderung von Silvios Bemühungen, sie für die elsässische Politik, »den Rückfall in die Kindheit«, zu begeistern, bereitete uns eine arglos heitere Viertelstunde. »Ich will nichts davon wissen«, meinte sie schließlich. »Die Weltrevolution wird diesen Spucknapf zweier Nationen von selbst an den richtigen Platz rücken.«
»Die Weltrevolution?« fragte ich, und mein Staunen war groß. Denn seit wann ging Aggie Ruf mit so blutigen Drohungen um?... Ja, das täte sie seit einiger Zeit, leider viel zu sehr. Mit wehmütigem Lächeln fuhr sie fort:
»Claus, es gibt kein anderes Mittel, die Menschen zur Vernunft zu bringen. Teils sind sie geborene Sklavenhalter und Betrüger, teils werden sie als Sklaven und Opfer geboren. Sie brauchen eine harte Hand. Ich hoffe, es wird das letzte Blut sein, das fließt...« Und nach einer Pause: »Am liebsten möchte ich fort von hier, Claus, ich sehe schon ganz rot.«
»Und mir«, gestand ich, »hat der Anblick des Mittelländischen Meeres alle Zuversicht wiedergegeben. Wenigstens für heute und morgen. Ich sehe blau, wie mit zwanzig Jahren!«
»Mit zwanzig Jahren, lieber Claus, schrieb ich Gedichte, die von Menschenliebe überflossen. Sie machten mich sogar berühmt. Damals waren die Menschen müde vom Krieg. Glauben Sie mir, Claus, inzwischen haben sie zu einer tierischen Gesundheit zurückgefunden. Alle sinnen auf neuen Totschlag. Alle. Man muß Partei nehmen, für die Befreiung der Menschheit oder gegen sie, es gibt nur diese zwei Lager... Aber eine kleine Atempause täte mir gut.«

Meine Ansicht über Silvios Radikalismus mußte ich ihr verschweigen. Sie hätte mit Recht geantwortet, es sei nicht von Silvio die Rede, sondern von ihr.
Am letzten Abend meines Aufenthaltes einigten wir uns, »gemeinsam zu fliehen«. So hatte ich ihr, halb im Scherz, geraten. Sie griff das Wort auf:
»Ja, Claus, fliehen, fliehen!«
Wir verabredeten den nächsten Morgenzug...
Ich stand vor der offenen Wagentür und wartete. Obwohl sie immer in größter Hast und Verwirrung erschien, um als letzte in den Wagen zu stürzen, hatte sie in ihrem Leben noch keinen Zug versäumt. Ich wartete gläubig und hielt noch bei der Abfahrt die Tür offen. Sie kam nicht.
Ich fuhr allein mit Bieterle, dessen Krankheitsurlaub, wie ich hörte, abgelaufen war. Unterwegs sagte er von Silvio Wolf, der Lausbub schleife beide Damen an seinem Wagen. »Sie wissen, Herr von Breuschheim, die Römer kutschierten so mit den ersten Christinnen durch den Zirkus...« Nun, er habe es ihm wenigstens noch gesteckt, neulich am Abend. Angenehm sei es nicht gewesen, aber einer habe es mal tun müssen. »Was will er nur mit Fräulein Ruf? Die ist doch in jeder Weise unbrauchbar für ihn!«
Kurz bevor wir uns in Basel trennten, erzählte er mir seinen Traum von den Kaisern und den klugen Jungfrauen, wie sie Straßburg verließen, Münster und Stadt. »Ich hätte geschworen, unter den klugen Jungfrauen befände sich auch Aggie Ruf... Jetzt soll sie mit dem Wolf elsässische Politik treiben – und was für eine! Noch hat er sie nicht so weit, aber beide erklären bereits einträchtig, ich als Deutscher dürfe überhaupt nicht mitreden über das Elsaß. Ja, warum denn nicht? frage ich Sie. Alle Welt redet von den Geschäften der andern! Und es ist meine Heimat... Früher begrüßte sie mich als den Treuesten von allen, sie meinte von den Treuen des Elsasses, und jetzt möchte sie mich zum zweitenmal hinauswerfen – sie, gerade sie. Ich lasse mir aber meine Heimat nicht nehmen – niemals! Herr von Breuschheim, nur damit Sie im Bilde sind: was auch kommen mag, ich stehe zur Verfügung. Jederzeit! Sie weiß es. Leben Sie wohl!«
Ich schrieb an Aggie und lud sie ein, zu uns nach Breuschheim zu kommen. Ich stellte ihr den Pavillon zur Verfügung, sie

hatte oft gewünscht, einmal in dem »Trianon aus Vogesensandstein« zu wohnen.
Sie werde mit Ada kommen, antwortete sie, nicht früher, nicht später, und so lange bleiben, wie Ada bliebe. Augenblicklich sei sie auf dem Sprung, im Auftrage der Freundin nach Römerbad zu fahren.

ZWEITER TEIL

ZWISCHEN FEUER UND LICHT

Es ist nicht mehr Winter, noch nicht Frühling, und der Badearzt Savarin zeigt sich manchmal am gleichen Tag im Wintermantel und im Frühlingspaletot, mit langen und mit kurzen Hosen. Ein einziger Sonnenstrahl über Mittag entreißt ihm Hut und Mantel, dann fliegt er blond, dünn und mit blitzendem Kneifer, ein Sonnenstrahl fast selbst, über den Platz zwischen seinem Haus und dem Hotel Vogesenblick oder die Straße entlang, an der die andern Gasthäuser liegen, und kennt nur den einen Wunsch: auf seinem Eilgang zum Stelldichein mit dem Frühling von keinem Menschen aufgehalten zu werden. Wird er dennoch angesprochen, bleibt er stehn, wie verdammt, die Stupsnase wittert, der Blick wandert vom Zifferblatt der Kirchenuhr in den Himmel und wieder zur Kirchenuhr, als zeigte der Himmel eine höhere Zeit an, von der die Uhr noch nichts weiß ... Die Beine halten ihn nicht mehr an der Erde, den Doktor Savarin!
»Seelenmörderisches Wetter«, murmelt er.
Um diese Zeit, man weiß es, ist aus ihm mehr nicht herauszubringen. Umgänglich wird der Doktor erst, wenn der Flieder Knospen ansetzt und der Schnee ihn nicht mehr hindert, in fünfundsechzig Minuten den Hochblauen zu stürmen. Wo er steht und geht, sieht er in seiner Sehnsucht den zartgerundeten Berg, der hoch und blau ist, wie sein Name besagt, und dem die wichtige Aufgabe zufällt, den Kurort Römerbad gegen den Ostwind zu schützen. Dafür ehrt ihn der Badearzt mit rasenden Wallfahrten auf den Gipfel, zweimal in der Woche, sobald, mit Anemonen, Veilchen, Schlüsselblumen bekränzt, die Saison beginnt.
Für jemand wie den Doktor, der mit dem Himmel lebt, dem der Begriff »Wetter« den Inhalt eines unwiederbringlichen Stück Lebens bedeutet, in Freude oder Not verbracht, für ihn wäre jetzt eine spannende Zeit, wenn nicht die Wechseldusche, wie er es nennt, seinen Nerven zusetzte. Ihm ist zumute, als gewänne er an einem Tag das Große Los, um am andern

Morgen zu erfahren, es sei ein Druckfehler in der Gewinnliste gewesen. Jeder Baum schaut täglich anders drein, und jedesmal mit entschiedenem Ausdruck, und immer bleibt es unentschieden, ist es noch Winter oder schon Frühling.
Über die Rheinebene gehn Wolkenwanderungen, lange Lichtstreifen heben dies und jenes Stück der Niederung hervor, zuweilen auch den blonden Hang der Vogesen, Lagen aus Licht und Luft wechseln unaufhörlich.
Plötzlich schneit es.
Der Doktor, der an allen Volksvergnügungen teilnimmt, zieht den Rodel im Bergsteigerschritt die Blauenstraße hinauf und saust in seinem ein wenig zu neuen Sportanzug bis vor das Tor des Hotels Vogesenblick. Bei der letzten Kurve, die ihn den Augen des Hotels preisgibt, rückt er mit einer Hand den Kneifer zurecht, er hält sich gerade auf seinem Schneeroß, und nun tut sich die beste aller Welten weit vor ihm auf: als er am Tor anlangt, tritt eine Patientin hervor, ganz von selbst ruft sie: »Nein, sind Sie das, Herr Doktor?!« Er ist es.
Abends, auf seinem ärztlichen Rundgang durch das Hotel, nimmt er von den Fenstern des oberen Stockwerks das Erröten des Hochblauen entgegen. »Fast zu süß«, bemerkt er, »das macht das Rosa auf dem Schneestaub der Bäume, dazu das Tannengrün, das überall durchkommt und die große Fläche auflöst, verzärtelt, sie in zuviel Grübchen lächeln läßt. Immerhin – der Hochblauen!« – Nichts verordnet er lieber als Spaziergänge auf diesem Berg. Herzkranke fassen deshalb leicht Argwohn gegen ihn.
Und wiederum stellen Sonne, Wärme, fast Hitze sich ein. Der Doktor kleidet sich um, rüstet Brille und Bergstock und das Plakat: »Auf dem Blauen. Zurück in 106 Minuten«, worunter eine gemalte Uhr mit Pappzeigern die genaue Zeit des Starts anzeigt... Eine Stunde später steht ein Wind auf, packt die Sonne, rollt sie in Wolken wie eine brennende Frau, das Licht erstickt. Nebel dichtet die Wolken ab, alle Türen schlagen zu. Der Doktor grollt: »Was würde aus meiner Praxis, wenn ich mich ebenso launisch benähme!«
Endlich tauchen Weidenkätzchen und Knospenbüschel aus dem Schattenreich, unter den Bäumen rücken unruhig die Wiesen, die nackte Erde sprudelt Licht hervor, alle Wege blitzen, der kleinste Pfad auf dem Rebberg vollführt muntere

Sprünge, endlich leuchtet Gewißheit. In der Ebene segeln die Züge, ihr Rauch verweilt, läßt sich nieder. Die Nacht erbebt vom dunkeln Frohlocken der Käuzchen. »Juchhu! Juchhuhuhu!« Um die elfte Stunde tritt das Kreuz des Südens in den Himmel über Römerbad, nicht jenes der Sternkarte, sondern das private des Doktors.
Sich allein hat er es dort oben aufgerichtet, im ersten Jahr, als er aus dem Norden hierherkam, ein sternwandelndes Ex voto, Dank für Edelkastanie, Weinrebe und Pfirsich und alles, was ihm, erfüllter Traum, als der Reichtum des Südens erschien. Er hatte noch keine Wohnung, da ging es schon, ein wirkliches Kreuz, niemand konnte es leugnen, über seinem Haupte auf im blumigen Himmel. Es war sein erster und letzter Eingriff in die Sternkarte... Im übrigen blieb er, ein Liebhaber des Firmaments, der ebenso neugierige wie folgsame Schüler der Astronomen, schon allein, weil er als Deutscher, trotz seiner mißtrauischen Natur, jedes Fachgebiet für das unverletzbare Reservat der dort angesiedelten Pioniere ansah. Als Arzt durfte er es sich gestatten, über die ärztliche Wissenschaft skeptisch zu denken. Die gleiche Zweifelsucht wäre bei einem Laien eine Unanständigkeit gewesen.
»Römerbad sehn und sterben!« begrüßte er die neuen Patienten, den Kollegen aber, die ihm eine solche, im Munde eines Badearztes immerhin zweideutige Aufmunterung verargen wollten, erwiderte er: »Wenn Sie wollen, daß Ihre Kranken leben, so schicken Sie sie zu mir!«
Und lacht und zuckt mit dem Hals wie ein Käuzchen.

In Römerbad wird es lebhaft.
Mit Anemonen, Veilchen und Schlüsselblumen bekränzt, steht die Saison hinter den Hoteldienern am Bahnhof und empfängt die Züge voller Kurgäste. Sausend und pfeifend eilen die Wagen den Berg herauf. Früher paffte hier eine Kinderlokomotive, der die Wagen gewissermaßen nur aus Gewohnheit folgten, jetzt fahren sie elektrisch.
Der Doktor Savarin verdient endlich Geld. Es ist nicht mehr wie im Winter, wo er die meisten Leute umsonst behandelt (wenn er sie behandelt!) und von den andern, die sich gegen seine Großmut sperren, als Honorar eine Tasse Tee und ein Butterbrot annimmt. Im Winter betrachten ihn die Römer-

badener mit Unbehagen, er ist ihnen zu sonderlich, hinter seinem scheuen Wesen wittern sie Menschenverachtung. Jeden Hund auf der Straße spricht er an und plaudert mit ihm, die Katzen kommen von selbst gelaufen, wenn sie ihn sehn, er nimmt sie auf den Arm und eilt, kaum daß er es verlassen, gleich wieder in das Doktorhaus und schaut geduldig zu, wie ihre rosa Zungen in der Milch plätschern.
Auch bei Mädchen, die sich gern verschiedene Väter für ihre Kinder aussuchen, bleibt er stehn (im Winter), leiht den Trunkenbolden sein Ohr, wenn sie, von Ahnungen erschüttert, schwanken im Schnee unsrer kaltherzigen Zeit und mit zürnendem Arm den Propheten des Alten Bundes nacheifern. Aber vor Bürgern, die weit über die Bannmeile hinaus geachtet sind, saust er ängstlich davon. Immerhin, ist es erst so weit, daß die Bäume ausschlagen, macht er auch bei ihnen halt und gibt nur undeutlich zu verstehn, daß sie ihn langweilen ...
Savarin hat auf dem Hochblauen dem ersten Gewitter des Jahres beigewohnt, es lag über Basel und hämmerte auf die Stadt ein, als wäre dort der Winter verschanzt und gälte es, ihn finstern Gesichts zu zermalmen. Es gelang nicht, hingegen schien der Sieg des Frühlings im freien Feld gesichert.
Doch Glück muß geprüft sein, und darum fällt bald danach wieder Schnee. Schnee fällt auf Schlüsselblume, Veilchen, Anemone, auf das blaue Schaumkraut in den Wiesen und das gelbe Pfennigkraut in den Reben, auf den Huflattich, der nach Honig duftet, auf die gurrenden Tauben und den Specht, der mitten in seinem Wirbel verstummt, um dann höhnisch aufzulachen: »Hihihi!« Und eines Nachmittags, es hat für eine Weile aufgehört zu schneien, die Sonne wuselt kristallen, eines Nachmittags beginnt der Schnee auf dem Boden zu wandern.
Eine Schafherde auf eiligem Rückzug in die wärmere Ebene kommt durch Römerbad. Mit einem Gedonner von Watte, das die vielen hundert trampelnden Hufe hervorrufen, zieht sie zwischen Hotel und Doktorhaus vorbei.
Savarin steht auf seiner Veranda und klatscht in die Hände.
Im Hotel werden Fenster aufgerissen und bunte Kinder über die Brüstung geschoben, der Hirt grüßt hinauf.

In diesem Augenblick bemerkte Savarin drüben einen dicken Herrn, der ihm Zeichen machte: den Mund sperrte er auf, deutete auf seinen Hals, und schon wollte Savarin zurückwinken und nach seiner Gewohnheit kurzerhand über die Brüstung der Veranda setzen, um durch den Vorgarten hinüberzulaufen, da unterdrückte er gerade noch rechtzeitig die Bewegung – nein, er hatte nichts gesehen! Kaum war nämlich die Schafherde vorbei, als sich die Luft verfinsterte, es schneite wieder, hartnäckig sank das unehrliche Dunkel zur Erde, im Hotel wurden schnell alle Fenster geschlossen. Der Doktor murmelte: »Schon wieder ein Aufstoßen der freudigen Weihnachtszeit«, und trat in das Zimmer. Da es überheizt war, ließ er die Verandatür offen und verbarrikadierte sich mit schweren Vorhängen – Wintergardinen, Flattermatratzen oder Vogelscheuchen, die auch die Gewandung riesiger Götter hätten sein können, verbarrikadierte sich ingrimmigen Gemütes gegen die Außenwelt. Ohne Licht zu machen, warf er sich auf den Diwan und versuchte die Zeittotschlägerei, die er ein »Schopenhauerschläfchen« nannte.
Eine Zeit verging.
Stöhnend wälzte sich der Doktor auf die andre Seite.
Aus seinem verdunkelten Körper stieg ein Schrei auf, langsam wachsend, gleich einem Glockenschlag in der Nacht, ein Schrei nach Hilfe, und während der dicke Herr, der ihm vom Hotelfenster gewinkt hatte, betrunken oder wahnsinnig durch die Traumtür in Savarins Zimmer taumelte, flammte an der Decke das Licht auf, und Savarin, halb geblendet, erblickte ein Mädchen. Ein echtes Mädchen, ein Mädchen aus Fleisch und Blut, ein Mädchen, das knallgelb war und einen Schneeregen um sich versprühte. »Salut, mon vieux!« rief sie ihm zu, dabei legte sie den kurzen, orangefarbenen Ledermantel ab.
Aufatmend sprach Savarin:
»Gabriele.«
Er sprang hoch, schnippte ihr zwei Schneeflocken, die nicht zergehen wollten, aus dem gelben Haar, stand vor ihr, hüstelte und schaute sich um. Ein Zucken des Halses, und er vergrub die Hände in den Hosentaschen. Ein Schauer schüttelte ihn vom Kopf zu den Füßen.
»Aha«, sagte das Mädchen.

Sie eilte zur Verandatür, schloß zu, zog die Vorhänge auseinander, bückte sich über den Diwan und kam mit dem Kneifer zurück, den sie ihm vorsichtig mit zwei Fingern auf die Nase schob.
»So«, sagte Gabriele.
Der Doktor aber zeigte auf die Glastür, die der Abend mit tiefen Farben bemalte. Ein kupferroter Strahl fiel bis zu seinen Füßen und leckte ihm zart die Schuhe. »Es schneit doch, Gabriele?« Er hob einen Finger, denselben, mit dem er seine Patienten abklopfte, tupfte auf das nasse Haar des Mädchens, schaute wieder zum bunten Abendfenster. »Es schneit doch – oder nicht?«
»Kaum ein bißchen noch, hör zu, Doktor! Großvater Hartmann schickt mich, er sagt, er habe dir schon vor einer Stunde Zeichen gemacht, Zeichen voll Demut und Angst, sagt er.«
»So? Hat er? Denk nur, Kind, als du vorhin hereinkamst, dachte ich, es sei dein dicker Großvater, und er wolle mich ermorden. Im Schlaf – so eine Gemeinheit! Zum Glück hast du ihn vertrieben, ich sah ihn gerade noch durch die Tür torkeln. Im Traum, natürlich.« Sie machte einen Tanzschritt.
»Also doch!«
»Was heißt: also doch?«
»Schon gut, Doktor, bei uns gibt es keinen Verrat. Du hattest bloß keine Lust hinüberzugehn.« Er wurde verlegen. »Das nicht, Gabriele, oder um genau zu sein: was ich sah, war mir zu unklar, der Mann konnte sich ja auch über den schönen Schnee freuen, tatsächlich, er fuchtelte in der Luft herum wie ein Sänger, und es gibt wirklich Leute, die Schnee schön finden. Na, was ist denn mit seinem Hals?«
»Kratzen.« – »Weiter!« – »Spucken.« – »Was noch?« – »Husten.«
»Genug, Kind. Das kommt, weil er seit acht Tagen deinen Vater anschreit.«
Da befahl Gabriele mit wichtiger Miene:
»Setzen wir uns.«
»Einen Tee, mein Junge?« – Sie nickte. »Ich bin kein Junge oder bin es wenigstens nicht mehr, volle fünfzehn Jahre bin ich jetzt alt, mein Lieber, und habe herausgefunden, daß ich weiblichen Geschlechtes bin, ob du es mir nun glaubst oder nicht.«

Sie wartete, bis das herbeigeklingelte Hausmädchen das Zimmer verlassen hatte, fragte: »Sagst du zu dem neuen, hübschen Fräulein auch ›Mein Junge‹?«, und fuhr, ohne eine Antwort abzuwarten, fort: »Also, unter uns Junggesellen, hör zu ... Der Graf Breisach will seine Töchter nicht herausgeben. Die Mutter ist vom Grafen geschieden und also unwürdig, die Töchter zu erziehen.«

»Du sprichst von deinen Eltern«, stellte Savarin fest.

»Ich spreche, als ob es nicht meine Eltern wären und als ob die ganze Geschichte mich nicht anginge. Wir gelten nicht für sentimental. Und du – waren die Berliner Hugenotten, von denen du abstammst, sentimental? Kaum waren sie dem König von Frankreich durchgegangen, traten sie auch schon in den Dienst des Königs von Preußen. Heute, denke ich mir, würde so was Landesverrat heißen. Jeder Zeitungsjunge würde sie anspucken, solche Vorfahren hast du! Wenn du aber willst, daß deine stadt- und landbekannte Neugier befriedigt wird, so darfst du mich nicht unterbrechen ... Von einer Herausgabe der Kinder will der Graf also nichts wissen. Durchbrennen können wir nicht, weil er uns sonst durch die Polizei zurückholen läßt.«

»Übrigens, mein Kind, daß ich's nicht vergesse. Heute schreien die Zeitungen wieder Zeter und Mordio. Im ganzen Kreise sollen die Kriegerdenkmäler geschändet worden sein.«

Gabriele sprang auf. »›Geschändet‹? Wunderbar. ›Geschändet.‹«

»Ja, natürlich, Kind. Im Krieg brachte man es nur fertig, Frauen zu schänden, ihr hingegen, mitten im Frieden, schändet Granitsäulen, Bronzeadler, gußeiserne Löwen.«

»Ich frage dich, Doktor, was haben Raubtiere auf Gräbern oder Denksäulen für arme Soldaten zu suchen? Du mußt wissen, Doktor, wir haben uns strengstens darauf beschränkt, das Raubtier von den Denkmälern zu beseitigen, leider erst in drei Ortschaften, die zusammen nicht mehr als achthundert Seelen zählen – bei jedem braven Misthaufen muß nämlich so ein Adler stehen und gefährlich die Halsfedern sträuben ... Es ist der Anfang. Eine Übung. Nous nous faisons la main, sagen die Franzosen.«

»Gott sei Dank, daß der Feldzug gegen die Raubtiere drüben

im Elsaß losging und nicht bei uns. Sonst würde euer Spaß bestimmt –«

»Spaß? Du redest von Spaß? Seitdem die Welt steht, sind wir, wir, die Weißen Scharen, die ersten, die Ernst machen. Dafür haben wir uns ja zusammengetan! Wir machen Ernst und zeigen es den Alten, wie wir über die Verherrlichung des Massenmordes denken – wir, die wir uns nach der freundlichen Anweisung der Greise für den nächsten Waffengang bereit halten sollen! Ja, und weil die Jungens in der Mehrzahl zu blöde sind und nichts andres im Kopf haben als Poussieren und Strammstehn, so müssen wir Mädels und werden wir Mädels, wenn nicht Verrat uns vorzeitig –«

In der Tür erschien das neue, hübsche Fräulein mit dem Teebrett und verhinderte, daß Gabriele dem Doktor die Aufgabe der heutigen Mädchen auseinandersetzte. Er kannte sie ohnehin.

»Ich weiß nicht, ob gerade Zuchthaus darauf steht«, äußerte er laut und ernst, »aber sicher Gefängnis und Ersatzansprüche in Geld oder zumindest Besserungsanstalt.« Gabriele, die hinter dem Fräulein stand, deutete mit dem Zeigefinger auf deren Rücken und dann auf ihre Stirn, sie war rot vor Entrüstung über die Unvorsichtigkeit des Doktors. Plötzlich raffte sie sich zusammen und sagte: »Die Leute können mir leid tun.« Dabei blickte sie der Spionin ins Gesicht. Die Spionin lächelte fast unmerklich, Gabriele entging es nicht, sie entdeckte eine Fülle von Falschheit darin.

Die Hagelwolke, die nur auf den Abgang des Hausmädchens wartete, um auf den Doktor niederzubrausen, schoß dieser mit der Bemerkung auseinander, das Fräulein sei aus der Schweiz, und das heiße in diesem Falle so gut wie taubstumm oder zumindest neutral, was Gabriele nach einigem Zögern auch zugab. Und, fügte er hinzu, er warte ungeduldig auf das Eintreffen der Gräfin Breisach, um mit ihr, das Einverständnis Gabrieles vorausgesetzt, über Theorie und Praxis der Weißen Scharen zu sprechen, »die nämlich zweierlei« seien. Gegen die Theorie fand er nichts einzuwenden, die Weißen Scharen spielten Friede und Friedenskämpfer, wie man zu seiner Zeit Krieg und Soldaten spielte (hier lächelte Gabriele überlegen), ihre Praxis aber behagte ihm gar nicht.

»Über die Praxis läßt sich vielleicht reden«, sagte sie versöhnlich. »Nur wirst du so bald keine Gelegenheit haben, meine Mutter zu sehn.«

»Sie kommt nicht? Ja, aber wenn doch Hartmann es nicht fertigbringt, euch Kinder loszueisen?«

»Er bringt es nicht fertig und hat es auch gestern abend meiner Mutter nach Nizza telephoniert. Du mußt jetzt zu ihm hinüber, Doktor. Er will heute reisen.«

»Heim?«

»Über Mülhausen nach Paris. Du sollst ihm nur schnell in den Hals gucken, ob er es wagen darf. Du weißt, in zwei Jahren ist er aufgegangen wie eine Dampfnudel, und nun platzt er vor Argwohn gegen seinen Körper, den Hals einbegriffen.«

»Und? Wird die Belagerung von Schloß Breisach aufgehoben?«

Gabriele belebte sich. Sie zupfte den Sweater zurecht und sprang schnell einmal zum Spiegel. »Nein. Sie schicken Aggie Ruf, Doktor! So, wie du mich hier siehst, werde ich Aggie Ruf erleben! Du hast uns einmal ihre Gedichte geliehen, und die haben uns erweckt, uns alle von den Weißen Scharen. Ich finde sie herrlich! Du auch? Freut mich. Das Buch war unaufgeschnitten – unter uns Junggesellen gesagt.«

Der Doktor blies vergnügt in die Faust:

»Aggie Ruf kommt?! Das wird lustig! Ich meine, wenn sie nichts erreicht, gibt es wenigstens ein lustiges Buch.«

»Erlaube! Aggie Ruf schreibt keine lustigen Bücher!«

»Kind, was weißt du, was lustig ist!«

Er hielt die Faust unter das Kinn und lachte, daß der Kneifer auf der Stupsnase tanzte.

»Natürlich, das wissen wiederum nur die Alten.«

»Wer denn sonst, Gabriele? Ihr habt doch keine Zeit, so was herauszufinden.«

Vor dem Haus schüttelten sie sich die Hände. Es schneite nicht mehr, zwischen den Wolken zeigten sich Stücke abendlich klaren Himmels.

»Jetzt muß ich hinauf und mir von Madame Graeßlin die Suppe verabreichen lassen. Verstehst du eigentlich, Doktor, warum sie mich nicht vergiftet?«

»Weil Weinhändlerswitwen viel zu großen Respekt vor Komtessen haben, mein Junge.«

»So wird es sein, gnädigste Frau Doktor! Geruhsame Nacht,

alte Jungfer. Von Großvater Hartmann habe ich mich bereits verabschiedet, aber du kannst ihn von mir grüßen. Ein famoser Mann.« Sie rief ihm nach: »Und – du, Doktor, der Großvater hat gesagt, bei uns sei mit Kriegen nichts mehr zu verdienen. Prüfe ihn mal, am Ende gehört er zu uns.« Savarins Kneifer blitzte. »Am Ende bezahlt er noch den Raubtierschaden«, rief er herüber.
»Friede durch die Jugend!« schallte es zurück. Gabriele hatte einen raschen Blick um sich geworfen, außer ihnen beiden befand sich niemand auf dem Platz ...
Eine Viertelstunde später fuhr das Auto Hartmanns vor das Hotel. Savarin gab dem jetzt auch körperlich mächtig gewordenen Mann das Geleit und nickte in den Wagen, von wo Hartmann ihm noch zuredete: »Und falls die Dichterin wirklich kommt und den Grafen plattdrücken will, was mir Dampfwalze von einem Menschen mißlungen ist, so stehn Sie ihr ein wenig mit Rat bei, lieber Doktor, wenn es auch nicht viel hilft, nur, damit sie sich nicht zu dumm vorkommt. Meine Tochter scheint zu glauben, Dichterinnen seien unwiderstehlich.«
Savarin schaute dem Wagen nach und dann auf die Armbanduhr und dann auf den Kirchturm. Und dann zog er den Hut. Mit seinen goldenen Zeigern und allen Goldziffern, bis auf eine, überragte der Turm gerade das Doktorhaus. Die Sechs verbarg der Helm des Schornsteins. Und das war ein sehr freundliches Entgegenkommen von seiten des Schicksals, denn die Sechs war Savarins Unglückszahl. Gerade jetzt war er besonders guter Laune. Der Besitzer des »Vogesenblicks«, Herr John Muser, hatte eine blühende Magnolie aus dem Treibhaus in die Halle bringen lassen, eine kleinwüchsige Art aus Japan. Sie sah aus wie eine weißgekleidete Puppe und duftete, wie Puppen duften (wenn sie es tun), etwas zu stark für ihre Größe. Der Doktor hatte vor ihr gestanden und gelächelt und mit dem Hals gezuckt wie ein Käuzchen und beim Weggehn beschlossen, sich »auch ein wenig vortreiben zu lassen«.
Er wurde in seinem Vorsatz bestärkt durch die Kirchenuhr, die der Nauener Zeit, wie er sie auf seiner Armbanduhr festhielt, mit einem tollen Sprung, nämlich um ganze vier Minuten, davongelaufen war.

Es dauerte nicht lange, und das Land am Oberrhein nahm das unzweifelhafte Gesicht des Frühlings an.
Gabriele ging den Schloßberg hinab.
In den Reben knackten die Scheren, das abgebundene Stroh raschelte, weiße Kopftücher tauchten zwischen den Pfählen auf und nieder. Die Triebe wurden von ihren Strohfesseln befreit und geschnitten. Zwei blieben stehn, ein langer und ein kurzer. Die streckten sich frei am Pfahl. Zu Büscheln gehäuft lag das Abfallholz die Reihen der Pfähle entlang oder aufgeschichtet am Rand des Rebstücks. Es hatte eine warme braune Farbe, die Schnittflächen schimmerten wie Zähne in einem leicht geöffneten Mund. Gabriele sah es und leckte sich die Lippen. Die Stille machte den Berg schallend, jeder Ruf wurde zu einem Wesen. Seelenruhig brannten kleine Feuer, Ranken, Gestrüpp, Unkraut zogen in einem blauen Rauch davon. Sie brannten atemlos, die Sonne trank die Flamme...
Was soll aus der Menschheit werden? Sie liegt da, aufs Haupt geschlagen, und über ihrem Märtyrerleib kämpfen sie weiter, die Engel mit den Teufeln. Mein Vater sagt, alle Welt rüste für einen neuen Krieg. Wir aber, die Jungen, wir wollen keinen Krieg. Wenn Teufel mit Engeln kämpfen, entscheidet dann auch die Zahl?... Gabriele war im Tal angelangt und lehnte sich über den Wildbach, in dem alles Leben der Berge kochte, die schlagflüssige Altmännerwut des Winters und der Leichtsinn des Frühlings, das Krachen der Bäume und ihre verwunderte Stille und die bohrende Freude des Waldbodens. Alles das strömte und strudelte unter ihr durch die Brücke. Über ihr aber wiederholte sich großartig derselbe Zug. Die Wälder stiegen gegen die Rheinebene herab, und als eine höhere Macht sie festhielt, löste sich ein ganzes Volk Obstbäume von ihnen und wanderte weiter. Hoch oben auf den Hängen marschierten sie, andre am Ufer des Baches, und mittewegs zwischen Ebene und Gebirge, dort, wo das Mädchen schaute, wurden sie von den Abgesandten des Rheins, den Pappeln, erwartet. Steif und würdig standen sie da und flüsterten untereinander, wie eben Gesandte stehn und flüstern. Hier hatte sie einmal Jacquot Breuschheim und seine Mannen empfangen... Er hatte drüben, sie hüben die Weißen Scharen gesammelt. Früher, als Kinder, in Römerbad, waren

sie einander fremd geblieben – das hatte sich geändert! Leider begegneten sie sich viel zu selten und immer nur als Häuptlinge.
Es überkam sie ein heftiges Verlangen, wenn es erst wärmer wäre, allein mit ihm über den Rhein zu schwimmen oder stundenlang, von den andern getrennt, durch die Wälder zu streifen. Sie machte sich klar, daß dies die wahre Bestimmung der Wälder sei, und auch der Rhein wechselte in ihren Gedanken das Gesicht. Hatte sie ihn von je streng und launisch gefunden, wie einen alten Geschichtslehrer, so lächelte er sie jetzt einladend an. Herrlich mußte es sein, in seiner Mitte mit Jacquot zu schwimmen, dort war es so einsam wie im Meer. Das Mädchen schüttelte sich, als fühle sie das kalte Wasser an ihrem Leib. Darauf überschlug sie ihre Fertigkeiten, die sich auf das Festland bezogen. Sie konnte einen in Lehm gepackten Igel im Feuer braten und gleichzeitig rechts und links davon Kartoffeln am Spieß, vielmehr an zwei Spießen, und das Ganze war eine Spezialität von ihr. Keiner verstand es wie sie, in eine unbewohnte Berghütte einzubrechen, ohne den geringsten Schaden anzurichten, und sie beim Abzug der Weißen Scharen innen und außen so zu hinterlassen, wie sie sie vorgefunden hatte. Dazu genügten ein paar selbstgemachte Drahthaken und ein wenig Hausfrauentalent, und sie besaß beides. Außerdem lief sie so schnell wie ein Junge und war ausdauernder und jedenfalls kühner als die meisten von ihnen. Kurz, sie war ein Kamerad, der etwas mitbrachte, wenn man loszog. Mit sich zufrieden, setzte Gabriele ihren Weg fort.
Jenseits der Brücke ging es gleich steil hinauf, es war der richtige große Rebberg, den sie jetzt erstieg. Bei einer Biegung des Pfades wäre sie beinah in einen Haufen Knaben geraten, weil die Bande stumm und trübselig unter Aufsicht eines Lehrers marschierte. Sie blieb stehen, bis die Letzten um die Ecke waren, dann steckte sie zwei Finger in den Mund und pfiff. Nach zwei Minuten sah sie zwei Köpfe oberhalb des Weges durch die Reben lugen, die Köpfe drehten sich erst noch einmal forschend um, und mit großen Sprüngen setzten zwei Knaben über die Stützmauer und kamen den Weg herabgelaufen.
»Friede durch die Jugend!« grüßte Gabriele. Etwas außer

Atem antworteten sie: »Friede durch die Jugend!« Vor ihr angelangt, standen sie stramm wie in der Turnstunde, und sie fragte, was es Neues gäbe.
»Der Kahn ist ausgebessert«, versetzte der eine im Dialekt.
»Er liegt unterhalb der Rheinbrücke im Schilf«, ergänzte überflüssigerweise der andre, der hochdeutsch sprach. Dort lag nämlich der Kahn immer.
»Sobald Breuschheim fertig ist, kann es losgehn.«
»Diesmal müssen wir bis in die Stadt kommen«, meinte sie.
»Sicher!« riefen beide, der eine hochdeutsch, der andre im Dialekt. Der mit dem Dialekt war gewitzter, dafür hielt sich der andre besser.
»In einer Nacht nach Colmar und zurück«, gab sie zu bedenken.
»Mit dem Auto!«
»Gut. Ich schreibe heute noch an Breuschheim. Friede durch die Jugend!«
Die Knaben hoben die Hand über den Kopf: »Friede durch die Jugend!«, und rannten davon. (Bei dem Gruß mußte man darauf achten, nicht an die Faschisten zu erinnern, die wie ein Signalmast grüßen, der freie Fahrt anzeigt – wogegen die Weißen Scharen mit dem Arm lerchenhaft in die Höhe schossen. So hatte Gabriele es ihnen beigebracht.)
An ihrem Weg blühten Nesseln, mit kleinen lila Dochten, und andre winzige, gelbe Blümchen, ein Miniaturlöwenzahn, von denen manche schon den Hut gewechselt und an Stelle des gelben Käppis eine weiße Parademütze, ihr Samenbüschel, aufgesetzt hatten. Blaue Katzenaugen, denen man auf den hellen Grund sah, wimmelten aus zierlichem saftfeuchten Blattwerk... Warum haßt mein Vater so furchtbar? Er ist gelähmt und lebt im Rollstuhl. Und haßt. Der Mann haßt. Er haßt meine Mutter, er haßt Frankreich, er haßt die deutsche Republik, er haßt die Arbeiter, er haßt sogar seine Geliebte, die Weinhändlerswitwe Graeßlin, die mir meine Suppe verabreicht. Ich weiß nie genau, wann es plötzlich losgeht. Mit dem Rollstuhl hat es nichts zu tun, so haßte er schon vor dem Schlaganfall. Wie verhöhnt er Aggie Ruf! Sagte er nicht, eine Kugel sei zu schade für sie, man solle es mit Rattengift versuchen? Rattengift für Aggie Ruf!... Es gibt schrecklich böse und verdorbene Menschen, und stark sind sie, stark und

zäh und gescheit, selbst wenn sie im Rollstuhl gefahren werden, und traurig wie der Gorilla im Basler Zoologischen Garten. Ich habe kein Mitleid mit ihnen. Vielleicht müßte man die Menschen lüften wie die Reben, wenigstens einmal im Frühling. Jacquot und ich werden es tun, wir werden sie lüften.

Auf der Höhe des Rebbergs schritt sie beschwingt, als flöge sie mit einer Last dem Walde zu, der unter jungen Eichen und Buchen hier begann und, dichter und dunkler werdend mit jeder höheren Erdwelle, meilenweit in den Himmel wuchs. Am Waldrand machte sie kehrt. Römerbad lag jenseits des Tales, in derselben Höhe gerade gegenüber. Zu ihrer Rechten dehnte sich die Ebene. Als sie den ersten Schritt abwärts tat, drehte sie den Kopf, und siehe, jenseits des Rheins hing eine große rote Sonne am Rande der Vogesen. Gabriele blickte über sich, da stand ein großer, weißer Mond ... Ein Barbarenfürst (zu Ende ging es mit ihm, er versank in einem Meer von Blut) stierte immer noch drohend auf seine Gemahlin. Sie verweilte im blauen Zenit, ganz schon Königinwitwe. Ungerührt stand sie und wartete, daß es zu Ende sei. Und Gabriele wartete mit ihr. Da! Kopfüber stürzte die blutige Leiche hinter die Vogesen, es war zu Ende. Und man erkannte sogleich, daß nunmehr die weiße Königin gebot. Alles auf Erden war verwandelt. In den Reben geisterten freundliche Wesen, drunten im Bach hatten die Silberfische Oberwasser und stießen mit dem Rücken in die Luft, als ziehe der Mond sie an.

Und wie Gabriele hinter ihrem hauchdünnen Mondschatten zu Tal stieg, da erreichte das Regiment am Himmel auch sie und berührte sie mit leiser Hand. Tiefruhig schwebte sie dahin, den einen Berg hinunter, den andern hinauf.

Am selben Abend teilte sie Jacquot mit, daß die deutsche Sektion der Weißen Scharen bereit sei, sich an dem Unternehmen gegen Colmar zu beteiligen. Der letzte Ausdruck kam ihr nachträglich etwas militärisch vor, aber sie fand nicht die Zeit, ihn zu ändern. Der Gong von Schloß Breisach rief zur Suppe der Weinhändlerswitwe Graeßlin.

PALMARUM

In der Straße, die vom Bahnhof in den Kurort führte, tauchte eine Frau auf mit einem Strahlengewitter um den Kopf. Den Hut trug sie in der Hand. Das heißt, sie hielt ihn fest, er aber zerrte an ihr, und man konnte ihm ansehn, daß er sie zwingen wollte, umzukehren, im Grunde benahm er sich wie ein ungezogener Hund. Die Frauengestalt flatterte und drohte, sich im Winde aufzulösen.
Vor Anstrengung war ihr Gesicht verkrampft, ihre Augen blickten starr, als wollte sie ihre Erscheinung an die Erde festnageln, sie stolperte mehr, als daß sie ging.
So enthüllte die Sonne sie vor den Kindern, die aus der Kirche kamen.
Die Kinder trugen Stangen, an deren Spitzen Stechpalmen hingen mit Blättern wie aus gestanztem Blech, grün lackiert – darunter baumelten in echtem Leichtsinn Bänder und Brezeln. Jedes Kind erinnerte an ein kleines Haus, das Richtfest feiert. Die Frau hörte das Nachspiel der Orgel, es überjubelte sich Schlag um Schlag. Zögernd wichen die Kinder zur Seite und lachten sie an.
Da sie zurücklächelte, war es, als löse sich langsam eine Schleife zwischen ihren Augenbrauen, und das Leuchten des Tages floß ihr gleichmäßig über das Gesicht. Ermutigt schüttelten die Kinder die Stangen mit den Stechpalmen, den Bändern und den Brezeln, ein flüssiger Blitz, klein und sanft, ein Sonntagsblitz für Kinder, sprang kreuz und quer von einer Stange zur andern. Und da geschah es, eine Wahrsagung erfolgte, das Zeichen des Glücks. Das größte der weißgekleideten Mädchen drehte sich schnell im Kreis, es gab sich einen Schwung, es machte sich Mut und legte den langen Palmwedel aus ihrem Arm knicksend vor die Füße Aggie Rufs!
Hinter der Kinderschar schwankten gleich Kühen die bäuerlichen Alten heran, die aus der Umgegend zur Kirche gekommen waren. Beim Anblick Aggies blieben die Vordersten stehn und glotzten sie an. Als aber der Hoteldiener mit Koffer und Hutschachtel den Gast überholte und mißbilligend ein Wörtlein hinüberwarf, hoben sie, einer nach dem andern, das Gesicht in die Sonne und überlegten sich etwas. Da strahlten

auch sie, von den Backenknochen, die das Licht stempelte, bis zu den Schuhen, auf die es, ratsch, seinen Namenszug setzte: »Palmsonntag!« Von alledem bemerkte Aggie nicht das geringste.
»Oh!« machte sie und nahm schnell den Palmwedel auf und ließ, indem sie ihn waagrecht vor sich hielt, Lichttropfen über ihn laufen.
»Seht, Kinder«, rief sie, »Sonnenmäuschen!« ... Und: »Wie heißt du, Kleine?« fragte sie. Sie wartete keine Antwort ab. »Ich danke schön«, sagte sie und wollte weitergehen.
Jedoch das Mädchen bestand darauf, seinen Namen zu sagen. Sie stellte sich vor die Fremde: »Gabriele Breisach«, sagte sie und wollte noch etwas hinzufügen, und sie folgte der Dame, die unter jähem Erröten einen Schritt zurückgetreten war, da winkte Aggie ihr ab. »Noch nicht«, stieß sie hervor. »Heute nicht!« Die Orgel verstummte. Die Orgel verstummte, und »Palmarum« sangen die Kinder, es tanzten die bebänderten Stangen. Sie schrien nicht, diesmal ging bloß ein Summen um Aggie.
Um sie, nein, in ihr kreiste es und verspann sich, dichter und dichter ... Was war es, was sich da musizierend zusammenknüpfte von Vene zu Vene, im kleinsten Äderchen, von oben nach unten, kreuz und quer und rundum, ein Gewebe aus Blutschein und Glanz? Angst oder Freude?
Angewurzelt horchte sie auf das Klopfen ihres Herzens. Es sagte nichts Genaues, es läutete nur Sturm.

»Palmarum, Palmarum,
Der Winter isch herum!
Die Sonn', die hängt am Himmelszelt,
Und uf der Gass' blitzt Silbergeld ...«

Dann setzte sich ein Zug erwachsener Burschen unter Gesang in Bewegung, die Kinder und auch das große Mädchen liefen hinterdrein. Aggie Ruf machte mühsam eine Anzahl Schritte, einen vor den andern, und trat ins Hotel.
Schon erwartete sie der Portier, seine Verbeugung war tief, doch wie eines Verwandten. Das belebte sie. »Wie heißen Sie, Portier?« Sie behandelte ihn mit gemäßigter Strenge. Er verbeugte sich wieder. »Hirschi, gnädiges Fräulein.« Mit einem Seitenblick musterte sie ihn. Er trug kein Geweih, aber

er hielt sich, als ob er eins trüge, und sie beschloß, ihm leutselig entgegenzukommen. Denn, sagte sie sich, er verbindet mit der Haltung eines Hirschen die Sanftmut eines Rehs, was man bei Hotelportiers selten findet.
Weit war die Halle, teppichweich und kein einziger Gast zu erblicken. Stolz durchschritt Aggie die leere Bühne. Auch auf der Treppe und im Gang traf sie niemand. »Diskrete Leere«, bemerkte sie. Der Portier verbeugte sich. »Es scheint nur so, gnädiges Fräulein. Ein ruhiges Haus.« Sie nickte: »Gerade das Richtige für mich«, und trat in ihr Zimmer.
»Warmes Wasser, Hirschi?« Der Portier deutete auf den Waschtisch: »Gnädiges Fräulein brauchen sich nur zu bedienen.« Ohne hinzuhören, fuhr sie fort: »Und dann lassen Sie ein kaltes Bad einlaufen. Ich werde es kaum benutzen, aber es tut den Nerven gut, der Gedanke allein beruhigt.« Hirschi steckte mit den Fingerspitzen ein Lächeln an seinen schlüsselverzierten Kragen: »Das Bad ist gleich nebenan.«
Mit drei Schritten war er im Laufteppich des Korridors versunken. Ein Monsieur! Sie verbeugte sich hinter ihm her. Endlich ein Monsieur.

Aggie schloß die Tür ab und lehnte sich dagegen.
Was nun?
Was nun – nach dem ausgiebigen und wahrhaft festlichen Empfang?
Es hatte angefangen mit dem Halt des D-Zuges in der Stromebene, der zweitausendjährigen Heer- und Handelsstraße Europas, ausgetreten von den Vätern bis zu uns, mit der steifen Feierlichkeit der Napoleonspappeln vor dem Bahnhof und dem cremefarbenen Wagen der Kleinbahn, der, kaum daß Aggie ihn bestiegen, flink davongelaufen war, den blauen Bergen zu. Darauf war die Begrüßung durch Gärten erfolgt und Wiesen und Scharen von Obstbäumen, Rebhügeln, weißes Winken von Häusern, die sich an den Wagen herandrängten, und wiederum Halt, diesmal in durchsichtiger Luft, die ihre Lunge mit Wonne erfüllte, mit Wonne die Augen, und dann der Weg zwischen Kinderjubel, Kränzen, bunten Bändern und zuletzt das weiße Los aus den Händen dieses Kindes ... Noch immer hielt sie den Palmwedel in der Hand. Wohin damit?

Sie ließ ihn zu Boden fallen, und da fiel auch gleich der ganze Tag von ihr ab, verdunstete, nie war in der Welt Palmsonntag gewesen und Hoffnung, nicht ein Schein blieb übrig, nicht die Erinnerung eines Lichtes, eines Duftes, tonlos ging es dahin. Die Erde war in die Kindheit der ersten Schöpfungstage zurückgesunken, wo noch kein Mensch lebte, sie zu erkennen.
»Todmüde«, gestand sie sich und kämpfte mit letzter Anstrengung um die Besinnung... Die Reise... Die Reise, fort von Silvio, bis hierher... Sie wollte sich setzen, wagte aber nicht, einen Schritt zu tun... Wäre ich zu Fuß gegangen, es hätte länger gedauert, aber sicher wäre meine Müdigkeit geringer. Ich hätte vergessen, ihn verstoßen können unterwegs, spätestens beim Marsch über die Alpen, da hätte ich ihn verlieren müssen. Jede Stunde etwas andres von ihm... Sein Lachen an die schmetternd sonnigen Steinhänge hinter Domodossola. Die Feuchtigkeit seiner Wimpern an die Fußstapfen im ersten Schnee. Im Rauch des noch halbgefrorenen Wasserfalls den Atem seines Mundes, der immer verstockt blieb, wenn ich ein wichtiges Wort erhoffte... So aber, im Schlafwagen, wirkte die Reise wie ein Schlag, mit dem ein Dieb sein Opfer betäubt, um es auszurauben...
Hilflos blickte sie vom Koffer zur Hutschachtel. Deren Lederriemen löste sie noch, mühsam wie unter einem Alp. Wie im Alptraum sah sie sich niederknien und die Schachtel ergreifen, der Deckel sprang ab und rollte davon. Wäsche, Bücher, Hefte, eine Basttasche, ein Stöckelschuh, der abgeschraubte Griff eines Regenschirms fielen heraus, ein Haufen störrischer Dinge, die sie unmöglich bewältigen konnte. Aggie blieb auf den Knien liegen, voll bittern Mitleids mit sich und der Hilflosigkeit der Dinge und wartete auf die Tränen. Als sie nicht kamen, sprang sie auf, schloß mit der einen Hand die Türe auf und drückte mit der andern auf die Klingel, ein Doppelgriff, der ihr geläufig war. Gleich darauf lehnte sie sich rücklings gegen die Klingel, den Daumen darauf, in der Absicht, bis zwanzig zu zählen. Sie kam nicht so weit. »Zehn!« schleuderte sie wie einen Befehl über den Korridor. Hinterher, noch lauter:
»Fräulein! Hallo! Fräulein!«
Das war man in diesem Haus nicht gewohnt. Türen sprangen

auf, Türen schlugen, sie hörte fragen und schelten, und wieder, pardauz, die Türen zu. Sie lachte in sich hinein. Merkwürdig, das Haus war vorhin ganz leer gewesen ... Die Entzauberung des Hotels hob ihr Selbstbewußtsein. Sie schritt dem Zimmermädchen entgegen, das ängstlich angelaufen kam und an Feuer oder an einen Unglücksfall dachte, nahm sie an die Hand und führte sie in ihr Zimmer.
»Liebes Fräulein, im Koffer habe ich Schokolade. Sie kriegen eine ganze Tafel, eine halbe, wollte ich sagen, nein, eine ganze und Pralinen dazu. Jawohl. Den Inhalt der Hutschachtel werfen sie einfach in die unterste Schublade der Kommode, nur das Nachthemd, das kommt aufs Bett. Quietscht es? Versuchen Sie mal, ob es quietscht, aber vielleicht ist noch ein Seidenkleid zuunterst in der Schachtel, das kommt in den Schrank. Den Kofferschlüssel, ja, den müssen Sie hier in der Handtasche suchen, am besten, Sie leeren die Tasche auf den Tisch, Sie finden dann leichter.«
Wieder stand sie in der Halle, als empfinge sie in einem Salon.
»Der Weg zur Post, Hirschi?«
»Sonntag, gnädiges Fräulein.« Er deutete auf die rote Kalenderzahl an der Säule. »Palmsonntag.« Mit einem Unterton von Tröstung fügte er hinzu: »Ich würde dem gnädigen Fräulein raten, sich ein wenig auszuruhn. Gerade habe ich einen Liegestuhl hinaufgeschickt. Es ruht sich sehr schön auf dem Balkon. Kluger Hirschi! Jawohl, sie konnte nicht früh genug beginnen, sich für die bevorstehende Aufgabe zu sammeln, Hirschis Vorschlag wurde angenommen.
Erst aber warf sie dem ewig furchtbaren, wildfremden Hotelzimmer ihre bunte Unordnung über und zähmte es für sich mit ihrem Parfüm, ihren Tüchtern, dem silbernen Teeservice ...
Den ganzen Nachmittag lag Aggie auf dem Balkon und schrieb Briefe. Keiner enthielt mehr als ein Dutzend Sätze in ihrer großen, runden Schrift, gerade so viel, um die Seiten des knappen Querformats zu füllen. Ein lila Bogen nach dem andern flatterte neben dem Liegestuhl zu Boden. Dort sollten sie trocknen. Als kein Platz mehr war, hob Aggie die folgenden ein wenig in die Höhe, so schwebten sie durch die

Balkontür ins Zimmer. Für den Doktor Savarin hinter seinem Fernglas sah es aus, als richtete sie große Falter ab.
Den Brief an Silvio aber überdachte sie in den Pausen zwischen den andern. Sie wußte nicht, sollte sie ihm mitteilen, daß sie die Mission beim Grafen Breisach ablehne und ihn und Ada nie wiedersehn wolle oder – daß sie sich mit allem abgefunden habe, kurz gesagt: mit allem ...
Unten auf dem Platz ging zum drittenmal ein Mädchen vorbei, das einen großen Strauß Schlüsselblumen im Arm trug. Es blinzelte zum Balkon hinauf und wartete, bis Aggies Kopf über der Brüstung erschiene. Dann errötete sie, und plötzlich knickste sie so tief, als versinke sie in den Boden ...
Aggie hatte Vertrauen zu Menschen, die erröteten. Sie schrieb zum drittenmal in einem Brief: »Unter meinem Balkon trägt ein Mädchen Himmelschlüssel vorbei und wagt nicht, sie mir heraufzubringen, die kleine Verehrerin. (Eigentlich ist sie schon ein recht großes Mädchen.) Sie setzt die Beine wie eine Ziege und grüßt mich tief. Ich werfe ihr eine Pralinenschachtel zu, leider ist sie halb geleert. Von der Terrasse eines gegenüberliegenden Hauses beobachtet mich ein Mann durch das Fernglas. Das Zimmermädchen hat mir gesagt, es sei das Haus des Kurarztes.«
Und jetzt fiel wirklich eine Schachtel auf Gabriele und traf die Himmelschlüssel. Das Mädchen stürzte davon. »O weh!« jammerte Aggie. Die goldgelben Blumen lagen auf der Straße und die Pralinen auch.
Hastig griff sie nach einem neuen Bogen, um endlich an Silvio zu schreiben.

Gleich bei ihrer Ankunft in Römerbad, sagte sie ihm, sei ihr Gabriele Breisach entgegengetreten. Sie sei ein schönes, stolzes Mädchen, und das Kind habe ihr einen Palmwedel vor die Füße gelegt. Aggie habe sich ihr nicht zu erkennen gegeben, weil sie sich noch auf der Flucht gefühlt habe und außerstande, die ihr anvertraute Mission zu erfüllen ... Auch der Doktor Savarin, den Ada ihr als Ratgeber empfohlen, halte sie schon eine ganze Weile von seiner Terrasse aus unter dem Fernglas, sie brauche ihm nur zu winken ... Und dann packte sie der Jähzorn, und dann kamen die Tränen ... Sie schrieb lange Liebesbriefe – ihre ersten, las sie durch, entzückt, als wären sie an sie gerichtet, zerriß sie in Stücke, die sie wieder aufhob und unter Tränen zusammenfügte, sie lag starr und dachte zum erstenmal in ihrem Leben an Selbstmord, verwarf den Gedanken mit Abscheu, um ihm eine Strecke weiter von neuem zu begegnen, diesmal aber in der Gestalt des natürlichen Todes ... Es war genau die Gestalt Silvios ... Schmal und heftig, aus feuchten Augen schmachtend, gefährlich ...

Er tat ihr furchtbar weh und riß sie dennoch hin, so daß sie sich an seinen Hals klammerte und um ein Ende flehte, nur um ein Ende, von seiner Hand ... Unmöglich, schrieb sie, auch nur eine Zeile an ihrem Buch zu arbeiten, die Keuschheit ihrer Heldin sei verlogen, grauenhaft wie Krebs oder eine ähnliche Krankheit. Und dieser Satz veranlaßte sie wieder, den Brief zu vernichten. Ja, es war Ernst geworden und die Zeit vorbei, wo sie »für Silvio raste«, um ihm, wenigstens in der Vorstellung, ihr Temperament, ihre unbezwingbare Selbständigkeit und alles mögliche sonst zu beweisen. Sie überraschte sich, wie sie ihn beschimpfte, mit Worten, die nie über ihre Lippen gekommen waren, deren Sinn sie kaum ahnte. Es bereitete ihr eine heftige Genugtuung ... Nein, sie sprang auf, nichts von alledem! Seine Stimme hören! ...

Sie paßte die Abendstunde ab, in der das Telephonamt geöffnet war, und ließ Silvio anrufen.

»Silvio«, rief sie, »Silvio! Lieber Silvio, was machen Sie?«

In den Drähten klagten die armen Seelen, und die Lebenden konnten einander nicht verstehen.

Endlich rann eine dünne Stimme in ihr Ohr, die sie nicht als die seine erkannt hätte, entfleischt, begraben, vom Ende der Welt:

»Nebel!«

Das war alles ...

Sie lief ins Freie.

Nebel in Nizza?

Nebel?

Im Kurgarten war es hell, hellgrün, und überall sprangen Wasser.

Warum blieb Silvio im Nebel? Warum war er nicht da? Es war sein Wille, sein böser Wille, daß der Nebel ihn ver-

steckte. Sie sah ihn nicht. Keines einzigen Zuges konnte sie sich entsinnen, keiner Miene, keiner Gebärde. Er hatte keine Stimme. Er war blind.
Dicht unterm Abendstern begann eine Glocke zu läuten. Zwei alte Frauen gingen vorüber. »Wer wird denn da ausgeläutet?« fragte die eine. Die andre, die sich auf einen Krückstock stützte, meckerte schadenfroh: »Ein Toter, schon wieder ein Toter!« Aggie schauderte.
Ja, ein Toter, ein großer Toter wird ausgeläutet. Die Schollen sind über ihn gestürzt, die Bäume stehn auf seinem Grab und regen sich nicht, und schwarz sind sie, als steckten sie voller Krähen. Dunkel regnet durch die Abendbläue. Er ist tot, mein Geliebter, mein König, meine feurige Glückssäule, mein großer, geheimnisvoller Tag, tot und begraben! Der kleine Bach rennt den Weg entlang, wie ein Kind, das sich verspätet hat...
Wenn sie scharf hinsah, konnte kein Zweifel bestehn, daß der Springbrunnen des Kurgartens mitten im Teich stand. Doch gleich darauf war er wieder an das äußerste Ende verweht, und jetzt, jetzt schwebte er an den Bäumen hoch, gespenstisch. Fort! Fort! Aggie eilte, es ging durch Büsche und Hecken, die sich zusammenballten und erst dicht vor ihr öffneten, um sich hinter ihr gleich wieder zu schließen. An einem Punkt, wo drei Wege zusammentrafen, blieb sie stehn, um Atem zu schöpfen. Da waren sie alle drei vor ihren Füßen abgestürzt, vom Wegglanz blieb nicht so viel, um eine Hand zu füllen. Und die Glocke schwieg.
Ein Schlüssel wurde lautlos gedreht, die Welt war zu.
Verzweiflung, glitzernde Verzweiflung fiel, wie aus einem Tropfenzähler, vom Abendstern.

Welch ein Nebel!, sagte Aggie am Fenster ihres Zimmers, Silvios Brief in der Hand ... Und jetzt ist es natürlich bei ihm hell. Sie brütete und: Ich brauche dich nicht!, warf sie hin, ein wenig den Kopf wendend, als stände er hinter ihr im Zimmer.
Er schrieb ihr wie einem liebenden Mädchen, das man beruhigt, um ungestört eine andere zu heiraten, obwohl man sie noch immer liebt. Obwohl man sie heimlich am meisten liebt. Schön schrieb er, mit Zurückhaltung und Zartheit, und das Schlimme war, er kannte die Worte und Wendungen, die auf sie wirkten. Auch von einem »geistigen Bündnis fürs Leben« sprach er, und wie sie, nur sie ihm helfen könne, das Elsaß zu befrieden, Deutschland und Frankreich zu versöhnen. Folgten drei Seiten über elsässische Politik ... Von der Revolution kein Wort.
Das Elsaß. Es schien Aggie kein Opfer wert. Und wenn je Deutschland und Frankreich einen Treuhänder wählen sollten, um zwischen ihnen zu vermitteln, ein Elsässer würde es bestimmt nicht sein. Diese Schelme, die zwei große Völker mit »Hü« und »Hott« nach ihrem Gutdünken zu führen beanspruchten, hatte man zu sehr erprobt, man war sie satt, zu beiden Seiten des Rheins. Zur Strafe sollte man ihnen die verlangte Selbständigkeit geben – um die Republik der Frösche an der Arbeit zu sehn.
»Ist Ihnen das Elsaß denn gleichgültig geworden?« fragte er in seinem Brief ... Gleichgültig? Nein. Sie wandte sich von ihrer Heimat ab, weil sie in ihren Augen bereits die Züge dieses Mannes trug ... Und dann! Sollten Rheinbrücken, die gleichzeitig Grenzen waren, der geeignete Ort sein, Bruderküsse zu tauschen? Solche Brücken standen selbst im Frieden unter Geschützfeuer.
Sie lehnte die Stirn an die Scheibe. Die Straße schien ein Ende zu gehn und es dann aufzugeben, weil die Steigung zu stark war. Ihr sollte geholfen werden! Aggie würde sie auf den Trab bringen, diese faule Straße, sie mit den Füßen vor sich her aufrollen, hinauf oder hinunter, hierhin oder dorthin, wie es ihr paßte. Schon lief sie aus dem Hotel. Die Straße wartete

nicht ab, bis ihr Gewalt geschah, sie wickelte sich von selbst auf, genauso hurtig, wie Aggie hinter ihr hersetzte. Sobald aber die Jägerin stehn blieb, machte auch die Straße halt. Ein langweiliges Spiel. Aggie schlug sich in den Wald.

Der Wald war naß und roch, als hätte man vor kurzem einen Brand gelöscht. Nach wenigen Schritten war sie selbst eingeräuchert, durchnäßt, mit einem brenzligen Geschmack im Mund. Das war sein Nebel. Der Nebel, der mit ihm in ihr Leben getreten war. Er indes fuhr in einem weißen Rolls Royce durch die Sonne.

In ihr Zimmer zurückgekehrt, legte sie sich zu Bett, sie fühlte sich elend und verabscheute Silvio. Sie schlief ein...

Jemand hatte sich an ihr Bett gesetzt, davon erwachte sie, aber es dauerte eine Weile, bis sie Gabriele erkannte. Sie hatte geträumt, wunderbar geträumt.

Das Mädchen erschrak nicht weniger vor dem Schlangenblick, der, grau und gelblich zitternd, sich zwischen den halbgeschlossenen Lidern verzehrte. Sie sprang auf und streckte die Hand nach der Tür aus, aber weiter kam sie nicht. Sie starrte in den Blick des Bösen, ihr Kopf sank ihm entgegen.

»Setz dich, du Gans!« herrschte Aggie sie an und schloß die Augen.

Durch das vertraute Wort war von Gabriele der Bann genommen und alle Angst, sie konnte sich wieder mühelos bewegen, lächelnd setzte sie sich hin, und es war still.

Der Traum aber kam nicht wieder. Nur ein Schein, nah und doch ungreifbar, war von ihm übriggeblieben, Aggie hob sich mit allen Fiebern ihm entgegen, sie machte sich tief und lautlos, damit er nochmals Gestalt gewänne – umsonst.

»Kind«, stöhnte sie, »du hast mich um mein Glück gebracht. Ach, wie bin ich betrogen!«

»So schauen Sie doch her, gnädiges Fräulein«, sagte Gabriele. Ihre Stimme hatte etwas Befehlendes, Aggie mußte erstaunt gehorchen.

Da wurde es hell im Zimmer. Die Decke des Bettes leuchtete von Schlüsselblumen. Die Blumen strömten einen Honigduft aus. Und Aggie legte ihre bloßen Arme in die Blumen,

lachte Gabriele an, lachte mit allen Zähnen und bis in ihre Brüste und beugte sich vornüber, daß ihr Gesicht die Blumen berührte.
»Ich habe sie frisch gepflückt, gnädiges Fräulein.« – »Und die Pralinen?« erinnerte sich Aggie. Das Mädchen blickte zur Seite. »Liegen noch auf der Straße?« Gabriele schüttelte den Kopf: »Ich habe einen Jungen geholt und sie ihm geschenkt, frisch von der Straße weg.« Aggie war entzückt. »Nein? Du, Gabriele, guck mich mal an!«
Das Mädchen setzte die Schultern in ihrer ganzen Breite an, als drehe sie sich in einem Schraubstock. Langsam kam der Kopf herüber... Wie dünn und rund die Schultern, sah Aggie, ein wenig hart, doch federnd, alles an ihr schwang leise vor Unruhe, man mußte den Hals in die Hände nehmen, wollte man das Kind in Ruhe betrachten! Die Augen waren blau, mit einem hellen Weiß, und über der Stirn saßen kleine Widerhaken, die fast zu blond, beinahe gelb waren und es nie ganz finster werden ließen auf dem Gesicht.
»Gabriele, willst du? Sage Aggie zu mir und du.«
Das Mächen nickte. Errötend griff sie nach den Blumen und begann mit gerunzelter Stirn an den Blüten zu zupfen. Sie war sehr verlegen – was ihr selten geschah. »Aggie«, sagte sie nach einem Schweigen. »Hast du das schon gesehn, Aggie? Siehst du, hier sitzen fünf Blütenblätter auf einer langen, dünnen Röhre. Zwei davon nehme ich mit der Linken und drei ... mit der andern Hand, und jetzt ziehe ich sie auseinander. Da hast du die ganze Röhre!« Sie las von den Augen Aggies ab, daß ihr das neu war, und so sprach sie weiter wie zu einer Kinderschule, und ihre Verlegenheit schwand mit jedem Satz mehr. »Hier, tief unter den richtigen Blütenblättern, in der Mitte der Röhre, sitzen noch einmal winzige Blättchen, es sind fünf, wie die großen, aber die hast du sicher noch nie gesehn. Es sind die Staubblätter mit dem feinen Fruchtstaub darauf. Du kannst dir denken, daß er schnell verflogen wäre, wenn der Wind in die Röhre hineinbliese.« Sie machte sich Aggie zuliebe viel kleiner, als sie war, und kicherte. »Jawohl, das kann er aber nicht, der Wind, die großen Blütenblätter machen eine Tüte, und ganz unten, wo sie zusammengedreht ist, da sitzen die staubigen Jungen und warten.«
»Worauf warten sie denn?« fragte Aggie.

»Ich habe gewußt, daß du so fragst. Ja, sie warten auf die Hummeln und Falter, die in die Tüte gekrochen kommen und den Rüssel in die Röhre hineinstecken, um den Honig zu saugen. Sie müssen lange Rüssel haben, denn der Honig liegt ganz zuunterst, und hier, siehst du, ist ein kleiner Kopf auf einer Nadel, fast so lang wie die ganze Röhre.«
Ihre Schläfe lag an Aggies Wange.
»Der Kopf auf der Nadel, Aggie, ist die Narbe, und wenn Fruchtstaub auf die Narbe kommt, so ist die Blume befruchtet. Kannst du dir eine Hummel vorstellen, wie sie hier drin sitzt, mit dem Kopf voran? Der Rüssel, der Rüssel muß die Staubblätter wegschieben, wenn er den Honig auf dem Boden schnappen will. Da aber hat sich das Tierchen auch schon mit Staub verschmiert, und so fliegt es zur nächsten Blüte, kriecht wiederum in die Tüte. Bitte um ein wenig Geduld, ich muß erst die richtige Blüte heraussuchen. Hier schau mal, bitte, hinein!« Sie hielt Aggie eine entfaltete Blüte unter die Augen. »Merkst du was? Bei dieser Blüte, siehst du, Aggie, ragt die Nadel nicht so hoch wie bei der andern, ihr Kopf steht fast an derselben Stelle, wo dort die Kleinchen, die Staubblätter, waren, die Staubblätter siehst du an der Stelle, wo dort die Narbe war, ganz vorn, am Eingang des Ladens. Jetzt aber aufgepaßt! Die Hummel steckt den Kopf in die Staubblätter, Leib und Flügel folgen ein Stückchen, und der Rüssel, den die Kleinchen in der andern Blume fein vollgeschmiert haben, berührt hier die Narbe – bums, ist die Blume befruchtet! Was sagst du! So treiben die's! Die Hummeln und die Falter und die Bienen mit den Himmelschlüsseln! Einmal geraten sie an Blüten mit hohen, das andre Mal an solche mit niedrigen Nadeln. Und jeden Frühling sind die Wiesen voll von neuen Himmelschlüsseln.«
Sie sang: »Mach auf das Tor, mach auf das Tor –« und fiel Aggie um den Hals.
»Wie dumm du dreinschaust«, rief sie, von der eigenen Keckheit hingerissen.
»Woher weißt du denn das alles, Gabriele?«
»Das lernt man doch in der Schule, Aggie! Aber dir sieht man es an, daß du nichts gelernt hast.«
»Um Gottes willen, wieso denn?!«

»Weil du immer an andere Dinge denkst... An Krieg und Frieden... Hier gibt's alleweil nur Hochzeit.«
»Hör mal, Gabriele... Du mußt entschuldigen, seitdem ich in Römerbad bin, werde ich täglich dümmer, es muß an der Luft liegen... Wie kommt es, daß die Tiere abwechseln zwischen hohen Nadeln und niedrigen Nadeln, von außen ist doch nichts zu sehn?«
»Du lieber Gott! Sie brauchen ja nur herumzufliegen und fest zu naschen, verstehst du, dann haben sie Blütenstaub überall, am Leib und am Rüssel, von oben bis unten, damit können sie alle Blumen befruchten, ohne überhaupt hinzuschauen.«
»Oder meinst du nicht?« fügte sie mit einem Anflug von Spott hinzu. – »Doch, doch«, beeilte sich Aggie zu beteuern. »Aber, Kind, was dann?« – »Was dann?«
»Ich meine, wie kommt dann eine neue Blume zur Welt?« Das Mädchen machte ein ernstes Gesicht. »Ach so, das meinst du? Ja, dann geht es ungefähr wie bei den Menschen.« Aggies Wangen flammten, die Augen lagen plötzlich wie ausgetrocknet in den Höhlen. Mit offenem Mund starrte sie Gabriele an. »Wie bei den Menschen?!«
»Nun ja, Aggie, was ist denn dabei? Erinnerst du dich an das Staubkörnchen, das die Hummel auf die Narbe gebracht hat? Dort wird es festgehalten, von winzigen Härchen, die Narbe schwitzt ein bißchen, verstehst du, da wird das Körnchen genäßt und aufgeweicht, und es bekommt einen langen Trieb, wie die Kartoffel im Keller, das hast du doch sicher schon gesehn, aber natürlich nicht so lang und nur e i n e n Trieb. Der wächst durch die Nadel, bis auf den Boden. Der Boden, das habe ich vergessen, dir zu sagen, heißt der Fruchtknoten, da hinein wächst der Trieb und vermählt sich mit einer Samenknospe.«
»Vermählt sich?« – Gabriele lächelte jetzt fast wie eine Dame. »Ja, sie werden eins, und da ist auch schon das Kindchen fertig. Bis wir so weit sind, ist freilich von der Pflanze nur die Fruchtkapsel übriggeblieben. Hier liegt das Kindchen wohlverwahrt gegen Wind und Wetter in der Wiege, und dann kommt es in die Schule.« In ihre Miene trat ein strenger Zug. – »In die Schule?... Du erzählst aber Geschichten!« – Gabriele lachte. »Nun, so genau meine ich's nicht. Paß auf, Aggie, ich will dir erklären, wie's weitergeht.« Sie legte die Hände in

Form eines runden Gefäßes zusammen: »Der fertige Same liegt in der Kapsel, die Kapsel hat oben«, sie wackelte mit den gestreckten Daumen und zog sie wieder ein, »runde Fensterluken, und die kann sie zuschließen, wenn es regnet. Bei trockenem Wetter stehn sie auf.« Sie streckte wieder die Daumen in die Höhe. »Kommt dann ein Windstoß, so gibt es einen Ruck im Häuschen, als ob es stolperte, und ein paar von den Bewohnern fliegen in weitem Schwung zu dem Fensterchen hinaus auf den Boden. Das mit dem Stups und dem Schwung haben wir so eingerichtet, damit wir nicht zu dicht nebeneinander in den Boden kommen und uns Luft und Nahrung wegnehmen.«

»Da sind sie aber klüger als die Menschen«, rief Aggie. Sie heftete die Blicke an die Zimmerdecke und dachte nach. Ein schönes Wort: »Himmelschlüssel!« ... Auf einmal glaubte sie alles zu verstehn. Beglückt schloß sie Gabrieles Hals in ihre Hände: »Und was wird weiter aus den Blumenkindern?«

Das Mädchen löste die Hände von ihrem Hals und legte sie, fest in den ihren verwahrt, auf das Bett.

»Der Same, Aggie, ist schon eine richtige Blume, nur im kleinen, ich sage dir ja, es ist wie bei den Menschen und den Tieren. Die Samenkörner sitzen da, in den warmen Boden gepackt, und brauchen sich nicht vor dem Winter zu fürchten. Und im Frühjahr blühen sie zu Scharen. Hu, der Winter! Ich verabscheue den Winter. Du auch? Bravo! ... Jetzt gehe ich. Morgen um dieselbe Zeit komme ich wieder, wenn es dir recht ist. Wir haben Wichtiges miteinander zu bereden. Mein Vater weiß schon, daß du hier bist. Er hat überall seine Spione. Wir selbstverständlich auch! ... Ich schicke dir den Doktor Savarin. Lebe wohl, Aggie.«

»Auf morgen, Gabriele, auf morgen!« ...

Kaum hatte sich die Türe hinter Gabriele geschlossen, als eine Springflut von Angst auf Aggie losstürzte. Voll Entsetzen warf sie sich herum und drückte die Augen in die Kissen. Steif, die Arme weit ausgestreckt, gleichsam mit Leib und Gesicht an ihr Bett gekreuzigt, blieb sie liegen und zitterte.

Plötzlich schrie sie auf:

»Silvio, du bist es! Du schickst mir diese Einsamkeit. Du strafst mich!«

Sie sprang aus dem Bett, schüttelte die erhobenen Arme: »Du

strafst mich – wofür?« Sie bedeckte das Gesicht mit den Händen und sagte leise: »Weil ich dich liebe ... Weil ich dich ... zu meiner Schande ... liebe ...«

Ein Tag um den andern verstrich, und der Gedanke an Silvio blieb ein Pfahl in ihrem Fleisch. Bei der leisesten Regung stieß sie sich wund. Es half ihr wenig, daß sie sich auf das eindringlichste vorhielt: was sollte ich mit ihm anfangen, wenn er mich liebte! Ich kann ihn mir ja gar nicht denken ohne Ada! Gibt es etwas Törichteres auf der Welt als Liebe, die nicht erwidert werden will! Ein Stoff für ein Lustspiel ...
Jeden Morgen rebellierte sie gegen den Lustspielstoff und nahm sich vor, ernstlich zu handeln. »Handeln« hieß, dem Grafen Breisach Adas Kinder entreißen. Sie ertrug es nicht mehr, stellte sie fest, ausschließlich für den alemannischen Johannes dazusein, der mit überlangem Zeigefinger auf ihr Herz zeigte. Sie suchte nach einer andern, würdigeren Aufgabe. »Handeln« wäre ein Schritt von Silvio weg zu Ada.
Ein- oder zweimal traf sie auch wirklich Vorbereitungen zum Marsch auf Schloß Breisach. Sie bestanden hauptsächlich in Besprechungen mit Savarin, der ein prächtiger Mensch war, freilich etwas launenhaft und empfindlich. Ihr tat er wohl, er brauchte nur ins Zimmer zu treten, damit sie sich gleich richtig krank und damit beruhigt fühlte ... Im Notfall gibt er mir Gift, dachte sie unter einem freudigen Schauer.
Von der Nächstbeteiligten, ihrer jungen Verehrerin Gabriele, ließ sie sich belustigen und zerstreuen, ohne aber auf die kühnen Vorschläge des Mädchens einzugehn. Gabriele hatte längst alle Schüchternheit verloren und entwarf einen Kriegsplan nach dem andern zu ihrer Befreiung. »Sehr gut«, sagte Aggie überzeugt und schob einen nach dem andern beiseite.
Sie las wieder viel, unterhielt einen ausgedehnten Briefwechsel, abonnierte auf elsässische und französische Zeitungen und außerdem bei einem Büro für Zeitungsausschnitte auf alles, was die Weltpresse über Elsaß-Lothringen brachte. Während sie an Ada schrieb, ohne Silvio mit einer Silbe zu erwähnen, nur noch an Ada, stellte sie aus ihren Lesefrüchten Material für ihn zusammen mit einem Sach- und einem Namenregister. Und der Marsch auf Schloß Breisach wurde immer wieder vertagt. Sie erforschte des öftern ihr Gewissen,

was sie wohl davon zurückhalte, fand es nicht heraus. Sie konnte es auch nicht finden, denn sie wähnte sich Ada zugetan wie in den ersten Wochen ihres Nizzaer Beisammenseins, als die Vermählung von Schnee und Sonne das Bild der Freundin selbst war, und glaubte sich nach wie vor »zu jedem Opfer für sie bereit«. Warum, was sie tun sollte, ein Opfer für sie bedeutete, machte sie sich nicht klar.
Savarin saß an ihrem Lager und erzählte teils die Chronik von Römerbad, teils das Neueste aus Kunst und Wissenschaft. Manchmal schlief sie darüber ein, der Doktor löschte das Licht und verschwand lautlos. Er stellte sich, als sei sie pflegebedürftig, und behandelte sie auf eine geheimnisvolle Krankheit. Tatsächlich hatte sie Fieber. »Das viele Lesen überanstrengt Sie, ruhen Sie sich aus«, erklärte er eines Tages. Sie hatte gerade dasselbe gedacht. Von da an verließ sie nicht mehr das Bett.
Die Briefe Silvios, die Briefe Adas wurden ungelesen zerrissen. Aus Breuschheim erfuhr sie, Schloß Unterhügeln sei von Ada für ihn angekauft worden, die Hochzeit des Schloßherrn stehe dicht bevor... Sie kicherte in sich hinein: Hihi, das wird in den zerrissenen Briefen gestanden habe. Feine Nase, daß ich sie nicht las... Nun schrieb sie gar keine Briefe mehr und ließ alle, die sie erhielt, in die unterste Schublade der Kommode zu der gebrauchten Wäsche werfen. Sie erinnerte sich nicht, jemals so krank gewesen zu sein.
»Wir deichseln schon alles für dich«, tröstete Gabriele die große Freundin, und sie murmelte etwas von einem Rechtsanwalt, bei dem sie gewesen sei. »Brauchst dir keine Sorgen zu machen: Sobald du hergestellt bist, liebe Aggie, reise ich einfach mit dir ab. Der Herr Graf wird keine Hand rühren, ich habe mir was zurechtgelegt, damit er uns in Ruhe läßt. Und meine kleine Schwester befreien wir eigenhändig aus dem Pensionat, in das er sie gesteckt hat. Weißt du das eigentlich? Weiß das meine Mutter? Auf Befehl der Witwe Graeßlin hat er sie da hineingesteckt, weil die Kleine sich nicht an die neuen Sitten und Gebräuche im Haus gewöhnen konnte. Verstehst du? Muff! Die neuesten Pariser Modelle und dahinter ein Muff –!«
»Offenbar auch eine elegante Erscheinung«, murmelte Aggie, halb abwesend.

»Ja, unsre Suppenschüssel. Aber sie ist aus garantiert echtem Gold. Sie ernährt Haus und Hof.«
»So ist es bei uns wieder nicht«, meinte Aggie. »Bei uns ...« Sie raffte sich auf und starrte das Mädchen aus erschrockenen Augen an. »Gabriele, ich verliere den Verstand. Mein bißchen Verstand läuft mir weg wie Schweiß... Ja, nimm das Tuch da... Du siehst, du mußt ihn mir abtrocknen ... Es war das letzte, was ich besaß ...« Sie fiel auf das Kissen zurück. »Was bin ich noch?... So gut wie gestorben. ›Erledigt‹, sagten sie im Krieg... Niemand will etwas von mir wissen.«
Gabriele rief entrüstet: »Niemand will etwas von dir wissen? Du hast die Weißen Scharen ins Leben gerufen! Ist dir das klar? Du allein mit nichts als deinen Gedichten. Wir sind die Jugend! Uns gehört die Zukunft, ich meine die Weißen Scharen. Die andern sind Simpel und Streber.«
»Pst«, machte Aggie.
Da beugte sich Gabriele über sie und begann mit leiser Stimme ein Gedicht Aggie Rufs aufzusagen, das vor wenigen Jahren Millionen Menschen in vielen Sprachen geläufig gewesen war, das aber Aggie selbst inzwischen fast vergessen hatte. Erst fuhr sie zusammen, weil sie dachte, die Kleine spreche feierlich ein Totengebet. Darauf lauschte sie erstaunt und in steigendem Maße beunruhigt einem Bekenntnis zum Leben, zum Menschen, einem Glauben an die Fähigkeit des Menschen, zu lieben und Gutes zu tun, einer Hoffnung, sein gewaltloses Reich verwirklicht zu sehn, Lebensmut, wie er größer und unbedingter nicht gedacht werden konnte... Gabriele sprach ein zweites Gedicht. Die Stimme sang sich in Aggie hinein, zeigte die Zähne, wurde bitter, wühlte und wühlte. Eine Anklage gegen den Krieg. Aus der Tiefe von Aggies Wesen aber drang der Widerhall einer einzigen, langen, furchtbaren Anklage gegen sie. Und sie widersprach nicht. Sie verstand, daß ihr in gewaltiger Weise recht geschah. Langsam hob sich ein Schleier, das singende Mädchen zeigte der Fiebernden die Schätze, die sie einst besaß, das fernher schimmernde Königreich ihrer Seele strahlte einen Augenblick auf und erlosch in dem einfallenden Dunkel. Und im Dunkel ging der Wolf um, der Wolf mit den blitzenden Zähnen und den Samtaugen, die funkeln konnten. Schön und seidig, sie spürte es auf ihrer Haut, und duftbeladen wie im

Frühsommer der Abendwind. Ihr Wolf, der Wolf, der ihr angemessen war. Vielleicht hatten die meisten Menschen ihren Wolf? An Stelle ihres verlorengegangenen Schutzengels?
Gabriele verstummte und hob mit mütterlicher Gebärde den Kopf der Freundin von den Kissen und küßte ihr die Schläfe, an denen die kleinen Locken festklebten.
»Das bist du!« flüsterte sie. »In Ewigkeit du.«
Aggie schloß die Augen und machte sich steif. Nur das Kinn schwang unter der Gewalt der zusammengebissenen Zähne. Leise schlich das Kind auf die andere Seite des Zimmers.

Als Aggie die Sprache wiederfand, sagte sie:
»Bleib dort, Kind, und hör, was ich dir sage. Pazifisten (plötzlich empfand sie einen erschreckenden Widerwillen gegen das Wort, sie mußte schlucken vor Ekel), Pazifisten sind wieder dieselbe Kuriosität wie vor dem Krieg. Niemand nimmt sie ernst, und sie verdienen es auch nicht. Wem sollten ihre Predigten und Gesänge auch nützen? Der Krieg kommt, ob sofort als Bürgerkrieg oder erst als sein Vorläufer, wissen wir nicht. Aber er kommt. Und man muß sich entscheiden, auf welche Seite man gehört. Alles in meinen Gedichten stimmt nicht. Der Mensch ist nicht vertrauenswürdig.«
Sie wartete auf Antwort. Es kam aber keine. Gabriele hatte sich von ihrem Stuhl erhoben und spähte im Halbdunkel des Zimmers zu Aggie hinüber. Sie leuchtete vor Blässe. Endlich schüttelte sie, ein einziges Mal, den Kopf. Und dieses Kopfschütteln hatte einen Ausdruck von Gewißheit, zugleich sprach es so viel Verwunderung und Mitleid aus, daß auch Aggie erblaßte. Erst fühlte sie sich in ihrer Scham verletzt, als habe sie, sich unbewußt, gleichsam in Hypnose, jemand ihre Liebe erklärt, um im Augenblick des Erwachens gerade noch zu bemerken, wie man sie abwies. Darauf hatte sie die Empfindung, sie habe das Vertrauen dieses starken, selbstbewußten Mädchens mißbraucht und versucht, ihr die Unschuld zu rauben. Mit einer tiefen, leidvollen Stimme, die Gabriele zum ersten Male hörte, sagte sie:
»Kind, glaube mir nicht! So sprechen die Alten, die nichts gelernt haben. Und die Alten richten natürlich ihre Jungen ab, damit sie ihnen gleich werden an Ruhm und Verstand.

Und die Hartherzigen sprechen so, die nichts zu verlieren haben, aber einiges zu gewinnen hoffen. Sie umwerben das Bild der Revolution wie früher die Höflinge einen Thronfolger. Sie fürchten weder Trümmer noch Blut, sie fürchten nichts auf der Welt, als bei der Verteilung der Beute zu spät zu kommen ... Lebe du für den Frieden, Gabriele, stirb dafür, wenn es sein muß, nur dafür, es ist die unscheinbarste Barrikade, die sich denken läßt – möglich, daß Blut ihre Anziehungskraft erhöhen würde. Seltener noch als die Kriegshetzer tragen die Revolutionshetzer – unbegreiflich selten tragen die ihre Haut zu Markte, Gabriele, ich weiß das alles und noch viel mehr ...«
Ruhigen Schrittes näherte sich Gabriele. Vor dem Bett blieb sie stehen.
»Aggie, du fürchtest dich ... Das macht dich krank ... Du brauchst dich aber nicht zu fürchten, du selbst sagst es in deinem Gedicht, hast du so schlecht zugehört? Es werden wieder die Ritter und Sänger kommen, sagst du, und mit neuen Losungen und Reimen die alte Hymne singen an Baal und gebieterisch nach Blut verlangen als Preis für die Erlösung des Menschen.« Sie senkte die Stimme: »Hütet euch vor ihnen«, sagte sie wie eine Schülerin auf, »in ihren falschen Augen leuchtet die Wahrheit. Alle Wahrheit verliert ihre Seele, wenn sie einkehrt in die Wohnung des Verbrechens! Hütet euch vor dem Glanz der Gewalt. Und fürchtet euch nicht.«
Aggie verlor die Geduld.
»Ja, gewiß, bleibe so, Gabriele, bleibe du mir wenigstens treu.«
»So wahr ich lebe!«
»Bitte geh jetzt, Gabriele. Und schick mir den Doktor.«
Der Doktor stand bereits vor der Tür.
Er brachte die Heiterkeit eines Gemütes mit, das der Politik zugunsten des guten Wetters entsagt hat.
»Was es Neues gibt? Herrliches Wetter. Und völlig unbeherrschtes Liebesleben in der Natur, Fräulein Ruf! Droben«, er zeigte zur Zimmerdecke, »hat die Venus abends wieder Ausgang. Sie verläßt das Sternbild der Fische, die bekanntlich Kaltblüter sind, und läuft dem Jupiter nach. Jupiter steht im Sternbild des Stieres. Bald wird sie ihn am Zipfel haben. Der

Merkur drückt sich eifersüchtig in ihrer Nähe herum. Unten bei uns sind alle Vögel da, Kuckuck, Kuckuck ruft's aus dem Wald. Als ich heute früh auf den Hochblauen stieg, trieben sie's wie toll, und beim Heruntergehn sah ich zwei Bussarde – leider kann ich es Ihnen nicht beschreiben, sie waren sehr miteinander beschäftigt. Die Fische laichen. Der Laubfrosch legt tausend Eier auf einen Sitz, natürlich platzt er vor Stolz. Die Vierfüßer sind schon weiter, sie kriegen massenhaft Junge, die Eichhörnchen und Wiesel, Fuchs, Marder, Fledermaus und Igel. Der Hase ist schon zum zweitenmal dabei. Die Schmetterlinge segeln in ihren funkelnagelneuen Frühjahrstoiletten, dicht vor mir stiegen zwei Weißlinge in senkrechtem Hochzeitsfluge auf. Herrgott! Welch ein Wetter für gesunde Dichterinnen. Oder sagt Ihnen das alles nichts?«

»Und der Hirschi?« fragte Aggie etwas verlegen. »Ich sehe ihn gar nicht mehr.«

»Auf seine Art steht auch der Hirschi in Blüte. Wer kommt und geht, wird von seinem Lächeln überschüttet. In diesen Tagen übertrifft er sich selbst. Bildschön und butterweich.« Er schüttelte das Thermometer.

»Ach, Doktor, Sie haben es gut. Sie brauchen nur den Menschen zu helfen, statt der Menschheit. Es ist leichter und bringt mehr Befriedigung.« Das Thermometer blieb der zuletzt besuchten Patientin treu, es ging nicht herunter. Der Doktor schüttelte.

»Gewiß, Fräulein Ruf, darin haben wir es besser als Sie. Wir übernehmen uns nur ungern.« Endlich war das Thermometer für Fräulein Ruf bereit, er reichte es ihr und zuckte mit dem Hals. Man merke ihm an, meinte sie mit einem Seitenblick, daß er von einem Hochzeitsflug oder etwas Ähnlichem käme... Er unterhielt sie weiter, unterbrach sie aber, als sie selbst das Wort ergreifen wollte.

»Sie können sich nicht still genug halten, Fräulein Ruf. Sie lesen und schreiben nicht mehr. Gut. Ich bitte um eine weitere Anstrengung. Sie sollten weder sprechen noch denken. Besonders das Denken ist gesundheitswidrig. Je weniger Sie denken, um so mehr erlaube ich Ihnen zu sprechen... Geben Sie her!« Er trat mit dem Thermometer ans Fenster, beklopfte es mit der Nagelspitze, beguckte es von allen Seiten

und knurrte. »Sie schlafen schlecht, was? Machen sich Gedanken? Regen sich auf? Wieso? Warum?«
Er sagte kalt und entschlossen:
»Ich werde Ihnen was zur Beruhigung geben.«
Aggie hatte sich gerade dasselbe gewünscht.

Die nächste Zeit hielt Savarin die geheimnisvolle Kranke unter leichten Schlafmitteln. Gegen Abend phantasierte sie ein wenig, matt und rosig wie ein Kind. Es war die Stunde, die Gabriele bei ihr verbrachte.
»Ja, Gabriele, ich fürchte mich«, sagte sie wiederholt. »Ich fürchte mich, ich weiß bloß nicht, wovor...«
Wenn der Doktor mit seinen Besuchen fertig war, kam er zu ihr und blieb bis tief in die Nacht. »Nicht reden, nicht denken, Fräulein Ruf. Besorge ich alles für Sie, dafür bin ich da.«
In ihrem Dämmerzustand hörte sie, wie Savarin ihr eine »Welteislehre« auseinandersetzte. Er behauptete nicht, die Lehre sei ganz und gar richtig, er nannte sie nur ein großartiges, in manchem recht aufschlußreiches Bilderbuch vom Leben des Weltraums... Die Worte »Leben« und »Weltraum« tönten in ihr... Sie sah den Weltraum als ein ungeheures Bilderbuch, und der Doktor blätterte darin mit einer Hand, die wie der Schwanz eines Kometen hin und her schwankte. Das Buch war angefüllt mit brennenden und erloschenen Sternen, an Umfang übertrafen sie nicht nur die Sonne, die Sonne Aggies, sondern das ganze Sonnensystem, die weiteste Welt Aggies, und alle »flohen« nach einem unbekannten Ziel! Das heißt, sie gingen nicht einer Schwerkraft nach, wie Aggie bisher angenommen hatte, vielmehr blieben sie »ewig« in die ihnen einmal erteilte Flugbahn verstrickt, und sooft auch der Doktor umblätterte, immer sah man sie fliegen, fliegen – fliehn. So bewegte sich die Sonne, die Sonne Aggies, die Sonne aller Menschen, nach dem Sternbild der Leier und des Herkules hin, niemand wußte, warum. Und immer tobte eine riesige Hochzeit da oben. Der Doktor zeigte auf einen Stern, er brannte lichterloh, in strahlender Gier stürmte er durch den Raum. Auf einmal blinzelte er, nur eine Sekunde! Was war geschehn? Der Doktor blätterte um: die Sonne war einem dunklen eisigen Weltkörper auf die Spur

gekommen, hatte ihn eingefangen, einen aus jener andern, eisig und dunkel schweifenden Herde, die sich zwischen den Strahlengeschöpfen herumtrieb ... Auf der nächsten Seite sah Aggie, wie der gefangene Weltkörper sich in seinem Wasser oder Welteis erhitzte, bis eine Entladung erfolgte, die ein trichterförmiges Stück aus der Masse der Sonne riß und es wie ein Riesengeschoß, in Wasserdampf gehüllt, in den Raum hinausschoß. Ein neuer Stern war geboren. Eine neue Flucht begann ...

Das »Fliehen« der Weltkörper durch den Raum verstand Aggie gut, ja, sie konnte es ihnen »nachfühlen«, wie sie, in das eigene Schicksal verstrickt, vor einer größeren Kraft flohen, die sie nur einfing, um sie wieder auszustoßen, und halb getröstet entdeckte sie in ihrer Begegnung mit Silvio das Abbild jener höheren, erbarmungslosen Gewalt.

Als der Doktor von chemischen Vorgängen sprach, die sich dabei abspielten, konnte sie nicht folgen. Erst die Schilderung der Sintflut ließ sie wieder aufhorchen. Ein Mond – früher einmal war ein Mond gewesen, ein Eismeer, dem heutigen Monde gleich, den hatte die Erde in sich hineingezogen und völlig verschluckt. Je näher dieser Mond der Erde kam, desto mehr dehnte er sich zu einem Spiralring, einer weiten, kalten Masse, im lauen Atem der Erde löste er sich in Wasser auf, und das Wasser stürzte ununterbrochen herunter. Nach dem Eis trat der feste Kern des Mondes an die Oberfläche, worauf erst Schlamm, dann riesige Staubwolken des Gesteins über die Erdoberfläche brausten. Die Anziehungskraft ließ die Erdmeere rund um den Äquator zu ungeheuerer Flut anschwellen, dann, als die Verdauungsarbeit beendet war, zu den beiden Polen hin verlaufen und alles Land überschwemmen. Dazu kamen durch den veränderten Luftdruck Wetterkatastrophen und Erdbeben ... Es dauerte eine Weile, und die Erde wurde wieder still und grün ...

»Also bin ich im Begriff, meinen Mond zu verdauen?« äußerte Aggie zu Savarins Verblüffung. »Nachher werde ich wieder grünen und mich an der Sonne drehn?«

Wie gut und behütet kam ihr die Erde vor, wie liebenswürdig der befriedete Mensch! Ja, das sei wahr, die Erde sei jetzt gut gehütet, bestätigte der Doktor, indem er ein neues Blatt des Bilderbuches aufschlug. Aggie sah den Planeten Mars stehen

und – Wache halten. Im Ernst, der Mars war eine richtige Schildwache, die jene aus der Eismilchstraße ausbrechenden Weltkörper einfach nicht passieren ließ. Einen nach dem andern, wie sie daherkamen, verwandelte er vor sich in eine Sintflut. Deshalb stand der brave Kerl auch dauernd unter Wasser.
Aggie suchte nach jemand, der eine ähnliche Schildwache abgäbe, und stieß auf Bieterle. Ja, Bieterle. Bieterle hatte auch die Statur von Mars. Auf ihn konnte sie bauen.
Nun ließ sich in ihren Visionen der gute, tapfere Gott Bieterle häuslich nieder. Sobald sie hinsah, war er da und fing mit der Degenspitze die Spiralringe der drohend heranschleichenden Monde auf. Ihre Schwermut wich einer kindlichen Vertrauensseligkeit. Sie konnte sogar hin und wieder den Clown machen, wobei sie Augen und Mund verdrehte und mit verblödetem Ausdruck Albernheiten sagte. Denn Bieterle stand Wache.

Eines Abends wurde aus Unterhügeln telephoniert, die Vermählung Silvios mit Ada finde am Ende der Woche statt. Ada selbst war am Telephon und sprach lange mit ihrer Tochter.
Hand über dem Kopf (»Friede durch die Jugend«), betrat Gabriele das Zimmer.
»Aggie, wenn du schnell gesund wirst, kommen wir noch für die Hochzeit zurecht.«
Die Kranke gab keine Antwort. Sie sah den wackelköpfigen Greis hinter der Dame im Glockenkleid über die Promenade des Anglais stelzen und sagte sich, so ende und verderbe die Liebe... Wäre nicht ihr richtiger Platz an der andern Seite des Gespenstes gewesen?... Bald darauf hörte sie, daß die Dame im Glockenkleid Agnes Maienstock hieß. Die war also auch verdorben. Gabriele saß am Bett und gab beruhigende Antworten.
Der Doktor hatte einem Patienten gegenüber, dem Redakteur einer großen Zeitung, ein Wort von Aggie Rufs Erkrankung fallen lassen. Der Mann ließ seine Karte mit guten Wünschen bei ihr abgeben. »Er wird doch nichts in die Zeitung setzen?« fragte sie ängstlich. »Ich habe nämlich noch nie einen Nekrolog gelesen, Doktor, aus Angst, ich könnte plötzlich merken, daß von mir die Rede sei...« Am Hochzeitstage maß der

Doktor achtunddreißig Grad Fieber. Tags darauf waren es neununddreißig. Er knurrte, schüttelte den Kopf, klopfte mit der Nagelspitze gegen das Thermometer und erwog, ob er nicht angesichts des immer rätselhafteren Falles ein Konsilium abhalten solle...

Als er die Türe hinter sich geschlossen hatte, schnellte Aggie aus dem Bett und kleidete sich an.

Rasch, an Hirschi vorbei, der besorgt hinter ihr herschaute, verließ sie das Hotel, bog in den Kurpark ein.

Der Pfad, den sie zufällig einschlug, stieg auf einmal steil an.

Sie verfiel in ruhigere Gangart.

Was sie hier suchte? Nichts... Nichts als die Aggie, die sie wiederum geworden war, die alte, grünende, gehütete Aggie von einst. Sie ging auf die Jagd und spähte nach einem Wort aus, einem Zeichen, das ihr erlaubte, sich fraglos wiederzuerkennen.

Als sie auf dem Gipfel des Hügels hielt und den Blick erhob, sprang das Wort aus dem Himmel, das Zeichen geschah.

»Ah!« machte sie, und offenen Mundes, die Augen aufgerissen, starrte sie auf einen Baum, dessen Äste über und über mit Blütenkätzchen bedeckt waren, großen, weichen Kätzchen mit dichtem goldgelben Pelz.

Aber die Kätzchen saßen nicht still, sie flogen, das heißt: vielleicht waren es die Bienen, die flogen, und die Kätzchen hielten still, oder aber Kätzchen und Bienen wechselten ab, und einmal flogen die Bienen, dann die Kätzchen, kurz, es war nicht zu unterscheiden, weil die durchsichtigen Flügel der Bienen genau so gelb schillerten wie die Kätzchen, und weil es ebensoviel Kätzchen gab wie Bienen und ebensoviel Bienen wie Kätzchen, und weil der summende Flug im geballten Licht des Baumes nie stillstand, und auch, weil die Sonne gerade darüber hing. Da hing die Sonne, darunter der weiße Baum voll gelber Kätzchen und gelber Bienen, drum herum, ganz tief, der Himmel. Und das summte wie ein Kreisel und stand doch still. Und das stieg höher und blieb doch unten.

Als ob sie wirklich auf sich selbst gestoßen wäre, so lächelte Aggie in maßloser Selbstliebe. Als ob sie sich zauberhaft verfallen wäre auf ewig, so nahm sie das Schicksal an, in

grenzenloser Demut. Der lebende Weidenbaum ward in sie eingerammt, mitten durch ihr Wesen, und sie stand angewurzelt. Sie versank in sich, ohne Lärm, ohne Leid, ohne Trotz. Nichts weiter begehrte sie, als so zu bleiben, zu dauern, dazusein, warm, rund, in die Höhe gehoben, vereinigt in sich selbst zu einem einzigen, atmenden Klang.
Ich verlange nichts von dir, sagte sie ernst... Ich fordere nichts, erwarte nichts. Ich will für dich dasein, Silvio. Meine Begabung und mein Lebensmut sollen dir gehören. Das Beste, was ich habe. Nichts will ich mehr sein als deine Hand und nicht zittern, was du auch tust.

Nach diesem Schwur wandte sie sich zum Gehn und – Bieterle stand vor ihr. Statt die Monde abzufangen, hatte er sein Schilderhäuschen verlassen und war auf die neuergrünte Erde herabgestiegen...
»Ja, Bieterle, wo kommen denn Sie her?« Beide Hände ausgestreckt, lief sie auf ihn zu, guckte lächelnd an ihm hinauf und erkannte den Mars ihrer Fieberträume.
»Aus der Zeitung, Aggie –«
»Aus der Zeitung?«
Er freute sich, sie so munter zu finden: »Ich habe mir gedacht, wenn Sie nicht tot sind, müssen Sie schon wieder gesund sein... Sie sind viel zu ungeduldig, keine Krankheit kann mit Ihnen Schritt halten.«
Wie er gerade hierherkam? In der Halle des Hotels ist sie an ihm vorbeigeflitzt, ohne ihn zu beachten, da hat er sich achtungsvoll an ihre Fersen geheftet. Ja, und sie sieht besser aus denn je!
»Bieterle«, rief sie, »ich habe Vorschuß bekommen, eine Unmasse Geld – wollen wir eine kleine Reise machen? Ich lade Sie ein.«
»Wie schade, verehrte Aggie!« Stockend, jedes Wort wägend, erklärte er, daß er jetzt auf keinen Fall Urlaub bekäme, das Ministerium betrachte ihn mit mißgünstigem Interesse, schließlich fragte er, ob sich nicht die Reise verschieben lasse, etwa auf den Herbst. Im Herbst nämlich pflegte sich bei Bieterle ein Anfall von Gicht einzustellen. Einmal im Herbst, einmal im Frühling. Zunächst also wieder im Herbst. »Abgemacht, Bieterle. Im Herbst.« Und sie verabredeten auf der

Stelle eine Reise durch das Elsaß. Seit seiner Ausweisung hatte der Amtsgerichtsrat das Ländle nicht mehr betreten.
»Die Wälder werden aufrauschen«, versicherte Aggie. »Die Bäche werden stillstehn und ihren Spiegel glätten, damit Sie sich rasieren können, lieber Bieterle. (Daran fehlt's, mein Lieber!) Die Vögel werden Sie an der Grenze in Empfang nehmen und an andere Vögel weiter abgeben, die mehr im Innern des Landes Bescheid wissen.« Immer breiter, immer genauer malte sie den Triumphzug Bieterles durch die elsässische Landschaft, bis er sie lachend unterbrach:
»Und der erste französische Gendarm wird mich verhaften...«
Bei der Abendvisite fand Savarin die Dichterin nach langem Suchen im Speisesaal. Ohne Hirschi wäre er gar nicht darauf gekommen, dort nachzusehen. Eher hätte er sie auf dem Dach gesucht. Ihr gegenüber saß ein blonder Hüne, und neben ihnen steckte eine Sektflasche den Stanniolkragen aus dem Eiskübel. Als Bieterle sich vom Stuhl erhob, um den Doktor zu begrüßen, reckten die Gäste den Hals und staunten. Er setzte sich, angeregt aßen sie weiter.
Die Aufforderung des Doktors, sofort ihr Bett aufzusuchen und Fieber zu messen, lehnte Aggie ab, sie machte statt dessen den Clown. Nach einigem Widerstreben ließ sie sich das Thermometer reichen und schob es unauffällig durch die Bluse unter den Arm, worauf sie sich über den Gänsebraten hermachte.
»So«, sagte sie zuversichtlich, als die Zeit abgelaufen war.
Das Thermometer zeigte siebenunddreißig Grad. Der Doktor betrachtete es, bald durch den Kneifer, bald mit bloßem Auge, schüttelte sich wie ein Käuzchen, das von Singvögeln Prügel bekommt, und schielte abwechselnd auf Aggie und auf Bieterle.
»Das ist so bei den Elsässern«, versicherte ihm der Amtsgerichtsrat. »Sie kriegen Fieber, wann sie wollen, und sobald sie genug haben, hört es von selbst auf.« Und zum Beweis, daß drüben noch ganz andere Wunder im Schwang seien, erzählte er dem Doktor den Auszug der Kaiser und der klugen Jungfrauen aus Straßburg, Münster und Stadt. Als Savarin sich verabschiedete, befand er sich in denkbar schlechter Laune. Er hatte den sogenannten Amtsgerichtsrat im Ver-

dacht, ein Aggie Ruf befreundeter Kollege zu sein, der ihr Pyramidon verabreicht habe, um ihn an der Nase zu zupfen. Mit andern Worten, der Kollege stand noch dort, wo Savarin zu Beginn der Krankheit gestanden hatte, als er den Fall noch nicht ernst nahm. Lachend sahen sie seinen mißvergnügten Rücken in der Tür verschwinden. Dann setzten sie mit Eifer und Umsicht die Mahlzeit fort.

»Herr Wolf ist also verheiratet«, platzte Bieterle heraus und musterte Aggie mit einer Amtsmiene, die sie belustigt wahrnahm. Kaum hatte er aber gesprochen, da verließ ihn seine Kühnheit, und er fügte kleinlaut hinzu: »Ich habe eine Vermählungsanzeige erhalten.«

»Ich auch, Bieterle, ich auch!«

Sie hob das Glas und stieß mit ihm an.

»Alles in Ordnung, mein Guter«, sagte sie. »Ich habe meinen Mond geschluckt – und verdaut.«

»Ihren Mond?«

»Einen eiskalten Mond.«

Er verstand nicht, und sie klärte ihn auch nicht auf.

»Entschuldigen Sie, Bieterle, es ist eine zu lange Geschichte!«

Immerhin glaubte er genug zu verstehn, um sich zum Beweis seiner Zufriedenheit nochmals vom Nachtisch reichen zu lassen...

Der Schnellzug mit Bieterle rauschte nordwärts durch die Rheinebene. Das Rauschen drang durch Aggies offenes Fenster. Das Zimmermädchen, im Sturm herbeigeklingelt und über das seltsame Geräusch befragt, gab dem Kurgast auf schonende Weise zu verstehn, es bedeute Föhn und baldigen Regen. Dann saß der blonde Irrwisch wieder in seinem Bett und schrieb einen Brief um den andern. Von Zeit zu Zeit trat im Doktorhaus Savarin auf die Terrasse, um sich zu vergewissern, ob die Fenster seiner Patientin noch erleuchtet seien. Bei Aggie flatterten die lila Bogen über den Teppich, huschten aus dem Lampenschein ins Dunkel. Sie mußte sie aus immer größerer Höhe entlassen, damit sie sich nicht mit ihrem tintigen Blütenstaub streiften.

Um zwei Uhr wurde das Licht gelöscht.

Der Doktor stellte es fest und ging beleidigt schlafen.

»Bist du reisefertig?« fragte Gabriele.
»Ja, Kind, ich muß nur noch mit deinem Vater sprechen.«
»Nicht nötig, laß mich nur machen ... Ist es dir recht, wenn ich Hirschi bitte, nach Unterhügeln zu telephonieren und das Auto auf fünf zu bestellen?«
»Bestelle den Breuschheimer Wagen, ich wohne lieber bei Claus.«
»Gut, wir werden bequem vor Dunkelheit dort sein. Ich hole dich ab. Du mußt nur unbedingt warten, bis ich komme.«
»Du bist heute so blaß, Gabriele«, sagte Aggie.
Das Mädchen stand in der Tür. Über den hochmütigen Mund, den Mund ihrer Mutter, lief ein Frösteln, wie wenn der Wind über eine Wasserfläche fährt. Aggie eilte zu ihr und nahm sie in die Arme.
Mit geschlossenen Augen dachte sie an die Morgenstunden in Nizza. Ada, in ihren Bademantel gehüllt, ließ sich von ihr umarmen, Ada, mit der kurzen, weißen Haarmähne, worin einige Wassertropfen glänzten, das Gesicht ein wenig feucht noch und rosig, ein leise atmendes Bild der Morgenfrische, und Aggie durchtränkte sich mit dem Geruch ihrer Schönheit, mit dem Licht ihres Stolzes, daß der Duft nicht verging bis zum Abend ... Es kam ihr vor, als habe damals die Sonne jeden Morgen Adas Zimmer beleuchtet, als habe die Sonne im hellen Zimmer von ihrem gemeinsamen Lachen geschwirrt, als habe sie noch unter den Lampen des Dancings in einem Sonnenstrahl gesessen – er strömte ihr mitten durch die Brust ... Jetzt beteuerte sie sich zwar, daß sie Ada nach wie vor liebe, aber Adas Schönheit, ihre Güte, ihre Freundschaft sahen ihr von weitem nach und waren kalt wie der Mond. Und zwischen ihren fernen Augen stand überdeutlich hart die Falte, die ihr den gefährlichen Ausdruck verlieh, eine Drohung für sie wie die andern, an jener Stelle war sie vom Schicksal gezeichnet ... Vorsichtig löste Aggie sich aus den Armen Gabrieles.
Das Mädchen verließ das Hotel und blieb vor dem Doktorhaus stehn. Sie überlegte, ob sie Savarin um Unterstützung bitten solle bei dem, was bevorstand, und beschloß, es allein abzumachen. Aber da war noch für etwas anderes vorzusorgen. Sie ging ins Hotel zurück und telephonierte an einen Jungen von den Weißen Scharen. Dann stieg sie bedächtig die

Straße hinauf. Wo die Straße in den Wald einbog, verweilte sie und blickte ins Elsaß, ihre künftige Heimat. Das Land lag unter dem bewölkten Himmel graublau und grenzenlos wie ein Meer.
Sie hatte die Knaben auf Viertel nach fünf an den Rhein bestellt, um sich im Kahn übersetzen zu lassen (sie besaß keinen Paß), und sagte sich: da ihre Führerin nun im Elsaß wohnen werde, müßte die deutsche Sektion der Weißen Scharen später allein hinüberfinden, wenn sie sich an dem wegen Aggies Krankheit verschobenen Unternehmen gegen Colmar beteiligen wollte... In solchen Gedanken, die ihre Hauptsorge mieden, folgte sie der Waldstraße. Als das Parktor von Schloß Breisach auftauchte, schlug sie sich seitwärts in den Wald und schlich weiter, bis sie an einen Stacheldrahtzaun kam. An einer Stelle, wo der Zaun schadhaft war, schlüpfte sie in den Park. Die Hunde schlugen nicht an.
Zwei Minuten später klopfte sie im Schloß an eine Tür.
Es war die Stunde, wo die Weinhänderlswitwe Graeßlin ihr Mittagsschläfchen hielt und niemand im Haus sich rühren durfte. Deshalb klopfte sie stark und wiederholt. Endlich öffnete sich die Tür. Frau Graeßlin, eine rundliche Dame mit Spuren einstiger Schönheit, hielt ihr Kimono an sich gedrückt und herrschte Gabriele aus verschlafenen Augen an. Bald wich der Ausdruck des Unwillens in ihren Zügen der Neugier, dann der Angst, und sie fragte:
»Was ist los? Was guckst du mich so an?«
Gabriele trat etwas zurück:
»Gnädige Frau, ich möchte Ihnen raten, nachzuschauen, was mein Vater mit Ihrer Tochter Anna treibt, während Sie schlafen.«
Frau Graeßlin sperrte den Mund auf und hüllte sich in den Kimono, als ob sie friere.
»Was sagst du?«
»Haben Sie nicht Anna schon einmal erwischt, wie sie – wie sie nackt vor meinem Vater kniete? Sie haben es ihm oft vorgehalten bei Ihren Zänkereien. Ich habe es gehört. Man hört alles im Schloß, alles – wenn man nicht gerade schläft.«
»Kniete?« sagte die Frau verstört. Sie nahm sich zusammen. »Ja, gewiß, Anna ist nicht ganz –« Ohne den Kimono loszulassen, deutete sie auf die Stirn. Da hob Gabriele die Hand,

zeigte den Gang hinunter und schrie: »Gehen Sie! Sofort!« Im Nu war die Frau an ihr vorbei, und auch Gabriele begann zu laufen. Sie schlug die entgegengesetzte Richtung ein, durchquerte einige Zimmer, und das letzte betrat sie im Augenblick, als Anna aus der gegenüberliegenden Tür schlüpfte. Sie war nackt und hielt einen Schlüssel in der Hand.

»Ja, schließ ab«, befahl Gabriele halblaut. »Sie könnte dich sonst erwürgen.« Sie sah zu, wie Anna den Schlüssel lautlos umdrehte, und hörte, wie hinter der Tür ihr Vater sich räusperte, wohl um sich Mut zu machen, und dabei mußte sie mit aller Gewalt an sich halten, um nicht auf das Mädchen loszustürzen und sie mit der Faust ins Gesicht zu schlagen. Sie riß einen Kaschmirschal vom Tisch und warf ihn Anna zu: »Nimm das um!« Dann schloß sie die Tür ab, durch die sie eingetreten war.

Das Zimmer des Grafen war erfüllt vom Gekreisch der Frau Graeßlin, sie polterte mit den Stühlen, und wenn sie zwischendurch aus plötzlichem Schweigen aufschluchzte, klang es, fand Gabriele, wie das Wiehern einer Stute. Inzwischen lehnte Anna, in den Schal gewickelt, lässig an der Tür. Ihre blonden Haare schienen aschgrau, so blaß war ihr Gesicht. An den Füßen, die unter dem Tuch hervorsahen, krümmten sich die Zehen. »Ich fürchte mich nicht«, lächelte sie.

»Hattet ihr denn nicht abgeschlossen?« fragte Gabriele.

»Ja. Aber wir mußten aufmachen, ich glaube, sie rannte mit dem Kopf gegen die Tür. Während er im Rollstuhl hinfuhr, um zu öffnen, kam ich hier heraus«, erklärte sie mit kindlicher Wichtigkeit.

Gabriele sagte so ruhig wie möglich:

»Und jetzt sollst du wissen, Anna, ich habe euch die Madame auf den Hals geschickt. Aus ihr machen wir uns beide nichts, denke ich. Aber er – Ich will heute fort, zu meiner Mutter, und damit er mich nicht verfolgt und mich durch die Polizei zurückholen läßt, deshalb, verstehst du, habe ich das gemacht. Wenn nötig, werden wir die Madame zum Eide laden lassen. Verstehst du? Damit sich herausstellt, wer würdiger ist, uns zu erziehen, er oder meine Mutter. Merk es dir! Schreib es dir hinter die Ohren. Ich habe dich oft genug gebeten, mir zu helfen, von hier wegzukommen, und du hast nie gewollt.«

»Nein. Ich tue nichts gegen seinen Willen. Nichts, mit keinem Gedanken, ich bin sein Geschöpf, er ist mir heilig.«

Gabriele trat näher, bis dicht vor sie, jedes der Mädchen spürte den Atem des andern auf seinem Gesicht. Die Augen zuckten einigemal, dann vermischten sich ihre Blicke. »Anna«, sagte Gabriele leise... »Was ist mit euch?« Das Geschrei und Gepolter im Nebenzimmer begann von neuem. »Was mit uns ist?... Was mit uns ist, Gabriele?«

Anna bog den Kopf zurück und stemmte ihn gegen die Tür, daß der Körper abstand, und ihr Blick löste sich von Gabriele, löste sich von ihr und verlor sich in die Ferne.

»Es ist so, Gabriele, daß er und ich verdammt sind und nur zusammen Erlösung finden«, antwortete sie leise. »Niemand kann etwas daran ändern, auch meine arme Mutter nicht. Du glaubst, die Menschen seien gut oder böse, Gabriele, und du meinst, er ist böse. Er ist es auch, abgründig böse, wie ich, o nein, noch viel mehr, aber auf andere Art, als du meinst... Was soll ein böser Mensch tun, der voll Liebe ist? Immer böser werden! So sagt er selbst... Seit Jahren wartet er, daß die Jungen, die Hellen, wie er sie nennt, angelaufen kommen, um ihn zu erschlagen. Deine Mutter, sagt er, mit ihrer kleinen Falte zwischen den Augen, wird ihn festhalten, und ihr Bruder Marcus wird die Streiche führen... Deine Mutter war schon einmal da... Du weißt, seitdem ist er gelähmt... Er hat an Marcus geschrieben. Marcus war sein einziger Freund. Marcus hat ihm geantwortet, er wolle ihn nicht wiedersehn... Jetzt bist du ja angelaufen gekommen, Gabriele, du bist jung, du bist hell...«

»Ja, Anna, jetzt bin ich angelaufen gekommen.«

»Aber die Menschen sind beides, Gabriele, gut und böse, alle sagen es, und damit das Gute in ihnen überhandnehmen kann, müssen andre alles Böse in der Welt aufsaugen, das wissen aber die wenigsten. Wie ein Schwamm sind sie, Gabriele, sie essen und trinken das Böse, Augen und Herz füllen sie damit, bis ihr Blut stockt und sie wie tot sind. Dann, Gabriele, atmest du auf und fühlst dich fähig, gut zu sein, du und andere. Ihr seid die Nutznießer des Bösen, das wir erleiden. Das weiß ich alles von ihm. Auch du hast es oft von deinem Vater gehört, aber du willst nicht glauben! Ich bin nicht so klug wie du, doch das verstehe ich, daß man sündigen muß, um sich zu heiligen, hassen, um zu lieben, unrecht tun, um –«

»Halt den Schnabel!« befahl Gabriele. »Halt den Schnabel, sage ich!« Und wieder empfand sie ein heißes Verlangen, auf das Mädchen loszuschlagen. Anna hob ein wenig die Stimme:

»Töten, um zu leben!«

Gabriele wich zurück, ihre Lippen waren blaß und ganz schmal geworden und zitterten ununterbrochen. Sie machte eine Bewegung, als wolle sie ausholen zum Schlag: »Halt den –«

»Du wirst mich nicht schlagen«, sagte Anna... Und nach einer Pause: »Merke es dir, Gabriele, je schwerer du in der Sünde liegst, um so höher –« Sie unterbrach sich und horchte hinter sich in das Zimmer, wo es auf einmal still geworden war. Sie strich sich mit der Hand traurig über die Stirn und fuhr fort, als hätte sie es auswendig gelernt: »Einmal wird alles in Licht getaucht sein, dort wo die Würmer und die Schlangen wohnen.«

»Ruhig«, flüsterte Gabriele. »Da drinnen –«

»Oh!« sagte Anna. »Sie hat meine Kleider gefunden.«

Gleich darauf hörten sie einen Schrei.

»Gabriele, sie hat ihn geschlagen!«

Mit saugenden Augen beugte sie sich vor. Die Stimme schwebte ihr auf den Lippen und bebte wie Luft: »Wenn du wüßtest, Gabriele, wie süß die Erniedrigung ist und die Sünde...« Ein Schauer überlief sie bis in die Zehen, die sich langsam streckten, und sie ließ schamhaft das Tuch über die Füße fallen und blickte zu Boden. »Du willst ja auch den Krieg aus der Welt schaffen, Gabriele.« Sie lachte leise: »Oh, das geht nicht... Eines Tages wird Deutschland alles Böse der Welt in sich aufgenommen haben, während die andern noch nicht wissen, wie ihnen geschieht, und ein heiliger Kaiser wird sein Volk über die Grenzen führen... So sagt er, Gabriele, und ich glaube ihm.«

Auf einmal zuckte sie zusammen. Sie sank fast in die Knie, fuhr aber schnell wieder hoch. Ihre Mutter pochte mit der Faust gegen die Tür und schrie:

»Anna, bist du da?«

Es war Gabriele, die antwortete:
»Ich bin da, gnädige Frau – Gabriele. Ich habe alles gehört.«
Die Mädchen vernahmen heftige Schritte, eine Tür schmetterte ins Schloß.
Anna sagte gelassen:
»Jetzt sammelt sie ihre übrigen Kinder und die Dienstboten und verläßt das Schloß ... Sie ist reich, und wir sind arm. Wie gut! ... Du fürchtest dich vor der Polizei, Gabriele, er wird sie dir nicht schicken. Aber sie wird sie uns schicken ... Da wir bereit sind, miteinander zu sterben, was kann uns geschehen? ... Ich frage dich?«
Ohne ein Wort stürzte Gabriele hinaus.
Sie ging auf ihr Zimmer und machte sich zur Reise fertig. Lieber Gott, betete sie, lieber Gott, hilf ihm! Du bist am Kreuz gestorben, auch für ihn. Hilf ihm! Ich kann es nicht ...
Sie wusch sich, zog sich um, den Blick fest auf den Spiegel gerichtet, um herauszufinden, ob sie ein Scheusal sei oder nicht. Sie ließ alles zurück, was sie außer ihrem Kleid besaß, das Kleid war fast so gelb wie ihr Haar.
Das Haus lag in furchtsamen Schweigen. Nur die Hunde, die sie einen Augenblick am Fenster gesehen hatten, winselten und rissen bellend an der Kette.
Als sie über die Terrasse schritt, hörte sie aus dem Zimmer ihres Vaters die ruhige, sanfte Stimme Annas. Um nicht am Fenster vorbei zu müssen, machte sie kehrt und nahm den Weg um das Haus.
Das Parktor stand auf. Sollte die Witwe Graeßlin bereits abgezogen sein? ... Sie ließ es, wie es war, mit weit geöffneten Flügeln, und pfiff zum Abschied den Hunden zu, die mit einem Aufheulen antworteten.
Bei der Straßenkreuzung am Waldrand bemerkte sie, daß die zart umwölkte Sonne sich bereits den Vogesen näherte, und begann zu laufen.

Vor dem deutschen Zollgebäude ließ Gabriele den Wagen halten, stieg aus und erreichte, während Aggie über die Schiffbrücke fuhr, auf einem Umweg durch Gestrüpp den Rhein. In einer Bucht warteten die beiden Knaben mit einem Fischerkahn.

»Friede durch die Jugend!« grüßten sie.
Da der Rhein hier eine Schleife machte, konnten sie von der Schiffbrücke nicht gesehen werden, und so ruderten die Jungen ihre schweigsame Führerin unbehelligt an das französische Ufer. »Ich schreibe euch, wann ihr herüberkommen sollt«, rief sie ihnen vom Saumweg zu. Sie warf die Hand über den Kopf: »Friede durch die Jugend!« Die Knaben im Kahn standen stramm, ihre Hand stieg, schnell flatternd, zum Himmel.
Gabriele folgte dem Dammweg stromaufwärts, bis das französische Zollgebäude in Sicht kam, schlug dann einen Pfad durch die Dschungeln ein und betrat zweihundert Meter hinter der Brücke wieder die Straße. Den Arm voll blühender Zweige, lächelte sie einer Radfahrpatrouille französischer Zollwächter entgegen, die gemächlich die Straße heraufkam. Einer der Männer streckte im Vorbeifahren die Hand aus, sie reichte ihm einen Zweig. Eine kleine gelbe Wolke von Blütenstaub stieg in die Luft. Dann bummelte sie auf das Auto zu und setzte sich neben Aggie.
»Du siehst, Aggie, es geht auch ohne Paß.«
»En avant!« befahl sie dem Chauffeur...
In Breuschheim angelangt, es dunkelte schon, wurde Gabriele von Joseph in das Schloß geführt und Aggie von Grether Fritz in den Pavillon.
Ada saß bei mir (Silvio war »geschäftlich verhindert«), wir warteten seit einer Stunde auf den Wagen aus Römerbad. Da ging die Tür auf, Gabriele stürzte herein. In der Mitte des Zimmers machte sie halt. Sie rang die Hände, nickte hilflos, versuchte zu lächeln. Sie trug ein ärmelloses Kleid aus gelbem Leinen, die Haare hingen ihr zerzaust um die Wangen, sie fuhr zwei-, dreimal mit der Hand in die Strähnen, um sie aus dem Gesicht zu schieben.
Ada stieß einen dumpfen Laut aus. Sie wollte aufstehn. Sie breitete die Arme. Doch Gabriele fiel vor ihr nieder, wühlte den Kopf in ihren Schoß und schrie. Es war eine Folge verzweifelter Schreie, mehr als ein Weinen. Ihre Arme hielten die Beine der Mutter umklammert. Adas große Gestalt bebte vom Schluchzen des Kindes.
Ich ließ sie allein und ging in den Pavillon. Dort fand ich Aggie Ruf, wie sie prüfend von einem Fenster zum andern

schritt. »Kann man hier leicht einbrechen?« fragte sie. Ich deutete auf die Eisengitter an den Fenstern.
»Ja, aber die Tür in den Garten«, meinte sie.
Ich zeigte ihr die Riegel der schweren Tür, sie untersuchte sie sorgfältig, dann sprach sie gleichsam über mich hinweg:
»Danke, Claus, darf ich mich etwas ausruhen?« Ich sagte:
»Silvio Wolf hat bestellen lassen, daß er Sie in Unterhügeln erwarte.«
Etwas in meinem Tonfall weckte ihren Argwohn, sie warf rasch einen prüfenden Blick auf mich.
»Danke, Claus, ich kenne den Weg nach Unterhügeln.«
Mit schlecht verhehltem Ärger versetzte ich:
»Und er kennt den Weg hierher.«
»Das ist seine Sache, Claus.«

Kurz bevor Gabriele mit ihrer Mutter nach Unterhügeln fuhr, traf sie auf Jacquot, der draußen auf ihr Erscheinen wartete. Das erste, was sie ihm anvertraute, war:
»Du, unsere Aggie ist gar nicht mehr die, die wir aus ihren Gedichten kennen. Sie war krank vor Angst. Sie fürchtet sich schrecklich.«
»Wovor denn?« fragte Jacquot mit aufgerissenen Augen.
Doch das konnte ihm Gabriele in der Eile nicht erklären.

WIEDERSEHN

Am Tag nach ihrer Ankunft kam von Unterhügeln ein Auto und holte Aggie ab.
Es war der weiße Wagen. In ihm hatte sie oft gesessen, bevor er eine Beute Silvios geworden war, er führte einen Hauch vom Mittelmeer mit, sie begrüßte ihn wie einen alten Freund, mit dem man viel erlebt hat, erst Leichtes, dann Schweres, zum Glück war das Leben stärker gewesen. Der Chauffeur trug eine weiße Livree mit Goldlitzen und Messingknöpfen, wie damals der Chauffeur Gurdons, es war die Livree des Mittags von Tourette. So kam es, daß sie während der Fahrt nach Unterhügeln nichts von der Landschaft wahrnahm. Sie

dachte an den Mittag in Tourette, an den Streit von Tourette, an die Schneeschmelze das Felsgebirge hinunter zum Meer, sie dachte, daß bei jedem der damals dort Versammelten ein Stück seines Lebens an der heißen Sonne vergangen war wie Schnee, der zu Wasser wird, wie Wasser, das die Erde trinkt, um es wieder ins Meer zu ergießen – ja, das Leben, das große, weite Leben erwies sich immer als stärker, sie hatte ihren Mond geschluckt und durfte wieder grünen ... Schon war die Fahrt zu Ende.

Sie wurde vom Ehepaar Wolf auf der Freitreppe des Schlosses empfangen, eine Zuvorkommenheit, die sie plötzlich beängstigte. Aber Ada sagte ihr bei der Umarmung ins Ohr: »Gut, daß du da bist!«, und als auch Silvio mit ausgestreckten Händen auf sie zukam, gab sie sich einen Ruck und rief lachend: »Jeder Zoll ein Schloßherr von Unterhügeln und Gatte einer Hartmann – von der Gräfin Breisach gar nicht zu reden!«

Warum auch davon reden, da die Gräfin ausgelöscht sei, meinte Ada. Aggie zeigte auf Silvio: »Auf dem Löschblatt sieht man es noch!« Sie freute sich, wie gutgelaunt und unbefangen sie sich alle drei gaben, genau so hatte sie sich's gedacht. Einen Augenblick sah sie sich in ihrem Hotelzimmer, Bieterle hielt schwer gepanzert Wache an ihrem Bett, er fuchtelte mit einem unwahrscheinlich langen Ritterschwert, wie man es in Museen findet, und ihr brach der Schweiß aus vor Angst. Das war also vorbei!

»Ich hatte Fieber«, sagte sie laut, und während die andern sie verwundert ansahen, fuhr sie fort: »Aber das macht nichts! Silvio, Sie führen mich jetzt durch Schloß und Park, und nachher komme ich zu dir, Ada, und dann, Ada, dann schwatzen wir wie früher, stundenlang, und Silvio wird die Güte haben zu warten, bis wir das Angelus läuten zum Zeichen, daß es Abend geworden ist und er heimkehren darf aus den Weinbergen des Herrn.« Immer weitersprechend nahm sie seinen Arm, nickte Ada zeremoniell zu und stolzierte mit ihrem Begleiter durch die Tür. Sie sprach und sprach, hastig, überlaut, als wäre sie, seitdem sie Ada verlassen, mit einmal wieder auf der Flucht über Stock und Stein vor jemand, der sie insgeheim am Leben bedrohte, sie hörte den Schwall ihrer Rede, von dem sie wohl annahm, daß er sie den

Blicken des Verfolgers entziehe, und wußte weder, was sie sagte, noch verstand sie die Antworten des Mannes, der sie, treppauf, treppab, durch Gemächer und Gänge führte. Dann brach sie ab. Sie befand sich in Sicherheit. Sie machte halt, um Atem zu schöpfen. »Gut sehn Sie aus, Silvio«, sagte sie, »famos! Gestalt und Farben eines Zwanzigjährigen ...« Er dankte mit einer Verbeugung. Schweigend setzte sie den Rundgang fort und überließ sich seinen Erzählungen, wie eine Rekonvaleszentin sich der Sonne hingibt und dem leichten Wind. Sie raunte sich zu: wird noch eine Weile dauern, bis ich ganz fest bin, eine kleine Weile ...
Er hatte das Schloß, so hörte sie, neu möbliert, und zwar, im Gegensatz zu der modernen Kärglichkeit und Leere von Gurdons Haus in London, mit lauter altem Gerät. (»Was vom alten Gurdon gehört, Aggie? Nein. Ich zum Glück auch nicht.«) Im Park dagegen hatte er Bäume gefällt und einen Garten nach englischem Muster angelegt ... Dies aber, der schönste Saal im Schloß, dies war sein Arbeitszimmer! Er ließ sie in der Mitte stehn und begann durch den großartigen Raum zu wandern. Zwei Wände waren bis an die Decke mit Büchern gefüllt, auf allen Sesseln und Stühlen lagen Zeitungen, ein Radioempfänger verband Unterhügeln mit der Welt. Und da stand, da herrschte, überwältigend, ein Schreibtisch! Er versicherte, er könne minutenlang um den riesigen Diplomatentisch herumgehn, wie angerufen und zu ungewissen Taten ermuntert von Geisterstimmen, und das tat er jetzt auch, während sie noch immer in der Mitte des Saales hielt, nur so herumgehn und sich an seinem Anblick weiden, als wäre der Schreibtisch eine Kriegsmaschine neuester Erfindung, der nichts widerstehn könnte, sobald sie sich einmal in Bewegung setzte.
»Ja, ein herrlicher Schreibtisch!« bestätigte sie und blickte gleichgültig weg.
Eine kleine Weile ..., wiederholte sie für sich und setzte unbemerkt das Wörtchen »nur« hinzu: »Es dauert nur noch eine kleine Weile«, um schließlich als sie sich und Silvio in einem Spiegel erblickte, gelassen festzustellen: dieser Fant könne unmöglich mehr Gewicht für sie erlangen, als sie ihm aus eigenem gäbe, und jetzt zum Beispiel gliche er nichts so sehr als der Modepuppe eines eleganten Herrn in einem

Schaufenster... Gleichzeitig sagte er: »Und nun werde ich Ihnen etwas zeigen«, und er führte sie, beinah feierlich, vor einen Stahlstich: Bonaparte auf der Brücke von Arcole. Jenseits der Brücke sah man alle österreichischen Kanonen und Flinten auf den jungen Kriegshelden gerichtet, diesseits ein Häuflein Franzosen mit aufgepflanztem Bajonett hinter ihrem General herstürzen. Selbst die Verwundeten schienen sich aufraffen zu wollen, um ihm zu folgen, und alle Toten zeigten ein zufriedenes Gesicht. Sie mußte lachen. »Ihr schönster Traum, Silvio – wie?... Aber wissen Sie auch, daß die Sache da mit Bonaparte schiefging? Er kam nicht über die Brücke, sondern mußte zurück und fiel in den Sumpf, und es kostete viel Mühe, ihn herauszuholen.«

»So?« sagte er. »Auf dem Bild steht, die Brücke sei gestürmt worden.«

»Ja, aber nicht von ihm.«

»Von wem denn?«

»Von seinen Truppen.«

Das komme auf dasselbe heraus, meinte er, und sie solle doch nicht die Weltgeschichte schikanieren. Auch er gedenke nicht, das Leben dabei zu lassen. Sie gingen weiter. »Übrigens, fällt mir ein – was ist denn diese Gabriele für ein Wesen? Gestern abend, als sie mit ihrer Mutter hier ankam, sah sie mich kurz an – ich schwöre, wie ein Hund, der lieber seiner Nase vertraut und nur schnell mal die Augen hebt, wenn man ihn beim Namen nennt, und als ich sie küssen wollte, kniff sie den Mund so abweisend zusammen, daß ich davon Abstand nahm. Und nachher bei Tisch war es erst recht ungemütlich, ich war schlecht gelaunt, das Gör saß die ganze Zeit da, als sei sie ausschließlich damit beschäftigt aufzupassen, ob ich Ada kränkte oder nicht...« Eifersucht könne es nicht gut sein, sie kenne ja ihre Mutter kaum. Sollte Jacquot sie bereits gegen ihn aufgehetzt haben? Der Dreikäsehoch behandle ihn nämlich wie ein spanischer Grande. Überhaupt solle Aggie gleich wissen: Breuschheim stehe geschlossen gegen ihn... »Claus hat mir Schloß Unterhügeln verkauft, meinen Sie? Ein Zeichen des Wohlwollens? Ein Zeichen, daß die Herrschaften Geld brauchen, meine Liebe! Nächstens können sie den Pleitegeier in ihr Wappen aufnehmen. So viel habe ich schon heraus.«

»Ach Silvio! Wenn Sie sich auf die Psychologie werfen, erinnern Sie mich immer an einen D-Zug, der unter Pfeifen und Brausen in einen Tunnel einfährt.«
»Ernsthaft, Aggie. Was soll ich von der Kleinen halten?«
Ob sie denn ihm gefiele, fragte sie. Nein, sie mißfiel ihm sogar sehr. Na also, da beruhe es auf Gegenseitigkeit. Ja, gab er zu, sie sei ihm einfach zu selbständig. Das wollte Aggie nicht abstreiten. »Selbständig war sie, weiß Gott.« Ob sie ihr gefiele, forschte er weiter. Aggie sagte aus tiefster Überzeugung:
»Ich bewundere sie.«
Er schmetterte sein Männerlachen hinaus, und sie erschrak vor der rohen Kraft, die verschwiegen auf dem Grund seines Wesens lag, einer Kraft, die sie verabscheute und bei deren Klang sie sich entwurzelt und gleichzeitig geborgen fühlte. Es war wie ein Rest von der Jugend des Urmenschen, die da zum Vorschein kam.
Im Park setzten sie sich auf die Mauer des Steingartens, mitten in die Iberis. Der alte Baron Bock hatte ihn angelegt, aber seit Jahren war er verwildert, und Ada hatte entschieden, daß er so bleiben sollte, eine Wildnis von kleinen kostbaren Pflanzen. Zwischen den Iberis, deren große Sterne blendend weiß waren, ragten gelbe, lila und hellblaue Zwergiris hervor, Eidechsen raschelten, aber Aggie konnte von ihnen nur noch einen grünen Schimmer auffangen, der gleich darauf zwischen den Polstern der Mauerblumen erlosch. Diese Polster (Steinbrech, Aubrietien, Sedum, Sonnenröschen) reichten über die Mauer bis auf den Boden und waren übersät mit Blüten, lauter winzig kleinen vielfarbigen Kronen, die sich steif auf ihrem Stiel hielten, und es gab welche, die reckten sich hoch, als strebten sie, der Erde verhaftet, inbrünstig zur Sonne. In den Beeten drängten sich Narzissen und Darwintulpen zwischen fliegenden Herzen, doch die Herzen flogen nicht, sie hingen in dichten Trauben, und im geschweiften Einschnitt eines jeden von ihnen zeigte sich ein Stückchen weißes Busentuch ... Trollblumen strotzten von Goldtönen – und da waren auch die grünen Eidechsen wieder ans Licht gekommen und lagen reglos unter rosa Kelchen und weißen Kronen.
Aggie schaute, atemlos von Entzücken. Sie bog sich hierhin

und dorthin, nahm die kleinen Pflanzen zwischen die Finger, streichelte flüchtig über sie hin und behauptete, sie höre ein Feuer knistern, und lachte die Fliegenden Herzen an, die nicht flogen, sondern, kokett gelüftet, in Scharen ausruhten, als ginge hier die Heerstraße der Liebe vorbei ... Sie fing an, Silvio eine Geschichte von den Kleinsiegelbewahrern der Sonne, den Trollblumen, zu erzählen, und eine Weile hörte er auch zu, wußte sogar selbst einiges von den Würdenträgern zu berichten, was Aggie unbekannt war, und diese seine Teilnahme erfüllte sie mit einer Dankbarkeit, die sich in einem Schwarm von gerührt vorbeiwischenden, lustigen, geheimnisvoll verhaltenen, spritzenden Worten Luft machte. Mit einmal waren die Trollblumen ihre Trollblumen geworden und das Verständnis, das Silvio ihnen bezeigte, eine Art Liebeserklärung – jawohl, mehr oder weniger eine Liebeserklärung an eine Dame, die, unwahrscheinlich jung, unvorstellbar vergnügt, mit gespreizten Fingern in die Sonne fuhr und sich ziemlich töricht benahm. Jedoch als sie gerade so recht im Zug war und sich, ganz und gar übermütig geworden, ohne Umschweife den Fliegenden Herzen zuwenden wollte, ließ er sie sitzen und redete mit steigender Energie, als ginge er gegen die Sonne selbst an, von Politik, Vertrauensmännern, Wahlkomitees und ähnlichen Dingen. Sie merkte es nicht gleich, erst bei seinem Ausruf: »Gott, Aggie, werden Sie denn nie aufhören, kindisch zu sein!«, wurde ihr klar, welch ein Unglück geschehen war. Und alles in ihr und um sie herum, was in das große Licht geflogen war, kroch gedemütigt an die Erde zurück.

»Habe ich Sie nun so weit?« fragte er.

Sie nickte, ein gehorsames Schulmädchen. »Bitte, noch einmal, Silvio! Da waren also die Vertrauensmänner ... In jedem Dorf Ihres Wahlkreises, sagten Sie, haben Sie deren zwei oder drei, und die sind fest besoldet. Bitte, von wem und wofür?«

Endlich einmal war das vernünftig gefragt! Natürlich von ihm besoldet und dafür, daß sie fest für ihn arbeiteten, Schmarotzer wurden nicht geduldet. Sie hatten Stimmung zu machen für seine Kandidatur, und je nach ihren Leistungen erhöhte sich oder sank ihr Gehalt. Das letzte freilich hätte bedenklich sein können, wenn nicht mit der Senkung des Gehalts automatisch eine Erhöhung der Prämie verbunden gewesen wäre, die für den Fall seiner Wahl einem jeden winkte, der seinen Schweiß für ihn vergoß. Inzwischen holte er sich die Bürgermeister, einen immer hübsch nach dem andern. Jedesmal, wenn er ein halbes Dutzend dieser Prachtkerle von Bauern auf der Seite hatte, lud er sie hier ins Schloß ein und erwies ihnen gewissermaßen die militärischen Ehren. Küche und Keller waren dauernd mobil. Sie sollten sich fühlen, die Herren! Je mehr sie von ihrer Bedeutung durchdrungen waren, um so höher stieg auch er in ihren Augen. »Wir haben knapp noch ein Jahr bis zu den Kammerwahlen«, schloß er. »In der Zeit will es geschafft sein.«

Er sah so komisch aus bei den letzten Worten, streng, fast drohend, daß sie gleich wieder munter wurde. Sie lächelte ihn an. Er lächelte etwas unsicher zurück. Dadurch ermutigt, schielte sie um sich und sammelte alle ihre Verluste wieder ein: die Polster voll kleiner Blumen, die Fliegenden Herzen in der Rabatte, die Iris, den Trollius und schließlich auch die Eidechsen. Mit vorgestrecktem Hals lagen sie da, reglos – nur der Atem lief in Wellenlinien durch ihren Leib, als schlüge ihnen ein zu großes Herz in der grünen Flanke ...

»Ja, und dann, Silvio«, fragte sie unschuldig. »Wenn Sie die Herren glücklich an Ihrer Tafel haben, sagen Sie ihnen dann einfach, daß Sie gewählt werden wollen?« Er machte große Augen. Wie? Was? War er verrückt? Von ihm war überhaupt nicht die Rede! Der heutige Abgeordnete saß dabei und wurde von ihm angetoastet. Was meinte sie denn? War er ein Intrigant, ein Verräter, ein Mann, der mit dem Dolch im Gewande herumging? Nein, die Herrn sollten Gelegenheit haben, Vergleiche zu ziehen zwischen ihm und dem andern, solide, anständige, nachhaltige Vergleiche. Und dann sollten sie selbst entscheiden.

»Und der andere, Silvio? Der jetzige Abgeordnete? Merkt der gar nichts?«

Er platzte aus: »Und ob der was merkt! Aber was soll er denn tun?« Sie warf einen Seitenblick auf die Eidechsen und sah, daß sie den Kopf spitzten und fast unmerklich den Schwanz bewegten. Der Elsässer Bonoparte da sprach ihnen zu laut, Aggie mußte versuchen, das Gespräch zu dämpfen.

»Sich wehren«, sagte sie leise. »Sich wehren, solange es noch Zeit ist.«
Er antwortete im gleichen Ton, und Aggie freute sich diebisch:
»Wogegen sollte er sich wehren? Es ist nichts da, wogegen er sich wehren könnte! Ich tu' ihm ja nichts, ich unternehme nichts Sichtbares gegen ihn, ich toaste ihn an, unentwegt.«
Aggie drehte vorsichtig den Kopf. Die Eidechsen hatten sich beruhigt, ihr Bauch atmete breit und behäbig. Er wiederholte: »Ich toaste ihm zu, – und bin die Loyalität in Person.«
Dies hinderte aber die Herren nicht, Silvio beim Abschied freundlich zuzublinzeln oder ihn auch schon vorher zu zweit und dritt langsam in die Ecke eines entfernteren Zimmers zu schieben und dort eine halbe Stunde und länger um den heißen Brei herumzugehn, daß er geradezu hingerissen war von der Anmut, mit der die schwerfälligen Kerle das taten. Er behauptete, so wie er und seine Bürgermeister, so verständen sich sonst nur noch Verliebte. Wortlos, doch voll Musik.
»Ich begreife, Silvio. Sie kokettieren mit Ihrem Wahlkreis.«
»Jawohl, Aggie, so weit ist es mit uns gekommen.«
»In der kurzen Zeit.«
»In der sehr kurzen Zeit. Sie, Aggie, wundert es nicht!«
»Nein, Silvio, mich wundert es nicht. Ich möchte nur wissen, was mit dem andern geschieht, dem rechtmäßigen Gatten, wenn ich so sagen darf.«
»Genau wie bei einer Ehescheidung. Entweder läßt er sich abfinden, oder es gibt Krach. Ich nehme das erste an. Er ist ein guter Mensch. Demokrat, glaube ich.«
»Glauben Sie?«
»Ich habe meine Bürgermeister gefragt, sie konnten es auch nicht genau sagen. Ach, Aggie, unsre Bürgermeister! Sie müssen sie unbedingt einmal in ihrem Sonntagsstaat an meinem Tisch sehn! Sie werden glauben, da säßen lauter als Bauern verkleidete Kardinäle, Diplomaten, Generäle, Vorstandsmitglieder von amerikanischen Trusten, hauptsächlich aber Kardinäle. Solche Köpfe haben die! Fabelhaft... Wenn ich mich danach im Spiegel betrachte, gefalle ich mir nicht mehr. Ich finde mich fad. Im Ernst! Ich schwöre es Ihnen.«
»Nicht immer gleich schwören, Silvio! Ich glaube Ihnen

manchmal auch so ... Und als was werden Sie kandidieren?«
»Als Heimatrechtler – was denn sonst? Sogar der Präfekt meint, die Canaillen von Heimatrechtlern seien die einzigen, die Aussicht auf Erfolg hätten.«
Er lächelte.
»Und da läßt er mich als Halbcanaille mitlaufen.«
Aggie nahm sich zusammen: »Der Präfekt? Sie haben auch schon mit dem Präfekten gesprochen?«
Er griff nach ihrer Hand, streichelte sie: »Kindchen, der Präfekt – das war mein erster Besuch. Und bei der Hochzeit saß er zur Linken meiner Frau und neben meinem Schwiegervater, dem großen Charles Hartmann. Schade, daß Sie nicht dabei waren, Aggie! Die Blüte des Landes war versammelt ... Ich hatte auch meine Mitschüler vom Bischöflichen Gymnasium eingeladen. Sie können sich denken, was die für Augen machten! In solch einer illustren Gesellschaft waren sie noch nie gewesen, und obschon sie alle längst Notare, Ärzte, Anwälte, Geistliche und Ingenieure sind, saßen sie auf einmal wieder auf der Schulbank und starrten mich an und tauschten heimliche Blicke ... Leider fehlte Claus.«
Er machte eine Pause und schien zu überlegen. »Alle fragten nach ihm«, sprach er zögernd, »ich meine: unsere Mitschüler, und sie hörten nicht auf, von ihm zu sprechen, es war eine Art Schwärmerei ... Wahrscheinlich sehnten sie sich nach einem Anführer gegen mich. Was meinen Sie, Aggie?«
Nun ließ Aggie alles fahren, Mauer und Rabatte, Eidechsen, Park und Schloß Unterhügeln und Silvios Hand, und rief wütend:
»Ich meine, daß bei Ihrer Hochzeit keiner so dick auf der Schulbank gesessen hat wie Sie! Und dann meine ich, daß Sie nach allem, was ich höre, die Katze schon im Sack haben und weder mich noch sonstwen brauchen, um ein großer Revolutionär zu werden. Und ich bin doch hauptsächlich hergekommen, um Ihnen – nun ja, um Ihnen bei der Weltrevolution ein wenig behilflich zu sein, – Sie Scheusal!«
Es kam zu einem kleinen Handgemenge, weil er sie am Arm festhielt und nach ihrer Hand haschte. »Sitzen bleiben, Kind! Ist alles gar nicht so lächerlich, wie Sie glauben. Ein Heimatrechtler, das bedeutet in diesem Augenblick die historisch

gegebene Form eines elsässischen Revolutionärs. Bitte, überlegen Sie, wir greifen den Staat in seinem Kernstück an, dem Zentralismus, wir sorgen dafür, daß die eine und unteilbare Republik Fetzen läßt, wir –« Sie riß sich los, sprang auf den Weg: »Wir laufen unter dem Protektorat des Präfekten als Halbcanaille mit! Die Fahne der Heimatrechte in der Hand, stürmen wir die Brücke von Arcole, und sobald wir drüben sind, schicken wir die Fahne ins Elsässer Armeemuseum! Die nächste Fahne, bitte! Wir verachten alles und alle, um gewählt zu werden!«
Ohne sich von seinem Platz zu rühren, sagte er ruhig: »Wenn Sie schreiben wollen, Aggie, brauchen Sie Papier und Feder. Um Politik zu machen, brauche ich ein Mandat. Einen Moment, bitte! Es kommt mir nicht nur auf das Mandat an, sondern auf meine politische und gesellschaftliche Stellung. Und dafür brauche ich Sie, Aggie. Sie müssen für mich schreiben! Erst werden Sie sich einmal in Ihrem Pavillon einrichten und alte Familienbeziehungen auffrischen, habe ich mir gedacht, dann werden Sie einen politischen Salon eröffnen.«
Mit einem spöttischen Lächeln trat sie einen Schritt näher, und –: du lieber Gott! staunte sie. Wie schön er ist! ... Still in sich gesammelt hockt er da auf der Mauer, locker, schmal, aus der Luft geboren, und atmet, sendet Blicke aus, junge fröhliche Brautwerber – und weiß es, die Ganzcanaille, fühlt sich selbst so dasitzen, rundum in die Luft gegossen und lächeln und blicken und strahlen von diesem Bewußtsein ... Sie schnappte nach Luft, ihre Stimme flog, als sie ausrief:
»Eröffnen! Eröffnen, sagt er! Eine Wirtschaft, einen Modesalon ... Etwas für die Gesundheits- und Schönheitspflege ... Schwedische Massage ...« Er legte die flachen Hände zusammen und hob sie demütig lächelnd zur Brust: »Ganz recht, Aggie. Von alledem sollte etwas dabei sein.« – »Ach. Und wer wird der Löwe meines Salons?« Mit einem Ruck warf er die Hände in die Luft und rief: »Ich!« Sie nickte ernsthaft: »Gut geraten. Und die Löwin?« Er machte große Augen. »Sie! Wer denn sonst, liebe Aggie?« Sie antwortete:
»Ada.«
Er legte die Stirn in Falten. »Ada hat damit nichts zu tun. Sie kann Ihnen behilflich sein, wenn Sie es wünschen.« Sie sah ihn

scharf an, und es dauerte eine Weile, bis sie antwortete. »Abgemacht!«
»Hut ab«, befahl er begeistert, »daß ich Ihre Schläfen sehe!« – und leise, wie bittend, setzte er hinzu: »Die blassen, kleinen Blinklichter Ihres Leibes...« Sie riß den Hut vom Kopf: »Honni soit qui mal y pense! Und halten Sie ja die übliche Entfernung von einem Leuchtturm!«
Schmunzelnd betrachtete er sie und kam dabei langsam auf den Weg herüber.
Als er mit seinen weichen Schritten neben ihr ging, den Hut behielt sie in der Hand, verkündete Aggie:
»Morgen fange ich an... Wenn es nicht ganz ernst wird, amüsant kann es jedenfalls sein.« Er hörte die Fanfare, dies »Wehe dir, wenn du nicht Ernst machst!«, er war daran gewöhnt. Vom ersten Tag, da er sie vom Pazifismus zur Revolution bekehrt hatte, war es ihr Leitmotiv gewesen. Er hörte es gern, zumal wenn es wie jetzt verschleiert erklang, dann nämlich war es die Schamade und kündete seinen Sieg. Die gute Kleine, je heftiger sie um sich schlug, um so gerader führte er sie zu seinem Ziel! Und da ihr dieser Umstand, wie er aus sichern Zeichen schloß, ebensowenig verborgen blieb wie ihm, fragte er sich, ob nicht auch sie am Vorgeschmack ihrer schließlichen Ergebung nasche, während sie beide noch schwer zu kämpfen schienen, wie er selbst sich an ihrem Widerstand erlabe. Er hing ein Lächeln heraus, sie sollte es sehn, und sie sah es. Doch zugleich bemerkte er etwas anderes. Zum erstenmal war sie beim Hissen dieses Zielfähnchens nicht errötet! Er blickte wiederholt hin, so unglaublich erschien es ihm, er beugte sich sogar vor, um des Wunders gewiß zu sein. Während er noch voller Argwohn nach einer Erklärung suchte, sagte sie nebenhin:
»Tut mir leid, Silvio. Ich fürchte Sie nicht mehr. Ich nehme Sie als das, was sie sind, ein etwas verdorbener Knabe. Wahrscheinlich sehr gefährlich, wenn Sie Gelegenheit haben, sich als Mann zu bewähren in Geschäften, Politik, in der Liebe... Doch das kommt bei uns nicht in Betracht.« Rasch ergriff er in gewohnter Weise ihren Arm: »Um so besser, Aggie! Jetzt erst beginnt die wahre Freundschaft.«
»Ja, ich weiß. Ich habe wahr und wahrhaftig meinen Mond geschluckt.«

»Wie, bitte? Was haben Sie geschluckt?«
»Später, Silvio! Ich erzählte es Ihnen vielleicht später. Wenn unsre Freundschaft alt und unerschütterlich geworden ist wie ein Römerturm ... Es ist eine ganze Kosmogonie ...«
»Eine Kosmo –« Gut, gut. Auf später denn ... Sie stehn vor der Tür meiner Frau. Bitte! Ich habe leider zu tun.«
Aggie setzte den Hut auf.

Aggie betrat das Zimmer der Freundin mit den Worten:
»Meine Liebe, ich bin mit mir zufrieden.«
»Das sehe ich«, sagte Ada und zog sie neben sich auf den Diwan. »Heißt das nicht auch, du bist mit uns zufrieden?«
»Doch. Aber anders, als du meinst. Ich bin verliebt in euch beide, eine alte Geschichte. Ihr bereitet mir meine tägliche Portion gutes oder schlechtes Wetter, ich bin geradezu abhängig von euch, sogar in der Fremde, nämlich anderswo als bei euch. Untrügliche Beweise von Verliebtheit, wie?«
»Hör mal, Aggie, warum machst du die Katze? Gleich wirst du dich noch zusammenrollen und schnurren, und dabei spüre ich, wie es dir in den Krallen zuckt.« Aggie hielt ihr die Hände hin. »Sind das Krallen?« Ada klopfte mit dem Finger darauf. »Mein Gott, du manikürst dich ja nicht mehr! Hör mal, Aggie, das spricht stärker gegen die Verliebtheit, als alle Worte dafür wahrmachen könnten.« Sie habe Besseres zu tun, teilte Aggie ihr mit. »Seien wir präzis! Ich bin verliebt in die Mission, die Silvio auf sich genommen hat. Und in dich, so wie du bist.«
»Dann laß mich sein, wie ich bin, und sprich mir nicht gleich am ersten Tag von Politik. Leugne nicht! Du hast schon eine Menge Enterhaken ausgelegt, nicht nur deine kleinen Locken an den Schläfen, obwohl die heute besonders frech und herausfordernd baumeln ... Überall an dir bemerke ich solche Haken und Kriegswerkzeuge, ich finde sie furchterregend trotz ihrer Winzigkeit und halben Verstecktheit. Das schlimmste Vorzeichen aber: du hälst dich so still! Als lägst du schon Bord an Bord mit deinem geliebten Feind ... Heraus mit der schwarzen Fahne, du Pirat! Wenn du schon etwas so Zartes wie eine Jungvermählte nicht schonen kannst, dann bitte, schlage unverzüglich los. Oder vielmehr nein, ich will dir lieber zuvorkommen ... Wir fangen ja jetzt ein neues

Leben an ... Zu diesem neuen Leben also gebe ich dir ein für allemal folgende Erklärung ab. Ich habe das Land, das mein Mann seit einiger Zeit seine Heimat nennt, hauptsächlich von Paris aus gesehn ...«

»Nur von Paris!« verbesserte Aggie, schon war sie sichtlich auf Kampf erpicht. Ada bat, das Nötige womöglich in einem Zug heruntersagen zu dürfen. Aggie setzte sich mit einer Bewegung, die nicht ganz artig und ebenso neu an ihr war, wie die Vernachlässigung ihrer Hände ...

Ada hatte in einem Kreis gelebt, wo man vom Elsaß und von Lothringen mit beleidigter Unlust sprach. Die Unlust in Paris nahm zu, je mehr die Enttäuschung wuchs, die die »wiedergewonnenen Provinzen« dem »Mutterland« bereiteten. Immerhin unterschied sich Ada von ihrer Umgebung durch geistige Selbständigkeit, und ihr Mißtrauen gegen alles, was öffentliche Meinung hieß, hätte sie auch hier in die Opposition getrieben, wenn eine Opposition zu erblicken gewesen wäre. Sie hörte aber nur, wie die elsässischen Führer bei allen Heiligen schworen, sie seien die besten Franzosen und geradezu selig, nach so langer und bitterer Prüfung in den Schoß der »Mère-Patrie« heimgekehrt zu sein. Im selben Atem hielten sie freilich der Mère-Patrie lauter Schönheitsfehler vor, von denen sie überdies versicherten, daß man sie bei dem früheren deutschen Vaterland vergeblich gesucht hätte. Dann wieder hörte Ada sie Deutschland belasten und endlos wiederholen, sie seien wahr und wahrhaftig befreit, befreite Brüder der Franzosen, – worauf sie sich, gewissermaßen von diesem Bad in Patriotismus gestärkt, gleich wieder heiser schrien über das Joch, das der brüderliche Unverstand ihrer Befreier ihnen auferlegte. Ein Hin und Her, worin sich außer einigen gelehrten Elsässer Lamas niemand auskannte. Ada jedenfalls begriff nicht, wie man aller Welt erzählen konnte, zur deutschen Zeit sei die Eigenart des elsässischen Volksstammes besser geschont worden, während man dieselbe Zeit und das Volk, zu dessen Sprachgebiet man gehörte, verleugnete oder gar als etwas hinstellte, wovon man hatte befreit werden müssen. Ihr Mißtrauen wurde noch durch den Umstand gestärkt, daß die schlimmsten Ärgernisse der deutschen Zeit, Monarchie, die Person des Kaisers, politische und gesellschaftliche Vorherrschaft des Militärs, im heutigen

Deutschland nicht mehr bestanden und daß es kaum ein andres Land gab, in dem die Kirche so mächtig war wie gerade das Land, von dem befreit worden zu sein ein Glück bedeuten sollte, ein Glück, das auch die Herren Geistlichen priesen, wenigstens sobald sie in der Öffentlichkeit auftraten. Den Staat aber, der sie befreite, den schimpften sie Freimaurerrepublik. »Mein Vater«, sagte sie mit einem Stolz, den Aggie komisch fand, »mein Vater ist Freimaurer.«
»Ach nein?« rief Aggie mit gemachter Ungläubigkeit. »Gibt es das wirklich, Freimaurer?«
»Die Abgeordneten, die du schätzt, sind es jedenfalls nicht, liebe Aggie. In der Beziehung kannst du mit ihnen zufrieden sein.«
Dafür aber war ihr »Vive la France«-Rufen so epidemisch geworden, daß der Präsident der Abgeordnetenkammer einem von ihnen, der die Regierung angriff und dabei wieder einmal an die gute alte Zeit erinnerte, hönisch zurufen konnte: »So schreien Sie doch ›Vive la France‹!« Was der Abgeordnete zwar nicht wörtlich, aber doch dem Sinne nach tat, indem er in einer flammenden Improvisation sein Herz öffnete und darin das Bild Frankreichs zeigte, strahlend und geliebt wie eine Madonna. »Entweder verstehe ich nichts von Liebe«, meinte Ada, »oder ich verstehe nichts vom Elsaß.«
Aggie wandte ein, Regierung und Land seien nicht immer dasselbe. Ada gab es zu. »Nein, nicht immer. Aber da unsre Abgeordneten sich unter allen Regierungen gleich verhalten, scheinen sie doch gar keine Unterschiede kennen zu wollen.«
Sie hatte jenen Abgeordneten, dem befohlen worden war, Vive la France zu rufen, auf der Kammertribüne beobachtet. Er war weiß im Gesicht, der arme Mann sprach gegen eine Mauer von Feindseligkeit, eine jener Mauern, an denen man erschossen wird, und er spürte die Drohung aus achthundert Augen auf sich gerichtet, er ballte die Fäuste, und dann, dann hatte es des ganzen elsässischen Temperamentes, des verzweifelten Mutes eines Rheingaskogners bedurft, um auf so viel Bosheit – mit einer Liebeserklärung zu antworten... Der Mann log, in diesem Augenblick wenigstens log er, inbrünstig. Jedermann in der Kammer fühlte es. Wie eine

Frau, die von ihrem Mann bei einem Fehltritt überrascht wird, log er drauflos, blind und taub gegen sich selbst, und auch die Kommunisten, die einzigen in der Kammer, die ihm vielleicht wohlwollten, konnten dazu nur lächeln. Ada zweifelte nicht, daß der arme Kerl nach wenigen Sätzen selbst an seine Lüge glaubte, und als sie es gewahr wurde, empfand sie körperliche Übelkeit und verließ schnell die Kammer.
Inzwischen hatte Aggie die Überlegung angestellt, daß ein Versuch, der Freundin Verständnis für die heimatlichen Verhältnisse beizubringen, weder erfolgversprechend, noch überhaupt angebracht sein könnte. Denn für diese Dinge war sie da. Und Ada nur für die Liebe ... Sie rüstete ab. Um es zu verschleiern, täuschte sie gespannteste Aufmerksamkeit vor, obwohl sie nur noch mit halbem Ohr zuhörte. Allmählich vollzog sich bei ihr die Verwandlung in den Irrwisch. Die gestrafften Schultern sanken herab. Die Hüften drehten sich leise, als lockerte sie auf die Weise vorsichtig eine Schraube, zugleich kletterten die Hände die Goldkette hinauf und schlossen sich, am Hals angelangt, spielend zusammen. Jetzt wippte sie mit dem Fuß. Zuletzt begann ein Lächeln an ihren Mundwinkeln zu zittern, ein ratloses Lächeln, das nicht wußte, ob es sich dort niederlassen sollte oder nicht. Ihre grauen Augen aber blickten Ada fest an.
»Gewiß«, warf sie hin. »Ich begreife dich vollkommen. Mit diesem Standpunkt läßt sich hier sehr nett leben ... Man kann vor der Tragödie eines Volkes die Augen verschließen und dennoch glücklich sein – ohne Bosheit gesagt, meine Liebe! Glück ist eine Kraft wie eine andere.«
»Nein«, sagte Ada ruhig, »von dieser angeblichen Tragödie will ich freilich nichts wissen, ich verstehe nichts davon und will nichts verstehn. Der Nationalismus der großen Völker hat mich nie angesprochen. Warum sollte ich mich an den Selbstbefriedigungsrausch eines kleinen Volkes hängen? Unter einem Volk, einer Nation kann ich mir einfach nichts vorstellen, liebe Aggie, zum mindesten nichts, was ich lieben könnte. Allgemeine Vorurteile, die in der Phantasie der Völker dauernd ihr Bild wechseln, mitmachen, sogar mit Leidenschaft, gelingt mir nicht einmal bei der Mode, und als Frau kannst du ermessen, was ich da sage. Ich schaue zu, wie mein

Mann mit grotesken Schemen um die Wette läuft, er läuft hübsch – hübsch sage ich, um nicht zu übertreiben. Nun, und das muß mir eben genügen.«

»So lange hintereinander und so heftig habe ich dich mein Lebtag nicht reden hören«, sagte Aggie, als die Freundin zu Ende war. »Doch darin muß ich dir zustimmen, Nationalismus, Patriotismus sind keine Angelegenheiten der Gesinnung, sondern der Sinnenlust, und ja, wie jede Sinnenlust wird er bei dem einen zu echter, sauberer Leidenschaft, beim andern führt er zu lasterhaften Gewohnheiten ... Für uns, meine Liebe, ist die elsässische Politik nur ein Teil der großen Revolution, das Stück von ihr, wo wir eben anpacken können. Liebe zur Menschheit beginnt im eigenen Haus. Hier, wo wir zu Hause sind, wo wir hingehören, hier fangen wir an, die Welt zu ändern.«
Ada versetzte mit unerwarteter Kälte: »Glaube doch nicht, daß du je eine anständige Revolutionärin wirst ... Du bleibst ewig eine Bürgerin, Aggie, und wenn du in die Fabrik gingest und als Proletarierin lebtest, alle und du selbst würden dich als eine verkleidete Person empfinden. Deine Revolution ist 1789 gemacht worden, und weiter kommst du nicht in deinem innersten Wesen, und wenn du dich noch so anstrengst. Weiter als zum Überläufer oder Gastdirigenten in der Unterwelt, wie Claus Breuschheim sagt, weiter bringst du es einfach nicht.«
Aggie nahm den Hut ab und schüttelte die Mähne. »Claus Breuschheim und du, ihr versteht euch wohl gut?«
»Wir sehn uns leider fast nie ... Das Wort vom Gastdirigenten in der Unterwelt hat er zu Silvio gesagt.«
»Ach nein ...?«
Nach einer Pause erklärte Aggie im Plauderton:
»Du irrst dich, Ada ... Du warst eben nie religiös ... Ich habe die Wahrheit erkannt und sie mit allen ihren Folgen auf mich genommen ... So wie ich einmal katholisch lebte, mit Gebet, Beichte, Kommunion, katholisch bis in den letzten Winkel in mir und draußen. Man nennt es Disziplin. Es ist nichts andres als – tätiger Glauben.«
»Mit dem Unterschied, daß er nicht dein Glaube ist, Aggie! Entschuldige vielmals! Du hast einen fremden Glauben angenommen, einen, der für das Proletariat die Natürlichkeit selbst sein mag, zu dem du dich aber erst hast überreden müssen, ich

vermute, mehr mit dem Verstand als mit dem Herzen, du bist von deinem Leben weggeirrt zu einem andern, dessen Gesetze für dich nicht gelten, die du künstlich zu den deinen machen willst...«

»Ob es die meinen sind oder nicht, ich beuge mich ihnen. Ich nehme sie auf mich, weil sie die einzig gerechten Gesetze sind.«

»O Aggie, da fällt mir etwas ein, ich muß es dir erzählen. Ich habe ein junges Mädchen gekannt, eine Freundin unsrer Tante Sidonia in Rheinweiler – eine Russin, schön, reich, wohlgeboren, Kosmopolitin vom reinsten Wasser. Es kam der Krieg, und ich hörte nichts mehr von ihr. Kürzlich traf ich nun in Paris einen ihrer Brüder, den einzig Überlebenden ihrer fünf Brüder, und der erzählte mir, was aus ihr geworden ist. Sie hatte sich, so sagte er, in einen Bolschewiken verliebt, den Leiter der Tscheka in einer südrussischen Stadt, und leidenschaftlich wie sie war, bot sie sich aus Liebe zur Henkerin an. Sie marterte ihre Opfer, sie knallte sie nieder, ungefähr jeden Tag, den Gott ihr schenkte, bis die Weißen die Stadt einnahmen und ihrerseits die Henkerin marterten und schließlich an den Galgen knüpften. Bei diesem Vorgang, sagte der Bruder, bewies sie die größte Kaltblütigkeit, er habe nicht anders gekonnt, als sie aufrichtig zu bewundern. Er stand selbst mit dabei, als sie gehenkt wurde... Ja, sie waren wohl beide stolz aufeinander, auf die Unerbittlichkeit ihres Hasses, des eigenen wie des andern, auf das, Aggie, was du tätigen Glauben und Disziplin nennst... Der Bruder erklärte übrigens die Tollheit der Schwester mit der Liebe, die Liebe hatte sie dazu gebracht, ihresgleichen zu martern und hinzurichten – zur größeren Ehre des roten Gottes... So sah er es an. Im Anfang war die Liebe, sagte er lächelnd.« Pause. »Glaubst du das, Aggie?«

Die beiden Frauen drehten einander gleichzeitig den Kopf zu und starrten sich an, und da sie Schulter an Schulter auf dem Diwan saßen, berührten sich fast die Gesichter, das eine schmal, leicht umlockt, unruhig emporgehoben zur strengen Stille des andern. Aggie zuckte die Achsel und stand auf.

»Ich auch nicht«, sagte Ada. »Es war nicht die Liebe. So weit hätte Liebe allein sie nicht gebracht. Es war die Disziplin. Die Disziplin der Neubekehrten.«

Aggie ging ein paarmal durch das Zimmer und sprach über die Schulter: »Die ersten großen Führer des Kommunismus waren alle Bürger. Neubekehrte. Überläufer.«
»Aggie! Eben hörte ich genau die Stimme Silvios, wie er dir wörtlich das gleiche auf der Promenade in Nizza zurief. Ich wunderte mich damals, daß dir die einzig richtige Antwort nicht einfiel. Dafür nämlich waren jene Führer auch die ersten. Sie liefen nicht über – die Arbeiter liefen zu ihnen über. Sie wurden nicht bekehrt. Sie waren es, die bekehrten. In der selbstlosesten Weise. Heute aber – ach, Aggie, wenn du einverstanden bist, lassen wir das, es macht mich krank. Und es nimmt auch kein Ende.«
»Wenn ich dich recht verstehe«, meinte Aggie, ihr Spott klang ziemlich ungezwungen, »erhebst du die Unbelehrbarkeit zu einer sittlichen Forderung der Bourgeoisie. Keiner von uns soll aus der Tretmühle« (sie stampfte mit den Füßen, krallte die Hände), »keiner soll aus der Tret- und Würgmühle ausspringen dürfen.«
»Doch, soviel du willst. Nur nicht, um in eine andre Tret- und Würgmühle hineinzuspringen. Denn, siehst du, das sind dann die schlimmsten. Sie müssen es jedem vor Augen führen, wie ernst sie es nehmen mit ihrer neuen Religion. Sie hätten Marx selber und Engels und Lenin und Trotzki, alle und jeden hätten sie in einem Kellergewölbe niedergeknallt, wenn sie ihnen ausgeliefert worden wären.«
»Selbstverständlich«, warf Aggie hin.
»Erlaube, Aggie, ich spaße nicht. Wer sagt dir denn, daß heute nicht Männer vom Format eines Marx in den Sowjetgefängnissen sitzen oder gesessen haben?«
»Niemand sagt das. Es kommt heute gar nicht mehr auf solche Köpfe an. Seitdem die Masse in einem Weltteil wie Rußland an die Macht gelangt ist, spielt die Theorie keine große Rolle mehr, die wirtschaftlichen Verhältnisse verschieben die Figuren des Schachbretts ganz allein, und ob die, die dabei etwas nachhelfen, Müller oder Lenin heißen, bleibt sich am Ende gleich. Nur hart müssen sie sein und zielbewußt. Es geht Zug um Zug, mit ihnen oder ohne sie, und wer ausläßt, fliegt über Bord. Wir stehn in voller Aktion, und die, meine Liebe, muß sich ihren Weg bahnen, wie und wo sie kann, da es sich nun einmal darum handelt, das Schicksal zu beschleuni-

gen. Je grausamer die Revolution, um so schneller der Sieg. Es ist wie im Krieg.«

Sie blieb am Fenster stehn. Hinter einem Durchhau in den Parkbäumen sah sie Schloß Breuschheim, ohne es zu erkennen. Im Zimmer blieb es still.

Sie hielt die Lippen zusammengepreßt, daß es über ihr Gesicht hinzuckte, sie wußte, was die Freundin jetzt sagen würde, und fürchtete sehr, es könnte in einer Weise geschehn, die ihr die Haltung raubte. Denn was auch immer Ada sagen mochte, es betraf ihre Freundschaft viel mehr als ihre Meinungsverschiedenheit. Während sie über Politik zu sprechen schienen, wurde über ihre Freundschaft abgerechnet. Sie kämpfte gegen Tränen und verhöhnte zugleich ihre Weichherzigkeit... Aber warum, warum sollte sie nicht weinen, warum nicht die Nähe des jungen Gottes spüren dürfen, der auf Grabsteinen die Fackel trauernd zur Erde kehrt, wenn eine große Freundschaft, die Treue eines ganzen Lebens vor einem in Stücke bricht... Sie bewegte den Mund, es war wie Erlösung, und der Mund sprach wortlos: Was fallen will, soll man stoßen...

Endlich kam es dumpf klagend, wie mühsam emporgehoben aus der Tiefe:

»Wie im Krieg«, stöhnte Ada. Und nach einer Weile: »Aggie Ruf sagt – wie im Krieg!«

Es war die Prüfung, auf die Aggie sich oft in Gedanken vorbereitet hatte... Sie wartet noch auf Äußerungen wie: »Bis jetzt habe ich es nie recht geglaubt... ich dachte, wenn du eine Zeitlang allein gewesen bist und dich wiedergefunden hast... wenn wir uns wiedersehn...« Sie wartete lange. Als sie sich umdrehte, vorsichtig, um nicht zu plötzlich auf das für immer verstummte Gesicht der Freundin zu stoßen, war das Zimmer leer. Sie blieb angewurzelt stehn und bewegte leise den Kopf hierhin und dorthin. Das Zimmer war leer.

Dann erblickte sie Gabriele. Das Mädchen glitt auf sie zu und flüsterte:

»Was hast du meiner Mutter getan? Sie ist ja ganz verstört. Geh, bitte, sofort zu ihr!«

Aggie, kühl, sie wunderte sich selbst, wie kühl, sagte: »Vielleicht hat sie Angst?«

»Wovor?... Ah!« Sie suchte Aggies Augen. »Erinnerst du dich, wie du Angst hattest, als du krank warst?... Ist es das?«

Statt zu antworten, wollte Aggie fragen, wo Ada zu finden sei, im selben Augenblick aber warf Gabriele den Kopf in den Nacken und lauschte. Ihre Züge verfinsterten sich. »Er holt meine Mutter zum Spaziergang ab«, sagte sie hastig, und: »So darf er sie nicht finden.«

Sie verschwand, als wäre sie am Waldrand in einen Busch zurückgetreten.

Jetzt erst hörte Aggie jemand den Gang heraufkommen und erkannte Silvios Schritt.

Unter heftig einsetzendem Herzklopfen wartete sie, daß er an der Tür vorbei sei. Ein wenig vorgebeugt, mit einem merkwürdig unsichtbaren Lächeln, dem Privatlächeln eines fertig geschminkten Clowns hinter den Kulissen, horchte sie in die Stille hinein. Als sie sich ihrer Haltung bewußt wurde, richtete sie sich wie ertappt auf, zählte bis drei, öffnete die Tür und lief leise über den Gang zur Treppe.

Die feste Landstraße unter sich, marschierte sie nach Breuschheim. Sie schaute sich summend auf der Erde um und im Himmel, marschierte und war erstaunt über die Menge blühender Bäume und noch mehr über eine Strichwolke, die wie der Rauch von all den Blüten im strahlenden Himmel hing. Mit keinem Gedanken dachte sie an das zurück, was geschehn war. Sie wollte nicht. Sie kam unter einem Apfelbaum vorbei, den ein Bienenschwarm in eine dröhnende Orgel verwandelte, hielt an und beteiligte sich an dem Gesang, indem sie ihr Summen anschwellen ließ, so hoch es ging. Zufrieden mit ihrer Leistung setzte sie den Weg fort.

Die Straße begann zu steigen, und als sie bei dem unablässigen Summen außer Atem geriet, ließ sie nach und suchte, was das für eine Melodie sei, von der sie behext war. Auf der Höhe angelangt, verstummte sie ganz – von unten blickte Schloß Breuschheim sie aus flammenden Fensterscheiben an...

Ach ja, rief sie: du bist bös, weil ich in Adas Zimmer nicht die Zeit fand, dich richtig zu beachten! Ja, das bist du also! Schön, schön. Schloß Breuschheim. Du wirst mir doch deshalb nicht den versprochenen Tee entziehen – oder sind das bloß Warnungsfeuer, weil es schon zehn Minuten nach fünf ist?...

Als die Melodie sich beim Weitergehn wieder einstellte, erkannte sie den Militärmarsch von Schubert, und nun pfiff sie ihn. Erst recht!

»Verzeih, daß ich dich in deinen Gefühlen verletzt habe«, sagte Aggie beim nächsten Wiedersehn mit Ada.
»Meine Schuld«, erwiderte Ada. »Ich hätte das Gespräch vermeiden können. Dennoch, es ist gut so. Wir wissen beide Bescheid.«
»Gewiß«, bestätigte Aggie, und sie sprachen von einem neuen Roman, der nur als Privatdruck hatte erscheinen können, den aber jederman las. Aggie nannte ihn ein obszönes Buch, Ada eine erfrischende Lektüre für Damen der älteren Generation.
»Und wie gefallen dir die diesjährigen Sommerhüte?« fragte Aggie.
Nachdem das unverfängliche Thema gefunden war, verweilten sie dabei, bis Silvio seine »Mitarbeiterin« zu sich bitten ließ, um die Einladungsliste für die Eröffnung ihres Salons aufzustellen.

BREUSCHHEIM UND UNTERHÜGELN

Bald herrschte bei uns ein Leben wie zur Zeit, als mein Stiefbruder Ernst und die kleine Hartmann, seine Frau, ihre politischen Sitzungen abhielten. Der Pavillon überm Hof (es war abgemacht, daß er nicht zu »uns«, zu Breuschheim gehöre, sondern als »exterritorial« zu gelten habe) bewährte seine alte Anziehungskraft, das gleiche Publikum wie früher erschien am zweiten und vierten Samstagabend des Monats und bestand aus dem, was man die gute Bourgeoisie nennt. Wenn man die Herrschaften reden hörte, glaubte man, sie rezitierten den ›Temps‹ oder das ›Journal des Débats‹.
Der Schloßherr von Unterhügeln sprach wie sie, wenn er auch befremdende Ansichten vertrat. Sie hatten ein feines Ohr und entschuldigten vieles, weil er es gewissermaßen in einer höheren Gaunersprache ausdrückte, einem Weiß-

welsch, woran sie einander über ganz Frankreich hin erkannten. Diese Sprache enthielt alle materiellen und seelischen Eigenschaften der Kaste in Reinkultur.
Dem Neuling Silvio ging die Ausdrucksweise des vaterlandliebenden, gebildeten, höflichen Bürgers, der sich einen Enkel Voltaires und Sohn der großen Revolution nennt, ungesucht vom Munde, volltönig und flüssig, als sei er auf einem Paket Staatsrenten geboren. Auch konnten deshalb seine politischen Ansichten unmöglich so gefährlich gemeint sein, wie sie klangen. Die Schlaueren witterten in ihm das Tier, das die Herde nur verließ, um nach einiger Zeit an ihrer Spitze wiederzukehren ... Wahrscheinlich stimmte es, daß er von »ganz kleinen Leuten« abstammte (niemand hatte je von einer Familie Wolf aus dem hinteren Münstertal gehört), aber durch Heirat gehörte er zur mächtigen Familie Hartmann und: »die Republik kennt keine Klassenunterschiede«.
Außerdem war ja auch der Präfekt da und versicherte jedem, der einzige Heimatrechtler, der Achtung verdiene, sei Herr Silvio Wolf, und wer weiß, vielleicht würde ein Abgeordneter aus ihm. Die Regierung zweifle nicht, daß in diesem Fall das Land den Führer und ehrlichen Sachwalter erhielte, den es seit langem verdiene ... Wenn der Präfekt so sprach, schaute er seinem Gesprächspartner tief ins Auge und lächelte unmerklich. Es war ein berufliches Lächeln, das keine photographische Platte festgehalten hätte ... Vor allem rühmte der Präfekt Silvios Begeisterungsfähigkeit, »eine unschätzbare Tugend in unsrer merkantilen und blasierten Zeit«, und dabei wiederholte er das Zeugnis Saint-Simons, das Aggie ihm bei Gelegenheit zugleich mit einem Gläschen Curaçao überreicht hatte: »Man muß begeistert sein, um Großes zu vollbringen!« Die Enkel Voltaires und die Töchter der Großen Revolution dachten an die Polizei und stimmten zu.
Die einzige, die ihren Gästen und damit der Republik wirkliche Rätsel aufgab, war Aggie Ruf.
Von Geburt gehörte sie zu ihnen. Jedem waren Herkunft und Umstände der Familie geläufig. »Ah! le bon docteur Ruf!« konnten die Damen Aggie freundlich zuflüstern. »Was würde er sagen, wenn er seine Tochter hörte!« Aggie biß sich auf die Lippen, um nicht zu antworten: »Euer bon docteur Ruf war ein verdammter Heuchler, und einige eurer Mütter dürften es

erfahren haben!« Gegen ihr Französisch war ebensowenig einzuwenden, es hatte unter der deutschen Schriftstellerei nicht gelitten, und wenn sie sich auch gesucht originell ausdrückte, ja geradezu tollkühn, so erwies es sich doch, wenn man aufpaßte, als untadeliges Französisch. Sie pflegte Beziehungen zu Leuten, die große französische Namen trugen, und sobald sie merkte, daß der Boden der Elsässer Bourgeoisie unter ihr wankte, rührte sie tüchtig mit dem Quirl, ließ die schönen Namen schäumen und war gerettet. Die Enkel Voltaires und die Töchter der Großen Revolution hingen ehrfürchtig an ihren Lippen. »Elle est très bien, mais un peu sauvage«, hieß es dann – anständig sei sie, aber eine Halbwilde, jedenfalls eine exotische Erscheinung. Zuweilen konnten ihre Eigentümlichkeiten allerdings erschreckende Formen annehmen.

Mitten in einer Unterhaltung erhebt sie sich, steht da und guckt flammenden Hauptes in die Luft, als ob sie eine Erscheinung hätte. Oder – statt auf eine Frage zu antworten, eilt sie zur Bibliothek und beginnt in einem Buch zu blättern, ohne sich zu kümmern, wer kommt und geht und was um sie geschieht. Was fehlt ihr? Fühlt sie sich unwohl? Ebenso plötzlich kehrt sie zu ihren Gästen zurück, von denen sie annimmt, sie hätten unterdessen geschlafen, denn sie weckt sie gleichsam mit freundlichen Zurufen, schwebt liebenswürdig von einem zum andern und bemüht sich, eine Unterhaltung in Gang zu bringen, die keine Minute gestockt hat. Oder sie unterbricht den Präfekten, entschuldigt sich, verstummt, entschuldigt sich von neuem und setzt zu einer Erzählung an – der Anfang der Erzählung bleibt unklar, sie hat auch kein erkennbares Ende. Aggie jedoch findet die Geschichte gut und schüttelt sich vor Lachen, ein kleiner, blonder Irrwisch, der unverständliche Tänze aufführt. Sie ist reizend, wirklich reizend! Aber eben eine Halbwilde.

Nicht immer fällt es den Gästen leicht, ihr Mißvergnügen unter höflichen Äußerungen der Teilnahme zu verbergen. Aggies Rede erlaubt nicht den geringsten Zweifel an ihrer Gesinnung. Sie ist Autonomistin strengster Richtung, und der sympathische Herr Wolf gilt für ihre »âme damnée«, ihr Opfer, das sie nicht aus den Klauen läßt, obwohl sein »Guter Engel«, nämlich Ada, »bitterlich« um ihn ringt. Ja, den

Damen in ihrem Feingefühl ist es nicht verborgen geblieben, daß zwischen Ada und Aggie ein schleichender Kampf um diesen Mann geht, und in allen Ehren deuten sie ihn als einen Wettstreit zwischen der französischen Lebensart Adas und Aggies Gewöhnung an deutsches Denken und Fühlen. Sie sagen von ihr: »un esprit entaché d'allemand«, ein vom Deutschen befleckter Geist, was beinahe unzüchtig klingt...

Von alledem erzählte sie mir lachend, wobei sie die auftretenden Personen vortrefflich darstellte.

»Die Weltrevolution erwähnen Sie selten?« fragte ich einmal.

»Ja, Claus. Denn vor der fürchten sie sich viel weniger als vor der Autonomie...«

Der erste Samstagabend des Monats gehörte den Bürgermeistern und anderen hervorragenden Vertretern der Landbevölkerung. Sie wurden nach Unterhügeln ins Schloß geladen. Sicher waren diese Abende trotz der Zurückhaltung der Teilnehmer die lebendigsten und wesentlichsten von allen, aber ich war leider nie dabei. An den dritten Samstagabenden erschienen unsere Schulkameraden, die »Bischöfler«, jeweils mindestens ein Dutzend.

Ada nahm an der Mahlzeit teil und hielt sich auch noch kurz in den Salons auf, bis die überflüssigsten Dinge der Welt, nämlich ein viel zu starker und bitterer Mokka und süße Liköre hereinkamen. (Kirschwasser und Kognak blieben vorsichtshalber ausgeschlossen.) Sofort nahm die Unterhaltung an Tonstärke zu. Man trank den Mokka oder trank ihn nicht, widerwillig hielt man sich mit den Likören in Gang, und nachdem die Anstandspause überstanden war, gab es endlich wieder ehrlichen Wein.

Aber da saßen noch die geistlichen Herrn und versuchten französische Gewächse. Sie hielten das Glas gegen das Licht, schlürften bedächtig und ließen das feurige und duftende Werk der Sonne auf der Zunge zergehn. Die Gespräche setzten sich in Hemdsärmel, ohne die großzügig gesteckten Grenzen der Schicklichkeit zu verlassen. Das ging so, bis die Pfarrerskameraden aufbrachen und die zurückbleibenden weltlichen »Bischöfler« nach ihrem guten, etwas sauern, bekömmlichen Landwein verlangten. Der Wein wurde in großen Krügen in Silvios Arbeitszimmer gebracht, wohin alle übergesiedelt waren, und es hob ein Gelage an, von dem die Bewohner von Dorf Unterhügeln behaupteten, es erinnere an die Schießerei auf dem Hartmannsweilerkopf während des Krieges.

Der einzige, der den Wein verschmähte, war der Hausherr. Er trank Mineralwasser, eine Flasche nach der andern. Wäre er nicht sehr glatt und, mit dem Doktor zu reden, »englisch aufgezogen« gewesen, er hätte an Attila erinnert, der auch so dahockte, Wasser trank und von einem Podium herab zusah, wie seine Horden sich betranken. Manchmal wurde dem Diener befohlen, die Fenster zu schließen, worauf einer, der außer Weißbrot auch noch frische Luft brauchte zum Trinken, sie gleich wieder aufriß. Silvio schickte den Diener ins Bett, und jetzt war's recht. Die ganze Bande stieg geschlossenen Zuges in den Keller und holte sich selbst ihren Wein.

Die unbestrittenen Häupter der Sippe waren François Kern (er gehörte nun dem Generalrat des Unterelsaß an) und der alte Scharfrichter der Klasse, Hubert Adam. Kern redete gern und gut und betrachtete zwischendurch als Kenner und bescheidener Sammler die Stiche von altelsässischen Städten an der Wand. Adam kauerte in der Ecke eines Sofas und grämte sich.

»Schlechter Beruf, Scharfrichter – werden alle melancholisch und kommen ins Saufen!« hänselte ihn Kern, der bei ihm vorbeikam. Der andre rührte sich nicht. Jemand rief herüber: »Als Chirurg wird man geboren, er kann nichts dafür.« Das war einer, der hatte neun Jahre lang die Mathematikarbeiten von Adam abgeschrieben... Der Doktor lächelte. Noch immer empfand er etwas wie Zärtlichkeit für den Burschen, der ohne ihn niemals über die Quarta hinausgekommen wäre.

»Er lächelt«, schrien die Bischöfler, »unser Scharfrichter lächelt! G'sundheit!« Adam hob das Glas und trank, und Kern, dadurch ermutigt, beugte sich über ihn und fragte leise: »Wie steht sie – die Schlacht mit dem Tod?«

»Schlecht«, knurrte der Doktor. »Laßt mich in Ruh'.«

François Kern begab sich an seinen Platz. An der einen Schmalseite des großen Tisches saß er, an der andern der

Hausherr. Silvio hatte gerade festgestellt, die ganze Klasse, bis auf Adam und einen armen Teufel von Amtsrichter, die es nicht sagten, sei autonomistisch. »Und du?« fragte Kern. – »Ich auch.« Kern lachte. »Und was sagt der Präfekt dazu? Und Schwiegervater Hartmann? Muß ihnen doch verdammt peinlich sein, wenn bei den Wahlen die Höllenmächte der einen und unteilbaren Republik auf einen so netten Jungen losgelassen werden... Ich meine für den Fall, daß du dich aufstellst.«

»Möglich.«

»Was ist möglich?«

»Daß es die Herren ärgert.«

»Hör mal, Wolf! Im Ernst! Alle Regierungstruppen: Nationalkatholiken und Freimaurer, Sozialisten und linientreue Kommunisten, marschieren begeistert gegen François Kern und seine Freunde. Gegen Silvio Wolf aber, gegen ihn kann der Präfekt sie doch nur zum Schein marschieren lassen. Man wird stutzig werden. Es wird zumindest an Begeisterung fehlen... Ich meine für den Fall, daß du dich aufstellst.« Die Bischöfler begannen etwas zu merken. »Für den Fall, daß du dich aufstellst!« wiederholten sie feixend. Jedoch, obwohl sie stramme Heimatrechtler waren, schmunzelten sie wohlwollend über die Beziehungen Silvios zum Präfekten, als seine Mitschüler fühlten sie sich mitgeehrt. Daran änderte auch die Antwort nichts, die Silvio gab:

»Mit dem Schein irrst du, François. Kampf bis aufs Messer gegen die Autonomisten, sofort und immer schärfer, so lautet die Parole. Bis zu den Wahlen wird noch allerhand erfolgen. Schwere Schläge. Der letzte und schwerste am Vorabend der Wahlen. Ich warne dich als Freund!« Die Bischöfler schmunzelten noch immer, keiner fürchtete sich.

»Was der alles weiß!« meinte Kern. »So? Kurz vor den Wahlen?... Hm... Ich danke dir. Um so besser! Wir gewinnen auf der ganzen Linie. Aber du?... Kommst Arm in Arm mit dem Präfekten als Autonomist daher... Was soll denn auch die Familie Hartmann mit den elsässischen Heimatrechten? Sie ist so groß, daß ihr Frankreich nicht genügt, sie hat Filialen in Amerika. Wir sind kleine, bescheidene Leute, Silvio. Du mußt dich klein und bescheiden machen wie wir, ich kann dir nicht helfen. Am besten wär's, du ließest dich

scheiden und würdest ein möbliertes Zimmer in Schiltigheim mieten. Ich meine für den Fall, daß du dich aufstellst.«
»Für den Fall, daß du dich aufstellst!« brüllte der Chor.
»Übst du denn fleißig Dialekt? Nicht, daß du bei einer Versammlung plötzlich in eine Balkansprache verfällst!« Silvio, plötzlich verzerrt, schlug mit der Faust auf den Tisch. »Laß mich in Ruh' mit dem Balkan. Seitdem ich im Land bin, hört ihr nicht auf, mich mit dem Balkan aufzuziehn. Ich bin Elsässer wie ihr!«
»Richtig, du bist Elsässer«, ertönte da die Stimme Adams.
Die Bischöfler stießen sich an. Sie kannten die Drohung des Doktors, in jeder Versammlung, in den Zeitungen, überall gegen den Schloßherrn aufzutreten, wenn er es wagen sollte, seine Kandidatur aufzustellen. »Er ist ein Falschsager«, hatte er verkündet.... »Ihr müßt wissen, so wie es Wahrsager gibt, gibt es auch Falschsager. Alles, was die in den Mund nehmen, wird falsch, und wäre es die lauterste Wahrheit. So einer ist er.«
Jetzt also kam der Doktor mit gefährlicher Langsamkeit auf den Tisch zu. »Wie steht's aber?« fragte er lauernd. »In deiner Kindheit hast du auf dem Balkan gelebt? In der rumelischen Steppe? Und dann warfen englische Matrosen dich ins Meer? Vorwärts, die Stunde der Geständnisse hat geschlagen.«
Silvio hatte Ruhe und Schönheit wiedergefunden. Er stand auf, Adam setzte sich auf den leeren Stuhl. Der Junge, der die Mathematikarbeiten von ihm abschrieb, gab ihm zu trinken. Indessen schlenderte Silvio auf und ab und beobachtete die Kameraden aus den Augenwinkeln. Diese Art zu blicken hatte etwas Frauenhaftes, dennoch empfand keiner ihn als weibisch. Auch nicht, als er nun lächelte – obwohl er an ein Mädchen erinnerte, das schmollen möchte, dem es aber nicht gelingt. Er war schön und männlich, Kraft blitzte ihm aus den Augen. Die hellen Vögel der Heiterkeit umflatterten sein Gesicht, die Stirn hatte einen Glanz, der bis auf die Spitzen der fabelhaft abgeriebenen Lackstiefel herabtröpfelte. Die Bischöfler entdeckten Bügelfalten an ihm, deren Erzeuger die Natur selbst, nicht ein Schneider zu sein schien. Jeder von ihnen war einmal in einen Jungen verliebt gewesen, und, den meisten unbewußt, formten sich nun jene längst verwischten Gefühle zu einem Bild, dem Bild des vor ihnen wandelnden

Silvio. Einer nach dem andern trank ihm zu, er nickte mit ironischer Zuvorkommenheit, einige erröteten. Vielleicht sogar war der Doktor der einzige, der völlig unberührt blieb.
»Wie ein Mannequin«, brummte er wütend.
Silvio deutete auf Kern, denn an Adam traute er sich nicht heran, und sagte:
»Ja, also, daß ich es dir gestehe. Als Kind bin ich einmal meiner Großmutter im Münstertal durchgebrannt, ich nahm den Weg über die Schlucht und kam nach Gérardmer. Am Ufer des Sees lag ein Kahn, die Riemen hingen ins Wasser, zwei schöne rote Riemen mit Ledermanschetten am Griff, ich sprang hinein in den Kahn. Kaum war ich drin, als zwei Jungens in Badehosen sich vom Boden erhoben und mich kurzerhand ins Wasser schmissen. Englische Jungens... So, und nun, François, bitte ich dich, verrate mich nicht! Sonst verlegen meine Freunde die Geschichte auf den Balkan, und ich bin blamiert... Ich meine für den Fall, daß ich mich aufstelle.«
Statt Gebrüll antwortete diesmal ein frisches Gelächter, das Beifall bedeutete. Silvio trat zu Kern und streichelte ihm die Backe: »Bin ich dir klein und bescheiden genug, mein Lieber? Ich mache aus dem Meer den See von Gérardmer...«
»Warst du überhaupt im Balkan?« fragte Kern und forschte in den Zügen des abenteuerlichen Kameraden, schwankend zwischen Bewunderung und Mißtrauen.
»Später, als hochgeschossener Fünfzehnjähriger...« Das erwies sich als ein Fehler. »Oje!« riefen die Bischöfler. »Hochgeschossen! Hör auf. Bleibe bei Gérardmer. Es liegt näher.«
»Kindsköpfe! Claus Breuschheim war im selben Alter in Venedig. Ärgert ihr ihn deshalb mit Venedig?« Adam erhob sich. »Du Rheingaskogner!« sagte er in traurigem Ton. »Je mehr ich's überlege, desto besser paßt du mir in die Schelmenzunft. Am eigenen Leib hast du die Entwicklung der europäischen Menschheit erlebt, von der primitiven Wirtschaftsform bis zu ihrer heutigen Höhe. Da kann von uns Schelmen keiner mit. Oh, du wirst deinen Weg bei uns machen, Silvio Wolf, in einem früheren Leben Lupescu genannt, Silvio Wolf, Silvio le Loup, Wolf in allen Sprachen, mit deinem seidigen Fell.« Er

machte eine Pause. »Hör zu. Für den Fall, daß du dich aufstellst –« Der Junge, der die Mathematikarbeiten abschrieb, erriet ihn zuerst, er sprang auf, hob das Glas und rief: »Stimmt alles, was je auf dem Bischöflichen saß, für den Wolf.«

»Jawohl«, bestätigte Adam trübselig. »Das tun wir. Gegen Kerle wie dich ist doch nichts zu machen ... Außerdem, ihr Bürschle – seit wann springt man so mit seinem Gastgeber um? Schämt euch! ... Ich weiß nicht, was ich heute habe. Der Wein schmeckt mir nicht.«

Nachdem er eine Weile nochmals in der Sofaecke gebrütet hatte, stieß er ein wildes Ächzen aus und begab sich ganz allein in den Keller, von wo er mit zwei Flaschen Champagner zurückkehrte. Gegen Morgen begann er zu toben und stieß fürchterliche Drohungen gegen Silvio aus, von denen die geringste lautete: »Ich werde dich demaskieren, bis auf die siebente Haut.« Der Wechselgesang: »Für den Fall, daß du dich aufstellst«, von einem Chor Derwischen in steigender Besessenheit hervorgestoßen, weckte das Dorf.

Silvio und ich taten uns zusammen und manövrierten die Bischöfler hinaus. Sie wurden in zwei Autos verladen und nach Straßburg gebracht, von wo die Auswärtigen mit den ersten Morgenzügen ihre Wohnorte erreichten.

Während des ganzen Sommers war Aggie von einer köstlichen Natürlichkeit, unbeschwert, arglos, immer im Flug, der Spielball ihrer eigenen, an Einfällen ernster und leichter Art unerschöpflichen Laune. Vom ersten Tag an kam sie zum Tee wie zu einem Fest, das wir ihr gaben. Ein wahres Leuchten ging von ihr aus, wir sahen alle, wie glücklich sie bei uns war, sie sagte es mir, und schließlich glaubte ich es.

Wie denn auch nicht? Die unüberlegten Worte, die ihr entfuhren (und sie waren zahllos wie die Rufe der Vögel), die geringsten Regungen, ihr Schweigen selbst und Dahindämmern, das ihr Gesicht mit einem honigfarbenen Schimmer überzog und die Welt um sie wie in die Ruhe des Glückseligen bettete, alles sagte dasselbe. Ich war mehr als beruhigt, ich nahm teil an ihrer Gewißheit. Ich hatte geglaubt, ihr helfen zu müssen, und siehe, ein Wunder, ja, ein Wunder, sie half mir.

Sie war der einzige Mensch, mit dem ich über gewisse Dinge sprechen konnte, ich schien der einzige, bei dem sie sich gab, wie sie war, sowohl in dem, was sie sprach, wie in dem, was sie verschwieg.
Den Kindern erging es nicht anders. Obwohl Jacquot längst von Gabriele über die »Wandlung der Dichterin« aufgeklärt war und sie beide eine Zeitlang wie indianische Späher aufpaßten, um an Aggie die »Zeichen des Verrats« festzustellen, verloren sie bald jedes Mißtrauen und ließen sich in eine Sicherheit einwiegen, die auch gelegentliche Verstöße ihrer Freundin nicht erschüttern konnten. Sie waren so vertraut mit ihr, daß ihre Gegenwart sie weder im Spiel noch im Ernst störte, und als die französische Presse von entrüsteten Schreien über die Zerstörung eines Kriegerdenkmals in Colmar widerhallte, gestanden sie ihr stramm, was sie freilich schon ahnte.
Es war dies die neueste Untat der Weißen Scharen, und zwar eine Höchstleistung angesichts des Umstandes, daß bei der nächtlichen Unternehmung ein Polizist in der Nähe gestanden hatte, der auch sofort herbeilief, als der gallische Hahn von der Spitze des Denkmals polterte und gleichzeitig die Flasche mit Salzsäure gegen den Sockel knallte. Die Säure spritzte den Kindern bis auf die Schuhe. Der Polizist pfiff, von verschiedenen Seiten erfolgte Antwort, da sie aber den Standort der nächsten Polizisten ausgespürt hatten, entkamen sie ungeschoren... »Kinder, macht euch aufs Kittchen gefaßt«, sagte Aggie erschrocken. »Ausgeschlossen, daß alle die Buben und Mädels auf die Dauer dicht halten. Und was erreicht ihr damit? Eine neue Einweihung oder Entsühnung mit neuen patriotischen Drohreden. Geändert ist nichts...« – »Möglich«, versetzte Gabriele, etwas ablehnend... Paar Tage darauf meinte Jacquot: »Du, Gabriele, es hat wirklich keinen Sinn, daß wir den Zuckerbäckern neue Arbeit verschaffen. Die Zeitungen haben eine Subskription eröffnet, das Geld für die Wiederherstellung des Dingsda regnet nur so in die Büchse...« Gabriele schlug vor, sich einige Zeit ruhig zu verhalten und dann erst zu entscheiden, was weiterhin geschehen solle. Dieser Beschluß wurde Aggie mitgeteilt und fand ihre Billigung.
So stand es mit Aggie und den »erwachsenen Kindern«. Noch

einfacher lagen die Dinge für Annette. Die sah in Aggie eine Person, an deren Überlebensgröße man zwar nicht zweifeln konnte, die aber gewissermaßen nur zum Schein und aus Spaß dem Geschlecht der Riesen angehörte. Da kam zum Beispiel die Person, klopf-klopf, ins Zimmer hereinspaziert, fremd und hochmütig, ging herum, gab Händchen und tat groß, als ob nicht neben dem Glas mit den Goldfischen ein Mädchen säße, das seit Aggies Eintritt kein Auge von ihr verwandte. Wer aber hockte unversehens auf dem Boden und griff einem in die Haare und kollerte, rumdiplum, über den Teppich? Aji! Aji! Dabei fand Annette Gelegenheit genug, sich für größer, gescheiter und in jeder Weise vernünftiger zu erachten als die mit ihr herumtollende Aji.

Täuschte uns Aggie? Ich glaube nicht. Wahrscheinlich legte sie an unserer Haustür, wo die steinernen Breuschheim knien, Mann und Frau, die Erbauer des Schlosses, den Zwang, die Mission, die Disziplin, oder wie sie es sonst nannte, ab und lebte bei uns einfach ihr Leben weiter. Sie versicherte uns, unter dem Schutz der beiden frommen und noch im Gebet weltfrohen Gestalten, denen man ihre Liebe durch Stein und Alter hindurch ansehe, fühle sie sich geborgen wie sonst nirgends in der Welt. Denn Schutz, lachte sie, Schutz und Schirm habe sie von jeher gebraucht, das sei ihr leider anerzogen, niemand habe sich weniger um sie gekümmert als gerade ihr Vater, und die Folge davon sei eben, daß sie immer unterwegs sei, kreuz und quer auf der Suche nach Stützpunkten in einem widerwärtig unbeständigen Leben...

Mein Vater, der kränkelte und den größten Teil des Tages im Lehnstuhl verbrachte, einen Band Plutarch oder die Eklogen Vergils in der Hand, raffte sich bei Aggies Erscheinen auf und behandelte sie als ganz große Dame. Die Art, wie sie darauf einging, war keinesfalls von geringerem Format. »Wir beiden«, erklärte sie, »wir sind die letzten Edelleute am Rhein.«

Sie kannte von Vergil nur, was sie auf der Schule gelesen hatte, die langweilige Äneide, und war entzückt von der Frische der ländlichen Gedichte. Balthasar las ihr seine Lieblingstellen vor, bis Aggie sie ungefähr auswenig wußte und auf sein: »Wenn Sie mir die Gnade erweisen wollen, Platz zu nehmen«,

leichthin antworten konnte: »Eris mihi magnus Apollo.«*
Oder sie beschloß eine längere Sitzung mit dem schwungvollen Vers, den sie »das Abendläuten« nannte: »Claudite iam rivos, pueri, sat prata biberunt.«**
Den größten Erfolg erzielte er bei ihr mit dem ›Marcus Crassus‹ von Plutarch. Dieser Besieger des Spartacus bereitete ihr wahre Wonnen durch das Unmaß und die Unverhülltheit seiner Korruption, von der sie behauptete, eine so erfinderische, rücksichtslose, geradezu erheiternde Geldmacherei sei in jeder Beziehung großartiger als jene Nichtigkeit, die man als Feldherrngenie zu bezeichnen pflegte. Feldherrngenie bestehe einzig und allein darin, im entscheidenden Augenblick dem Gegner an Zahl und Ausrüstung überlegen zu sein. »Und das«, meinte sie, »brächte der Mann, der London oder Paris oder Berlin mit Kartoffeln beliefert, genausogut fertig...« Balthasar teilte ihre Ansicht. Über Spartacus äußerte sie, er sei kein geborener Sklave, sondern ein in Sklaverei geratener thrazischer Fürst gewesen, weshalb es einen Unsinn bedeute, ihn mit der heutigen proletarischen Bewegung in Beziehung zu setzen. Auch darin konnte Balthasar ihr nur beipflichten...
Von meinem Vater kam sie gewöhnlich »auf einen Hürdensprung« zu mir.
»Wie hoch heute das Hindernis?« fragte sie, und je nachdem, wie mir zumute war, blieb sie fünf Minuten oder zwei Stunden.
Ich lebte wie stets um diese Zeit, stand kurz nach der Sonne auf und ging meist bald nach ihr zu Bett. War auf dem Feld, in den Reben, im Wald alles gut gegangen, erwartete mich um so mehr Ärger im Büro. Die Autofabrik, diese Plage seit Anbeginn, konnte sich nicht mehr lange halten. Die Konkurrenz, die im Großen arbeitete und jedes Jahr neue Modelle herausbrachte, richtete uns zugrunde. Flingot verhandelte mit französischen und amerikanischen Firmen, ohne zu einem Abschluß zu gelangen. Den einen waren wir zu klein, die andern drückten uns mit dem Einwand, wir seien politisch kompromittiert. Flingot schlug vor, die Fabrik dem Schloß-

* »So wirst du für mich groß sein wie Apollo.«
** »Schließt die Wassergräben, Jungens, genug haben die Wiesen getrunken.«

herrn von Unterhügeln »anzudrehn«. Ich lachte ihn aus. Er verhandelte trotzdem mit ihm. Der Erfolg war peinlich. Ada ließ uns durch Silvio ihre Hilfe anbieten, und als ich ablehnte, erschien eines Tages der alte Hartmann bei Balthasar. Nach einer Unterredung, zu der ich erst zugezogen wurde, als mein Vater bereits die Waffen gestreckt hatte, wurde beschlossen, daß Ada uns gegen hypothekarische Sicherheit eine größere Summe vorstrecke, die wir jederzeit ohne Kündigung zurückzahlen könnten. Zu unserer Verblüffung, aber sicher mit Adas Einverständnis, wurde die Hypothek auf den alleinigen Namen Silvios eingetragen... Seit dem Besuch Hartmanns hatte der Ton, in dem Balthasar sich über Silvio zu äußern pflegte, ein wenig gewechselt. Die höfliche Geringschätzung erhob sich nunmehr auf einer neuen Grundmauer: der Anerkennung für die partielle Begabung des Nachbarn. »Finanzgenie« hatte Charles Hartmann gesagt, und wer sollte sich darin auskennen, wenn nicht der große Mülhauser? »Er wird es weit bringen«, hatte Charles Hartmann versichert. »Nicht nur in Geschäften.«
Die »Hindernisse«, zu deren galoppierenden Überwindung (wenigstens im Gespräch) unsere Aggie gutgelaunt und selbstbewußt antrat, waren demnach nicht zu verachten, und auch sie hatte die ihrigen, bei denen ich ihr den Steigbügel hielt und die wir deshalb nicht weniger ernst nahmen, weil sie Zofen, Verleger, Zeitungen, Friseure und hauptsächlich ihren Salon und dessen Gäste betrafen. Das Niveau ihres Salons erschien ihr zu vulgär und die Leute darin zu fein. Gegen das eine empfahl ich Abstellung der politischen Wasserleitung (statt dessen Jazz, Paul Valéry und Astrologie), gegen das andere einen Besuch Hubert Adams im Pavillon. Sie konnte füglich nur das zweite annehmen.
Dies waren unsere Gespräche, so wie ein Dritter sie verstanden hätte. Uns beiden jedoch dienten sie nur als Tonkulisse für etwas anderes...

Nach Vivianes Tod erkannte ich bald, daß ich unmöglich ihr Bild in mir wiederfinden konnte, so sehr ich mich auch abmühte – nicht ihre Gesichtszüge, die Augen nicht, nicht den Körper, keine ihrer Bewegungen, und am meisten von allem schien ihr Mund gestorben. Der Mund, der mich

geküßt hatte, daß ich mitten im Feld erschauernd stehnblieb, wenn ich daran dachte!... Aber auch dann wollte es mir nicht gelingen, ihn aus dieser Luft zu erschaffen, die doch im heißen leeren Mittag gleichsam bebte von seinem Kuß... Ich half mir, wie ich konnte, denn es war mir unmöglich, sie so völlig zu entbehren. Ich quälte beinahe die kleine Annette, weil die Amme sie stillhalten mußte: in den Zügen des Säuglings suchte ich die Mutter... Annette hatte nur die Augen von ihr, einen Schimmer ihrer tiefgründigen, wunderbar stillen Augen. Selbst die ferne Erinnerung ging mir verloren, sobald ich dem Kind den Rücken kehrte.
Auf meinem Tisch standen Photographien, sie zeigten Viviane als Mädchen, so wie sie gewesen sein mochte, wenn ich an ihrer Seite die Staden Straßburgs hinaufging oder sie in die verbotene Wildnis des Rheinwaldes entführte, als Frau, als werdende Mutter, und dies letzte Bild war ergreifend.
Es war im Freien aufgenommen. Nichts deutete ihre Mutterschaft an, und alles verriet sie. Vor allem eine in Worten kaum wiederzugebende Vertiefung ihrer lässigen Anmut, aber auch das Ausgehöhltsein ihres Gesichtes, die Verflüchtigung, ja völlige Ohnmacht ihrer Züge, indes der noch immer schmale Körper fest mit dem Boden verwurzelt war, auf dem sie stand, und deutlich teilhatte an der Macht und unersättlichen Lebensgier der Erde.
Ich sah die Photographien, ich sah sie an, bis mir schwarz vor den Augen wurde, und Viviane, Viviane blieb in dem Sarg, der sie in sich aufgenommen und sofort restlos vernichtet hatte. Halbe, ganze Nächte lag ich wach und suchte sie hinter meinen krampfhaft geschlossenen Lidern zum Leben zu erwecken, wenn auch nur für den Augenblick eines Blitzes. Niemals gelang es.
Aber die Klagerufe eines Huhnes, das der Marder holte, der Todesschrei eines Vogels, den ein Feind schlug, ließen mich minutenlang um Vivianes Leben zittern! Wenn ich dann schließlich, denn ich fürchtete zu verzweifeln, Jagd machte nach irgend etwas, was mich im Leben beglückt hatte, nach dem geringsten Beweis, daß ich mich überhaupt je gefreut, und mich im Bett hin und her drehte – was stellte sich ein? Viviane nicht, keine Frau, nicht der Händedruck oder Blick eines Freundes, nur Auftritte aus dem Krieg, Wirrnis und

Greuel, wobei ich meine Kameraden haarscharf vor mir sah. Ich machte Licht und sagte laut: »Wir sind heute alle verdammt, der Tod hat einen Kreis um uns gezogen, aus dem kommen wir mit keinem Schritt heraus...«

Und erst, wenn ich ganz erschöpft war und zu keiner Willensanstrengung, nicht einmal zum Ausdenken eines Wunsches mehr fähig, da geschah es... Ein junger Buchenwald am Fuß des Hartmannsweilerkopfes, ich plänkelte scherzhaft mit jemand, der hinter mir gehend behauptete, ein Birkenwald sei noch viel schöner, als diese lächelnde Kindheit von Buchen, und während wir den Pfad hinabschritten, verteidigte ich meinen Wald. Er habe alle Helle, alle Zartheit der Birken, ohne deren windhundmäßige, dumme, fade Art, rief ich hinter mich, sein Laub sei nicht minder zart und viel frischer, ein Blatt sei ein Blatt, es sehe nicht aus wie mit der Schere geschnitzelt und dann an die Äste gepustet, wo es im geringsten Windhauch erzittere! Der Pfad fiel steil auf eine Straße ab, die, seit Kriegsende nicht mehr benutzt, verwildert war, und hier, am steilen Hang und bis mitten in die Straße, genau so weit, als sie in der Mittagssonne lag, blühte roter Fingerhut... Und dieser lautlose Jubel, hingebreitet in die Sonne, das war sie, Viviane!

Sie war ein später Julitag, wie er besonders häufig in meiner Erinnerung auftauchte: unsre Felder, von der Höhe der Landstraße gesehn, der Weizen altes Gold, verschossener Purpur, mit Streifen dickflüssigen Olivengrüns im Gewebe, der Hafer silbrig grün, ein verspäteter Frühling, die Gerste mit ihren steifen Grannen, in deren Widerhaken noch das Mittagslicht gefangen saß, der Roggen, der unruhig wogte, als schaukelten lauter Wiegen mit hellhäutigen, gelbhaarigen Kindern zwischen seinen Halmen, und auf den Bergen wurde es Nacht...

Oder Schnee war gefallen, tagelang, ich fuhr in der Frühe auf einen Berg, von oben kam Nebel und wanderte über mich hinweg, der Himmel zeigte sich zwischen den Bäumen – eine Last ward mir von den Schultern genommen... Je höher ich stieg, um so verwunschener blickte der Wald mich an. Immer dichter waren Tannen und Laubbäume in Weiß getaucht, jetzt auch die Stämme bis herunter auf den Boden, jedes Ästchen, jedes vorjährige Blättchen in Schnee gerollt (vermutlich eine

Wirkung von Sturm und Nebel). Als ich kurze Zeit weitergegangen war, trat die Morgensonne in den üppigen Schneewald. Sie überschwemmte, durchdrang ihn von den Wipfeln bis auf den Grund, das Licht war blond wie Kamelhaar, der Wald leuchtete, aber die Stechpalmen am Boden und die Brombeerbüsche mit dem feinververschlungenen Zierwerk ihrer Ranken, zwischen denen noch alte Blätter saßen, wurden von den schrägen Strahlen voll getroffen und schienen Glutgebilde der Sonne, von ihr selbst verfertigt und auf den Grund des Waldes gelegt... Von diesem Augenblick an hieß der Wald: Viviane...

Und weder der machtvoll gleichmäßige Sonnentag auf der Höhe noch die schneeblaue, glitzernde Nacht, in der ich heimkehrte, konnten seinen Namen verwischen.

Andere landschaftliche Erinnerungen mehr stellten sich ein, wenn ich auf die traurige Suche nach Glück ausging. Offenbar waren sie es, die am beständigsten in mir lebten. Sie standen in keiner unmittelbaren Beziehung zu Viviane, Viviane hatte an den wiedergefundenen Stunden selten teilgehabt, und auch in ihrer Gegenwart war ich, dem Gesetz der kreatürlichen Stille gehorchend, allein geblieben... Also erwies sich gerade die Einsamkeit, die Zeit, da ich sie verlassen und verloren hatte, als das einzige, was mich zu ihr zurückführte! Eine Treulosigkeit, gewissermaßen, blieb der letzte, nicht verschüttete Weg, der mich mit ihr verband!

Voll Unruhe dachte ich darüber nach, bis ich fand, daß auch die Andacht nur ein Mittel sei, in die Einsamkeit und zu Gott zu gelangen, und daß gleichzeitig nichts die Menschen so vereine wie das Gebet.

Seitdem ich verstand, wie und wie allein ich mir die Gegenwart Vivianes sichern konnte, versuchte ich nicht mehr, nach ihrem Bilde zu jagen. Ich ging der Stille nach... Und Aggie brachte sie mir. Wahrscheinlich, weil sie selbst Stille bei mir suchte.

Hie und da, wenn ich sie tagsüber nicht gesehen hatte, brachte Grether Fritz abends einen eilig heruntergeschriebenen Brief von ihr, in dem es raschelte, lächelte, huschte, daß mir beim Lesen war, als sähe ich einer Frau beim Tanzen zu.

Ich telephonierte an Hubert Adam und lud ihn zu mir ein. Er kam, ahnungslos.

Im Hof geriet er in einen Strom von Gästen, auf der Rampe des Pavillons brannten, obwohl es erst dämmerte, die altmodischen Kugellampen aus Milchglas, und Adam erfuhr von Joseph, daß Fräulein Ruf »empfange«.

»Aha«, sagte er, »es geht wieder hoch her bei euch! Ist der Herr daheim?«

Er schien gut aufgelegt, denn er setzte in großen Sätzen die Treppe herauf. Die Türklinke noch in der Hand, fragte er, ob er nicht einen Blick in das Narrenschiff werfen dürfe – da drüben werde offenbar gerade eine Kappensitzung abgehalten. »Ich war dabei, als die alte Narrenfregatte vom Kapitän in den Grund gebohrt wurde, ich möchte gern sehn wie die neue sich auf dem Wasser hält.«

Der Chirurg, eine Leuchte schon des Bischöflichen Gymnasiums an St. Stephan, hatte nie aufgehört, das Dunkel um sich zu erhellen, nur hielt er dic Laterne nicht mehr recht in Ordnung, er wurde schwermütig und zu seltsamen Späßen geneigt. Man verdächtigte ihn sogar des Autonomismus ... Er antwortete, das langweilige Leben in Straßburg könne einen zum Kannibalen machen.

Wie er da gestikulierend vor mir stand, erschien er mir auch nicht mehr ganz nüchtern, und meine Neugier, was der »grand médecin« im Angesicht des Wolfes und seines Hofes anstellen werde, war nicht mehr ungemischt. Der Mann funkelte von fragwürdiger Heiterkeit. Wir wurden von Aggie mit Jubel, von den übrigen mit der Zuvorkommenheit empfangen, wie sie einem berühmten Arzt gebührt. Nur Silvio lächelte fahl unter gerunzelter Stirn. Ihm bangte noch ganz anders als mir vor der dionysischen Ader unseres Freundes.

Hubert Adam erhielt, gegen alle Sitte, eine Flasche alten Burgunder vorgesetzt, den er so lange lobte, bis er Silvio und Aggie mit Herr und Fräulein Admiral anredete, was allgemein Verwunderung erregte. Schließlich fiel es ihm selbst auf, und er hüllte sich in eine Wolke von Schweigen, aus der er den Kopf erst herausstreckte, als statt der geleerten wieder eine volle Flasche des herrlichen Weines vor ihm stand. Er hatte Sorgen und trank fleißig weiter. Unbeachtet saß er in seiner Ecke am Flügel, da hörte er das Fräulein Admiral sagen:

»Und wissen Sie auch, Herr Präfekt, was aus einer Ansammlung von Menschen ein Volk macht? Der liebenswürdigste Franzose, Ernest Renan, hat es uns erklärt, sehr schön erklärt. Die Erinnerung daran, was sie gemeinsam Großes vollbrachten, und der Wille, weiterhin Großes zu vollbringen! Nicht wahr, es gefällt Ihnen? Nun gut, die Elsässer haben Großes vollbracht mit den Deutschen und mit den Franzosen, sogar die Mißgeschicke teilen sie mit beiden Völkern, sie wurden 1870 zusammen mit den Franzosen geschlagen und 1918 mit den Deutschen. Mögen sie für ihren Willen, neuerlich Großes zu vollbringen, jetzt auch auf Frankreich angewiesen sein, warum sollten sie nicht bei deutschen Taten etwas wie Nachfreude empfinden?«

»Frage gegen Frage!« versetzte der Präfekt. »Wäre es nicht an der Zeit, sich zu entscheiden, auf welcher Seite sie ihren Heroismus betätigen wollen?«

Die Worte »ihren Heroismus« ließ er ironisch durch die Zähne pfeifen. Und das lockte den Doktor aus seiner Wolke hervor. Er räusperte sich, und ich wußte, was bevorstand. Ich machte Aggie heimlich ein Zeichen.

»Hat man ihnen die Wahl gelassen?« gab sie mit erhobener Stimme zurück.

»Im November 1918. Als wir sie befreiten.«

»Ja, das war ein herrliches Abenteuer«, sagte sie gedehnt und ließ einen verschleierten Blick auf den Doktor gleiten.

Hubert Adam stand auf. Die meisten hatten seine Anwesenheit schon vergessen, er sprang aus seiner Abgeschiedenheit wie das Kasperle aus der Schachtel, man sah ihn neben dem Flügel stehn und den Zeigefinger ruckweise in die Höhe heben, bis Schweigen eintrat.

»Ah, ce qu'il faisait bon d'être Français sous les Allemands«, flötete er mit gefühlvoll gespitztem Munde – schön sei es gewesen, sich als Franzose zu fühlen, als die Franzosen noch nicht im Lande waren! Darauf schaute er sich traurig im Kreise um, tat einen Schritt und war verschwunden.

Selten habe ich so verdutzte Gesichter gesehn! Alle starrten sie sprachlos in die Ecke hinter dem Flügel, und als die Ecke leer blieb und die Ohren die Erinnerung an das leise Einschnappen eines Türschlosses an das Gehirn weitergaben, guckten sie alle zusammen, wie angerufen, auf den Präfekten. »Enfin«, sagte der mit einem vorwurfsvollen Blick auf Aggie (sie stand plötzlich am Flügel und blätterte in einem Notenheft), »enfin!« Der Blick wanderte weiter zu Silvio, der weiß war vor Zorn ... »Enfin, Monsieur Adam est sans doute un grand médecin, mais ... Passons!«

Ich verabschiedete mich, schuldbewußt und zufrieden. Auf dem Flur holte Aggie mich ein. Sie lehnte sich an die Wand und lachte bis zur Erschöpfung. Ich mußte ihr versprechen, den köstlichen Mann festzuhalten, um ihn später nach Abzug der Gäste wieder zu ihr zu bringen. Darüber begann sie von neuem zu lachen und die einzelnen Gesichter nachzuschneiden, nur das von Silvio ließ sie aus, und es war doch von allen das einprägsamste gewesen in seiner vernichtenden Wut. Ich neckte sie: »Und Silvio?« Sie wurde ernst. »Claus, das verstößt gegen die diplomatischen Gebräuche. Mein Salon ist exterritorial, Sie dürfen sich nicht einmischen, auch nicht mit einer Bosheit.« Ich konnte es nicht unterlassen, von Zeit zu Zeit einen Stein in den dunklen Brunnen dieser Freundschaft zu werfen, und so fuhr ich fort: »Ja, und er selbst ... Neulich hat er sich bei mir beklagt, Sie würden ihm zu selbständig, Sie handelten eigenmächtig, kurz, Sie hätten ihm gleichsam die Brücke von Arcole gestohlen ...«

»Dumm von ihm, Ihnen so was zu sagen. Das nächste Mal sollten Sie ihn gar nicht ausreden lassen.«

»Ich habe ihm geantwortet, Aggie, wahrscheinlich befürchteten Sie, er könnte ohne Ihre Vorsorge in den Sumpf geraten.«

»Ach, Sie kennen die Geschichte vom Sumpf? ... Aus der Schule? ... Dann müssen Sie es erst in der Oberprima gehabt haben, denn er wußte nichts davon. Aber, Claus, haben Sie die entgeisterte Glatze des Präfekten gesehn?«

»Nachmachen, Aggie!« rief ich ...

Als wir uns endlich aus dem Lachen herausrissen und ich den Doktor suchen ging, war er bereits weggefahren.

Seitdem setzte ich nicht mehr den Fuß in Aggie Rufs politischen Salon. Ja, der Pavillon selbst wurde mir unheimlich. Ich dachte zurück an Ernst und Anne-Marie, und wie es geendet hatte ... Hauste dort nicht ein Unterteufel, dem die

Aufgabe zufiel, das elsässische Leben zu verunstalten? Und ich wußte zu gut, daß er als Bezahlung Menschenopfer verlangte.

Vierzehn Tage nach dem Narrensprung unseres Doktors ließ der Präfekt sich von ihm den Blinddarm herausschneiden. Adam hatte der Frau des Präfekten erklärt, so was operiere er sonst überhaupt nicht, es gäbe Kollegen genug, die ausschließlich von dieser Fingerübung lebten, doch sei er bereit, für einen Mann mit einem so hübschen blonden Schnurrbart eine Ausnahme zu machen.
Als die Schwester dem Patienten die Äthermaske auflegte, verzieh dieser Hubert Adam alles.
»Es ist wahr«, dachte er, »wir verstehn nicht einmal ihre Sprache ... Die meisten von uns wollen sie nicht verstehn ...« Er seufzte tief: »Pauvres gens!« Er dachte auch noch, die Eigentümlichkeit dieses Landes lasse keine Helden aufkommen, weder bei den einen noch bei den andern – auf dieser Linie müßte man sich verständigen ... »C'est ça«, sagte er laut und versank in wonnigen Frieden.
Die Operation gelang, und die Straßburger Gesellschaft beschäftigte sich mit der Gewissensfrage, wer als mutiger zu gelten habe: ein Mann, der sich seinem Feind und Beleidiger ans Messer liefere, oder der Feind und Beleidiger, der seinem Opfer das Leben rette. Schließlich wurde die Frage vor den Präfekten selbst gebracht. »Wer mutiger ist?« rief er aus ... »Pardi – unser Doktor! Ich wagte nichts. Kein Arzt in ganz Frankreich hätte mich gewissenhafter operiert. Denken Sie nur, was man gesagt hätte, wenn die Operation mißglückt wäre! Mörder! Ein Mörder! hätte man gesagt.« Adam dagegen äußerte, er hätte nicht gedacht, daß ein Mann mit einer so schönen Glatze auch noch so couragiert sei. Deshalb wolle er auch keinen Burgunder mehr trinken, wenn die Leute über Politik schwatzten. Da wäre er doch beinahe in den Geruch eines Heimatrechtlers gekommen, ein Pech für einen Nihilisten wie ihn!
Ich weiß nicht, wer den Präfekten aufmerksam machte, daß die Direktorstelle an der chirurgischen Klinik seit langem verwaist sei. Ich weiß nur, daß Silvio Wolf eigens in die Stadt fuhr, um Adam seine bevorstehende Ernennung zum Direk-

tor der Klinik mitzuteilen. Adam brummelte zwar hochmütig, legte jedoch keinen ausgesprochenen Unwillen an den Tag. Als der andre durchblicken ließ, an der weisen Maßnahme der Regierung seien alte Schulkameraden nicht ganz unbeteiligt, trat Adam an ihn heran und umschritt ihn, als ob er ihn beschnuppere: »Nett von dir, alter Balkanese! Hätte ich nicht von dir erwartet... Man sollte meinen, alle Leute läsen in der letzten Zeit die Bergpredigt...« Er fuhr mit den Fingern zum Mund und machte eine Bewegung, als ob er ihn abdrehte: »Hier, mein böses Maul, nimm, ich schenk' es dir.«

Sie schüttelten sich die Hände und – der Doktor guckte, rückte an seinem Kneifer, guckte noch einmal, und »Donnerwetter!« sagte er. In Silvios einem Auge stand eine Träne.

Adam ging schnell ein paarmal durchs Zimmer und schämte sich seiner natürlichen Roheit. (Späterhin prägte er das Wort von der Silvio-Wolfschen Solitärträne.) Vom Doktor fuhr Silvio gleich zur Präfektur und berichtete, mit wieviel Mühe er den dickköpfigen und wohlhabenden Mann zur Annahme der Stellung bewogen habe. Der Präfekt dankte mit jenem Lächeln, das keine photographische Platte hätte festhalten können. »Also ist es unsern gemeinsamen Anstrengungen geglückt, wieder einen unserer Siouxhäuptlinge der Zivilisation zuzuführen«, sagte er.

Jedoch Silvio hatte ihm das wunderbare Lächeln, das der Präfekt für ein Geheimnis hielt, längst abgesehn, und er gebrauchte es so vorzüglich, daß der andre den überlegenen Augur nicht erkannte.

AUF DEM HARTMANNSWEILERKOPF

Aus dem Pavillon kam ein Brief:

»Vorsicht! Junge Liebe! Nicht schütteln!

Die beiden Gestalten am Eingang eures Hauses, seit vier Jahrhunderten versteinert im Gebet für die Familie Breuschheim – haben sich heute gerührt. Nehmen wir an: aus Wohlwollen. Ich stand vor ihnen mit Gabriele und Jacquot, und Gabriele sagte: Du, Jacquot, nach dem Mann da bist du

gemacht! Und du nach der Frau, sagte Jacquot. – Stimmt, mein Lieber! Stimmt! Ihr Junge gleicht dem Alten mehr als Ihnen, und Gabriele hat den gleichen kühnen Schnitt des Gesichtes wie die Gnädige, dasselbe, etwas vorspringende Kinn (man bemerkt es nur von der Seite) und die weit auseinanderstehenden Augen. Da ich gerade meinen Apparat bei der Hand hatte, befahl ich, kurz entschlossen und zielbewußt, wie ich bin: Kniet hin, Kinder, ich photographiere euch alle vier, das A und O der Familie, die Erbauer des Schlosses und ihre letzten Erben. – Statt dessen tat Gabriele einen Sprung auf den steinernen Breuschheim und küßte ihn auf den Mund, und zwar kräftig, es glich fast mehr einem Biß als einem Kuß. (Übrigens: Kuß und Biß haben verwandte Gesichter.) Der Alte lächelte, die Gnädige guckte erstaunt. Darauf standen die Jungen wieder da, rot bis in die Ohren, und Gabriele sagte: Bißchen kalt! Er: Du hättest ruhig mich küssen können, der Alte gehört längst ins Museum. – Gabriele schaute furchtbar beleidigt und war mit dem Wind um die Ecke. Mich wunderte die Flucht, das Fräulein hält doch sonst allerhand aus. Vielleicht floh sie aber nur vor der Ohrfeige, die sie kraft eines Naturgesetzes dem Jungen hätte verabreichen müssen. Jacquot, gefaßt wie ein Mann, zeigte auf die Gnädige: Sie gleicht ihr wirklich, komisch – wie, Aggie? Na, dann knipsen Sie wohl vorläufig die Urahne und mich allein. –
Was geschah. Ich lerne Schreibmaschine. Endlich ein ehrliches Handwerk. Grüße und einen Purzelbaum für Annette – einen langen, bei dem man die Hose sieht.

Aggie, Daktylographin«

Es war Sommer, zu allen Tageszeiten drang das Klappern der Maschine aus dem Pavillon. Aggie betrieb das neue Geschäft mit Eifer. Einmal, bei Westwind, erreichte mich das Klappern sogar in den Reben, und da die Tonstärke im Winde wechselte, klang es, als wären verschiedene Maschinen in Gang, und ich dachte mir auch, das seien Signaltrommeln, mit denen die kleinen Teufel, die das Land nicht zur Ruhe kommen ließen, sich über ihre Unternehmungen berieten.
Vorläufig wußte ich zwar, handelte es sich um ziemlich harmlose Dinge. Aggie verfaßte Aufsätze über elsässische

Folklore und Geschichte, die unter Silvios Namen an Straßburger Zeitungen gingen, wobei die Richtung des Blattes keine Rolle spielte. Sie erfüllten ihren Zweck, wenn sie den Namen des angeblichen Verfassers bekanntmachten. Obwohl Aggie nach Möglichkeit jede Spur ihrer Eigenart verwischte, ja, nicht davor zurückschreckte, bekannte Schriftsteller zum Vorbild zu nehmen, um den Verfasser als einen talentvollen Anfänger hinzustellen, der es täglich besser mache, blieb ihre Hand, wenigstens für mich und einige andre, unverkennbar. »Sie verstellt sich großartig«, sagte Kern, und Adam fragte, ob sie sich schließlich nicht dabei ein Glied verrenken werde. Die Öffentlichkeit sah einen aufgehenden Stern und begrüßte ihn mit jenem Heimatstolz, der auch, als einzig erkennbare »politische Überzeugung«, den Aufsätzen des Verfassers freundliche Schwingen lieh.

Eines Tages kam ich am Pavillon vorbei und hörte, wie Silvio seiner »Mitarbeiterin« in die Maschine diktierte. Ich blieb offenen Mundes stehen: er konnte es fast schon so gut wie sie! Der Aufsatz, die Schilderung einer Autofahrt durch seinen künftigen Wahlkreis, erschien, und ich mußte bei Adam und Kern die Autorschaft Silvio Wolfs mit meinen Ehrenwort bekräftigen, damit sie es glaubten. »Paß auf«, lachte Kern, »der frißt auch noch die richtige Aggie Ruf, und kein Mensch wird wissen, wo sie geblieben ist.« Adam brummelte nach einer Pause, die er sichtlich benötigte, um erstgeborene Bosheiten abzuwürgen: es sei schon recht so! Da wir nun einmal beschlossen hätten ihn zu wählen, solle der Wolf sich anstrengen und Ehre für uns einlegen.

Kurz darauf saßen Aggie und ich in meiner alten Vogelhecke, ich beglückwünschte sie in dem hier gebotenen Flüsterton zu den Fortschritten ihres Schülers.

»Oh, er macht es schon lange selbständig«, versicherte sie. »Nur die allerersten Aufsätze waren von mir. Wir wollten keine Zeit verlieren, bis er selbst so weit wäre. Übrigens hat er früher schon geschrieben... Pst!«

Sie duckte sich und spähte durch ein Loch in der Hecke. Über den Rasenplatz kamen Silvio und Ada geschritten. »Vorsicht! Nicht schütteln!« kicherte Aggie.

Als die beiden bei einem Magnolienbusch anlangten, der sie vor dem Haus, nicht aber vor uns versteckte, rief Ada etwas uns Unverständliches und fiel, anscheinend im Scherz oder Übermut, ihrem Mann um den Hals. Sie machte sich frei, bog den Kopf zurück und küßte ihn noch einmal, diesmal im Ernst. Als sie aus der Umarmung auftauchte, stand sie vor ihm, trotz der Entfernung sahen wir, wie sie zitterte, und hielt den Blick zu Boden gerichtet. Sie nahm den Hut ab und schüttelte das Haar, die tiefen Farben der Wangen schimmerten unter dem Silberfall der Mähne. Sie setzte den Hut auf und versuchte, das Haar unter den Rand zu schieben, griff immer daneben. Sie trat einen Schritt zurück, die Augen der beiden trafen sich und blieben verhaftet. Ohne einander wieder nahe zu kommen, schritten sie weiter.

»Ein herrliches Menschenpaar!« flüsterte Aggie. »Allein um ihrer Liebe willen muß man sie lieben.« Ich warf schnell einen Seitenblick auf sie. Die Wahrhaftigkeit, blaß und rosig, stand ihr im Gesicht.

»Sie sind unterwegs zu Ihnen«, sagte ich.

»Glauben Sie? Ich bleibe aber lieber hier... Ah, da kommt der Herr Zaunkönig!« Wir wandten unsere Aufmerksamkeit wieder den Vögeln zu.

Nach einer Zeit kehrten Silvio und Ada, Arm in Arm, auf demselben Weg zurück. Gleichzeitig stürmten Jacquot und Gabriele um die Ecke des Vorgartens. Bevor das Paar sie erblicken konnte, hatte das Mädchen Jacquot am Arm gepackt und ihn auf die Sommerrabatte gezogen. Hinter den Stauden warfen sich beide zur Erde. Dann krochen sie wohl auf der andern Seite heraus, denn sie kamen nicht mehr zum Vorschein.

»Glauben Sie mir«, flüsterte Aggie, »die da haßt ihren Stiefvater mit derselben Kraft, wie sie ihre Mutter liebt.«

»Aus welchem Grund, meinen Sie?«

»Da kann es viele Gründe geben, lieber Claus...«

Und wieder nach einer Zeit beobachteten wir, wie Balthasar Breuschheim sich einen Sessel auf die Terrasse stellen ließ und darin Platz nahm. Ich hielt die Hände als Trichter vor den Mund und pfiff, so laut ich konnte, Jacquots Signal, den Ruf der Goldammer – mit dem Erfolg, daß es in der Hecke einen Aufruhr des Unglaubens gab, dem ein allgemeiner Ausbruch folgte, während drüben am Haus Balthasar Breuschheim sich aufrichtete und, die Hand über den Augen, in unsre Richtung

spähte. »Gehn wir zu ihm«, sagte Aggie mit ihrer zärtlichsten Stimme.
Wir liefen über den Rasen und durchquerten den Forellenbach auf Steinen, und natürlich geriet Aggie mit einem Fuß ins Wasser. Da erst fiel uns ein, daß wir nicht mehr so jung waren wie Jacquot und Gabriele. Gemessenen Schrittes setzten wir unsern Weg fort. »Und morgen fahren wir auf den Hartmannsweilerkopf«, meldete Aggie. »Jacquot hat frei. Ich habe Balthasar die Hand darauf geben müssen ... Er verspricht sich Wunder von meiner Konfrontation mit eurem heiligen Berg und behauptet von ihm, er stelle alle andern Andachtstätten und Gipfel des Landes in den Schatten – in einen Schatten, worin ein ewiges Licht brennt ...«
Sie trug den nassen Schuh hinkend in der Hand, und auf der Terrasse und vor Balthasar angelangt, salutierte sie mit ihm, und zwar als der weibliche der beiden letzten Edelleute am Rhein, voller Stolz auf ihre Waffe und den dazu gehörenden kleinen Fuß.

Gabriele guckte über sich in den glanzlos blauen Himmel, ihre Nasenflügel überlief ein Kräuseln.
»Du, Jacquot, wir kriegen Gewitter.«
»Fein! Liebst du auch Gewitter?«
»O ja, sie machen unternehmungslustig. Aber sag den andern nichts, sonst schließen sie den Wagen oder bleiben gar zu Haus.«
Ich stieg mit Aggie ein. Sie trug ein kurzes weißes Kleid, weiße Seidenstrümpfe und einen Strohhut von gleicher Farbe, dazu rote Wildlederschuhe und einen roten Puschel am Hut, der die Leichtigkeit ihrer Erscheinung gleichsam mit einem Ausrufungszeichen versah. In Unterhügeln nahmen wir Silvio und Ada auf. Er betrachtete Aggie mit Wohlgefallen: »Werden wir je wieder einer so schicken Dame auf der Barrikade begegnen?« Wir antworteten lachend: »Niemals!« Er setzte sich in den Hintergrund des Wagens zwischen Aggie und seine Frau, vor ihnen saßen die Kinder, ich führte.
»Es gibt ein Gewitter«, verschnappte sich Jacquot.
»Quatsch!« widersprach Silvio. »Keine Spur von Gewitter.«
Jacquot spürte Gabrieles Ellenbogen in seiner Seite und blinzelte ihr zu.

Als wir durch Colmar kamen, sahn die Kinder, daß der krähende Hahn auf dem Kriegerdenkmal schon ersetzt war, und der neue schien noch größer als sein Vorgänger. Aggie räusperte sich, worauf Jacquot Gabriele zuflüsterte: »Hörst du? Aggie gibt Laut ... Sie hat recht. Die Dinger wachsen so schnell nach. Wir kommen nicht mit.« Gabriele versetzte: »Schluß damit!«
»Das sowieso«, meinte Jacquot. »Hier am Rhein ist nicht mehr zu leben.«
»Ja, wo sollen wir denn sonst leben?« fragte sie ängstlich, erhielt jedoch keine Antwort. Der Junge war voller Geheimnisse.
Hinter Mülhausen zog ein Gewitter auf. »Das Gewitter!« rief Jacquot hinten. Damit es aber nicht nach Rechthaberei klinge, fügte er schnell hinzu: Paßt auf, gleich fängt der Hartmannsweilerkopf an zu reden.«
»Hier kommandieren die Kinder sogar das Wetter«, merkte Silvio unfreundlich an.
Von allen Seiten eilten Wolken über den Himmel, es bereitete sich ein großer Zusammenstoß vor.
Von einer Wolkenbank über Sennheim hing ein rauschender Vorhang herab, der schleifte langsam über das Städtchen.
Uns erfaßte er vorläufig noch nicht, mit Stimmenmehrheit wurde abgelehnt, das Verdeck zu schließen. In gerader Linie fuhren wir auf den Hartmannsweilerkopf zu, mit uns fuhr das Gewitter. Es donnerte zur Rechten, es donnerte zur Linken, ein kurzer Regen fiel, es war nur ein abgesprengter Trupp, der hastig über uns wegstürmte. Noch ein paar Minuten Stille, dann borst der Himmel unter dem Zusammenprall der Wetter, auf dem Gipfel des Hartmannsweilerkopfes lagen die Blitze wie Schnee. Als die Straße eine Biegung machte, sahen wir den Train des Kriegszuges über der Ebene versammelt. Er staute sich bis hinter den Schwarzwald, dessen Umrisse in der düsteren Masse verschwammen ... Vor uns, die der Wagen dahinriß, krachte Schlag auf Schlag, und so beständig war jetzt das Leuchten der Blitze auf dem Gipfel, daß er in seiner überirdischen Klarheit schon ein Unterpfand des Friedens schien. Doch aus dem Gepolter der Zusammenbrüche gellte die Erneuerung der Zornlust mit hagerem Schrei, und die Birken am Weg spürten die Ohnmacht und vergingen in

Scham und Asche vor der Gewalt, die sich übernahm... Gleich darauf war das Gewitter vorbei, wie aufgesogen von der triefenden Ebene. Neben der Straße erschien ein Friedhof mit einer Unmenge von nassen, weißen Kreuzen, ein Viereck, sauber abgestochen, die Kreuze gerichtet, als hätten die Gräber sich zur Parade aufgestellt und präsentierten statt längst verrosteter Gewehre die frischen, kleinen Kreuze... Dem einen Friedhof folgte in der gleichen Haltung ein zweiter, ein dritter, die Kinder hörten auf zu zählen.
Eine Tafel stand am Weg, der Wagen fuhr langsamer, und auf der Tafel stand geschrieben: »Ceci est un cimetière de passage.« Dies hier ist ein Durchgangsfriedhof... Der Wagen hielt, wir stiegen aus, und nun begingen wir langsam das gemeinsame Grab von sechzigtausend Männern, Franzosen und Deutschen.
Den Unterschied zwischen Freund und Feind hatten sie selbst verwischt, wie sie ineinander eingedrungen waren, sich miteinander durchsetzt hatten, sie lagen, wo sie gefallen waren, unlöslich verstrickt und Schicht um Schicht übereinander geworfen und zugedeckt vom jahrelangen Ausbruch des Berges. Sie trennen? Gerade so leicht hätte man den Berg gespalten...
Im armseligen Wald zauberte ein Schweigen, gleich unter den ersten Bäumen krochen, vermoost, immer tiefer zerfallend, mit einem ergreifend zarten Ausdruck von Mimikry die kleinen Kreuze hervor, die einsamen, verstreuten, dort, wo ein Mensch allein gestorben war. Überall gingen die Unterstände, Laufgräben und Bastionen die Versöhnung mit der Erde ein, die Blechdächer versanken in den von den Jahreszeiten aufgerührten Boden, in üppiges Gras, zwischen Hekken, die sich überschlugen. Ein Schweigen hatte begonnen und ein neuer Wald und ein Sommer, der sein Licht darüber hielt. Und dies, ich erkannte es plötzlich mit einem Gefühl von Schmerz, dies alles verriet eine heimliche Verwandtschaft mit der schwebenden, halbverwehten, im verzehrenden Lichte lächelnden Aggie – die nur durch die geringe, heftige Farbe des Lebens an Kopf und Füßen unter uns festgehalten schien... Und mir wurde klar, daß ich sie liebte wie eine Kranke, die einem unter den sorgenden Händen zu erlöschen droht. Ich sah sie an, und als ahnte sie meine Gedanken,

nickte sie mir zu, mit einem Ausdruck von Trauer, der zugleich flüchtig war und tief.

Indessen ging, je höher wir stiegen, die verstummte Schlacht weiter, das Netz der Gräben verstrickte sich ineinander, die Unterschlupfe wurden zu Bergwerken.

Auf schweren Betondecken lagen noch einmal Schutzbalken, Erde, Steine, und die Gräber selbst nahmen das Wesen der Befestigung an. Umklammert von Wällen, in Stacheldrähte eingewickelt, erhoben sie sich aus dem Geröll zerschmetterten Betons und kleingehackter Felsen. Der Unterschied zwischen dem Unterschlupf der Toten und dem der Lebenden konnte einst nur gewesen sein, daß die Toten erlöst unter einem Kreuz ruhten, auf dem ihr Name stand, indes die Lebenden ihr Kreuz noch auf den Schultern trugen und namenlos litten.

Schritt um Schritt drangen wir in die stumpfsinnige Gewaltsamkeit dieses Ringens ein. Sicher waren hier auf den paar tausend Quadratmetern bebender Erde, in den Dachsgängen zehn, zwanzig Meter unter dem Boden alle Heroismen geschehn, deren der Mensch fähig ist, sicher alle Gedanken gedacht worden und nicht zuletzt auch der Wahnsinn dessen, was geschah. Aber was übrigblieb erschien uns auf einmal würdelos, fast komisch und leider Gottes doch, vom menschlichen Laut verlassen, genau das Sinnbild des Krieges: eine umgestürzte Maschine, wie man sie zuweilen bei verlassenen Erdwerken findet, die Maschineneingeweide waren an den Tag getreten und lagen verkrümmt und verrostet da: ein Riesenwerk, hochfahrend begonnen, unter den größtmöglichen Qualen fortgesetzt, schließlich doch im Stich gelassen. Die Sonne machte es offenbar.

Und der Wald spann seine grünen Fäden darüber.

Es war häßlich, es war lächerlich, mochte es so schnell wie möglich im Wald verschwinden, wir wünschten es alle, und Aggie sprach es aus. Hier sollte es keinerlei Denkmal geben, es wäre denn das der Ohnmacht, und alle Ohnmacht war bestimmt, vom Lebendigen überholt, von Trieb und Blüte überwachsen und im Lied des erstbesten Vogels vergessen zu werden! Häßlich war es, widerwärtig und komisch, sagte Aggie, als ob sie die legendären Kavallerieangriffe, deren Bilder an den Wänden der väterlichen Wohnung hingen, in

einen Wurstkessel stürzen sähe, Brigade um Brigade, nach dem Taylorsystem. Ach, über ein Schlachtfeld, das ein Hackbrett war, und Häcksel die geopferte Jugend! Und sie blieb stehn und sagte feierlich: »So gewiß das Opfer der Sinn alles Großen ist, so sinnlos ist die befohlene Schlächterei ... Opfer bleibt ewig die Sache von dir und mir, Freiwilligkeit sein Zeichen.« Gepreßte Märtyrer, im Viehwagen verladen, im Hunderttausendgros wie die Blätter einer Kartothek ins Feuer geworfen, das schrie Hohn, schrie, brüllte Hohn über das erhabenste Geheimnis des Menschen: immer wieder mit seinem Blute zeugen zu müssen für seinen Glauben.
Jacquot und Gabriele hingen in bleicher Ehrfurcht an ihren Lippen ...
Wo der Wald aufhörte und die bloße Schädelstätte begann, das Steingeröll, vom Blust der Weidenrosen überhaucht, lud eine tief in den Berg gesprengte und betonierte, sodann mit Balken und gestampfter Erde gedeckte Kantine den Ausflügler ein, zu verweilen und des historischen Ortes bei einem Labetrunk zu genießen. Seine Vorgänger hatten hier Champagner getrunken und Shimmy getanzt. Den Tanz verbot jetzt ein Plakat. Es war ein ehemaliger Verbandplatz.
Der Wirt bot Karten feil, die auf zwölf zusammenhängenden Blättern ein Sortiment der besterhaltenen Friedhöfe zeigte, auch Pläne der Schützengräben gab es zu kaufen, und auf ihnen erkannte man alle Ausflüchte des Urmenschen wieder. Höhlen, für einen allein, der vorgeschoben war, um aufzupassen, und für ein Dutzend Männer dahinter, die auf seinen Raubvogelschrei herbeieilen sollten, um das Wild zu schlagen, und Erdgänge zwischen kunstvollen Verstellungen, die man der Natur abguckte, Tobel, in dessen Wänden man lag wie in engen Gräbern, Felsnester mit zwei, drei Stockwerken und sogar ganze Dörfer, die sich mit friedlichen Namen, Namen, die es in der Heimat gab, gegen den allgemeinen Angsttraum versichert hatten. Dazwischen starrten Tausende von kahlen, entseelten Bäumen in die Bläue des Sommertages – der gemordete Wald.
Von den Ausflüglern, die an diesem Tag den Totenberg bevölkerten, hatten die meisten in der betonierten Kantine haltgemacht, hauptsächlich die Männer, denn der Aufstieg zum Gipfel war steil, und die Sonne schürte den Durst. Einige

Damen aber saßen auf Kamelhaardecken im Geröll unter dem Gipfel, tauschten Ausrufe der Bewunderung über die schöne Aussicht auf Rheinebene und Schwarzwald und schrieben Ansichtskarten. An ihnen vorbei erklommen wir die höchste Stelle des Berges. Und hier stand ein Kreuz, daneben eine Stange mit der Trikolore...

Aggie schloß die Augen, und ich wußte: Immer werden Tausende, von Granaten geschälte und verbrannte Bäume um sie sein, wenn sie an diesen Berg denkt, an dieses Unheil und Golgatha von tausend und aber tausend Marterhölzern, wo in vier Jahren sechzigtausend schuldlose Männer von Explosionen an Pfähle genagelt wurden, von wo neue Explosionen sie in Fetzen herabholten. Immer wird sie diesen Gipfel sehn, einen Haufen rötlichen Gesteins, der in nichts mehr an einen Wald erinnert, denn hier hat die Schlacht den Wald bis in die letzten Wurzelfäserchen ausgerottet. Und an der höchsten Stelle des Gerölls erhebt sich ein Kreuz, ein schlechtes, peinlich sauberes, nachgemachtes Kreuz, ein Sonntags- und Friedenskreuz, dem man von weitem ansieht, daß es sich erst einstellte, als alles vollbracht war, Essigschwamm und Weißbluten auf die Lanzenspitze – daneben eine Stange mit der Trikolore!

Aggie öffnete die Augen, schüttelte den Kopf und sagte: »Claus, ich will mich ein wenig ausruhen.«

Ich machte in der Nähe einen geeigneten Platz ausfindig, das Stück eines Betonblockes, und setzte mich zu ihr. Die Kinder lagerten sich auf dem Felsen, in den das Kreuz eingelassen war, Silvio und Ada gingen weiter.

Aggie lehnte den Kopf an meine Schulter.

Bäuchlings ausgestreckt auf dem warmen Stein, das Gesicht zur Ebene gewandt, unterhielten sich leise die Kinder.

»Prachtvoll, unsre Aggie«, sagte Jacquot. »Silvio hat nicht gezuckt. Das Lamm war halt wölfischer als der Wolf, da hielt er still.«

»Ja, aber«, antwortete das Mädchen gedehnt...

»Weißt du, mir ist nachher eingefallen, wie meine Mutter sie anguckte. So mit großen, erstaunten Augen! Wie sie daheim ihre Zofe anguckt, wenn das Fräulein sie anlügt, und die lügt wie gedruckt, kann ich dir sagen. Und wenn die Mutter sie so vorwurfsvoll anguckt, gerät sie direkt in Ekstase und lügt immer toller.«

»Kenn' ich! Lügen hat was Abenteuerliches. Feine Sache!«
»Wieso?«
»Ich meine nur.«
»Ich sprach von Mutters Zofe.« Darauf erfolgte keine Antwort... War der Junge rätselhaft heute! »Jedenfalls ist es so seit dem Krach.«
»Was für einem Krach?«
»Seit dem Krach Aggies mit meiner Mutter. Seitdem guckt sie manchmal so auf Aggie.«
»Na, und?«
»Vom Krieg war damals bestimmt die Rede.«
»Nicht auch von Silvio?« Sie dachte nach. »Nein.« Die beiden versanken in Nachdenken.
»Hör zu, Gabriele«, begann Jacquot nach einer Weile. »Ich habe zwar versprochen, mit niemand darüber zu reden, weil es eine Schande für mich sein soll...« Er wandte ihr das Gesicht zu. Sofort veränderte sich das ihre. Gespannt, ein wenig ängstlich, doch schon voll trotziger Parteinahme sah sie ihn an. »Sie haben mich gestern von der Schule geschaßt«, sagte er. Sie rührte sich nicht. Nach einer Pause blickte sie weg: »Ach, deshalb bist du heute so«, und dann fuhr sie auf: »Wer hat uns verraten?«
»Ja, stell dir vor, ich habe ein Billett von dir im Aufsatzheft liegen lassen! Es stand nur darin, daß wir uns dann und dann am Rhein treffen wollten, sonst nichts, ein uraltes Ding, keine Ahnung, wie es in das Heft kam. Unterschrieben war's: Im Auftrag der Weißen Scharen, Deutsche Sektion – und ein G.«
»Da haben sie natürlich nichts aus dir herausgebracht?«
Er schüttelte den Kopf.
»Du hättest behaupten können, die Weißen Scharen seien Briefmarkensammler.«
»Ich habe gar nichts behauptet. Ich habe sie schreien lassen. Einmal waren sie ganz nahe an der Wahrheit.« Erschrocken streckte Gabriele die Hand und packte ihn am Rockärmel. »Und?« fragte sie. »Nichts. Ich begann nämlich auf einmal, furchtbar zu lügen. Ganz sinnlos. Aber es war großartig. Da sagten sie wütend, ich könnte daheim bleiben, ich sei geschaßt, und alles andre würde sich finden... Ich habe mich vor den Herren verbeugt und bin gegangen.«

Unter heftigem Schlängeln des Körpers rutschte das Mädchen näher. Dicht an seiner Seite angelangt, warf sie den Arm um seine Schultern und schüttelte ihn kräftig. »Jacquot, ich bewundere dich!« verkündete sie mit zusammengebissenen Zähnen. Dann rutschte sie wieder weg, stützte sich auf die Hände:

»Und dein Vater?«

»Halt, erst kommt der Präfekt.«

Sie fiel platt auf den Bauch. »Der Präfekt!« seufzte sie in Erwartung des schlimmen Endes, dem die Geschichte jetzt unweigerlich zueilte. Statt dessen kam ein schnelles, jedoch erfreuliches Ende.

Vom Zimmer des Schuldirektors war Jacquot stracks zur Präfektur marschiert und hatte dem schmucken Herrn den Zwischenfall berichtet mit der Erklärung, die Weißen Scharen seien eine pazifistische Vereinigung von Knaben und Mädchen, die beiderseits des Rheins wohnten und sich hie und da schmugglerischerweise auf einem der Ufer träfen. Er, Jacquot, sähe zwar darin nichts Schlimmes, aber da es ihm wegen seiner Familie peinlich sei, öffentlich von der Schule gejagt zu werden, bäte er den Herrn Präfekten um seine Vermittlung. Er wollte ohnehin aus dem Elsaß heraus, und zwar nach England. Dort werde er zwei Jahre bleiben und dann seine Studien in Paris fortsetzen und erst als gereifter Mann ins Elsaß zurückkehren ... »Ich ersticke hier«, hatte er ausgerufen, »und bin heilfroh, daß sie mich schassen! Nun bleibt meinem Vater nichts übrig, als mich zu deportieren.«

Der Präfekt hatte gelacht und Jacquot in einer schönen Rede zu seinem Entschluß beglückwünscht, »für eine Zeit, in der unser Charakter noch nicht seine ganze Festigkeit besitzt, die giftigen Nebel des Rheins zu fliehen«, und ihn mit dem Versprechen entlassen, er werde das Nötige beim Direktor veranlassen.

»Was heißt das Nötige? erkundigte sich Gabriele.

»Ein reguläres Abgangszeugnis ohne Bemerkung.«

»Gut.«

An der Tür war Jacquot festgehalten und nach dem Befinden seiner Familie gefragt worden, und vom Schloß war dann das Gespräch auf den Pavillon gekommen und von dort ganz von selbst nach Unterhügeln weitergereist. »Ihre Meinung über

Herrn Silvio Wolf, Jacquot, Ihre offene Meinung – so wie wir hier gesprochen haben?«
»Um Gottes willen!« stieß Gabriele hervor. »Eine Falle!«
»Falle oder nicht, ich habe sie ihm gesagt.«
»Deine offene Meinung?« Sie setzte sich, indem sie sich schnell einmal um sich selbst drehte, und starrte mit vor Aufmerksamkeit gerunzelter Stirn auf seinen Mund. »Lassen Sie ihn erst Abgeordneter sein«, hatte Jacquot geantwortet. Pause! »Vorher hat er nichts zu verkaufen!«
»Au, fein«, jubelte Gabriele. »Das hast du von deinem Vater. Und der Präfekt?«
»Lächelte. Weiter nichts. Er lächelte. Ich auch. War ein feiner Moment, Gabriele.«
»Der Herr Präfekt und du, zwei Männer, Auge in Auge. Kann ich mir vorstellen.«
»Ich bin geschaßt, aber lautlos! Im Herbst fahre ich mit meinem Vater nach England. Onkel Berrick bringt mich auf einem College unter. Sieg! Heraus aus dem elenden Land, nur nichts mehr vom Elsaß hören!«
Er lachte, laut, schrill, unbändig, und Gabriele schrie mit, und sie sprangen auf die Füße, weil man so besser schreien konnte, und tanzten wie die Wilden ...
»Um Gottes willen, was haben denn die zu lachen?« fragte mich Aggie. Wir sahen uns nach ihnen um, und auch die Damen auf der Kamelhaardecke, noch tiefer unten, drehten die Köpfe.
Da warfen sie oben die Arme in die Luft und schleuderten ihr Triumphlachen über den Berg und das ganze Land zwischen Vogesen und Schwarzwald.
Darauf saßen sie erschöpft auf dem Stein und lächelten blöde.
Und Gabriele ließ langsam den Kopf sinken, widerwillig, in kurzen Rucken, als wehrte sie sich gegen einen lastenden Griff auf ihren Scheitel. Endlich fiel ihm ihr Schweigen auf:
»Gabriele, was ist los?«
Sie antwortete trotzig:
»Dann gehe ich auch.«
Er stammelte etwas wie: »Selbstverständlich gehst du auch ...«, aber mehr brachte er, obgleich er wiederholt dazu ansetzte, nicht hervor.

Alles mögliche ging ihm durch den Kopf, er wurde traurig, und allmählich fand er auch den Grund. Er dachte daran, daß die Absicht, Gabrieles Schwester »aus der Verbannung heimzurufen, in die die Witwe Graeßlin sie geschickt«, niemals verwirklicht worden war, zweifellos auf Silvios Wunsch, daß Gabriele mehr in Breuschheim lebte als bei ihren Eltern in Unterhügeln und ihre Mutter selten allein sah. »Meine Eltern haben Flitterwochen«, meldete sie zuweilen ... Er erinnerte sich an einen Sonntagmorgen im Park, als Gabriele plötzlich vor ihrer Mutter stand, einen Augenblick wartete sie, ob nicht Silvio hinter ihr auftauchte, dann fiel sie die Mutter an wie ein Hund, der seinen Herrn wiederfindet ... Er erinnerte sich an gewisse Blicke, an halbe Worte, womit seine Freundin verriet, wie überflüssig sie sich zu Hause fühlte, wie unerwünscht, und was waren das für unermüdliche Spaziergänge auf dem Pappelweg, hin und her, hin und her, bis Jacquot, der von der Schule kam, auf der Landstraße erschien und sie zu winken begann, stockenden Schrittes, als wüßte sie nicht, sollte sie kehrtmachen oder ihm freimütig entgegenlaufen! Was für Sonntage, an denen nichts sie trennte, und welche Abschiede, täglich gegen Abend, Abschiede, für die sie hundert Zeremonien erfand und von denen ein jeder, Jacquot empfand es jetzt mit heißem Schmerz, ein jeder ein ängstlich verheimlichtes Trauerspiel war ...

Und plötzlich befiel ihn ein Schrecken. Es war ihm klar geworden, dies alles bedeute mehr als nur Vernachlässigung und daß Gabriele die Zärtlichkeit der Mutter, die Gesellschaft der Schwester vermisse, wie er bisher gedacht hatte. – Jacquot erstarrte. Die Möglichkeit, daß nicht er allein liebte, daß auch sie ihn liebe, stand vor ihm auf wie eine riesige Gestalt, deren Umrisse flammten. Das unruhige Feuer verschwand, und es blieb eine finstere, unförmige Form, das Feuer kam wieder, züngelte nach ihm. Dies wiederholte sich mehrmals. Er wagte nicht, Gabriele anzuschauen, wagte kaum zu atmen, und auch das Mädchen hielt den Kopf abgewandt und schwieg.

Als setzte sie ein stummes Gespräch laut fort, erklärte sie unvermittelt: »Stimmt, Jacquot, hier kann man's nicht aushalten ... Ohne die Weißen Scharen ... Ohne dich ... Wir verschwinden einfach, du nach England und ich zu meiner

Schwester nach Genf.« Er begegnete ihrem kalten Auge, dem hochmütigen Mund.
Die heiße Angst, geliebt zu werden, verließ ihn.

Aggie ruhte an meiner Schulter.
Sie sagte:
»Ich hoffe, Sie haben mich vorhin nicht mißverstanden ... Da ist das Proletariat aller Zonen, Sie können es nicht übersehn – aber nein, das tun Sie ja gar nicht, ich will lieber anders anfangen. Claus, es war wirklich der Krieg, den ich verfluchte, nicht nur den Krieg, wie ihn von je die Ausbeuter gegeneinander führten, nein, auch unsern Krieg, ich behaupte nicht, daß es gute Kriege gibt, und auch nicht, daß die Revolution kein Krieg sei ... Im Gegenteil, sie wird der schlimmste sein, eine Gewalttat und Metzelei ohnegleichen, denn sie nimmt kein Ende vor der Ausrottung der bürgerlichen Gesellschaft rund um den Erdball. Sie sehn, Claus, ich mache keine Ausflüchte, ich mogle nicht, ich nehme nicht einmal die Hilfe unsrer gottlosen, aber herzhaften kommunistischen Theologen in Anspruch, von denen wir eine ganze Anzahl haben, weil eben für jedes Gift ein Gegengift zur Hand sein muß.«
»Jawohl, Aggie, seitdem die Revolution das größte Reich der Erde beherrscht, mogelt sie nur noch im kleinen.«
»Der Krieg«, fuhr sie unbeirrt fort, »ist die Erbschaft, die die Unterdrückten neben andern Scheußlichkeiten von ihren Unterdrückern übernommen haben. Dieser Krieg hier. Der Krieg des Hartmannsweilerkopfes. Wir aber kämpfen allen Ernstes für die Welt, allen Ernstes für die Menschheit und nicht für falsche Lockvögel dieses Namens. In diesem Kampf nimmt das Proletariat die Lebensbedingungen der feindlichen Klasse in sich auf, Tugenden wie Laster – wie könnte es anders sein? Die Arbeiter sind nicht besser als wir, wie sollten sie auch? Wir haben sie ja zu dem gemacht, was sie sind, vergessen Sie es nicht, Claus. Ich meine, wenn das Proletariat auch Krieg führt, so geschieht es nicht mit dem Ziel, Beute zu machen oder Beute sicherzustellen oder eine neue Klassenherrschaft aufzustellen.«
»Doch, darum handelt es sich«, unterbrach ich sie. »Sowjetrußland ist eine reine Klassenherrschaft.«

»Einen Augenblick, bitte! Ich wollte natürlich gerade sagen, daß auch nach dem Sieg und dem wirklichen Ende des Krieges der Arbeiter noch lange Proletarier bleiben wird, jedenfalls im geistigen Sinne, weil er auch noch den Feind in sich selbst auslöschen muß, alles, was während der langen Knechtschaft an Instinkten und Gedanken von uns in die Arbeiterschaft übergegangen ist, und danach erst wird das Proletariat wirklich ausgelöscht und der Mensch geboren sein und die Gemeinschaft, die uns erlaubt, menschenwürdig zu leben und die Arbeit unserer Hände ehrlich zu verwalten ... Sagen Sie mir, Claus, wie soll er anders zur Welt kommen, der Mensch – da doch heute und von jeher ein jeder in die enge, böse, tyrannische Form einer Klasse hineingeboren wird? Bis wir den Zwang überhaupt erkennen, hat unser Geist bereits dessen Form angenommen, und so kommen Geschlechter um Geschlechter als Gefangene zur Welt ... Einen Augenblick, bitte! Ich weiß, was Sie antworten wollen. Die Gesellschaft könne nur verändert werden, indem der einzelne sich verändere, durch eine lang andauernde Revolution des Menschenherzens, durch Lauterkeit der Lebensführung, Vorbild und Beispiel. Der Krieg könne niemals den Krieg töten, vielmehr enthalte jeder Krieg schon den Keim eines neuen Krieges, und das Leben des Menschen sei heilig, und das unsittliche Mittel, also Gewaltanwendung bis zur Tötung des Nächsten, verfälsche das sittlichste Ziel, in diesem Fall den klassenlosen Staat, das Reich der Gerechtigkeit auf Erden, und deshalb werde nach beendeter Revolution zwar die Regierungsform und die Zusammensetzung der Regierungsmannschaft, sonst aber nichts geändert sein.«

»Am allerwenigsten das Wesen des Menschen. Ja, Aggie, das wollte ich Ihnen antworten. Und das ist doch wohl entscheidend. Denn sonst geht die ganze Geschichte früh oder spät von vorn an.«

»Claus, so habe ich ja selbst früher gepredigt ... Und alten Jungfern und Kindern die Köpfe verdreht. Es war alles Unsinn! ... Um gegen mich gerecht zu sein, muß ich allerdings zugeben, daß ich auch auf Männer Eindruck machte mit meinen gemütvollen Beschwörungen. Sie hatten den Krieg noch in den Knochen und ihre Frau wieder bei sich im Bett. Erschrecken Sie nicht, Claus, wenn ich so deutlich werde wie

– wie Ada... Jetzt schauen Sie sich um, Claus! Halb Europa liegt im Kriegsfieber, keine Spur mehr von Gemüt und Menschenliebe!«

»Am allerwenigsten im Kreml. Harte Kerle sitzen da.«

»Harte Kerle.«

»Wundern Sie sich, wenn die bürgerliche Gesellschaft Wert darauf legt, Ihnen ebenso harte Gesellen entgegenzustellen?«

»Dort, wo sie es noch kann!... Nicht im geringsten wundere ich mich, Claus. Ich finde es völlig in der Ordnung. Wir erwarten es nicht anders. Nur werden wir ihnen zuvorkommen oder, wenn sie zuerst losschlagen, den Krieg, ihren Krieg kräftig in Unordnung bringen. Her mit Gewehren, Kanonen und Giftgas! Setzt noch einmal die Welt unter Waffen! Heute weiß jeder Arbeiter, was er damit anfängt, in jedem Land wird er auf die erstbeste Gelegenheit warten, nach oben loszuschlagen statt nach vorn... Manchmal meine ich sogar, noch ein Krieg wie der letzte, das wäre für uns das kürzeste Verfahren... So, Claus, sieht die Wirklichkeit aus. Ihr in Breuschheim reitet indessen euren alten Gaul zu Tod... Individualismus! Damit ist es auf ewig vorbei.«

»Damit, Aggie, ist es so wenig vorbei, daß der Individualismus noch nie, seitdem die Welt steht, eine so rasende Gesundheit bewiesen hat! In Wirtschaft und Politik, überall ein verborgener oder offener Bonapartismus! Es wimmelt von kleinen Korsen und Offizierschülern, die hinauf wollen, und ein paar sind auch schon glücklich oben. Und halten sich! In Rußland ging es zuerst los, da zeigte es sich gleich, wieviel die Uhr geschlagen hat. Sie wissen, nach der Oktoberrevolution rechnete Lenin nur mit einer kurzen Dauer der Bolschewikenherrschaft. Das bäuerliche Rußland war ja denkbar unreif für die sozialistische Staatsform. Der Marxschen Lehre zufolge konnte die Oktoberrevolution nur ein Staatsstreich von geringem Umfang und beschränkter Dauer sein, ein Glücksfall der Geschichte ohne unmittelbare Folgen. Aber der romantische Bonapartist Trotzki behielt recht gegen den Marxisten Lenin. Aggie, ich will Ihnen ein Geheimnis ins Ohr flüstern. Wenn es heißt, mit dem Individualismus sei es zu Ende, und die Spatzen pfeifen es ja von den Dächern, daß es damit vorbei sei, ob sie nun für die rote Diktatur pfeifen oder für die weiße, – immer, Aggie, ist mit Individualismus der freie Mensch gemeint, der Mensch, der sich weder danach sehnt, zu kommandieren, noch, kommandiert zu werden, der weder Sklave sein noch über Sklaven gebieten will. Das ist nämlich heute das unerwünschteste Exemplar von einem Menschen.«

»Ach, Claus, was ist ein freier Mensch?«

»Jemand, der mit sich selbst im reinen lebt«, erklärte ich fröhlich.

»Der wird sich aber bald mit allen andern überwerfen!« versetzte sie.

»Nein, Aggie, ein gutes Gewissen ist der beste Ausgangspunkt, um auch mit der Welt ins reine zu kommen. Freie Menschen kennen Güte und Mitleid und pflegen freundlich zu sein, wenn sie nicht gerade an der Leber kranken.«

»Lassen wir die Leber«, sagte sie ernst... »Gutes Gewissen? Auch Gewissen werden geformt.«

»Deshalb geht der freie Mensch mit dem seinen auch sehr zart um. Und dieser Umgang macht ihn höflich und wachsam. Er spitzt Nase und Ohren, wenn die andern noch nicht einmal den Wind hören... Liebe Aggie! Je mehr ich an den freien Menschen denke, desto vergnügter werde ich. Da sehn Sie die Wirkung! Freischärler, auf nichts als ihr gutes Gewissen vereidigt – das können die wichtigsten Menschen sein, Aggie! Die Siegelbewahrer des Anstands und der Gerechtigkeit. Jawohl, der uneigennützigen Gerechtigkeit, deren Bild selbst hundert Jahre Diktatur nicht im Bewußtsein der Menschen zerstören werden! Der freie Mensch? Nehmen Sie ihn als den vorläufig letzten Priester und Verkündiger dieser Gerechtigkeit, auch wenn er sich in Katakomben verkriechen muß mit seinen einzigen armseligen Waffen des Verstandes und des Gefühls. Nein, nein, Aggie, an der Menschheit dürfte man erst verzweifeln, wenn es ihn nicht mehr gäbe, wenn der letzte freie Mensch tatsächlich ausgerottet wäre, und das wird nie sein. Und heute, Aggie? Heute, wo er von überall her bedroht ist und alle Parteien Jagd auf ihn machen, heute scheint mir der freie Mensch, Verzeihung, Aggie, es klingt unbescheiden – einfach unentbehrlich... Einsam?... Aggie, der Einsame allein kann gut sein. Wenn

Sie je im Menschengewühl einen guten Menschen treffen, so seien Sie versichert: er ist entweder fromm oder verrückt. Denn wie sollte er sonst unter so viel Menschen einsam sein?«
»Claus, Sie werden eine Einöde um sich schaffen und darin umkommen.«
»Oh, meine Liebe! Darauf antworte ich mit dem Propheten Jesaias: Aber die Wüste und Einöde wird lustig sein, und das dürre Land wird fröhlich stehen und wird blühen wie die Lilien.«
Nun mußte auch sie lächeln.
Sie erhob sich und sagte:
»Ich frage mich, habe ich es mit einem Spaßmacher zu tun oder mit einem Monstrum von freiem Menschen?«
»Mit jenem Monstrum«, versicherte ich...

Ich reichte ihr die Hand und führte sie über den steilen Hang. Ihre kleinen Füße zuckten und taumelten in dem Geröll, sie verlor bald den einen Schuh, bald den andern, die schönen roten Festmale verdarben zusehends, als würden sie in aller Form gesteinigt. Schließlich nahm ich Aggie auf die Arme und trug sie. Wir kamen an den Damen vorbei, die sich inzwischen auf ihrer Kamelhaardecke zu einem Schläfchen ausgestreckt hatten. Sie bliesen aus geröteten Gesichtern wie Robben. Um sie lag ein herbstlicher Blattfall von beschriebenen Ansichtskarten.
Dann rasselten die Kinder den Gipfel herab. Der Lärm weckte die Damen, die unter erschrecktem Geschnatter ebenfalls aufbrachen.
Wir saßen schon alle im Auto, als Jacquot und Gabriele gemächlich daherschlenderten.
»Ha! Meine Mutter und Silvio haben sich gezankt«, flüsterte Gabriele. »Sie hören nicht einmal darauf, was dein Vater ihnen erzählt... Schau, wie er sich anstrengt, den verstimmten Herrschaften aufzuspielen! Los, ihm zu Hilfe!«
Das Mädchen lief. Die Stirn in Falten, den Mund ängstlich vorgeschoben, sprang sie auf das Trittbrett und berührte zaghaft den Arm der Mutter. »Seid ihr verstimmt, weil wir auf uns warten ließen? Verzeihung!« Ada zog sie neben sich auf das Polster, Silvio mußte rücken, um Platz zu schaffen. Er tat

es sichtlich erbost. »Niemand ist verstimmt«, sagte er in rohem Ton.
Jacquot setzte sich neben mich. Das Mädchen blinzelte Aggie fragend an, und diese bejahte mit den Augen. »Wie gesagt – dicke Luft!« meldete das Mädchen leise nach vorn. Jacquot hüstelte.
»Ja, aber hört, Kinder«, nahm Ada ruhig das Wort, »ein Soldat hat uns erzählt, daß man den Hartmannsweilerkopf befestigen will.«
»Stand längst in der Zeitung«, höhnte Silvio. Da kam etwas wie Kampflust über sie: »Kinder, es stand sogar schon in der Zeitung! Der ganze Gipfel wird eine Festung, der Kriegsminister war schon da und hat alles besichtigt. Die Überreste der französischen Soldaten werden in einer Gebeinkammer gesammelt, darüber soll sich eine Kapelle erheben.«
»Das Böse wächst schneller nach als das Gute«, verkündete Gabriele. »Jacquot und ich wissen es aus Erfahrung.«
Jacquot rief hinter sich in den fahrenden Wagen:
»Und was geschieht mit den deutschen Knochen?«
»Habe ich auch gefragt, Jacquot. Aber davon wußte der Soldat nichts.«
»Sie wollen die Toten in der Erde auseinanderreißen?« fragte ich entsetzt. »Unmöglich!«
»Sie wollen«, bekräftigte Ada. »Und in der Kapelle wird Christus am Kreuz zu sehen sein.«
Gabriele sagte kleinlaut: »Der ist doch für alle gestorben...« Und sie dachte mit Grauen an ihren Vater, von dem Savarin ihr heute geschrieben hatte, er sei mit Anna Graeßlin von Römerbad abgereist, niemand wisse wohin.
»Unsinn!« rief Silvio. »Verdammter Unsinn. Schon im Mittelalter gab es befestigte Kirchen. Unser Kriegsminister ist Pazifist. Wir sind alle Pazifisten!« – »Silvio!« flehte Ada... Er fuhr sie an: »Was willst du?« Sie bat: ›«Keinen Streit mit den Kindern!« Er hob die Stirn. »Muß ein Erwachsener unbedingt vor Kindern das Maul halten?«
»Nicht unbedingt«, antwortete sie leise.
Während der weiteren Fahrt sprach niemand ein Wort. Silvio hatte uns mit dem Bann seiner üblen Laune belegt, und da ich den Wagen führte, war keiner da, der den Zwang

hätte brechen können. Bei sinkender Nacht trafen wir in Unterhügeln ein.
Der Hund, der Jacquot bei den Nachbarn gesucht hatte, ließ den Schwanz hängen, als er die unfreundliche Gesellschaft beschnupperte. Ich verabschiedete mich herzlich von Ada und Gabriele, mit der größten Kälte von Silvio. Jacquot hielt sich womöglich noch steifer. Nicht als ob ich den Schloßherrn von Unterhügeln für erziehbar gehalten und gehofft hätte, die Lektion würde ihn eines Besseren belehren, nein, aber er sollte wissen, daß zumindest wir Breuschheimer seine Ungezogenheiten ablehnten. Und zum Unterschied von früheren Anlässen tat ich es diesmal mit aller Deutlichkeit, selbst auf die Gefahr hin, daß Ada und Gabriele und Aggie dafür büßen müßten...
Tatsächlich blieben die Unterhügelner lange unsichtbar, und auch Aggie hielt sich fern, zum großen Leidwesen Annettes, die schließlich die Entsendung einer Botschaft in den Pavillon durchsetzte. Als Antwort kam ein Briefchen:
»Wenn Annette morgen früh Punkt sieben antritt, darf sie zu mir ins Bett und Auto-und-Garage spielen. Große Männer haben Launen. Man sieht es ihren Denkmälern nicht an. Jedoch Klio, schamhaft, wie sie ist, vermerkt es in Geheimschrift am Rande. Bitte, für morgen fünf Uhr meinen Besuch beim letzten Edelmann anmelden.

A.«

Mitte Juli beschloß das Ehepaar Wolf, die »aus geschäftlichen Gründen« wiederholt verschobene Hochzeitsreise auszuführen.
Eines Abends, als in Unterhügeln die Bischöfler tagten, besuchte mich Ada, und Ada, »die die Dinge beim Namen nennt«, sagte, ich sei heute in Unterhügeln erwartet worden, da ich aber nicht gekommen sei, habe ihr Mann sie mit einer Bitte hergeschickt. Ich solle auf Aggie Ruf einwirken, daß sie mit ihnen auf die Reise ginge – angeblich sträube sich Aggie dagegen. Und nun stehe sie, Ada, vor mir und ersuche mich dringend, der Nachbarin von solch einer geschmacklosen Kombination abzuraten.
Während sie noch gegen den Plan sprach, ließ ihr Widerstand merklich nach, als würde ihr erst jetzt, da sie ihren Unwillen

einem Dritten gegenüber äußerte, die Fruchtlosigkeit ihrer Bemühung klar. »Verzeihung, Claus«, sagte sie: »ich benehme mich wie ein jungverheiratetes Gänschen, das bei einem Onkel Zuflucht sucht. Spielen wir tapfer in der Komödie mit, Sie, indem Sie tun, als ob Sie die Prinzipien des Anstandes bei Aggie Ruf besiegten, ich indem ich den Sieg mit gemessenem Jubel begrüße. Besser, Silvio hat seine Politik in den Fjorden leibhaftig zur Hand, als daß er mich täglich plagt und mit dringenden Geschäften droht, die ihn heimrufen. Er meint, wenn wir Aggie Ruf bei uns haben, wäre es so gut, wie wenn sein großer Schreibtisch mitreiste. Und sie nähme ja auch höchst ungern Ferien von der Revolution und würde sich allein hier langweilen. So mag denn der Schreibtisch mitreisen!«
Jedoch ich weigerte mich, »in der Komödie mitzuspielen«, bewies ihr die Sinnlosigkeit des ganzen Aufwandes, worauf sie, als fände sie ihr Gleichgewicht wieder, aufatmend beschloß, Silvio unsere Unterredung der Wahrheit gemäß mitzuteilen ...
Von Aggie hörte ich nichts über die beabsichtigte Reise.
Sie fuhren zu dritt und kamen Ende August zurück. Ich erfuhr ihre Heimkehr durch ein Briefchen, das Joseph spät am Abend herüberbrachte.
»Wieder da, schlaflos. Zu still hier, mein Lieber. Keine schöne Reise. Nie wieder! An jeder Station Haufen Zeitungen von daheim. Niemand las sie außer mir, ich aber hatte Muße genug, sie auswendig zu lernen. Liegen jetzt über Dänemark, Schweden und Norwegen verstreut, keine Ziege wollte sie fressen, und wo sie in einen Garten fielen, bildeten sie Vogelscheuchen. Ich kann sie heute noch auswendig, heute und in alle Ewigkeit. Unter dem Nordlicht wurden die elsässischen Heimatrechte besprochen. Jemand saß dabei, prachtvoll und stumm, nur leise knisternd, als wäre sie es, die das zuckende Feuer am Himmel verursachte. Höre von Joseph, daß Sie nach Genf gehen zur Sitzung des Völkerbundes. Um es gleich zu sagen: Sie werden staunen über den Jahrmarkt der Verlogenheiten! Wenn Sie irgendwo einem kleinen Bolschewiken begegnen, der still vor sich hinlächelt, so grüßen Sie ihn von mir! Weil er vermutlich der einzige ist, der bei dem Feuerzauber klar sieht.

A.«

Der Ton des Briefes enthielt etwas beunruhigend Neues. Nicht nur, daß ich fand, seine Lustigkeit segle unter falscher Flagge, nicht nur, daß er Enttäuschung und verhaltene Rachsucht verriet – Aggies Unrast schien ihren Höhepunkt erreicht zu haben. Das Flüchtige, Schwebende, doch immer noch Bestimmte war ein Flattern geworden. Ich sagte mir, daß es zwischen den dreien zur Entscheidung dränge.
Aber schon das erste Zusammentreffen mit ihr strafte mich Lügen. Sie kam, mit keinem Phantasiegebilde zu verwechseln, als unsere Aggie daher, von Annette mit dem Erkennungsruf »Aji, Aji« begrüßt, und blieb noch lange so unverändert.

DRITTER TEIL

DIE STADT DES FRIEDENS

Jacquot hatte sich besondere Ferien ausgedacht. Er wünschte, vor seiner »glückhaften Deportierung nach England« der Versammlung des Völkerbundes in Genf beizuwohnen. Wahrscheinlich verfiel er darauf, weil sein Onkel, Lord Berrick, der englischen Delegation angehörte. Berrick wurde angefragt. Er telegraphierte: »Her mit den Kindern!«
Anfang September fuhren wir los und nahmen Gabriele mit. Ich hatte den Auftrag sie irgendwo bei Genf in einem »Heim für vornehme Töchter« abzuliefern, das schon ihre jüngere Schwester beherbergte. Silvio, den »dringende Geschäfte« zurückhielten, sollte nachkommen, ob mit oder ohne Ada, blieb unentschieden.
»Natürlich ohne sie«, meinte Gabriele, als wir im Zug saßen. »Glück habe ich mit meinen Papas! Sie verbieten meiner Mutter, mich gern zu haben, meine Papas. Sie sperren uns sorgsam voreinander ab, meine Papas.«
»Halte dich an den meinen«, unterbrach Jacquot, denn sie war sichtlich im Begriff, in eine Litanei von den Papas zu verfallen. Sie nickte gehorsam und küßte mir den einzigen Finger, den sie von meiner Hand erwischen konnte.
Die Grenze kam. Der Anblick der Schweizer Eisenbahnwagen versetzte mich um Jahre zurück ... Es war mitten im Krieg, man hatte begonnen, Kriegsgefangene im Austausch nach der Schweiz zu entlassen, und ich befand mich eine halbe Stunde hinter der Grenze auf der Landstraße, als die ersten Züge mit Franzosen vorbeibrausten. »Vive la Suisse!« schrien die Soldaten. »Vive la Suisse« – mit solcher Besessenheit, daß ein Schweizer Bauer, der die Feldarbeit unterbrochen hatte, um ihr Winken zu erwidern, die Befürchtung aussprach, den Leuten müsse gleich der Kehlkopf aus dem Halse fliegen! Es wurde ihm ordentlich unheimlich zumut bei diesem Überschwang, er winkte nicht mehr, stand nur noch da, ganz bleich und schüttelte den Kopf. Wie Teufel, die der Hölle entschlüpft sind und nun ihre unterweltliche Wildheit ab-

schütteln, ließen die Soldaten sich von der Freude hinreißen, fuchtelten, quetschten sich, schlugen einander lachend auf die Köpfe, schüttelten einander an den Haaren und winkten, winkten, winkten, der ganze Zug bestand aus entfesselten Armen, die sich reckten, und roten Köpfen, die jeden Menschen auf der Straße, jede Station, jedes Dorf anbrüllten.
In Wirklichkeit brüllten sie die wiedergefundene Erde an. Denn auch nachts hörte man sie, geisterhaft, im hallenden Rollen der Wagen in der Ebene, hörte sie bis auf die Berge, bis unter die Sterne toben. Obwohl niemand da war, ihren Gruß zu erwidern, hingen sie aus den Fenstern, warfen sich weiterfahrend (und gern wären sie ewig so weitergefahren) mit ihren Bauerngesichtern ins duftende Heu, lehnten sich wohlig zurück, wenn ein Wald, süßer Kinderschreck, sie umtanzte, hoben die Arme zu den Sternen und spreizten die Finger, daß die Freiheit, die vom Himmel fließt, an ihren Händen und Armen entlangströme auf ihren Leib. Sie atmeten die runden, mütterlichen Formen der Landschaft, sie fühlten den Schein des Mondes auf dem Grund ihrer Augen. Kühl war der Mond und golden. Und sie lebten. Es war Sommer. Sie liebten. Sie liebten die Schweiz.
»Vive la Suisse!«
Ich erzählte Jacquot und Gabriele von jenen Paradiestagen der Schweiz, und der Nachmittag, durch den wir jetzt fuhren, war so klar mit seinem Blau und Gold, so still hielten die Seen unter den Girlanden der Weinberge, daß wir bis zum Ende der Reise in kindlicher Andacht eingesponnen blieben. Draußen auf den Wiesen und Wäldern des Spätsommers glänzte das Wort Friede mit dem Feuer eines Edelsteins – eines Steins, der vorzüglich in diesem Lande gefunden wird, wie früher die Smaragde in Indien. Es dämmerte, und durch die Dämmerung tröpfelte die Mondnacht durch ein Sieb ... Wir kamen so schnell nach Genf, daß wir enttäuscht waren, schon am Ziel zu sein.
Lord Berrick und Lady Pia empfingen uns und brachten uns in ihr Hotel. Als erstes berichteten unsre Freunde, daß auch der Führer der französischen Delegation, der Minister Maxime-Simon, mit uns unter demselben Dach wohnen werde, man erwarte heute nacht seine Ankunft. Auch vom englischen Premierminister war die Rede. Er weilte in einem

nahen Badeort zur Kur, ohne sich um den Kongreß zu kümmern. »Immerhin, du hast ihn zur Hand«, meinte Pia. Es klang anzüglich, und ihr Lächeln war voller Geheimnis.
So fühlte ich mich gleich bei der Ankunft von jenem Schleier der Maja gestreift, den ich bald als die eigentliche Fahne des Völkerbunds erkennen sollte. –
Sie flatterte magisch und wechselte die Farbe. Übrigens hörte ich kaum, was gesprochen wurde, derart bestrickte mich die Ähnlichkeit der beiden Schwestern Pia und Doris...
Liebliche Pia!... Doch nach kurzer Zeit schon vermißte ich die früher so ausgesprochene Gleichmäßigkeit ihres Wesens. Zehn Jahre »society« und Repräsentation hatten der »blauen Blume« (wie die Pariser sie in Erinnerung an die deutsche Romantik einst nannten) viel von ihrer natürlichen Farbe geraubt und ihr ein fieberisches Aussehn verliehn... Berricks Lächeln kam uns entgegen, als habe es die ganze Zeit auf uns gewartet. Der Blick des einen Auges, dessen Pupille verhärtet war, glitt schief auf mich nieder mit einem Ausdruck von Klugheit und Güte, und dieser Ausdruck, gleichsam ein »zweites Gesicht«, schwankte wie etwas Blühendes, Windbewegtes in den scharf geschnittenen Zügen einer Maske, die in gewissen Augenblicken schon seine Totenmaske zu sein schien...
Im Hotel fanden wir unsre Zimmer voll Blumen, und Gabriele entdeckte auf ihrem Nachttisch eine Schale aus rauchigem Glas und in der Schale Pralinen. Die Pralinen, groß und buntgekleidet, waren die ersten, die Gabriele geschenkt bekam. Jacquot, der längst alle Schokolade verabscheute, steckte dafür seine erste Zigarette an und trat mit ernstem Gesicht auf den Balkon. Eine altertümliche silberne Schnupfdose auf seinem Tisch hatte sich bei näherem Zusehn als Zigarettenbehälter erwiesen.
Der Junge rauchte und schaute sich um. Dort floß mit dunkeln und hellen Strähnen ein Wasser, vermutlich die Rhône, außerdem drehte sich darin der Widerschein der Laternen, wie lange Dochte von Nachtlichtern, die auf dem Grund des Wassers festgemacht waren. Bogenlampen schwebten an Schnüren über die Straße, die Bäume, die sie beleuchteten, waren entzückte Geschöpfe, die der Herr aus der Schar der andern vor sein Angesicht gerufen, und am

Himmel weidete der Mond seine Lämmerherde. In einer breiten, wollzerzausten Reihe, die Köpfe im Blau vergraben, trieben die Tiere dahin. Jenseits der Stadt lag ein Berg schwarz auf Händen und Knien. Die Straße vor dem Hotel war menschenleer... Drei Schatten radelten lautlos über den Asphalt, und der jüngste Breuschheim hatte seine erste Zigarette zu Ende geraucht.
»Die Stadt des Friedens«, dachte Jacquot, er fühlte, wie der Gedanke aufstieg, sich dehnte, sah ihn vor sich in der Luft, sah ihn wachsen und im Unendlichen vergehn, es erinnerte ihn an den Segen, den ein Priester der Menge erteilt. Ein Gefühl, feierlich und weltfroh zugleich...
Prächtig in ihrem blausilbernen Abendkleid, Schultern, Arme und einen schmalen Teil des Rückens entblößt, trat Pia ins Zimmer. Ihr folgte eine jüngere, bis an die Sohlen rosafarbene Unbekannte, das war Gabriele. Auf dem Gang warteten im schwarzen Anzug Berrick und ich, alle fünf lachten wir hellauf, und wäre (nicht nur an diesem Abend, sondern während unseres ganzen Aufenthaltes) unter den Gästen abgestimmt worden, wer die heiterste Gesellschaft im Hotel sei, wir hätten bestimmt gesiegt. Dafür sorgten die Kinder mit ihrem Beschluß, sich während der Feiertage, die ja auch ihr Abschiedsfest waren, »festlich zu halten« und dann »aufrecht auseinanderzugehn«.
Wir saßen beim Nachtisch, die Musik machte gerade eine Pause, als eine Art Stille eintrat. Es kam so plötzlich, daß einige Tische, die nicht gleich davon ergriffen wurden, mit ihrem Streifen und Klingeln von Messer und Gabel gegen Porzellan, ihrem Gläserklirren und einigen jähen, halbgeschrienen Gesprächslauten aus der Menge aufzutauchen und an unsichtbaren Seilen zur Decke zu schweben schienen. Dann rissen die Seile vom Ruck eines einzigen Schrecks, und man fiel lautlos unter die verstummte Menge zurück.
»Le voilà«, hörte ich ausrufen, und neben uns erhob sich ein Herr und eilte durch ein Spalier von Köpfen und Schultern, die alle in dieselbe Richtung gedreht waren, auf die weit geöffnete Saaltür zu.
Dort hielt ein Mann in dunklem Anzug, eher klein als groß, vom Aussehn eines abgerackerten Pianisten, das schwere, langhaarige Haupt ein wenig gebeugt, so daß der Blick schräg

in den Saal flog, ein geschleuderter, stark glitzernder Lichttropfen, von der Bläue eines geschliffenen Steines. Der gleiche Name kräuselte alle Lippen im Saal, ohne daß man ihn hörte ... Dick im Gesicht saß dem Mann ein Schnurrbart, der große Bruder zweier ausschweifender Brauen, der sich zur Ruhe gesetzt hatte ... Der Mann hob die Arme in den Ellenbogen und entschloß sich, fast unwillig, auszuschreiten ... So schien es wenigstens, in Wirklichkeit hatte er kaum zwei Sekunden auf der Schwelle gezögert und sicherlich keinerlei Unwillen empfunden. Zwei Herren folgten ihm, mit dem Schwung und Gewicht von Trabanten, selbsttätig schloß sich hinter ihnen die Tür.
»L'astre du congrès, Monsieur Maxime-Simon qui fait son entrée«, verkündete leise Lord Berrick.
Leider war aber da von dem Gestirn wenig mehr zu sehn, Jacquot entdeckte noch eine Strähne angegrauten Haares, Gabriele nur ein Stück Schnurrbart.
Indessen ging der Mann immer tiefer im Menschengewühl unter, das ihn umströmte, von überall rannten sie herbei und drängten sich mit schon halb ausgestreckter Hand durch ihre Vorläufer, langsam rückte und wuchs die Gruppe in den Saal, und nachdem sie ihre größte Dichtigkeit erreicht hatte, nahm sie ebenso schnell wieder ab ... Und da brach die Musik los, die Marseillaise, und ritt, Blechbläser und große Trommel an der Spitze, den Saal in den Staub, und im Staub wirbelten die lichten Federchen und Sonnenkörner des Ruhms.
Zuerst standen die Engländer auf, alle zusammen, wie sie im Saal verstreut waren – offenbar hatte jemand auf den Knopf einer Leitung gedrückt, die sie untereinander verband. Es folgten, ein wenig überstürzt, die Angehörigen von zwanzig Nationen, die nicht über die gleiche Einrichtung verfügten.
Nach der Beendigung der Nationalhymne war alles wie zuvor. Nur, daß jetzt der Minister mit seinen beiden Herren an einer langen Tafel saß und uns den Rücken zukehrte. An allen Tischen begannen die ersten Kritiken zu erscheinen. Auch an dem unsern.
Das Ausdrucksvollste an ihm, fand Gabriele, sei der Schnurrbart.
Nein, der Buckel, widersprach Jacquot, der den Rücken des großen Mannes vor Augen hatte ... Halt, mein Junge! Ein

richtiger Buckel war es nicht – Pia lehnte den Ausdruck ab –, nur ein stark gewölbter Rücken, und übrigens, Buckel oder nicht, gehörte gerade diese Wölbung zu den Reizen Maxime-Simons, bildete sie einen wesentlichen Bestandteil seiner Anmut, sogar in körperlicher Hinsicht, wenn man es sich auch nicht recht erklären konnte. Buckel oder nicht, das Ding bestimmte Gang und Haltung des Ministers, seine Art zu blicken, zu sprechen alles.

Berrick versuchte eine Erklärung des Phänomens:

»Schönheit und Würde, meine Liebe, sind Geschwister. Auf seinem Rücken trägt Maxime-Simon das Kindlein des Weltfriedens. Das ist der wichtigste, repräsentative Teil seines Körpers, darin gipfelt die Gestalt, genau wie beim heiligen Christophorus, der sicher von Geburt auch nicht bucklig war, sondern den Buckel erst durch Berufung und besondere Mission erhielt.«

»Du hörst, Jacquot«, sagte Pia mit ernster Miene, »der Buckel des Herrn Maxime-Simon ist eine Standesgnade.«

Von da an nannten die jungen Leute den Führer der französischen Delegation: Christophorus.

Wir blieben etwas länger bei Tisch, um Maxime-Simon Zeit zu lassen, seinen ersten Hunger zu stillen, worauf Berrick sich erhob und den Franzosen ebenfalls bewillkommnete. Maxime-Simon stand auf, sprach einige Worte, dann blickte er gemeinsam mit Berrick zu uns herüber, ergriff den widerstrebenden Lord, der ihn wohl bat, erst die Mahlzeit zu beenden, energisch am Arm und näherte sich uns mit trippelnden Schritten. Er begrüßte Pia, seine Stimme klang tief, etwas rauh, manchmal gequetscht, und verbreitete eine prickelnde Wärme. Pia wurde gleichsam porös, lächelnd hielt sie still und ließ sich von den Artigkeiten des Franzosen durchtränken.

Auch über uns andre legte sich die Stimme, uns alle umgab sie, höflich und bestimmt. Mit einem leisen, rauhen Lied war sie um uns, und da sie sich unserm eigenen Tonfall anpaßte, ohne ihre so bestimmte Linie zu ändern, blieb sie obenauf und führte geschmeidig das kleine Konzert der Unterhaltung. Dann erst kam man auf die Seemannsaugen zurück, die man weither hatte leuchten sehn, entdeckte die breit herabhängenden Backen und ihre rosige Frische, wie man sie oft an alten Leuten bemerkt. Ansatz und Fall der Haare wirkten frauen-

haft, ein Eindruck, dem das Zeugnis gallischer Urwüchsigkeit, der Schnauzbart, kräftig widersprach.
Das hieß ein Schnauzbart! Ein schwerer, struppiger, abwärtsgebogener, ein richtiger Schnauzbart, wie ihn seit Vercingetorix zahllose gallische Räuberhauptleute und Piraten geführt hatten, auch noch die Bastillenstürmer und Krieger der Revolution und des Kaiserreichs, bis er mit der alten Garde beinah ausgestorben war. Hier, bei Maxime-Simon, konnte man ihn noch einmal in all seiner kraftvollen Natürlichkeit beobachten.
Was aber stellte der Schnauzbart mit dem Mund an? War der Schnauzbart für den Mund da oder der Mund für den Schnauzbart? Hatte sich das bei den Piraten und Bastillenstürmern ebenso verhalten? Bald verbarg der Schnauzbart den Mund, der sich beim Sprechen heftig krümmte, bald legte er eine Höhle bloß, in deren Dunkel eine Drachensaat aufging. Zweifellos sprach aus dem Mund, der so viel Wohllaut entließ, nebenbei auch die Tierheit einer sonst musischen Gestalt. Es war gut, ihn nicht zu deutlich zu sehn.
Während ich in Ruhe diese Beobachtungen anstellte, hatte Jacquot allerhand Prüfungen zu bestehn. In seiner Begeisterung für den »Mann des Friedens« hatte er diesem voreilig die Hand gereicht, statt abzuwarten, daß sie ihm gereicht würde. Errötend fuhr er mit der Hand hinter den Rücken. Aber Maxime-Simon lockte sie mit freundlichen Worten aus ihrem Versteck und schüttelte sie zwischen seinen beiden Händen. Eine zweite Blutwelle ergoß sich über das Gesicht des jungen Mannes, er wagte nicht, die Augen von den kurzen, graubehaarten Pranken zu heben, die ihn freundschaftlich gefangen hielten. Es waren kräftige, feine und trotz der Behaarung makellos schöne Hände. Jacquot tat sich Gewalt an und warf den Kopf zurück. Mit dankbarem und selbstbewußtem Lächeln blickte er voll in das Licht, in ein helles und doch dunkles, blaues Menschenlicht, und sagte: »Merci, Monsieur le ministre.«
So verlief unsre erste Begegnung mit dem Fixstern des Kongresses.
»Er mag mich«, sagte Pia, »obwohl er natürlich weiß, daß ich Deutsche bin.«
Beim Verlassen des Saales nahm sie Jacquots Arm und erklärte

ihm, einen früheren Ministerpräsidenten rede man immer mit »Herr Präsident« an, auch wenn er nur noch Minister, auch wenn er gar nichts mehr sei. Der Junge dankte für die Belehrung, die erste dieser Art, der noch zahllose andre folgen sollten.

In der Halle stritten sich Jacquot und Gabriele, ob Christophorus hellblaue oder dunkelblaue Augen habe, und mit Hilfe Pias einigten sie sich, daß man solche Augen bei einem blonden Menschen als dunkel, bei einem so dunkeln Menschen aber unbedingt als hell bezeichnen müsse. Darauf beschäftigten wir uns mit den Händen des Ministers. Ich verglich sie mit den Händen eines Pianisten, wozu Berrick leichthin anmerkte: in aller Welt gäbe es keine »Klavierhände« mit einem so gefährlichen Ausdruck. Pia fand dies in der Ordnung, sogar für einen Pianisten. »Hände, die so seltsam zugreifen«, fragte der Lord ungläubig, »die festhalten, als gälte es das Leben? Angefüllt bis in die Widerhaken der grauen Haare mit einer Gewalttätigkeit, die ... die ...«

»Schnurrt«, rief Pia in plötzlicher Erleuchtung. »So schnurrt daheim unsere Katze, wenn sie mir an den Beinen entlangstreicht.«

Über eine Gewalttätigkeit, die schnurrt, hatte Gabriele im Augenblick keine Meinung, dagegen äußerte sie mit Bestimmtheit, die Knurr- und Quetschtöne seien bei Maxime-Simon nichts andres als eine Koketterie der Stimme. »Ungefähr so«, erklärte sie, »wie wenn Lady Pia ihre Brauen rasiert, um ein strengeres Gesicht zu bekommen.« Sie stieß Jacquot an (was bei Pia ein Stirnrunzeln hervorrief) und verkündete: »Friede durch Christophorus!« Erschrocken hielt sie die Hand vor den Mund: »Herrje, da ist er und sucht jemand! Vielleicht unsern Lord?«

Christophorus, eine Zigarette im Mundwinkel, stand auf der Treppe.

Pia wußte Bescheid:

»Nein, seine Herren sind ihm abhanden gekommen, und er möchte pokern. Natürlich, wenn er sie mal braucht... Da sind sie!«

Ha, wie die Trabanten in Schwung kamen! Seite an Seite rollten sie die Treppe hinauf, wo auf halber Höhe ihr Gestirn hielt. Wie sie sich entschuldigten und, von der wiedergefundenen Schwerkraft in Abstand gehalten und emporgehoben, hinter dem großartigen Buckel die Treppe hinaufschwebten! Tapfere Trabanten.

Pia klärte uns auf, daß der Minister jetzt noch eine Stunde Poker spiele (»eine Erholung für Diplomaten«, antwortete sie Jacquot, der fragte, was das sei, – »eine Übung für Roßtäuscher«, verbesserte Berrick), und um zehn herum liege der Minister im Bett. Sie schloß:

»So erhält er sich jung und frisch. Ich habe aber die letzte Nacht bis drei Uhr getanzt. Gehn wir schlafen!«

Die Kinder bekamen die Erlaubnis, noch einen Spaziergang zum See zu machen, »der doch hier irgendwo sein müsse«, und wir wünschten uns eine gute Nacht.

Draußen, Jacquot erkannte es gleich, hatte sich alles verändert. Ein Auto stieß hinter dem andern her, dazwischen gaukelten, klingelnd und rufend, ganze Ketten von Radfahrern, denen es nicht einfiel, ihr Tempo zu mäßigen, ganz gleich, was die Chauffeure von ihnen dachten. Die einzigen, die einen versöhnlichen Ton in das Getriebe brachten, waren die Spaziergänger auf dem Fußsteig. Die konnten nicht langsam genug vorwärts kommen, alle paar Schritte blieben sie stehn. Und auch am Himmel war ein überraschender Umschwung eingetreten, seitdem Jacquot ihn vom Balkon aus betrachtet hatte. Schwarze Wolken bevölkerten ihn, die Wölfe waren gekommen, die Wölfe, und sie fraßen die Lämmerherde auf. Dann machten sie sich an den Mond. Ein ganzes Rudel knabberte an ihm. Es dauerte nicht lange, und kein Fleckchen war mehr von ihm übrig. Auf einmal wurde es kalt.

»Brr!« schüttelte sich Gabriele.

Sie gingen schneller, kamen an den Hafen, über dessen dunkel bewegtes Wasser Motorboote glitten, gleich darauf war der Platz um sie menschenleer.

Jacquot sagte:

»Du, Gabriele, ist das nicht der See? Das schwarze Loch da muß der See sein...«

Sie standen Arm an Arm, vom kalten Wind, der hier draußen wehte, aneinandergedrückt. Sie standen, als stürzte dicht vor ihren Füßen die Nacht ab in den noch dunkleren See.

Auf einmal erhob sich in Gabriele ein unbändiges Verlangen,

Jacquot zu Boden zu werfen und mit ihm in das dunkle Loch hinabzurollen. Deutlich sah sie es vor sich, wie sie umschlungen in die Finsternis stürzten, indes ihre Hände in großer Verwirrung über seinen Körper tasteten, das einzig Lebendige im kalten Dunkel. Bevor sie aber beim Wasser anlangten, das hier sein mußte, spreizte sie die Beine, um zu bremsen, still lag sie über ihm, und dann küßten sie sich auf den Rand der ängstlich verzogenen Lippen... In diesem Augenblick rief Jacquot neben ihr aufmunternd:
»Hallo! Gabriele?«
Er hatte gefühlt, wie sie anfing zu zittern.
»Ja«, antwortete sie aufgeschreckt.
Nach langen Herzschlägen ergriff er ihre Hand, knetete sie mit allen seinen Fingern, drehte sie um, hob die ausgebreitete Fläche und beugte den Mund, und seine Lippen gingen weidend darüber.
Gabriele streckte sich:
»Ich habe Angst gehabt«, stieß sie hervor...
Eine Weile standen sie wieder voreinander und regten sich nicht. Dann wurde Jacquots Hand vorsichtig, als wäre sie zerbrechlich, an seinen Körper zurückgelegt, und ebenso vorsichtig zog sich das Knie Gabrieles zurück, das bei der jähen Bewegung, als er ihre Hand ergriffen hatte, an sein Bein geraten war.
Als sie kehrtmachten, flatterte die Hand die er geküßt hatte, triumphierend in die Höhe, und sie lachte auf, mit einem winzigen, schluchzenden Laut, der nicht aus der Kehle herausfand. Nach weiteren fünf Schritten flutete es mächtig in ihr, bald darauf strömte es ihr auch von den Lippen. Sie schwätzte selig daher, und auch er sprach lauter Worte, die nichts besagten, aber deren geringstes einen Keim enthielt, schwellend von künftiger Ernte.
»Ich werde herrlich schlafen«, sagte Gabriele vor ihrem Zimmer, und im leidenschaftlichen Anfordern des Schlafens warf sie den Kopf mit halbgeschlossenen Augen weit in den Nacken. Ihr Hals war lang und sonnverbrannt und von zwei starken Sehnen gestrafft.
»Ich auch«, versicherte Jacquot.
Auf den Fußspitzen betrat jeder von ihnen sein Zimmer.
Kaum in ihren Betten, warfen sie sich mit einem tiefen Seufzer

dem Schlaf in die Arme. Er fuhr ihnen ein einziges Mal übers Gesicht, da waren sie seinem bunten, schnell dunkelnden Strudel verfallen, von dem sie mit wunderbarer Bestimmtheit wußten, er werde sie nach wenigen Stunden dem Tage wiedergeben und seiner unermeßlichen Weite.

Das Zimmermädchen stellt das Tablett mit dem Frühstück auf den Nachttisch, gurrt ein »guten Morgen«, schleicht zum Fenster. In einer Aufwärtsbewegung von mächtiger Gelassenheit (wie bei Aufnahmen mit der Zeitlupe Pferde über eine Hürde springen) schwebt ihr Schatten am Vorhang hinauf, sie sucht die Kordel. Während die Abwärtsbewegung des Körpers folgt, verschwindet unter Rascheln und Klirren die nächtliche Erscheinung des Vorhangs. Dämmerung tritt ein. Demütig hat sie sich an ihr Werk gemacht, nun reißt ein gewalttätiger Griff das Fenster auf, mit plötzlich entflammter Mähne bäumt sie sich in das hereinstürzende Licht, die weiße Haube gleißt wie ein Helm ... Als Nonne ist sie ans Fenster getreten, als Walküre kehrt sie zurück. Und trägt das Drama ihrer Verwandlung ins nächste Zimmer.
Ich bin wach und weiß nun, was ich brauche, um gewappnet aus der Nacht zu springen, statt wie sonst mühsam aus rinnendem Sand an den Tag zu krauchen. Die Darstellungskraft eines Schweizer Zimmermädchens brauche ich, weiter nichts! Wenn ich in Breuschheim ein Schweizer Zimmermädchen einstelle, gewinnt sie mir täglich eine Stunde Leben, so wie die Holländer dem Zuidersee täglich ein Stück Erde abgewinnen. Ich liege und rechne, wieviel Quadratmeter Leben im Monat, im Jahr dabei herauskämen. Und gebe die Rechnerei auf, um darüber nachzudenken, wie mystisch ein paar tägliche Handgriffe wirken, deren Sinn man nicht sofort begreift, und daß Blinde und Taube in jenem Walde leben müssen, worin die alten Götter wohnen.
Eine kurze Zeit vergeht, da höre ich ein Klopfen. Irgendwo klopft es an die Wand.
»Gabriele, kann ich kommen?« ruft Jacquot ...
Demnach haben die jungen Leute verabredet, gemeinsam zu frühstücken, und zwar bei der Dame. Plumps! ist der Herr aus dem Bett. Er wäscht sich ab, daß ich es spritzen und klatschen höre, im nächsten Augenblick quietscht seine Tür.

Der Schlingel zieht sich nicht erst an, er geht in Pyjama und Schlafrock zum Frühstück... Übrigens: mehr hat er auch sonst nicht an... Aber was hätte Balthasar Breuschheim gesagt, wenn ich so in das Schlafzimmer Maria Capponis gewandert wäre? Nichts hätte er gesagt, denn es wäre versteckterweise geschehn, meinem Vater wäre nicht das geringste Räuchlein in die Augen gestiegen, wir wußten unser Feuerchen zu hüten... Die Jungen haben gewonnen, stelle ich fest, die Eltern auch. Es ist weniger Lüsternheit in der Welt... Und weil die Lüsternheit am Anfang aller Sünde steht (Evas Baum schwingt seine Äste im Wind, und die Äste malen tolle Figuren auf die Erde), bedauern raffinierte Feinschmekker die Entgiftung der Freude, schelten das Leben ein würzloses Gericht und Liebe ohne Sündenschwüle ein mechanisches Klavier.
Plötzlich zuckte ich zusammen, als fiele mir etwas auf den Kopf. Im Badezimmer des Ehepaares Berrick zu meiner Rechten, dicht neben meinem Bett, knallt, dröhnt und rasselt die Dusche. Da, nun wird sie abgestellt, Berrick schreit: »Hallo?‹... Yes«, er schreit es wiederholt, und dazwischen ringelt sich und schlängelt eine Frauenstimme und rückt auf ihren Goldschuppen näher. Sie läßt sich von den »Hallo, yes«, die ihr den Weg verbauen, nicht verführen, schneller oder langsamer vorzudringen, mit Gelassenheit rückt sie näher. Dabei ist das Rufen und Keuchen des Mannes furchterregend.
»Hallo?«
Über diesem letzten »Hallo« hebt Pias Stimme nah und deutlich das Schellenköpfchen. Ich verstehe die Worte »order of the day«. Sie fragt, was heute los sei. Liebliche Pia! In der Vorstellung, die ich seit einer Minute von ihr habe, dünkt sie mich zart und schutzbedürftig. »Yes«, schreit noch einmal der Mann, der Kannibale, der Kerl aus dem Busch, und wieder platzt die Dusche und dröhnt, der tiefe Baß in den Zuleitungsröhren läßt die Wände erzittern... Alter Berrick, du stehst noch immer deinen Mann, ganz wie dein altes England!... Ein großes Volk, denke ich mir weiter, erkennt man daran, daß es zwar die Masse so ziemlich im Elend beläßt, die Satten aber weit über ihr Verdienst erhöht, und diese sind es, die seinen mächtigen Namen auf der Stirn tragen wie die

Inder das Zeichen ihrer Kaste. Man könnte versucht sein, von einem Denk-mal, einem Zeichen des Geistes zu sprechen, weil es seinen Sitz auf der Stirn hat und, obwohl nicht im eigentlichen Sinne sichtbar, dennoch selbst vom Auge eines Wilden erkannt wird. Uns in Breuschheim fehlt natürlich das Merkmal völkischer Größe. Wir sind von einer rührenden Harmlosigkeit...

Wir in Breuschheim sind jetzt schon drei Stunden auf dem Feld. Die kleine Annette frühstückt, fertig angezogen, mit der Kathrin. Die Kathrin erzählt ihr, Vater und Bruder und die Gabriele seien bei den mächtigsten Leuten der Welt – beim Völkerbund!

Ich setze aus dem Bett und überschreite den Quadratmeter Leben, den das Schweizer Zimmermädchen für mich dem Tode abgerungen hat, und laufe unter die Dusche. Es dröhnt wie ein Wald im Sturm, aber keine Schlange hebt das goldene Schellenköpfchen...

Inzwischen hatte Jacquot eine betrübliche Entdeckung gemacht. Als er mit seinem Frühstückstablett auf dem Arm in Gabrieles Zimmer trat, war sie nicht, wie erwartet, in Pyjama, Kimono und quastengeschmückten Pantoffeln damit beschäftigt den Tisch für das Frühstück herzurichten oder, wie Frauen sonst taten, durch das Zimmer zu schweben und hier einen Gegenstand zu verrücken, dort frisches Wasser in die Blumenvase zu gießen (sie hätte das Zahnglas dazu benützen können), vielmehr lag sie im Bett, das Tablett auf den Knien, das Nachthemd von einem gehäkelten, weißen Schal bedeckt. Den Schal hatte sie über die Schulter gelegt und mit einer schwarzen Sicherheitsnadel befestigt. Das Zeug mußte ihr Kathrin gehäkelt haben, damit sich das Mädchen frühmorgens und abends nicht »verkühle«...

Die Tochter Adas, die Enkelin des üppigen Charles Hartmann, besaß weder Pyjama, noch Kimono, noch Pantoffel!

Zum erstenmal stieß Jacquot persönlich auf die »soziale Frage«.

Flingot, der Kinder achtete, wie sie waren, hatte sie ihm mehr durch die Blume des Scherzes beizubringen gesucht, und den Jungen interessierte der Kampf gegen die Schule mehr als der Kampf gegen den Kapitalismus, von dem er sich keine rechte

Vorstellung machte. Denn Flingot verwarf ausdrücklich jede gefühlsmäßige Betrachtungsweise, indem er (weiß Gott, wo er das herhatte!) vom Kapitalismus als dem Uranus sprach, der seine ungleichen Kinder auffressen werde, auffressen müsse, weil sein Appetit aus Gründen seiner Körperbeschaffenheit immer weiter zunähme. »Soll er aufhören zu fressen!« versetzte Jacquot. – »Er kann nicht«, beteuerte Flingot... Und auf Jacquots Frage, ob er Marx und Lenin lesen solle, hatte ich geantwortet: »Bleibe lieber noch ein bißchen bei Karl May. Wenn du Karl May studiert hast, kannst du, wie in Deutschland die Juristen, jede beliebige Laufbahn einschlagen.«

Jetzt also fragte er Gabriele, ob sie wisse, was ein Schlafanzug sei. (Hierin kannte er sich aus.) O ja, sagte sie, die Weinhändlerswitwe Graeßlin habe immer eine Sammlung der schönsten Pariser Modelle gehabt. Und Pantoffel? Ein Paar Pantoffel besaß sie gemeinsam mit ihrer jüngeren Schwester, und sie hoffte, die Dingerchen im »Heim für vornehme Töchter« wiederzufinden. Nach einem Morgenrock wagte er daraufhin nicht mehr zu fragen. Statt dessen schritt er zum Schrank:

»Darf ich öffnen?«

»Bitte.«

Im Schrank hing das rosa Seidenfähnchen von gestern abend über den rosa Schuhen und daneben, genau über einem Paar schwarzer Schuhe, das gelbe Leinenkleid, das sie seit ihrer Ankunft in Unterhügeln trug und worin sie auch gereist war. Außerdem lag in der Ecke ein ungeöffnetes Paket mit dem Aufdruck eines Straßburger Konfektionshauses.

»Ein Kleid, das meine Mutter mir noch schnell gekauft hat«, teilte sie mit. Warum es nicht ausgepackt sei, wollte er wissen. Es kam heraus, daß sie es ihrer Schwester schenken wollte, weil sie annahm, sie laufe in alten Fetzen herum. Auf die entrüstete Frage, ob ein »Heim für vornehme Töchter« sich mit einer derartigen Garderobe begnüge, erhielt er zur Antwort, sie müsse es wohl annehmen, denn Silvio habe am Tag vor der Abreise den Prospekt noch einmal durchgelesen und erklärt, die Sache sei in Ordnung. Da rief er, und er stolperte nicht die Spur über die Lüge:

»Was tätest du, wenn nicht Ada meinem Vater Geld zugesteckt hätte, um dich hier anständig auszustatten – wie?«

Das Mädchen, im Begriff, eine Semmel mit Butter zu bestreichen, hob erschrocken das Messer in die Luft. Ganz bleich wurde sie und glotzte ihn an.
»Was tätest du?« wiederholte er, drohend aufgerichtet in seinem Schlafrock.
Sie biß in die Semmel, und als sie mit dem Kauen fertig war:
»Die vornehmen Töchter auslachen. Ich meine für den Fall, daß sie sich besser halten, weil sie mehr Kleider haben als deine Freundin.«
Verdutzt wie er war, haschte er zu spät nach ihrem Blick, dem Blick, der das Wort »Freundin« auf einem Lichtstrahl in die Welt gesandt hatte... Er schaute sich um, ob es noch irgendwo im Zimmer zu finden wäre... Nichts.
»Rück den Tisch heran«, befahl sie. »So. Nun frühstücken wir zusammen...«
Ich band mir gerade mit ferienhafter Umständlichkeit einen alten Schlips um, da kam Jacquot herein und schilderte anschaulich den weißen Großmutterschal mit der schwarzen Sicherheitsnadel, den Schrank mit den zwei einsamen, schmal und streng herabhängenden Kleidern und den Schuhen darunter – »wie in der Turnstunde ausgerichtet«... Ich gab ihm Geld, und er begab sich mit Gabriele in die Stadt.
Erst musterten sie alle Läden der Rue du Rhône ab. Dann bestimmten sie eine Auswahl der Geschäfte und die Reihenfolge, in der sie besucht werden sollten. Und weil sie um Mittag noch nicht fertig waren und ihr Hotel zehn Minuten entfernt lag, beschlossen sie, in der Stadt zu essen. Als Getränk bestellten sie das teuerste Mineralwasser, das zu haben war. Darauf gingen sie an die Arbeit.
Sie kauften Abendkleider, die Gabriele knapp bis unter die Knie reichten, passende Strümpfe dazu und Schuhe, die Schuhe konnten gar nicht hübsch genug sein, denn wahrlich, die Beine der jungen Dame waren schmal und lang, als wäre sie unter einem wilden Jägervolk aufgewachsen, und von den Füßen war »sogar« die Verkäuferin entzückt. Zu den Straßenkleidern mußten die Hüte gesucht werden, und dies nahm die meiste Zeit in Anspruch. Im Vorübergehn spießten sie einen neuartigen Metallgürtel, eine Brosche, ein Halsband aus schönen falschen Perlen auf. Apachenschals, ein

buntes Umhängetuch. Zuletzt kauften sie den Schlafanzug, den Morgenrock, die Pantoffel.

Im Hotel begannen die Sendungen der Geschäfte einzulaufen. Als Pia um die Teezeit einen Blick in Gabrieles Zimmer warf, stand der Tisch gehäuft voll mit Paketen, Umschlägen, Schachteln in Pack- und Seidenpapier, und der Boy, der sie heraufbrachte, hatte angefangen, den Diwan zu belegen ...

Am Abend hielt Maxime-Simon, von den Trabanten begleitet, seinen Einzug in das Speisezimmer wie tags zuvor, ohne besondere Aufmerksamkeit zu erregen. Die jungen Leute allein zeigten sich beunruhigt, und Gabriele, die Jacquot anstieß, rief laut:

»Du – wir haben den ganzen Tag nicht an Christophorus gedacht!«

»Pst!« machte Pia, und dem Warnungspfiff ließ sie die Belehrung folgen: »Gabriele, eine Dame stößt nicht einen Herrn an.«

Gabriele fragte erstaunt, ob sie jemand angestoßen habe, und klagte, nie im Leben könne sie ihre Unarten loswerden, denn ihr allein fielen sie nicht auf – wie ein andrer farbenblind, so sei sie blind für ihre schlechten Gewohnheiten.

Dabei pirschte ihre Hand, mit leise trommelnden Fingern, über das Tischtuch zu Pia hinüber und bettelte brav um Verzeihung, was sich aber wiederum als eine Unart erwies. Ausnahmsweise wurde die Hand angenommen, freilich unter der Bedingung, daß Gabriele sich viel gerader halte, auch im Nacken, besonders im Nacken, daran erkenne man die Dame, und in der Halle die Beine nicht übereinanderschlage. Das Mädchen nickte höflich und blieb ernst, obwohl Jacquot, der ihr gegenübersaß, stark blinkende, ironische Lichter aufsteckte. In Wahrheit galt ihr Ernst dem neuen Abendkleid, sie fühlte sich unverwundbar. Als ahne er etwas, nahm Maxime-Simon den Weg an unserm Tisch vorbei und machte Gabriele ein rasches Kompliment über das Kleid. Unerbittlich behauptete nachher Pia:

»Das kommt nur, weil Sie sich bereits besser halten ...«

Gabriele war es zufrieden.

Zum erstenmal in ihrem Leben fühlte sie sich bewußt einem Kreis von Menschen zugehörig, fast einer Familie, fühlte sie sich wohlgelitten, betreut, vielleicht sogar geliebt.

LORD BERRICKS ERZÄHLUNG

Wir saßen nach dem Abendessen in der Halle des Hotels und sprachen von dem, wovon unsre Generation bis zum Tode wie ein Besessener sprechen wird, vom Krieg – vom Krieg und dem roten und weißen Schrecken des Bürgerkriegs, der in manchen Ländern auf den Krieg gefolgt war und noch immer andauerte und in fast allen übrigen Ländern der Erde als ein drohendes Gespenst umging.
Es fiel, von Pias schaudernden Lippen, das Wort »Dumdumgeschoß«. Eine Zeitung hatte die lügnerische Meldung gebracht, die Russen verwendeten bei ihren Hinrichtungen Dumdumgeschosse.
»Was ist das eigentlich?« fragte Pia!...
Ursprünglich nur ein Halbmantelgeschoß, erklärte Berrick, lächelnd über Pias Entsetzen vor dem Unbekannten – später aber die Bezeichnung für jedes »verräterische«, nämlich von einzelnen Soldaten künstlich zurechtgestutzte Geschoß, das große, schwer verheilende Wunden verursachte ... Bei einer Hinrichtung aber, meinte er, habe man Muße genug, gut zu zielen und beliebig oft zu schießen.
Nun wollte Jacquot wissen, woher das Wort stammte.
»Von einem Ort, mit dem mich Familienerinnerungen verknüpfen«, erwiderte Berrick. »Gerade dachte ich im Hinblick auf diesen Ort, wie es doch immer das gleiche bleibt, solange man in der Auseinandersetzung zwischen Völkern und Klassen das Prinzip der rohen Gewalt nicht verläßt: Unterdrükkung ruft die Rachegeister wach, der Rache folgt die Vergeltung, der Vergeltung ein Zustand, den man Friede zu nennen beliebt, obwohl auch er fast immer eine Gewalttat ist und deshalb nur eine Atempause zwischen zwei Kriegen. Jacquot! Gabriele! Ich will euch eine Geschichte erzählen, eine wilde, böse Geschichte. Ich war kaum so alt wie ihr, als ich sie zum erstenmal hörte, und, Pia wird mir verzeihen, wenn ich sie quäle – es ist eine wilde, böse, aber lehrreiche Geschichte. Ich habe sie von meinem Großvater gehört, nicht einmal, nein, mindestens ein dutzendmal. Da ich schon als Kind zum Diplomaten bestimmt war, sollte sie mir, mit den Worten meines Großvaters zu reden, den blutigen Ernst der Politik

vorführen, an den nicht nur Diplomaten, sondern auch andre kräftigere Leute entweder gar nicht oder zu spät glauben. Übrigens spielt der alte Herr in der Geschichte eine bedeutende und, wie er annahm, blamable Rolle. Die Blamage bestand darin, daß ein gewisser Hauptmann, von dem (natürlich sehr diskret) gleich die Rede sein wird und der einen Leutnant wegen einer dienstlichen Meldung auslachte, niemand anders als mein Großvater war ... ›Dum-Dum‹ – wer hätte gedacht, daß der Name so bekannt, ja ein Begriff würde!
›Dum-Dum‹, liebe Freunde, ist ein Instruktionsplatz für indische Rekruten im Kalkuttaer Bezirk. Dort trat zu Anfang des Jahres 1857 an einen Sepoy oder eingeborenen Soldaten, der, wie die meisten Sepoys, Brahmane war, ein Arsenalarbeiter von niederer Kaste heran und bat ihn um einen Trunk aus der Feldflasche.
›Ich habe meine Flasche gereinigt‹, sagte der Sepoy, ›du würdest sie wieder verunreinigen.‹ Worauf der Mann: ›Du bist so stolz auf deine Kaste, aber warte nur! Bald wird der Offizier dich Patronen abbeißen lassen, die mit Kuhfett gearbeitet sind. Wo wird dann dein Kastenstolz bleiben?‹ Und im Fortgehen warf er hin: ›Oder hast wohl schon gar die neuen Patronen gebissen?‹
Gemeint waren die Patronen zum Einfieldgewehr, das damals in der bengalischen Armee eingeführt wurde, und die eine Mischung aus Kuh- und Schweinefett enthielten. Die Hindusoldaten liefen demnach Gefahr, ihr Höchstes, die Kaste, und die Mohammedaner nicht weniger, nämlich die ewige Seligkeit zu verlieren.
Durch die Arsenalarbeiter kam es also ans Licht und verbreitete sich mit unheimlicher Schnelligkeit, daß ein neuer, diesmal gegen die Eingeborenenarmee gerichteter Anschlag auf den Glauben der Inder in Ausführung begriffen sei, die, gewissermaßen hintenherum, zu Christen gemacht werden sollten. Ich weiß nicht, ob die Leute meinten, wer Kaste und Seligkeit einbüße, sinke von selbst zu einem Christen herab, oder ob sie sich fürchteten, vor die peinliche Wahl zwischen dem einträglichen Soldatenberuf und ihrem Glauben gestellt zu werden. Vorangegangen waren die Entthronung eingeborener Fürsten und die Einführung von Telegraph und Eisenbahn, die Annexion von Provinzen und die Einsetzung

ordentlicher Gerichte, Erhebung ungewohnter Steuern und ebenso neumodische Vorkehrungen gegen Pest und Cholera und, nicht zuletzt, das Verbot der Witwenverbrennung sowie die Einrichtung von Volksschulen, kurz, ein großangelegter Raubzug mit humanitären Nebenerscheinungen. All das hatte Empörung, Furcht und Haß gesät. Wie bei allen Revolutionen kam es nur noch darauf an, die Armee zu gewinnen, dann konnten die alten Herren Indiens wieder das Haupt erheben. Überdies waren die Engländer durchaus nicht unbesieglich, auch das wußte man, seitdem die Afghanen ein englisches Heer aus dem Lande geschlagen hatten...

Im Februar und im März gab es Aufstände von Sepoys in zwei Garnisonen des Kalkuttaer Bezirks. Der erste verlief unblutig, beim zweiten wurden zwei Offiziere verletzt. Die Regierung ließ die neuen Patronen einziehen, und die Unruhen schienen beendet.

Inzwischen aber war von der Grenze des kürzlich annektierten Königreichs Oudh eine sonderbare Bewegung ausgegangen. Indische Läufer, zumeist Polizeiwächter, eilten mit zwei Chupathies, das sind kleine, ungesäuerte Brotkuchen, nach den nächstgelegenen Dörfern, wo sie ihren Kollegen aufgaben, ebenfalls Chupathies zu bereiten und davon je zwei den eingeborenen Polizeiwächtern der fünf nächsten Dörfer zu überbringen, was diese wiederum genauso wiederholen sollten. Überall tauchten die Läufer mit den Brötchen auf. Die Behörden vermochten den unheimlichen Lauf über Indien nicht aufzuhalten. Bald stiegen die Boten oben im Punjab, der nördlichsten Provinz aus dem Boden.

Dann kam Meerut. Ende April begannen in Meerut die Brandpfeile zu fliegen. Jede Nacht brachen Feuer aus. Ein eingeborenes Kavallerieregiment weigerte sich, bei der Parade Patronen anzunehmen. Es wurde eine Untersuchung eingeleitet, an der nur eingeborene Offiziere teilnahmen, darunter drei von dem aufsässigen Regiment. Die Kommission entschied und gab bekannt, die Patronen seien die alten und enthielten keinerlei Stoffe, die ein Hindu oder Muselmann nicht berühren dürfe. Der Untersuchung folgte ein gerichtliches Verfahren. Das Gericht bestand wiederum ausschließlich aus Eingeborenen, sechs Mohammedanern und neun Hindus. Sechs von diesen Offizieren waren von Delhi herangezogen worden. Das Gericht fand fünfundzwanzig Soldaten schuldig und verurteilte sie einstimmig zu je zehn Jahren Gefängnis. Am nächsten Morgen, dem 9. Mai, wurden die Verurteilten vor der gesamten Meeruter Garnison ihrer Uniform beraubt und in Ketten gelegt. Sie beschworen ihre Kameraden, sie zu retten. Vergeblich ... Vergeblich, denn es war verabredet worden, erst am Abend des nächsten Tages, einem Sonntag, loszuschlagen, wenn die Europäer, wie gewöhnlich ohne Waffen, in der Kirche versammelt wären.

Am Samstagnachmittag begab sich einer unsrer Leutnants zum Gefängnis, um Leuten seines Regiments die Löhnung auszuzahlen. Auf dem Heimweg folgte ihm ein Hinduoffizier und teilte ihm mit, die Sepoys hätten beschlossen, ihre Kameraden aus dem Gefängnis zu befreien, und die Gefängniswache sei für den Plan gewonnen. Der Leutnant eilte zu seinem Hauptmann, um ihm von der Unterredung Kenntnis zu geben, und erntete damit einen Heiterkeitserfolg, dem sich das Verbot anschloß, den beunruhigenden Unsinn weiterzuverbreiten.«

Hier räusperte sich Berrick und ließ eine kleine Pause eintreten, und wir verstanden, daß wir bei der Blamage des alten Herrn angelangt waren. Darauf fuhr er in seiner gemächlich dahingleitenden Redeweise fort, ein wenig zögernd und mit langen Blicken auf Pia, als fürchtete er, zu rasch auf das Wesentliche zu kommen.

»So blieb dem Leutnant nichts übrig, als am andern Tag zu Hause zu bleiben und auf die Revolte zu warten. Sie kam, am Abend, in Gestalt des Hinduoffiziers und zweier Soldaten, die ihm schon von der Straße zuriefen, daß der Aufruhr begonnen habe. Unser Leutnant bestieg sein Pferd und ritt in Begleitung der drei Eingeborenen nach dem Exerzierplatz. Die Kasernen brannten, Sepoys, die einen in Uniform, andre in Nationaltracht, liefen unter Geschrei von Haus zu Haus, warfen das Mobiliar aus den Fenstern, feuerten Salven ab, viele tanzten wie Derwische und schwangen die Gewehre. Der Leutnant sah, wie ein weißhaariger Oberst mit hochgehobenen Armen Leute seines Regiments aufzuhalten suchte. Sie schüttelten den Kopf, taten ihm aber nichts. Gleich darauf warf eine Salve, die Soldaten eines anderen Regiments auf ihn abgaben, den alten Offizier zu Boden. Seine Leute rannten schreiend über ihn weg, in der Richtung nach der Stadt. Einige von ihnen erkannten den Leutnant und riefen seinen Begleitern zu, Platz zu machen, sie wollten den Sahib niederschießen (›Sahib‹, Gabriele, heißt ›Herr‹, und in Indien ist jeder Weiße ein Sahib, auch der Lump, von den Eingeborenen aber nur der Vornehme), und als diese der Aufforderung nicht folgten, schossen sie mitten in die Gruppe hinein. Die Begleiter blieben ruhig, offenbar war auch keiner getroffen, nur: ›Sahib‹, sagten sie, ›du mußt eilen, hier ist nichts mehr zu machen.‹

Nun sprengte der Leutnant zu seinen eigenen Leuten, die eben ihre Pferde sattelten, nachdem sie die Munitionsmagazine erbrochen und die Munition verteilt hatten. Sie ließen ihn herankommen, und abgesehn von einigen Rekruten, die blindlings ihre Gewehre auf ihn abfeuerten, schienen sie ihm nicht feindlich gesinnt. Einer lief sogar zu ihm hin und sagte, während der den Hals des Pferdes streichelte: »Sahib, von uns hast du nichts zu befürchten, aber die andern werden dich töten, wenn du nicht fliehst.‹ Und damit versetzte er dem Pferd einen Klaps, drehte es schnell um und schlug es noch einmal, damit es laufe. Zugleich nahmen seine Begleiter den Leutnant in die Mitte und sprengten mit ihm davon, und als sie in eine dichte Menschenmenge gerieten, die, mit Stöcken, Säbeln und allen möglichen Dingen bewaffnet, vorwärtsstürmte, zogen sie blank und bahnten ihm einen Weg. Am britischen Artilleriekasino angelangt, machten sie halt und sagten ihm Lebewohl. Er versuchte, seine Retter zurückzuhalten, jedoch sie erwiderten, daß sie ihre Kameraden unmöglich im Stich lassen könnten, machten einen tiefen Salaam und ritten zurück. Er hörte nie wieder etwas von ihnen, obwohl er sich später sehr bemühte, sie ausfindig zu machen.

In der Stadt waren die Häuser der Europäer zerstört und alle Weißen, Männer, Frauen und Kinder, ermordet, soweit sie sich nicht in die britische Kaserne hatten retten können. Das bewaffnete Volk war bei den ersten Flintenschüssen losgebrochen. Vierzehnhundert Gefangene hatten sich sofort, mit bereitgehaltenen Waffen versehn, unter die Menge gemischt, der tobende Haufen vereinigte sich mit den Sepoys, und dann setzte sich alles in Marsch:

›Nach Delhi! Nach Delhi!‹
Der Ruf drang bis zu den Europäern, die, Gewehr bei Fuß, auf ihrem Paradeplatz standen und unschlüssig auf die brennende Stadt blickten.
Die Sache hatte demnach geklappt, auch im zweiten Teil, dem Aufbruch nach Delhi. Dazu hatten die eingeborenen Offiziere geraten, die von Delhi gekommen waren, um am Kriegsgericht über die aufrührerischen Kavalleristen teilzunehmen, und die, wie wir uns erinnern, ihre Landsleute in aller Ruhe schuldig gesprochen hatten... So, Kinder, wackeln immer die Dinge, bevor sie zusammenbrechen. Und um sie zusammenbrechen zu lassen, dafür genügt eine einzige, richtige Dummheit, wie wir ein bißchen weiter wieder sehn werden...
In Delhi, der Hauptstadt eines unter den Großmoguln einst mächtigen Reiches, residierte ein alter Sultan nur noch zum Schein, er sollte, nach Englands Willen, der letzte König von Delhi sein. Ihn erkoren die Aufständischen zum Kaiser von Indien.
Am nächsten Morgen langten sie vor Delhi an. Die Schiffbrücke über die Jumna wurde von den Reitern im Galopp genommen, die Engländer, die sich blicken ließen, auf der Stelle niedergemacht. Sie ritten zum Palast des Königs und riefen, sie hätten die Engländer in Meerut erschlagen und seien gekommen, für den Glauben zu kämpfen. Während der König noch schwankte, denn er war ein alter und weiser Mann, der mannigfaches im Leben gesehn hatte, öffneten die Wachen auf Befehl seiner Söhne die Tore. Die Reiter stiegen von den Pferden, stürzten in die Wohnungen der weißen Palastbeamten und löschten, von Zimmer zu Zimmer, alles Leben. Zu gleicher Zeit marschierten die Sepoys aus ihren Kasernen, wo die Leichen der englischen Offiziere allein zurückblieben. Eine Explosion erschütterte die Stadt: die letzten lebenden Engländer hatten sich nach verzweifelter Gegenwehr mit dem Pulvermagazin in die Luft gesprengt. Es war noch nicht Mittag. Das Europäerviertel brannte, die Plünderung ging ihren Gang. In diesem Augenblick traten die Söhne des Königs unter die marmorne Vorhalle des Palasts und ließen sich huldigen. Die Gebetrufer auf den Minaretten dankten in jauchzenden Gesängen Allah für den Sieg.

In den übrigen Garnisonen Nordindiens wirkte die Nachricht von Meerut und Delhi beunruhigend, ohne jedoch das Vertrauen der Offiziere in die Leute zu erschüttern. Gewiß, einige Soldaten hatten versucht, mit den Waffen zu desertieren. Sie waren von ihren Kameraden festgenommen worden. In Aligarh zeigten die Sepoys sogar ihren eigenen Regimentspriester an, weil er sie aufzuwiegeln suchte. Er wurde von dem Kriegsgericht, das zur Hälfte aus Europäern, zur Hälfte aus Eingeborenen bestand, zum Tode durch den Strang verurteilt. Und das war eine kapitale Dummheit, denn der Mann war Priester, Brahmane, das heißt, er gehörte der höchsten Kaste an. Auch hier stimmten die Eingeborenen mit ›Schuldig‹.

Einer von ihnen, ein Major, diente seit vierzig Jahren im Regiment. Er hatte Meuterer, die durch Aligarh kamen, entwaffnen lassen. Er war mit den weißen Offizieren befreundet und besprach täglich mit ihnen die Lage. Ich kann nicht glauben, daß er ein Heuchler war. Nein. Er war es gewiß nicht. Sicher wollte er seiner Uniform treu bleiben und wurde nur plötzlich, als die Lawine losbrach, fortgerissen. Das kam so.

Das Regiment sollte der Hinrichtung des verurteilten Brahmanen beiwohnen, der Abmarsch zum Gefängnis verzögerte sich aber, und die Truppe kehrte auf den Paradeplatz zurück, wo man ihr klarmachte, warum sie ausgerückt war. Die Verzögerung hatte zweifellos etwas Beabsichtigtes, die Sepoys, selbst zum größten Teil Brahmanen, wollten nicht der gotteslästerlichen Hinrichtung eines Kastengenossen beiwohnen. Vielleicht bedeutete diese Verzögerung sogar einen Versuch der uns Wohlgesinnten, die Entscheidung hinauszuschieben. Kaum hatte der befehlführende Hauptmann, nebenbei der beliebteste Offizier des Regiments, seine Erklärung begonnen, als ein Mann seiner eigenen Kompanie ihm etwas zurief. Er verstand ihn nicht. Er ritt dicht an die Kompanie heran und befahl, die Worte zu wiederholen. Niemand gehorchte. Er preschte großartig vor die Front zurück und zog den Degen. So hielt er einen Augenblick und ließ den Blick die Reihen entlanggehn. Er war entschlossen, die Befolgung seines Befehls zu erzwingen. Da begegnete er dem Blick seines Freundes, des Majors, und stieß den Degen in die Scheide. Die angesetzte Übung konnte er noch zu Ende führen, dann ging es los.

Der Soldat, der vorher gerufen hatten, war beim Kommando ›Abtreten‹ stehengeblieben und hatte sich die Uniform vom Leibe gerissen und dabei seine Kameraden angeschrien, wie sie es wagen könnten, einer Regierung zu dienen, die einen Brahmanen hänge. Der inzwischen erschienene Oberst befahl einigen Sikhs, den Aufrührer festzunehmen. Sie gehorchten auch, als aber der Soldat sich zur Wehr setzte und niemand ihnen half, ließen sie ihn los. Nun wandte sich der Oberst an den eingeborenen Major und befahl ihm, den Rebellen zu packen. Der Alte zuckte die Achseln und ließ den Kopf sinken, ohne sich von der Stelle zu rühren. Und das ganze Regiment geriet außer Rand und Band. Die englischen Offiziere sprangen zwischen ihre Leute und versuchten, die Ordnung wiederherzustellen. Da begannen die jungen Soldaten die Gewehre zu laden, und die älteren gaben den Weißen den Rat, sich aus dem Staub zu machen. Ein Sepoy hatte den Paradeplatz heimlich verlassen, und rannte zu allen Zivilisten: ›Wir meutern‹, rief er, ›rettet euch, wir meutern.‹ Geld, das man ihm zur Belohnung anbot, schlug er aus, verschwand und ward nicht mehr gesehn. Brave Kerle! ... Das heißt: Ein Inder würde natürlich sagen: ›Feige Hunde‹, der Mann im Kreml: ›Sozialverräter!‹

Am Abend nach diesem Vorfall ritt einer unsrer Offiziere los, mit Depeschen an den Kommandanten von Delhi. Er brauchte nur acht Tage, um die weite Strecke zurückzulegen, und kam unversehrt an. Dabei wimmelten die Straßen von Aufständischen. Die englischen Beamten hatten ihre Posten verlassen oder waren ermordet. Die Eingeborenen, bei denen er abstieg, um das Pferd zu wechseln oder den Weg zu erfragen, taten ihm nichts. Nur weigerten sie sich, ihn zu beherbergen, wenn auch nur für eine Nacht, gaben schnell, was er verlangte, und schickten ihn fort ... Sie hatten neue Herren, vor denen sie sich um so mehr fürchteten, als es ihre alten Herren waren, und diese haßten die weißen Sahibs und jagten sie ... Was sie gesehn hatten, hatten sie gesehn ... Wer nicht selbst gejagt sein wollte, tat gut, sich von den weißen Sahibs fernzuhalten ...

Der Offizier bemerkte, wie die Landbewohner überall ihre

Dörfer befestigten für die Zeit, wo der Sieger den Klingelbeutel an die Säbelspitze hängen und damit seinen Rundgang antreten werde. So war es immer gewesen, aber jetzt im Siegesrausch der neuen alten Herren würde es schlimmer sein denn je...
Am 24. Juni, hatten die Priester gesagt, ließe Mutter Kali ihre hundert Schwerter auf den weißen Mann niedersausen. Am 24. Juni sollte nach Allahs Willen das Reich der Christenhunde sein Ende finden, genau hundert Jahre nach dem Tag, an dem die Schlacht von Plassey sie zu den Herren von Bengalen machte. Dieser Glaube war so fest eingewurzelt, daß die Aufständischen tatsächlich überall, wo sie englischen Truppen gegenüberstanden, am 24. Juni zu einem großen Schlag ausholten, nach ihrer Meinung dem letzten. Die Nacht davor fanden Gottesdienste statt, alle Tempel und Moscheen waren beleuchtet, tolle Umzüge betäubten die Angst und den Zweifel, peitschten die Menge auf, machten sie rasend, und so warfen sie sich in den Kampf.
Nach Delhi, meine Lieben, kam Cawnpore. Und jetzt, Pia, wäre es vielleicht gut, wenn du uns verließest... Nein? Dann, bitte, nimm mir nicht übel, wenn ich die Dinge so erzähle, wie sie sich ereignet haben. Ich lasse viel Schreckliches weg und füge nichts hinzu...

Der fünfundsiebzigjährige General, der in Cawnpore kommandierte, hatte über fünfzig Jahre mit den Sepoys gedient, Nana Sahib war sein Freund. Nana Sahib, der gastfreie Maharadscha von Bithoor, einem befestigten Schloß in der Nähe Cawnpores, wo der Adoptivsohn des letzten, von den Engländern abgesetzten Mahrattenführers verschwenderisch Hof hielt. Er hatte von seinem Vater, einem der reichsten Fürsten, alles geerbt, nur nicht die Pension, welche die Engländer dem Alten bei dessen Entthronung ausgesetzt hatten, unter der ausdrücklichen Bedingung, daß sie bei seinem Tode erlösche. Gerade auf die Pension aber hatte es Nana Sahib abgesehn, und er wurde nicht müde, sie als sein gutes Recht einzufordern. Er schickte sogar einen Agenten nach London, um die Angelegenheit bei der Zentralbehörde zu betreiben. Darüber vernachlässigte er übrigens weder seine Manieren, die alle englischen Gentlemen bezauberten, noch seine Beziehungen zu einflußreichen Indern, vielmehr spann er sie zu einem feinmaschigen Netz aus, in der Hoffnung, damit im richtigen Augenblick den großen, den unfehlbaren Fischzug zu tun. Wir hielten ihn für einen zuverlässigen Bundesgenossen, und die Tänzerinnen von Bithoor waren berühmt, und als die Unruhen ausbrachen, vertraute der General unserm Nana den Regierungsschatz an.

Nana Sahibs wahres Gesicht hat nie ein Europäer gesehn. Am Vorabend des Tages, da er seine Truppen auf unsre Verschanzung losließ, hatte er dem alten General noch zugelächelt, und nach Unterdrückung des Aufstandes blieb er verschwunden. Es hieß, er habe sich in die Dschungeln geflüchtet und sei an Dschungelfieber gestorben.

Auch Nana Sahib scheint lange geschwankt zu haben. Denn er ließ sich erst zum Herrscher der Mahratten ausrufen und nahm den offenen Kampf erst auf, als die meuternden Soldaten, des Wartens müde, sich bereits auf dem Weg nach Delhi befanden. Er rief sie zurück, brauchte aber noch weitere drei Tage, um den letzten Schritt zu tun...

Die Belagerung der Schanzen, die dann begann, dauerte drei Wochen. Dreihundert Engländer samt einem Häuflein treu gebliebener Sepoys waren mit ebenso vielen Frauen und Kindern zusammengepfercht. In der zweiten Woche standen die Kasernen nur noch als Trümmer, darüber hin ging Tag und Nacht das Feuer der Belagerer. Kranke, Frauen und Kinder lagen unter freiem Himmel, den Kugeln und der indischen Junisonne ausgesetzt. Bei dem Brand einer Kaserne gingen alle Vorräte an Medizin, Verbandstoffen und chirurgischen Instrumenten verloren, Hunger und Durst taten das übrige. Frauen, mit ihrem Kind im Arm, sprangen auf und liefen schreiend in den Kugelregen, andere, die sagen hörten, die kleine Schanze könne sich nicht mehr halten. warfen sich der Länge nach an die schadhaften Stellen. Trotzdem gelang es uns noch am siebzehnten Tage, dem Gedenktag der Schlacht von Plassey, den schlimmsten Sturm abzuschlagen. Die Überlebenden genügten aber nicht mehr zur Besetzung der zerschossenen Erdwälle. Am selben Tag gingen die Lebensmittel zu Ende.

Der General entschloß sich, das Anerbieten Nana Sahibs, freien Abzug mit Waffen auf dem Ganges nach Allahabad, anzunehmen, und es wurde schriftlich vereinbart, daß der

Nana Wagen für den Transport der Verwundeten, Frauen und Kinder beschaffen und am Landungsplatz Boote mit Vorräten an Mehl bereithalten sollte.

Das tat er auch. In der Morgendämmerung kamen die Wagen, die Wagen fuhren mit den Kranken und Verwundeten zum Fluß. Die Männer marschierten auf beiden Seiten des Zuges. Es war nicht leicht, durch den Haufen von Bewaffneten, die schreiend und drohend herandrängten, durchzukommen. Gleich zu Anfang wurden treu gebliebene Sepoys aus den Reihen der Weißen gerissen und getötet. Ihre englischen Kameraden, die ihnen beispringen wollten, wurden festgehalten, und als es ihnen gelang, sich loszumachen, blieben ihre Waffen verschwunden. Die Offiziere des Nana gaben sich ersichtlich Mühe, derartige Voreiligkeiten zu verhüten. Sie liefen die Kolonne entlang und ermunterten die Weißen zur Eile: ›Sobald ihr die Boote bestiegen habt, seid ihr gerettet‹, und ihr freundliches Lächeln erinnerte an bessere Tage.

Endlich war der Ganges erreicht. Im flachen Wasser lagen etwa vierzig große, mit Strohdächern gedeckte Boote. Frauen, Kranke, Verwundete und Kinder wurden von den Männern durch das seichte Wasser getragen und mit Hilfe der eingeborenen Bootsleute in die Fahrzeuge gehoben. Um neun Uhr waren alle untergebracht. Der General gab aufatmend den Befehl zum Abstoßen. Gleichzeitig erscholl vom Ufer ein Hornsignal. Die eingeborenen Ruderer sprangen über Bord, und das Gemetzel begann.

Das Dickicht am Ufer sprühte Kugeln, Kanonen donnerten, auf der andern Seite des Flusses jagten Reiter und schossen ihre Karabiner ab, die Boote aber saßen fest auf dem Sand und brannten: auf den Strohdächern hatten glühende Holzkohlen gelegen. Und in den Booten verbrannten die Verwundeten und Kranken. Alle andern waren ins Wasser gesprungen und suchten Schutz vor den Flammen und den Kugeln. Da gingen die Reiter des Nana ins Wasser und brachten die Arbeit mit ihren Säbeln zu Ende.

Weit unten, an ein brennendes Boot geklammert, trieben vier Engländer, die einzigen Überlebenden von Cawnpore. Mit Wunden bedeckt, schwammen sie spät abends an Land, irrten noch eine Nacht und einen Tag umher und wurden schließ-

lich halb verhungert und ausgeblutet von Landbewohnern aufgenommen.
Inzwischen zogen die Reiter die Frauen und Kinder, die noch am Leben waren, aus dem Wasser und führten sie in ein Haus, das dem Nana gehörte. Niemand kann wissen, was hier mit ihnen geschah. Später wurden sie in ein anderes, einstöckiges Haus übergeführt und in kleinen Zimmern ohne Möbel eingesperrt. Sie bekamen nicht einmal Stroh zum Lager. In einer Woche starben achtundzwanzig...
Als Havelock, der Rächer (Kinder! Ganze Generationen von Engländern nannten ihn nicht anders als Havelock, den Rächer...) als Havelock, der Rächer mit seinen siegreichen Truppen nahte – schickte Nana fünf Metzgermeister in das kleine Haus. Sie schlossen die Tür hinter sich zu und verweilten zwei oder drei Stunden. Als sie wieder auf die Straße traten, waren sie von Kopf bis Fuß mit Blut bedeckt. Selbst den Eingeborenen, die doch seit den letzten Wochen an den Anblick von Blut gewöhnt waren, flößten sie ein solches Grauen ein, daß die Straßenreiniger, Männer der niedrigsten Kaste, mit Peitschenhieben in das Schlachthaus getrieben werden mußten, um die Leichen herauszuschaffen und in einen Brunnen zu werfen. Und der Nana erließ eine Proklamation, worin es hieß: ›Ein Feuer löschen, aber einen Funken übriglassen, eine Schlange töten, aber ihre Brut schützen, ist nicht die Weisheit einsichtiger Männer.‹«
Berrick beugte sich vor und sah mir mit seinem warmen, stets ein wenig traurigen Lächeln ins Gesicht:
»Claus, haben wir nicht solche Worte auch in der russischen Revolution vernommen?... Drohte da nicht einer in Leningrad, er werde die Kinder der Bourgeoisie mit dem Kopf an die Wand schmettern?... Enthalten nicht solche Worte, die selten nur Worte bleiben, die ganze Theorie des Schreckens? Foltert sie! Tötet sie! Ersäuft sie in Blut – damit das Gute siege!... Und gibt es heute überhaupt noch ein Land, wo man nicht täglich die gleiche Drohung, offen oder verschleiert, aus Zeitungsartikeln und Reden heraushörte? Rote oder Weiße, darin gleichen sie einander wie die Tiger...«

Er senkte den Blick und fuhr leise fort:
»Bei Havelocks Ankunft – waren die Leichen noch nicht einmal mit Erde bedeckt. Im Schlachthaus stand das geronnene Blut einen Finger hoch. Auf dem Boden lagen Haarbüschel, zerfetzte Frauenkleider, Kinderwäsche, Schuhe, an langen Haarsträhnen hing noch ein Stück Kopfhaut. Die Wände waren bis an die Decke mit Blut bespritzt und an manchen Stellen, wo die Opfer den Streichen ausgewichen waren, von Säbelhieben zerhackt.
Vor allem aber war da in einem Zimmer ein Haken. Er stak, etwa sechs Fuß über dem Boden, in der Wand und war mit geronnenem Blut überzogen. An diesem Haken hatte ein kleines Kind gehangen, das Gesicht zur Wand gekehrt, und an den blutigen Abdrücken sah man, wie es mit Händen und Füßen gegen die getünchte Wand geschlagen hatte.
Die Opfer wurden von Havelocks Truppen gezählt und in dem Brunnen begraben. Es waren hundertachtzehn Frauen und zweiundneunzig Kinder...«
Bis jetzt hatten wir uns alle still verhalten, obwohl Pia und die Kinder abwechselnd blaß und rot wurden. Nun aber schlug Pia die Hände vor das Gesicht und stöhnte:
»Schrecklich!... Ist es denn jetzt zu Ende?«
»Nein«, versetzte Berrick. »Es fängt erst an...« Er wandte sich an die Kinder:
»Soll ich weitererzählen?«
»Bitte«, sagte Jacquot mit gepreßter Stimme. »Wir wollen alles hören.« Und Gabriele: »Wir müssen das wissen.«
Berrick lehnte sich in den Sessel zurück und schloß für eine Weile die Augen. Vielleicht dachte er, wenn er sie wieder öffnete, wäre Pia verschwunden. Statt dessen bat sie um eine Zigarette und puderte sich, Zigarette und Spiegel in anmutig erhobener Hand. Die Hand freilich zitterte ein wenig.
»An dieser Stelle der Erzählung angelangt«, sprach Berrick, »machte mein Großvater jedesmal eine Pause, bevor er mit eindringlich gesenkter Stimme fortfuhr ›Das alles muß man sehn, als ob man dabeistünde und mit seinen eigenen Augen sähe, um zu verstehn‹...
Und damit tat der alte Herr gut. Denn was es nun für einen jungen englischen Gentleman zu verstehn galt, das war der Umstand, daß ein britischer General in diesem Cawnpore

einen Brigadebefehl ausgab, wonach alle Gefangenen, die der Teilnahme an der Ermordung europäischer Frauen und Kinder überführt seien, vom Profos in das Schlachthaus gebracht und dort gezwungen werden sollten, kniend mit der Zunge einen Quadratfuß des blutbefleckten Fußbodens rein zu lecken, ehe sie zum Galgen geführt und gehängt würden!
Zu verstehn, daß an einem andern Ort, wo unsre Leute ebenso grausam hingemordet worden waren, ein Banyanbaum auf dem Dorfplatz hundertunddreißig Gehenkte zu tragen bekam. Dann fand sich kein Platz mehr an dem Baum.
Zu verstehn, daß Hodson, von Hodsons Reitern (Kinder! Auch eine legendäre Figur, für die alle jungen Leute ein halbes Jahrhundert schwärmten...), daß Hodson, von Hodsons Reitern, gleich nach dem Sturm auf Delhi, bei dem über die Hälfte der stürmenden Truppen fiel, und nach einem Straßenkampf von entsetzlicher Wildheit, ohne Begleitung zu einem alten Grab hinausritt, wo die beiden Söhne des Königs sich verborgen hielten, sie gefangennahm und nach Delhi brachte und mit gespanntem Revolver durch die Straßen führte, in denen noch immer geschossen wurde, durch die Straßen und auf einen freien Platz, wo er sie vor allem Volk niederknallte... Weil er gefürchtet habe, daß die Menge sie befreie, sagte er später, als die Regierung ihn zur Verantwortung zog. Seinen Freunden gegenüber setzte er hinzu: ›Und um ein Ende zu machen!‹ Er selbst hatte eine Kugel in der Schulter und eine andere im Rücken, und die Uniform hing ihm in Fetzen am Leib. Ein Ende. Der Gedanke, daß die Szenen dieses Aufstandes sich wiederholen könnten, war unfaßbar. Ein Ende! (Aber natürlich war es kein Ende. Auf solche Weise macht man niemals ein Ende!) Die Männer, die seit Wochen mit angespanntestem Willen lebten und nichts als Blut und Trümmer sahen unter der furchtbaren Sonne, diese toll gewordenen Gespenster von Engländern hielten sich kaum noch aufrecht... Nun gut! Lassen wir Hodson, von Hodsons Reitern. Da war jedoch noch ein andrer Mann, ein Mann mit Namen Nicholson.
Es gibt, müßt ihr wissen, noch heute in den Bergen des Punjab eine Sekte, die Nicholson-Heiligen. Sie stammt aus der Zeit, da Nicholson, wie die Missionsblätter schreiben, die wilden

Bergstämme unterwarf, nicht mit den Waffen, sondern mit der strahlenden Kraft seiner Persönlichkeit. Feldmarschall Roberts, ein ziemlicher Rohling, der ihn zu jener Zeit kennenlernte, sagte, es sei von dem großen, ernsten Mann mit den milden Augen, eine Macht sondergleichen ausgegangen. ›Nicholson‹, sagte er, ›machte auf mich einen tieferen Eindruck als je eine andre Persönlichkeit vorher oder nachher. Ich habe niemals wieder einen solchen Mann gesehen.‹ Und der stille milde Nicholson, gerade dieser Heilige, mußte den bereits vollkommen erschöpften General Wilson zwingen, den Sturm auf Delhi auszuführen! Verstärkungen waren nicht mehr zu erwarten, das Fieber und die Sonne streckten täglich Hunderte der Belagerer zu Boden. Die kampffähigen Truppen schmolzen vor den Augen des Feindes zusammen, und es bestand keine Möglichkeit, das Lager noch länger gegen eine Übermacht zu halten, die sich in ihren täglichen und allnächtlichen Operationen auf das starke Delhi stützen konnten. Außerdem strömten den Rebellen ununterbrochen Verstärkungen zu, der Glaube, daß diesmal die Engländer aus Indien ausgerottet würden, der Ruf an alle Gläubigen: ›Nach Delhi!‹ setzte von fern und nah die Massen in Bewegung. Es mußte auch hier ein Ende gemacht werden, nötigenfalls von einem Heiligen... Ihr seht, Kinder, ich lache nicht, ich sage es ernsthaft: nötigenfalls von einem Heiligen... Nicholson führte selbst einen Sturmtrupp. Er wurde verwundet und blieb in der glühenden Sonne liegen, bis er nach langer Zeit gefunden und in das Lazarett getragen wurde.

Als er hörte, daß Wilson sich zurückziehen wolle, schickte er zu ihm und beschwor ihn, fest zu bleiben: heute oder nie müsse Delhi fallen, die Folgen eines Rückzuges seien unabsehbar, die nächste Folge aber wäre der sichere Untergang des englischen Heeres. Er bekam einen Zettel zurück: ›Ich bin vollkommen fertig.‹ Da richtete Nicholson sich in seinem Bette auf und rief: ›Gott sei Dank, ich habe noch Kraft genug, ihn niederzuschießen!‹ Er ließ Wilson sagen, er möge entweder sofort stürmen oder zu ihm kommen, und mit der Pistole in der Hand hielt er gewissermaßen an der Pforte der Ewigkeit Wache, bis die Meldung eintraf, daß Delhi gefallen war. Darauf legte er sich hin und war in wenigen Minuten

tot... Merkt euch, Kinder, wie und wann selbst Heilige zu Henkern werden.
Ja, mein guter Großvater hatte recht: das alles muß man sehen können, wie mit eigenen Augen, um die Soldaten zu begreifen, die in Gewaltmärschen von Delhi aufbrachen, sich in Cawnpore mit andern Truppen vereinigten und weiter gegen Lucknow marschierten, wo im Residenzgebäude eine andre Schanze voll Frauen und Kinder mit Mühe standhielt. Und man muß auch hören können, die Märsche hören durch die indische Nacht, wo jeder Schritt ›Rache für Cawnpore‹ in das Bewußtsein hämmerte, ›Rache für Cawnpore!‹... Wenn die Lawine des Irrsinns einmal im Rollen ist, könnt ihr sie nicht aufhalten. Und deshalb Kinder, darf es nie so weit kommen, unter keinen Umständen, unter keinem scheinbar noch so sittlichen Vorwand, ganz gleich, ob es um die angeblich heiligen Güter einer Nation oder Religion oder Klasse geht... Niemals!

Die Verstärkungen trafen in Lucknow ein, die neue Schlacht begann. Hochländer und Sikhs hatten sich vor die Geschütze gespannt und sie den steilen Hang zum Sikander Bagh hinaufgezogen. Sikander Bagh hieß der Sommerpalast des letzten Königs von Oudh. Mit seinen dicken Mauern bildete er eine starke Stellung und versperrte uns den Zugang zur Residenz, wo die Frauen und Kinder waren. Unsre Leute lagen zu beiden Seiten der Batterie in einer Anpflanzung, durch einen niedrigen Wall aus Lehm gegen das feindliche Feuer geschützt, und warteten, daß die Geschütze eine Bresche in die Mauer legen würden. Ganz vorn, in der ersten Reihe der Hochländer, kauerte der Gemeine Hope.
Der Gemeine Hope lehnte gegen den Lehmwall und hielt das Gewehr mit dem aufgepflanzten Bajonett zwischen den Knien. Jedesmal, wenn bei der Batterie ein Mann getroffen wurde oder wenn in der Nähe eine Granate platzte, stieß er lange Flüche aus und machte Anstalten, auf eigene Faust zum Angriff überzugehn. Seine Kameraden packten ihn am Rockkragen, dann kauerte er eine Weile still da und stierte einen bestimmten Hochländer an. Dieser Hochländer lag einige Reihen hinter ihm unbeweglich auf den Knien, preßte die gefalteten Hände um das Gewehr und betete. Und das war

Wallace, der Gemeine Wallace, der im Regiment wegen seiner Frömmigkeit der ›Quäker‹ hieß.

Zwar galten die Hochländer allesamt für gottesfürchtige Leute, die es in nüchternem Zustand mit der Erfüllung ihrer religiösen Pflichten ernst nahmen. Sie bildeten eine militärische Gemeinde mit Pastor und Kirchenältesten und führten, wahrscheinlich als einziges Regiment, eine vollständige Ausstattung von Abendmahlsgefäßen mit. Insofern wäre also der Gemeine Wallace keine auffallende Erscheinung gewesen. Aber dieser Schotte trank nicht. Er trank nie. Ja, er legte einen großen Abscheu gegen alle geistigen Getränke an den Tag. Deshalb hatten die Schotten auch erst gedacht, dies sei der Grund, warum er den Trunkenbold Hope mit Verachtung, ja mit Haß betrachtete – ein Gefühl, das Hope aufrichtig erwiderte. Allmählich waren sie jedoch dahinter gekommen, daß es mit den beiden eine andre Bewandtnis haben mußte.

Der Quartiermeister meinte, Wallace habe beim Eintritt in das Regiment bereits von Hope gewußt, ihn wenigstens dem Namen nach gekannt. Beide nämlich waren als Freiwillige von einem andern Regiment gekommen, Hope als erster, gleich darauf Wallace, und Wallace hatte in Dover nach Hope gefragt und dann gebeten, bei derselben Kompanie eingestellt zu werden. Sie sprachen nie ein Wort miteinander. Während der Überfahrt konnte man Wallace beobachten, wie er im Mondschein das Deck auf und ab schritt und mit lauter Stimme französische Verse hersagte. Bei Tag jedoch hörte man nur Bibelsprüche von ihm.

Der Pastor hatte geäußert, Wallace spräche besser Latein als er selbst, und wenn Hope betrunken war, fluchte er in verschiedenen Sprachen, die niemand, nicht einmal der Pastor, verstand. Hope bekam häufig Geld geschickt, das er teils vertrank, teils verspielte, wenn er es nicht zu leichtsinnigen Weibern trug. Im Feld marschierte und kämpfte er wie ein Teufel, und seine Kameraden liebten ihn mehr als den ›Quäker‹, obwohl der vielleicht ein ebenso tüchtiger Soldat war und des öftern befördert werden sollte, was er aber jedesmal mit einem Bibelspruch ablehnte. Er wollte dem Hope nicht von der Seite weichen, so viel war an der Sache klar. Wenn er hörte, daß Hope bei Weibern gewesen sei,

konnte er die ganze Nacht nicht schlafen und starrte haßerfüllt auf den schnarchenden Kameraden. So hatten sich die Schotten allmählich eine Geschichte zusammengereimt, worin eine bessere Frau, gewissermaßen eine Dame, eine für Hope erfreuliche, für Wallace dagegen höchst düstere Rolle spielte. ›Jedenfalls‹ sagte der Pastor, ›hat der Krieg sie so weit versittlicht, daß sie einander nichts Böses tun und gemeinsam der Königin dienen, so gut sie's verstehn.‹
Und die Königin, Kinder, die Königin, das war für uns Engländer die Dame, die gleich nach dem Herrgott kam und sich mit ihm in unsern Weihrauch teilte...
Da kauerte nun also der eine der armen Teufel, für die der Krieg eine Lösung ihrer privaten Nöte war, am Lehmwall und sah angestrengt zum andern hinüber. Wallace begegnete dem Blick Hopes, ohne eine Miene zu verziehen. Kaum daß seine Lippen, die sich im stillem Gebet bewegten, einen kurzen Augenblick wie erstarrt stehenblieben. Auf einmal sprang ein Kanonier bei der Batterie senkrecht in die Luft und kam tot neben Hope zu liegen.
›Well! Ihr lehrt uns Gymnastik‹, schrie Hope und schickte, während er sich umdrehte und über den Lehmwall nach dem Sikander Bagh hinüberspähte, einen Strom von unflätigen Redensarten und Flüchen hinüber, die der Hauptmann mit der Bemerkung aufzuhalten suchte, Gemeinheiten seien kein Zeichen von Tapferkeit, und ein Soldat müsse sich schämen, in einem solchen Augenblick zu fluchen... Ihr seht, der Hauptmann wußte, was sich schickt, und sorgte für Anstand noch dicht vor dem Gemetzel! Ähnliches muß wohl auch Hope gedacht haben.
›In einem solchen Augenblick?‹ schrie Hope und schnellte auf die Beine. Er biete dem Tode Trotz, schrie er. Die Kugel, die ihm den Mund verbiete, sei noch nicht gegossen, und er schere sich den Teufel darum, was der Hauptmann denke. Die Schutzwehr reichte ihm kaum bis an die Hüfte. Er warf einen Blick auf Wallace, drehte sich um und schoß stehend, wie auf dem Schießstand, nach dem Sikander Bagh. Ein Kugelregen antwortete. Hope lud von neuem. Der Hauptmann befahl einem Korporal, ihn zu verhaften und abzuführen. Aber der Pfeifermajor, der neben ihm stand, sagte: ›Lassen Sie den armen Jungen. Er ist gezeichnet. Er wird die Sonne nicht

untergehn sehn.‹ Gleichzeitig hörte Wallace auf zu beten und starrte offnenen Mundes auf Hope.
Der stand noch immer da und feuerte. Plötzlich sauste er mit einem Sprung auf den Wall, und hier traf ihn endlich die Kugel. Sie schlug auf die Schnalle des Gürtels, glitt ab und riß den Leib auf, so daß die Eingeweide bis auf die Knie herausfielen. Er brach zusammen, hielt sich aber mit beiden Händen fest, um nicht hinter den schützenden Wall zu fallen. Denn er war tapfer bis zur Verblendung, vielleicht hatte er auch reichlich genug vom Leben. Erst als er den letzten Atemzug getan hatte, rollte der Körper, von den einschlagenden Kugeln geschoben, langsam in die Umwallung zurück.
Da kroch der ›Quäker‹ langsam an den Toten heran, blickte ihm in das entstellte Gesicht und rief mit singender Stimme.
›Die Toren sprechen in ihrem Herzen, es ist kein Gott. Aber die Rache ist mein, sagt der Herr, ich will vergelten.‹
›Laß den armen Jungen‹, – sagte da wieder der Pfeifermajor.
›Herr, vergib uns unsre Sünden, wie wir vergeben unsern Schuldigern.‹
Der Hauptmann schrie ungeduldig:
›Wallace, sofort auf Ihren Platz zurück!‹
Der ›Quäker‹ hob den Kopf und antwortete wie zur Entschuldigung:
›Ich bin zu euch gekommen, um diesen Mann sterben zu sehn.‹
›Wallace‹, schrie der Hauptmann mit zornheiserer Stimme ...
Und im selben Atemzug:
›Los, Jungens!‹
Die ganze Kompanie war aufgesprungen.
Der Oberst sprengte winkend vorbei und setzte über den Wall. ›Rache für Cawnpore!‹ Die Hochländer stießen ein Gebrüll aus. ›Rache for Cawnpore!‹
Und auch der Quäker Wallace schrie: ›Rache für Cawnpore!‹, obwohl gerade er persönlich nicht viel damit zu tun hatte.
Dann waren sie durch das kleine Loch in der Mauer und im Hofe des Sikander Bagh. Drinnen marschierte der Pfeifermajor gemessenen Schrittes auf und ab und ließ den Dudelsack ertönen. Erst hielt er sich an der Mauer auf, um niemand zu stören und auch, um die Neuangekommenen zu empfangen, die durch die Bresche geklettert kamen. Als das Hand-

gemenge im Hof allgemein wurde, schritt er mit seinem Dudelsack von Gruppe zu Gruppe und blies schnell und schneller und so stark er konnte, bis das im Boden festgewurzelte Knäuel sich lockerte und die entscheidenden Streiche fielen. Dann ging er weiter und half mit seinem Dudelsack den nächsten Knäuel ebenso lösen. Während des stundenlangen Kampfes schwieg der Dudelsack keinen Augenblick.
›Dean! Dean! Für den Glauben!‹ schrien die Rebellen, und die Sikhs, die zwar ebenfalls ›für die Kirche‹ kämpften, aber auf der andern Seite, antworteten mit ihrem eigenen Schlachtruf. Dazwischen ›Cawnpore!‹
Aus allen Fenstern der den Hof umgebenden Gebäude wurde gefeuert. Stufe um Stufe der engen Treppen mußte mit dem Bajonett erkämpft, Tür um Tür erbrochen werden. Der Pfeifermajor im Hof konnte das Vorrücken der Engländer und Sikhs an den Fenstern der Stockwerke verfolgen. Sobald sie in einem Zimmer handgemein wurden, hörte das Feuern auf. Blieben die Fenster dann leer und trat Stille ein, so kämpften dort Engländer. Nahm dagegen der Lärm zu, bis plötzlich auf einer Sturzwelle von Wutgeschrei tote und verwundete Rebellen aus den Fenstern flogen, so waren dort Sikhs beschäftigt.
Der ›Quäker‹ Wallace kämpfte noch immer im Hof und sang brüllend wie ein Betrunkener. ›Das ist mir lieb‹, sang er, ›daß sich das Ohr des Herrn zu mir neigt‹, und lud. ›Daß mein Gebet zu jeder Zeit bis zu ihm steigt‹, und schoß. ›Ich will dem Herrn vor seinem Volk mein Gelübde bezahlen‹, und lud. Er stach einen Feind mit dem Bajonett nieder: ›Den heiligen Kelch will ich nehmen und die Mühle des Herrn mahlen.‹
Während die andern alle in Gruppen vorgingen, kämpfte Wallace allein. Später sah er, wie eine Kanone in den Hof geschleppt und auf die Tür eines Turms gerichtet wurde. Der Schuß krachte, und bevor der Rauch sich verzogen hatte, war er durch die eingefallene Tür gestürzt und erklomm, schießend und fechtend, die Treppe. Man hörte ihn auf der Spitze des Turmes singen, dann trat Stille ein.
Gleich darauf war er wieder im Hof unter einem großen Feigenbaum. Krüge voll Wasser standen da. Neben den Krügen lagen Leichen von Hochländern, und Wallace be-

merkte, daß sie alle von oben durch den Schädel geschossen waren. Er trat einige Schritte zurück und durchforschte mit den Blicken die Baumkrone. Plötzlich:
›Ich sehe ihn!‹, und während er sorgfältig zielte, begann er wieder: ›Ich will dem Herrn vor seinem Volk meine Gelübde bezahlen.‹ Eine kurze Pause, und er schoß.
Herab fiel eine Gestalt, die mit einer engen roten Jacke und ebensolchen seidenen Hosen bekleidet war. Als der Körper auf den Boden aufschlug, riß die Jacke und entblößte die Brüste einer jungen Frau. Eine Kavalleriepistole war ihrer Hand entglitten, eine andre steckte noch im Gürtel. ›Sieh mal einer das Hürchen!‹ rief ein Hochländer, dem das Blut über das pulvergeschwärzte Gesicht rann, und pflanzte sich breitbeinig vor die Tote. ›Wollte mich gerade ein wenig abwaschen –‹ Wallace hielt ihm den Mund zu und sank schluchzend an die Brust des erschrockenen Kameraden:
›Hätte ich gewußt, daß es eine Frau ist‹, stammelte er, ›ich wäre tausendmal lieber gestorben, als ihr ein Leid zu tun ...‹
Am andern Tag entsetzten wir die Residenz. Von den dreitausend Aufständischen entkamen keine zwanzig.
Die Frauen und Kinder wurden nach Allahabad gebracht, von wo sie auf Dampfbooten Kalkutta erreichten. Seltsamerweise konnte sich später keiner der Hochländer erinnern, was aus ihrem bibelfesten Kameraden geworden, ob er irgendwo gefallen oder ob er heimgekehrt war. Mit seinem Rivalen Hope, dessentwegen er unter ihnen gelebt hatte, war auch er, wenigstens in ihrem Gedächtnis gestorben ...
Damit, liebe Pia, schließt die Erzählung meines Großvaters – du hörtest sie zum ersten- und letztenmal ... Ein Inder hätte auf Grund derselben Tatsachen anders berichtet ... Auch ich vermochte nicht alles genauso wiederzugeben, wie der alte Herr es erzählte ... Denn er war ein gerechter und gottesfürchtiger Mann, der noch auf dem Totenbett in einer Art geistlichem Trinkspruch der Königin gedachte.
Und nun, Claus«, wandte er sich an mich:
»Ich bemerke seit langem Ihre Skepsis ... Sie finden den Völkerbund grotesk in seiner unentschlossenen, furchtsamen, auch wohl rachsüchtigen Langsamkeit. Jawohl, so ist er! ... Es geht bei ihm zu wie bei einem Monsterprozeß – sagen wir

um eine märchenhaft große Erbschaft, auf die alle Welt Forderungen anmeldet. Richtig! Es handelt sich um das Erbe aus einem Jahrtausende alten Raub. Alles Raubzeug läßt sich widerwillig zähmen... Es gibt nur zwei Wege: entweder immer wieder Krieg und Bürgerkrieg – oder das gemeine Recht, eine spießbürgerliche, langatmige, scheinbar gänzlich kraft- und saftlose Angelegenheit, wobei freilich unter ›Kraft‹ Mord und Totschlag und unter ›Saft‹ vergossenes Blut zu verstehen ist. Zwischen den beiden Wegen müssen wir wählen. Alle. Und ein für allemal. Es gibt einen Heroismus des Alltags, Claus, der ist größer als jeder andre, der sich in kaltem oder heißem Rausch bewegt... Denn er ist unscheinbar und darum unendlich schwerer.«

So sprach eines Abends Lord Berrick in der Hotelhalle. Als er geendet hatte, streckte sich Gabriele und schüttelte die Mahne, wie ihre Mutter es tat, wenn sie einen Entschluß faßte:
»In vier, fünf Jahren, Jacquot«, sagte sie, »kommen wir daran!«

CHRISTOPHORUS UND DIE KINDER

Zwischen Christophorus und den Kindern hatte sich ein freundschaftlicher Verkehr entwickelt. Der Minister hielt es nicht für unter seiner Würde, gelegentlich auch ein politisches Gespräch mit ihnen zu führen, und seine Freude, sie während der Übersetzungspause im Vorzimmer wiederzufinden, zeigte sich unverhohlen. Hier wurden alle Sprachen durcheinandergeschrien und alle Kräuter der Welt geraucht, hier durfte ein bevorzugtes Publikum die großen Männer aus der Nähe betrachten, darunter sechs Ministerpräsidenten und achtzehn Minister des Äußern. Journalisten, Zeichner, Spitzel, Photographen lauerten einem Wort, einem Gesichtsausdruck der Mächtigen auf, in einem Raum, der nicht größer war als der Salon eines Privathauses. Maxime-Simon zündete eine Zigarette an und trieb die Kinder langsam vor sich her bis in einen

Winkel des überfüllten Raumes, wo er, mit dem Rücken gegen das Publikum, stehenblieb.
Schien die Sonne, nahm der Minister die jungen Leute mit sich ins Freie und schlenderte zwischen ihnen auf und ab. Die Hände hielt er im Rücken, sie öffneten, schlossen sich, blieben in ständiger Bewegung, die übrige Gestalt war die Ruhe selbst. Da er ihnen gerade über die Schultern reichte, hatten sie immer seinen Kopf vor sich, er bewegte ihn mit der trägen Anmut eines Bären.
Bald waren die »Völkerbundskinder« ebenso bekannte Figuren wie die andern Fremden, die alljährlich zum Kongreß in Genf eintrafen und die fliegende »society« des Völkerbunds bildeten. Der Völkerbundsgesellschaft räumten die eingesessenen Genfer ohne weiteres das Feld, weshalb man von ihnen wie von einer frömmlerischen und scheuen Völkerschaft sprach, die sich beim Herannahen der sechs Ministerpräsidenten, achtzehn Minister des Äußeren und ihrer buntscheckigen Zirkustruppe in die Tiefen des Urwalds zurückgezogen hatte. Und wie jene Fremden fanden Jacquot und Gabriele ihren Spaß am »Drum und Dran« der Versammlung, mehr als an der Tagesordnung, die wie ein Güterzug vorbeirollte und alle Augenblicke in einem Tunnel verschwand – das waren die Pausen, während deren die Reden entweder ins Französische oder Englische oder, wenn der Redner sich keiner der beiden Verhandlungssprachen bedient hatte, nacheinander in beide übersetzt wurden. Vom Gegenstand der Verhandlungen begriffen Jacquot und Gabriele so gut wie nichts. Um so leichter verstanden sie, was Christophorus ihnen sagte.
Alles hier, sagte er, ist noch immer der Krieg! Es kam kaum eine Frage zur Verhandlung, die nicht, von nah oder fern, mit dem Krieg zusammenhing, der ganze Völkerbund ruhte auf der Drehscheibe der sogenannten Friedensverträge. Und jede Nation schob daran, wie der Eigennutz ihr befahl. Der Völkerbund war noch ebensowenig der Friede, wie die Friedensverträge den Krieg tatsächlich beendet hatten.
Verstanden, meine Jacquot kühn: durch die Verträge war die Kriegshandlung abgebrochen, das Ergebnis des Krieges an einem bestimmten Punkt festgelegt worden.
Bravo! Christophorus tippte ihm mit zwei Fingern auf die Schulter ... Und so hatte man es bisher immer gehalten! Nun

aber sah man den Völkerbund damit beschäftigt, an diesem Frieden, an einer Sachlage also, die sonst nur mit Waffengewalt zu ändern war, wie in einer Nähstube herumzuflicken, wobei freilich jede Mamsell laut erklärte, sie bestehe und bestehe auf ihrem Schein. Man mußte sie entweder mit Vernunft zum Schweigen bringen oder überlisten. Man hatte es bei diesen Rechthabern mit einer alten Gewohnheit zu tun, denn in der Vergangenheit, nicht zu vergessen, war der Friede eben nur eine mehr oder minder lange Unterbrechung des Krieges gewesen. Jetzt galt es, jetzt, wo der Krieg technisch und moralisch den Menschen über den Kopf wuchs, jetzt war es an der Zeit, den Krieg als Mittel der Politik auszuschalten, das Schiedsgericht an die Stelle des Faustrechts zu setzen. Jede Zivilisation, die Kinder der ganzen Welt lernten es in der Schule, hatte damit begonnen, daß sie den streitenden Parteien innerhalb des Stammes, des Volkes, der Nation die Waffen wegnahm und dafür dem Richter das eine Schwert in die Hand gab, das Richtschwert, vor dem alle Parteien sich beugten. Die Staaten mußten zugunsten einer überstaatlichen Gerichtsbarkeit auf einen Teil ihrer Souveränität verzichten, nämlich auf ihr unbedingtes Selbstbestimmungsrecht gegenüber den andern Staaten, – so wie zwei Bauern, die in Streit gerieten, vor den gemeinsamen Richter gingen, statt aus eigener Machtfülle mit ihren Söhnen und Knechten gegen den Nachbarn ins Feld zu ziehn.
»Klar wie die Sonne«, meinte Gabriele.
»Klar wie die Sonne... Gewiß... Aber – allerdings... Allerdings«, sagte Christophorus, dabei klopfte er die Asche von der Zigarette, und seine Stimme wurde bescheiden und hinterhältig, »allerdings gleicht unser Unternehmen vorläufig noch mehr einem Zirkus als einem Konzil. Dies, liebe Kinder, vertraulich!... Wir haben Kunstreiter, Degen- und Feuerschlucker, Trapezkünstler, Clowns und natürlich auch einige erfahrene Tierbändiger.« Die Kinder, ganz steif von dem geschenkten Vertrauen, das fast ein Staatsgeheimnis betraf, wagten nicht zu lächeln. Der hielt an und blickte ihnen ins Gesicht:
»Es fehlt uns der Glanz von Mord und Glorie, der Schauer der Hingerissenheit zu blinder Wut und Greueln, wie er jene Menschenschlächterei umgibt, deren Religion ebenfalls in

allen Schulen der Welt gelehrt wird, wir kommen nicht mit dem Funkeln von Helmen und Bajonetten.«
Von hier an hörte Jacquot nur noch undeutlich, was der große Freund weiter sprach. Wie auf ein Stichwort sah er mit eins die Treppe des Rheinweilener Schlößchens. Der herrliche Tag ging auf, den sein Vater ihm an ebeneinem solchen Morgen geschildert hatte, als sie ein Stück rheinaufwärts geritten waren – der Kaiser trat aus der Tür und unterhielt sich mit Ulricus. Vor ihnen im Hof wartete ein Trupp Offiziere, frische Indianer im Kriegsschmuck, die Pferde hinter ihnen wieherten den Kaiser an, indes die Offiziere salutierten, und da begannen die Kirchenglocken zu beiden Seiten des Stroms das Angelus zu läuten, als sei der Herr selbst aus der Nacht getreten...
Breit und leuchtend, wie auf der Rückseite des Schlosses der Rhein, so zog auf der Basler Landstraße die Armee vorbei. Der Kaiser, ein kleiner, unscheinbar gekleideter Mann, schwang sich in den Sattel, hinter ihm tänzelte und bläffte die Meute der Menschenjäger. Alle Gottseibeiuns im Sattel. Die Marschälle vor den Generälen, die Generäle vor den Stabsoffizieren, zwischen Stall und Scheune das Fähnlein der Leibwache. Der ganze Hof blitzte und bebte, schäumte rosig und funkelte vor Ungeduld. Draußen zogen jetzt Dragoner vorbei. Ihre Helme vergoldeten hastig das Hofgitter... Das Tor wurde geöffnet, die Glocken schwiegen. Auf ein Wort des Kaisers sprengte ein Offizier hinaus, ein Trompetensignal erklang, pflanzte sich weiter, die Straße hinauf und hinunter, und schmolz langsam an der Sonne, die Heeressäule stand still. Jeder Mann im Glied spürte an seiner Seite den Kaiser.
Als die Armee vorbeimarschiert war, schaute Ulricus in den Himmel und glaubte, obwohl das Föhnlicht den Schwarzwald trügerisch naherückte, glaubte inbrünstig festgehaltene Minuten lang an gutes Wetter und an den Scharfblick und an das Glück des Vogels mit dem der kleine Korse nach Europa hinein auf die Beize ritt.
In diesem Augenblick, Ulricus stieg gesenkten Hauptes die Treppe hinauf, er schien nachdenklich, vielleicht ahnte er, welches Ende all der Glanz und die schöne Wildheit nehmen sollte, in diesem Augenblick hörte Jacquot jemand neben sich ausrufen:

»Mir scheint, davon haben wir genug!«
Sicher, seufzte der Junge ... Davon haben wir genug ... Und nun lauschte er auf den Tritt der neuen Armee, die zur Eroberung Europas aufbrach, leise, unscheinbar gekleidet ...
Der Völkerbund war noch lange nicht, sprach der Freund, war nicht im entferntesten mächtig genug, das eine Schwert an sich zu nehmen und die Völker darunter zu beugen. Er konnte nur durch Beispiel und Überzeugung wirken, durch Beschwichtigung der Kriegsangst, an der die meisten Regierungen litten, durch Einschüchterung der andern, die offen oder geheim Eroberungsgelüste zeigten, und schließlich durch unermüdliche Aufklärung der Völker in der Hoffnung – in der Hoffnung, die Völker selbst würden eines Tages das Schwert der Gesittung in die Hände des Völkerbundes legen.
Jacquot nickte in den verblaßten, aber immer noch kaiserlichen Tag und billigte jedes Wort Maxime-Simons, wenn er sich auch fragen mußte (eine deutliche Frage, war es nicht, nur Abkehr von einem glänzenden Bild und Enttäuschung), ob die Genfer Polizisten, die den Gehsteig absperrten, ebenso unbedingt an Christophorus glaubten wie jene Dragoner an ihren Kaiser.
»Ja, Kinder«, brummte der Minister, »da ist die Welt mit Brettern vernagelt! Gelingt es uns nicht, hinüberzuklettern, werden bald andre kommen, die sie einschlagen – mit Bomben und Granaten ... Lieber ein Dieb an der Souveränität der Staaten als ein Mörder an ihren Untertanen.«
Jacquot, in einer Erregung, die hauptsächlich wohl noch dem Bilde des Eroberers galt, rief wie ein leibhaftiger, kleiner Gottseibeiuns:
»Los! Und seien wir klug wie die Schlangen und ohne Falsch wie die Tauben ...«
Maxime-Simon wiegte den mächtigen Kopf zwischen den Schultern:
»Ah ça! – Was die Tauben anlangt«, meinte er, und in seiner Kehle rasselte es komisch von Quetschtönen, »was die Tauben anlangt, so stehe ich für nichts.«
Das Klingelzeichen, das die Beendigung der Übersetzung verkündete, rief sie in den Saal.

Oft wiederholte Christophorus mit diesen und ähnlichen Worten: »Es hängt vom Geist der Völker ab, ob wir schnell oder langsam vom Fleck kommen, von dem, was das dunkle Labyrinth ihrer Brust bevölkert, davon, was sich als stärker erweist, der nachträgerische, unsolide Verstand oder ein kluges Vertrauen.

Jede große Epoche in der Geschichte wurde von der Jugend geschaffen und lebte von ihr. Vorwärts, ihr Jungen! Wir können euch nur ermuntern, denn unser Handwerk ist verdammt nüchtern. Und leider geht es noch nicht ohne uns... Deshalb bleibt auch ungefähr alles beim alten. Ja, ungefähr, alles... Vorwärts mit euch! Die Welt hat lange genug den Kriegsrausch gekannt, sie braucht einen Friedensrausch. Eilt uns zu Hilfe!«

»Lord Berrick sagt fast wörtlich dasselbe«, bemerkte Jacquot erfreut, als führte er damit der Armee des Friedens ein Hilfskorps zu.

»Und Lady Pia?« fragte Christophorus beiläufig.

»O die!« riefen sie beide... »Großartig in Form!« erläuterte Gabriele...

Doch gewöhnlich erzählten sie sich ganz andere Geschichten. Da war vor allem Maxime-Simons kleines Landgut. Die Kinder lernten es bis in die Ecke des Gemüsegartens kennen, wohin nicht einmal der Gärtner vordringen durfte, weil die Haushälterin des Ministers dort den Blumenkohl nach eigenem Verfahren »zu gigantischen Formen anwachsen ließ«. Nicht weit davon hauste ein mondsüchtiger Hahn mit dem nur im engsten Kreise bekannten Spitznamen »Sarcarot«. Der Arme fand in Mondnächten keinen Schlaf und krähte, als stecke er lebendig am Spieß (für den er schon viel zu alt war!), worüber wiederum der Spitz im Hausgang in Raserei geriet. Deshalb hieß der Spitz: le français moyen, der Durchschnittsfranzose. Dem Christophorus, der kein Durchschnittsfranzose war, raubte weder der Hahn noch der Spitz den Schlaf... Es wurde Morgen, da trottete ein Mann in alten Kleidern durch die Gartentür und schlug sich in die Wiesen. Mit der einen Hand schulterte er eine Fischgerte, in der andern trug er einen Klappstuhl. Und nun saß er am Bach. Der Bach strudelte vorbei. Die Sonne brannte. Der Mann hatte sich einen Platz im Schatten eines Erlengebüschs ausgesucht, da hockte er stundenlang. Obwohl er einen breiten Gärtnerhut aufhatte, rückte er immer ein bißchen dem Schatten nach (»um sich Bewegung zu schaffen«), und auf dem Wasser trieb der rote Kork der Angelschnur. Hatte der Kork das Ende seines Weges erreicht, hob die Schnur ihn vorsichtig aus dem Wasser und ließ ihn am andern Ende vorsichtig wieder auf das Wasser hinab. Zuweilen schwebte er auch zwischen den beiden Stationen ans Land, und dann knurrte der Fischer, und der Angelhaken bekam einen frischen Wurm. Der Fischer aber wischte sich die Finger im Gras ab, klemmte die Gerte zwischen die Knie und zündete sich eine Zigarette an.

»Dann, Herr Präsident«, sagte Gabriele, »spielt der Weltfriede hinter Ihnen im Gras.«

»Vermutlich mit Heuschrecken«, meinte er.

Jacquot fand, der Bach des Ministers gleiche der Breusch, die hinter Breuschheim vorbeifloß, während Christophorus zwischen seiner Haushälterin und der Breuschheimer Kathrin erstaunliche Ähnlichkeiten feststellte. Ihm selbst machte es nicht die geringste Mühe, durch den Park an die Ufer der Breusch zu gelangen und, die Vogesen zur Linken, die Ebene zur Rechten und die Sonne im Rücken, gemächlich die Richtung nach Straßburg einzuschlagen. In die kleine Annette, die lange Zeit unbeweglich im Garten stehn und durch die Ritzen der Finger in die Sonne gucken konnte, war er verliebt. Er schickte ihr Ansichtskarten, auf denen die bedeutendsten Männer des Völkerbundes unterschreiben mußten, und ließ durch seine Herren ein schwarzes Glas auftreiben, wie man es benutzt, um eine Sonnenfinsternis zu beobachten. Auch das bekam Annette geschickt.

Das Vertrauen der jungen Leute kannte keine Grenze. Eines Tages beichteten sie ihm ihre Unternehmungen gegen die Kriegerdenkmäler auf beiden Seiten des Rheins. Maxime-Simon machte halt und hörte gespannt zu. Mit einer leisen raschen Bewegung, die sie gut an ihm kannten, drehte er den Kopf, und als er sah, daß niemand in der Nähe stand, hüpfte sein Auge in blauem Übermut hin und her.

»Wirklich?« fragte er. »Ein Kinderkreuzzug? . . . In seiner Art großartig und sinnlos wie der geschichtliche – was?«

Er lächelte verschmitzt:

»Unter uns, meine Laufbahn hat ähnlich begonnen! Ein Freund war auf die Idee verfallen, die Trikolore gehöre von Rechts wegen, entschuldigen Sie, schönes Fräulein, in einen Misthaufen gepflanzt. Entsetzlich! Furchtbar! Was sollte ich tun? Er nahm mich zum Anwalt, ich verteidigte ihn und machte seine betrübliche Ansicht laut zu der meinen. Eine Unverschämtheit! ... Er wurde freigesprochen ... Wenn wir heute so etwas wagten! ... Kinder, wie schön, wie herrlich ist es doch, jung und waghalsig zu sein! Ich kann mir denken, der Olymp bewahrt sein Lächeln nur, weil es immer wieder Jugend gibt. Die Jugend erhält das Lächeln der Götter. Die Jugend – halt, da klingeln die Alten!«
Sooft das Klingelzeichen ertönte, warf Maxime-Simon die Zigarette fort und begab sich auf seinen Platz. Mit stillem Gesicht saß er im Sessel, manchmal faltete er die Hände über dem Bauch. Gabriele stieß Jacquot an: »Achtung! Gleich träumt er von seinem Bach und der Angelrute.« Denn kaum hatten die Hände Ruhe gefunden, da nickte er ein. Aus einem Schleier von Haaren hing die kräftige Nase. Sie war weiß.
Nie im Leben hatte Jacquot einen Menschen mit so hungrigen Augen betrachtet, rundum und immer von neuem. Es war aber auch das Bild des Weltfriedens, das er studierte – einen kleinen, unscheinbar gekleideten Mann, der Europa einigen wollte und die Welt befrieden! Den Kaiser des Friedens, als Schmuggler, als Hoteldieb verkleidet! Und Jacquot fand es in der Ordnung, daß die Genfer Polizisten wie verkleidete Zivilisten aussahen, das war die einzige, erwünschte Erinnerung an das Militär, die einzige Uniform der Zukunft, die zum Waffentragen berechtigte. Und er konnte sich nichts andres unter der seit langem angekündigten Rede seines Helden vorstellen, als daß er mit ihr zu der Millionenarmee stoßen werde, die in allen Ländern auf das Signal wartete, um von ihren Gewalthabern den Frieden zu erzwingen ...
Inzwischen hatte sich in den Kreisen des Völkerbundes das Rätselraten, ob und wann Maxime-Simon öffentlich das Wort ergreifen werde, zum Gesellschaftsspiel entwickelt, es verpfuschte das Bridge und würzte den Poker. Man wartete darauf wie auf die große Szene des Tenors in der Oper, und dementsprechend zeigten sich am ungeduldigsten die Damen. Gerüchte von unbeschreiblichen Intrigen gingen um. Die

einen dieser Ränke, hieß es, verfolgten den Zweck, dem Minister den Mund zu verschließen, die andern, das Wunder der Pfingstzungen auf ihn herabzurufen. Die Rolle des Wundergläubigen wurde Lord Berrick und seinem Anhang zugewiesen, vom Ministerpräsidenten Sarcarot dagegen behauptet, er telephoniere zweimal täglich von Paris, um seinem Minister des Äußern das Reden zu verleiden. Schließlich sollte eine dritte Gruppe darauf hinwirken, daß Maxime-Simon »seinen Vorteil wahrnehme« und der deutschen Delegation den Standpunkt klarmache. Seitdem sie im Völkerbundsrat saßen, schienen die Deutschen ihre Kriegserklärung an Frankreich und ihre Niederlage und den Krieg selbst vergessen zu haben! Sie gehörten ein bißchen geduckt.
Die deutsche Delegation wurde zum erstenmal von einem sozialistischen Kanzler geführt. Jedermann wußte, daß er sich bei seinen französischen Parteigenossen wegen seiner Haltung unmittelbar vor und nach dem Krieg (von der Kriegszeit zu schweigen) keiner Beliebtheit erfreute. Dies war der Vorteil, den Maxime-Simon wahrnehmen sollte. Noch aber hatte der Reichskanzler nicht gesprochen. Auch er schien zu zögern. Endlich ging der Vorhang über dem Schauspiel auf. Der Deutsche meldete sich zum Wort.
Es war ein Zufall, daß Jacquot und Gabriele die Rede mit anhörten. Sie hatten auf gut Glück in den Sitzungssaal hineingeschaut, einen öden, scheunenartigen Raum und ehemaligen kalvinistischen Gebetsaal, dessen Armseligkeit sie mit der Erinnerung an die Katakomben entschuldigten. Leider ging es heute bei den Genfer Urchristen langweilig genug zu. Die Übersetzung der Reden verhinderte jede unmittelbare Zuspitzung der Debatte, ja, sie bildete wahre Kugelfänger. Jacquot kam es vor, als müßten die Herren, bevor sie ihrerseits zum Schuß kamen, die Argumente des Vorredners einzeln aus der Matratze der Übersetzung herausziehn.
Der Deutsche, ein großer, kräftig gebauter Mann, las seine Rede ab, und die Kinder bemerkten sofort, daß auf der Bank der deutschen Delegation einer saß, dessen Bleistift auf einem vor ihm liegenden Blatt die Rede Zeile um Zeile verfolgte. Der Mann mit dem Bleistift sah ungeheuer wichtig aus. Er brachte den Kindern die Vermutung nahe, daß die Deutschen den Stenographen, den offiziellen sowohl wie den zahllosen

andern, nicht über den Weg zur Schreibmaschine und zur Telephonzelle trauten. »Sie werden wissen, warum«, meinte Gabriele. – »Unsinn«, stieß Jacquot hervor, »Verzeihung, Gabriele«, verbesserte er sich sofort, »ich wollte sagen: der Deutsche bringt lauter Dinge vor, wie wir sie oft von Christophorus gehört haben. Warum sollte er da mißtrauisch sein? Er will, daß endlich Ernst gemacht wird mit dem Programm, das wir kennen, und du weißt doch, daß die Widerstände von ganz andrer Seite kommen! Christophorus muß entzückt sein, wie der da den Hasen aushebt. Du, am Ende ist das zwischen ihnen abgekartet?« Zum Schluß schlug der Redner scheinbar freihändig auf das Pult. Und dies mißfiel, hauptsächlich, weil man annahm, der unvorhergesehene Temperamentausbruch habe ebenfalls auf dem Blatt gestanden.

Der Beifall war gering.

»Da hast du's!« Gabriele puffte Jacquot in die Seite. »Gedämpftes Bravo bei den kleinen Völkerschaften. Ich glaube, Pia sagte, der dort sei von Labrador.«

»Um so besser!« trotzte Jacquot.

Ihm gefiel die gediegene Vorlesung des Deutschen, und an dem Schlag auf das Pult fand er nur auszusetzen, daß er nicht kräftig genug war.

»Ach was«, sagte Gabriele, »diese Deutschen benehmen sich, als kämen sie aus der Gesindestube.« Jacquot, erbost, schluckte die Frage hinunter, ob ihre gute Stube in Schloß Breisach besser gewesen sei. Mehr denn je war er überzeugt, der Deutsche und der Franzose spielten sich in die Hände. Eigensinnig und schnell fertig mit dem Urteil, hielt er sich bereits für einen Diplomaten – darin glich er zweifellos seiner Tante Pia.

»Schau deinen Onkel!« meldete Gabriele.

Berrick sah zu ihnen hinauf und schüttelte bedenklich den Kopf.

»Da hast du's«, wiederholte das Mädchen, diesmal fest, beinahe ingrimmig.

Da fiel ihm auf, daß auch die Leute um sie herum, offenbar Sachverständige, nach der Sicherheit ihres Gehabens zu schließen, allerhand weitläufige Grimassen schnitten und eifrig zusammen flüsterten. Als er die Ohren spitzte, konnte er feststellen: die Bedenklichkeiten dieser Damen und Herren galten vornehmlich dem Schlag auf das Pult, wobei die einen behaupteten, der Deutsche habe mit der Faust geschlagen, die andern, mit der flachen Hand. Alle aber waren Augenzeugen! Jacquot, der bereits den Stenographen mißtraute begann an der Zuverlässigkeit der menschlichen Sinne zu zweifeln, was wiederum den Deutschen entlastete.

Nach Beendigung der Sitzung fuhren sie mit Pia in ihr Hotel. Die Diplomatenfrau ließ sich durch das widerspruchsvolle Gerede der Kinder nicht aus der Fassung bringen. Sie prophezeite, dem Deutschen werde leicht auf die unartige Hand geklopft werden, nur so nebenbei – immerhin deutlich genug, um die Empfindlichkeit gewisser Herren zu befriedigen, von denen man zum erstenmal höre, wieviel Wert sie auf gute Manieren legten.

Nachher bei Tisch erklärte Berrick: »Hätte der Reichskanzler frei gesprochen, wäre nie die Rede von einer Provokation gewesen. Aber so –«

»Provokation?« rief Jacquot entsetzt. Pia beruhigte ihn:

»Ach, was nennen Polen und Tschechen nicht alles Provokation!«

Sie fand den Deutschen »Mittelklasse«, aber sympathisch. Wenn ihr Gedächtnis nicht täuschte, waren die Genossen jetzt besser angezogen als vor dem Krieg.

Gabriele, die dem Frieden mit Jacquot nicht traute, blieb stumm. Sie hielt sich aufrecht, hauptsächlich im Nacken. Und hatte schon wieder ein neues Kleid an...

Spät abends teilte Berrick mit, das Gestirn des Kongresses werde morgen tönen und die Nebel Teutoniens zerstreuen. »Ich hoffe, seine Musik wird an den Waldzauber in ›Siegfried‹ erinnern.«

An diesem Morgen schritt Christophorus wie gewöhnlich langsam die Hallentreppe hinunter, den steifen Hut auf dem Kopf, in der Hand den Spazierstock mit der silbernen Krücke, die er ungern benutzte, weil er gewöhnlich keine Handschuhe trug und das Silber die Handfläche schwärzte. Darum faßte er auch den Stock unter dem Griff und beförderte ihn vom Zimmer ins Auto, vom Auto in die Garde-

robe und wieder zurück. Es sei sein Marschallstab, sagten die Völkerbundskinder.
Während er die Treppe herabstieg, kramten seine Finger in einer Schachtel orientalischer Zigaretten. Vor der letzten Stufe erwarteten ihn seine beiden Herren. Der eine hielt ihm ein brennendes Streichholz unter die Zigarette, der andre durfte es ausblasen.
Gabriele und Jacquot eilten auf ihn zu, von Pia gefolgt, die schon am frühen Morgen echte rote Backen hatte vor Eifer.
»Ist es wahr?« rief Gabriele.
»Um wieviel Uhr?« fragte Jacquot.
»Ich denke gegen Mittag.« Oh, es handelte sich nur um ein paar kurze, schlichte Worte! Die Ausführungen des deutschen Ministers bedurften stellenweise der Berichtigung, einiger Randglossen, die wollte er, Maxime-Simon, heute anbringen, ohne viel Aufwand.
An der Tür drehte er sich um, hob lächelnd den Stock und sagte zu den Kindern:
»Damit ich so klar wie möglich spreche, will ich an Sie denken und mir bei jedem Satz überlegen, ob Sie ihn verstehen.«
Er gab ihnen die Hand, lüftete den Hut und grüßte Pia, die unverzüglich ihrem Gatten, der nun ebenfalls auf der Treppe erschien, entgegeneilte und ihm den Ausspruch Maxime-Simons mitteilte. Begeistert fügte sie hinzu:
»So sollte man immer in Genf sprechen – daß jedes Kind es versteht! Unser Mann scheint famos in Form. Nicht eine einzige Haarschuppe auf dem begnadeten Buckel, auch der Bambino, stelle ich mir vor, ist frisch gewaschen. Du hättest nur die Hose sehn sollen – tadellos gebügelt! Gib acht, Berrick, heute erleben wir etwas wie die Bergpredigt des Völkerbundes.«
Und sie warf einen Blick auf den großen Abreißkalender, der neben der Portierloge hing, um sich jetzt schon das denkwürdige Datum zu merken.
Der Sitzungssaal im Anbau des Hotels Viktoria glich einem überfüllten Theater zu Zeiten Shakespeares.
Es gab ein Parterre und einen ersten Rang. Im Parterre saßen die Delegierten und dahinter ein Teil des Publikums, im ersten Rang die Berichterstatter und, mit der Front zur Präsidialbühne, der andre Teil des gewählten Publikums. Pia

und ich fanden Platz im Hintergrund des Saales, die Kinder waren von Berricks Sekretär nach langen Irrfahrten im »ersten Rang« untergebracht worden. Sie standen eingepfercht zwischen den Bänken der englischen Berichterstatter.

Der Aufbau, wo sonst das Präsidium in erhabener Einsamkeit thronte und nur die leeren Plätze anzeigten, wieviel leitende Beamte der Völkerbund annähernd zählte, verschwand unter einer wimmelnd belebten Pyramide von Stühlen. Dahinter schloß ein Tempelvorhang den Saal gegen ein Zimmer ab, dessen Vorhandensein die Zuschauer nicht erraten hätten, obwohl es einen Haufen Sekretärinnen und Stenotypistinnen beherbergte, wären nicht dauernd hübsche junge Damen ohne Hut und vereinzelte streng blickende Männer, vermutlich Aufsichtspersonen, durch den Spalt des Vorhangs geschlüpft. In frivolen Köpfen, deren es hier nicht wenige gab, entstand die Vorstellung eines in Aufruhr befindlichen Harems.

Die Saaltüren wurden geschlossen, Stille trat ein. Gleichzeitig brach der Aufstand der beamteten jungen Damen zusammen, und der Tempelvorhang kehrte zur Feierlichkeit seiner Bestimmung zurück. Droben auf der Journalistentribüne sagte ein Unbekannter zu Jacquot und Gabriele: »Große Völkerbundsparade!« Im Hintergrund des Saales reichte Pia mir ein Pfefferminzbonbon und flüsterte: »Noch nicht!« Denn es war ein eleganter, hübscher Herr, der die Rednertribüne bestieg. Er ließ ein anzügliches Lächeln über die Versammlung schweifen und versprach, sich kurz zu fassen.

Der Saal besaß eine schlechte Akustik, sie wurde aber noch schlechter durch den Lautsprecher, der sie verbessern sollte. Das winzige Ungeheuer warf die Stimme des Redners kreuz und quer durch den Raum, und siehe da, unvermutet kehrte sie zum Redner zurück, das eine Mal taumelnd wie ein Betrunkener, das andre Mal mit dem drohenden Ton eines Polizisten. Der Redner wußte nie, auf was für eine Begegnung er sich gefaßt machen sollte. Vorläufig sprach immer noch der Herr, dessen Französisch den Bewohner des östlichen Europas verriet. Während der folgenden englischen Übertragung blieben nicht nur die Delegierten auf ihren Sitzen – in der Befürchtung, den mühsam eroberten Platz

einzubüßen oder den Auftritt Maxime-Simons zu versäumen, verließ auch niemand aus dem Publikum den Saal.
»Jetzt!« sagte Pia, und seine Exzellenz der Minister des Äußern, Herr Maxime-Simon, erhielt das Wort.
Pia drückte noch schnell meine Hand, und ihre Augen begaben sich auf eine weite Reise...
Es war das erstemal, daß ich ihn öffentlich sprechen hörte. Er hielt sich nicht anders als sonst, aber die Stimme war verändert, gleichsam groß und willkürlich in Musik gesetzt... Wieviel Zeit verging, bis mir bewußt wurde, was der Mann dort oben tat? Bis ich aufnahm, was er sprach? Er machte Musik, wie ich, von allen Seiten vorbereitet, natürlich erwartet hatte, aber als die dennoch erfolgte Überraschung vorbei war, hörte ich nur noch, wie seine Musik leise, leise sein eigenes Werk in Stücke schlug... Zur gleichen Zeit flüsterte oben auf der Journalistentribüne derselbe Unbekannte, ein Graubart, dessen Lippen zitterten, Jacquot ins Ohr: »Man könnte meinen, aus Paris hätten sie einen Doppelgänger Maxime-Simons hergeschickt, um den echten zu stürzen«, und dabei beugte er sich vor und blickte kopfschüttelnd auf den leeren Sessel des Ministers.
Was der Redner sagte, klang einfach und fast überzeugend, jedenfalls war es seit Jahr und Tag von allen Zeitungen wiederholt worden, die in ihrer Feindschaft gegen Deutschland beharrten.
Dem Deutschen, der verlangt hatte, es möge endlich Ernst gemacht werden mit der Abrüstung und dem Weltfrieden, hielt er nicht nur das Hunderttausendmannheer von Offizieren und Unteroffizieren entgegen, das der Friedensvertrag dem besiegten Reich aufgezwungen hatte, von dem der Sieger jetzt aber (zu Recht oder Unrecht) behauptete, es könne jederzeit den Rahmen für eine Millionenarmee abgeben, vielmehr betraf sein Hauptvorwurf die starke Industrie Deutschlands, seine Bevölkerungszahl, die Gesundheit des Nachwuchses, kurz, alles, was irgendein Volk, und wäre es das friedlichste der Erde, nur wünschen und anstreben könnte, ohne deshalb in den Verdacht kriegerischer Hintergedanken zu geraten. Wie, wenn nicht durch Ausrottung, sollte man ein gesundes, arbeitsames, erfinderisches Volk hindern, gesund, arbeitsam und erfinderisch zu sein? Aus Maxime-

Simon sprach die Angst Frankreichs, und sie wog noch immer schwer wie der furchtbare Hochsommer 1914! Aber gerade diese, auf die Dauer unfruchtbare, unerträgliche und auch untragbare Angst hatte sich Maxime-Simon geschworen, in tätiges Vertrauen zu verwandeln! Seit Jahren kämpfte er gegen die Politik der Angst, die Sarcarot und die Seinen unter wechselnden Vorwänden vertraten. Hundertmal hatte er wiederholt, er bekämpfe sie allein schon aus dem Grund, weil sie ein Hindernis für jede Friedensarbeit bilde und den neuen Zielen und Verfahren einer Politik zuwiderlaufe, wie sie heute von der Mehrzahl der Großmächte befolgt werde und mit der schließlich der Völkerbund selbst stehe oder falle. Und nun?
Mit seinen flinken, liebkosenden Fingern, diesen Putzmacherinnen, die sonst das Idealbild des Friedens schmückten, mit lauter kleinen, runden, wie verschwiegenen Bewegungen der Rede, worin zuweilen etwas wie grausame Freude aufblitzte, entkleidete er das Ideal vor unsern Augen, Stück um Stück.
Nicht nur Deutschland fand er vertrauensunwürdig, nein, auch »ein andres großes Volk« (womit, allen verständlich, Sowjetrußland gemeint sein sollte), und mit diesem andern großen Volk drohte er den übrigen Mächten, drohte damit auch Deutschland, vielleicht Deutschland am meisten – wenn nicht die schwankenden Schatten, die er beschwor, als er die Möglichkeit eines Bündnisses zwischen Deutschland und Rußland andeutete, noch bedrohlicher wirken sollten, als die russische Gefahr für Deutschland gemeint war.
Doch darum und um alles andre, was zur Tagespolitik zu sagen gewesen wäre, ging es längst nicht mehr! Die Idee selbst war in Frage gestellt, der Völkerbund, die bisherige Politik Maxime-Simons, die Rede war längst über das Besondere hinausgeflogen! Wenn er recht hatte mit dem, was er tat, so war es seine eigene Maske, die er in der Hand hielt und herumzeigte wie die Gehilfen bei einer Versteigerung oder einem Ausverkauf ihre Ware.
Gepeinigt von dem Anblick beugte ich mich zu Pias Ohr: »Begreifst du, warum er Selbstmord begeht?« – und im nächsten Augenblick schon fuhr ich in Gedanken fort: Das tun sie ja alle hier! Unsre ganze Gesellschaft begeht Selbstmord, sie ist zu dumm, zu feig, es ist keine Gemeinschaft mit ihr möglich...

Pia war so weit fort, daß sie bei meinem Anruf zusammenfuhr.
»Wieso?« fragte sie, und als sie mir einen Augenblick das Gesicht zukehrte, sah ich, daß es mit winzigen Schweißperlen übersät war.

Sicher hatte sie mich nicht verstanden. Sie wandte sich ab und war wieder auf ihrer weiten Reise...
Ich blickte zur Journalistentribüne hinauf. Gabriele lehnte sich über drei Reihen vor ihr sitzender Berichterstatter und hielt den ebenfalls vorgebeugten Jacquot umfaßt, um nicht das Gleichgewicht zu verlieren – ich konnte ihre Gesichter nicht erkennen.
Als Maxime-Simon, der sich merklich dem Ende der Rede näherte, mit langsam aufsteigendem Gesang seinen Glauben an die neue Ordnung der Welt, seine Hoffnung, sein Vertrauen auf den Völkerbund in den Saal rief (im selben Augenblick begann der Kobold im Lautsprecher zu toben), neigten die Berichterstatter den Kopf zur Seite und blinzelten sich, die Bänke hinauf und hinunter, eindringlich zu... Nach einer piratenhaften Kreuzfahrt war Maxime-Simon, alle Maste geflaggt, in den Hafen eingelaufen, und es begrüßte ihn endloser Beifall.
Der ganze Saal sprang auf wie ein Mann. Der Lärm der Tribüne übertönte den Beifall der Delegierten, die Türen wurden aufgerissen. Der Tumult fegte über Treppen und Vorzimmer, sauste mit dem Lift in die Höhe, kapselte sich in Telephonzellen ein, klapperte auf den zahllosen Schreibmaschinen des Hauses und stieß auf der Straße gegen die sture Mauer der Zaungäste, die, wie gewöhnlich, auf die Abfahrt der sechs Ministerpräsidenten und achtzehn Minister des Äußern, besonders aber auf die bunten Vertreter des Fernen Ostens warteten.
Da erwachte auch Pia. Sie sprang auf, um sich sofort wieder zu setzen. Mit zitternden Händen puderte sie Stirn, Wangen und Hals, und während sie, den kleinen Spiegel vor den Augen, mit dem Rotstift über die Lippen fuhr, sprudelte sie mir hastig ins Ohr:
»Es ist nicht, weil ich Deutsche bin... Aber was für eine Lüge, so sprechen zu wollen, daß jedes Kind es versteht! Wir

sind blamiert. Und ich, die allen erzählte, Maxime-Simon werde Handschuhe anziehen –! Hat er nun die Deutschen gestreichelt oder geohrfeigt? Glaubt er noch an seine Politik oder nicht? Mein Gott, man vergißt alles, wenn er spricht. Ich will ihn nie mehr anhören. Ich lese nachher, was er gesagt hat, dann weiß ich vielleicht Bescheid. Berrick, der unserm Premier versprach, es werde unter keinen Umständen zum Krach kommen, Berrick kann sich heimschicken lassen! Und dieser spanische Minister da vor uns, der gar nicht aufhören kann zu klatschen, vermutlich, weil seine ungebildete Frau mich nicht leiden kann ...«

Ihr Gesicht war in Ordnung, sie stand auf und blickte sich ruhig um. Ich zeigte ihr Jacquot und Gabriele, die sich still und verwundert von einem aufgeregten Haufen Journalisten zum Ausgang schieben ließen und dabei in den Saal spähten, wo Christophorus noch immer Glückwünsche entgegennahm. Sie winkte ihnen, und die Kinder winkten zurück, froh, einen hilfsbereiten Arm den unbegreiflichen Tumult überragen zu sehn. Im Gedränge übernahm Pia ein Lächeln von der Dame eines englischen Delegierten, die ihr unter begeistertem »magnific« Platz machte, und hielt es mit ihren frisch geschminkten Lippen fest. Wir verließen so eilig wie möglich den Saal.

Auf der Straße brach sie in Tränen aus.

Ich begleitete sie nach Hause und tröstete sie, wie man die Frau eines beschädigten Politikers tröstet, nämlich mit Argumenten, die um so sachlicher klingen müssen, je deutlicher sie auf die Person zielen.

»Liebliche Pia«, bat ich, »hör auf zu weinen! Deine Augen sind schon ganz rot. Sie waren so schön blank, als Maxime-Simon die Rednertribüne bestieg und du dich mit ihnen auf die große Reise begabst. Bitte, keine roten Augen!«

Sie schluchzte: »Das ist es ja gerade! Ich kann mir heute nicht oben servieren lassen, ich muß mich im Speisesaal zeigen.«

»Allerdings, das ist deine Pflicht«, versetzte ich ernst, »deine Standespflicht. Also Vorsicht mit den Augen!«

Ich setzte sie in den Lift und fuhr zum Hotel zurück, um die herausströmenden Delegierten zu beobachten. Nicht die geringste Spur jener Verbissenheit konnte ich an ihnen entdecken, die bei wirklichen oder vermeintlichen Umwälzun-

gen in das Gesicht führender Menschen einkehrt, sei es, daß sie auf Sieg beißen oder auf Niederlage. Die Herren waren eher belustigt, wie über einen gelungenen Streich, dessen Zeugen sie gewesen, oder sie lächelten in sich hinein und schienen mit einer amüsanten Rechenaufgabe beschäftigt.
Anders verhielt es sich mit den gewohnheitsmäßigen Kongreßbesuchern, der »Gesellschaft« des Völkerbunds. Die einen unterhielten wohl ihre Aufgeregtheit künstlich, um bei Stimmung zu bleiben, die andern aber glaubten, was ihr Wunsch ihnen eingab, wenn auch nur um des Ungewöhnlichen willen, daß es in der Welt wieder ein wenig nach Brand roch... Die Hyänen des Friedens gehören zur gleichen Familie wie die Kriegshyänen.
Auf dem Rückweg zu unserm Hotel und Pias Fegefeuer hielt ich kleine Ansprachen an meinen Schatten, als schritte ich allein mit ihm hinter einem Sarg.
Deine Bartkoteletten sieht man nicht, sprach ich zu ihm, aber du trägst sie dennoch, du Scherenschnitt zu meiner Linken. Wie gut tatst du, sie niemals wegrasieren zu lassen! Es gibt dir etwas Biederes und berechtigt alle deine Bekannten, dich für einen Esel zu halten, gut genug, das Trauergefolge eines Selbstmörders abzugeben. Damit warst du im blutigen Krieg und nachher in der Weltetappe der Schweiz. Und was heute hier vorgeht, diesmal in Genf statt in Bern, erscheint mir, deinem aufrecht wandelnden Original, als ein ironischer Nachhall, ein Satyrspiel jener Tage. Auch damals redeten sie alle vom Frieden, alle wünschten für ihre Völker nichts als den Frieden, und in den Pausen des Roßtäuschergeschnatters vernahm man das Geschützfeuer aus dem Elsaß. Alle, mein Lieber, rüsten heute zum Krieg, indes sie dem Frieden Altäre errichten, alle ohne Ausnahme... Selbst die Russen können ihn sich nicht anders vorstellen als auf dem Weg über die Weltrevolution. Die Weltrevolution – stell dir das Massaker vor! Und nun, mein Guter, erzähle du mir noch etwas vom Frieden! Kannst du mir bestreiten, daß wir ihm damals im Kriege näher waren als heute im Frieden?... Recht so, verschwinde schamvoll hinter meinem Rücken! Wir beiden, wir bleiben einsam unser Leben lang. Und das ist auch das beste...
Damit betrat ich das Hotel...

Der Portier raunte mir zu:
»Gute Anzeichen, Herr Baron, sehr gute Anzeichen ... Wird alles wieder gut ... Soeben ist Lord Berrick mit Herrn Maxime-Simon zum englischen Premier gefahren.« Mit schicklichem Augenaufschlag fügte er hinzu: »Ein Höflichkeitsbesuch. Schon lange verabredet.«
Pia und die Kinder saßen bei Tisch. Sie empfingen mich mit derselben Nachricht wie der Portier, nur ohne die Feierlichkeit des altgedienten Diplomaten. Im übrigen verhielten wir uns ziemlich still, weil Pia, um ihre verweinten Augen besorgt, dauernd mit Puderquaste und Spiegelchen beschäftigt war. Bald mußte ich, bald eines der Kinder die Haltung bei Tisch ändern, um sie bei ihren Handhabungen den Blicken der Gäste zu entziehen. Sie befand sich immer noch auf der großen Reise, aber diesmal sichtlich auf der Heimfahrt.
Als sie in ihr Zimmer kam, hielt ihr die Zofe einen Strauß knospenhaft schlanker weißer Rosen entgegen, den hatte Maxime-Simon ihr geschickt. Wann? ... Vor fünf Minuten ... Ein Zauberkünstler! Er saß am andern Ende des Sees beim Premier, und durch die Luft kamen Rosen von ihm geflogen ... Daraufhin sank sie leicht aus einem englischen Roman in Schlaf ...
Ich war mit den Kindern in der Halle geblieben.
Gabriele, die trotz allem hoffte, ihre Mutter noch einmal zu sehn, bevor sie zu den vornehmen Töchtern in die Verbannung ging, hatte mich gebeten, nach Unterhügeln zu telephonieren. Wir warteten stundenlang, alle Drähte waren von den Journalisten besetzt. Endlich meldete sich Schloß Unterhügeln. Ich fragte nach Ada, hörte, wie umgeschaltet wurde, und reichte Gabriele den Hörer. In der nächsten Sekunde legte sie den Hörer hin und verließ die Zelle ... Statt Ada hatte sich Silvio gemeldet ... Ich sprach mit ihm. Er behauptete, Ada sei im Haus nicht aufzufinden, sie müsse im Park sein, aber auch von dorther sei auf alles Rufen keine Antwort erfolgt.
»Du kommst nicht?« fragte ich. Nein, er kam nicht nach Genf. Ada hatte keine Lust, jetzt, wo es auf dem Land am schönsten sei, in das heiße Genf zu fahren, und natürlich wollte er bei ihr bleiben. Ich unterließ es, nach Aggie zu fragen, und Silvio erwähnte sie nicht.
Schon wollte ich abhängen, da mischte sich mein Schatten ein.

Er war nun einmal aufgeweckt und brannte darauf, seinerseits das Wort zu ergreifen, vielleicht um sich für die überhebliche Form meiner Ansprache zu rächen. Er zwickte mich in den Nacken, und ich hörte mich zu Silvio sagen: »Schade! Zehn Tage Genf hätten dich in deiner Laufbahn weiter gebracht als zwanzig Monate Unterhügeln plus Paris. Du hättest mit Maxime-Simon und Berrick Umgang gehabt und abwechselnd mit sechs Ministerpräsidenten und achtzehn Ministern des Äußern bei Tisch gesessen – von der Presse zu schweigen, die in ihren hervorragendsten Vertretern zur Stelle ist... und, wie man behauptet, hungrig auf Interviews wie noch nie. Du hast einen geradezu legendären Start versäumt. Deine Brücke von Arcole, mein Lieber! Wirklich, sehr schade!« Mein Schatten reckte sich, mit Hilfe eines Knicks, bis quer über die Decke und log: »Dies ist auch die Meinung Lord Berricks!«
Ich hörte, wie Silvio mit der Antwort zögerte: den Blick unter den feuchten Wimpern auf die Wipfel der Parkbäume gerichtet saß er am Schreibtisch, wohin der Diener wohlberaten umgeschaltet hatte statt in Adas Zimmer, und machte, die Nase am Hörer, über Hunderte von Kilometern den Geruch meiner Worte aus.
Und mein Haß, traurig sonst und zur Ironie geneigt, einem Leichengaul gleich, der den Sarg eines Selbstmörders aus dem Dorf zieht und niemand hinter sich weiß als nur zwei alte, schimpfende Männer, von denen der eine eine Peitsche, der andre einen Spaten trägt, siehe da, mein Haß wechselte Rasse und Farbe. Es war ein Haß, der biß auf die silberne Kandare und schüttelte fröhlich den Federbusch auf dem Kopf, und der Federbusch war rotweiß wie bei den Hochzeiten der Breuschheim.
»Nein«, kam es schneidenden Tones zurück. »Das dort ist Politik für reiche Leute... Und ihr hättet mir ja doch alles verdorben!« Und:
»Sonst noch was?« fragte er.
Ich antwortete nicht gleich. Seine Wut, die wie ein Köter gegen meine lustigen Hochzeitspferde ansprang, ohne einen Laut von sich zu geben, bot einen zu genußreichen Anblick, als daß ich gern hätte wegblicken mögen. Endlich sprach ich langsam: »Nicht daß ich wüßte.«

»Gut so, leb wohl«, sagte er, beide hängten wir gleichzeitig ein.
Gabriele, der ich in der Halle Bericht erstattete, hörte gespannt zu. Ihre Augen erinnerten an eine Möwe, die den Flug eines zugeworfenen Stückchen Brots verfolgt. Als ich schloß: »Ich kann – ich kann ihn nicht leiden!« stieß die Möwe zu: Gabriele nickte, kurz und heftig. Dann hob sie die Hände und schlenkerte von ihren zehn Fingern die Worte: »Danke schön, Claus. Was wollt ihr? So sind meine Papas! Reden wir von etwas anderm.«
Jacquot, als ein Mann, knirschte nur mit den Zähnen.
Seltsam befriedigt brachen wir zu einem Spaziergang auf. Da bemerkten wir zum erstenmal, so angefüllt war Genf mit allem möglichen Kram, wie aus den Hotels am Kai eine Menge Fahnen heraushingen, mit denen wir nichts anzufangen wußten. Ihre Staatsangehörigkeit ließ sich nur durch direkte Anfrage beim Portier des Hauses feststellen – ein willkommenes Spiel für die Kinder, ein richtiges Genfer Spiel, nicht nur für Kinder, das zwar den Farbensinn bedroht, aber die geographischen Kenntnisse vermehrt. Indes Jacquot und Gabriele ernsthaft zwischen den Hotels und mir hin und her marschierten und neuere Geographie lernten, genoß die »Gesellschaft« des Völkerbundes die Milde des windlosen Tages. Ja, dieses eine Mal hatte der böse Genfer Wind, die »Bise«, ganz vergessen, sich seiner Residenz in Erinnerung zu bringen. Zwanzig Sprachen wogten gefallsüchtig zwischen Pont du Montblanc und Hafendamm, und schließlich wußten wir nicht mehr: hatten die Hotels zu einer Toilettenschau geflaggt, oder hatten sich umgekehrt die Leute so ausgesucht gekleidet, um ihren Fahnen die Ehren zu erweisen.
Beim Kasino begegneten wir dem Reichskanzler.
»Er hat sich verirrt«, sagte Gabriele. »Die Fahne seines Landes weht auf dem andern Ufer.« Mit düstrer Miene verbesserte Jacquot: »Er ist desertiert.«
Deshalb wollten wir auch taktvoll tun, als sähen wir ihn nicht. Er aber lächelte die Völkerbundskinder gutmütig an, und wären sie noch etwas kleiner gewesen, wir erkannten es an seinem Blick, er hätte ihnen bestimmt zwei dieser mechanischen Störche gekauft, wie ein Händler sie zwischen den Beinen der Spaziergänger über den Boden stelzen ließ. So

mußte er sich mit einem unbezahlbaren Reichskanzlerlächeln begnügen. Die Kinder dankten beflissen.
»Im Grund hatte er recht mit dem, was er sagte«, verkündete Gabriele und blickte Jacquot keck ins Gesicht.
Er lehnte ab.
»Das sagst du jetzt.«
Sie reckte sich:
»Ich sage, was ich denke.«
Nun versuchte er es mit Ironie:
»Wenn ich mich nicht täusche, war er dir heute morgen nicht kavalierhaft genug?«
»Nun, wenn du das meinst«, versetzte sie gewissenlos: »mit Christophorus verglichen, ist er geradezu ein Gent – ein Gent von der Art des dicken Antonius in der Breuschheimer Kirche, zu dem die Schönen aus dem Dorf beten gehn, damit sie nicht vor der Zeit ein Kind kriegen.«
Jacquot heuchelte entrüstet:
»Ein Glück, daß Pia dich nicht hört!« Dabei zeigte er offen ein Lächeln, er war stolz auf die Lebenserfahrung seiner Freundin, was ihn aber leider nicht hinderte, bis in die Ohren zu erröten.
Um von dem peinlichen Ereignis abzulenken, machte er die Feststellung: »Übrigens hältst du dich miserabel.«
Gabriele sah es zu gern, wenn Jacquot errötete, es war ihr eine Augenlust, die sie auch jetzt sich nicht versagte. Die Ohren des Jungen waren flach und zart, und in der Muschel bewegte sich bei jedem Schritt etwas wie ein Tropfen rosig durchscheinenden Blutes. Errötete er aber, so wurde der Tropfen gleichsam zu einer aufbrechenden Wunde und überflutete das Ohr, und dieses flammte zu Gabrieles höherer Genugtuung wie eine Tomate. Sie genoß es mit weit geöffneten Augen und wandte den Kopf erst weg, nachdem er ihre Freude bemerkt hatte ...
An diesem Abend erschien Pia in einem bisher noch nicht gezeigten Kleid, bestellte, obwohl sie selbst nur Wasser trank, schon über der Suppe Champagner und schwatzte los.
»Denkt euch, um fünf Uhr schickte mir die Dame des spanischen Ministers die Einladung zu einer – ›surprise party‹! Die Dame befiehlt uns, sie Punkt acht Uhr zu überraschen! Habt ihr schon so was gehört? Von selbst käme

freilich niemand auf den Gedanken, diesen Flamingo in seinem Käfig zu überraschen. Was meinst du, Claus, soll das nun etwas Neues und fabelhaft Originelles sein oder nur eine stotternd vorgebrachte Bosheit? Ich schrieb Ihrer Exzellenz, leider hätte ich gerade heute mein eigenes Überraschungstreffen und wartete stündlich auf die Rückkehr meines Mannes, der mit Herrn Maxime-Simon zum englischen Premier gefahren sei... Das können Ihre Exzellenz nun auslegen, wir ihr beliebt.«

Mit einiger Mühe reimte ich mir folgendes zusammen. Ihre Exzellenz konnte unsre Pia nicht leiden, weil unsre Pia Deutsche war, und deshalb »vermutlich« hatte ihr Mann, der Minister, nach Maxime-Simons Rede so aufdringlich geklatscht. Und um die durch Maxime-Simon verursachte Überraschung voll zu machen, lud Ihre Exzellenz zu einem Überraschungstreffen ein, »vermutlich« zum Zweck, sich öffentlich an der Überraschung unsrer guten Pia zu laben. Dies alles schien mir zwar etwas kompliziert, aber schließlich bestand ja die Aufgabe der Diplomatie darin, die einfachsten Gerichte zu würzen.

Sie sprach längst von anderm, als ich überzeugten Tones bekanntgab:

»Da hast du gut getan abzusagen, Pia.«

Ihre Augen schauten ausgeruht und zuversichtlich wie die eines Sperbers, den die deutsche Gesetzgebung bekanntlich zu schonen befiehlt.

Wir warteten noch eine Stunde oder zwei auf die Heimkehr Berricks. Pia belehrte die Kinder teils über Politik, teils über gute Manieren.

Die guten Manieren ließ ich unangetastet vorbeigehn, das Gespräch über Politik gelang es mir gegen 11 Uhr mit der Bemerkung zu schließen: bei einem so kostspieligen Prozeß wie der Völkerbundsversammlung seien immer beide Anwälte im Recht, zumindest in den Augen ihrer Klienten. Es handle sich eben um die besten Anwälte, die ihre Sache zu führen verständen und ihren Klienten teuer seien. Der Gegenstand des Prozesses aber, nämlich der Friede, sei noch die Ungewißheit selbst, so daß immer die größere Geschicklichkeit entscheide, welche von den Parteien den Schein des Rechtes auf ihre Seite bringe. Heute diese, morgen jene.

Schlössen sie wirklich Freundschaft und würden gar Bundesgenossen, so gäbe es zwischen Deutschland und Frankreich keinen Prozeß mehr um vergangene und zukünftige Kriege zu führen.
»Ja, aber England muß der Dritte im Bund sein«, befahl Pia.
Ich verneigte mich: »Um so mehr, als es das erstemal in seiner Geschichte wäre«, und wir gingen zu Bett.

Die Kinder und ich waren müde, wir freuten uns auf den Schlaf.
Pia dagegen schwor, heute müsse der Schlaf sie meiden.
Deshalb traf sie auch nicht die üblichen Vorbereitungen für die Nacht, die Tür zwischen den Schlafzimmern der Ehegatten blieb offen. Nach dem Bad unterließ sie es, das Gesicht einzusalben und das Haar unter die Netzhaube zu stecken, und bettete sich mit gelockerten Gliedern in das Licht der Nachttischlampe. Dies Licht war eine Liebkosung, ein Hauch, der Schein einer großen Blüte, die zauberhaft im Dunkel des Zimmers lebte, wie wenn man im Nebel vor einem blühenden Pfirsichbaum steht, ein Licht, worin Pia, wenn ihr daran lag, jederzeit ihre ungeschminkte Jugend wiederfand. Es lag auf dem Scheitel der reinen, blonden Haare, und auf die Bläue der Augen antwortete, bis in die Schatten ringsum flutend, die Bläue der Daunendecke, und ihre Haut unter dem rosigen Hauch war von makellosem Weiß. Sie las in einem Tauchnitz-Roman, der alle paar Minuten zugleich mit den Händen herabsank und nach einer Weile wieder mühsam in die Höhe gebracht wurde.
Als Berrick in das Zimmer trat, schrak sie auf.
»Nun?« rief sie überlaut.
»Wir haben nicht von Politik gesprochen«, antwortete er leise. Leise nahm er ihr das Buch aus den Händen, küßte sie, legte ihr sanft den Kopf auf die rechte Seite, wie sie es gewohnt war, und löschte das Licht.
»Schwöre«, lallte sie schlaftrunken. Ohne zu antworten, schloß er lautlos die Tür ...
»Nun?« sagte auch Christophorus bei der ersten Begegnung mit seinen Freunden.
Er befand sich auf einem Morgenspaziergang, ganz allein,

ohne die Trabanten. Die Straße war leer, bis auf einen Briefträger und einen radelnden Bäckerjungen, die sich Begrüßungsworte zuriefen und gleich darauf wie in einem Loch verschwunden waren. Einige Möwen kreuzten vorsichtig, als fürchteten sie, über Nacht das Fliegen verlernt zu haben.

Jacquot und Gabriele waren bereits von Pia empfangen worden, und sie hatte sie, durch das Zimmer flatternd und ihre Blumen betreuend, mit dem Manna der neuesten Meldungen gespeist.

»Nun?« wiederholte Christophorus...

Gabriele stieß Jacquot an, und dieser fragte kühn:

»Herr Präsident, darf ich offen reden?«

»Ich bitte darum«, sagte der Präsident.

»Mir scheint, Herr Präsident, Sie wollten den Deutschen eins auswischen, und Sie haben den Frieden getroffen.«

Christophorus hob den Stock, rieb mit komischer Nachdenklichkeit die Nase an der silbernen Krücke:

»Ah bah!« machte er... »Wirklich? So schlimm?« Der Stock sank in die Haltung des Marschallstabes zurück. »Na, auch der Friede muß gelegentlich einen kleinen Stups vertragen, und mein sehr verehrter deutscher Kollege ist ja nicht gerade zart gebaut – wie? Morgen sitzen wir zusammen am Verhandlungstisch.«

»Siehst du, Jacquot«, jubelte Gabriele.

Christophorus fragte:

»Was soll man sehn, schönes Fräulein?«

»Wir waren gleich der Meinung, Sie hätten nur so mit der Peitsche geknallt.«

»Ah, Sie dachten an den Zirkus? Danke für das Kompliment!«

Mit einem freundlichen Kopfnicken trottete er weiter.

Unter dem »wir« war Pia zu verstehn, die nach gründlicher Aussprache mit Berrick zu der Überzeugung gelangt war, daß Maxime-Simon ausschließlich zur Beruhigung des mißtrauisch lauernden Sarcarot »mit der Peitsche geknallt« habe – und, ergänzte Berrick immer wieder, »und auch ein klein wenig für die Deutschen, weil die sich gar so ungestüm ins Geschirr legten... Jetzt wird er ihnen wohl täglich Rosen schicken – ich nehme an von denselben wie die da.«

Er zeigte auf den Strauß Maxime-Simons, mit dem sie an sein Bett gekommen war, und Pia lächelte, als sähe sie dem Geheimnis der Diplomatie auf den Grund...

Wir erlebten es noch, wie das Donnerwetter, das die Weltpresse mit ihren Genfer Berichten an den Himmel malte, allmählich in einen Frühlingsregen überging, dessen wachstumfördernde Wirkung bekannt ist. Die Tage waren vorbei, wo »man«, das heißt die Gesellschaft des Völkerbundes, die Federn der nationalistischen Zeitungshelden am Hute trug. Man nannte sie jetzt wieder altmodische Herren und sah den Frieden weiß und wuchtig im Himmel thronen. Denn der Himmel war wieder blau und der Montblanc tagelang zu sehn. Den vereinzelten Ruinen von Raubritterburgen in der Zeitungswelt blieb nichts übrig, als mit dem Efeu zu glänzen, der unaufhaltsam ihre romantischen Reste verschlang.

Und in den Hotels begann das Sterbeglöcklein der »départs« zu läuten. Und die Straßen änderten ihr Bild. Nachdem die Genfer lange Zeit in ihrem kalvinistischen Getto ausgeharrt hatten, konnte man jetzt beobachten, wie ihre Kundschafter, von der »Bise« geschüttelt, langsam über die Rhonebrücken vorfühlten.

Wir reisten alle am gleichen Tag. Berrick und seine Frau wollten im Salonwagen der französischen Delegation nach Paris und von dort gleich weiter nach London fahren, Jacquot und ich erst einmal heimkehren, um dann ebenfalls nach England aufzubrechen.

Beim Abschied hielt Maxime-Simon, einige Schritte von uns entfernt, den Völkerbundskindern eine vorsichtig gewürzte Abschiedspredigt. Pia merkte sich, daß Gabriele viel zu laut lache für eine Dame, ganz abgesehn von der Haltung, die gerade bei den offenbar ernsten Stellen der Rede zu wünschen ließ... »Mut!« war das letzte Wort des Ministers, und er wiederholte es dreimal: »Mut, Mut. Sagen Sie es auch der kleinen Annette von mir, wenn sie versucht, in die Sonne zu gucken. Mut!«

Als die Kinder zu uns stießen, brachte Pia es angesichts ihrer heitern Zuversicht kaum über sich, ein Wort von der »Haltung« in das Ohr Gabrieles tröpfeln zu lassen. Sie tat es, unauffällig, unter ihrem schönsten Lächeln.

Ich hatte den Zug für Jacquot und mich so gewählt, daß uns

zwischen dem »großen« und dem »kleinen Abschied«, wie die Kinder sich in Umkehrung des Verhältnisses ausdrückten, Zeit genug blieb, Gabriele im sagenhaften Pensionat außerhalb der Stadt abzusetzen. Aber sie verbat sich unsre Begleitung, obwohl Jacquot versicherte, ihr Auftreten mit zwei Gentlemen werde nicht verfehlen, den mutmaßlichen Hausdrachen auf Monate hinaus einzuschüchtern. Sie meinte, da ihre Schwester bei unserm wiederholten Anruf nicht einmal ans Telephon gekommen sei, müsse »da hinten« etwas nicht »ganz sauber« sein, und bat, sich auf ihre Nase verlassen zu dürfen.

Gutgelaunt brachte sie uns nach einer Rundfahrt durch die erkaltete Stadt zur Bahn. Die Vortruppen des Genfer Patriziats hatten inzwischen das Bahnhofsviertel erreicht. Kühn an der Straßenecke aufgepflanzt, zählten sie die Wagen, die zur Station fuhren, und sandten einem jeden triumphierende Blicke nach.

Die gebotene Gelegenheit, sich unter vier Augen zu verabschieden, nahmen die Kinder nicht wahr, sie wiesen sie im Gegenteil, wie auf Verabredung, mit einem Zucken ihrer vier Augenbrauen zurück, so daß ich mich so gut wie gerüffelt fühlte. Als der Zug sich in Bewegung setzte, wurden sie lebhaft, alle möglichen füreinander bestimmten Dinge fielen ihnen ein, die sie jetzt nur noch mit hastigen Händen signalisieren konnten, und auch damit kamen sie nicht weit. In Voraussicht derartiger Gefühlsausbrüche waren die kalvinistischen Erbauer des Bahnhofes auf der Hut gewesen. Kaum in Fahrt, drehten die Wagen den Zurückgebliebenen und ihren Versuchungen den Rücken.

Und dann saß Gabriele wieder in dem plötzlich viel zu geräumigen Auto, allein zwischen Jacquots roten Nelken und einer Hutschachtel aus schwarzem Glanzleder ... Sie erinnerte sich, wie sie die Schachtel in einem Schaufenster erblickt hatte und, von dem Glanz angezogen, darauf losgeschossen war, als gälte es, eine schwarze Jungfrau aus den Händen von Sklavenhändlern zu befreien ... Obwohl sie jetzt, vereinsamt und bloßgestellt, in derselben Lage war wie damals die Hutschachtel, dazu blond noch und weiß und in drei Weltsprachen bewandert, zeigte sich in keinem der vorüberströmenden Menschen ein ähnliches, von Ritterlichkeit zeugen-

des Verlangen, und hinter dem vorgehaltenen Handschuh spuckte sie auf die Welt.
Sie nahm die Nelken auf den Schoß und fuhr steif aufgerichtet, auch im Nacken, woran man die Dame erkannte, zur Stadt hinaus, in die »Strafkolonie für vornehme Töchter«.
Wir werden sie lange nicht wiedersehn.
Lebe wohl, Gabriele!

UNGEWISSHEIT DER JAHRESZEIT

Und nun ist auch Jacquot fort.
Wir fuhren in schwarzen Kleidern nach England. Wenige Tage nach unsrer Rückkehr aus Genf war Balthasar Breuschheim gestorben ...
Was war das bei uns für ein großes Wort: die Familie! Eine Familie, hieß es, fällt nicht aus Gottes Hand, sie wird von Grund aufgebaut und gerichtet, gegen Ungemach von außen und innen bewehrt. Wer zu sehn und zu hören versteht, erkennt den einträchtigen Lebenswillen von Generationen in den Klammern der Balken und erlauscht im Wind, der um den Giebel streicht, die Zwiesprache zwischen der ungeheuren Fremde und dem einmaligen, vertrauten Wir. Das nackte Leben durchdringt das Haus mit seinen Säften, das Hangen und Bangen, die Lust, ja die Schreie selbst, die tiefen Seufzer von der Geburt bis zum Tod sättigen es mit dem Geschmack unsers Speichels. Alle Erschütterungen dienen nur dazu, es zurechtzurücken auf seinen Grundmauern und das Dach fester über die Mauern zu ziehn, und der Nachtwind spricht und drückt das Wort in den tiefsten Schlaf: Hütet euer Licht! Haltet zusammen gegen den finstern Weltraum! Das Leben hat nur den Sinn, den ihr ihm gebt!
Wie hieß es weiter? ...
Nirgends erkennt ihr das Gesetz einer Familie so deutlich wie in einem Grenzland ... Denn hier ist sie ewig im Kampf und berufen, das Hin und Her der Eroberer und ihrer wechselnden Ansprüche zu überdauern ... Seit einem Jahrhundert lebt eine Familie im Land, eine Bande kleiner elsässischer Barone,

weder arm noch reich, katholisch, doch ohne rechten Eifer fürs Meßdienen, und in wieviel Uniformen ihre Angehörigen schon gesteckt haben, könnte gar keiner nachzählen. So hat sie zahllose Katastrophen überdauert – aufgebaut wie sie ist im Sturm der Menschen und Elemente, vielerfahren zwischen dem Feuer des Kreuzes und dem Feuer des Schwertes, von der Wechselflut der fremden Eroberer umschaukelt, woraus das Erbe immer wieder auftaucht, geheimnisvoll fruchtbar und funkelnd wie ein ganz junges Mädchen ... Ja, richtig, genau so hieß es von dem großen Wort Familie ...
Doch seht: das Haus der Breuschheim ist geschlossen – wenn auch noch bewohnt.
Ein vierzigjähriger Mann und sein zweijähriges Kind rühren sich darin wie Gespenster ...
Zuerst erlosch Vivane, kaum daß Annette geboren war. Sie starb am Kindbettfieber. (Ich glaubte, daran sterbe man heute ebensowenig wie an Diphtherie). Ihr folgte Vivianes Vater, diesem der meine. Und die letzten Worte des Balthasar Breuschheim waren:
»Claus, nimm dich zusammen!«
»Ich fürchte mich nicht, Vater«, antwortete ich.
»Diesmal geht es um alles«, sagte er und sah mich an. Vielleicht, dachte er, mit ihm ginge der letzte Kämpfer dahin, und zurück blieben nur Opfer ...
Er wandte den Blick zu Jacquot, der tapfer am Fußende des Bettes stand, nickte seinem Enkel zu und lächelte mühsam.
Man hatte ihm Annette gebracht. Sie hockte neben ihm auf dem Bett, und das Kind hielt merkwürdig still. Es war die matte, dunkle Stille ihrer Mutter, die fast verschlafen musizierende Anmut Vivianes.
Balthasar Breuschheim machte ein Zeichen, daß man das Kind wegnähme. Der Arzt kam und verabreichte ihm eine Kampferspritze. Er dämmerte ein, und bald darauf begann der schwere Todeskampf, und er kam nicht mehr zum Bewußtsein.
Ein großes Wort ist klein geworden ...
Wie konnte so viel erprobte Zuversicht verloren gehn?
Einmal war Silvio Wolf bei uns zu Besuch. Wir unterhielten uns über die Stellung des Bürgertums in unsrer Zeit. Balthasar meinte, eine klassenlose Gesellschaft sei eine ähnliche Illusion

wie ein Menschengeschlecht ohne Sünde... »Natürlich könnt ihr unsre Klasse abschaffen, warum nicht, wenn ihr die Stärkeren seid? Aber dann wird sich eine neue Oberschicht bilden... Nicht auf materieller Grundlage?... Es gibt gefährlichere Privilegien als den Wohlstand, Herr Wolf. Und übrigens wird jede Oberschicht sich auch materielle Vorteile zu verschaffen wissen.«

Nach diesen Worten, auf die er aus irgendwelchen Gründen nicht antwortete, trat Silvio in den Ausschnitt des Fensters, es war Sommer, der Park hob den buschigen Rücken ins Licht. Mit breiten Schultern, schmal in den Hüften, stark und anmutig stand Silvio davor und zeigte uns sein Profil, von dem er wußte, es war geprägt wie eine Medaille.

Er sah uns nicht an, er sprach scheinbar ins Leere, hellseherisch versunken, wie sich's für ein Orakel gehört, aber die Rede war klar, die Rede der Weltvernunft in Person. Seine Stimme schwankte, sie klang hart, sie klang weich, ich fühlte den Triumph – nur verstand ich damals nicht recht, warum er so triumphierte...

Als an der New Yorker Börse jene Panik ausbrach, die erst nach einem Verlust von vierzig Milliarden Dollar ein Ende fand, hatte Silvio uns überredet, gewisse Papiere zu kaufen, von denen er und Ada (ohne daß wir es wußten) eine Anzahl besaßen – Papiere, wie wir sie »nie wieder so billig bekommen könnten«. Er sprach von einem »richtigen Saisonausverkauf erstklassiger Werte« und wollte sich selbst fortissimo an der Aktion beteiligen.

Er beteiligte sich fortissimo an der Aktion, indem er seine Papiere abstieß, zur selben Stunde, als wir den Auftrag erteilten, die Aktien zu *kaufen*, so daß er jetzt gewissermaßen unser Geld besaß und *wir* seine Papiere. Es war ungefähr der Rest unsers beweglichen Vermögens. Jedoch zur Zeit, da unser Gespräch stattfand, wußten wir nur, was wir verloren hatten, und nahmen an, daß Silvio unser Schicksal teile. Wir hatten auf dasselbe Pferd gesetzt, und das Pferd war mit dem ganzen Feld in den Sumpf gejagt. Es genügte, damit die folgenden Worte meinem Vater erschreckend in die Ohren klangen.

»Was wollen Sie da machen, Baron«, sagte Silvio. »Der Adel kann nicht mehr auf seinen Boden vertrauen, der Grundbesitz, die Gewähr seiner Dauer, wird vom Finanzkapital gefressen. Das Geld wandert über die Erde, hierhin und dorthin, wo es gerade am meisten verdient, und zwar mit einer Eile und Rücksichtslosigkeit, die es vor dreißig Jahren noch nicht kannte... Und hinter ihm her wandert die Menschheit... Alles ist unterwegs, die Grenzen sind nur noch Attrappen für arme Teufel, die sich vor dem Zoll und der Polizei fürchten. Wer mag da noch seßhaft bleiben oder gar ein Erbbegräbnis unterhalten! Was vom Adel gesund ist, reist mit dem Plebs!... Ackerbau?... Proletarisiert wie das Handwerk auch! Man kann den Bankerott noch eine Weile verschleiern – wie lange?... Der industriellen Bourgeoisie geht es nicht viel besser. Die großen Familien, die gestern noch die Besitzer und Leiter ihrer Werke waren?... Von ihren Generaldirektoren an die Wand oder ganz hinausgedrückt! Nicht einmal der kleine Sparer, der Wald- und Wiesenbürger, geduldiger Geldgeber der Großen seit Generationen, dem sie mit Mühe eingeredet hatten, ein verzinsliches Papier sei besser als der Sparstrumpf der Alten, so ein Papier werfe nicht nur eine sichere Rente ab, es mache sie gewissermaßen zum Mitbesitzer der mächtig aufstrebenden Industrie, selbst diese Kreatur kann nicht mehr auf die bescheidenste Dankbarkeit ihrer Schuldner zählen. Sie wird betrogen, daß der Kurszettel sich biegt, man stiehlt dem Bürger einfach seine Rente, indem man die Dividende kürzt oder ganz ausfallen läßt. Mit der Begründung, neues Kapital ansammeln zu müssen, um im internationalen Wettbewerb stark zu bleiben! Wer, meinen Sie, Baron, bleibt da wohl stark?... Um es kurz zu machen, veranstalten sie von Zeit zu Zeit einen Börsenkrach, und der kleine Mann, der schon keine Rente mehr hatte, verliert auch noch seine Aktien, die Diplome bürgerlicher Größe... Die geringeren Gauner gehn sachte in Konkurs und machen einen neuen Laden auf. Die großen aber sind Wirtschaftsphilosophen, Doktoren beider Rechte, und vor den Medizinmännern haben die Neger aller Farben einen Heidenrespekt. Während man sie ausplündert, halten sie still mit fromm geöffneten Augen und Taschen, aber in beiden beginnt die Leere zu gähnen... Ein Aktionär ist heute rechtloser als ein ungelernter Arbeiter und ganz ohne Hilfe... Folge?... Die Politik für reiche Leute ist zu Ende. Ihre Basis wird immer schmäler.«

(Besäße der Schloßherr von Unterhügeln auch nur für einen Pfennig Humor, ich würde annehmen, er habe uns damals eine Fastenpredigt gehalten. Da er aus dem Handgemenge, bei dem wir das Unsere ließen, mit großem Gewinn hervorgegangen war, hätte er uns wenigstens die Seelenspeise der Armen geschuldet.)
Die Fingerspitzen in den Taschen der Tennishose, drehte Silvio sich um und betrachtete uns neugierig. Ein leises Lachen rollte in seiner Kehle.
»Jetzt«, rief er aus, »ist die Politik an der Reihe, die sich auf die Armen stützt. Starke Kerle müssen das machen, die was gelernt haben von den Cidevants... Ich, sehn Sie, Baron, ich halte mein Geld beisammen, unter der Hand, greifbar. Ich mache nur kurzfristige Geschäfte, ich schlage schnell... Mich betrügt keiner. Und da nach den geltenden Spielregeln einer betrogen werden muß, so will wenigstens ich es nicht sein. Im Grund eine sportliche Angelegenheit. Training! Training! Gute Nerven, sicheres Auge und – Glück!«
Auf den Gummisohlen seiner weißen Schuhe begann er eine Wanderung durch das Zimmer, lautlos, im Kreis um meinen Vater und mich:
»Mit dieser Taktik werde ich mir noch durchhelfen. Aber mein Sohn –«
»Sie haben keinen Sohn«, unterbrach ihn Balthasar und wurde zum erstenmal unhöflich gegen den Nachbarn: »Und das Geld gehört wohl hauptsächlich ihrer Frau. Deshalb könnten Sie ruhig etwas bescheidener sein, Herr Wolf.«
Silvio tat, als habe er nicht gehört:
»Was ist da zu machen, Baron? Selfmademan und Kondottiere überall! Jeder Tag sein eigener Fischzug! Wie soll es da noch eine Familie geben!... Wo nichts mehr von Dauer ist in unsrer springlebendigen Welt!... Ich selbst, mein Gott, ich weine der Familie keine Träne nach.«
»Sie haben nie eine Familie gehabt«, stieß Balthasar nach.
Aus seiner lautlosen Wanderung, er stand hinter uns, antwortete der andre:
»Nein, Baron Breuschheim, ich habe nie eine Familie gehabt und brauche auch keine. Sie könnte mich nur stören... Ich bin der Ahnherr eines Nomadengeschlechts, das in allen Richtungen der Windrose über die Erde schweift. Jeder von

uns für sich. Jeder ein Kerl mit Muskeln, mit Nägeln und Zähnen. Füreinander oder gegeneinander, wie es sich trifft... Ist das nicht lustiger, als tausend Jahre zwischen Kraut und Reben sitzen?«
Als wir allein waren, sagte Balthasar:
»Hör mal, Claus, man spricht vom Todesengel... Ich habe noch keinen gesehn. Aber, wie der Mann da großartig dahersprach auf seinen Gummisohlen, einmal kam es daher, das andre Mal von dort und meist hinter unserm Rücken hervor, da habe ich ihn rauschen hören, den Todesengel! Ich versichere dir allen Ernstes, mein Junge, ich habe ihn rauschen hören, und zwar in einem Ausmaß« – er breitete die Arme –, »mit einem Aufwand, der nicht dem Wert meiner alten Knochen allein entspricht... Deshalb meine ich fast, mein Junge, was ich rauschen hörte, das war der Todesengel der Breuschheim... Claus, nimm dich zusammen!«

Vor einigen Tagen begegnete ich im Kanal einem englischen Geschwader. Ich sagte zu Jacquot:
»Zu denken, daß die Breuschheim vermutlich seit tausend Jahren bei jedem Krieg dabei waren, vom Krieg der Armbrüste und Pechkübel bis zu den Gasgranaten, und daß ich der erste bin, der allererste, der eine tiefe, eine überlegte, eine überzeugte Abneigung dagegen empfindet...«
Jacquot wies mit dem Finger in die Ferne. Seine großen, blauen Augen leuchteten. Er schüttelte den Kopf, daß die Haare sich im Winde sträubten, und wollte nichts mehr vom Krieg und den Breuschheim hören.
»England!... Claus!...« Mit dem Funkeln einer Götterstirn tauchte es aus dem Meer. »Welch ein Glück, daß sie mich in Straßburg von der Schule geschaßt haben!« Die Welt, die richtige Welt tauchte aus dem Meer – mit dem Glanz einer Götterstirn, schmal noch, ganz schmal, die herrliche Fremde.
Ein Flügelschlag, und die Phantasie des Jungen war auf und davon, und ich spürte mit einem Schauer im Rücken, wie die einzige Gewißheit meines Lebens mich verließ. Ich schloß die Augen und stand allein mit dem Rauschen des Meeres und dem Wind auf dem gealterten Gesicht.

Bei der Paßkontrolle holte Jacquot das zusammengefaltete Dokument aus der Brieftasche, dabei flatterten einige welke Blättchen zu Boden. Ich sah ihn erröten, er bückte sich, las sie sorgsam auf.
»Sieh da, ein Liebesandenken«, dachte ich. »Die erste oder die letzte Blume von Gabriele...«
Seitdem ich in Calais das Schiff bestiegen hatte, konnte ich mich einer Trauer nicht erwehren, die mir zusetzte wie die Spannung der Luft vor einem Gewitter. Unwillkürlich begann ich mein Leben zurückzuwandern, und alles, was ich sah, schmolz in einem Zwielicht, jenem gelblichen Zwielicht, wie es eine Gewittersonne verbreitet und das am hellen Tag die Dinge unwirklich macht, als wären sie nur die Idee der Dinge, nicht sie selbst. Keiner einzigen Stunde meines Lebens glaubte ich bis auf den Grund gesehn, keine aus voller Kraft und bis zu Ende gelebt zu haben – alle Bilder waren in Auflösung begriffen, schon wenn sie sich in ihrer ersten Andeutung meinem Geiste vorstellten. Schaute ich mich aber um, so erschien mir die Gegenwart kaum deutlicher und Jacquot selbst trotz all seiner Lebensfarben gleichsam ungeboren...
In London erwarteten uns Berrick und seine Frau an der Bahn.
Wir fuhren zum Hotel, dort wurde Jacquot im Auto auf eine Reise durch die Stadt geschickt.
Der Teetisch wurde hereingerollt, und während Pia das Getränk zubereitete, begann sie englisch zu schwatzen, hurtig und farbig, wie sich's gehörte, und kein Fremder hätte erraten, daß sie eine geborene Deutsche sei. Und nicht nur in der Sprache, auch in jeder Gebärde, in jedem Gedanken hatte sie im Unterschied zu ihrem Genfer Gehaben den letzten sichtbaren Rest ihrer Nationalität eingebüßt. So mächtig drücken die Angelsachsen ihre Form in die Fremden hinein, machen lauter Zylinderhüte aus ihnen, und den geringsten Widerstand leisten die Deutschen.
Bei der Rückkehr von seiner Rundfahrt fand Jacquot noch reichlich Gelegenheit, sich von Pia über alles mögliche belehren zu lassen. Wenn sie sprach, was meistens der Fall war, horchte er flüchtig hin, in einer Haltung höflicher Aufmerksamkeit, die ihm erlaubte, die Menschenhorde im Speisesaal

zu beobachten. Seinem Onkel dagegen pickten die Augen jedes Wort vom Mund. Genau, wie ich früher.
Das Licht der Kristalleuchter überwältigte den großen, mit hellgelber Seide bespannten Saal. Auf dessen Grund hockten die Leute dicht gedrängt und wie hilflos an ihren Tischen. Noch mehr Gewalt als das Licht und die im Schreiton geführten Gespräche taten die zwei Jazzkapellen dem Raume an, der denn auch zu schwanken schien wie ein Schiff. Sobald die eine Kapelle aufhörte, begann die andre. »Nicht wahr? Daneben war Genf ein ländliches Idyll«, meinte Pia befriedigt.
Jacquot sprach zu Pias Freude und meiner ahnungsvollen Beunruhigung nur noch englisch. Nicht gut, aber mit einem Zug von Entschlossenheit. In der frischen und aufrechten Haltung all dieser englischen Herren, die aussahen wie (nach dem letzten Frackschnitt) verkleidete Statisten aus ›Julius Cäsar‹, spähte er in den Lärm, freilich noch viel zu interessiert, als daß es echt gewirkt hätte – alle Augenblicke entdeckte er etwas, woran er seinen vorläufig noch elsässischen Witz üben konnte...
Wie glich er Pia!... Sie dachte wohl dasselbe und war glücklich. Nun bekam sie nach langer, unfruchtbarer Ehe doch noch ein Kind – von ihrer Schwester... In Genf hatte sie keine Muße gehabt, an so etwas zu denken. Beim Nachtisch war Jacquot so gut wie adoptiert... Was sollte aus dem armen Jungen werden? Er konnte sich doch unmöglich damit begnügen, die Gesellschaftsordnung nach Pias Rezept den Handschuhen und Gummiknüppeln einer aufgeklärten, sozial empfindenden Polizei zu überlassen!... Und wie erst, wenn das College, diese Fabrik englischer Gentlemen, ihn gebrauchsfertig ablieferte? Mich schauderte beim Gedanken an Silvios »freischweifendes Nomadengeschlecht« – zumal, wenn die besten Schneider und Hemdenmacher es im Zeug hielten. Dann lieber noch einmal tausend Jahre zwischen Hopfen und Reben sitzen... Schließlich tröstete ich mich, daß der Junge von hier nach Paris käme. Das mußte ihn auflockern, in Frankreich wurden keinerlei Nomaden gezüchtet. Dort waren sie alle Bauern, vom Präsidenten der Republik und dem Erzbischof von Paris bis zum Briefträger und Scharfrichter.

Ich starrte die drei an, immer abwechselnd den Jungen – Pia – Berrick.
Berrick beugte sich zu meinem Ohr (ich sah gerade auf Pia – wie glich sie Doris!) und sagte:
»Jacquot erinnert mich an den jungen Claus Breuschheim in Venedig!«
Ja, ich hatte Jacquots Alter, als ich Berrick kennenlernte! Und nun ertappte ich mich, wie ich sein Gesicht betrachtete, als erblickte ich es in einem Spiegel des Cafés Giacomuzzi, und dann erwiderte ich ein Lächeln Pias, als säße ich Doris gegenüber, als schaute ich von Doris weg und aus aufmerksamen Schüleraugen auf Berrick und erwartete von ihm eines jener aufklärenden Worte, die mich vor langen Jahren bestürzt und entzückt hatten ... In der nächsten Sekunde erkannte ich wieder, um wieviel flüchtiger Pias Erscheinung und Wesen war als das Bild, das Herz ihrer Schwester und daß von Berrick nur das Lächeln einen Anflug von Jugend bewahrte, vermutlich, weil es von jeher das Lächeln eines Weisen gewesen ... Der Maskentausch zwischen Lebenden und Toten und das Vexierspiel der Lebensalter nahm kein Ende.
Am andern Morgen fuhr ich nach Hause.

Auf der ganzen Reise ist mir der Sommer nicht von der Seite gewichen, obwohl ich so viel Zuvorkommenheit gar nicht hätte erwarten dürfen. Es war Oktober – was hielt ihn da noch so hoch im Norden?
Über den südlichen Grafschaften lag tagtäglich der nackte Mittag. In den Vororten Londons standen die Haustüren offen, die Kinder spielten zwischen den Astern des Gartens, und ihren Schreistimmen merkte man die Strapazen einer Sommerkampagne von ungewöhnlicher Länge nicht an, sie klangen frisch und ausgeruht wie im April. Pomphaft zelebrierte der Himmel über dem Kanal den Sonnenuntergang. Holland dampfte in der Sonne.
Als ich in Straßburg aus dem Zug stieg, blieb der Sommer sitzen und fuhr weiter nach Süden.
Der Park zog die tiefsten Register seiner Orgel zu meiner Begrüßung, mäuschenstill, eingeschüchtert, lag das Schloß. Ich nahm den Weg durch den Blumengarten und öffnete die Pforte – wer stand da breitbeinig an der Sonnenuhr, als warte

er auf mich? Der Kerl sagte nicht guten Tag, ja, er nahm nicht einmal anstandshalber die Hände aus den Hosentaschen. Nur einen Blick warf er mir zu, einen wilden, traurigen, etwas irren Blick, und wandte mir den Rücken. Und eine Wolke verhüllte die Sonne. Ziemlich gleichgültig vor sich hinpfeifend, bummelte er den Weg zwischen den Dahlien hinauf und verschwand unter dem gelbgescheckten Rotlaub einer Esche. Ein junger, anscheinend kräftiger Bursche, nur, wie gesagt, erwas verstört.
Sollte das wirklich schon der Herbst –?
An diesem Tag kam die Sonne nicht mehr zum Vorschein.
In der Nacht regnete es. Schwer und kalt. Seit Monaten der erste Regen! Meinetwegen, dachte ich. Ihr braven Bauern und Gärtner im Umkreis, die ihr euch jetzt zufrieden knurrend im Bett umdreht, dachte ich – da habt ihr ihn endlich, euern Regen! Nun ja, Gott sei Dank. Und wohl bekomm's, dachte ich. Ich hörte die Bäume des Parks nicht mehr, nur noch das Quirlen in den Dachrinnen und das Aufstoßen und Gurgeln der Traufe. Herrlich schlief ich, nicht besonders tief, vielmehr mit Wissen um die gute Sache, die ich da leicht in der Hand hielt: einen kleinen Finger so weich wie Flaum, den Kinderfinger des guten Engels Schlaf.
Mit diesem Engel aber, stellte sich am Morgen heraus, hatte es eine eigene Bewandtnis. Als nämlich die Fensterläden geöffnet wurden, purzelte ein weißhäutiges Geschöpf aus dem Zimmer, es fiel einfach vom Fensterbrett auf die Terrasse, und von dort schwang es sich mit einem Saltomortale in die Bäume des Parks. Licht und bunt schaute die Erde in den blauen Himmel. Da wurde mir klar, daß ich mit der Sonne geschlafen hatte, mit der Sonne, die vor dem wilden Burschen, dem ich gestern abend im Garten begegnet, davongelaufen und in mein Bett gekrochen war. Eine Weile saß ich aufrecht in den Linnen, gaffte offenen Mundes auf den Garten. Dann spreizte ich die Hand und betrachtete nachdenklich die Stelle, wo der kleine Finger geruht hatte.
War es eine Erinnerung an die Zeit, als der kleine Jacquot sich morgens zu mir ins Bett stahl und dann, nach einer Zeit mühsam verhaltener Ungeduld, hinaussprang und die Fensterläden aufstieß, worauf im einstürmenden Tageslicht von ihm nichts mehr zu sehen war?...

Im Garten begrüßt Annette ihren Vater mit der zarten, wirren Musik ihrer Stimme.
»Ich soll dich von Jacquot grüßen«, melde ich.
»Sa-jo«, singt sie in die blaue Luft, »Sajo.« Plötzlich guckt sie sich um, ob der junge Herr dieses Namens nicht in der Nähe sei, wackelt verneinend mit dem Kopf, wozu sie wie einer jener Kreisel summt, die eine winzige Windharfe im Leib haben, und setzt ihren Weg fort. Ihre runden dunklen Augen und die leise Musik ihrer Stimme ergehen sich wieder endlos zwischen dem Himmel und den Blumen.
Da der Garten noch vom Regen trieft, entfesselt die Sonne wahre Farbentumulte in den Beeten, zumal die Dahlien strotzen in hoffärtiger Buntheit. Nun blühen die hundert Büsche ununterbrochen seit Juli, wir haben weit über tausend Blumen von ihnen geschnitten und sie stehen da wie heute erst erblüht!
Auch der Phlox blüht noch, wenn auch spärlich. Phlox und Dahlien allein könnten einen Garten mit aller Schönheit erfüllen bis an den Rand des Winters, erkläre ich Annette, die natürlich kein Wort versteht, aber eifrige, bejahende Musik macht. Die Dahlien dauern so lang wie selbst die späten Staudenastern. Und wenn diese auch die ersten Frostnächte noch überstehn, aus denen die Dahlien schwarz verbrannt hervorgehn, so bieten sie doch mit ihren schmutzigen Farben und rostigen Stengeln keinen erfreulichen Anblick mehr.
»Nicht wahr, Annette?«
»Wa, je, wa! Sa-jo, Sa-jo...«
»Ja, Annette, Jacquot meint es auch. Du hast ganz recht.« Plötzlich, völlig unmusikalisch, roh und deutlich, fast vorwurfsvoll, stößt sie hervor.
»Kathrin!«
Die Kinderfrau entführt sie im Laufschritt. Ich weiß nicht, warum, aber bei solchen dringenden Anlässen wird sie immer zur alten Kathrin gebracht. Vielleicht handelt es sich um eines der zahlreichen Vorzugsrechte in der Familie, auf deren Beachtung Kathrin besteht...
Im Weitergehn überlege ich, ob ich nicht den Garten für die Monate Juli bis Oktober nur für Dahlien und Phlox herrichten und allen andern Platz (natürlich mit Ausnahme der Rosenbeete) den Frühlingsblühern überlassen sollte, von

denen übrigens manche, wie der Teppichphlox und die Veilchen, nun gar zum dritten Male blühen.
Aber als ich die Dahlien hinter mir lasse und weiterhin so viel unermüdeten Vertrauten aus dem Sommer begegne: dem Geum, das beim geringsten Windhauch mit seinen Goldstükken um weiße Gladiolen jongliert, der missurischen Nachtkerze von einem feierlichen Gelb, wie man es nur noch in Sonnenuntergängen findet, unter dem neubestirnten weißen Gewölk des Schleierkrauts, den Sonnenröschen, die zwei Mauern mit allen ihren sauberen Farben übersprudeln, dem dunkelroten und weißen Centranthus (seit Mai hat er keinen Tag aufgehört zu blühen), den brokatschweren Farben des Freilandchrysanthemums, der Nachblüte des Rittersporns, ganz zu schweigen von den Japanischen Anemonen, den gefüllten Herbstzeitlosen, den Herbstkrokussen und anderen entzückenden Geschöpfen – da lache ich über meine »Vereinfachungsversuche« und mache mich statt dessen daran, Plätze auszusuchen für die Stauden, die so üppig geworden sind, daß wir sie endlich teilen müssen. Zum Beispiel ist da eine weiße Staudenaster, die hat ein Goldlackhelenium eingekreist und endlich fast gar verschlungen bis auf zwei Stengel, die mit ihren leuchtenden Blüten im Wogenschaum des im Winde brandenden Asternbusches ununterbrochen Notsignale geben.

Inzwischen hat Annette ganz allein zu mir zurückgefunden, ich halte sie fest.
Hör!...
Eine Amsel!
Dort sitzt sie auf dem Spaliergang und flötet inbrünstig. Sind wir im Herbst oder im Frühling?
Das kleine Mädchen sperrt Augen und Mund auf und bleibt so reglos wie die Latte, worauf der Vogel singt.
Und unser Waldkäuzchen ist auch noch da. Es ruft von der Eiche am Parkrand. »Juhuhu«, macht es und: »Kiwitt, kiwitt.«
Gleich darauf fliegen und flattern kleine Vögel herbei, ich glaube, es sind Tannenmeisen, und umschwirren die Eiche und vollführen ein Heidengezeter, beschimpfen und verhöhnen den Waldkauz und pfeifen ihn aus. Der arme Kerl ist ganz verstimmt.

Und jetzt fliegt er lautlos davon.
Feindlich folgen ihm die runden, dunklen Augen des Mädchens...
Paar Schritte weiter: auch die Akeleien stehen noch im Laub, sie haben sogar frische Blattherzchen, wie drüben im Gemüsegarten der junge Salat.
Und jetzt kommt mir ein, was das für Blumenblätter waren, die Jacquots Paß an der Grenze entfielen...
Einige Tage vor dem Tod Vivianes fand ich beim Morgenbesuch im Garten eine große gelbe Akelei, sie kam mir geradeswegs entgegengeflogen. Wie tapfer sie aussah, wie zuversichtlich: die fünf langen Steuer, die sich am Ende wie ein Schwänzlein nach oben bogen, weit von sich gestreckt, brustweit in die Luft gehoben die zweimal fünf Kelchblätter, und daraus witterte der Besen von Staubfäden! Ich nahm den Luftfahrer ins Haus, und es schien mir, ich hätte den seltsamsten Schmetterling gefangen. Zu seiner Gesellschaft pflückte ich noch zwei Hornveilchen, die an ihrem sonnigen Standort hochgeschossen waren.
Nachdem ich die drei Blumen eine Weile in der Hand hin- und hergedreht und mich vergeblich nach einer passenden Vase umgesehen hatte, ging ich und holte ein Champagnerglas – einen von den altmodischen hohen Kelchen. Dahinein tat ich die Blumen und stellte das Glas auf meinen Schreibtisch.
Morgens, wenn ich ins Zimmer trat, brauchte ich sie nur anzusehn, um gleich zu wissen, daß wir heute gute Fahrt hatten, mit Ostwind, in den weiten Himmel hinterm Fenster hinein, und die schmutziggrauen Wolken schreckten mich nicht, traf sie doch ein Blick, der von der luftigen, kühnen Form des Seglers und seiner Sonnenfarbe bis zur Unwiderstehlichkeit ermutigt war, zeigten doch die zwei sattblühenden Veilchen durch den Abstand zwischen ihnen und der Akelei, wie erfolgreich mein Albatros gerade davonflog!
Paar Türen weiter lag das Neugeborene im Bettchen neben der Mutter. Nicht in der heimlichsten Regung ahnte ich die Möglichkeit, daß das Kind seine Mutter töten könnte. Unser Leben schien mir so durchsichtig und geschlossen wie das Kelchglas, dieser Schauplatz eines muntern, goldklaren Aufstiegs.

So blieb es, und nachts, wenn der Regen Kälte ans Haus warf, hielten die drei Blumen im Schein der Tischlampe den Frühsommer wie unter einem Lichtsturz. Aber eines Nachmittags, ich sah gerade eine Schularbeit Jacquots durch, der Junge stand dicht neben mir, eines Nachmittags trat der Diener mit bestürzter Miene ins Zimmer, ganz nah kam er, bis an den Schreibtisch.

»Der Herr Doktor läßt den Herrn Baron bitten.«

Ich sprang so heftig auf, daß Joseph zusammenfuhr, dabei streifte sein Rockärmel das Kristallglas, und der Sonnensegler stürzte ab und zerfiel. Kein Stäubchen blieb auf dem Stiel zurück, ein paar feingedrehte Blätter in einem Häufchen Goldstaub auf der Tischplatte, das war alles, was noch an die Vollkommenheit einer Welt erinnerte, und im verwaisten Glas trugen die Veilchen die Farbe der großen Trauer.

Jacquot war bleich geworden. Schnell trat er einen Schritt zurück, um mich vorbeizulassen. »Erwarte mich hier«, sagte ich ... Und als ich wiederkam, nickte ich nur. Viviane war tot. Wortlos verließ der Junge das Zimmer.

Unter dem Glas fehlten die abgefallenen Blütenblätter – ich erinnere mich jetzt, daß es mir im Verlauf des Tages einmal auffiel, aber bis heute habe ich nicht mehr daran gedacht. Damals, im Gefängnis einer ahnungsvollen Erwartung, die ihm für eine halbe Stunde Licht und Luft benahm, muß er die Blätter gesammelt und an sich genommen haben ...

Doch Annette will weiter. Sie zerrt an meiner Hand, und ihr musikalischer Schwatz erhebt sich zur Eindringlichkeit eines Vogelgeschreis.

Mit den Blumen sind wir fertig. Also geht es hinüber zum Obstgarten.

Ja, Annette, was soll man nun dazu sagen?

Ich stehe und verrenke mir fast den Hals. Dicht über meiner Nase blüht ein Birnbaum! Und wie ich gespannt weiter in den Obstgarten dringe, entdecke ich einen Apfelbaum, der es ebenso toll treibt. Er blüht! Ist das nun ein Wunder oder nicht?

In allen Büchern steht zu lesen, der einzige Baum, der Blüte und Frucht zugleich trage, sei der Orangenbaum. Das mag für die Gelehrten stimmen. Aber auch nur für sie. Ich nehme einen Anlauf und springe unter dem blühenden Baum in die

Luft, da halte ich einen Apfel in der Hand, einen schönen roten, runden Apfel. Und am Ende des kleinen Astes, den ich mit abgerissen habe, zittert eine richtige Apfelblüte, weiß, mit Rosa verziert.

Das ist noch nicht alles. Die Nacht darauf weckten mich Donnerschläge eines Gewitters, der Blitz erleuchtete mein Zimmer. Als ich mich aus dem Fenster lehnte, fielen mir warme Regentropfen in den Nacken. So gewiß der gestrige Regen einen bösen Herbstregen vorstellte, so gewiß hatte ich es hier mit einem Frühlingsgewitter zu tun. Ich kenne mich doch aus. Aber – halten wir nun im Oktober oder im März?

Am Ende war der Kerl, der mich gestern so breitbeinig an der Sonnenuhr empfing, gar nicht der Herbst, sondern ein kranker, verwundeter Frühling?

So vieles kommt mir jetzt geheimnisvoll vor, da die Geliebten vor meinen Augen sterben und unaufhaltsam die Kindschaft ihres Blutes heranwächst.

Seitdem das Leid zum erstenmal wieder auf den Fels schlug, zu dem wir in der scheinbaren Gewißheit der Tage werden, und die lebendige Quelle aufsprang, seit Vivianes Tod weiß ich, daß ich allein bin und auf die einzige Hilfe der Einsamkeit angewiesen. Und es ist gut so. Das meiste von dem, was ich war, vergesse ich. Es fällt von mir ab wie die Brocken einer alten Haut. Ich suche keine Menschen. Denke ich an eine Frau, so wünsche ich sie mir fremd, als ein in sein eigenes Schicksal geschlossenes Wesen, dem ich gelegentlich begegnen darf, um mit ihm die Zeichen des Menschen zu tauschen. Beinahe könnte ich mich glücklich nennen.

Ich weiß: das absolute Denken, auf das der Mensch verfiel, der vom Menschen allein lebt, schafft nicht einmal Ordnung, es macht jede Ordnung unmöglich. Nach den philosophischen Systemen, der reinen Moral, der reinen Vernunft ist auch der Mensch, der Mensch an sich ausgeschöpft. Was bleibt?

Es bleibt, heute wie gestern, der in seiner Kleinheit einmalige, stets erneuerte Mensch und die ewig schöpferische Natur – und die Zwiesprache zwischen den beiden. Manche nennen sie die Gegenwart Gottes... Hier gibt es nichts zu erforschen. Was erforschbar schien, haben wir erforscht bis auf den Grund der Verzweiflung. Und selbst wenn wir in hundert

Jahren oder in tausend eine Seelenkunde besäßen, die den technischen Fortschritt noch mit Engelschwingen überholte – darin wird nichts geändert sein...

Das Leben bewegt sich im Raum, nicht in der Zeit. Die Zeit ist ein willkürlicher Maßstab, ein Längenmaß von der Größe eines Menschenlebens, wie es von der Geburt zum Tode reicht, und unser Wanderstab durch ein großes Geheimnis. Wir sind rund wie die Erde, wie sie drehen wir uns so schnell um uns selbst, daß wir die Bewegung nicht spüren, und so fliegen wir mit ihr um die Sonne, und unsre Gegenwart ist bei Tag und Nacht angefüllt mit Vergangenheit und Zukunft wie die Erde mit den Kräften des Weltraums.

Im Dorf Breuschheim geht es merkwürdig zu.

Der Frost hat die Äcker geschlossen, bevor alle Herbstsaat im Boden war. Die Bauern lassen den neuen Wein ab, dreschen, fahren zum Lagerhaus und holen Thomasmehl und Kali für die Wiesen, und das ist alles, was sie tun können. Abends sitzen sie im Wirtshaus und politisieren.

Einmal bin ich abends hinübergegangen, um Flingot eine telephonische Nachricht zu übermitteln, die nach Fabrikschluß eintraf. Eine wichtige Nachricht! Eine Konkurrenzfirma machte ein verbindliches Angebot auf unsre Fabrik. Sie war im Begriff, sich auf Serienfabrikation umzustellen, wollte aber die Herstellung von Luxuswagen beibehalten und diesen Teil des Unternehmens nach Breuschheim verlegen. Das Geschäft ermöglichte es uns, die Hypothek Silvio Wolfs abzulösen, was unverzüglich geschehen sollte. Freilich blieb uns dann von der Kaufsumme kein Sou übrig. Aber die Aussicht, mich von dieser quälenden, unwürdigen Verpflichtung freizumachen, berauschte mich geradezu.

Ich fand Flingot in der Nähe des Wirtshauses, wie er leise und eifrig auf unsern dicken Pfarrer einsprach.

Die dörflichen Prokonsuln der Großmächte und Erzfeinde Rom und Moskau genierten sich nicht, sie trieben keine Heimlichkeit, deutlich erkennbar standen sie im Lichtschein, der aus dem Wirtshausfenster auf die Gasse fiel, und grüßten gemeinsam, wenn ein Bauer oder Arbeiter vorbeischlürfte. Dabei betrieben sie, ohne es zu wissen, ein dämonisches Schattenspiel. Der heftig gestikulierende Flingot malte nämlich mit seinem Schatten eine Riesenspinne auf die Gasse, während aus dem Zeug des Pfarrers eine dicke Orchidee entstand, die sich, ein ungeheurer Schlund, der anstürmenden Spinne öffnete. Die Orchidee wandt sich und bebte unter den kitzelnden Füßen der Spinne...

Ich trat aus dem Dunkel. »Einen Schatz haben Sie an Ihrem Flingot«, sagte der Herr Pfarrer nach der Begrüßung, »einen Schatz, Herr Baron.«

»Einen wahren Kirchenschatz«, versetzte ich. Flingot zwinkerte mir belustigt aus den Augenwinkeln zu, und der Pfarrer bemerkte: »Leider kann man das von dem Schloßherrn nicht immer behaupten.«

»Dafür haben Sie jetzt den Prinzen von Unterhügeln!« meinte Flingot. – »Gewiß«, bestätigte der Pfarrer. »Dafür haben wir jetzt Herrn Wolf.«

»Ob er bei der Stange bleibt?« fragte ich.

»Ich denke schon! Und da ist ja auch noch der bisherige Abgeordnete... Nein, der tritt nicht zurück, bewahre, der darf nicht zurücktreten. Doppelt genäht hält besser, wenigstens beim ersten Wahlgang. Und für die Stichwahl haben wir die braven Elsässer Kommunisten des Herrn Flingot.«

»Natürlich«, sagte ich. »Haben Sie je gesehn, daß, wenn zwei Hunde sich raufen, der herbeilaufende dritte sich auf den stärkeren gestürzt hätte? Immer auf den, der unten liegt! Aber, aber, Herr Pfarrer, Moskau und Rom...«

»So, so, Herr Baron? Warum sollten uns die Dienste eines so wertvollen Mannes wie des Herrn Flingot nicht ebenso willkommen sein wie Ihnen? Es kommen auch wieder andre Zeiten.« Flingot sprach die Hoffnung aus, bis dahin zum Kanonikus avanciert zu sein. Der Pfarrer verabschiedete sich schmunzelnd, und so blieb es diesmal unentschieden, wer stärker sei, die fleischfressende Orchidee oder die Spinne, und die Höllenschatten zerflossen in der Dorfnacht...

Flingot und ich gingen in das Wirtshaus und tranken ein Glas Bier. Die Gäste mußten zusammenrücken, um uns ein Plätzchen in der Ecke beim Schanktisch freizumachen. Man konnte kaum die Gesichter unterscheiden, so dicht stand der Tabaksqualm in der Stube. Auch die Gespräche blieben unverständlich. Von allen Tischen schienen sie gegen ein Ziel zu prasseln, das der Rauch verbarg. Nur der Name »Silvio«

blitzte darin wie eine Rakete oder ein Geschoß auf. Immer wieder »Wolf Silvio« ... »Silvio«, als berauschten sich die Dörfler am Klang des Namens.
Das war nun ihr Mann! Vor einem Jahr noch völlig unbekannt, heute ein Fanal, die im Handgemenge tanzende leuchtende Fahne der »Heimratrechte« ... Ich war in die Höhle einer Sekte geraten, die in Tabakrauch, Gestank und Geschrei unter wilden Zeremonien unaufhörlich ihren Fetisch anrief.

Auch in Schloß Breuschheim suchen zwei die Räume mit einer Art Winterspuk zu beleben – ein Mann von vierzig und ein ganz kleines Mädchen.
Die Räume sind groß und tönen, sie sind die menschliche Stimme nicht mehr gewohnt.
Bei jeder Begegnung stellen sich der Mann und das ganz kleine Mädchen, als ob sie sich mit Schrecken, mit Freude entdeckten, führen gemeinsam ein Tänzchen auf und entschwinden wieder in Gänge und Zimmer.
Morgens braust das Feuer in den Kachelöfen, und ich frage mich: beginnt heute die Fahrt? Bald darauf, wenn Joseph die Ofentüren geschlossen und das Abzugsrohr gesperrt hat, herrscht die Stille eines zugefrorenen Hafens.
»Joseph«, sage ich, »können wir nicht noch ein bißchen Dampf geben?«
»Nicht gut, Herr Baron. Der psychologische Augenblick zum Schließen der Ofenklappe darf nicht versäumt werden.«
Der Alte ist von meinem Vater zur Sparsamkeit erzogen. Auch die Psychologie hat er von Balthasar Breuschheim.
Lautlose Stille herrscht bis zum Abend, nur vom kleinen Tumult der Begegnungen zwischen Annette und mir unterbrochen.
Ein Trupp vermummter Räuber kommt die Nacht über die Felder.

VIERTER TEIL

DIE WIRKLICHKEIT

Es gab etwas in Ada, dessen Silvio nicht Herr werden konnte, obgleich sein Zusammenleben mit ihr im Grunde nichts andres war als der ständige Versuch, diesen Widerstand zu brechen. Er nannte es ganz richtig: ihre verliebte Geringschätzung ... Noch in ihren Umarmungen spürte er sie. »Du gibst sie mir mit deinen Küssen zu trinken«, warf er ihr ehrlich verzweifelt vor ... Er konnte ihr zusetzen, wie er wollte, niemals antwortete sie auf den Vorwurf, es sei denn, indem sie ihn wortlos in die Arme schloß. Dies war der Punkt, wo ihre Stummheit am undurchdringlichsten war, ihre Härte starr wie eine Mauer.

Nach solch einem Auftritt kam er eines Nachts, geradewegs aus den Armen Adas, zum Pavillon. Er wählte die Gartenseite des Hauses.

Aggie erwachte sofort, als sie ihn rufen hörte. Ihr Schlafzimmer lag im ausgebauten Mansardenstock, man konnte von draußen nicht hineinsehn. Dennoch schloß sie erst die Fenster, bevor sie Licht machte, sehr ernst war ihr zumute, beinah feierlich. Gleich darauf packte sie die Angst, und was sie völlig in Verwirrung stürzte: diese Angst packte zu, als wollte sie Aggie schütteln und zwingen, zu jubeln ...

Schnell zog sie einen Kimono über das Hemd, nicht den alten, der auf dem Bett lag, sondern einen neuen, gelbseidenen, im Flug holte sie ihn aus dem Schrank, eilte die Treppe hinab.

»Was ist geschehn?« rief sie, während sie eilig hinter ihm die Tür verriegelte. »So sprechen Sie doch!«

Sie führte ihn wie einen Blinden in die Mitte des Zimmers. Er war kläglich anzusehn, barhäuptig, schlotternd vor Kälte, obgleich es eine laue Aprilnacht war, auf der Stirn stand ihm der Schweiß.

»Ein Unglück?« fragte sie möglichst ruhig, als sie unter dem Kronleuchter angelangt waren, sie hielt seine Hände. Er schüttelte den Kopf. »Ich bin gelaufen«, sagte er ... Die schönen, feuchten Wimpern flatterten. So blieben sie wieder

um eine Weile, im vollen Licht, ohne zu sprechen. Beide zitterten im gleichen Takt und überflogen einander mit ratlosen Blicken. Dann wischte ein Lächeln über sein Gesicht: »Der hübsche Schlafrock. Sie – Sie leuchten, Aggie! Und wie nackt ihre Schläfen sind, heute nacht!...«
Sie fühlte ihr Erröten, den plötzlichen Argwohn in ihrem Blick... Einen Herzschlag lang hielt sie noch seine Hände. Sie ließ sie los, sah sie fallen, neigte den Kopf... Langsam trocknete er sich die Stirn.
Über Aggies Schläfen hingen zwei Locken und zeichneten zwei ungleiche Schatten auf die Haut. Er tippte mit dem Finger darauf, sagte scherzend: »Sichel und Hammer.« Wie abwesend ließ sie es geschehn... Sie schämte sich ihrer Schläfen, sie schämte sich dunkel der Unruhe, die sie beim Aufstehn angefallen hatte und die jetzt wie Fesseln um sie lag. Sie schämte sich ihrer ganzen Person – in verschwiegener Nacktheit stand sie vor ihm.
Er hatte Mitleid mit ihr. Vorsichtig strich er über die Haare, bis in den Nacken, langsam, ganz zart beugte er sich und nahm sie auf die Arme. Sie waren noch immer unter dem Kronleuchter, das Licht stach ihr in die Augen, sie drehte ein wenig den Kopf, da lag sie mit Augen und Stirn an seiner Schulter.
»Man meint, es sei bloß ein kleiner blonder Irrwisch«, flüsterte er, »und wenn man zugreift, hält man eine Frau im Arm...«
War es wirklich das erstemal, daß er zärtlich zu ihr sprach?... Mit angehaltenem Atem dachte sie nach. Gleichsam außer sich lauschte sie...
»Wo darf ich Sie absetzen?« fragte er, als nähme er sie in seinem Auto mit... Ja, es war das erstemal, und sie fand es unglaublich, daß er bis dahin niemals zärtlich zu ihr gewesen war, noch erstaunlicher, daß sie seine Zärtlichkeit nicht vermißt hatte... Warum auch? Sie war zärtlich mit Kindern und Frauen und Tieren, die Männer – die Männer schafften sich schon selbst heran, was sie brauchten. Mit Schmerz dachte sie, daß sie ihre beste, ihre einzige Freundin, daß sie Ada nie auf den Mund geküßt hatte... Der Schulter des Mannes entstieg ein herber Wohlgeruch, irgendein Männerparfüm, sie kannte sich darin nicht aus, und dieser Geruch

strömte, strömte unter der Haut bis zu den Beinen, die über seinem Arm herabhingen. An der Stelle der Knie war ein Wehr, und dort brodelte wieder die gleiche Unrast, nur noch stärker, wie vorhin im Schlafzimmer – Angst, die etwas ganz anderes war wie Angst, und Freude, die ebensowenig der Freude glich.
Als keine Antwort erfolgte, fuhr das Auto, aus dem sie abgesetzt werden sollte, langsam an, stieß eine Tür auf, eine zweite, und sie fühlte, wie sie erstarrte. Er begriff sofort: die Tür, die er geöffnet hatte, führte in den Hausflur und von dort zu den Mansarden, zu ihrem Schlafzimmer... Er kehrte um, ihre Glieder lösten sich – gerührt von so viel Unschuld, bettete er sie auf einen Diwan. Es war ihr Arbeitszimmer.
Der Diwan stand neben einem Kachelofen. Der Ofen war weiß und hoch und in der Mitte gewölbt. Sie schlug die Augen auf und sah als erstes diesen Ofen, sah ihn wie zum erstenmal. Er hatte das bißchen Helligkeit im Raum auf seinem Bauch versammelt. Die vermutlich dazu gehörenden, auf dem Bauch gefalteten Hände konnte sie nicht entdecken, dafür aber eine Art Zipfelmütze auf seinem Kopf. Und als Leibgurt trug er ein Kupferband, das blitzte von männlicher Arglist... Sie lachte schallend hinaus. Und unter dem Schutz dieses Lachens und in der Gewißheit, wieder sichern Boden unter sich zu haben, rutschte sie schnell in den äußersten Winkel des Diwans, zwischen Kopfende und Wand. Jetzt konnte es ihr beinahe gleich sein, was er tun würde...
Er saß am andern Ende beim Ofen und schaute sie verständnislos an.
»Warum lachen Sie?« flüsterte er.
»Oh, hier können Sie ruhig laut sprechen, Silvio!« Sie zeigte auf den Ofen: »Genius loci! Ein feiner Herr, wie? Der beste Mann meines Salons!« Inzwischen ordnete sie unter unmerklichem Wiegen und Rücken des Körpers ihr Gewand, bis es ihr auf allen Seiten fest anlag, und versorgte es schließlich ebenfalls mit einem Leibgurt: um die hochgezogenen Knie schlang sie die Arme. Die breiten Ärmel hingen bis auf die Füße, die Füße staken in weißledernen Pantoffeln. Nachdem sie so eine genügende Festigkeit erlangt zu haben meinte, wurde sie streng. »Machen Sie Licht!« befahl sie. Er drehte eine Stehlampe an und ging ins Nebenzimmer, um den

Kronleuchter zu löschen. »Lassen Sie ihn brennen«, rief sie – »und hier bitte die Deckenbeleuchtung!«

Er gehorchte, mit einem ganz neuartigen Ausdruck von Demut, nahm einen Stuhl und setzte sich. Nun war es aber so hell, daß sie sich schnell durchsichtig werden fühlte, und er mußte wieder aufstehn, um die Deckenbeleuchtung auszuschalten. In milderem Ton fragte sie: »Was war denn, Silvio? Was fehlte Ihnen?« Sie fragte unwillkürlich »war« und »fehlte«. So deutlich erschien es ihr, daß der Umstand, der ihn hergetrieben, wenn nicht schon vergessen, so doch in seiner Dringlichkeit weit zurückgesetzt war. Er antwortete leise: »Nichts ... Nichts Neues.«

Mehr beabsichtigte er offenbar nicht zu sagen, und auch sie verlangte nicht nach mehr. Sonst würde bestimmt der Name Ada fallen, und das war das einzige, was sie nicht wollte ... Sie hielt sich mit ihm allein für ausreichend beschäftigt, ihre Neugier fand Nahrung genug. Silvio nämlich war im Begriff, genau das zu tun, was sie sich als Kind vorstellte, wenn sie hörte, ein Mann bete eine Frau an! Er starrte zu ihr hin, als wäre sie eine Erscheinung, und bewegte leise die Lippen ... Maßlos erstaunt wartete sie, ob er sich nicht auch bekreuzigen werde, aber er unterließ es – vielleicht, weil er kein Ende fand.

»Silvio!« rief sie. »Hallo!«

»Bitte?« fragte er leise.

»Sie können wirklich laut sprechen – nicht gerade schreien, weil sonst das Mädchen glauben könnte, es seien Mörder im Haus ... Mörder, die mit mir verhandeln und mich zu überzeugen suchen, daß es mit Rücksicht auf sie selbst und die Polizei anständiger von mir wäre, Selbstmord zu begehn, statt fremde Leute zu bemühn. Denn, nicht wahr, Silvio, warum sollten Mörder sonst wohl nachts in einem Hause schreien? ... Laut sprechen wäre gut! Wenn Sie flüstern, sind Sie unheimlich. Übrigens, da fällt mir ein, Sie waren doch schon einmal zärtlich zu mir, damals in Nizza, beim roten Azaleenstrauch, als sie Gurdons Scheck zerrissen. Nein, fuhr mir das in die Glieder – einen Scheck über achttausend Pfund graziös in lauter kleine Schnitzel gerissen und in eine Azalee gestreut! ... Silvio, mein Lieber, Hand aufs Herz: Sie haben sich den Betrag dann doch auszahlen lassen, wie? Etwas

später, indem Sie erklärten, Sie hätten den Scheck verloren oder sonst was?«
Er antwortete etwas bedrückt:
»Ja, Gurdon war so gut –« Aggie war begeistert. Er leugnete nicht, er log nicht. »Großartig! ... Der Gedanke kam mir eben erst angeflogen, und siehe, es war der Geist der Erleuchtung. Sie müssen wissen, Silvio, mit der Zeit finden so alle guten Gedanken zu mir. Wie Brieftauben, die sich bei Sturm und Wetter verirrt haben. Ihr Ziel verfehlen sie nicht. Ach, Silvio, mein Leben leidet an ewiger Verspätung ... Sie aber, Silvio, sind ganz verändert.« Schon wollte sie sich dem Staunen über die Verwandlung eines Menschen hingeben, als sie den krassen Schimmer seines Lächelns erkannte. So heftig drang er zu ihr ins Halbdunkel, daß sie augenblicklich den Glauben an den neuen Adam verlor. Seltsamerweise war es ihr nicht einmal unangenehm.
»Erzählen Sie etwas«, bat er leise.
»Bitte lauter! Ich verstehe nicht.«
»Erzählen Sie etwas«, wiederholte er mit erhobener Stimme.
»Gut so ... Ja, wenn Sie unterhalten sein wollen, lieber Freund – gern! Die ganze Nacht, wenn Sie nicht darüber einschlafen! Ich klingle dem Mädchen und lasse einen Mokka machen. Einverstanden?« Sie hob den Arm, um die Klingelschnur hinter ihrem Kopf zu ergreifen. Dabei fiel ihr der Ärmel bis auf die Schulter, er sah das Glitzern von hellblonden Haaren in der Achselhöhle. Sie fing den Blick auf und sagte unbefangen: »Im Winter rasiere ich mich nicht.« Er lachte sein leises, rundes Lachen: »Warum nicht?«
»Weil ich lange Ärmel trage, Sie Knabe!«
»Richtig. Sogar abends ... Warum auch abends, Aggie?«
»Weil es Winter ist – auch abends.«
Aggie mußte noch einmal Sturm läuten, bis das Mädchen, ebenfalls in einem Kimono, erschien. Beim Anblick Silvios blieb es an der Tür stehn und nahm halb versteckt die Aufträge entgegen.
»Was soll ich Ihnen also erzählen, mein Lieber?« fragte sie, fügte aber gleich hinzu: »Übrigens war es unanständig, wie Sie zu dem Mädchen hinüberschielten.«
Er blieb geduldig und sanft und antwortete:

»Etwas aus Ihrer Kindheit.«

»Silvio! Unsere Gedanken funken nur so zwischen uns hin und her. Wissen Sie das? ... Zum Beispiel ist mir völlig klar, warum Sie hier sind. Aber, nein, das meinte ich nicht, ich hatte gerade daran gedacht, wie ich einmal zu Hause mit meinem Vater beim Frühstück saß. Außer uns beiden war noch eine junge Dame da. Sie mußte ein dringliches Leiden haben – wie hätte Sie sonst gewagt, den Doktor so früh zu überfallen? Er kam mit ihr herein und bat sie in seiner ironisch höflichen Art, an unserm Frühstück teilzunehmen, obgleich sie wohl schon zu Hause gefrühstückt habe – eine Einladung, der sie mit auffallendem Appetit nachkam. Die Dame erzählte von jemand, der eine Frau anbetete ... Anbetet? fragte zweifelnd mein Vater. Gibt es das von Mensch zu Mensch? Daran zweifelte ich so wenig wie die Dame, nur bekam ihr die mir vertraute Art meines Vaters schlecht, sie regte sich auf und nannte ihn vor mir einen Wüstling – französisch natürlich: ›libertin‹, was nicht ganz so gefährlich klingt. Sie geriet richtig in Hitze, ohne deshalb ihr Frühstück zu vernachlässigen. Mein Vater sah mich eine halbe Sekunde aus den Augenwinkeln an, und ich machte mich aus dem Staub. Es war auch Zeit, zur Schule zu gehn.«

»Und was weiter, Aggie? Sie ließen das Paar beim Frühstückstisch zurück und gingen zur Schule. Was dachten Sie sich unterwegs?«

»Gar nichts. Ich guckte! Mit fünfzehn Jahren guckt man ... An dem Tag traf ich, als ich gerade in die Brandgasse einbiegen wollte, einen Kollegen meines Vaters, der aufs Land hinausmußte, und der nahm mich in seinem Auto mit.«

»Das heißt, Sie schwänzten die Schule?«

»Jawohl, Silvio, ich schwänzte. Mit dem besten Gewissen. Es war ein Frühlingstag wie gestern ... Erinnern Sie sich, was gestern für ein Tag war? An solchen Morgen zittert die Rheinebene unter einem einzigen Schimmer, man glaubt in der Luft den Herzschlag der Landschaft zu spüren ... Ach, Silvio, wie schade, daß Sie keinen Sinn dafür haben! Ich bin gewiß, wenn ich die Augen vor unsrer Erde schließe, werde ich zuallerletzt diesen Schimmer um mich haben, und wenn ich sie für die Ewigkeit aufschlage, in diesem Licht werde ich mich aufrichten.«

»Glauben Sie, daß Sie einmal die Augen in der Ewigkeit aufschlagen, Aggie?« Sie antwortete zögernd: »Gewiß doch. Sie nicht?«
»Ich will mir's überlegen... Aber was ist das für ein Schimmer, Aggie, ich habe ihn noch nie gesehn?«
»Noch nie gesehn? Gestern früh hätten Sie es sehn können, angenommen, Sie haben Augen für anständige Dinge, nicht später als gestern, und vielleicht auch morgen früh – in einigen Stunden, wenn Sie bis dahin noch leben«, sagte sie lustig. Jener Schimmer, das war ein Ton wie von Silber, das in einem langsamen Feuer vergoldet wird... Man fühlte das Feuer, ohne es zu sehn, es floß in der Höhe und nahm etwas von der Farbe des unsichtbaren Himmels an, der nicht anders sein konnte als strahlend blau, es taute in der Tiefe, eine Unsumme von Schweißtropfen, es blieb unfaßlich, es war lauter Luft, flüssige Luft, körperlich fast, es war der Atem der Erde selbst, der jene Verwandlung von Silber in Gold erfuhr... Aber eine Stelle gab es, da wurde alles deutlicher. Es war die Stelle, wo man die Esse der geheimnisvollen Goldschmiede zu suchen hatte, nämlich die mit fließenden und stehenden Gewässern aller Art gegürtete Stadt Straßburg. Was Aggie die Esse nannte in der luftigen Werkstatt, das konnte wiederum nur der Illfluß sein, der die innere Stadt umschloß. Auch hier brannte es, ohne daß man ein Feuer sah, aber hier war das Feuer wenigstens insofern erkennbar, als Dampf aufstieg, Dampf wie aus einem Kranz von grünen Zweigen – einem Kranz von gewaltigem Ausmaß, denn er hing um die ganze Altstadt. Wenn man nun nicht locker ließ in der Ergründung des Geheimnisses, so konnte man allmählich ein Feuer- und Wasserspiel in drei Stufen entdecken. Zutiefst, noch zwischen den Häusern, lag der dampfende Kranz, darüber, wo das Licht eintrat, ein Licht ohne Sonne, schwebte eine riesige Luftkrone, flimmernd in Gold und Silber, und zuletzt, schon über den Dächern, stockte ein Golfstrom blühenden Lichtes, der Himmel und Sonne ahnen ließ... Dann, dann stand Straßburg wie eine verschleierte Monstranz in der Rheinebene... Wer zu der Stadt von den Vogesen oder vom Schwarzwald hinabsah, nahm von dem kunstvollen Gebilde nur das oberste Stück wahr, den Helm des Münsters, in satter Höhe

überragte er den schillernden, zitternden Dunst. So empfand freilich nur jemand, der wußte, das ist die Münsterspitze. Ein andrer hätte geradesogut glauben können, aus mystischer Gartenerde wachse strotzend der Trieb einer Pflanze, deren Blüte für ein Leben im Zenit des blauen Tages bestimmt sei... Für die in der Stadt schienen die Mauern durchlässig wie Hecken, die Häuser schmolzen ineinander, sie schwebten, angezogen von einem höheren Licht, und die Vögel sangen inbrünstig aus versunkenen Gärten.

»Ach, Silvio«, klagte sie, »warum haben Sie so wenig Sinn für schöne Dinge, für ewig schöne Dinge? Sogar unterm Nordlicht wollten Sie nur erfahren, ob es hell genug sei, im Freien die Zeitung zu lesen. Das heißt, ob es hell genug sei, damit ich Ihnen, der Sie ingrimmig in der Hängematte lagen, die elsässischen Heimatblätter vorlesen könnte... Es war hell genug. Zum Verzweifeln hell... Kehren wir von dem verfluchten Land, wohin ich als Schreibtisch gereist bin, nach Straßburg und zu meinen fünfzehn Jahren zurück!«

Jedoch kaum war Aggie glücklich in die Brandgasse eingebogen (nicht an jenem Ausnahmetag, sondern wie an allen anderen Tagen, an denen sie nicht schwänzte), da öffnete sich die Tür, und herein trat das Mädchen mit dem Mokka und den Likören. Und diesmal stellte sie sich fertig angezogen vor bis zu der weißen Stirnhaube. Nachdem sie entlassen war, bemerkte Silvio in auflebend guter Laune: »Die weiß, was sich schickt.«

»Obwohl Sie darin sachverständig sind, vergessen Sie die Hauptsache«, versetzte Aggie, die an die Dienstmädchen des Balkans dachte, mit denen der junge Silvio Erlebnisse gehabt hatte. »Sie ist eine Schönheit von einem Dienstmädchen! Aber«, fügte sie hinzu und gab sich einen Stoß und nannte die Dinge beim Namen, »aber ich vermute, sie schläft mit dem Grether Fritz.« Sie strahlte, als sei sie, ohne anzuhaken, über eine Hecke gesprungen, und sprach rasch weiter. »Wo stand ich gleich in der Brandgasse?«

Ach ja, vor dem großen, braunen Hoftor steht sie – gegenüber liegt der Garten des bischöflichen Palastes. Das Tor hat eine kleine Tür, die stößt sie auf und betritt den Schulhof. Es ist eine Privatschule für Mädchen und so vornehm, daß es nicht einmal eine Schulglocke gibt. Zwei Minuten nach der vollen

Stunde betritt der Lehrer oder die Lehrerin das Klassenzimmer, wer zu spät kommt, muß, wie bei festlichen Gelegenheiten im Theater, warten, bis der Akt zu Ende ist... Die Mädchen werden teils in französischer, teils in deutscher Sprache unterrichtet, gemäß einer Abmachung zwischen der Schule und der deutschen Verwaltung, hinter der die Mädchen die verzwicktesten Absichten vermuten. Geschichte und Geographie lernen sie in deutscher Sprache, sie singen, beten und zeichnen französisch. Mathematik und Physik sind deutsch, die Umgangspsrache und die offiziellen Kundgebungen der Schule französisch. An Kaisers' Geburtstag hält ein fremder Herr, der bald von dieser, bald von jener Schule entliehen wird, eine deutsche Festrede, aber die Darbietungen der Schüler in Vers und Prosa sind wiederum französisch. Die Vorsteherin der Schule nennt das einen gerechten Friedensschluß zwischen Siegern und Besiegten... Vom Münster schlägt es acht Uhr. Erste Stunde: Römische Geschichte. Der Lehrer ruft Aggie auf: »Sagen Sie mir, Fräulein Ruf, was Ihnen von der Geschichte des Spartacus den stärksten Eindruck gemacht hat.« Ohne zu zögern antwortet sie: »Die Grausamkeit« und errötet herausfordernd bis hinter die Ohren. (Damals schon, Silvio!) »Welche Grausamkeit?« will der alte Herr wissen.

»Unsere Grausamkeit! Die Grausamkeit von uns allen!«

Mehr ist aus ihr nicht herauszubringen, obwohl die Klasse kichert und der alte Herr die Augenbrauen hochzieht. Er schwärmt für die römische Republik und verachtet die Sklaven. Von seinen Schülerinnen ist Aggie die einzige, die seine Behauptung, die Marseillaise sei ein »nachgeborenes Kind der römischen Republik«, lächerlich findet. (Keine der Schülerinnen kennt mehr als die erste Strophe.) Er bekommt Tränen in die Augen, wenn er die geflügelten Römerworte unter die Klasse schleudert.

»Oh, das Pathos der Römer«, ruft er aus, »die Sprache der Helden!«

Die Mädchen möchten alle gern Helden heiraten, aber Aggie findet, Helden sollten etwas freundlicher sprechen als Unteroffiziere und Gendarmen an hohen Feiertagen. So nämlich, findet sie, sprachen die Alten. Und ihr Vater sagte von ihnen, er hätte mit keinem verkehren mögen, die größten seien

Halunken gewesen. Halte dich an die Griechen, mein Kind, ermahnt er sie, an die Griechen! Das Christentum verdankt sein Bestes den Griechen. Die Römer sind die Parvenüs der alten Geschichte. Studiere die Napoleonische Zeit, die ist uns nah genug, wir können noch halbwegs das Wahre herauskratzen. Dann weißt du, was das großsprecherische Gesindel von Straßenräubern und Soldaten, Senatus Populusque Romanus, taugte... Fehlgeschossen! Auf Napoleon läßt Aggie nichts kommen. Trotz seiner bombastischen Redeweise würde sie ihn auf der Stelle heiraten, ihn und vielleicht noch zwei oder drei seiner Generäle. In der Schule hält sie es also mit den Sklaven gegen Rom, zu Hause aber verteidigt sie die Römer. Denn ihr Vater, Silvio hat es gehört, ist ein Libertiner. Helden sind ihm einfach unbequem. Sie hält es gegen ihn mit den Helden. Es ist für sie die einzig mögliche Art, ihm ihre Mißbilligung bekanntzugeben... Und davon behielt sie dann doch eine durch Ironie gedämpfte Vorliebe für Konsuln, Prätoren, Legionen, Senatus Populusque Romanus, Adler, Liktorenbündel, Kapitol und Tarpejischen Felsen und die andern Requisiten des prunkvollen Raub- und Festzuges. Und jetzt, jetzt ist sie völlig zu den Helden heimgekehrt. Ohne Ironie. Für die Menschheit zählen nur sie, alles andre ist Kroppzeug... Ja, Silvio, sie glaubt wieder an Helden. Sie brauchen nicht einmal immer rot zu sein. Freilich, ein bißchen kommt es auf die Farbe an. Helden in Orange oder Preußischblau zum Beispiel würde sie zurückweisen...
So sprach sie lange weiter, bald elegisch, bald witzig nach ihrer Weise, und glaubte zu handeln wie eine Krankenschwester, die dem Patienten über eine kummervolle Stunde hinweghilft. Sie hielt sich für selbstbewußt und überlegen...
»Ich bin müde, Aggie«, sagte er endlich, »abgekämpft und glücklich. Glücklich müde... Ich fühle mich wohl bei Ihnen, wie ich mich zu Hause fühlen würde, wenn ich je ein Zuhause gehabt hätte.«
»Nur nicht weinen!« neckte sie. – »Weinen? Im Gegenteil!... Es ist wie bei einer Krankheit, wenn die Schmerzen von einem ablassen. Obwohl man weiß, sie kommen wieder, ist es die reine Seligkeit.«
»Ich sehe Ihre Zähne, mein Lieber! Bald können Sie wieder beißen.«

»Noch nicht, Aggie. Aber, offen gestanden, ich spüre sie wachsen!«
Er sah auf die Uhr. »Gute Nacht«, sagte sie. – »Gute Nacht, Aggie. Und vielen Dank für Ihre Güte ...« Er küßte ihr die Hand ... Ohne ihn zu sehn, hörte sie ihn aus dem Nebenzimmer fragen: »Darf ich wiederkommen?« Sie nickte.
Nach einer Weile schienen die durch ihr Nicken hervorgerufenen Luftwellen ihn erreicht zu haben.
»Danke«, sagte er und setzte seinen Weg fort. Sie hörte ihn die Tür öffnen, durch die er gekommen war, und erriet, daß er versuchte, sie so gut wie möglich von außen zu schließen. Sie wartete auf seinen Schritt (Schritte im Kies knirschen, als habe man Sand zwischen den Zähnen) und verzog den Mund. Es blieb still ... Sie dachte: Man hört nicht den Tritt des Wolfes in der Nacht.
Als sie fror, sprang sie auf, um die Tür zu verriegeln, vergaß es aber wieder in der neuen Blüte ihres Mutes oder Leichtsinns, zündete eine Zigarette an und wanderte rauchend durch die Zimmer. Immer noch eins wurde erleuchtet und an den Paradeplatz angeschlossen, auf dem ihre Gedanken sich entwickelten. Wenn eine Zigarette zu Ende war, zündete sie eine neue an. Sie trank einen Benediktiner, und weil er ihr zu fad schmeckte, gleich darauf einen Kirsch. Der Kirsch wirkte wie eine heiße Dusche in ihrem Innern. Sie trank einen zweiten.
»Noch einige solche Nachtbesuche, und ich werde zur Säuferin«, stellte sie fest. Die Kastenuhr im Salon schlug zwei. Sie wanderte durch die Zimmer. »Es ist wie bei einer Krankheit«, wiederholte sie Silvios Worte. »Die reine Seligkeit ...«

Aggie raffte sich zu dem Entschluß auf, ins Bett zu gehn. Sie öffnete die Tür, um den Rauch hinauszulassen.
Draußen, kaum einen Schritt von ihr entfernt, stand in der Finsternis ein Mann.
Ihre gebreiteten Arme hielten noch die Flügel der Tür, die sie in einer überschwenglichen Gebärde geöffnet hatte, und sie wäre vor Schrecken umgesunken, hätten sie nicht ihre Hände wie selbsttätige Klammern um die Türleiste geschlossen. Aus dem aufgerissenen Mund trang ein Röcheln. Einige Augenblicke war sie ohne Besinnung. Mehr hängend als stehend,

starrte sie auf die dunkle Gestalt, die sich langsam nach ihr umdrehte. Die Gestalt streckte die Arme aus, eine Hand glitt in den Lichtschein. Sie erkannte ihn.
Ihre Glieder lösten sich, sie schwankte vornüber, gleichzeitig stürzte Silvio an sie, schwere Arme fuhren unter das Seidengewand, und er hielt sie umfaßt, Leib an Leib, und küßte sie. Verzweifelt warf sie die Arme zurück, und wie hellhörig geworden, vernahm sie das leise Rascheln, mit dem der Kimono hinter ihr zu Boden fiel. Er küßte sie, jetzt begriff sie es, er hatte seinen Mund in ihre fest geschlossenen Lippen geschlagen und wühlte sie auf. Dann hob er sie senkrecht in die Höhe, umschlang ihre Hüften. So brachte er sie, eng an sich gedrückt, in das Zimmer, wo sie vorhin gesessen hatten, und dort fiel er mit ihr auf den Diwan.
Aggie wollte schreien, aber schon war er wieder über ihrem Mund, sie kämpfte aus Leibeskräften, um unter ihm loszukommen, und fühlte zu ihrem Entsetzen, wie ihr Mund groß und weich wurde und sich verlor und nicht mehr zu ihr gehörte, ein fremdes Wesen, heiß und tief, das sich selbst genügte... Sie empfand nicht Schmerz, nicht Lust, nur, daß ein Teil von ihr in eine namenlose Ferne gerückt war und ihr nicht mehr gehorchte.
Als sie seine Hand an ihrem Leib spürte, riß sie mit letzter Kraft ihr Gesicht von ihm: »Silvio, ich schreie!... Das Mädchen!« Ächzend schleuderte sie sich zur Seite, da begrub er sie wieder unter seinem Mund. Seine Hände wanderten über ihren Körper, überall tauchten sie auf, kalt, gleich darauf heiß, verbreiteten ein Beben und zitterten selbst mit, als gehörten sie zu ihr und litten und stritten mit ihr, und jedesmal, wenn sie eine neue Stelle berührten, krümmte sich Aggie, schnellte hoch und schöpfte neue Kraft aus der Bedrohung... Ewig ginge dieser Kampf so weiter, dachte sie, furchtlos und entschlossen. Niemals würde er sie überwältigen.
Als er eine gewaltig ausholende Bewegung machte, um sich aus der Umklammerung ihrer Arme zu lösen, gelang es ihr zu entschlüpfen. Mit einem Satz war sie in der Ecke, zwischen Kopfende und Wand. Sie kauerte sich hin, die Füße in den Diwan gebohrt, ordnete mit raschen Griffen Hemd,

Haare und Gesicht, befestigte sich gewissermaßen, und auf die Füße warf sie ein Kissen.
Silvio setzte sich auf den Rand des Diwans und sah sie an. Beiden zitterten die Knie, beiden flogen mit dem Atem Schultern und Brust. Ihre Augen ruhten aufeinander, still und traurig, mit einem Flackern im Hintergrund, wo bald der Widerschein einer dunkeltiefen Güte, bald die Stichflamme hellichten Hasses vorbeiglitt. Sie waren verschwisterte Geschöpfe der gleichen Niederlage.
»Verzeihen Sie, Aggie«, sprach er mit gebrochener Stimme, »ich habe Sie lieb.«
Sie antwortete nicht, ihre Züge veränderten sich nicht.
Nach einem langen Schweigen geschah etwas gleich Unbegreifliches für sie wie für ihn. Sie seufzte: »Todmüde« und ließ sich aus ihrer befestigten Ecke auf das Lager gleiten, und es kümmerte sie nicht im geringsten, daß sie sich dabei entblößte. Auch als er sein plötzlich verwandeltes Gesicht über sie beugte, sah sie ihn nur aus stillen, klaren Augen an und schüttelte den Kopf. Er streckte sich neben sie aus, da sagte sie:
»Silvio, bitte, nicht wieder anfangen. Ich hätte nicht mehr die Kraft. Sie werden doch nicht eine Wehrlose –«
Ihre Stimme, kalt und hochmütig, erregte ihn plötzlich bis zur Wut. Er warf sich über sie, als müßte er sie züchtigen, als habe sie ihm aus höherer Einsicht unvermutet ihre Liebe entzogen und als Preis für die wiedererlangte Freiheit ihren Körper ausgeliefert, einen Körper so namenlos wie eine Wolke.
»Ach, du willst dich salvieren?« knirschte er höhnisch... Doch er fand keinen Widerstand. Sie ließ sich nehmen, als läge sie in künstlichem Schlaf.
Ein jäher Wechsel trat ein, als er ihr weh tat. Sie stöhnte auf und warf die Arme, die sie unter dem Nacken verschränkt hielt, wie ein erschrecktes Kind um seinen Hals... Schmerz! Sie erkannte ihn sofort, den dunkeln Helfer in der Not, und klammerte sich an ihn, glücklich, daß endlich etwas so Eindeutiges und Starkes wie Schmerz in sie einkehrte. Den Schmerz wollte eine Welle heißer Freude hinwegschwemmen. In einer Aufwallung von Scham schleuderte sie die Arme zurück und machte sie steif, als könnte sie auf die Weise

Silvio von sich fernhalten. Und während sie zuweilen in unwillkürlich kreatürlichem Gehorsam auf die Gewalt seiner Umarmung antwortete, blieb sie mit gestreckten Gliedern liegen, bis er von ihr abließ. Und dann war sie auf einmal wieder die fünfzehnjährige Aggie, von der sie vorhin erzählt hatte, und lief ungeduldig durch den väterlichen Garten, in Erwartung einer älteren Freundin, die ihr versprochen hatte, sie vor dem nächtlichen Aufbruch zur Hochzeitsreise zu besuchen, um von ihr Abschied zu nehmen. Der Garten schwamm in weißem und dunkelm Flieder, Goldregen und Schneeball, rosa Deuzien und Magnolien, oh, es war eine herrliche Zeit, Hochzeit zu machen. Die weißen Rosen zeigten den Weg an zu den gelben und roten, die jetzt stärker dufteten als bei Tag, und doch mußte man sie fast mit dem Gesicht berühren, um ihr leises Wort zu vernehmen unter dem Rauschen der Windwolken von Jasmin aus dem Nachbargarten...

Dies alles erlosch unaufhaltsam wie die Lichter und Klänge eines Festes, das auf einem Schiff in die Nacht hinausfährt. Die Freundin kam nicht. Sie schickte nicht einmal Botschaft. War ein Unglück geschehn?... Die erwartete Freundin hieß nicht Ada, sie hatte Ada erst in der Pension kennengelernt. Doch jetzt, jetzt war es Ada. Wer sonst hätte es sein sollen?

Vom Münster schlug es zehn, und das Zehnuhrläuten, das klangvoll gebrummelte Schlaflied des Straßburger Stadtengels, strich über die Stadt. Aggie eilte, wie sie war, zum Hause der Freundin und erfuhr, daß sie schon lange abgereist sei. Langsam kehrte sie, die Staden entlang, wo die großen Kastanienbäume Nacht und Geheimnis um die Liebespaare häuften, nach Hause zurück. Sie holte eine Decke und schlief auf einem Liegestuhl im Garten. Niemand suchte sie. Als sie in der Dämmerung erwachte und, die Decke hinter sich herschleppend, ins Haus ging, stieß sie mit ihrem Vater zusammen, der eben heimkam. Er hörte, daß sie im Garten geschlafen habe, und gab ihr, wahrscheinlich um die drohende Lungenentzündung niederzuschlagen, eine Ohrfeige – die einzige ihres Lebens.

»Darf ich dich ins Bett bringen?« fragte Silvio.
Sie schüttelte heftig den Kopf.
Mehr noch als alles Vorangegangene erschreckte und beleidigte sie dieses »Du«, das in selbstverständlicher Nacktheit nachgehinkt kam und den Anspruch erhob, einen Zustand grausamer Vertraulichkeit zu verewigen.
»Was dann?« fragte er. Er schien auf einmal ungeduldig wegzukommen. Sie gab keine Antwort. Er stand auf und kam mit der Tischdecke aus dem Eßzimmer und dem Kimono zurück. In die Decke wickelte er sie ein, den Kimono legte er ihr auf die Füße, worauf er sich über sie beugte. »Lieb bist du«, murmelte er. »Lieb. Ich kann es nur nicht so sagen...«
Er küßte sie auf Augen und Schläfen und schlich auf den Fußspitzen hinaus. Diesmal hörte sie seine Schritte auf dem Kies... Er hatte auch nicht versucht, die Türe hinter sich zu schließen.
Aggie ging von Zimmer zu Zimmer, riß alle Fenster auf, löschte das Licht und legte sich mit einem Tauchnitzband zu Bett. Allen Räubern der Welt sollte ihr Haus weit geöffnet sein, wenigstens für diese Nacht, die keine Furcht mehr kannte!
Aber was sie las, das konnte sie trotz aller Aufmerksamkeit nicht verstehn. Es hatte nicht den geringsten Zusammenhang mit der Wirklichkeit, es erzählte von Menschen und Ländern, die es nicht gab, es stolperte über die Worte wie über ebensoviel Verlegenheitslügen. Merkwürdig war das... Warum merkwürdig? Die Wirklichkeit war eben keineswegs elegant, wie diese Herren und Damen mitsamt ihren Gefühlen! Sie war nicht einmal sauber. Man konnte sie unmöglich beim Namen nennen! Die Menschen lebten nicht anders als Kröten und Vipern!... Sie löschte die Lampe und lag eine Zeit im farblosen Dämmerlicht, den Blick zur Decke gerichtet. Der »Rest von der Jugend des Urmenschen« gab ihr kein Rätsel mehr auf... Adas Geheimnis lag verraten an ihrer Brust. Ada war ein Mensch, eine Frau wie sie und ihr Glanz dahin.
Aggie fiel etwas ein. Sie sprang aus dem Bett, streifte das Hemd ab, ging ins Badezimmer, wusch sich nochmals umständlich mit kaltem Wasser, frottierte sich, bis sie frisch und biegsam war und die freundliche Wärme des Blutes

spürte. Während das Wasser für das gewohnte Morgenbad in die Wanne lief, huschte sie zum Ankleidezimmer und stellte sich dort vor dem Spiegel auf.

Erst sah sie nur eine graublaue Himmelswüste und mitten darin eine schwarze Gestalt. Als sie aber den Leuchter am Spiegel entzündete, stob der Hintergrund rot und golden auseinander vor der blendenden Gestalt eines Mädchens... Nichts an ihr war verändert, obwohl sie jetzt eine Frau war... Sie legte die Hand auf die kleine Brust und nickte sich spöttisch zu... Und das war also die Liebe! Ein Nichts.

Sie nahm ihr Bad und wollte einen Spaziergang durch die Felder machen, gewiß, zu dieser frühen Stunde niemand zu begegnen. Bei ihrem Erscheinen aber erwachte das Leben, als habe es nur auf ihr Auftreten gewartet, um sich wider sie zu erheben. Grether Fritz eilte über den Hof und schien eine Gestalt der Unterwelt, die geht, das Tor des Tages zu öffnen, im Dorf erklangen Erkennungsrufe und das Rattern von Fahrzeugen, die wahrscheinlich alle hierherdrängten, um durch das offene Tor in den Morgen einzufahren... Einen Augenblick stand sie wie eine Tragödin auf der kleinen Freitreppe zwischen den altmodischen Kandelabern aus Milchglas... Sie entschied sich für den Weg durch den Garten, durchschritt Flur und Salon und fand zu ihrem Schrecken die Tür dort offen. Als sie versuchte, sie von außen zu verriegeln, verletzte sie sich.

Schon wieder Blut, murmelte sie und eilte, an ihrem Finger saugend, weiter. Der Kies knirschte unter ihren Füßen, die Füße waren schwer und störrisch, sie beeilte sich, dem aufreizenden Geräusch, das sie verursachten, zu entkommen. Der Garten öffnete sich, die Freiheit, sie atmete auf. Aber schon beim nächsten Schritt schauerte sie zurück vor der Kälte, die von dem bereiften Rasen aufstieg, die roten Bellis in seiner Mitte wirkten wie Blutflecken in verknitterter Wäsche.

Angewidert machte sie kehrt, lief zurück, noch einmal über den Rost des Kiesplatzes, noch einmal durch das Fegefeuer der Zimmer, wo es geschehn war, und warf sich in den Kleidern aufs Bett.

Das Angelus der Frühe läutete, tastete an ihrem Schlaf, ohne sie ganz zu wecken. Sie drehte sich seufzend zur Wand und schlief weiter.

Zwischen dem Angelus der Frühe und dem Angelus des Abends ging in Aggie so viel vor, daß sie sich zu keiner Stunde wiedererkannte. Jedesmal war sie eine andre. Im ganzen konnte es nach ihrer Meinung keinen Menschen unter der Sonne geben, der ihr so fremd gewesen wäre wie sie selbst, niemals hatte sie sich so einsam gefühlt wie in der fiebernden Menge ihrer Gedanken. Als Silvio kam, wurde sie, beim bloßen Nennen seines Namens durch das Mädchen, aus einer Wildnis von Gesichtern zu sich zurückgeführt.
Er kam, ein fordernder Geliebter, und sein »Du«, als er sie bestürmte, war wie ein gezücktes Messer... An diesem Tag konnte sie sich seiner noch erwehren. Er hatte keine Zeit, sie mußten fort »auf die Tour«, in schneller Fahrt von einer Wahlversammlung zur andern.
Es dauerte nicht lange, da erfuhr sie zu ihrer maßlosen Verblüffung, daß die Frau auch in Kleidern nicht sicher ist vor dem Mann. Jemand, der sich überzeugte, daß der Mensch ebensogut auf den Händen gehn könne als auf den Füßen, würde nicht überraschter sein. Das erstemal, da er sie so nahm, merkte sie es viel zu spät, als daß sie sich gegen das Äußerste hätte wehren können. Übrigens hielt sie diese Art von Umarmung nicht für schlimmer als die andre, im Gegenteil, sie fand, ihr Schamgefühl werde so mehr geschont. Es war ähnlich wie früher, nur in einer näheren, gefährlicheren Lage, als sie sich von der geahnten Roheit seines Wesens wie von einem Wetterleuchten hatte entzükken lassen, und zwar um so mutiger, je versteckter die Drohung blieb, je flüchtiger der Anlaß, sich ihrer Neugier zu schämen. Ganz wie im Märchen fürchtete sie den Wolf und fürchtete ihn wieder nicht, sie wäre sehr enttäuscht gewesen, wenn sie es nicht mit einem richtigen Wolf zu tun gehabt hätte, besser aber war doch, er blieb im Schatten... Alle Frauen sind so, sagte sie sich, warum sollte ich anders sein? Ich will nicht anders sein! Geschieht nicht alles nur, damit ich werde wie sie?
Ich will, ich will nicht weiter als ein Ungeheuer leben, das die Wirklichkeit leugnet und vor einem Beet roter Blümchen

zurückschaudert, weil es an Blut erinnert, das ich auf einem Wäschestück sah. In einem Strom von Blut kommen wir zur Welt, wir alle, auch die Helden, auch die Heiligen.
Ich will wirklich sein, ich will da sein, ein Teil, schmerzhaft oder nicht, vom Ganzen, eine Frau, eine Frau wie alle, er soll mit mir machen, was er will, in der Liebe – ich habe nur einfach Geliebte zu sein, wie sie es alle sind, in der Liebe. Ich kann nicht zurück, also vorwärts ... Aggie erzog sich zum Zynismus, wie andre ihr tägliches Gesundheitsturnen betreiben. Sie hielt sich für außerordentlich anstellig.
»Du«, sagte nun auch sie, wenn sie nach solch einer flüchtigen Umarmung die Landstraße im Auto entlangrasten. Manchmal war auch Ada im Wagen. Dann hob sie vorsichtig den Mund bis an sein Ohr und flüsterte: »Du.«
Er nahm sie an Gartenzäunen in Dörfern und Vororten, in einem dunkeln Raum des Hauses, wo die Versammlung stattfand, im heimfahrenden Wagen, in Aggies Zimmer.
»Du«, scherzte sie, »jetzt begreife ich den stupiden Hochmut des Hahns – die demütige Verwirrung des Huhns, die Trennung der Welt durch zwei Vokale im gleichen Wort, ich glaube, ich begreife jetzt überhaupt jede Gemeinheit. Alles kommt mir malerisch vor in der Liebe.
»Großartig!« stimmte er bei. »Dem Reinen ist alles rein ...« Und auf einmal, mit bebender Stimme: »Du bist eine süße Geliebte, Aggie! Wer hätte das gedacht!«
Er sang, die Augen in ihre Augen versenkt. Immer schöner sang er, je heller die Begierde ihn erleuchtete, bis er allmählich Küsse und Worte fand, über die er selbst staunte und die Aggie erschütterten, so wahr blühten sie und einfach und starben, so ergeben auf ihrem Mund, wie der, der sie ihr schenkte, unmöglich sein konnte ... Sobald sie sich dessen bewußt wurde, was sie als tiefsten Betrug empfand, setzte sie sich zur Wehr und stritt mit der gleichen Erbitterung wie das erstemal. Zu allem glaubte sie sich bereit, nur nicht, sich von ihm betrügen zu lassen. Ada ließ sich auch nicht betrügen.
»Ermorde mich«, stöhnte sie, »anders wirst du mich nicht mehr los! Du mußt mich zerstören bis zum Ende ...« War es vorbei, lag sie zitternd in seinen Armen, von innen heraus zerschlagen, und bettelte um ein gütiges Wort.

Beim Einsetzen ihres Widerstandes war Silvio erst einmal fassungslos, er nahm verwundert, beleidigt die Hände von ihr, schmähte sie unter höflichen Worten (einmal freilich schrie er sie an: »Spielst du mir dieselbe Komödie wie Ada!«), um sich dann ingrimmig auf sie zu stürzen. Das Ringen, stumm und verbissen, endete jedesmal mit ihrer Unterwerfung. An deren Echtheit zweifelte er nicht, nein, ihr, Aggie, glaubte er, wenn sie, jeden Widerstand aufgebend, mit allen Zeichen der Ergebung in seine Umarmung hinüberglitt, einem Kinde gleich, das sich ohne Rückhalt einem Mächtigen anvertraut – ihr glaubte er, und dafür begann er sie zu lieben.

Die fliegende Eile ihrer Umarmungen erhielt einen Schein von Rechtfertigung, wenigstens in den Augen Aggies, durch die Hast und die Wildheit, worin sie beide seit Beginn des Wahlkampfes lebten. Täglich warfen sie sich in das Handgemenge der Parteien, drangen tief in den Menschenbrodem ein, täglich wurden sie mehr gehaßt und geliebt. »Ein Massaker!« konnte Aggie fröhlich ausrufen. »Ein wahres Massaker!...« Hinter dem Wort Massaker taucht unfehlbar das Bild des Hartmannsweilerkopfes auf. Die Kreuze unter dem jungen Wald, die Gräben, die Unterstände voll dunkler Fäulnis, das rötliche Steingeröll des Gipfels, die Marterhölzer, die nie mehr auflebten, obwohl selbst der vom Strauch geschnittene Zweig, den man in den Boden steckt, wieder Knospen treibt, das Kreuz auf der höchsten Stelle, daneben die Trikolore – beim Wort Massaker war es da, sie konnte es nicht hindern. Unwillig wandte sie sich ab.

Sie rasten von Versammlung zu Versammlung, das Geräusch des Motors kündete Kampf, die von Menschen belebten Straßen wogten in Aufruhr, sie betraten die schwülen Säle, als stellten sie sich einem aufziehenden Gewitter. Zuweilen schlug schon der erste Zwischenruf wie ein Blitz ein, er zündete oder zündete nicht, doch warteten alle stockenden Atems, Schweiß auf der Stirn, daß der große Brand ausbräche, in dem es sie gelüstete mitzubrennen, sich zu läutern, hauptsächlich aber zu vernichten. Es wuchs der Haß, es wuchs auch etwas wie Liebe – ein maßloser, blind eifernder Wille zu sich selbst und dem, was sie »ihre Sache« nannten.

Neben ihm sitzend, auf seiner andern Seite saß Ada, stieß sie mit einem dumpfen, heftigen »Du« nach ihm. Ihre Lippen formten die Silbe, wenn er oben am Rednerpult stand, und hielten sie fest, bis sein rascher Blick sie ihr von den Lippen nahm, worauf sie sich erleichtert in die Schultern zurücksinken ließ.
Der leere Platz zwischen Ada und Aggie trennte die beiden völlig. Erst wenn Silvio wieder da war, nahmen sie Kenntnis voneinander. Mit Silvio zwischen sich und Ada konnte Aggie Zärtlichkeit für die einstige Freundin empfinden, Bewunderung, Demut und Geborgenheit, bittende Reue und auch dies: ein leidenschaftliches Verlangen, sich zu töten oder Silvio zu beseitigen und die Welt wieder herzustellen, wie sie gewesen, bevor er mit seinen gefräßigen Zähnen aufgetreten war.

Er aber liebt sie. Er liebt sie, wie er Ada nicht, wie er keinen Menschen geliebt hat. Und wenn es nicht genug sein sollte, mehr kann er nicht lieben ... Und es ist nicht jene rührende Selbsttäuschung der Liebenden, die unter Mißachtung der vielen hübschen, geringeren Gestirne ihre Liebe allemal als Hauptpunkt und Drehscheibe des Sonnensystems anmelden. Es ist die Wahrheit selbst, vielleicht die erste seines Lebens, er liebt den kleinen blonden Irrwisch, wie er niemals geliebt hat, mehr kann er nicht lieben, so wenig wie ein Fluß größeres Wasser führen kann, als ihm zufließt. Jedenfalls ist seine Liebe stark genug, daß er in ihr wächst und glüht.
Wie eine Flut kommt sie über ihn, die ein dürres Gestade unversehens unter die Blütenfarben des Himmels setzt. Er jauchzt, wenn eine Welle ihn emporwirft und er eine Unendlichkeit von leidenschaftlicher Bewegung übersieht, die ihm gilt, dem herrischen, leichtherzigen Schwimmer, er schauert vor Lust, wenn der nächste Wasserberg ihn begräbt und dann die Tiefe an ihm saugt bis ins Mark.
Angesichts von so viel unberechenbarer Wildheit lernt er das Gruseln ... Silvio Wolf ertappt sich auf der Flucht vor dem verzweifelten Lamm, das nichts tut als mit seinem grünlich schillernden Blick in seine Augen zu tauchen ... Zu gleicher Zeit errät er, wie wahr die Worte der Dichter sind, wenn sie mit einschüchterndem Tonfall von der Liebe sprechen, er

denkt nachsichtig über Leute, die sich und alles außer ihrer Liebe vergessen und haarsträubende Torheiten begehn... Hatte er gemeint, die Welt zu kennen, so erklärt er: jetzt erst beginne er sie zu kennen. Denn auch das ist die Welt, auch das, hauptsächlich sogar das, man muß begeistert sein, um Großes zu vollbringen – gehört dazu nicht Liebe? Liebe hat ihm gefehlt, sonst nichts, er fühlt sich gewachsen, weiser, leichtsinniger allem Großen zugewandt, er glüht, er ist aufgenommen in die Gemeinschaft der Glühenden, er ist gekrönt.

Mächtig schreitet er dahin, von Versammlung zu Versammlung, von einer Zeitung zur andern, Tausende von Menschen klatschen und rufen ihm zu, sobald er unter ihnen erscheint, es wächst der Schlachtenlärm, die Rotationsmaschinen donnern, Trommeln und Pfeifen rasen, ein Riesenheer setzt sich in Marsch, und ein kleiner, blonder Irrwisch tanzt über der Menge... Vor lauter Ergriffenheit faltet Silvio manchmal die Hände: »Wer hätte es gedacht!«

»Die Liebe ist erhebend gleich einem Traum, worin die festen Grenzen schmelzen, der Atem des Göttlichen hat sie angehaucht«, murmelt er halb unbewußt, indes er die Stufen zum Rednerpult hinaufsteigt. »Selbst ein Sturz in den Abgrund erfüllt den Mund mit einem Geschmack voll Süße...« Mitten in seiner Rede, während der Pause, die der Beifall erzwingt, beendet er den Satz: »Aus einem Traum wacht man auf, und wäre er noch so erhebend, und je heftiger er blendet, um so jäher, und dann findet man niemand lieber beim Frühstück als eine Tochter Charles Hartmanns.«

Dabei blickt er in den Saal und auf Ada und Aggie, nicht anders als das Auge Bonapartes auf Josephine Beauharnais gefallen wäre, wenn sie in verdoppelter Gestalt an der Brücke von Arcole gesessen hätte, zur einen Hälfte ein Sinnbild des Abenteuers, zur andern ein Sinnbild der gefestigten Macht.

Er fürchtet nicht Ada, Ada ist ein vernunftbegabtes Wesen, sie kennt ihn, kennt die Welt. Er fürchtet Aggie. Der Irrwisch hat ihn das Gruseln gelehrt – mit ihrem plötzlichen Züngeln und Schillern in den Unschuldsaugen. Außerdem leugnet sie die Wirklichkeit, ihre Füße sind viel zu klein, um richtig darauf zu gehn, sie fliegt – Gott weiß, wohin. Er fürchtet nur

Aggie ... Will sie ihn nicht plötzlich für sich allein haben? Sie übersieht die Wirklichkeit, leugnet einfach seine Ehe. »Je te veux, je te veux à moi«, antwortet sie auf seine Gesänge ... Was kann es anders bedeuten, als daß er sich scheiden lassen soll? ... Der Irrwisch nämlich, wer hätte es gedacht, verfügt über echte Klauen und naturwahre Zähne und versteht es, die Waffen zu führen. Silvio muß sich Mut zusprechen, nicht zuletzt, wenn er sie in den Armen hält und sie an ihm bebt wie eine aufgerichtete Schlange ... Erst wieder den Kopf freihaben, dann findet sich der Ausweg, wahrscheinlich von selbst!

Jemand, der schon als Kind in den Ozean geflogen ist oder doch in einen ganz respektabeln See, ohne zu ertrinken, der wird doch wohl dem Leben gewachsen sein. Und steht nicht sein Glück in den Sternen geschrieben? Ein Sternbild nach dem andern hat ihn emporgezogen. Als Ronald Gurdon unterging, stand Ada Breisach schon am Himmel ...

Nicht als ob Silvio gerade zu jeder Stunde die Vergänglichkeit einer Leidenschaft bedächte. Von ihr überschwemmt, erscheint sie ihm unendlich, nicht zu ermessen mit den Werkzeugen des Verstandes, erscheint sie ihm als der kostbarste Schatz, den er noch im Schlafe hütet und wachend verschwendet wie ein Geiziger, der auf einmal entdeckt hat, daß er das Geld nur auszustreuen braucht, damit es tausendfach vermehrt zu ihm zurückkehre. Ein Zustand, seiner Natur so fremd wie sagenhafte Inseln, wo selbst der Schmerz in buntem Gefieder raschelt, ein frohlockendes Gurgeln in der Kehle – Inseln, die er nie gewillt gewesen wäre, zu bewohnen, gefährliche Inseln! Denn nie ist ein Abenteurer (wenn man ihn so nennen darf) vorsichtiger zu Werke gegangen als Silvio.

Nein, er denkt nicht zu jeder Stunde an das Morgen, aber natürlich gibt es im unendlichen Traum Augenblicke des Erwachens, ziemlich nüchterne Vorläufer und Ankündiger jenes Morgens, die ungerufen aus dem Boden steigen und ebenso wieder verschwinden unter Hinterlassung der Botschaft, daß die Zeit nicht stillstehe, daß man haushalten müsse, daß gewisse Inseln mit dem Ausbruch der Vulkane kommen und gehn – die Weisheit selbst.

Indessen schreitet er, ein wahrer Rebell, durch die Versamm-

lungen, der Schlachtenlärm wächst, vom Trommler- und Pfeiferkorps der Presse begleitet, es tanzt der süße Irrwisch über der Menge... Wann wurde je im Land eine Sprache gehört, wie Silvio Wolf sie führt? Er brüllt in den Saal und steht aufrecht im tosenden Meere des Beifalls, aus seinem hübschen Lausbubengesicht wird unversehens der Kopf eines Denkmals: »Warum erklären wir uns nicht schlicht als deutsche Partei, als die deutsche Partei in Frankreich?«
»Aus Angst vor dem Käfig«, ruft einer dazwischen. – Glänzend vor Zuversicht schreit er Antwort: »Gefängnisse? Gefängnisse sind Treibhäuser für die politische Saat! Da wächst sie zehnmal so schnell wie im Freien!... In der Tschechoslowakei, liebe Landsleute, gibt es das, eine deutsche Partei, dort sitzt sie nicht einmal im Käfig, sie sitzt in der Regierung!« Brausender Beifall belohnt ihn. Der Polizeikommissar auf dem Podium, der die Versammlung überwacht, erhebt sich drohend von seinem Stuhl. Er wird niedergelacht, niedergepfiffen, mit Lachen und Pfeifen und ironischem Applaus hinuntergedrückt auf seinen Stuhl, wo er denn auch bald wieder friedlich anlangt.
Silvio kann auch schön von Frankreich reden: dem großen unsterblichen Frankreich der Revolution und der Menschenrechte, das den Freiheitsbaum in seinen Boden pflanzte, eine damals noch unbekannte Baumart, und durch Stecklinge fleißig über den Kontinent verbreitete... Dem Frankreich des verwegenen Fortschritts und der Tradition, die an allen guten Geschenken des Lebens festhält und sich wählerisch bereichert, ohne Altes leichter Hand zu verwerfen, dem Frankreich der besinnlichen Schönheit, der Hochburg der abendländischen Kultur... Es ist eine seiner vorzüglichsten Arien. Einmal, auf dem Höhepunkt einer autonomistischen Brandrede, erstürmte ein Mann, eine kleine Trikolore schwingend, das Podium, das ausschließlich mit den rotweißen Landesfarben ausgeschmückt war, und droben angelangt, machte er Front und kreischte: »Vive la France!« Silvio ging auf ihn zu. Er nahm ihm freundlich das blauweißrote Fähnchen aus der Hand und hielt es begeistert in die Höhe... Damals fand er seine Frankreich-Arie. Sie erntete nicht weniger Beifall als seine rotweißen Donnerwetter, darauf gab er sie noch oft unaufgefordert da capo. Den Mann mit der

Trikolore, er zweifelte keinen Augenblick, hatte die Polizei auf das Podium geschickt. Solange Silvio lebte, war der Polizei nichts Besseres eingefallen, wenigstens im Hinblick auf ihn! Der Tag sollte nicht vergehn, ohne daß er ein Danktelegramm an den Präfekten absandte. Am Morgen wußten alle Postbeamten davon, und das Prachtstück dessen, was das Volk für eine Satire hielt, machte die Runde durch das Land, überflog die Grenze und kam bis nach Berlin...
Für gewöhnlich sehen Silvios Zuhörer nicht recht, wo er hinauswill, auch die gewiegtesten nicht. Dennoch, bis auf einige unverbesserliche Nörgler, schwören sie darauf, er sei ein Kerl, ein ganzer Kerl, und es lohne sich, ihm zu folgen. Denn eines scheint gewiß: der Bursche hat keine Angst vor der Regierung, ob er sie nun mit seinem blauweißroten Fähnchen einwickelt oder ihr auf den Kopf haut. Und Geld hat er wie Heu und könnte einen langen Hartmannschen Arm spielen lassen, um es bequem zu haben, und dabei arbeitet der Mann gegen die Sippe und schleudert Zorn und Hohn gegen die Politik der reichen Leute... Wenn er den Namen des Ministerpräsidenten Sarcarot ausspricht, grinst er nur, aber es wirkt verheerend. Fünf Kerle wie er im Land, und die Franzosen verkröchen sich ins zentrale Mauseloch, sowie sie nur einen auf elsässisch hüsteln hörten vor der Tür!...
»Vive le loup«, schreien sie, wenn er in den Versammlungen erscheint. Ein Kosename, vom Volke verliehen, die höchste Auszeichnung nicht nur für einen Heimatrechtler! Silvio Wolf, Lupescu, englisch Wolf, Le Loup – »Wolf in allen Sprachen«, prophezeite Hubert Adam...

Zu alledem verzieht Ada keine Miene, ob der Beifall ihn umbraust oder ob die Gegner ihn einen Schwindler und deutschen Agenten nennen, der zwar vermutlich nicht für Geld, aber aus Haß gegen Frankreich sein Vaterland verrate.
Sie sitzt in der ersten Reihe.
Sie hört nicht, was gesprochen wird.
Sie kann sich nicht sattsehn an ihm. Es sind ihre einzigen Liebesstunden.
Seit der Nacht, als er zu Aggie ging, hat sie sich ihm versagt, und mit ihr kann er nicht kämpfen, dazu ist sie ihrer und

seiner selbst viel zu sicher, viel zu gesammelt und übrigens auch körperlich zu stark ... Als er an jenem Morgen in sein Zimmer schlich, hatte sie plötzlich vor ihm gestanden, sie hob die Arme wie zur Versöhnung, dann plötzlich faßte sie ihn scharf ins Auge, erstaunt erst, allmählich aber mit einer Aufmerksamkeit, die immer gespannter wurde – worauf sie sich, ohne ein Wort gesprochen zu haben, in ihr Zimmer einschloß. Die nächsten Tage war er von einer ganz ungewohnten Gleichmäßigkeit der Laune, er machte ihr den Hof, wie an den wolkenlosesten Tagen ihrer Nizzaer Zeit, und wenn die Rede auf Aggie kam, äußerte er sich in ironischem oder herablassendem Ton. Er nahm sich nicht einmal die Zeit, in der Art, wie er von ihr sprach, etwas wie eine Schonfrist zu beachten oder sonstwie die Übergänge zu wahren. Er war zu plump, und Ada sorgte dafür, daß er schon bald seine Fragen und Vermutungen, seine bald lächelnden, bald heftigen Versicherungen abstellte, – von denen er schließlich auch einsah, daß sie ihn immer peinlicher in die unmöglich gewordene Lüge verstrickten ... Er wurde muffig, zerstreut, er strafte seine Frau, indem er sich den Anschein gab, sie nicht zu beachten. Der Zweifel, ob sie in seine Arme zurückkehren werde, prallte an seinem Wissen von der Ordnung der Welt ab. War sie nicht ein vernunftbegabtes Wesen? Kannte sie nicht die Wirklichkeit so gut wie er? Saß sie überdies nicht nach wie vor zu seinen Füßen, wenn er öffentlich sprach, und stieg nicht ihre Bewunderung wie Weihrauch zu ihm auf? ... Silvio wartete auf den Mondwechsel oder ein ähnliches Naturereignis, um mit Ada Frieden zu schließen. Von Zeit zu Zeit schwang er sich auf und gab versuchsweise eine private Galavorstellung. Er glänzte, sprühte, er war schön, er lachte wie ein Knabe, er begeisterte sich bis zur Ekstase. Das Publikum, nämlich Ada, zeigte sich abwesend und stumm.

Aber in den öffentlichen Versammlungen ist sie da. Sie sitzt in der ersten Reihe. Sie hört nicht, was gesprochen wird. Sie kann sich nicht sattsehn an ihm. Manchmal nimmt sie sich vor, später, wenn sie geschieden sein wird, in die Kammer zu gehn und ihn ungesehn zu beobachten. Sie sitzt vor der Bühne und kann sich nicht sattsehn an ihm, es sind ihre letzten Liebesstunden.

Nach der Versammlung wird er eine Komiteesitzung vor-

schützen oder das Lesen von Korrekturen aus einer Druckerei (sie wartet gespannt auf die Lüge, untröstlich, daß er außer diesen beiden nie eine andre findet) und sie mit gnädigen Worten nach Hause schicken. Und etwas später mit Aggie nachfahren.
Wie muß er Aggie lieben, sagt sie sich voll unwillkürlicher Rührung, daß er so leichtsinnig etwas aufs Spiel setzt, was er keinesfalls verlieren will: Ada, ihre Familie, die gesicherte Zukunft. Was er heute schon an Vermögen und Macht besitzt, kann ihm doch nicht genügen!... Und sie beneidet Aggie um so viel selbstvergessene Liebe. Und welch ein Verbrechen, denkt sie wiederum, zwei Menschen wie Aggie und sie für immer zu trennen, aus verletzter Eitelkeit, aus Laune, aus kindischem Trotz, und zumindest die eine von ihnen tödlich zu verderben!... Das leise Weinen der Rührung, das ihr Leid auflösen wollte wie Regen die hartgebrannte Erde, erstickt in Zorn und Verachtung. Doch Zorn und Verachtung, Rührung, Trauer und Mitleid (für Aggie empfindet sie nur Mitleid und Trauer) sind bei Ada kreatürliche Zustände, über die sie sich kaum Rechenschaft ablegt. Sie lebt ihre Gefühle in einer Weise, daß sie mit all ihrer Vernunft sich selbst ohnmächtig gegenübersteht.

Aggie dagegen ist sich völlig klar über ihre Lage. Wie lange kann es dauern, bis Silvio sie über Bord wirft? Er wartet nur auf einen Wink seiner Frau, um sie, die Geliebte, die nur einfach Geliebte sein will wie alle andern, sonst nichts, endlich nichts andres mehr – an den Hüften zu packen, wie damals, als er sie zum Diwan trug, deutlich sieht sie es vor sich, um sie hochzuheben, er hebt sie hoch, diesmal aber, um sie wegzuwerfen, und sie sieht auch, wie sie im Dunkel verschwindet. Sie fällt, fällt, und die Leere schließt sich über ihr, sie ist ausgelöscht von der Erde... Sie weiß, nie wird der Wink erfolgen. Niemals.
Am Tag, da er sie fallen läßt, verliert er auch Ada, vielleicht keinen Tag früher, dann aber sicher. So lange hält Ada aus, ihr Stolz versteht es nicht anders. Stolz ist ihre größte Leidenschaft, wer ihn ernstlich verletzt, der trifft ihre Sinne, der trifft sie ins Herz, sie wird zu Stein, Aggie fühlt es ihr nach, als wäre sie selbst so beschaffen – Ada erkaltet, gleichsam über Nacht,

wird hart wie Stein, verliert Erinnerung und Bewußtsein dessen, was sie begehrt, entfernt sich gleichsam aus sich selbst und geht davon, oh, Aggie versteht das so gut...

Sie versteht es so gut, als erinnere sie sich, gleiches erlebt zu haben, aber das Verständnis dauert nicht länger als der Schein eines Blitzes, der über den Wald huscht. Sie kann nichts mehr festhalten... Ihre Gedanken sind wie Wild, das sie aufspürt und endlos verfolgt, sie kennt keine Ruhe mehr, es sei denn, man nenne Ruhe ein erschöpftes Hinstarren auf eine Jagd, die auch ohne den Jäger weitergeht. Früher waren es die Gestalten ihrer Dichtungen, die sie derart mitnahmen. Das Leben, das »wirkliche« Leben ruhte sie aus! Wie soll man das erklären?...

Verhält es sich am Ende so, daß Aggie zwischen Wirklichkeit und Phantasie nicht mehr unterscheidet und ihr, in »Wirklichkeit« geringfügiges Abenteuer ihre ganze Einbildungskraft, alle ihre Fähigkeiten in Anspruch nimmt, die sonst ihrem Werk zuströmten – und sie aufpeitscht und dauernd in Gang hält, ohne ihr die Abendruhe und Genugtuung des Fertigen, Gestalteten, Hinausgestellten, Übersehbaren zu gewähren, das Erholung ist und zugleich Wegweiser für den nächsten Tag? Treibt es sie immer tiefer in die Wirrnis all dessen, was sie als Wirklichkeit entdeckt zu haben meint, weil sie hofft, auf eine Gewißheit, welcher Art auch immer, zu stoßen und damit eine Atempause zu finden, vielleicht ein Ende – jedenfalls Frieden?

Sie arbeitet von morgens bis abends, erledigt die Korrespondenz des Kandidaten, Silvio hat das ganze »Geschäft« vertrauensvoll in ihre Hände gelegt. Sie schreibt Briefe, schreibt Notizen und Aufsätze, sammelt Zeitungsausschnitte, ordnet sie ein, schreibt, schreibt, bis Silvio sie im Auto abholt.

Und die Dichtung, ihr bestes Leben, ihr echter Glanz, ihr echtes Elend, liegt brach. Ihr Wortschatz schrumpft zusammen und erinnert allmählich etwa an einen Suppenteller mit zehn Murmeln, der rasend im Kreise gedreht wird. Es ist ein Jammer, Aggies Ruf büßt ihre Sprache ein, ohne eine andre dafür zu gewinnen. Jeder Mensch darf auf zwei und mehr Sprachen leben, nur nicht der Dichter. Die Sprache des Dichters vermittelt nicht Gedachtes allein, sie stellt, in einmaliger Form, einen Menschen dar, sie ist sein Bild, an die Wand einer bestimmten Sprache geworfen...

Als ich ihr nahelegte, über dem Karneval der Rheingaskogner ihre Lebensarbeit nicht zu vernachlässigen und die abgebrochene Erzählung wieder vorzunehmen, antwortete sie mit einem Zynismus, der bei ihr erschütternd wirkte:

»Lieber Claus, lassen Sie mich sein wie andre Frauen auch, und wenn Sie mehr von mir verlangen, dann nur die Wahrheit!... Seit Nizza halte ich an einer Stelle in meinem Buch, wo die Heldin, ein keusches, einfaches Mädchen, von einer Art Kretin angefallen wird. Er schlägt ihr die Hände auf die Brüste, atmet sie tierisch an, sie aber bändigt ihn, wie hergebrachterweise Heilige die Tiere bändigen, mit ihrer Sanftmut... Glauben Sie das?... Gibt es das? Ich bin überzeugt, er ließ ihr gar nicht die Zeit, Sanftmut zu zeigen, er warf sie hin und riß ihr die Beine auseinander. Wie soll ich da weiterschreiben? Ich muß lachen, wenn ich denke, was für eine verlogene Geschichte ich mir zurechtgelegt hatte.«

Sie sah meine Betroffenheit und lenkte rasch das Gespräch ab...

Nur noch selten kam sie »auf einen Hürdensprung« zu uns herüber, die Hindernisse waren wohl zu hoch, zu unübersichtlich geworden, als daß man dem besten Freund eine Hilfeleistung hätte zumuten können... Zu Annettes Kummer schlug sie auch keine langen Purzelbäume mehr, bei denen man die Hose sieht, es blieb bei vorsichtigen, beinah prüden Skizzen, die das Kind wenig befriedigten, so daß Annette es vorzog, sich der großen Freundin lieber nur noch von ihrer gesitteten Seite zu zeigen, und nach Austausch einiger Artigkeiten das Zimmer verließ. (Das erstemal, vermute ich, tat sie es, um festzustellen, ob Aggie sie zurückhalten werde. Als es unterblieb, war das Kind um eine Lebenserfahrung – ärmer.) Ich mußte es mir wiederholt und ausdrücklich vorhalten, um mich daran zu gewöhnen: Aggie hat ihre Harmlosigkeit eingebüßt, die überhelle, durchscheinende Aggie war kompakt und düster geworden. Zwar machte sie Anstrengungen genug, über ihren Schatten zu springen, aber wenn sie sich auch nur andeutungsweise fröhlich gab, war es immer, als ahme sie mit Anstrengung nach, wie sie früher von innen heraus sein konnte, und ihr Gesicht veränderte sich von einer Sekunde zur andern.

»Unser Rüfchen zittert wie ein abgespielter Film«, tuschelten die Gäste ihres Salons ... Aggie dagegen belegte die geselligen Veranstaltungen im Pavillon mit dem Namen »Bürgerpest«, und da die von der Pest befallenen Bürger zufällig Franzosen waren, kehrte sich ihre Feindseligkeit gegen alles Französische. Wer die Summe ihrer vergleichenden Völkerkunde zog, konnte leicht zu dem Schluß kommen, daß es für Frankreich höchste Zeit sei, deutsch zu werden, widrigenfalls es dem Marasmus verfiele.
Aggie wollte es mir nie glauben, so oft ich es ihr versicherte: das französische Bürgertum ist das solideste der Welt. Der Bürger in Frankreich leidet nicht an schlechtem Gewissen, ob er nun nach oben guckt, wo der Adel sein Altenteil absitzt, oder nach unten, auf das Proletariat. Im Adel sieht er ruinierte Ahnen, im Arbeiter einen manchmal noch nicht ganz entpuppten Kleinbürger. Er schwört: »Ich bin ein Bürger, die Blüte der Nation, man hat noch nichts Besseres gefunden. Und Geld ist Geld!« Und verteidigt seine Stellung gegen wen es sei, wobei seine hohe Gesittung ihm nicht nur zum Schmuck dient, sondern als Waffe ... Ich gestand Aggie, daß mir die Haltung respektabler vorkam als die jener nach oben wie nach unten schlotternden Standesgenossen in andern, angeblich fortgeschrittenen Ländern.
Freilich war Aggie sich ihrer Anmaßung nur beiläufig bewußt, sie glaubte, sie »trumpfe« nur »mit Deutschland auf«, damit die Herrschaften einmal achtgäben auf das blöde Spiel, bei dem die französische Karte unweigerlich die deutsche sticht – vermutlich, weil die Vorsehung (die in Frankreich nur noch für die Nation gilt) die Karten gezinkt hat ... Aber gerade das Auftrumpfen schreckte ab, die Herrschaften wollten nicht achtgeben, sie zuckten die Achsel über den pfäffischen Eifer und sprachen von Fräulein Rufs »Heidenmission«. Man fand sie unausstehlich, und wenn man dennoch wiederkam, so geschah es aus Rücksicht auf den Präfekten, dessen staatsmännische Geduld keine Grenzen kannte, und auch aus Interesse für gewisse andre, verschwiegenere Vorgänge.

Es war noch gar nicht so lange her, da hatte man beobachten können, wie die beiden Frauen beim Eintreten Adas zögernd, doch wie unter einem Bann aufeinander zuglitten. Sie küßten sich und bekundeten auch sonst auf lebhafte welsche Weise ihre Freundschaft, und wer Glück hatte, überraschte zuweilen eine Hand, wie sie auf dem Rücken der umarmten Freundin die Finger von sich streckte, als würde sie von einem unbezwinglichen Widerwillen erfaßt. Worauf sich die Damen, mit ein ganz klein wenig verschobenen Zügen um Nase und Mund, besonders fröhlich den Gästen zuwandten... Dann trat eine Verschärfung der Lage ein. Vor den Augen der Gäste wurde Aggie müde und blaß, die arme Kleine verfiel zusehends, und ihre Unruhe war derart, daß man allmählich nicht mehr aus der Spannung herauskam. Warum erging sie sich mit wahrer Erbitterung in der Schilderung spanischer Städte und Landschaften, die doch alle bequem mit der Eisenbahn zu erreichen waren? »Reisen«, rief sie aus, »reisen!«, und hob die Arme wie ein Storch, der von einer Wiese auffliegen will, und wie ein Storch hielt sie dabei den Kopf schief, aber der Storch flog nicht, die Bequemlichkeiten des Expreßzuges blieben ungenützt... Fräulein Ruf war nicht glücklich, sie hätte reisen wollen – ob allein, stand nicht fest... Nach einigen Wochen, sieh da, war Aggie gerade mit dem Wegräumen von Zeitungen beschäftigt, als Ada eintrat, und bis die Reihe der Begrüßung an sie kam, hatte sich die Freude des Wiedersehns wohl schon gelegt, und die beiden Frauen vergaßen lächelnd, sich zu umarmen. Das heißt, sie erklärten laut, sie gaben gleichsam zu Protokoll: »Wir haben uns schon begrüßt.« Wann? Wo? Vor acht Tagen?...
Aggie war sich im klaren über die Spannung, mit der ihre Gäste darauf warteten, sie über Bord fliegen zu sehn. Ja, aber ich fliege nicht allein, versetzte sie im stillen... Mag Ada eine Bürgerin sein, im Vergleich mit euch handelt sie wie ein Condottiere... Säße sie sonst hier?

Eines Nachts, als sie zu zweit nach Hause fuhren, vom Chauffeur durch Glaswand und Vorhang getrennt, und Silvio mit Liebkosungen und Lobgesängen anhob, flog ihr durch den Sinn, es könne gar nicht anders sein, als daß er sein Geschick für ungestüm flüchtige Umarmungen im Verkehr

mit Dienstmädchen erworben habe, wie sie ihm früher zwischen Tür und Angel zur Verfügung gestanden haben mochten.
Nun schätzte Aggie zwar die unteren Stände und wollte ihnen durch die Revolution zu jeder Art Gleichberechtigung verhelfen, aber im Eigensten, etwa in der Liebe, war sie und blieb eine Bürgerin, auch noch in voller Empörung. Ihr Einfall brachte sie auf, und Silvio erlitt seine erste Niederlage.
Sie verlangte, von seiner Liebe heimgesucht zu werden, wie und wann andre Frauen ihre Geliebten empfingen, nämlich, so meinte sie, nachts und im Bett. Es kostete sie eine schreckliche Überwindung, im Verlauf der Auseinandersetzung auf ihrer Forderung zu bestehn, denn sie sah voraus, daß sie neue, nur halb geahnte Feuer- und Wasserproben zu bestehn haben werde. Die Aussicht, mit einem Mann ein Bett zu teilen, ja schon der Gedanke an das Vorspiel der gemeinsamen Entkleidung genügte, um alle zwischen Tür und Angel mißbrauchten Dienstmädchen wieder in ihre menschliche Würde und Gleichberechtigung einzusetzen. Er aber nahm sie beim Wort. Hätte er es unterlassen, wäre sie selbst nach kurzer Zeit darauf zurückgekommen. Einmal mußte es doch sein, sie mußte »mit ihm schlafen«, rundum nackt wie ein geschorener Pudel, stundenlang, vielleicht eine ganze Nacht. Sie mußte auch das hinter sich bringen, die meisten Frauen, meinte sie, fingen damit an, man nannte es die Hochzeitsnacht...
Im Vergleich zum erstenmal verlief es glimpflich. Sie zog nur unwillkürlich die Beine unter der Decke hoch, als er, über und über schwarz behaart, durch das Zimmer auf sie losging... Nackte Männer sind häßlich, stellte sie fest. Männer tragen ihre Verkleidung unter den Kleidern, man kennt sie erst nicht wieder. So erhöhen sie den Eindruck der Furchtbarkeit wie die Wilden mit ihrer Kriegsbemalung. Der greifbare Rest von der Jugend des Urmenschen, darauf stieß man erst, wenn sie sich auszogen, und eigentlich sollten Männer mehr Grund haben, sich ihrer Blöße zu schämen als Frauen... Das Wort »sauber« bekam ein neues Gesicht für sie. Jedenfalls war es weiblich.

Die Fenster von Aggies Schlafzimmer standen auf, es regnete. Seit zwei Tagen regnete es ununterbrochen auf das Elsaß herab, und es war Mai, genau zwei Wochen vor den Wahlen. Silvio, träge und versonnen, wehrte ihrer Sehnsucht nach der spanischen Sonne, »der einzigen in Europa, die sich nicht aussperren ließ um diese Zeit«. Sie lag neben ihm und spielte mit seiner Hand, die sie sich zu diesem Zweck bequem auf die Brust gelegt hatte.
»Ich muß über die Brücke!« behauptete er. »Darauf haben wir unsre ganze Aufmerksamkeit zu richten.«
»Was für eine Brücke?« fragte sie. Er lachte: »Ja, die liegt nun wieder in Italien – die Brücke von Arcole.«
»Ach so...« Beruhigt fuhr sie in ihrem Spiel fort. »Vorher aber reisen wir nach Spanien?«
»Ja. Ich muß ohnehin fort, weil acht Tage vor den Wahlen die andern in den Käfig kommen.« Erschrocken drückte sie seine Hand, hob den Kopf: »Wer kommt in den Käfig?« – »Nur ruhig, mein Schatz! Paar besonders laute autonomistische Vögel – ich nicht.«
»Du nicht?... Der lauteste gerade nicht?« Sie legte seine Hand weg, holte verlegen die Bettdecke herauf und deckte sich zu... Es war nicht immer leicht, einfach Geliebte zu sein. Der Mann brauchte nur sein wahres Gesicht zu zeigen, damit man sich unversehens wieder seiner mühsam erworbenen Nacktheit schämte... Während sie ihn im Auge behielt, griff sie über ihn weg und hob den Schleier der Nachttischlampe: »Laß dich angucken! Was ist das für eine neue Gemeinheit?«
Statt zu antworten, lächelte er sie an und schob leise die Decke zurück, er streichelte sie, zeigte seine feuchten Zähne und sagte: »Schön bist du, Aggie, schmal und glatt und rund... Wie ein Finger der Venus. Natürlich etwas größer... Und ganz und gar in aller Kleinheit und Heimlichkeit zum Weibe gemacht. Mit allem Weiblichen verschwenderisch ausgestattet. Wer hätte es gedacht!« Er sang. Der Schurke sang. Oh, darin hatte er es weit gebracht, er sang ihre Niederlage ein wie die Kirchenglocken den Sonntag... Langsam richtete er sich auf, um sie zu küssen, er schwebte heran, schwebte heran, mit

seinem weißen Hals, und warf einen durchsichtigen Schatten – wie Ledas Schwan, fiel ihr ein. Gleich darauf erschien ihr Ada, Adas Körper im Spalt des Bademantels... Schnell ließ sie den Schleier los, und während sie seinen Hals umschlang, den atmenden, schimmernden, zerfloß die Starrheit des drohend über ihr stehenden, finstern Gesichts in einer Silberwolke.
Die Drohung war köstlich gewesen und bittersüß die Finsternis, und in der Finsternis ging ein Feuer auf und durchglutete ihr Inneres, und außen auf dem Körper fühlte sie den Widerschein des Feuers, er drang durch die Haut und hüllte sie ein, schön war Aggie, stark und schön. Die Drohung verwandelte sich in unbegreifliche Wonne, die Finsternis war wärmer als alles Licht. Wer sich in der Liebe fürchtet, ist des Lebens nicht wert!...
Fürchtete sich Aggie?... Nein, sie fürchtete sich nicht. Sie fand sogar einen kreatürlichen Frieden in seinen Armen. O Wunder! Die Strenge des Lebens jagte bis zum Krampf empor und löste sich, aller Streit, alle Bitternis und auch die Lust wurde still und strömte wie Atem in sanft ermattenden Gliedern, Leib und Seele waren eingekehrt in abendliche Güte. Die Äcker lagen aufgebrochen unter dem Himmel, ihr Geruch war der Geruch der Erde, herb und schön. So schmeckt die Liebe für den, der liebt... War sie nicht wert geliebt zu werden, sie wenigstens, die Liebe, ganz gleich, wer sie einem schenkte?... Aggie schlief ein.

Er weckte sie.
Gleich kamen ihr die autonomistischen Vögel mitsamt dem Käfig in den Sinn, und er mußte sie über die bevorstehenden Verhaftungen aufklären.
Es handelte sich, so erfuhr sie, um ein Dutzend bekannter Heimatrechtler, die im Verdacht standen, deutsche Agenten zu sein.
Ein Nichts ist die Liebe, dachte sie – ein Nichts, wenn man sie ausgeschlafen hat...
Was es mit der Beschuldigung auf sich habe, konnte er nicht sagen. Die Polizei schien daran zu glauben (die Polizei glaubte an nichts so sehr wie an ihre eigenen Schandtaten), vielleicht auch der Präfekt, er brauchte eine Entlastung, weil er dauernd Pech hatte, seitdem er im Land war. Fest stand nur, daß die

Pariser Regierung, der Ministerpräsident Sarcarot an der Spitze, nicht höher schwor als auf dieses Komplott, mit dessen Enthüllung zwei Dinge auf einen Knall in die Luft gehen sollten: die deutsche Propaganda und der Autonomismus.
Das war für ihn die Liebe – vom Geschäft reden zwischen zwei Umarmungen, diese Art von Vertraulichkeit! In leichtem Schweiß. Den blühenden Verbündeten und Vertrauten zur Hand...
Sie wiederholte ihre Frage: »Und dir tut man nichts...?«
Nein. Ihm geschah nichts. Dem Schloßherrn von Unterhügeln und Schwiegersohn Charles Hartmanns konnte man nicht gut vorwerfen, von Deutschland bestochen zu sein. Geld aber mußte in der Geschichte drin sein, unbedingt, daran glaubte der Bürger, ob es sich nun um einen besiegten General seines Landes handelte oder um die Niedertracht seines Nächsten. Anders ließ sich eine solche Schmach wie eine Niederlage oder revolutionäre Aufsässigkeit gar nicht erklären. So ist es in Frankreich, beteuerte Silvio, worauf er anfing, sich über eine Geschichte vom Siebziger Krieg und dem Marschall Bazaine lustig zu machen, den die Preußen bestochen haben sollten – Silvios Großmutter hatte es hundertmal erzählt.
Diese Art, mit der Geliebten zur Hand über die Welt zu höhnen, wie ein Gott auf einer Wolke zu ruhn und unter Liebkosungen Blitze zu sammeln, köstlich gebettet in leichtem Schweiß... Das war für ihn die Liebe. Dafür sang er. Dafür...
Und François Kern? forschte sie aufgeregt weiter. François Kern? Der flog als erster hinein! Sie war entrüstet. Er, ein anständiger, sauberer Mensch... Silvio fuhr auf: jawohl, so ein Prachtbursche, der ihn, seinen Schulkameraden, ständig bedrohe, auslache... In milderem Ton fügte er bei: Kern dürfe nicht fehlen, gerade ihn wollten sie nicht in der Kammer haben, schuldig oder unschuldig! Sie nahm sich zusammen, und nach einiger Zeit begriff sie. Die Verhaftungen, acht Tage vor den Wahlen, sollten wie ein Donnerschlag wirken und die Wähler einschüchtern. Wer könnte es wagen, seine Stimme für mutmaßliche Hochverräter abzugeben, von denen die, die es wissen sollten, mit letzter Bestimmtheit behaupteten, sie seien durch die vorliegenden Beweise überführt? Bis zu den

Wahlen fänden die Verhafteten keine Gelegenheit mehr, sich zu rechtfertigen, das Wort war ihnen abgeschnitten. »Und da mußt du verreisen«, erklärte sie (eigentlich niemand anderm als sich), »weil sonst die Wähler stutzig würden. Warum, würden sie fragen, lassen sie ausgerechnet den Silvio Wolf in Freiheit?«

»Halt, Aggie: – warum darf Silvio Wolf allein nicht zum Märtyrer werden?« verbesserte er. »Das ist die Hauptsache, wenigstens für mich. Und deshalb verschwindet Silvio Wolf am Tag der Verhaftungen... Ein ganz Gerissener! Wenn die Polizei vorn am Schloßtor erscheint, schlüpfe ich gewissermaßen durch die Hintertür hinaus – ich meine, in Wirklichkeit mache ich mich schon vorher aus dem Staube.»

»In Wirklichkeit«, sann sie – schon wieder die Wirklichkeit... »Eine Gemeinheit!« sagte sie fest. »Du verrätst deine ältesten Freunde. Man muß sie warnen. Tust du es nicht, tu' ich's.«

»Ja«, sprach er gedehnt und grinste herausfordernd mit allen Zähnen, »ja – möchtest du denn, daß ich gerade jetzt verschwände? Und monatelang in Untersuchungshaft säße?«

Nein! So was wollte Aggie beiliebe nicht! Sie war keineswegs der Meinung, das Gefängnis solle Ada zuvorkommen und ihr Silvio jetzt schon wegnehmen. Konnte man wissen, ob er nicht doch noch sein Herz fände? Zwar, das ihre hatte sie verloren in jener ersten Nacht, aber, wer weiß, vielleicht fände er es wieder und verleibte es sich ein? Solch ein Tausch, wobei der eine Teil an sich brachte, was der andre einbüßte, sollte ziemlich häufig sein zwischen Liebenden, Hammer und Amboß, hieß es, wechselten oft die Rolle... Davon abgesehn, daß das Gefängnis die Familie Hartmann auf ihre mächtigen Beine bringen würde, unter deren Tritten schon die Bastille eingestürzt war – Aggie aber auf das Katzenbänkchen, wo die Kinder sitzen, die nichts gegen die Mächtigen der Welt ausrichten können und deshalb zum Schaden noch den Spott haben!

»Jetzt bin ich überzeugt, daß wir nach Spanien fahren!« rief sie ungestüm. Und alles andre war ihr gleich. Alles!

»Außerdem«, sagte er, »habe ich Kern einmal gewarnt. Wahrhaftig, eben fällt es mir ein. Viel Sinn hatte es nicht. Da sie sicher sind, gewählt zu werden, überschreiten sie nicht die

Grenze, wer wird denn so dumm sein, vor den Generalsepauletten eines Märtyrers davonzulaufen?«
Sie war überzeugt, daß er log. Und seine vermeintliche Lüge, die brannte das Siegel auf die Schande ihrer Bereitwilligkeit, an seinem Verrat teilzuhaben ... »Du lügst«, wollte sie sagen und unterdrückte es, weil sie hätte sagen müssen: »Wir lügen!« Ach, die Brücke von Arcole! Bonaparte und sein Adjutant steckten im Sumpf bis an den Hals, und ihre Soldaten konnten sie nicht retten, denn sie sahn es nicht, und hätten sie es gesehn, sie hätten sich lieber schlagen lassen, als den Verrätern zu Hilfe zu eilen ...
»Hör mal, mein Lieber«, sagte sie, »ich darf den günstigen Augenblick nicht versäumen. Bitte, steh auf ...« Wenn nichts dazwischen kam, eine Grippe oder ein Geniestreich Adas (Ada hatte kein Genie), konnte sie den Schreibtisch im Stich lassen und in die echte Sonne fahren, die Sonne, die nur bei Tage scheint, sie bevorzugte diese Sonne, sie war nicht die Spur pervers – und keine Zeitung mehr lesen, keine Zeitung, nie mehr eine Zeitung ... »Bitte, schnell, nur eine Sekunde!« drängte sie und zerrte ihn zuletzt aus dem Bett.
Verständnislos stand er neben ihr, ließ sich unwillig zurechtrücken. Aggie, des schicksalvollen Augenblicks bewußt, schickte sich an, den Standort ihrer Fahrt auf der hohen See des Lebens zu bestimmen. Sie begann damit, daß sie mit den Fingerspitzen seine Schulter berührte und den Achatknopf von Silvios Spazierstock ins Auge faßte, der in der Ecke des Zimmers lehnte ... Es flog ihr durch den Kopf: »Jetzt kommt er schon mit dem Spazierstock zu mir ins Bett« – und schloß die Augen. Angestrengten Sinnes richtete sie den Sextanten. Es ging schnell. »Gute Fahrt!« rief sie und klatschte in die Hände. Dann ging sie und warf den Stock aus dem Fenster.
»Was soll das heißen?« sagte er und blickte nach dem Fenster.
Sie lag schon wieder im Bett.
»Bist du je mit dem Spazierstock in Adas Schlafzimmer gekommen?« fragte sie leichthin.
In jäher Wut, wie konnte sie es wagen, sich mit seiner Frau zu vergleichen, beugte er sich über sie und hob die Hand ... Vielleicht wollte er sie nur einschüchtern, jedenfalls kam sie ihm zuvor, mit aller Kraft schlug sie ihm ins Gesicht. Es

geschah dermaßen überraschend, wenigstens erschien es ihr so, daß er sie eine Weile nur anstarrte – oder lächelte er? Kein Zweifel, ein dünnmaschiges Lächeln überzog allmählich sein Gesicht! ... Sie schnellte in die Höhe, da packte er sie an den Armen und schüttelte sie, und als sie spürte, daß er wenig Kraft in das Ringen einsetzte, ging sie um so heftiger gegen ihn an. »Oh, bitte sehr, jetzt wird es Ernst«, keuchte sie ... Er tat nur das nötige, sie im Zaum zu halten, womöglich auch dies nur scheinbar, so gelang es ihr leicht, seinen Griff zu lösen, und während er mit gesenkten Lidern stillhielt, schlug sie noch einmal, und diesmal traf sie sein Auge.
Er schrie auf, seine Züge, wie versunken in einer erwartungsvoll gierigen Wehmut, erhoben sich zu einem wüsten Ausdruck des Schmerzes. Voller Angst sprang sie auf die Füße. Er aber fuhr mit dem Arm durch die Luft und fegte sie mit einer Ohrfeige vom Bett. Sie stürzte, kam gleich wieder hoch und sauste, nackt wie sie war, die Treppe hinab. Als sie versuchte, die Tür in den Garten zu öffnen, holte er sie ein, sie schlüpfte ihm unter den Armen durch und lief in den Keller.
Einen Augenblick stutzte sie vor dem finstern Loch, das sie aufgerissen hatte, dann sprang sie hinein. Sie schlug auf das Treppengeländer auf und klammerte sich fest, ihr war zumut, als sänke sie mit einem Schiff in die Tiefe ... Wie lange konnte das dauern?
Silvio hatte unterdessen den Lichtschalter gefunden, es wurde hell. Gleich ließ sie das Geländer fahren und landete mit einem Satz auf dem Boden des Kellers. Eine leere Flasche kam ihr in den Weg, sie ergriff sie und lief in ein zweites, unerleuchtetes Gewölbe, zu dem die Tür fehlte, und an der Grenze des Lichtscheins machte sie Front, und weil sie glaubte, sie stehe schon im Dunkel, rief sie drohend: »Ich habe ein Beil!«
Als er ruhig auf sie zukam, sah sie das gerötete Auge, und wie er vergeblich bemüht war, das Lid zu heben ... Er nahm ihr die Flasche aus der Hand und trug das furchtsame, an allen Gliedern zitternde Kind hinauf. Zum Zeichen, daß sie ihm alles verzieh, auch den Rest von der Jugend des Urmenschen, rieb sie die Wange an dem schrecklichen Fell, das seine Brust bedeckte, sie fand es warm und gut, ihr Arm hing um seinen Hals, und sie weinte laut durch das Haus.

»Still, Kleines!« bat er in zärtlichem Ton. »Die Dienstboten!«
»Ach, ich habe sie doch längst ausquartiert«, gab sie schluchzend zurück. Er bettete sie und legte sich neben sie, rasch und lautlos wie eine Schlange, schon hielt er sie umschlungen, und während er ihr Gesicht küßte, über das eine neue Tränenflut stürzte, fragte er: »Du hast die Dienstbogen ausquartiert? Da hast du wohl keine Angst mehr vor den Räubern?«
»Ich habe sie ja alle im Bett«, rief sie und küßte, was sie noch nicht getan hatte, küßte als erste seinen Mund. Der Mund war groß und gut und überströmend von Liebe, jetzt zumindest, jetzt endlich – und für immer... Kleine, irre Worte der Dankbarkeit und Entzückung stammelnd, warf sie sich vor den Wagen der Göttin, die viele Arme und Hände hat, und jeder Arm ist zum Schlag erhoben, und in jeder Hand steckt ein Schwert... In so gewaltiger Schlichtheit brach ihre Hingabe vor ihm auf, daß ihm eine Träne ins Auge trat. Sie sah es nicht, mit geschlossenen Augen suchte sie den Krampf, der ihr ganzes Wesen zusammenzog, um es wie aus weitgeöffneten Händen dorthin zu entlassen, wo die Welt am stillsten war...
Überm Einschlafen, ihr Kopf lag auf seinem Arm, sah sie einen Wald und hörte ein Wispern und Summen, über dem die Stimme der Hummeln dröhnte – die Orgel des Hochsommermittags... Kleine Holzkreuze, aufgeweicht und vermoost, neigten sich mit einem rührenden Ausdruck von Ergebung zum Boden, versanken schon, und auch die Gräber und Bastione, die tausend Granaten standgehalten, gingen die Verbindung mit der Erde ein und waren nichts weiter als Laubstreu und ein vergangener Sommer. Die Schlacht war verstummt... Über ihre letzten, unsagbar friedlichen Regungen hielt ein junger Sommer sein Licht gebreitet.
Ein Lächeln auf den halbgeöffneten Lippen, glitt sie hinüber.

Silvio pflegte seine Aggie eine Stunde oder zwei nach Mitternacht zu verlassen. Der Chauffeur schlief so lange im Auto. Diesmal war sie aus seinen Armen gleich in Schlaf gesunken, und er hatte es, gelockert und wunderbar umgestimmt durch die Ereignisse der Nacht, nicht über sich gebracht, sie durch seinen Aufbruch zu wecken. Bevor er einschlief, träumte er –

so tollkühn, wie er nur träumen konnte. Er wünschte sich, Aggie wäre reich und von großer Familie wie Ada, und sie stiegen unbehindert Seite an Seite empor! Nie würde er sie für eine noch reichere, noch einflußreichere Frau verstoßen. Niemals! Sie könnten Kinder haben denen nicht die »Bastarde« eines geschiedenen Grafen im Wege ständen, Kinder, die seinen Namen führten.

Als sie gegen Morgen erwachten, bat Aggie ihn, ein einziges Mal die Nacht bis zum Ende bei ihr zu bleiben, damit sie, wie sie schlaftrunken äußerte, auch das hinter sich bringe.

»Was willst du hinter dich bringen?« fragte er. – »Das Frühstück«, sagte sie und drehte sich auf die andere Seite. »Das Frühstück – verstehst du nicht?... Das gehört auch dazu.« Er lachte auf: »Köstliche Aggie« und fragte, was mit dem Chauffeur geschehn solle. »Ach, der schläft mit einer andern«, murmelte sie. Wahrscheinlich verwechselte sie ihn mit Grether Fritz.

Silvio blieb bei ihr...

Sie saßen beim Frühstück, Aggie trug den hellgelben Kimono, er selbst war, während das Mädchen den Tisch deckte, frisch und munter, nur nicht rasiert, wie auf einem Spaziergang begriffen, durch die Gartentür eingetreten (den Chauffeur hatte er mit einem guten Zehrgeld ins Wirtshaus geschickt), draußen gaukelte der erste schöne Maitag und schien in seinem Leichtsinn mit ihnen verschworen – als Grether Fritz mit feierlicher Miene Ada anmeldete.

»Ich lasse bitten«, sagte Aggie kurz und erhob sich, um Ada entgegenzugehn. Sie trafen sich in der Mitte des Zimmers, und dort blieben sie während der ganzen Unterhaltung stehn. Ada tat, als bemerke sie Silvio nicht, der sich einige Schritte abseits hielt, die Hände auf dem Rücken, wie ein Schüler, der einen ungezwungenen Eindruck machen will. Aggie schien seine Anwesenheit mit dem Eintritt Adas vergessen zu haben.

»Ich bitte dich um Verzeihung, Ada«, sagte sie unvermittelt.

»Bitte, Aggie, sprechen wir nicht von uns – oder doch nicht von Verzeihung. Ich nehme an, wir sind uns im klaren, wer von uns zu verzeihen hat und wieviel... Ich wollte dir nur sagen, daß ich den Wahltag abwarten wollte, um meine Koffer zu packen. Jetzt geht das nicht mehr, nachdem meine Leute, die seit Wochen spionieren, seit heute morgen unzweifelhaft wissen. Ob der Chauffeur schweigt oder nicht, ist mir gleich. Er fuhr aus dem Hof, als ich hineintrat, die mitleidige Ergebenheit, wie er grüßte, würde mir genügen, wenn an dieser, wie soll ich sagen – bis in den Morgen verlängerten Nacht noch etwas an Deutlichkeit gefehlt hätte ... Ich habe das Gesicht gewahrt, solange es noch so etwas zu wahren gab. Ich wollte keinen Skandal, und ich hatte auch noch andre Gründe zu warten – die sich weniger zur Mitteilung eignen.«

»Ja, du hast das Gesicht gewahrt«, bestätigte Aggie. »Wenn ich dir danke, geschieht es aber nicht dafür, sondern aus Gründen, die sich ebenfalls nicht zur Mitteilung eignen.«

»Aggie, wirklich, warum geben wir uns solche Erklärungen ab? Die aufrichtigsten – aber nein, das ist ein falscher Ausdruck, ich meine die brutalsten würden doch nicht an die Bestimmtheit unsrer Gedanken heranreichen. Es könnte häßlich werden, ohne jeden Gewinn für uns beide oder sonstwen. Ich nehme an, daß auch du jetzt die Dinge beim Namen nennst.«

»Ja, Ada, ich nenne jetzt die Dinge beim Namen. So weit wollte ich's ja bringen.«

»Siehst du!... Nun also, gleich kommt das Gepäck von Unterhügeln. Ich habe dem Chauffeur gesagt, sein Herr verreise, und dazu ein Wort fallen lassen von einem Telegramm, das seinen Herrn nach Paris rufe.«

»Das war überflüssig«, rief Silvio beleidigt dazwischen. »Ich weiß überhaupt nicht, ob ich reise.« Ohne auf ihn zu hören, fuhr sie fort: »Bitte, Aggie, versprich mir, daß ihr über Paris fahrt und einen Tag dort bleibt. Es wäre mir lieb, wenn mein Vater dich noch einmal sähe.« Aggie glaubte, eine Blutwelle überstürze sie von Kopf zu Füßen, sie war aber ganz weiß geworden, und die meergrauen Augen bohrten sich in Ada.

»Wir sollen uns nicht mehr sehn?« fragte sie in einem hohen, seltsam hellen Ton.

»Aggie, was sind das für Fragen! Du wirst mir aus dem Wege gehn, wo du nur kannst.« Eine Weile blieb es still im Zimmer.

»Ja, das werde ich«, sagte Aggie, als erwache sie aus einer Betäubung, und sie machte mit viel Anstrengung einige

Schritte und lehnte sich an den Flügel. Sie ergriff eine Vase mit einem weißen Fliederstrauß und drückte das Gesicht hinein.
»Mein Vater, Aggie, wohnt in der Villa Majestic – wenn du es vergessen haben solltest. Widme ihm einen Tag ... Du sollst ihm nicht von allem andern sprechen. Nur einen Tag mit ihm zusammensein. Er hat dich immer liebgehabt.« Aggie stellte mit zitternden Händen die Vase auf ihren Platz zurück und antwortete:
»Ich verspreche es dir.«
»Danke dir!« rief Ada. Ihre Stimme war mit einmal verändert, gar nicht mehr hart, sie erfüllte das Zimmer mit Duft und Wärme, und in dieser Wolke kam Ada zu ihr an den Flügel und schloß sie in die Arme. Und siehe, Aggie hing nicht mehr steif in Adas Armen wie früher, sie erwiderte leidenschaftlich Adas Umarmung, sie zog den Kopf der Freundin zu sich herab, um ihr etwas unendlich Wichtiges, das niemand hören durfte, ins Ohr zu sagen. Sie fand aber nichts als ein: »Du! Du!« ... Zuletzt kam doch noch ein Wort an die Oberfläche, ein Wort groß wie das Leben:
»Freundschaft ...«
Als es draußen klingelte, fuhren sie auseinander, als seien sie überrascht worden. Ada ging schnell, ohne ein Wort, ohne einen Gruß durch die Gartentür aus dem Zimmer ... Aggie lauschte den Schritten, die tatkräftig den Kies des Vorplatzes unter sich mahlten, und blickte mit einem mühsamen Lächeln auf Silvio ... Dann stand Joseph im Zimmer und meldete, das Gepäck des Herrn sei da.
»Silvio«, flüsterte Aggie, als sie wieder allein waren. »Silvio! Wach auf! Sie ist fort!«
Er zuckte die Achsel und begann, mit gequältem Gesicht auf und ab zu gehn. Sie erhob die Stimme: »Ich lasse meine Sachen packen – für etwa vierzehn Tage, nicht wahr, Silvio?«
»Ja, ich denke, für etwa vierzehn Tage«, versetzte er gleichgültig. – »Silvio«, sagte sie und legte ihm die Hand auf die Schulter ... »Silvio, es hat keinen Sinn, dir jetzt Sorgen zu machen ... Du wirst ohne mich zurückkommen, ich schwöre es dir, dann kannst du alles bei ihr versuchen, was dir möglich scheint ... Silvio! Glaube mir, vorher –«

»Ja«, sagte er. »Mach dich fertig. Und laß, bitte, den Unsinn mit dem ›allein zurückkommen‹. Ich brauche dich ... Du hast es doch selbst gesehn, ich war einfach nicht mehr für sie da. Sie ist ein Teufel ...«
Die Hände auf dem Schoß gefaltet, stand sie vor ihm, blickte zu ihm auf und strahlte. »Wie lieb von dir, daß du mich behalten willst! ... Aber – wie lang?« Sie strahlte und schüttelte gleichzeitig wehmütig den Kopf.
»Mach dich fertig«, wiederholte er unsicher.
Als sie angekleidet herunterkam, sah sie ihn unter der Gartentür stehn – mit kleinen Kopfstößen, wie ein Vogel, guckte er in die Luft und pfiff.
»Ich laufe ins Schloß hinüber, mich verabschieden«, erklärte sie und schaukelte mit ihrem Lächeln auf der Flut der guten Laune, die Silvios Gesicht überschwemmte. »Du wirst nicht ungeduldig sein. Ich bin schnell wieder da.«
»Lauf nur, Kleines. Bitte, Claus zu grüßen und mich zu entschuldigen, und nimm dir alle Zeit am Busen des Freundes, ich habe inzwischen zu tun. Ich muß mich rasieren, in die Stadt fahren, das Gepäck aufgeben, und wenn ich dann auch noch meinen Abschiedsbesuch und vorläufig letzten Kriegsrat beim Präfekten hinter mir habe, dann hörst du hier gedämpfte Trommeln und Pfeifen, und das bin ich, der dich abholt.«
Ob er mich jetzt schon sitzen läßt, fragte sie sich und gab sich Mühe, möglichst zuversichtlich dreinzuschauen.
»Also bist du es«, musizierte er weiter, »die nicht ungeduldig werden darf. Vielleicht behält der Präfekt mich zum Essen da. Ich hoffe, nicht. Bitte Kuß! Ich bin glänzend aufgelegt ...« Er blickte ihr nach und freute sich, wie der Irrwisch über den funkensprühenden Kiesplatz tanzte. Ja, das war er – glänzend aufgelegt. Vorhin, als Vogel, der in die Luft guckte und pfiff, hatte er nämlich beschlossen, Aggie unterwegs abzustoßen, was auch geschehn mochte, und gleichviel, ob sie Gepäck für vierzehn Tage mitnehme oder für die Ewigkeit.
Worüber er aber auf der Fahrt nach Straßburg am meisten grübelte, war die Frage, warum seine Frau hartnäckig darauf bestanden habe, daß Aggie in Paris ihren Vater besuche. Natürlich brachte er es in Verbindung mit sich und Ada. Ihr mußte ebensosehr wie ihm daran liegen, erst einmal Aggie

abzuschütteln, bevor etwas zur Wiederherstellung ihrer Beziehungen geschehen konnte. Ada war ein vernunftbegabtes Wesen trotz allem, sie kannte die Welt. Schon sah er den alten Hartmann als »Treuhänder« zwischen sie gesetzt. Es gab da viele Möglichkeiten. Schließlich ließ er die vielversprechenden, aber ungewissen Wegweiser fahren und wandte sich seinem Glück zu, das, ungleich fester als die Spur des Menschen, geschweige denn einer Frau, in den Sternen ruhte...

Hier nun sei, um nicht auch den Leser auf Abwege zu bringen, die Lösung des Rätsels vorweggenommen. Aggie hatte auf Ada einen unheimlichen Eindruck gemacht: wie die Galionsfigur eines Schiffes, das in seinen letzten Sturm zieht, sagte sie später. In einer Art Erleuchtung verfiel sie auf einen rettenden Gedanken.

Nachdem sie in ihrem kleinen Wagen vergeblich Felder und Äcker nach mir durchsucht hatte, fuhr sie nach Unterhügeln und ließ so lang bei uns anrufen, bis sie mich erreichte. Sie sprach mir vom besorgniserregenden Zustand Aggies und bat mich, sofort an Bieterle in Stuttgart zu telephonieren. Er sollte sich in den nächsten Zug nach Paris setzen, wenn nötig fliegen, als Gast ihres Vaters in der Villa »Majestic« absteigen und sich, offen oder heimlich, dem nach Spanien reisenden Paar anschließen. Wenn Aggie ihn abwiese, habe er ihr »als Querulant zu folgen«. Aggie müsse einen Schutz oder doch einen Halt haben, ich dürfe ja nicht unterlassen, Bieterle den Seelenzustand seiner Freundin in den schwärzesten Farben zu malen... Sie, Ada, wolle gleich ihren Vater anrufen. Natürlich werde er sich vor dem Paar verleugnen lassen, es sei denn, Bieterles Ankunft verzögere sich, so daß er sich zeigen müsse, um die beiden bis zum Eintreffen des Schwaben festzuhalten... »Sag es mir, bitte, Claus, wenn die andern fort sind.«

»Ja, sobald sie weg sind, rufe ich an«, sagte ich. »Wie gut, Ada, daß du an Bieterle gedacht hast, ich danke dir tausendmal. Einen bessern Mann gibt es jetzt für uns überhaupt nicht. Mir Simpel wäre das frühestens übermorgen eingefallen. Da hätte er sie in Spanien suchen können, der arme Bieterle.«

Als dieses Gespräch stattfand, hatte ich Aggie noch nicht gesehn. Ich sprach unten auf dem Vorplatz bei der Treppe, und sie wartete, ein Stockwerk höher, in meinem Schreibzimmer.
Sie war von Joseph in mein Zimmer geführt worden, zu dem sie jederzeit Zutritt hatte, ob sie nun zu ihrem »Hürdensprung« antrat oder um endlich wieder »allein zu sein wie in einem Hotel«. Auf dem Gang traf sie Annette. Das Kind wünschte ihr artig die Zeit und wollte mit seiner Pflegerin weitertrippeln, als Aggie ihr unvermittelt einen langen Purzelbaum vorschlug. Annette, mit der erstaunlichen Fähigkeit der Kinder, sich sofort umzustellen, kollerte hinterdrein, der Anblick eines blitzroten Schlüpfers entriß ihr Jubeltöne. Joseph und die Kindergärtnerin schauten zu, und Joseph hielt den Hut. Die Gegenwart des Dieners belästigte Aggie nicht im geringsten, trotz des blitzroten Schlüpfers. Dazu trug sie einen roten Hut und auch wieder rote Schuhe wie voriges Jahr beim Ausflug auf den Hartmannsweilerkopf. Nur, denke ich mir hatte damals der gleichfarbige Schlüpfer gefehlt. In langen Purzelbäumen ging es den Gang hinauf, und es wäre wohl auch noch den Weg zurückgegangen, wäre nicht Annette gegen Ende der ersten Strecke unruhig und griesgrämig geworden. Aggie packte sie auf und brachte sie zur Kathrin in die Küche.
Darauf kletterte sie wieder die Treppen hinauf und irrte durch die Zimmer des Stockwerkes. Von einem Fenster aus erkannte sie Adas kleines Auto, das über die Feldwege humpelte, Unterhügeln zu. Sie fragte sich, warum sie Claus Breuschheim auf den Äckern suche, da sie doch jetzt Zeit genug haben werde, das Männle auf dem Felde nach Herzenslust zu sehn – und auch ihre Kinder, worauf sie mehr als zehn Jahre gewartet hatte. Nur Sinnenmenschen wie Ada verloren darüber nicht die Geduld, um nicht zu sagen das Muttergefühl... Und wo würde sie wohnen? Würde sie eine englische oder deutsche Erzieherin für die Kinder nehmen? Würde die Kleinere, die aus Liebe zum Vater die Mutter verabscheute, ihren Sinn ändern – angenommen, der Sprößling einer Hartmann könnte seinen Sinn ändern? Vielleicht, nein, sicher, sicher hätte Ada Silvio nicht geheiratet, wenn die Kinder bei ihr gewesen wären. Kinder schärfen den Instinkt

und das Verantwortungsgefühl. Unwillkürlich stellt man sich den Mann als ihren Vater vor... Aggie konnte sich Silvio nicht als den Vater Gabrieles vorstellen.
Und jetzt bekommt Claus sie, den Marmorleib in der Silberwolke! Ihr bester Freund ihre beste Freundin. Und sie gönnte sie ihm, ja, ihm gönnte sie Ada. Claus an Stelle Silvios – alles wäre anders geworden...
Sie mußte lange warten und wurde immer aufgeregter. Zuletzt blieb sie in meinem Schreibzimmer und ging dort im Kreis, erschöpft und innerlich zerschlagen von der letzten Nacht, wie sie sich fühlte, seitdem sie wußte, daß sie heute Breuschheim auf immer verlassen sollte – selbstverständlich auf immer. Später würden Ada und Claus den Wolf aus dem Land jagen, daran zweifelte sie nicht, und, wer weiß, vielleicht würden die beiden sie dann wieder in Freundschaft annehmen... Und einen bewohnbaren Mond aus ihr machen... Wer konnte es wissen? Sie hatte an größere Wunder geglaubt! Und aus der Bewegung der Parkbäume im aufkommenden Wind, jeden einzelnen meinte sie zu kennen und zu lieben, schöpfte sie neue Hoffnung. Ein Stück Leben vergeht in der Sonne, die Erde trinkt das Wasser und wirft es wieder ins Meer, woher es stammt, das große, runde Leben ist stark, schluckt ganze, echte Monde und grünt von neuem, grünt und trägt Früchte...
Als sie auf dem Gang Schritte vernahm, entließ sie den schillernden Schwarm der Wunschbilder wie einen Besuch aus Elfenland und wappnete sich, wappnete sich für die Wirklichkeit.
»Ihm will ich alles sagen!« beschloß sie und blieb stehn, mit dem Gesicht zur Tür, ungewiß, ob sie einen Freund erwarte oder einen Feind.
Offenbar war es ein Freund, denn sie flog auf mich zu und umarmte mich und führte mich an der Hand zu einem Sessel, wo ich mich niederlassen mußte, sie selbst setzte sich mir gegenüber.
»Claus, Ihnen will ich alles erzählen«, sagte sie, auffallend gefaßt nach allem, was ich von Ada gerade gehört hatte. »Eine Seele auf der Welt soll wissen, was aus mir geworden ist... Ich bin ein Bergwerk von Unglück und Schande, mein lieber Claus. Sie können tief in mich hinabsteigen, ohne auf etwas

anderes zu stoßen in dem Haufen, der vermutlich dem Reinen, dem alles rein ist, auch nicht schlecht in die Nase duftet – nichts als Unglück und Schande gibt es da, Claus, ich rede ernst, lauter Unrat, außer hie und da, um genau zu sein, ein paar von den Glitzedingern, Splittern von Spiegeln, wie Kinder sie gebrauchen, um mit Sonnenreflexen zu spielen, und Frauen, um die Lippen zu schminken und ihr Augenspiel zu prüfen. Claus, ich habe Silvio nur geliebt, solang er mich nicht besaß. Ich weiß, es klingt furchtbar komisch heutzutage, ein vierzehnjähriges Mädchen würde mich auslachen, aber was soll ich tun, es ist so, ich kann es nicht ändern, ich habe es nach Kräften versucht.« Und Aggie erzählte mir ihre »Geschichte«, in einer fast gemächlichen Weise, wie man lange Geschichten zu erzählen pflegt, und als handle es sich um eine andre als sie.

Es ging nicht so leicht, wie sie erst wohl gehofft hatte und wie sie noch vorschützte, als ihr die Augen schon in Feuer und Tränen schwammen.

Die aufrechte Haltung, sehr lang gewaltsam beibehalten, brach an der Stelle, wo sie von der Nacht sprach, in der Silvio zu ihr kam, mitten durch, körperlich brach sie entzwei, die Schultern fielen vornüber, sie suchte vergeblich sich wieder aufzurichten und mir hochfahrend ins Gesicht zu reden, um zu zeigen: sie schäme sich nicht! Nein, sie empfand keine Reue, versicherte sie, kerzengerade aufgerichtet gestand sie und leugnete im selben Atemzug die Sünde. Sie war einfach nur in das Gesetz der Schöpfung eingetreten, das sagte alles. Und sie wollte das Gesetz leben bis zum Ende.

Einen Gewaltakt der Natur nannte sie die Liebe, erhaben über Gut und Böse, von Schön und Häßlich gleich weit entfernt, furchtbar in ihrem Blutdurst wie der Krieg, herrlich auf Sturm und Vernichtung bedacht. Solang es die Liebe gab, konnte auch der Krieg nicht aufhören – die Menschen waren nur mit Vernunft begabt, um auf grobe oder feine Art zu genießen, auf grobe oder feine Art zu zerstören. Die Tiere, die gleich nach der Begattung starben, verkörperten am reinsten den Sinn der Welt, ein andrer ließ sich weit und breit nicht entdecken. Und wenn Frauen die Natur überlisteten, um nicht zu gebären, so nahmen sie damit dem Krieg des Blutes das einzig Versöhnliche, daß aus Tod Leben entstand, beraubten sie ihn der einzigen Größe, nämlich des Bewußtseins, in Demut einem göttlichen Gesetz zu gehorchen. Was wurde in diesem Fall aus ihnen? »Schauen Sie mich an, Claus, ein feiger, gieriger, grausamer Mensch!«

»Fromm werden, Aggie«, sagte ich leise, »wieder fromm werden – oder jedenfalls Ihrer Natur gemäß leben! Der einzige Ausweg für Sie, den ich weiß.«

»Ich habe meinen Glauben, die Revolution«, versetzte sie mit Schärfe, und doch klang es schwankend und hohl und nur wie ein Echo ihrer vorigen Heftigkeit. »Nein, Aggie«, sprach ich weiter. »Sie haben nur Ihre Verzweiflung und verwechseln sie mit allem möglichen, unter anderm mit der Revolution.« Sie gab keine Antwort. Über ihre armselig aufgesperrten Lippen zuckte ein Lächeln. Wahrscheinlich lächelte sie über den Hochmut, der von Gesetz, Sturm und Vernichtung sprach in einer so einfältigen Sache ... Sie warf zufällig einen Blick auf ein altes, florentinisches Kreuz, das in der Ecke des Zimmers hing ... Darauf lächelte sie noch einmal, und diesmal war es, als lächelten alle Tränen und das Feuer ihres Gesichtes ... Sie öffnete die Hände in ihrem Schoß und ließ sich verlorengehn.

Ein halb erwachsenes Mädchen saß sie und bebte in ihrem Sessel, wie irgendein Mädchen. Tief erschrocken, die nassen Augen bald ins Weite, wie fragend, ablehnend und wiederum fragend, bald auf das Kruzifix gerichtet, weinend und wimmernd, über zerkrümelnden Händen, die aus lauter Hilflosigkeit den Schoß nicht zu verlassen wagten, klagte sie. Einfache Worte, die vor ihr Millionen ähnlich gesprochen hatten, kamen ungesucht wie die Tränen und verliefen in das namenlose Meer des Leids, dessen Flut einmal jedes Menschenherz erreicht. Endlich fand sie kein Wort mehr, keine Träne. Eine große Stille trat ein und herrschte mild wie der Mond ...

»Das Haus hat zugehört und ist entsetzt über mich«, meinte sie plötzlich. »Da will ich schnell gehn.«

An der Tür, wiederum gefaßt, sagte sie: »Claus, wir verreisen gleich – wenn er mich nicht jetzt schon im Stiche läßt ... Aber ich glaube es nicht ... Warum auch, da er noch gute vierzehn Tage seine Freude an mir haben kann, ohne seine Lage zu verschlimmern? Leben Sie wohl. Sprechen Sie nicht schlecht von mir bei Ada ...« Sie senkte die Stimme. »Claus, er ist das

Genie der Lüge, der Verderb des Landes. Schon hat er alle und alles auseinandergebracht, und ich habe ihm nach Kräften geholfen. Ich möchte nicht, daß er gewählt wird, o Gott, ich möchte es nicht. Vielleicht packt sie der Zorn, weil er sie in voller Wahlkampagne im Stiche läßt, und sie wählen einen andern, einen, der an seiner Stelle einspringt. Sie, Claus, sollten es tun! Sie! ... Leben Sie wohl, Claus. Sprechen Sie gut von mir bei Ada ... Ach, es ist alles Unsinn, was ich sage, es ist nicht nötig, bei Ada gut von mir zu sprechen, sie hat mich ja nur aus ihrem Leben gestrichen – nicht aus ihrem freundlichen Gedenken.«

»Nein, Aggie«, sagte ich, »nein, sie hat Sie nicht aus ihrem Leben gestrichen.«

»Aber ich«, rief sie und war aus der Tür.

CADIZ, 20. MAI 1928

Silvio reiste ab, und gleich traten seine Trommler und Pfeifer in Tätigkeit.

Silvios Presse gab bekannt, der »dem Dienstalter, nicht dem Rang nach jüngste Vorkämpfer der Heimatbewegung« habe, aus Gesundheitsrücksichten und der strengen Verordnung der Ärzte nur ungern folgend, »den Süden« aufgesucht, die Zeit seiner Abwesenheit sei jedoch höchstens auf zwei, drei Wochen zu bemessen. Die Wähler wurden beschworen, dem Ideal und seinem aus Überanstrengung erkrankten Fahnenträger die Treue zu halten. Folgte eine ziemlich zutreffende, im Wortschatz unwählerische Schilderung der heimatlichen Verhältnisse, von denen es dann zum Schluß hieß, daß sie einem Neuling von so vornehmer Gesinnung wie Silvio Wolf begreiflicherweise ganz anders zusetzten als der alten Garde, die seit Jahr und Tag im Sumpfe kämpfen müsse.

Die Klänge dieses Zapfenstreiches hingen noch in der Luft, da marschierten die Gegner mit großen Tragbändern auf: »Das Komplott aufgedeckt! Deutschland bezahlt die Autonomisten! Zahlreiche Haussuchungen! Die Führer heute verhaftet!« Dazu erklärten die Zeitungen des Präfekten, daß die

»Flucht« Silvio Wolfs die Polizei veranlaßt habe, ohne Rücksicht auf die bevorstehenden Wahlen gegen die als elsässische Patrioten verkleideten Agenten Deutschlands einzuschreiten und die Vorkämpfer der Heimatbewegung hinter schwedische Gardinen zu setzen. Die Beweise für die Schuld der Verhafteten lägen vor, vernichtende Dokumente, deren Echtheit von den Angeklagten bei ihrer ersten Vernehmung nicht hätte bestritten werden können. (Das letzte stimmte. Nur waren die angeblich vernichtenden Dokumente Scherzartikel ohne Bedeutung.) Der Ministerpräsident Sarcarot kam eigens herbeigereist, um in einer Rede »der Welt die Wahrheit über das Unbehagen in den wiedergewonnenen Provinzen zu verkünden«.
Das Bankett, bei dem er sprach, war im geräumigsten Festsaal der Stadt für tausend Gäste gerichtet. Als er sich erhob, rückten neunhundertneunundneunzig der Schule längst entwachsenen Männer auf ihren Stühlen und wandten ihm ihre geröteten Gesichter zu, gern oder ungern bereit, wieder einmal am ewigen Fortbildungskurs des Vaterlandes teilzunehmen... Da stand er, kaum größer als Napoleon, aber mit ansehnlicherer Stirn, und obwohl er Zivilist war und von einer Gesichtsfarbe, die an Kellergewächse erinnerte, wirkte er martialisch – wie ein Proviant- oder Zahlmeister. Schnurr- und Kinnbart, gelblich weiß, entsprachen der Gesichtsfarbe, aber die Augen glänzten vor Schlaflosigkeit... Um Stirn und Augen häuften sich dünne Falten, angefüllt mit Bitterkeit und Kümmernis, dem Niederschlag sorgenvollen Ehrgeizes. Auf dem nackten Schädel lag das Lampenlicht durcharbeiteter Nächte, der Glanz der Kronleuchter konnte es nicht verwischen – in aller Helligkeit des Festsaales blieb es ein Stubenlicht, beschränkt und sparsam. Die Stimme klang hoch, und obwohl die Rede sich mühelos abwickelte, lief sie auf lauter kleinen Knoten... Konnte dieser Mann jemals heiter sein? Ebenso gut hätte man erwarten dürfen, einen alten Weinstock wie eine Schlange zur Musik tanzen zu sehn!... Man behauptete von ihm, das einzige, was er außerhalb des engsten Privatlebens liebe, sei das Elsaß. In Wahrheit war diese Liebe nur der Ehrgeiz (wahrscheinlich sein letzter), vom Elsaß geliebt zu werden. Wie aber sollten die Rheingaskogner einen dürren, verbis-

senen Lothringer lieben? Bestenfalls sagten sie mit abgewandten Augen: »Ein großer Mann...«
Nun kann ein kluger Kopf kaum eine Rede halten, das heißt längere Zeit nach einem feststehenden Ziel schießen, ohne auch einmal zu treffen. Mancher Schuß Sarcarots saß, wenn auch nicht gerade im Schwarzen. Bei dem Geknall des »alten Ehrenmannes« horchte die Welt auf, nur das Elsaß nicht. Die Elsässer hörten einfach weg. Lange Gewöhnung hatte sie abgestumpft gegen das Preisschießen auf elsässische Schießscheiben. Es war nämlich seit Jahrhunderten immer die gleiche Scheibe: ihr Gesicht – ihr Gesicht, wie sie es haben wollten, die andern, die Schützen, aber nicht... Nachdem Sarcarot geschossen hatte, knallte ein jeder im Land, der sich als Franzose fühlte, möglichst laut hinterdrein, und aus dem Standschießen wurde eine Treibjagd.
Die Wähler schmunzelten. »Aha! Der Wolf hat den Aufmarsch gerochen und ist rechtzeitig ausgeruckt.« Und sie freuten sich, auch ihrerseits den Jägern ein Schnippchen zu schlagen, indem sie am Wahltag unbeirrt für den Durchbrenner stimmten. Es gab keine Wirtschaft im Wahlkreis, wo nicht allabendlich geschrien wurde: »Vive le Loup!«, und wenn es auch oft das einzige Französisch war, das die Schreier kannten, so brannten sie darum nicht weniger darauf, ihre verblüffenden Sprachkenntnisse an den Mann zu bringen.

Währenddessen war Ada damit beschäftigt, den Haushalt in Unterhügeln aufzulösen. Sie entließ alle Angestellten mit Ausnahme des alten Gärtners, der ein Wohnrecht im Gartenhaus besaß, und ihrer Zofe. Wir besuchten uns oft, und beide taten wir, als wäre sie darauf angewiesen, daß ich ihr in ihren Angelegenheiten beistünde. Es sollte aber nur ein Vorwand für mich sein, ihre Angelegenheiten zu den meinen zu machen... Als wir die Nachricht erhielten, daß Graf Breisach in Capri gestorben sei, fuhren wir auf drei Tage nach Deutschland, um die Ordnung des Nachlasses in die Wege zu leiten. Ada wollte von Römerbad gleich weiter nach Genf zu ihren Kindern reisen. Wir fanden nicht viel Arbeit vor, der Graf hinterließ nur das Schloß, und darauf standen mehr Hypotheken, als die Besitzung heute wert war. Der Hauptteil der Hypotheken ging zugunsten der Witwe Graeßlin. Was

Breisach an Barmitteln besessen haben mochte (infolge der Inflation konnte es nicht viel sein), hatte er ihr wohl in die Hand geschenkt.
Der Doktor Savarin, der alles wußte, was in Römerbad vor- und rund um den Erdball Römerbad anging, konnte berichten, daß die Witwe Graeßlin ihre Tochter Anna vom offenen Grab weggeholt und in eine Besserungsanstalt gesteckt habe, ferner, daß sie selbst jetzt in St. Paul wohne, einem kleinen Ort der Riviera. Derselben Meldung eines dort herumwandernden Savarinschen Patienten zufolge war sie von den Einwohnern St. Pauls als alte Bekannte und Schutzpatronin des einst aufstrebenden Platzes und schwervergoldete Fremdenfalle begrüßt worden, und man erwartete von ihr eine Belebung des träge gewordenen Umsatzes. Dort unten hieß sie Giulietta Var. »Giulietta Var?« rief ich. »In diesem Fall kenne ich die Witwe Graeßlin seit meinem zwanzigsten Jahr. Damals schon hatte sie ein tolles Leben hinter sich, im Hafenviertel von Genua und so – wenn ich mich recht entsinne, spielten da sogar Chinesen eine Rolle ... Sagen Sie, Doktor, sie muß doch uralt sein?«
»Kein Jahr älter als Sie«, versicherte der Doktor.
»Unmöglich!«
»Bitte, ich habe sie behandelt.«
»Da wird mir erst klar«, scherzte ich, »daß ich, vom Krieg abgesehen, überhaupt noch nichts erlebt habe, daß ich ein Kind bin an Abenteuern und Wechselfällen des Schicksals und ich mich sehr beeilen muß, wenn ich wenigstens noch anfangen will zu leben ... Aber in St. Paul, da war ich dabei. St. Paul ist mir so vertraut wie – wie ...«
»Wie Maria Capponi in Person«, half Ada lächelnd. »Ja, von dir, Claus, weiß ich fast so viel wie der Doktor von Römerbad.«
Betroffen sah ich sie an. Ich versuchte, ebenfalls zu lächeln, es gelang nicht.
Dann sprachen wir vom Elsaß. Die politischen Zustände dort beunruhigten den Doktor wie eine Krankheit, die sich der Diagnose entzieht, ich machte meinem lange zurückgehaltenen Unwillen Luft und malte den Teufel kräftig an die Wand – sein Name blieb unausgesprochen. Ada mahnte zum Aufbruch.

Als wir allein waren, sagte sie unvermittelt: »St. Paul liegt nicht weit von Tourette... Der Streit von Tourette, Claus!... Damals sah ich einen Sieger davongehen, der sich für geschlagen hielt – es war Gurdon. Eines Tages wirst du ihm nachfolgen, sprach ich zu mir, aber du wirst härter sein... Es kam, wie ich geahnt hatte, Claus, nur unter andern Umständen... Eigentlich ist es falsch, daß ich von einer Ahnung spreche. Es war Gewißheit.«
Kurze Zeit darauf saßen wir auf der Terrasse meines Hauses am Waldrand. Der Wald brauste im Föhnsturm. Unberührt davon breitete sich unter uns die Ebene, ein Garten des Friedens... Die Vogesen standen tiefblau in einem Himmel, der nur ein leichter blauer Rauch war.
Ich hatte vorhin bei Savarin das Schicksal meiner Heimat verflucht, dem die kleinen Teufel nicht erlaubten, zu sich selbst zu kommen, und die wir schalten und walten ließen, als trieben nicht weithin über Europa Teufel von ganz anderm Ausmaß ihr Wesen. Wir beschäftigten uns ausschließlich mit einem Splitter in unserm Finger, sagte ich zu Ada, während schon Herz und Lunge des Körpers, dem wir zugehörten, auf den Tod bedroht waren.
»Du solltest weggehen«, riet sie mir. »Wenigstens Ferien solltest du nehmen von all dem da drüben... Hier ist ebenso Heimat wie dort.« Mit einer Kopfbewegung deutete sie auf das dunkle Band von Bäumen und Sträuchern, das den Lauf des Rheins in der Ebene bezeichnete. »Flingot wird auf das Gut aufpassen, und du kannst, so oft du willst, im Wagen hinüberfahren. Wenn du dich langweilst, brauchst du nur den Wald hinaufzugehen und findest mich und die Kinder. Ja, Claus, ich habe es mir überlegt, ich werde die Graeßlin auszahlen und alles neu herrichten lassen, ich fürchte mich nicht vor Gespenstern... Vielleicht beaufsichtigst du ein bißchen die Arbeiten im Schloß, und wenn der Berg tief wird unter seinen lichtbeladenen Bäumen, dann rufst du mich – solang bleibe ich bei den Kindern in Genf... Claus, ich glaube fast, es wäre gut so.«
Ich nickte.
Unter der Abendsonne war die Ebene durchscheinend grün geworden, grün, als bräche ihr Blutschein hervor. Das Tal zerfloß in seinen Wiesen, es war abgründig in seinen

Äckern ... Dies Land gehörte nicht mir, ich gehörte ihm. Es war eine große Person von mütterlicher Zauberkraft, ja, stärker noch als die leibliche Mutter, weil sie mit der Gewalt auch jener Mütter zu mir sprach, deren Kinder mir Freunde und Verwandte waren – in dieses Tal, auf diese Berge fiel der Widerschein aller Menschen, die ich verehrte und liebte. In dieses Tal, auf diese Berge mußte ich zurückwandern aus aller Welt, hier stand die Scheune, in die ich jede Ernte fuhr, es war der Punkt, von dem ich ausging und zu dem ich zurückkam, und dieser Weg: fort und wieder heim, zeichnete jedesmal die Bewegung des Fischzugs, den ich draußen getan ... Und Ada hatte tausendmal recht! Das Land der Vogesen und das Land des Schwarzwaldes waren wie die zwei Seiten eines aufgeschlagenen Buches, ich sah deutlich vor mir, wie der Rhein sie nicht trennte, sondern vereinte, indem er sie fest zusammenhielt. Die eine der beiden Seiten wies nach Westen, die andre nach Osten, auf jeder stand der Anfang eines verschiedenen und doch verwandten Liedes. Von Süden kam der Strom und ging nach Norden, er sammelte in sich die Wasser aus dem Osten und die Wasser aus dem Westen, um sie als Einziges, Ganzes ins Meer zu tragen... Dieser vereinende Strom mitsamt seinen Ländern, die sich an seinen Flanken dehnten, dies war Europa, hauptsächlich dies, und jedenfalls konnte es nie ein Europa geben ohne diese Länder, wie sie der Rhein mit seiner Naht zusammenhielt, einer Naht, die ewig im Fluß blieb, damit sie nicht reißen konnte oder verfaulen... Ich erkannte es in dieser Minute mit allen Sinnen und empfand einen zerreißenden Frieden – wie die Gegenwart eines unendlichen Wesens, das sich mit mir vermischte und zugleich mit diesem Land, auf das der goldklare Schatten des Abends herabsank.

»Ja«, sagte ich, »es wäre gut so, Ada. Wir wollen es tun.«

Sie sah mich an. Ihre Augen schienen hinter Lichtschleiern zu atmen. Dann zuckte im leichten Rauch des Himmels ein Funken reinsten Feuers. Der Abendstern war über den Vogesen aufgegangen.

Bei meiner Rückkehr nach Breuschheim lag ein Brief Aggies auf meinem Tisch, der Umschlag trug den Poststempel: »Cadiz, 20. V. 28.« Der Brief selbst nannte weder Ort noch Zeit. Er lautete:

Lieber Claus, ich schreibe in meiner Kabine. Ich bringe den Brief noch zur Post, denn Bieterle meint, auf dem Landweg werde der Brief schneller und sicherer zu Ihnen kommen, und er kann gar nicht schnell und sicher genug in Ihre Hände gelangen, dieser Brief.

Ja, lieber Freund, es gab einen Ausweg, ich habe ihn versucht. Sie sagten einmal, um unsre Generation sei ein magischer Kreis gezogen, aus dem könne sie nicht heraus, sie sei verurteilt, im Kreis von Blut und Feuer und im vielleicht noch heftiger brennenden Zweifel über sich selbst und ihre Bestimmung zu wandern – sie habe nicht zuviel, aber zu vieldeutiges erlebt ... Claus, ich habe versucht, aus dem Kreis zu springen und dorthin zuruckzufinden, woher ich gekommen bin.

Außer Ihren Abschiedsworten war der Anlaß dazu ein Traum, den ich hier in der letzten Nacht gehabt habe. Ich war, im Traum, in einem alten winkligen Teil dieser Stadt geraten und ekelte mich vor dem Anblick einer schmutzigen, baufälligen, mit Moos und Schimmel überzogenen Kirche, als eine Glocke, die Glocke dieser Kirche, zärtlich und vorwurfsvoll zu läuten begann. Im selben Augenblick sah ich im Fenster eines gegenüberliegenden Hauses meinen Vater. Ich dachte mir gleich, es müßte eines jener Häuser sein, die man öffentliche nennt, und ich wußte auch, daß man ihn mit Gewalt in dem Haus zurückhielt. Er lehnte sich weit aus dem Fenster, als suche er jemand auf der Gasse, einen Polizisten, dachte ich, der ihn befreien sollte ... Sein Gesicht zeigte einen sinnenden Ausdruck von Angst und Trauer, mitten im Schritt machte ich halt. So war er zwar gestorben, aber noch nicht erlöst! Er war durch viele Städte geirrt, immer der Sonne nach, und saß jetzt fest in diesem fragwürdigen Haus.

Da erblickte er mich, wandte ein wenig den Kopf und nickte mir von der Seite zu, ohne im übrigen seine Haltung zu ändern, er musterte mich rasch und aufmerksam, wie er seine Kranken anzuschauen pflegte, und ein Lächeln erhellte seine Züge. Ein Lächeln, das ihm gar nicht gehörte, vielmehr schien es hinter seinem Gesicht zu stehn, es war jemand anders, der durch seine Züge hindurch lächelte! Ich verstand, daß es niemand anders sein konnte als meine Mutter (die ich nicht gekannt habe), und zum erstenmal im Leben fiel mir ein: »Sie muß ihn doch geliebt haben!« Und in Gedanken setzte ich hinzu: »Dann ist alles gut...« Ich gab, ein wenig furchtsam, das Lächeln zurück und ging weiter. Für solche Gefangene gab es keine Befreiung auf Erden... Dies also, Claus, war der unmittelbare Anlaß zu meinem Versuch, in die Gewißheit heimzukehren.

Ich bin heute von Kirche zu Kirche geeilt und habe nach einem Priester gefragt, der mir, deutsch oder französisch, die Beichte abnehmen könnte. Zuletzt schickte man mich zum Pfarrer der Stadtkirche, er sollte »der Gelehrteste« sein. Ich fand einen schönen Greis, dessen Augen einmal in den Himmel geschaut haben mußten! Allein durch die Art, wie er mich ansah, tröstete er mich, wie kein Vater mich getröstet hat. Er gab mir zu verstehn, seine sehr mangelhafte Kenntnis des Französischen werde es ihm nicht ermöglichen, meiner Beichte zu folgen, aber im Bund mit meinem Herzen, das er klopfen höre, sei es mehr als genug, die Reue springe mir ja aus den Augen. Wir begaben uns von der Sakristei in den Beichtstuhl, die Kirche war leer, bis auf ein paar Frauen, die im Halbdunkel knieten, und auch ein Mädchen war da, vor einem Madonnenbild, fast noch ein Kind, das hing scheinbar ohnmächtig, als habe man sie hingeworfen, über dem Betstuhl. Aber als ich vorbeiging, erschrak ich, wie heftig sie betete...

Erst ging es ganz gut, der Priester half mir hie und da mit einem Brocken Französisch weiter, manchmal auch mit einem Stückchen Kirchenlatein, das ich schon so vergessen hatte, daß ich wie über einem Mutterlaut dabei verweilte und hineinhorchte, als müßte auf dem Grund ein tieferer Sinn verborgen liegen, als das Wort verraten wollte, eine nie gefühlte Wärme dort quellen... Doch je weiter ich in der Beichte vordrang, um so schemenhafter wurde alles, die Gnade fehlte, Claus, die unentbehrliche Gnade ließ mich im Stich.

Jemand, der meine Stimme hatte, bewegte angstvoll Augen und Hände, es waren meine Augen, meine Hände, wahrscheinlich glich er mir auch sonst in allem, ich aber schüttelte den Kopf dazu und fand ihn aufdringlich, kriecherisch in seinem heillosen Bemühen. Die Worte verloren ihren Sinn, sie waren wie unbekannte Gegenstände, die ich im Dunkel aufhob und wieder zurücklegte, und die wenigen, die ich erkannte, verleugnete ich schon im Augenblick, da ich sie aussprach. Ich schämte mich vor dem edlen Greis, der, es konnte nicht anders sein, mir widerwillig folgte und immerfort hörte, wie ich log, selbst wenn er kein Wort verstanden hätte, dem es grauste vor dem Zerrbild der Reue und der angesichts der Schändung, die ich am Höchsten beging, allmählich erstarrte. Er sprach immer seltener und schließlich verstummte er ganz.

Ich zitterte so stark, daß der Beichtstuhl mitbebte, Tränen überschwemmten mein Gesicht, ich sah und hörte nichts – nichts als die Empörung, die auf einmal wieder in mir aufstand. Sie kennen sie, Claus, von unserm traurigen Abschied!... Es ist ein Sturm, eisig und scharf, ich kann nicht gegen ihn an, wenn er mich einmal gepackt hat. Inbrünstig leise schmähte ich mich mit den stärksten Ausdrücken, flüsterte brennend, bald französisch, bald lateinisch – brannte es ihm plötzlich verstummend, gleichsam mit dem Schrei der Stille ins Ohr, daß ich nicht fähig sei und auch nicht willens zu bereuen, und flehte den armen, alten Priester an, die Unwürdige aus der Kirche zu jagen, sie verhöhne ihn ja mit ihrem Getue und ihren scheinheiligen Tränen. Dann konnte ich nicht mehr, ich war erschöpft, der Priester schwieg nach wie vor. Nach einer Weile hörte ich ein leises Geräusch und erriet, daß seine Lippen sich bewegten. Er betete über meiner Verzweiflung, und ein- oder zweimal huschte ein Leuchten vorbei, das von seinen nassen Augen herrührte.

Eine lange Zeit verstrich in dieser Lautlosigkeit, nur die Lippen des Priesters bewegten sich noch, stiller und stiller. Hatte er aufgehört zu beten? Kein Sturm mehr, keine Träne, der Beichtstuhl schwieg wie ein Grab. Ich fühlte nichts mehr von der Kälte im Innern, mein Gesicht glühte nicht mehr. Erhobenen Hauptes kniete ich in einer Hoffnungslosigkeit, wie sie nicht vollständiger sein kann. Ich war wie verzückt von ihr, wie verklärt von Verzweiflung und wartete auf das gerechte Wort des Priesters, das mich verwerfen sollte... Statt dessen geschah das Furchtbarste von allem. Mit einer

Stimme, die säulengleich aus dem Herzen stieg, mit einer Stimme voll übermenschlicher Zuversicht begann der Priester die Formel der Absolution zu sprechen, und ich erriet, wie er im Dunkel die Hand erhob, um das Zeichen des Kreuzes über mich zu schlagen. Da sprang ich auf und floh.
Draußen strahlte die Herrlichkeit der Welt. Sie war böse. Der Himmel überschlug sich fast vor grausamer Spannung. Ein Jagdruf gellte durch das Wüstenlicht, das auf die Schöpfung herabbrannte. Mit plötzlichem Hunger, einem eigenartigen Heißhunger, dachte ich an Silvio... Mit einem Heißhunger, wie ich ihn an Raubtieren im Käfig beobachtet habe. Das ist ein Hunger, Claus, der mit furchtbar drohenden Blicken, dann wieder ingrimmig in sich versunken und scheinbar gemächlich seine Gier löscht, und ich begrüßte ihn wie ein ungeahntes Glück! Als ich zum Hafen kam, sah ich Silvio vor der Landungsbrücke unruhig auf und ab gehn und Ausschau nach mir halten. Vielleicht fürchtete er, ich sei ihm entkommen. Weißgekleidet vom Kopf bis zu den Füßen, schien er mit seinen anmutigen Bewegungen heimlich die Möwen an sich zu locken... Von weitem warf er mir sein Lachen über den Kopf, eine blitzende, einhüllende Liebkosung, die im Sonnenlicht eine Spur hinterließ. Ich erschauerte, als würde ich nackt von einer kalten Hand berührt, und fühlte gleichzeitig, wie ich über den ganzen Körper erglühte. Wieviel Unheimliches geschieht zwischen zwei Menschen, wovon sie wenig verstehn!
Droben an der Reling stand Bieterle und winkte. – Gleich fährt das Schiff, Claus, ich muß mich beeilen. Bieterle wird mir helfen auf meiner letzten Fahrt. Denn Silvio bekommt mich nicht mehr! Und wenn Bieterle Nacht um Nacht mit dem Revolver vor meiner Kabine Wache stehen muß, er bekommt mich nicht mehr. Ich habe einen Heißhunger auf ihn, und er bekommt mich nicht. Wer hätte gedacht, daß ich je Heißhunger auf ihn bekäme, das Lamm auf den Wolf! Einen Hunger ganz besonderer Art, den tollsten Hunger der Welt, wobei die Gedärme sich krümmen, den Hunger aus der Tiefe des Leibes, wo andere Frauen glückselig Kinder empfangen, den Hunger der großen Gestirne, bei Gott, das ist kein Liebesspiel, aus dem Lamm ist ein Wolf geworden. Und, begreifen Sie, Claus! So kann ich nicht leben, als ein Lamm, aus dem ein ausgewachsener Wolf geworden ist, kann ich

nicht leben! Das Wölfische tut mir zu weh, nachdem es jetzt in mir selbst wohnt. Über jede Verachtung, die größte Verzweiflung hinaus ist es unerträglich. Ich wollte werden wie alle Frauen und bin ihnen über den Kopf gewachsen – zu schnell, Claus, viel zu schnell, als daß ich mich hätte daran gewöhnen können. Gibt es überhaupt außer mir Frauen und Ungeheuer mit dieser Gier, dieser Zerstörungswut, von der ich bestimmt weiß, daß sie alle Grenzen überschreiten wird?

Eine Stunde später

Er ist in die Kabine gekommen und hat mir eine Szene gemacht, weil ich Ihnen schreibe, und ich habe ihn sofort überschrien. Ein wüster Auftritt, Claus. Als er fort war, bin ich liegengeblieben, um mich zu erholen und meine Geister zu sammeln. Wenn der Agent der Gesellschaft das Schiff verläßt, nimmt er den Brief mit, Bieterle hat das so eingerichtet. In meiner Kindheit hatten wir eine Köchin, die hielt die Maus in der Falle, bis die Katze heimkam, und wenn die Katze zu gewissen Zeiten lange außer Haus blieb, fütterte sie die Maus. So ist das Leben, Claus, nur wechseln manchmal Katze und Maus die Rollen, und wenn dies in großem Maßstab geschieht, spricht man von einer Revolution. Wie schnell, wie blutig schnell werden dann die Mäuse zu Katzen! Silvio hat mir seinen Hunger eingeblasen, diesen Hunger besonderer Art, eingeblasen, eingehaucht aus Nase und Mund in alle meine Poren, eingebrannt mit den Augen, eingepreßt, mit seinem ganzen Gewicht und mit hundert Hämmern in mich geschlagen. Gewissermaßen habe ich ein Kind von seinem Hunger bekommen, und nun ist es ans Licht gekommen ... Was soll ich noch tun und versuchen, nachdem Gott selbst mich verworfen hat, was soll ich tun, nachdem jenes Kind geboren ist? Jede Mutter lebt für ihr Kind, und manche stirbt daran. Bestenfalls bliebe mir nur, das Kind zu stillen, zu hätscheln und jubelnd hochzuheben, wie Mütter tun. Aber es ist nicht mein Kind, es ist das Zwangskind des andern, ich hätte nie ein Kind von ihm haben wollen, nie, nie! Auch nicht in den Augenblicken, wo ich ihn am meisten liebte. Nie. Es ist ein Kind, das ich nicht leben lassen kann, das ich erwürgen muß. Nicht wahr, Sie geben es zu, Claus, ich habe keinen andern Ausweg? Beim letzten, den ich ging, wurde ja das

Kind geboren! Damit ist er mir gerade so verschlossen, wie wenn hundert Mauern ihn sperrten. Und nie, Claus, hat die Erde mich so angestrahlt! Herrisch und deutlich, ohne Lüge, die weißen Zähne entblößt, in einer Bläue, die keine Gnade kennt, mir ist zumut, als könnte ich von einem Blitz geraubt werden, niemals aber sterben und vergehen. Auf diesen Raubgriff des Himmels warte ich, das ist es, was ich mit dem Erwürgen des Hungerkindes meine, ich bin bereit, mich der tödlichen Gewalt auszuliefern, und so wahr es ist, daß meine Klasse unter dem Schwert der Sklaven ihr Dasein nur noch fristet und in uneingestandener Wollust auf den Gnadenstoß wartet, der –

Hier brach der Brief ab.

Er wurde tragisch ergänzt durch ein Telegramm, das kurz nachher eintraf:

»Aggie Ruf unter kriminellen Umständen tödlich verunglückt. Anzeige gegen Wolf erstattet. Bieterle.«

BIETERLE

Bieterle, Amtsgerichtsrat aus Stuttgart, wußte aufs Tüpfelchen genau, was geschehen muß, um einen Verbrecher dem Arm der Gerechtigkeit zu überliefern.

Am Morgen nach dem Schiffbruch der ›Las Palmas‹ begab er sich zum diensttuenden Staatsanwalt der Hafenstadt Brest, begleitet von Journalisten, die im Hotel die Schiffbrüchigen ausgefragt hatten. Sie waren von Bieterles geheimnisvollen Andeutungen verlockt worden, ihm zu folgen, und warteten nun vor der Tür, während drinnen Bieterle den Beamten über seine sowie Silvios und Aggies Person und Lebensumstände ins Bild setzte und dann zur Schilderung der Unglücksnacht überging. Sein mühsames Französisch, das er sich gleichsam von der Seele rang, wozu der mächtige Körper vor Ungeduld bebte, gestaltete die Aussage besonders eindrucksvoll.

Das Schiff war infolge eines Ruderbruchs in Not geraten, da es jedoch in diesem Augenblick bereits auf die Hafeneinfahrt lossteuerte, der Sturm außerdem nachließ, konnte der Kapitän das Fahrzeug in Sicherheit bringen, indem er es unweit der Mole auf ein Riff setzte. Bevor dies noch geschah, war an Land die Rettungsmannschaft alarmiert worden und stand zum Empfang der Schiffbrüchigen bereit. Die Rettungsleine wurde herübergeschossen, die ersten Frauen und Kinder stiegen in die Säcke ein und rutschten an dem Leitseil zum Strand. Es bestand keine Gefahr mehr, betonte Bieterle, wenn man sich nur irgendwo festhielt und dem nachzürnenden Meer ein wenig auf die Finger sah.

Herr Wolf und Fräulein Ruf kauerten nebeneinander an der Windseite der Reling. Über das Deck waren Taue gespannt, eines darunter endete dicht neben ihnen an einem Eisenpflock, und von diesem Tauende, das sie mit der übrigen Welt verband, und dem Eisenpflock, der das Festeste war, was es auf dem Schiffe gab, ließen sie begreiflicherweise nicht los. Da kippte das Schiff, mit einem kurzen Ächzen legte es sich auf die andre Seite. Viel konnte es nicht ausmachen, denn das Rettungsseil war nicht gerissen. Immerhin, die erhobene Seite des Decks, wo sich das Paar befand, ging mächtig hinunter. Die beiden hatten in ihrer Bestürzung Pflock und Tau losgelassen und tanzten freihändig das schiefe Deck hinunter. Wie über einen Parkettboden glitten sie auf die Reling der andern Bordseite zu, und zwar der Herr hinter der Dame. Da kam eine Sturzsee, das heißt der Rest einer Sturzsee, die Hauptsache war an der jetzt aufrechtstehenden Seite des Schiffes hängengeblieben. Die Arme der Dame suchten nach einem Halt, sie drehte sich um, denn hinter ihr war ja ihr Geliebter, es gelang ihr auch, ihn zu packen, sie warf die Arme um ihn, und nun, sollte man meinen, hatte sie die gesuchte Hilfe gefunden. Statt dessen – und hier bat Bieterle den Staatsanwalt um verschärfte Aufmerksamkeit: statt seine Arme um sie zu schlingen oder sie sonstwie festzuhalten, indem er sie etwa mit sich zu Boden riß und gegen das Gitter der Reling drückte, wo ihnen gar nichts geschehen konnte, »statt dessen«, donnerte Bieterle, »machte er sich von ihr los, ergriff die kleine Person bei den Knien und warf sie über Bord. Bei den Knien – bitte sich die Lage vorzustellen. Er faßt sie in der Höhe der Knie und hebt sie in die Luft!... In derselben Sekunde, da ich das sah, war mir klar, daß er sie in

der nächsten ins Meer werfen würde. Was denn sonst? Wer wird selbst unter normalen Verhältnissen jemand an den Knien packen, um ihn vor dem Umfallen zu bewahren?«
Der Staatsanwalt war ein Weltmann und durchaus bereit, einen deutschen Richter und Sachverständigen gelten zu lassen. Der Amtsrichter schien aber nicht zu ahnen, daß das, was er da schilderte, einen Schulfall von »Notstand« darstellte, man konnte es drehen, wie man wollte. Selbst wenn er in der Lage wäre, jede Einzelheit seines Berichts mit Zeugenaussagen zu belegen, würde ein französisches wie ein deutsches Gericht es für Recht befinden, daß jemand, der um sein Leben ringt, einen andern, der ihn darin hemmt, von sich abschüttelt, ja ausdrücklich in die Tiefe stößt. Auf einem gestrandeten Schiff, dem der Sturm zusetzt, befand sich der Beschuldigte in Notstand, jedenfalls durfte er es behaupten, ohne ernstlich einen Beweis des Gegenteils befürchten zu müssen. Es lief auf die in solcher Lage kaum zu treffende Unterscheidung hinaus, ob der Herr die Dame angepackt, und zwar in feindseliger Absicht angepackt, oder ob sie sich an ihn geklammert habe. Der deutsche Kollege erzählte aber selbst, sie habe nach ihrem Geliebten gegriffen und ihn umschlungen ...
Der Staatsanwalt machte sich langsam auf den Weg, dem gegen den Beschuldigten sichtlich voreingenommenen Kollegen höflich eine Rechtsbelehrung zu erteilen. Er unterbrach ihn mit der Frage: »Verzeihung, wie kommt es, daß Sie sich so genau an ein Ereignis erinnern, das in einem Augenblick fällt, wo Sie doch gewiß stark mit sich selbst beschäftigt waren?«
Darauf hatte Bieterle gewartet. Er verstand sofort, worauf der Franzose hinauswollte. Seine Erbitterung hatte ihn nicht so weit verstört, als daß der Begriff des Notstands aus seinem Gedächtnis geschwunden wäre. Sie war aber groß genug, ihn hoffen zu lassen, der Begriff werde nicht unbedingt einen Mord zudecken – wenn das Gericht, wie er selbst, felsenfest an einen Mord glaubte. Und dazu war es nötig, erst einmal den Staatsanwalt zu überzeugen. Denn von ihm hing die Anklageerhebung ab. Bieterle betrachtete ihn genau. Der Staatsanwalt trug einen adeligen Namen, der normannisch rasselte und nach Mittelalter klang, trotzdem war er, bis auf einen kleinen Schnurrbart, glatt rasiert, rosig und gar nicht

steif. Er glich einem Sportsmann in den besten Jahren, der seine Hautfarbe pflegt. Die Art, wie er das Wort France aussprach, machte Bieterle zum Patrioten, nicht zu einem deutschen oder gar einem französischen, nein, zum Patrioten an sich. Der Herr aber betonte genau so die »République Française«, wenn er auf diese und jene Einrichtung oder Gepflogenheit seiner Republik zu sprechen kam, und das wunderte Bieterle. Bei ihm zu Hause verneigte sich keiner, dessen Name nach Mittelalter klang, vor der deutschen Republik. Auch er, Bieterle nicht, obwohl sein Name nichts von einer Ritterrüstung hatte. Frankreich erschien ihm als ein rätselhaftes Land. Im übrigen flößte der Herr Bieterle Vertrauen ein.

»Von der Küste hatten sie einen Scheinwerfer auf uns gerichtet«, erklärte er, »ich stand mit dem Rücken gegen ihn, so daß ich Herrn Wolf und Fräulein Ruf in der schärfsten Beleuchtung sah. Zudem hatte ich meine guten Gründe, Herrn Wolf nicht aus dem Auge zu lassen. Als die Welle über mich ging, war mein einziger Gedanke, mich so schnell wie möglich nach dem Paar umzuschauen, dessen einer Teil, wie ich nun doch wohl bemerken muß, von der Seite einer sehr angesehenen Familie meiner Fürsorge anvertraut war.« Der Ausdruck »Familie« war nicht genau, aber stark, Bieterle versprach sich etwas davon. Der Beamte fragte auch sofort: »Von seiten der Familie Hartmann?«

»Möchte ich nicht gesagt haben«, versetzte Bieterle. Er schob eine kleine Pause ein, in der seine Andeutung die Jahreszeiten durchlaufen – wachsen, blühen und fruchten sollte, um dann dem Staatsanwalt scheinbar auf halbem Weg entgegenzukommen. Er sagte leichthin: »Natürlich wird Herr Wolf behaupten, die Dame sei mit der Welle über Bord gegangen, ohne andre Beihilfe.«

»Vielleicht«, meinte der Beamte.

»Nicht vielleicht, Herr Staatsanwalt. Bestimmt! Denn von Notstand wird er nichts wissen wollen.«

»Warum nicht?« fragte der andre lebhaft.

»Weil es ihm seine Karriere verderben könnte. Jemand, der im Notstand einen andern ermordet, den mag das Gesetz von Schuld freisprechen, das Volk hat ein sittlicheres Empfinden. Im Volk springt man ja auch ins Wasser, um einen zu retten, ohne zu überlegen, ob nicht der Ertrinkende seinen Retter mit in die Tiefe zieht. Keinesfalls wünscht man sich einen Abgeordneten, der seine Leute mit einem Schwung oder Tritt nach unten bringt, um auf die Weise leichter hinaufzugelangen.«

»Und Sie vermuten sogar Vorsätzlichkeit – Mord?«

»Vermuten? Ich kann es beweisen.«

»Darf ich fragen, wie?«

»Mit der Vorgeschichte. Leider werde ich kaum auf das Zeugnis von Frau Wolf verzichten können. Sie hat übrigens die Scheidungsklage eingereicht.« (Die Behauptung war richtig, nur konnte Bieterle es nicht wissen.) »Lassen Sie es erst zur Untersuchung kommen, Herr Staatsanwalt, und die Geschichte blättert sich von selbst auf.«

Die Unterhaltung ging so weiter, und die fanatische Überzeugung des Hünen Bieterle in Verbindung mit einer sich darin tummelnden profanen wie juristischen Gerissenheit verfehlte nicht ihren Eindruck auf den Beamten. »Und doch«, sagte er, »wie unwahrscheinlich, ein Mörder, der einen Schiffbruch abwartet, um seine Tat auszuführen!« Worauf Bieterle: »Ich glaube im Gegenteil, es gibt mehr Mörder, die ihre Gelegenheit abwarten, als andere. Darum werden auch unendlich mehr Morde beschlossen, als ausgeführt. Die Gelegenheit braucht nicht gerade ein Schiffbruch zu sein. Aber warum sollte der Mann gerade einen Schiffbruch ablehnen – wenn er sich ihm bietet...?«

Der Beamte entließ ihn mit der Bitte, morgen zur selben Stunde wiederzukommen.

Und jetzt, da die Anzeige gegen Silvio Wolf in aller Form erstattet war, bekamen die Herren von der Presse eine Geschichte zu hören, die mit dem ersten Wort die Rubrik der besseren Lokalnachrichten verließ, um unter Glanz und Lärm auf die Titelseite zu marschieren. Der Schwabe hatte noch nicht recht geendet, da flogen die Herren bereits nach allen Richtungen auseinander. »Verheirateter Mann benutzt Schiffbruch, um Geliebte aus dem Wege zu räumen...« Bieterle sah diese und ähnliche Schlagzeilen der Zeitungen vor sich, und er knurrte vor Befriedigung. Darüber würde auch ein Silvio Wolf nicht hinwegkommen!

Er begab sich an die Stelle, wo die Leiche seines Schiffes lag.

Die Ebbe hatte den Strand bis zum Dampfer hinaus freigelegt. Die ›Las Palmas‹ war ein nackter Rumpf, schon halb im Schlamm versunken, gleichsam schon in Verwesung begriffen. Ihn schauderte, und er konnte sich doch nicht von dem Anblick trennen. Der Felsen, auf dem das Schiff aufgelaufen war, überragte jetzt den Rumpf wie mit blitzenden Zähnen. Und das Ungeheuer, dem diese Zähne gehörten, schien damit beschäftigt, das Opfer gemächlich zu verdauen... Endlich kehrte er dem Meer den Rücken und ging zum Hafenamt – von dort zu andern Stellen, wohin man ihn wies, von Büro zu Büro, ließ sich anstaunen, bemitleiden und zum Narren halten, ging und ging, in der Hoffnung, etwas über Aggie Ruf zu erfahren. Er aß zu Mittag und setzte seine Wanderungen fort.

Seit zwei Stunden jagte ein Hoteljunge auf Bieterles Spur, um ihm mitzuteilen, daß der Staatsanwalt telephonisch nach ihm verlangt habe.
Der Bote erreichte ihn auf einer Zeitungsredaktion, wo der Schwabe sich erkundigte, an welcher Stelle der Küste Schiffbrüchige angeschwemmt zu werden pflegten. Er hockte auf einem Stuhl, starrte den Redakteur an und suchte in dessen Zügen nach einer Deutung von Gottes unbegreiflicher Schöpfung. Er war sehr müde. Stöhnend erhob er sich vom Stuhl, bedankte sich wirr und übereifrig bald beim Zeitungsmann, bald beim Botenjungen und fuhr zum Gerichtsgebäude. Es ging gegen Abend.
Der Staatsanwalt empfing ihn mit strengem Gesicht, das milder wurde, als der Hüne in seiner ungeheuren Hinfälligkeit vor ihm saß, den Blick hilfesuchend auf ihn gerichtet... Er fragte, ob Bieterle wisse, daß Herr Silvio Wolf französischer Abgeordneter sei. Es war ihm neu, trotzdem antwortete er: »Gewiß doch.« Er war blöde vor Abspannung und überlegte dunkel, ob er nicht lieber gleich gehn solle, als sich weiteren Wortgefechten auszusetzen.
»Er ist heute gewählt worden«, sagte der Beamte. »Ich wundere mich, daß Sie es schon wissen.«
»Ganz recht«, sagte Bieterle... Dann aber nahm er sich zusammen und begann zu begreifen, was gemeint war. »O wissen Sie«, versicherte er, »wenn wir ihm jetzt nicht ein Bein

stellen, wird er noch Minister.« Der Beamte lächelte. »Aber ja«, sagte Bieterle. »Eigenes Geld hat er merkwürdigerweise auch, und wer weiß, am Ende ist seine Frau noch immer in ihn verschossen.«

»Na also, lieber Herr! Einem solchen Mann kann man doch nicht ohne weiteres einen Mord zutrauen! Ich meine moralisch betrachtet – juristisch ist hier ohnehin nichts zu machen.«

»So?« rief Bieterle betroffen.

»Hören Sie gut zu, lieber Herr! Als Herr Wolf, der schon im Zug saß, durch einen Journalisten von Ihrer Geschichte Kenntnis erhielt, eilte er hierher und erstattete Anzeige gegen Sie wegen falscher Anschuldigung. Ich gestehe, er machte mir den besten Eindruck. Er war bestimmt, ruhig und höflich. Er bat um eine telephonische Verbindung mit dem Ministerium oder dem Straßburger Präfekten – nach meiner Wahl! Sie können sich denken, daß ich dem Präfekten den Vorzug gab, nicht wahr? Nun, und da erfuhren wir, daß Herr Wolf in der elsässischen Politik der rechte Arm des Präfekten sei, ein geradezu unentbehrlicher Mann, ein Geschenk des Himmels, sagte der Präfekt, vermögend, unabhängig, als kalt wägender Kopf bekannt und geschätzt. Warum, lieber Herr, sollte jemand wie Herr Wolf eine Dame ins Meer werfen, und wäre sie selbst seine Geliebte – was Herr Wolf übrigens mit Entrüstung abstreitet?«

»Also hofft er doch noch auf seine Frau!« rief Bieterle geärgert.

»Sie muß reizend sein. Herr Wolf hat mir ihre Photographie gezeigt.«

»Was hat er?... Ihnen eine Photographie seiner Frau gezeigt?«

»Warum denn nicht?«

»Verzeihung, ist das in Frankreich so Sitte, daß man fremden Herrn die Photographie seiner Frau zeigt?« Der Beamte gab keine Antwort. Da schlug Bieterle sich vor die Stirn: »Capisco! Eine solche Frau betrügt man nicht – sollte das heißen, wie?« Allmählich kehrten ihm die Kräfte zurück, und er begann zu ahnen, daß seine Beute ihm entwischte.

»Er bat auch«, sagte der Staatsanwalt, »dem Kapitän und den Offizieren des Schiffes gegenübergestellt zu werden. Und

Ihnen, natürlich, hauptsächlich Ihnen! Leider konnten wir Ihrer nicht habhaft werden ... Ich sage ›leider‹, aber vielleicht war es gut für Sie. Ich fürchte, Sie hätten schlecht vor ihm bestanden.« Bieterle riß die Augen auf. »Glauben Sie?« meckerte er ... Angestrengt verzog er seine Züge zu einem Grinsen: »Große Szene – wie?« Gleich darauf wurde er wach, überwach und hellsichtig. Das Grinsen verschwand. Er machte ein kindlich erschrockenes Gesicht.

»Große Szene, jawohl«, sprach der Staatsanwalt. »Herr Wolf hat uns bis in jede Einzelheit vorgemacht, wie das bedauerliche Unglück sich abspielte. Sekunde für Sekunde. Keinem von uns konnte vernünftigerweise der geringste Zweifel bleiben.«

»Ich verstehe«, sagte Bieterle traurig. »Und die Offiziere haben natürlich nichts gesehen?«

»Der jüngste Offizier glaubt einen Schatten wahrgenommen zu haben, der sekundenlang über der Reling schwebte, während zwei hellbeleuchtete Arme sich nach diesem Schatten ausstreckten. Nicht wahr, Sie verstehn? So, als wollten hilfreiche Hände den Schatten ergreifen!« – »Ich verstehe«, sagte Bieterle. »Auch der Scheinwerfer hält es mit Herrn Wolf.«

Der Beamte fuhr fort: »Herr Wolf bekam die Dame ungefähr an den Knien zu fassen – anders war es gar nicht möglich, da sie sich beide in gebückter Haltung befanden, und so wurden sie gegen die Reling geschleudert. Möglicherweise suchte er sich mit einer Hand festzuhalten, ›es ist möglich, aber schrecklich zu denken, daß ich sie halbwegs fahren ließ‹, bekannte er, setzte aber gleich hinzu: ›nein, ich kann, ich kann es mir nicht denken‹. Und die Dame, die frei in der Luft schwebte, die Dame, lieber Herr, ging mit der Welle über Bord.«

Aus Bieterles Brust stieg ein dumpfes Grollen: »Genau so.«

»Wie meinen Sie?« fragte der Beamte.

»Genau so hab' ich's von ihm erwartet.« Er stand auf.

An der Tür reichte ihm der Beamte die Hand: »Herr Wolf ist inzwischen nach Hause gefahren. Ich rate Ihnen, tun Sie das gleiche, und zwar sofort. Die Zeitungen, die heute auf Ihr Zeugnis Herrn Wolf des Mordes bezichtigen, werden morgen der Welt seine Unschuld verkünden und dafür Sie selbst eines schweren Vergehens anklagen, begangen nicht an Herrn Wolf allein, sondern an der Majestät der Presse. Man wird sagen, Sie hätten die Presse mit Lug und Trug gegen einen verdienstvollen Franzosen aufgebracht. Sie, ein deutscher Richter, hätten es besser wissen sollen. Ihr Vaterland wird Schaden leiden. Reisen Sie, reisen Sie. Adieu ...«

Er aß in der Stadt zu Abend, trieb sich herum und ging auch noch einigemal hinaus zum Hafen. Das Meer predigte mit großer, ruhiger Stimme, Bieterle konnte nicht unterscheiden, was. Sein Geist war mit der Unzulänglichkeit der Gesetzestafeln beschäftigt, wie sie die Menschen mit tückischer Absicht, Nachsicht, Vorsicht aufrichteten – um ja nicht selbst darüber zu fallen. Das sollte den Armen und Schwachen vorbehalten sein. Die Gesetzgeber gehörten nicht zu den Schwachen und Armen ...

Vergeblich suchte er zu ergründen, ob der Staatsanwalt, ein netter Mann, wirklich so ernst gesprochen habe, wie es ihm noch im Ohr klang, oder ob nicht alles, was er sagte, von Ironie durchtränkt gewesen sei. Er kannte sich nicht aus mit den Franzosen. Sie waren ein abgründig verschlossenes Volk ...

Als der Portier, ein früherer Kriegsgefangener, ihn auf deutsch mit einem freundlichen »Guten Abend, Herr Amtsrichter«, begrüßte, fiel ihm der Schaden ein, den Deutschland durch ihn nehmen sollte. Und wäre Bieterle jetzt nicht viel zu müde gewesen, so hätten seine Zimmernachbarn noch lange den Boden unter seinen zornigen Schritten knirschen hören. Ganz gleich, ob geschriebenes Recht oder nicht, ihm geschah Unrecht vor Gott und den Menschen, wie seinem Vaterland Unrecht geschah, ob dies nun in Frankreich oder sonstwo Recht hieß oder nicht!

Dennoch bereitete er sich innerlich vor, den Kampf aufzugeben. Aggie war tot, die Menschen, die das Gesetz deuteten, weigerten sich, sie zu rächen. Was konnte er da tun? Es fiel ihm schwer auf die Seele, daß er Aggie den Journalisten gegenüber als Wolfs Geliebte bezeichnet hatte ... Sein Plan, ihn durch größtmögliche Öffentlichkeit des Skandals, auch in dieser Beziehung, von der Familie Hartmann zu trennen und so leichter unschädlich zu machen, mochte viellleicht in seinem ersten Teil geglückt sein. Aber das Tier befand sich in

Sicherheit! Und so blieb von dem großangelegten Manöver zuletzt nur eine Frau übrig, deren Andenken er vor aller Welt noch befleckt hatte, als sie schon in die letzte Einsamkeit abgestürzt war.

Bieterle, ausgeruht, bei klarem Kopf, trat am folgenden Morgen die Heimfahrt an.
Zum erstenmal, seitdem er reiste, weckte die Vorstellung eines unter Hall und Widerhall in den Stuttgarter Bahnhof rollenden Zuges (eine sanft auslaufende Bewegung, als lege ein Abenteurer sich schlafen) in ihm einen Frühling heitertrauriger Gefühle, deren Genuß er sich hingab, ohne dem bretonischen Frühling, durch den er leibhaftig rollte, mehr als nur unumgängliche, kühl abschätzende Blicke zu schenken.
In Paris, wo er übernachtete, vernahm er durch die Morgenblätter die Fanfare vom bösen Mann, der die Gelegenheit eines Schiffbruchs wahrnahm, um seine Geliebte aus dem Weg zu räumen (mit lobender Erwähnung des Autors), und gleichzeitig in den Abendblättern die Schamade, die alles widerrief und den Autor als einen schlechten Kerl ausblies.
Ein Zwerg, ein rechter germanischer Alberich, so trat er neben dem Riesen an Edelmut Silvio Wolf auf, dem neugewählten Abgeordneten des Elsaß. Und auch die Frage wurde gestreift, ob nicht die Handlungsweise des deutschen Amtsrichters ein Gleichnis abgebe für die Politik seines Vaterlandes gegenüber Frankreich.
Darüber erwachte Bieterles Kampflust, und als er im Waggon mit der Aufschrift Paris–Strasbourg–Stuttgart–Munich saß, fühlte er sich mutig und geborgen wie in einem Streitwagen, den seine Nation ihm bis in das Herz des Feindeslandes entgegengeschickt. Er beschloß, die Fahrt in Straßburg zu unterbrechen und sich in Breuschheim nach Rat und Tat für die wieder auflebenden Feldzugspläne umzusehn. Die Aussicht, dort vielleicht auf den Feind in Person zu stoßen, erhöhte seine Kampfbereitschaft. Er fuhr durch das Elsaß, wie er durch die Bretagne und die Champagne gefahren war, blicklos, von seinen inneren Bildern gefesselt.
Bei der Ankunft in Straßburg telephonierte er nach Breuschheim, kaufte die elsässischen Zeitungen des Tages, zuckte die Achsel über den Bahnhofsplatz, den die Franzosen rasiert

hatten, so daß er nun, statt wie früher in Bäumen, Sträuchern und Blumen und Vogellauten zu blühen, dalag wie eine riesige Grabplatte, auf der Trambahnwagen rangierten – und stieg in die elektrische Bahn nach Breuschheim. Die wenigstens war noch die alte.

Vorsichtig öffnete er die Zeitungen. Es wäre ihm zu bitter geworden, die Pariser Pamphlete nun auch noch in deutscher Sprache zu lesen, deshalb überschlug er sie. Das Überschlagen fiel um so leichter, als der Text durch Fettschrift hervorgehoben war... Dafür fand sich in der gewöhnlichen Schrift Ergötzliches genug. Da wurden zum Beispiel die elsässer Landsleute Europäer genannt, der französische Präfekt hingegen, der sie regierte, ein Mann aus Arcachon, und die Zeitung redete mit ihm, als wäre er in der Tat nur ein simpler Mann aus Arcachon. Gut, gut. Bieterle las weiter und mußte wiederholt laut auflachen. Sooft er dann, wie zur Entschuldigung, den Blick hob, sah er, wie die andern Fahrgäste ihn anlächelten, als errieten und teilten sie seinen Spaß...

Auf einmal stutzte der fröhliche Leser. Gleich nach der famosen Unterhaltung mit dem Mann aus Arcachon kam ein Artikel über die Elsaß-Lothringer im Reich. Das war sein Fall, der Fall Bieterle. Die vertriebenen Elsaß-Lothringer, das war in diesem Augenblick niemand anders als er, und das große, blonde Gesicht über dem Zeitungsblatt wurde ernst... Der Leser schüttelte unwillig den Kopf, er knurrte auch, und als er über solch einem Knurrton den Blick hob, bemerkte er zu seiner Verblüffung, daß die Fahrgäste wiederum lächelten, obwohl jetzt nicht die geringste Veranlassung vorlag... Es wurde ihm nämlich in dem Blatt mit groben Worten eröffnet, daß die Elsässer die Teilnahme der Her- und glücklich wieder Davongelaufenen an ihrem Schicksal ablehnten, daß die Trennung zwischen ihnen und den »bodenständigen Elementen« vollständig und endgültig sei, und zum Schluß erhielt er den Rat, sich das »verlorene Paradies« aus dem Kopf zu schlagen. (»Nun, was das anlangt«, sagte sich Bieterle im stillen – »Schwaben ist auch kein schlechtes Land!«) Nicht nur die ein- und wieder hinausgewanderten Deutschen sollten es sich hinter die Ohren schreiben, sondern, nicht minder kräftig, auch die »freiwillig Verbannten« elsässischer und lothringischer

Abkunft. Sie verstünden nichts, aber auch nicht das geringste vom Elsaß... Sie wohnten viel zu weit weg... »Schluß mit euch«, hieß die Überschrift, und damit endete auch der Text... Wenn der Präfekt vorhin geweint hatte, so konnte er jetzt lachen. »Schöne Europäer seid ihr«, murrte Bieterle. »Verlangt von uns, wir sollten glauben, Straßburg sei am 22. November 18 auf den Sirius versetzt worden.«
Die servile Predigt las Bieterle in einem Augenblick, als an den Gartenmauern und Toren des Vororts, durch die die Elektrische ratterte, vielfarbige Wahlplakate aller Parteien hingen, ziemlich frisch noch und selbst vom fahrenden Wagen aus zu lesen. Sie pochten ohne Ausnahme, wenn auch in verschiedener Buchstabenhöhe, auf die Heimatrechte... Und waren nicht aus dieser Wahl die Autonomisten, diese »Europäer«, als Sieger hervorgegangen? Die Zeitung aber, die Bieterle in der Hand hielt, war ein autonomistisches Blatt. Er warf das Papier weg und sah aus dem Fenster.
Da flog draußen ein Landhaus vorbei, weiß mit grünen Läden, die Fenster von Glyzinien umrankt, und in diesem Haus war Bieterle geboren. Er schaute auf die fruchtbare Ebene, die er so gut kannte, daß er in Stuttgart oder sonstwo in der Welt genau wußte, wie zu jeder Zeit die Gärten und Äcker und Hopfenfelder hier aussahen, und wonach es hier roch, und was die Bauern sagten, wenn man sie nach ihrer Arbeit fragte... Mit einem Ruck und kleinem Luftsprung setzte die Bahn über den Kanal. Am Kanal entlang hatte er todesmutig die erste selbständige Radfahrt gewagt, er unterdrückte einen Seufzer, und als die Elektrische an einem roten Wirtshaus hielt (noch lebte der Garten mit dem hölzernen Ausschank, wohin er eines Sonntags die angstverstummte Aggie verschleppt hatte) und die letzten Fahrgäste ausgestiegen waren, da geriet er in helle Entrüstung und begann, ganz allein im weiterfahrenden Wagen gegen die Welschen zu hadern.
Wie hatten nach dem Krieg von 1870 die nach Frankreich ausgewanderten Elsässer und Lothringer und die Franzosen selber, ob sie nun in Marseille geboren waren oder in Brest oder in Tours, wie hatte die ganze Nation sich angestellt um das »verlorene Paradies!« Sie schlugen es sich nicht aus dem Kopf, sie, im Gegenteil, sie hämmerten seinen Namen in

Köpfe, die sich nichts darunter vorstellen konnten – als einen neuen Krieg. Fast fünfzig Jahre lang spielten alle Drehorgeln Frankreichs das Lied vom »verlorenen Paradies«, und die vornehmsten Flötenbläser der Nation traten damit als Solisten auf und ernteten Ehre und Reichtum. Und ein Minister, der öffentlich erklärt hätte, daß Frankreich auf die Wiedergewinnung Elsaß-Lothringens verzichte, wäre mit Schande davongejagt wurden … Ha! War nicht Bieterle selbst dabei gewesen, als ein Haufen junger und auch älterer Leute die Statue der Stadt Straßburg auf dem Konkordienplatz umringt und im tiefsten Frieden sich heiser geschrien hatte: »A Berlin! A Berlin?« Nun sollte es ihm und seinesgleichen verwehrt sein – nicht etwa: »Nach Paris! Nach Paris!« zu rufen, sondern ihre Sympathie für die verlorene Heimat in Worte zu fassen und ihrer Sorge um die Gegenwart und Zukunft eines deutschen Volksstammes Ausdruck zu geben? Herr Minister Sarcarot, der Schulmeister Europas, wollte es nicht haben, er verbot es einfach. Voilà! Vom Klassenpult herab verbot er es, wiederholt und ausdrücklich, er wurde ungeduldig über die störrische Klasse, hob den Bakel und zeigte eine finstere Miene.

»Halt, mein Freund, das ist etwas anderes als nach 1870«, hörte Bieterle einen unsichtbaren Zuhörer einwenden … Bieterle aber wollte sich nicht unterbrechen lassen. Ha! Das sei gar nichts anderes, antwortete er, wenigstens für ihn sei es nichts anderes und auch nicht für Deutschland. Das geschichtliche Anrecht Deutschlands auf das Elsaß sei ebenso gewichtig wie das Anrecht Frankreichs – wenn davon schon die Rede sein sollte. »Aber wir Elsässer selbst wollen doch nichts von euch wissen«, redete der andre auf ihn ein. »Gut, gut, eure Sache. Hahaha! Liebe gedeiht auch ohne Gegenliebe, manchmal schießt sie sogar darüber ins Kraut. Glaubt ihr, ich will euch zurückerobern? Bewahre! Mir genügen euere schönen Augen. Voilà!« Bieterle strahlte … »Diese Einmischung –« begann der andre von vorn.

»Herrje, so hören Sie doch endlich auf!« Einmischung! Einmischung! Welch eine Heuchelei! Die Menschheit lebte davon, daß sie sich »einmischte«. Wo hatte man sich eifriger in die »inneren Angelegenheiten eines fremden Landes eingemischt« als in Paris? Auch damals stand der reiselustige

Amtsrichter dabei, vor der spanischen Botschaft in Paris, als sich die Nachricht verbreitet hatte, der Anarchist Ferrer, ein Spanier wohlverstanden, sei standrechtlich erschossen worden – wohlverstanden in Spanien. War das ein Krakeel gewesen! Die Botschaft glich einem verschanzten Lager, das die französische Regierung gegen ihre eignen Leute halten mußte. Die Menge, die noch an die Freiheit glaubte, warf die Gaslaternen um, das brennende Gas loderte zum Himmel... Einmischung! Über Albanien, Litauen und Paraguay, schrieb jede Zeitung, was ihr paßte, sie »mischte« sich nach Herzenslust »ein« in das Flottenprogramm Amerikas, in diplomatische Geheimnisse, in die erotischen Neigungen des Prinzen von Wales, rüffelte Könige und Staatspräsidenten, jedoch über das Elsaß durfte ein Deutscher nur reden, als sei Herr Sarcarot die schönste Dame, das Elsaß aber ihr heimliches Absteigequartier – mit unendlicher Diskretion also, höflicher aber war es noch, einfach wegzusehen. Beileibe nicht anders! Sonst war Sarcarot gleich keine schöne Dame mehr, sondern ein alter vertrockneter Schulmeister, der einem entwaffneten Volk mit dem Kanonenbakel drohte... Jawohl, Schluß damit! Wer mischte sich hier ein!? Schluß! Die Deutschen ließen sich die Schurigelei nicht länger gefallen, Deutschland erwachte täglich mehr, und er, Bieterle, tat wie alle Deutschen, er rieb sich den Schlaf aus den Augen, er verlangte sein gutes Recht, ob geschrieben oder nicht, und –

Der Wagen hielt.

Mitten auf der Landstraße.

Unter einem glühenden Mittagshimmel.

Bieterle blieb sitzen...

Er wunderte sich über den langen Aufenthalt, bis der Schaffner die Tür aufriß und »Terminüs« rief.

Mißtrauisch sah er sich um. Das schien ihm neu: eine Straßburger Elektrische, die den Fahrgast auf freiem Felde absetzte, das hatte es zur deutschen Zeit nicht gegeben. Erst auf das geduldige Zureden des Schaffners fiel ihm ein, daß es das zu seiner Zeit doch schon gegeben habe. Damals war die Bahn eine halbe Stunde vor Breuschheim zwischen einem Rüben- und einem Hopfenfeld steckengeblieben. Inzwischen war sie sogar ein Stück weiter an den Ort gerückt.

»Die Breuschheimer sind berühmte Fußgänger«, erklärte der Schaffner. »Die wollen gar nicht bis heim fahren.«
»Richtig!« versetzte Bieterle im Dialekt. »Ich war halt eine Zeitland drüben bei den Schwaben und hab's vergessen.« Da erblickte er mich.
Ich sah eine Riesenhand durch die Scheibe winken, er kroch mit dem Köfferchen heraus und stieg zu mir in den himmelblauen »Alsatia«-Wagen. »Aus Ihrer Fabrik, Herr von Breuschheim?« fragte er, und als ich bejahte, murmelte er Glückwünsche. – »Verkracht«, sagte ich, »sie gehört uns nicht mehr.« – »Macht nichts«, tröstete er mich, »der Wagen gefällt mir, besonders die Farbe.« Er lobte mich, daß ich vorsichtig fuhr. Er bewunderte meine Handschuhe und behauptete, sie verrieten den gewiegten Automobilisten. Ich hatte ihn noch nicht so zahm gesehn.
Endlich faßte ich mir ein Herz: »Und Aggie Ruf?« fragte ich. Er grollte mir ins Ohr: »Davon sprechen wir noch.«
Nach einem Schweigen wollte er wissen, ob ich den vertriebenen Elsaß-Lothringern erlaubte, über das Elsaß mitzureden... Warum denn nicht, sie hatten ja hier gelebt, sie kannten Land und Leute... Ich meinte aber –. Er unterbrach mich: »Jedermann hat heutzutage eine eigene Meinung – schrecklich!« Doch lenkte er gleich ein: »Was also ist die Ihre in dieser Sache?«
Meine Meinung? Ich sagte sie ihm. Alle, Franzosen, Elsässer und Deutsche, sollten einen Zungen- und Federfrieden schließen, freiwillig, und nicht nur untereinander, auch mit sich selbst und aufrichtig, damit man endlich sehe und höre, was Neues heranwachse und was sich vom Alten erhalte. Sie alle, Franzosen, Elsässer und Deutsche, wünschte ich, möchten etwa fünf Jahre lang Nachsicht und womöglich etwas Liebe füreinander hegen, fünf Jahre nur das Gute aneinander sehn, aussprechen und fördern. »Denn bis jetzt säen und ernten sie Bosheit und Lüge, von Mariä Lichtmeß bis Allerseelen, und im Winter sitzen sie am Ofen und lesen scheelsüchtig, wie sie sich gegenseitig verleumden.«
Er bückte sich und schrie mir ins Ohr: »Die Franzosen mißgönnen uns unsere durchgelaufenen Schuhe!«, und wir bogen in den Pappelweg ein, dessen Bäume wie hoch aufgeschossene Gerten im Winde wehten und mit zarten Blättern

nach der Sonne griffen. Ich erzählte ihm, unter welchen Umständen die alten Bäume gefallen waren und wie ich die neuen gepflanzt hatte.
»Es war noch nicht der letzte Krieg«, meinte er.
Gleich darauf hielten wir beim Bürgermeisteramt, wo Bieterle als Ausländer sich anmelden mußte. Vom Kirchturm schlug es eins.

Wir saßen in meinem Zimmer.
Der Amtsgerichtsrat hatte jede Bewirtung abgelehnt außer einem leichten, etwas säuerlichen Landwein und Weißbrot, und ich lauschte dem Bericht des Riesen, der in so dramatischer Weise unser aller Leid um Aggie Ruf anführte. Denn in diesem Augenblick trauerten viele ihrer Leser um sie, nicht nur die Freunde, es war ein Trauergeleit, das sich über Länder erstreckte, und Bieterle war es sich bewußt, er schritt an der Spitze ... Aber als er den Zug der Leidtragenden verließ und in den Weg zum Staatsanwalt einbog, versagte ich ihm die Gefolgschaft.
»Sie wollten Aggie Ruf rächen?« fragte ich. – »Ich will, daß Gerechtigkeit geschehe«, versetzte er. – »Gerechtigkeit? Ich dachte, es ginge den guten Richtern wie den guten Ärzten – daß sie ihren Beruf mit Mißtrauen betrachten? Sie sagen ja selbst, juristisch werde wenig gegen Silvio Wolf auszurichten sein. Wenn Sie ›wenig‹ sagen, so bedeutet das ›nichts‹.«
Ich sah an dem Koloß hinauf, der jetzt mit dumpf dröhnenden Schritten das Zimmer durchmaß. Welch eine Festung war das gewesen für Aggie! Ein uneinnehmbarer Turm! Da war sie aus dem Fenster gesprungen ...
Ich sagte: »Denken Sie an die deutschen Könige und Jungfrauen, die Straßburg verließen, Münster und Stadt!«
Er unterbrach seine Wanderung und stierte vom Ende des Zimmers zu mir herüber. »Herr von Breuschheim, Sie machen sich über mich lustig!« Ich ging schnell auf ihn zu. »Ein wenig, lieber Freund«, sagte ich, so herzlich ich konnte, »ein ganz klein wenig! Ich möchte nicht, daß wir ein Gespräch über eine so betrübliche und schwierige Angelegenheit fortsetzen. Der Gerechtigkeit, die Sie noch immer suchen, ist, so sagt man doch, Genüge getan.«

»Wieso?« schrie Bieterle, und vor Entsetzen griff er sich an den Kopf. »Wieso – ist der Gerechtigkeit Genüge getan?«
Ich antwortete leise:
»Sie handeln bestimmt im Sinne Aggie Rufs, wenn Sie es darauf beruhen lassen.«
Da brüllte er, daß der große Raum erdröhnte:
»Euer Gnaden schwätzen dummes Zeug!«
Er hielt die Fäuste in die Luft, ein drohendes Hammerwerk, die Augen liefen trüb an und sprangen vor, und auf der Stirn erschienen blaue Adern. Ich nahm seine Hand und führte ihn an den Tisch zurück, wo wir gesessen hatten, und er ließ sich führen, er setzte sich, doch kaum saß er, da tobte er von neuem los: »Der Staatsanwalt in Brest, den habe ich verstanden! Der war im Recht, mit allem, was er vorbrachte. Aber Sie, ein Freund und Verehrer Aggie Rufs, jemand, der ihr so nahe stand, der sie hochschätzte! Wenn juristisch nichts zu machen ist, können wir doch den moralischen Feldzug gegen die Canaille fortsetzen. Was?«
»Vielleicht werden Sie auch mich verstehn ... Sehn Sie, Herr Bieterle, sehn Sie, eine Aggie Ruf, als Geliebte eines Silvio Wolf, konnte nicht weiterleben. Es ist die schlichteste Wahrheit. Jedenfalls hielt sie selbst es dafür ... Eine Aggie Ruf konnte gewisse Dinge nicht überleben ... Sie sprechen von ihr wie von einer Krämersfrau, der ihr Geliebter den Hals umdrehte, um die Kasse zu stehlen. Verzeihung, das geht nicht! Und dann – unsere Freundin hat sich den Tod gewünscht ... Ich weiß es, sie hat es mir gesagt, bevor sie von hier fortging, sie hat es mir noch aus Cadiz geschrieben ... Wir können nur ahnen, nur ahnen, in welchem Maße sie ihn gewünscht, versucht und vielleicht ertrotzt hat. Es ist zu schrecklich, daran zu denken. Bieterle, lieber Freund! Das Verbrechen, das Sie meinen, ist hier begangen worden, hier in Breuschheim, nicht erst vor der bretonischen Küste.«
»Nein!« rief Bieterle. »Nein, nein! Sie wünschte sich den Tod, ich zweifle nicht daran, ich begreife es gut. Deshalb haben Sie mich ja zu ihr nach Paris geschickt, zugegeben, sie wünschte sich den Tod. Aber das tun wir alle einmal! Und mit dem Anlaß geht auch die Versuchung vorüber! Es kommt darauf an, am Leben zu bleiben! Und vieles – und alles wird wieder gut ... Das Leben heilt sich selbst aus. Diese Zeit zur

Gesundung hat ein Lump ihr gewaltsam genommen – mit oder gegen ihren Willen, bleibt sich schließlich gleich. Wer kann unterscheiden, wie ernst, wie todernst ihr Wille war? Niemand! Sie selbst hätte es nicht gekonnt, sie zuallerletzt, Herr von Breuschheim! Wieviel Menschen gibt es denn, die nicht wenigstens einmal so gestorben sind« – er schlug sich mit der gewaltigen Hand auf die Stirn, daß es klatschte – »in ihren Gedanken«, er hämmerte auf die Brust: »Und hier! ... Sie leben. Sie sind innerlich gewachsen. Sie sind glücklich zu leben.«

»Viele«, sagte ich. »Nur nicht Aggie Ruf.«

»Warum nicht? Künstler sind Virtuosen im Verwinden des Leids. Ihre Werke haben alle zum Titel: Tod und Verklärung. Eines Tages hätte Aggie Ruf sich ihre Geschichte vom Hals geschrieben.«

»Verzeihung! Als Sie mir vorhin von ihren letzten Tagen erzählten, erwähnten Sie, worin das Genie Aggie Rufs nach Ihrer Meinung bestand. Sie nannten es ihre phantastische Jungfräulichkeit. O ja, von den beiden Worten ist jedes gleich wichtig! Sie war jungfräulich, und sie war phantastisch.«

»Und?« drängte er zornig. »Was weiter?«

»Gleich ... Ich suche nur nach dem treffenden Ausdruck ... Ja, lieber Freund, ein Liebesverhältnis, wie soll ich sagen, ist ein – Betrieb ... Ein Betrieb mit Verkehrsstörungen und Unfällen ... Wie sollte eine Aggie sich damit abfinden! Sie war viel zu phantastisch – so nannten Sie es doch? Im Grund war ihr Weltbild das eines frühreifen Mädchens, das mit gierigen, übergroßen Augen um sich späht und dennoch statt der fremden Gesichter nur ihre eigenen Gesichte sieht. So erging es ihr ja auch mit dem Mann und der Revolution und dem, was sie die Wirklichkeit nannte, es ist alles ein und dasselbe ... Das Kind hält sich für gerissen und ist es auch, wie Kinder gerissen sind. Aber nicht mehr.«

»Geschäftstüchtig war sie!« meinte Bieterle zerstreut.

»Sie tat nur so ... Und fuchtelte herum. Haben Sie Aggie einmal von der Mühe sprechen hören, die ihr die Verwaltung ihres Vermögens machte?« Er versicherte, das habe er oft gehört. »Nun also. Einmal erkundigte ich mich nach dieser Mühe. Sie bestand darin, daß Aggie ihr Vermögen seit dem Tod ihres Vaters liegengelassen hatte, ohne daran zu rühren.

Es waren zehn Jahre, in denen andre ihr Vermögen wer weiß wie vervielfachten. Ihr Geld lag in der Schweiz... Immer sprach sie von Geld und war unfähig, damit umzugehn. Ich kenne das. Und dann...« Als ich ihm zu lange schwieg, fragte er: »Und dann?« Ich trat ans Fenster. »Und dann?... Das Leben konnte sie enttäuschen, aber nicht eines Bessern belehren. Ihre Erfahrungen konnten sie schwindlig und blind machen, jedoch weder aufklären noch festigen, sie mußte bleiben, was sie war, oder – es ging nicht mehr. Schauen Sie nur, wie die Vögel heute flattern, sie suchen ein dunkles Versteck und finden es nicht, weil alles blendet...« Doch Bieterle gab sich nicht die Mühe, ins Freie zu schauen. »Hätte sie nicht ohne ihr Talent, das jede ihrer Regungen verriet«, sprach ich weiter, »für ein närrisches Frauenzimmer gegolten? Und, hören Sie, bitte – Aggie Ruf hatte kein Talent mehr, als sie die Todesfahrt von Silvio erzwang. Anders hätte sie ihr Leben für zu kostbar gehalten, um es aufs Spiel zu setzen. Sie glaubte an ihre Mission, sie lebte für sie... Nein, vor ihr – war ihr Talent schon ermordet, ihr Glaube, ihre Mission, sie folgte ihnen nur in den Tod. Aggie hatte kein Talent mehr, und sie verhehlte es sich nicht.«

»Und Sie meinen«, fragte Bieterle und zog die Augenbrauen hoch, »Sie meinen im Ernst – weil sie nicht mehr jungfräulich war?«

»Ja, das meinte ich, im weitesten Sinne. Ihre Jungfräulichkeit war nicht nur körperlich, sie umfaßte ihr ganzes geistiges Leben, sie war ihr Wesen selbst. Sie durfte nicht verletzt werden – jedenfalls nicht so. Die Jungfräulichkeit war ihre innerste Berufung. Wie sie die Welt sah, das war das Werk ihrer ahnungsvollen Scham. Statt dessen wollte sie sein wie alle. Es kann aber nicht jeder sein wie alle, Herr Bieterle!«

Bieterle schüttelte heftig den Kopf.

Seit einer Weile blickte er zerstreut und verlegen, jetzt räusperte er sich, gab gewissermaßen einen Laut von sich, der seine rauhe Männlichkeit verriet, und er sagte: »Hören Sie, lieber Freund! Jungfräulichkeit... Gewiß, ich sprach davon, aber –« Er hob die Schultern: »Eine Lappalie!« Schnell, um ihn am Weiterreden zu hindern, legte ich ihm die Arme auf die Schultern, die noch voll überlegenen Besserwissens hochstanden: »Sie glauben nicht, was Sie sagen.«

»Doch. Ich hätte sie vom Fleck weg geheiratet. Sie werden doch nicht behaupten wollen –«
»Das ist etwas andres«, versetzte ich zweideutig.
»Hören Sie«, sagte er, stand auf und kam dicht an mich heran. »Geben Sie mir auf eines Antwort: vor Ihrer Ehre und Ihrem Gewissen, glauben Sie, daß Silvio Wolf die Tat begangen hat?«
Darauf konnte ich nur eines antworten: »Ich weiß nicht.« Er drang in mich, bat, flehte, er bückte sich, um mir ins Gesicht zu sehn, nahm meine Hand, wiederholte beschwörenden Tones die Frage. Ich verharrte in meiner undurchdringlichen Haltung, bis er es aufgab, mehr von mir erfahren zu wollen, als ich mit gutem Gewissen sagen konnte.
Da hörte ich, wie er eindringlich leise sagte:
»Halten Sie ihn für fähig dazu?«
Ich ging aus dem Zimmer.
Als ich nach kurzer Zeit zurückkam, stand er mit abgewandtem Gesicht fast ganz in der Ecke des Zimmers, wie ein Riesenkind, das vom Schicksal zur Strafe dahingestellt worden war. Er drehte sich auch nicht um, als ich hinter ihn trat.
Ich fragte mich, so versuchte ich zu scherzen, ob mein Freund Bieterle Straßburg hinter den deutschen Königen verlassen habe oder im Gefolge der törichten Jungfrauen. Und ich fragte mich weiter, was aus dem Adler geworden sei, der seine Jungen lehrte, in die Sonne zu schauen – man scheine das Vorbild des lichtfrohen Tieres ganz vergessen zu haben. Dies könnte nur seinen Grund darin haben, daß Freund Bieterle, ein Riese an Gestalt und Herz, den Blick starr der Finsternis zugekehrt halte, einer zimmerhohen Nacht ohne Sterne:
»Aggie will nicht gerächt werden – begreifen Sie noch immer nicht? Sie hat doch deutlich genug alle, aber auch wirklich alle Vorkehrungen dagegen getroffen!... Überlegen Sie einmal...«
In Deutschland horste der Adler in jedem Dorf, versetzte Bieterle plötzlich und wandte sich mit einem Ruck nach mir um. Ganz Deutschland lehre die Jungen in die Sonne schauen. Und eines Tages würden sie fliegen!
Unwillkürlich trat ich einen Schritt zurück. Er erinnerte an einen Turm in süddeutscher Landschaft, den der Sommer mit der Macht der Fruchtbarkeit und des hochfahrenden Windes

umgibt. Allmählich aber wurde es hell und still unter diesem Glanz, ein Lächeln, fest, gleichmäßig, senkte sich über sein Gesicht. Die Zuversicht machte ihn friedlich. Er war herrlich anzuschauen.
Ich schüttelte ihm die Hände und sagte: »Vielleicht ist es gar kein Adler, sondern ein Pelikan, wie Aggie Ruf meinte? Erinnern Sie sich? In Tourette? Sie hat es mir erzählt. Ein stiller Vogel also, der im Licht der Sonne die Jungen mit seinem Herzblut nährt, ohne an Rache zu denken?«
Er lachte dröhnend:
»Hahaha!... Pelikane finden nicht mehr viel Abnehmer bei uns. Aber davon abgesehn – feilschen hilft nicht, es ist ein Adler!«

DER SCHWUR

Um zwei Uhr ließen Silvio Wolf und der Präfekt sich melden.
Der Amtsgerichtsrat blies ein »Ha!« durch die Nase. »Daniel spaziert in die Löwengrube. Freilich unter behördlicher Bedeckung. Wie hat er nur so schnell herausgekriegt, daß ich da bin?« Ich klärte ihn auf. Seit geraumer Zeit schon wurden die Zu- und Abgänge in Breuschheim fleißig überwacht, ich nahm an, vom Ortspolizisten. »Aha«, sagte er grimmig. »Ein bißchen ungemütlich, was?«
Er saß in einem jener Lehnsessel mit Ohrenklappen, die man Großvaterstühle nennt. Er reckte sich, zupfte die Manschetten etwas aus den Ärmeln, legte eine prüfende Hand auf seine Krawatte: »Achtung! Große Szene...« Ich sah ihn an. Er heuchelte Bescheidenheit in der Haltung, legte aber die Fäuste auf die Knie. Sie hatten den Umfang der größten Kanonenkugel, die man zu Zeiten Wallensteins verschießen konnte.
Mit jener Hochachtung, die ein Beamter in gehobener Stellung dem andern erweist, begrüßte er den Präfekten. Der Präfekt machte seine Verbeugung in drei Schritten Entfernung. Den Wolf ließ Bieterle auf sich zukommen und

schätzte, von seiner Höhe, den Raum ab, den er zwischen sich und den andern legen wollte, und genau am vorgesehenen Punkt machte Silvio halt.

Er überflog den Hünen mit einem Blick, drehte sich in den Hüften, rückte gleichsam seine Gestalt zurecht. In zwei Sekunden gelang es ihm, der schlank, fast zierlich war, die massige Erscheinung Bieterles zu entwerten, indem er sich mit großer, etwas lässiger Grazie vor diesem Hintergrund zur Schau stellte. Er untersuchte, anscheinend mehr mit dem Geruch als dem Gesicht, den Eindruck, den er machte, und begann zu sprechen. Und ich, der ich glaubte, ihn nicht ansehn zu können vor Abscheu, war erst wieder einmal bestrickt von so vollendetem Schein.

Er werde nicht erlauben, sagte er, daß Bieterle Frankreich verlasse, ohne ihm, Wolf, eine Ehrenerklärung abgegeben zu haben. Davon machte er es auch abhängig, ob er die Klage wegen falscher Anschuldigung gegen ihn zurückziehe oder nicht. Eine Ehrenerklärung, aus freien Stücken und aufrichtig abgegeben, würde ihm genügen im Andenken an Fräulein Ruf, die den Amtsgerichtsrat mit ihrer Freundschaft beehrt habe. Aus dem gleichen Grund läge ihm daran, sich vor ihm im Beisein des Herrn Präfekten zu rechtfertigen, da er es nach gründlicher Überlegung nicht für ausgeschlossen halte, daß Bieterle in gutem Glauben gehandelt und in seinem Eifer, gewissermaßen beleidigt durch das Schicksal, daß Maß des Erlaubten überschritten habe. Sowohl im Hinblick auf ihn, Silvio Wolf, als auch auf Fräulein Ruf, die von jemand, den er bisher für einen Ehrenmann gehalten, öffentlich und völlig unberechtigt als seine Geliebte hingestellt worden sei ... Er, Silvio, indes kenne die Welt, er kenne die Liebe. Er kenne den Schmerz. Niemand könne an der Trauer des Herrn, der ihn verleumdet und das Andenken der hochherzigen Frau geschmäht habe, verständnisvoller teilnehmen als er. Wer geliebt habe, kenne die Eifersucht, und wer die Eifersucht kenne, verstehe das Rachebedürfnis und die Verleumdung.

»Erlauben Sie mal!« wollte der Schwabe aufbegehren, aber Silvio brachte ihn mit einer beschwörenden Bewegung der Arme zur Ruhe. »Oh, bitte, nicht so! ... Sie sehn, ich bin gefaßt und sachlich und unterdrücke meine Gefühle, so gut

ich kann. Vielleicht darf ich das gleiche von Ihnen erwarten.«
Alles an ihm war neu, der Anzug, die Lackschuhe, die Frisur. Der Blick verweilte sanft und dunkel auf Bieterle, doch mit einem Lichtpunkt darin, der aufleuchtete und erlosch und dabei kalt war wie Eis. Die Sonne Spaniens hatte den Goldschimmer seiner glatten Züge verdunkelt, er schien gealtert und zugleich verjüngt. Und nun begann er mit jener Schilderung der tragischen zwei Minuten, von der Bieterle zum Staatsanwalt in Brest gesagt hatte, daß er sie genau so von ihm erwartet habe...
Aber seltsam! Die Worte Silvios mochten vom Staatsanwalt getreu wiederholt worden sein, was Bieterle jetzt zu hören und zu sehen bekam, war etwas ganz anderes.
Durch die Nacht strahlte der Scheinwerfer und tauchte die ›Las Palmas‹ in helles Licht, und dieser Scheinwerfer war das einzige Zeichen klarer Vernunft inmitten der Panik. So weit sich der Ozean dehnte und stürmte, seinen ganzen Zorn schien er auf dieses Schiff geworfen zu haben, er zertrümmerte es mit tiefen, langen Schlägen, die erst hart klangen, als würden sie mit einem Eisenbalken geführt, um dann in eine Anzahl kurzer, stoßender, rauhflächiger Stöße und schließlich in einen unfaßbaren Wirbel überzugehn.
Dort an der Reling lagen zwei Menschen am Boden, im Licht des Scheinwerfers tauchten sie auf und nieder, je nachdem, ob die Wogen klotzige Stücke finsteren Meeres über das Schiff gossen oder ob sie gischtend und strudelnd und in allen Farben des Regenbogens sprühend sich vor dem künstlichen Tag zurückzogen. Unweit von ihnen hielt Bieterle sich mit der einen Hand an einem Seil fest – so fest, erinnerte der Schwabe sich plötzlich, daß es ihn im ganzen Leib schmerzte... Jawohl, daran erinnerte er sich, übrigens zum erstenmal, und mit der andern Hand fuhr er durch die Luft, und – auch dies kehrte ihm ins Gedächtnis zurück: obwohl Silvio und Aggie ihn unmöglich verstehn konnten, schrie er den beiden an der Reling Donnerworte zu.
Donnerworte! Der Wind nahm sie, wie sie kamen, und stopfte ihm damit den Mund. Er wußte, daß er mit aller Kraft schrie, und doch vernahm er seine eigenen Worte nicht im Brüllen des Meeres. Bieterle sah alles leibhaftig vor sich;

Aggie, Silvio, sich selbst, das ganze Deck mit allem, was sich darauf befand. Er hatte es nie mehr so deutlich gesehn seit jener Nacht. Und schon dieser Gedanke allein machte ihn ganz benommen. Er glaubte, ärgere Qualen zu leiden als damals, denn jetzt wußte er im voraus, wie es enden werde...

Auf einmal schien das Schiff wieder flott zu werden, es bewegte sich, unter Krachen und Wimmern warf es sich auf die andre Seite, nicht viel anders, als wenn ein Ringer versucht, sich auf dem Boden dem übermächtig zugreifenden Gewicht des Gegners zu entreißen – und die beiden Menschen, die eben noch an der Reling gekauert hatten, standen! Schief übereinander gebeugt standen sie da, warfen den Oberkörper zurück, das Deck glitt ihnen unter den Füßen weg, heftig hin und her trampelnd suchten die Füße das Gleichgewicht. Aber sie fielen nicht. So tanzte man früher Kakewalk, hatte Bieterle in jenem Augenblick gedacht, und »Kakewalk«, Wort und Bild waren mit lähmendem Schrecken in seine Glieder gefahren, er wußte nicht, warum. Gleich darauf hatte er wieder geschrien, um die beiden auf ein Seil aufmerksam zu machen, an dem sie gerade vorbeischlitterten. Dieses Seil nämlich führte zum Hauptmast, und wer den Mast erreichte, war gerettet. Von dort rutschte man in Säcken hinüber, auf das sichere Land, wo es keine stürmenden, abgründig zusammenbrechenden Berge gab und auch keine Wahnsinnigen, wie sie, halb bekleidet oder so gut wie nackt, an Bord herumkrochen.

Unter solch einem Berg, der heranrollte, bückten sich Silvio und Aggie, unwillkürlich, wie jede Kreatur sich bückt, wenn überwältigende Gefahr droht. Sie hielten jetzt bei der entgegengesetzten Reling, aber zu weit entfernt noch, als daß sie sich hätten festhalten können. Bevor noch die Wassermasse sie traf, drehte Aggie sich um, wollte ihn mit den Armen umschlingen. Silvio griff nach ihr, aus seiner noch halb gebückten Haltung griff er nach ihr, die Arme faßten von selbst nach unten, er bekam sie an den Schenkeln oder an den Knien zu packen. Das alles geschah in weniger als einer Sekunde. Er hob sie auf, preßte sie an sich. Aus Furcht, vornüber aus der Umarmung zu fallen, schnellte Aggie den Oberkörper zurück, und so, in dieser unglückseligen Lage, rutschten sie noch ein Stück weiter und fielen mit aller Wucht auf die Reling. Silvio schlug mit den Schultern auf, und Aggie, Aggie wurde einfach von ihm abgerissen, wie ein Ast vom Baum.

Er glaubte sich aber zu entsinnen, daß er die Arme nach ihr ausgestreckt habe, im triebhaften Gefühl, sie festhalten zu müssen. Er war beim Aufschlagen auf das Geländer betäubt worden, und als er wieder zur Besinnung kam – hatte er nur noch an sich allein zu denken...

»Ich bin mit meinem Bericht zu Ende«, sagte er schlicht.

Er stand vor dem Amtsgerichtsrat und sah ihn an.

Bieterle, blaß vor Erregung, lehnte im Großvaterstuhl, zu Häupten die beiden vorspringenden Scheuklappen. Auch er war betäubt, und er kam erst zu sich, als Silvio ihm ein Schriftstück überreichte:

»Sehen Sie zu, ob Sie das unterschreiben können! Es ist die Ehrenerklärung.«

Er nahm das Schriftstück, ließ es auf die Knie sinken und starrte Silvio ins Gesicht. Das Gesicht sah ihn an, fahl und verwittert. Die Wimpern stiegen und fielen so schnell, daß sie ein einziges Zittern waren, und schimmerten feucht, vielleicht, dachte Bieterle, von verhaltenen Tränen. Denn er kämpfte selbst mit den Tränen... »Nun?« sagte Wolf.

»Die reine Wahrheit«, erwiderte Bieterle.

Silvio drehte sich auf dem Absatz um: »Was habe ich Ihnen gesagt, Herr Präfekt? Herr Bieterle hat in gutem Glauben gehandelt. Er ist ein Ehrenmann.« Es klang bescheiden und würdig.

Der Amtsgerichtsrat führte langsam das Schriftstück zu den Augen. Silvio aber – in der Ecke des Zimmers hing das alte florentinische Kreuz. Das Kreuz war aus Silber, die jammervoll schöne Gestalt Christi aus Elfenbein. Die Augen vieler Geschlechter waren dorthin gewandert, um Wahrheit oder wenigstens Trost zu suchen. Nur Aggie hatte keins von beidem in seinem Anblick gefunden... Unter dieses Kreuz trat Silvio und hob die Hand: »Ich schwöre, daß ich die Wahrheit gesagt habe«, sprach er.

Wortlos stand Bieterle auf, ging mit gewaltigen Schritten zum Schreibtisch und unterschrieb das Papier. Er gab es Silvio und sagte: »Ich bitte um Ihre Hand«, und als er sie hielt: »Ich danke Ihnen.« Auge in Auge standen sie voreinander. Sekundenlang herrschte feierliches Schweigen.

Als Silvio wieder das Wort nahm, war seine Stimme glänzend und oberflächlich, und ich erinnerte mich, daß Aggie von dieser Stimme sagte, sie sei wie das Spiel eines Delphins in einem lauen Meer. Ich konnte sie aber mit dem besten Willen nicht märchenhaft finden. Es war eine Allerweltsstimme, blank und tückisch. Bieterle, der noch ihren tiefen, wahrhaftigen Klang im Ohr hatte, schien ähnliches zu empfinden, geärgert stieß er mit dem Finger ins Ohr und schüttelte.
Der Präfekt verabschiedete sich, ohne Bieterle die Hand zu reichen, in höflichem Abstand und in einer Art, als wäre nun der offizielle Teil der Feier beendet, und ließ uns mit seinem »lieben Abgeordneten« allein.
Bieterle, sichtlich verlegen, aber still, ganz still, bat um ein Glas Wein, und Joseph brachte eine Flasche Champagner.
»Ach, unsre Aggie!« begann Silvio, als wir alle drei um den runden Tisch saßen: »Die Gute lebte im Märchen ... In einem tiefsinnigen Märchen ... Sie konnte wochenlang über einem Menschen fabeln – und auf einmal war es zu Ende. Sie wußte gar keine Geschichten mehr von ihm. ›Er hat sein Gesicht vertauscht‹, sagte sie, ›ich muß mich erst an das neue gewöhnen‹ ... Manchmal hatte einer auch die ganze Gestalt ›verloren‹, nicht nur das Gesicht, und sie meinte: ›ich möchte gern wissen, wer jetzt darin herumläuft‹ ... Sie war überzeugt, daß wir im Leben nicht vorwärtsschreiten, sondern zurück – kaum geboren, schon wieder in den Mutterschoß! Das heißt, so war es, als ich sie kennenlernte ... Ich erinnere mich, wie ich mit ihr vor einer Uhr stand – vor einer Empireuhr in ihrem Nizzaer Hotel. Mitleidig schaute sie die Uhr an: ›Wie sie sich eilt, es hilft ihr ja doch nichts! Wir gehn alle zurück!‹ Wie sie sich irrte, die Gute! Einige kommen überraschend schnell vorwärts.«
Er warf den Kopf zurück und lachte leise gurgelnd – wie eine Quelle, hätte Aggie gesagt. Er blickte verträumt. Die feuchten Wimpern hoben und senkten sich, hastig wie Nachtfalter, die einem Licht zufliegen ... »Ein Spaziergang mit Aggie – nicht wahr, Herr Amtsgerichtsrat? Ein Spaziergang mit Aggie!« Er sang. »Ich könnte ein Buch füllen mit ihren Entdeckungen,

die sie zwischen Unterhügeln und Breuschheim machte, und eines Tages tue ich es auch – wenn die Politik mir die Zeit läßt. Sie kannte weder die Namen der Bäume und Sträucher noch der Blumen und Vögel. So fiel ihr die unerschöpfliche Aufgabe zu, die Schöpfung neu zu benennen, und außerdem hieß ein Ding anders, je nachdem, wo, wann und wie sie es sah... Bald lächelte sie den Bach an und pries ihn als das strömende Gesicht des Geliebten, leer und tief und nur am Rand vom bunten Leben der Ufer berührt, mit einem winzigen, himmelblauen Stückchen Seele, das manchmal an die Oberfläche tanzte, bald floh sie vor seinem ›Haßgemurmel‹, vor seinem Netz, das er tückisch und geduldig abwickelte, um sie darin zu fangen – vor dem fließenden, glitzernden Haufen von Dolchen...«

In der Mitte des Tisches stand eine fast kugelrunde Azalee. Das Laub verschwand unter einem einzigen Licht, so dicht hielten die großen roten Blüten zusammen. Silvio verfiel in Schweigen und streckte den Arm aus, mir schien, nach der Blume, er griff aber zum Glas.

Er hatte nur daran genippt und es nicht mehr angerührt. Nun hielt er es in der Hand und blickte wehmütig auf den Strauch. »Meine Azalee«, sagte er leise... Und erhob sich und schüttelte den Wein auf die Wurzeln der Blume.

Nach einem Schweigen, das meine Geduld auf eine schwere Probe stellte, fügte er hinzu: »Nur schreiben konnte sie nicht mehr«, und ein Ausdruck von Genugtuung glitt über seine Züge, eine Ahnung nur, ein Hauch, ein Schein aus der Tiefe, worüber sich das Gesicht gleich wieder schloß. »Das heißt, sie hätte vielleicht gekonnt, sie wollte nur nicht mehr. Mit Angst und Verachtung sprach sie davon. Man lüge soviel, sagte sie, warum es auch noch drucken und einbinden lassen? Merkwürdig!«

Er schaute uns fragend an:

»Ich habe sie nie lügen hören, Sie?«

Die Uhr auf meinem Schreibtisch schlug vier.

Ohne die Antwort abzuwarten, stand er auf und fragte: »Sag mal, Claus, – du weißt?... Ada kommt nicht zurück?...« Ich sah ihn nur an... »Hab' mir's gedacht, daß du gescheiter bist als ich. Nun also.« Er stand auf und machte eine kurze Verbeugung: »Adieu!«

Kaum war er draußen, öffnete sich wieder die Tür, und Joseph führte einen Gendarmen herein, der nach Bieterle fragte und, als der Amtsgerichtsrat seinen Paß vorgezeigt hatte, ihm einen Brief übergab, dessen Empfang er bescheinigen mußte. Darauf grüßte er militärisch und zog sich zurück. Der Brief enthielt einen Ausweisungsbefehl. »Klappt ja famos«, murmelte Bieterle, ohne sich von der Stelle zu rühren.

Ich beschloß, statt erst am anderen Morgen sogleich nach Römerbad aufzubrechen. (Grether Fritz, die Köchin Kathrin, Annette und ihre Pflegerin waren bereits mit der Bahn vorausgefahren.) »Heute und wohl für längere Zeit bin ich hier fertig«, erklärte ich Bieterle. »Wenn Sie wollen, bringe ich Sie über die Grenze nach Freiburg. Dort nehmen Sie den ersten Zug nach Stuttgart, und ich fahre weiter nach Römerbad.« Er stand noch immer am gleichen Platz und blickte, leicht gebeugt, zu Boden. »Einverstanden?« Er nickte.

»Ich werde das Kreuz wegnehmen lassen, bevor ich gehe«, sagte ich unvermittelt. Bieterle fuhr in die Höhe: »Wieso? ... Glauben Sie, er hat falsch geschworen?«

»Nein, das glaube ich nicht, er hat richtig geschworen – oder doch beinahe. Seine Schilderung, von außen betrachtet, stimmt wahrscheinlich bis in die geringste Einzelheit.«

»Nicht wahrscheinlich, sondern zweifellos«, unterbrach mich Bieterle ... Heute erst, durch Silvios Schilderung, sei die Unglücksnacht in ihm aufgelebt, bisher sei sie ihm durch seine Voreingenommenheit wie verstellt gewesen, er habe Aggie ganz vergessen gehabt über seiner Rachsucht, und es liege noch immer ein Bann auf ihm, ein Schrecken, als habe er, er sie noch einmal getötet ... Und außerdem habe Silvio Wolf bei all seiner Wahrhaftigkeit und Großmut ihm noch eine besondere Angst eingeflößt, die er sich nicht erklären könne. Die plötzlich veränderte Stimme und Haltung des Herrn nach Unterzeichnung des Schriftstücks – gräßlich! Aber warum gräßlich? Wenn er auf einmal gewissermaßen ein Kostüm abgelegt habe – was für eins denn? Er habe ja die Wahrheit gesagt! Zweifellos!

»Zweifellos«, gab ich zu. Warum auch nicht? ... Es war wie immer bei Silvio. Was er sagte, mochte an sich wahr sein, aber es genügte, daß er es sagte, damit es falsch wurde ... Und als

Bieterle mich traurig und verständnislos ansah, ließ ich mich hinreißen auszusprechen, was ich hatte verschweigen wollen, um ihn nicht zu beunruhigen.
Ich nahm an, daß Aggie in der Sturmnacht versucht hatte, Silvio mit sich über Bord zu ziehn, und um sich zu retten, hatte er sich ihrer mit Gewalt entledigt. Dies zum mindesten... Sein Eid war demnach beinah wahr. Vielleicht aber waren in jener Sekunde die verzweifelten Absichten der beiden zusammengetroffen, vielleicht hatten sie gleichzeitig nacheinander gegriffen, er, um sie aus dem Wege zu räumen, sie, um mit ihm zu sterben – und er war es sich vielleicht nicht einmal bewußt geworden, daß auch er sie, eine Sekunde lang, habe töten wollen...
Bieterle, unbeweglich, überlegte lange. Er blickte mir voll ins Gesicht. Endlich beugte er sein mächtiges Haupt und sagte:
»Darüber kann ich nun mein Leben lang grübeln...«

Während der Fahrt durch die Rheinebene dachte Bieterle an all die Wunder, die Aggie ihm versprochen hatte, wenn er zum ersten Male wieder ins Elsaß käme.
An der Grenze sollten ihn die Meisen in Empfang nehmen und an die Buchfinken übergeben, die Buchfinken an die Rotkehlchen, die Rotkehlchen, beim ersten Dorf, an die Schwalben, die Schwalben beim Ausgang des Dorfes an die Grasmücken, die Grasmücken an die Lerchen, und besonders die Lerchen sollten sich über Bieterles Heimkehr freuen und schier vergehn vor verzückten Erkennungsrufen. Die Wälder sollten aufrauschen bei seinem Anblick, mit Millionen Lichthänden winken, die Bäche stillstehn und der Wind schnell ihre Oberfläche glätten, damit er in ihrem Spiegel sein altes Bild erkenne, das Bild des Bieterle, der jung und hier zu Hause war... »Und der erste französische Gendarm wird mich verhaften«, hatte er lachend geschlossen. Und sie hatte eingestimmt mit ihrem Lachen, das ein Jauchzen war – wie verstand sie zu lachen! In Römerbad war es gewesen – kaum ein Jahr war seitdem verflossen...
Nun flohen die Bäche und Wälder vorbei, als gingen sie Bieterle angstvoll aus dem Weg. Es gab kein Lachen mehr auf der Welt. Die Vögel stürzten flatternd ab und erloschen,

sobald sein Blick sie traf, und er versank in die Wehmut und Düsternis des großen Abschieds.
Er sah vor sich hin auf die Straße und fühlte, wie sie endgültig französisch wurde, und sie hatte es so eilig, ihm in den Rücken zu kommen, daß sie auf den Wagen losschoß und wie ein Akrobat darunter wegschlüpfte... Er spürte, wie er minütlich ein Stück Heimat verlor. Sein Schatten wurde länger und länger und zuletzt so dünn, daß er weder Form noch Farbe mehr besaß. Der französische Zöllner schnitt den letzten Faden ab, der ihn mit seinem Herrn verband. Der Schatten blieb im Elsaß liegen, kein menschliches Auge konnte ihn erkennen...
Darum kam Bieterle sich auch nicht treulos vor, als er, am jenseitigen Ufer angelangt, ohne weiteres zu dem neuen Schatten griff, den der deutsche Zöllner im Verein mit der Abendsonne ihm anbot. Er führte ihn gleich auf den Damm und zeigte ihm den Rhein und das Elsaß. Denn der neue Schatten war ja ein Fremder in jenem Land... Eine Weile noch standen wir so und blickten zurück.
Die beiden Länder tranken in gleichen Zügen den Abend, der Rhein wälzte den gleichen Himmel in seinen Wogen, alle Glut, alle Milde fuhr in einem einzigen Treiben, und darüber tanzten die gemischten Reigen der Strudel. Auf beiden Ufern warfen die Pappeln denselben Schatten... Und ich sprach mein »Grenzgebet«, worin ich den Tag herbeiwünschte, den Sonntag Europas, der Deutsche und Franzosen in einer gemeinsamen Aufwallung von Großmut und gläubigem Leichtsinn zu diesen Ufern triebe, damit sie sich als Geschwister bekennten, wie das Schicksal ihnen befahl. Quand – même! Trotz allem!

Hochsommer.
Ein Regen fällt leise zur Erde. So kindlich endet der Zug der Sturmwolken, den der Hochblauen aufhielt...
Von Römerbad herauf bläst der Wind Stücke der Kurmusik, Lautes und Zartes, was ihm gerade gefällt. So fächeln die Kinder hinter Seifenblasen her und lassen sie in die Höhe segeln...
Mit echten Blumen bekränzt, eilt die Saison hinter meinem Garten vorbei – ich denke mir, zu einer stillen Lichtung im

Wald. Sie trägt weder Schirm noch Hut, sie leugnet das schlechte Wetter und ist die Gottheit der Hoteliers. Ihr auf den Fersen folgt ein Mann, ein Kurgast, der hat es aber ebenso eilig unter seinem Schirm.
Auf einmal hört es auf zu regnen. Der Mann vergißt seinen Schirm zu schließen, er bleibt stehn und lugt über den Zaun in den Garten.
Ich verstecke mich. Vorsichtig, ohne die Zweige des Spierstrauches zu bewegen, aus denen der Regen lauter Perlenruten gemacht hat, hole ich das Fernglas aus der Tasche und betrachte ihn, so nah, wie ich ihm niemals im Leben käme.
Da habe ich es also mit einem Oberbürgermeister zu tun, denke ich mir, oder einem Ingenieur, einem hervorragenden Kaufmann, einem Bankier, vielleicht gar einem Minister, der die aufsässigen Prätorianer seiner Fraktion im Zaum hält, jedenfalls mit einem Kerl, dem das gischtende Leben sonst bis an die Schultern spritzt... Jetzt aber wölbt sich sein Mund, mit einem Ausdruck von Nachsicht, als ließe er sich von einem wilden Mohn küssen. Die Stirn ist glatt von leichten Gedanken, wie sie Kindern und Liebenden zufliegen. Da! Über ihm singt ein Rotkehlchen. Schnell schließt er den Schirm, hebt er ein wenig die Schulter, die Seele eines Vogels läßt sich darauf nieder...
Ich ahne, wie er ist, wenn das gischtende Leben ihm bis an die Schultern spritzt: hart, kalt, ein jagendes Tier, das von seinesgleichen gestellt wird, den furchteinflößenden Kopf vorgestreckt, während das Genick rot anläuft, voller List und Verachtung. Und er verrät mir auch, wie er liebt... Gern würde ich den Grether Fritz mit einem Blumenstrauß zu ihm schicken, aber ich fürchte, er könnte sich bei mir bedanken wollen. Wie schön sind die Menschen, inwendig voller Unschuld und köstlicher Dinge, solange man sie anschauen darf, ohne daß sie an ihre Rolle im Leben denken – und schweigen...

Einmal beobachtete ich, wie mein Hund versuchte, ein tanzendes Libellenpaar in der Luft zu schnappen. Es wirkte nicht anders, als ahmte er auf plumpe Weise ihren Tanz nach... So verhält sich die Sprache zu unserm inwendigen Ich.

Ich kenne Menschen, die schöpfen keine Trauer bis auf den Grund aus, entwinden sich der Schwermut wie einer Falle, weil sie liebliche Brüder der Tiere sind. Zu ihnen gehörte Maria Capponi. Sie war ein Schwarzkehlchen. Sie sprach so schnell und melodisch, wie sie dachte. Andre, in ihrer Verschwiegenheit, gleichen dem Wald. Man bemerkt nur die mächtigen Zeichen der Erregung, vom Frühling, der ihn grün färbt und erwärmt, daß die Wipfel bläulich rauchen, bis zum Winter, wo jeder Baum Wache hält neben einem Grab, und dem Vorfrühling, dessen geringster Sonnenstrahl an den Grabsteinen rückt, als sei der Auferstehungstag gekommen – bis zum Jubel, zum Jubel des Föhnsturms über der letzten Schneeschmelze, wenn unversehens ein Haufen Bäche den Berg hinabrennt wie Schulkinder beim Ausflug... Ada gleicht einem Wald.

Die Welt ist viel verschwiegener, als sie scheint. Der Lärm täuscht, am meisten jene, die ihn verursachen. Viele merken es erst, wenn sie verstummen müssen – kurz vor ihrem Tod...

Und ich? frage ich mich in Gedanken an diese beiden Frauen, die erste und die letzte Freundin meines Lebens... Ja, manchmal lausche ich mir selbst. Dann wird mir bewußt, daß meine Sprache mich nur umschwebt, wie das Summen des Hochsommers über den Wiesen steht, und wenn ich mich ausdrücklich verständlich machen will, klingt meine Rede mir beiläufig und nichtssagend. In den Augenblicken größter Klarheit sage ich nicht viel mehr von mir und dem Leben aus als der Vogel vom Baum, auf dessen Wipfel er seine kurzen Melodien übt...

Was das Alter betrifft, halte ich in der Mitte zwischen dem Morgen, den die Panflöte versilbert, und dem Abend, der die Kreuze an den Feldwegen ins Übernatürliche wachsen läßt mit ihren weitgeöffneten Armen. Ein gutes Alter, scheint mir.

Jaquot schreibt nicht oft, auch nicht regelmäßig, doch er schreibt. Sein Ideal besteht jetzt darin, gut Polo zu spielen, ausdauernd zu rudern und Flugblätter der Labour Party zu verteilen. (In seinem Alter hielten wir es mit dem Bonaparte des Staatsstreichs.) Er gleicht dem alten Breuschheim am Eingang des Schlosses, und Gabriele und er, in ihren Lieblingsgedanken, falten voreinander die Hände. Das ist der

Morgen, den die Panflöte versilbert. Sie kommen hinter mir den Weg herauf. Vor mir geht keiner mehr.
Jetzt erst lerne ich leben.

Als der Kurgast, ein Kerl, dem sonst der Gischt des Lebens bis an die Schultern spritzt, unbehelligt von den Elementen weitergegangen war, sprang die Gartentür auf, und der Doktor Savarin flitzte über den Hof.
Er kam, sagte er, um sich meiner Meinung über das Elsaß zu vergewissern.
Dort ging gerade der Verschwörungsprozeß gegen die Autonomisten seinen Gang, einen Schritt vor, zwei zurück. Silvio Wolf war als Zeuge aufgetreten, mit der ausdrücklichen Absicht, so behauptete er, die Heimat zu verteidigen. Er verlangte kurz und bestimmt Verbesserungen in der Verwaltung und Gesetzgebung. Dann, mit weitem Schwunge ausholend, pries er das Elsaß als die Bastion der Vorsehung gegen den Osten, »jenen Osten, der in seiner Fruchtbarkeit, seinem mystischen Dunkel, seiner Gefährlichkeit einem Urwald gleicht«.
Ferner behauptete er unter Eid, erst die perfiden Wahlmanöver der Heimatrechtler hätten ihm die Augen geöffnet – früh genug, um seinen bisherigen Freunden noch vor der Entscheidung den Rücken zu kehren, indem er angeekelt in ein fernes Land gereist sei und es den Wählern überlassen habe, seine Handlungsweise zu billigen oder nicht. (Das ist kein Meineid, sondern beinah die Wahrheit.) Wenn man ihn frage, was das Elsaß sein solle, hatte er seine Rede geschlossen, so würde er auf den Hartmannsweilerkopf deuten und ausrufen: Eine befestigte Kirche!... Niemand kann einem Helden so zum Verwechseln ähnlich sehn wie Silvio Wolf.
»Tolles Zeug steht in der Zeitung«, meinte der Doktor. »Also, bitte, Ihr letztes Wort!«
Derart streng angefragt, mußte ich antworten.
»Entweder Europa wird sein. Und dann, Doktor, spielt auch das kleine Trauer- und Satyrspiel zwischen Rhein und Vogesen nicht mehr. Oder Europa wird nicht sein. Dann ist das Elsaß so nebensächlich wie eine Zündholzschachtel in einem brennenden Haus... Aber dazu kommt es nicht!«

Er schien von meiner Erklärung nur halb befriedigt. Beim Weggehen fragte er:
»Und Sie glauben an Europa? An einen Staatenbund – ja eine Gemeinschaft Europa?«
»Doktor, wie an das Leben! Ich weiß nur nicht, wer sie verwirklichen wird, Paris und Berlin oder Moskau. Wollen Paris und Berlin es sein, so müssen sie sich freilich beeilen ... Doktor, uns fehlt ja nur eins: Mut!«
Grether Fritz geleitete ihn zum Gartentor, der Hund umkreiste sie unter Freudenlauten. Savarin, ganz gegen seine Gewohnheit, beachtete ihn nicht, er stand, den Türgriff in der Hand, und starrte zu den Vogesen hinüber. Dann zuckte er mit dem Hals wie ein Käuzchen und sauste davon ...
Der Prozeß endete mit der Verurteilung der Angeklagten durch die sorgfältig gesiebten Geschworenen. Die Volksvertreter unter ihnen wurden ihres Mandats beraubt.

Die kleine Annette steht im Garten und schaut durch die Finger in die Sonne. Das Geschenk Maxime-Simons, das Glas, das die Sonne verdunkelt, so daß man sie anschauen kann, ohne geblendet zu werden – hat sie längst weggeworfen. Sie guckt lieber durch die geschlossenen Finger. Wenn sie auch auf die Weise die Sonne nicht erblicken kann, so sieht sie doch den echten roten Blutschein in der Haut, und das ist viel schöner.

Ada sagte, ich solle sie rufen, wenn der Berg tief würde unter dem grünlodernden Laub der Buchen ...
Ich habe ihr geschrieben und sie gebeten zu kommen.

Ende des dritten Romans
Ende der Trilogie ›Das Erbe am Rhein‹

Der erste Roman der Trilogie
›Das Erbe am Rhein‹
trägt den Titel ›Maria Capponi‹,
der zweite den Titel ›Blick auf die Vogesen‹.

INHALT

Rolf Hochhuth (Hrsg.)
Die Gegenwart

Deutschsprachige Erzähler
der Jahrgänge 1900–1960
1088 Seiten. Zwei Leinenbände
in Schmuckkassette. DM 48,–

Rolf Hochhuth ist nicht nur Autor und engagierter Zeitgenosse, sondern auch ein passionierter Leser und Kenner vor allem einer bestimmten literarischen Gattung: der Erzählung. Seinen früheren Anthologien, die in den 60er Jahren große Erfolge waren, hat er jetzt eine Anthologie deutscher Erzähler hinzugefügt, die in den ersten 60 Jahren unseres Jahrhunderts geboren sind.
Diese Anthologie will keine Trends, Experimente oder Themenkreise dokumentieren, sie ist zusammengehalten durch die Geschichte, in die die Autoren hineingeboren wurden, und durch das auf besondere Weise geprägte Interesse des Herausgebers. Nicht zufällig sind Krieg und Verfolgung wiederkehrende Motive in einer Anthologie, deren Autoren zum größten Teil die Wirklichkeit und Folgen von Krieg und Diktatur erlebt haben. Hier wird die Anthologie zum Zeitdokument, hier sind auch ihre dramatischen Höhepunkte.
Diese Anthologie zeigt, daß die »Erzählung« immer weniger unter die Kontrolle eines bestimmten Modells oder Stils zu bringen ist. Das hat die Interessen der Autoren erweitert wie auch das Auswahlprinzip des Herausgebers, das Rolf Hochhuth auf die Formel bringt: »Interessant mußten die Autoren erzählen.«

Kiepenheuer & Witsch